Maeve Haran

Der Stoff, aus dem die Männer sind

Maeve Haran

Der Stoff, aus dem die Männer sind

Roman

Aus dem Englischen von
Elfriede Peschel

Blanvalet

Der Originaltitel erschien unter dem Titel
»Husband Material« bei Little, Brown
an imprint of Time Warner Books UK, London.

Umwelthinweis:
Dieses Buch und der Schutzumschlag wurden auf
chlorfrei gebleichtem Papier gedruckt.
Die Einschrumpffolie (zum Schutz vor Verschmutzung) ist aus
umweltschonender und recyclingfähiger PE-Folie.

Der Blanvalet Verlag ist ein Unternehmen
der Verlagsgruppe Random House GmbH.

2. Auflage

Satz: Uhl + Massopust, Aalen
Druck und Bindung: GGP Media, Pößneck
Printed in Germany
ISBN 3-7645-0159-6
www.blanvalet-verlag.de

Für Alex

1. Kapitel

Klirr, klirr, rums!

Amanda Wells versuchte, sich an die Worte von »I Love the Sound of Breaking Glass« zu erinnern, als sie die nächste Weinflasche in den Glascontainer auf Tesco's Parkplatz warf.

Ehrlich gesagt waren es ziemlich viele Weinflaschen. Gestern war sie an der Reihe gewesen, für die Räumlichkeiten und die Bewirtung der Lektüregruppe zu sorgen. Wie üblich hatten sie die erste halbe Stunde darauf verwandt, den Text des Monats zu diskutieren – einen Roman über erdrückende Beziehungen in einer Kleinstadt der amerikanischen Ostküste –, um sich dann auf den Wein zu stürzen und in ihre eigenen erdrückenden Beziehungen in einer Küstenstadt Englands zu vertiefen. Oder, in Amandas Fall, dem schmerzhaften Fehlen einer erdrückenden Beziehung, seit ihr Ehemann, Giles, der Schurke, sie wegen Stephanie, der Nymphe, verlassen hatte, einem zehn Jahre jüngeren und beträchtlich schlankeren Modell.

»Mama!«, entrüstete sich ihre sechzehnjährige Tochter Clio voller Abscheu, als hätte Amanda gerade einen öffentlichen Striptease hingelegt oder sich erdreistet, vor Clios Freunden zur Musik der Rolling Stones zu tanzen. »Ihr habt doch nicht etwa das alles gestern Abend getrunken?«

»Natürlich nicht«, log Amanda und beschloss, die zweite Tragetasche voller Flaschen im Wagen zu lassen. »So!« Beim letzten Klirren überzog ein selbstgefälliges Lächeln der Befriedigung Amandas Gesicht. Wie ließ sich die Schuld, am Abend zuvor zu viel getrunken zu haben, auch besser sühnen als damit, seinen Teil, wie klein auch immer, zur Rettung des Planeten beizutragen?

»Du weißt ja, dass es wahrscheinlich mehr kostet, jede Flasche zu recyclen, als gleich eine neue herzustellen«, gab Clio gemeinerweise zu bedenken.

»Du redest wie dein Vater«, warf Amanda ihr vor und versuchte, sich noch eine Weile an ihre Wunderfrau-rettet-den-Planeten-Stimmung zu klammern.

Giles, der Schurke, Clios Vater, war in der Tat so etwas wie eine gespaltene Persönlichkeit gewesen. Umwerfend gut aussehend und charmant in der Öffentlichkeit, wurde er in der Langeweile seines eigenen Zuhauses zu einem Weltmeister pingeliger Krittelei und zersetzender Kommentare. In den sechzehn Jahren ihrer Ehe hatte Giles Amanda das Gefühl vermittelt, an allem, von der globalen Erwärmung bis zu den im Toaster explodierenden Elemantarteilchen, schuld zu sein.

»Lass uns heimfahren«, schlug Amanda vor, ehe die zweite Tragetasche entdeckt wurde, »sonst verpasst du *Hollyoaks.*«

»Mann!«, entfuhr es Clio, und sie deutete auf den blitzenden, kobaltblauen zweisitzigen Sport-BMW, der hinter ihnen geparkt hatte. »Der hat bestimmt einige Scheine gekostet.«

Amanda sah zwar, dass das Auto schön war, las aber überall die Aufschrift »Egoistischer Kerl«. Kein Rücksitz mit Platz für Kinder, haarsträubend teuer und wahrscheinlich hübscher als die Ehefrau des Besitzers, der zweifellos ein Mann in den Wechseljahren war wie Giles mit seinem neuen Spielzeug. Oder der Wagen war der Stolz und die Freude eines verzogenen Yuppies, in dessen Hirn nur für Prämien und Stadtzulagen Platz war.

»Jetzt komm schon, Mama«, rief Clio und sprang, auf ihre Uhr zeigend, in ihren so ganz anders gearteten Wagen. »Wenn wir jetzt nicht losfahren, verpassen wir den Anfang!«

Hocherfreut über ihr gelungenes Ablenkungsmanöver, lächelte Amanda liebevoll und stieg ins Auto. Noch immer lächelnd, löste sie die Handbremse, legte den Rückwärtsgang ein, vergaß dabei aber die steile Neigung des Parkplatzes und setzte den Fuß auf das Gaspedal anstatt auf die Bremse.

Knirsch, knirsch, ratsch! Das Geräusch einer herabfallenden Stoßstange und eingeschlagener Plastiklichter war unverkennbar.

»Scheiße! Scheiße! Scheiße!«, kreischte Amanda und schlug ihren Kopf gegen das Steuerrad, in völliger Missachtung ihres Bemühens, Clio die Unart auszutreiben, Schimpfwörter häufiger als Kommata zu gebrauchen.

»Meine Güte, Mama«, zischte Clio und erinnerte dabei nur noch stärker an ihren Vater, »was, zum Teufel, hast du dir denn dabei gedacht?«

Amanda hätte ihr am liebsten den Hals umgedreht, warf aber einen Blick nach hinten. Der wunderbare Sportwagen hatte jetzt einen langen Riss in seiner Stoßstange, direkt unter der BMW-Ikone.

Rote Plastikscherben, gerade eben noch die Abdeckung von Amandas Rücklichtern, lagen wie Weltraumkonfetti über den Boden verstreut.

Amanda betete, der Fahrer möge nicht in der Nähe sein. Ihrer Erfahrung nach verwandelten sich Männer in geifernde Psychopathen, sobald sie sich hinter ein Steuerrad klemmten, und sei es auch nur das eines Ford Fiesta. Sie hegte die Hoffnung, er werde nicht aus dem teuren Innenleben des Wagens auftauchen und sie lautstark mit Flüchen und Beschimpfungen überschütten, wie Giles das getan hätte. In diesem Fall könnte sie wenigstens feige eine Notiz hinterlassen und ihre Versicherungsnummer angeben, obwohl die Versuchung groß wäre, zu schreiben: »Die anderen Fahrer denken, ich hinterlasse meine Telefonnummer, aber das tue ich nicht.«

Zögerlich stieg sie aus ihrem Auto, um für ihr Missgeschick einzustehen.

Der BMW-Fahrer war auf jeden Fall kein Yuppie um die zwanzig. Amanda schätzte ihn auf Anfang vierzig, er war frisch rasiert, hatte dunkles, welliges Haar und Augen so grau wie die Nordsee im Winter. Und er wirkte tatsächlich sehr wütend. Er trug einen weichen Pullover mit Polokragen und darüber auch noch eine anthrazitfarbene Strickjacke – eine Aufmachung, die nur so nach Geld stank.

Hat wahrscheinlich gerade Frau und Kinder sitzen lassen und ist mit einer Wasserstoffblonden durchgebrannt, überlegte Amanda gehässig. Dieses Statussymbol eines Autos diente zum Ausgleich seiner instabilen Männlichkeit, und genau die hatte es nun ein wenig verbeult.

»Ist Ihnen eigentlich klar«, herrschte er sie wütend an, wobei sein Blick eher auf das Auto als auf sie gerichtet war, »dass ich diesen Wagen erst seit drei Tagen habe?«

Fast hätte Amanda der erbärmlichen Versuchung nachgegeben, sich an sein teuer behostes Bein zu klammern und sich zu entschuldigen, aber sein Ton bewahrte sie vor diesem Kniefall. Er erinnerte sie an Giles.

»Gut«, erwiderte sie dreist und richtete sich zu ihrer vollen Größe auf. Normalerweise schüchterte das die Männer erst mal ein. »Dann ist wenigstens noch Garantie drauf.«

Seine stählernen Augen bohrten sich in ihre grünbraunen. »Dessen bin ich mir sicher. Aber die gilt nur bei technischem Versagen, nicht bei rücksichtslosem Rückwärtsfahren auf Supermarktparkplätzen.«

»Und was ist mit rücksichtslosem Parken?« Verflucht sollte Amanda sein, würde sie auch nur einen Zentimeter nachgeben. Sie machte eine weit ausholende Geste. »Hier ist alles frei, da hätten sie nicht so nah an den Glascontainern parken müssen. Es liegt doch wohl auf der Hand, dass die Autos hier auch wieder rausfahren müssen.«

Zu ihrer Verblüffung lachte er offenbar ehrlich belustigt. »Sie wollen doch nicht allen Ernstes behaupten, es sei mein Fehler?«, hakte er nach, von Amandas komischem Talent offenbar sehr angetan. Aber ehe er weiterreden konnte, mischte sich eine herrische Stimme aus dem Inneren des Autos ein.

»Wag es ja nicht, sie zu schikanieren, Angus! Die junge Frau hat doch zweifellos etwas Nützliches im Sinn gehabt.«

»Im Gegensatz zu mir, willst du wohl damit sagen, Mutter«, schnaubte der so Angesprochene kaum vernehmbar. »Ich denke doch nicht im Traum daran, sie zu schikanieren.« Ein Anflug von Ironie milderte seinen Stahlblick. »Sie hat durch und durch Recht. Ich stehe viel zu dicht am Flaschencontainer.«

»Wäre es denkbar«, pirschte Amanda sich hoffnungsvoll vor, »dass wir die ganze Sache inoffiziell regeln, ohne unsere Versicherungen einzuschalten?« Tatsächlich konnte es Amanda sich nämlich als plötzlich Alleinerziehende nicht leisten, auf ihren Bonus für unfallfreies Fahren zu verzichten, wenngleich sie lieber sterben würde, als dies ihm gegenüber zuzugeben.

Sollte sie ihm ein Entschädigungsangebot machen? Sie zählte im Geist das Bargeld in ihrer Brieftasche. Sie hatte an die hundert Pfund dabei, wovon sie Clio etwas für einen Kinobesuch versprochen hatte, der Rest war für den Wocheneinkauf. Schlagartig machte sie sich klar, dass hundert Pfund wohl nicht einmal für einen Scheibenwischer dieses Wagens reichen dürften. Dazu kamen noch die eigenen Reparaturkosten.

Die Beifahrertür ging auf, und eine magere Frau, die zwischen Ende fünfzig und Anfang siebzig alles hätte sein können, stieg aus.

»Das ist doch völliger Unsinn«, beharrte sie forsch. »Angus denkt nicht im Traum daran, Geld von Ihnen anzunehmen. Er hat ohnehin schon viel zu viel davon.«

Sie machte ein Geräusch, als sei die finanzielle Situation ihres Sohnes etwas Schändliches, ein soziales Stigma irgendwo zwischen schlechtem Mundgeruch und der Pest.

»Sollen wir die ganze Angelegenheit einfach vergessen, wie meine Mutter es vorschlägt?«

Aber das ging dieser Furcht erregenden Matriarchin noch nicht weit genug. »Sei doch nicht so gemein, Angus. Du musst schon für ihren Schaden aufkommen.«

Einen Augenblick lang rechnete Amanda damit, dass er etwas höchst Unflätiges sagen würde. Er sah ganz und gar nicht danach aus, als würde er tun, was seine Mutter ihm befahl.

Doch stattdessen zückte er seine Brieftasche und zog eine Karte heraus. »Warum bringen Sie Ihr Auto nicht in meine Werkstatt?« Er kritzelte eine Nummer auf die Rückseite. »Sagen Sie einfach, Sie kommen von mir. Sie richten alle möglichen Autotypen, von BMWs bis…« Er warf einen Blick auf Amandas verwahrlostes Fahrzeug.

»Honda Civics«, kam Clio ihm zu Hilfe.

»Genau.«

»Das geht schon«, beharrte Amanda und wünschte, sie könnte sich ihren Stolz auch wirklich leisten. »Danke, ich werde es in meine Werkstatt bringen.«

»Das werden Sie nicht tun.« Die herrische ältere Dame ließ nicht locker. »Oder ich steige nicht mehr in diesen lächerlichen Wagen ein.«

Amanda zögerte.

»Sie bekommen ihn noch am selben Tag zurück«, fügte sie hinzu. »Das haben sie immer gemacht, als ich noch fuhr.«

Amanda dachte an die Probleme, tagelang, vielleicht sogar Wochen ohne Auto zu sein, wie das bei ihrer nicht gerade effizient arbeitenden Werkstatt durchaus der Fall sein könnte, und sie sah sich schon ihren zehnjährigen Sohn Sean mit dem Bus zum Fußballtraining bringen.

»Also gut«, willigte sie ein.

»Gut.« Da ihre Aufgabe erledigt war, kehrte die grauhaarige Dame ins Auto zurück, indem sie ihre baumwollbestrumpften Beine mit der Eleganz einer Debütantin eines Lucie-Claytons-Kurses hineinzog.

»Das ist sehr freundlich von Ihnen«, kam es Amanda bei nur leicht zusammengebissenen Zähnen über die Lippen.

»Kein Problem. Geschieht mir Recht, warum bin ich auch so ein dreckiger Kapitalist, wie meine Mutter gleich als Erstes anmerken würde. Ihr Retter des Planeten verdient das höhere moralische Niveau, selbst hier auf Tesco's Parkplatz.« Sie spürte, dass er unter all der Höflichkeit über sie lachte, und hätte am liebsten seine Karte zerrissen und seiner abgerissenen, verbeulten Stoßstange einen Tritt verpasst, aber diese Option stand ihr aus finanziellen Gründen leider nicht offen. »Machen Sie weiter so.« Er streckte ihr seine Hand hin. »Ich heiße übrigens Angus Day.« Sein Händedruck war fest, und es war eine Schande, wie beruhigend er wirkte. Und wenn er seinem Lächeln freien Lauf ließ, war es überraschend warmherzig.

Amanda schüttelte sich. Sie würde nicht wieder auf diesen alten Quatsch hereinfallen. Wenn sie eins in den sechzehn Jahren mit Giles gelernt hatte, dann, dass Charme von höchst zweifelhafter Qualität war.

»Wie kann man nur so herablassend sein?«, flüsterte sie Clio kaum hörbar zu, als Angus und seine Mutter wegfuhren.

»Mama«, wunderte sich Clio in einem Ton, als wollte sie sagen »der Kaiser hat keine Kleider an«, »es war dein Fehler, erinnerst du dich? Nur gut, dass er nicht gesehen hat, wie viele Flaschen du gehabt hast, sonst hätte er bestimmt verlangt, dass du ins Röhrchen pustest.«

»Die waren von gestern Abend. Außerdem geschieht es ihm recht, warum fährt er so ein haarsträubendes Auto. Für das Geld, was das kostet, könnte man bestimmt ein Dreifamilienhaus bauen. Und es ist reinster Schwachsinn, damit in stark befahrenen Städten herumzukurven.«

»Oder auf einem Parkplatz«, murmelte Clio leise. Wenn ihre Mutter auf dem hohen Ross der Moral saß, war jede Diskussion sinnlos. »Ich fand ihn wirklich sehr reizend.«

»Pah!«, schnaubte Amanda.

»Sag mir bitte eines, Mama. Warum bist du der einzige Mensch auf Erden, der gutem Aussehen und Charme misstraut?«

Amanda wusste, dass sie ihrer Tochter gegenüber ihre Zunge im Zaum halten und nie gehässig, sondern immer neutral sein sollte, aber sie konnte nichts dagegen tun. »Der Grund, meine liebe Clio, warum ich gutem Aussehen und Charme misstraue, ist dein Vater, der beides hatte. Und zwar mehr als genug.«

Sie drehte die Karte um, auf deren Rückseite er die Telefonnummer der Werkstatt geschrieben hatte. Darauf stand: Angus Day, Day-Immobilien.

»Aha. Das erklärt den BMW. Er ist nichts weiter als ein verdammter Häusermakler.«

»Was genau ist ein Häusermakler?«

»Jemand, der wunderschöne, alte Gebäude niederreißt und grässliche neue dafür hochzieht. Und dabei ganz nebenbei noch das schnelle Geld macht.«

»Mama.« Clio fixierte ihre Mutter mit scharfem Blick. »Hat Papa dir jemals gesagt, dass du ein wenig zu voreingenommen urteilst?«

Amanda duckte sich und tat, als untersuche sie ihre Stoßstange. Giles hatte ihr tatsächlich vorgehalten, voreingenommen zu sein. Ihre Mutter ebenso. Und auch Louise, ihre Chefin. Amanda redete sich gern ein, dass sie alle im Irrtum waren. Sie nahm Dinge ganz einfach instinktiv wahr. Auch wenn sie damit gelegentlich baden ging.

»Also, ich fand ihn unglaublich sexy«, meinte Clio herausfordernd.

»Sexy?«, wunderte sich Amanda verblüfft. Bis dato hatte Clio höchstens Mitglieder von Boy Groups als sexy angesehen. Männer um die vierzig hatten gar nicht gezählt. Sie hoffte ernsthaft, dass dies nicht die ersten Anzeichen einer beängstigenden neuen Entwicklung waren. »Wie, um Himmels willen, kann jemand in einer Strickjacke sexy sein?«

»Ach, ich weiß nicht.« Mit halb geschlossenen Augen strich Clio über den Ärmel ihrer eigenen Jacke, als wäre diese aus dem weichsten und sinnlichsten Gewebe, das man sich nur vorstellen konnte. »Nutz doch deine Vorstellungsgabe, Mama. Man kann, wenn es Kaschmir ist.«

»Mein Ding ist es nicht, fürchte ich. Männer in Kaschmir sind für gewöhnlich Golf spielende Langweiler, vor allem die mit den kleinen Poloschlägern auf ihren Brustkörben.«

»Jetzt lass doch mal deine Vorurteile, Mama. Die Golf spielenden Langweiler hätten doch wohl Golfschläger drauf? Außerdem war er Logo-frei. Ich habe das überprüft.«

Amanda legte einen Arm um ihre Tochter. Clio war sechzehn, dürr wie eine Bohnenstange und sich der Tatsache mehr als bewusst, dass ihre Figur eigentlich eher die einer Zwölfjährigen war. Das bereitete ihr großen Kummer, den auch Amandas ständig wiederholte Versicherung, dass sich dies über Nacht ändern könne, nicht zu lindern vermochte.

»Dann kannst du ihn ja haben«, neckte Amanda sie. »Er ist nicht mein Typ.«

»Vielleicht«, forderte Clio sie heraus. »Hast du übrigens nicht noch was vergessen?«

»Was denn?«, fragte Amanda, als sie endlich äußerst erleichtert, nicht nur eine Autoreparatur, sondern gleich zwei gespart zu haben, in ihren Wagen stieg.

Clio grinste. »Die andere Tasche mit den Weinflaschen im Kofferraum.«

Zu Hause überraschte sie der unerwartete Anblick von Amandas Mutter Helen, hinter dem Rücken oft einfach GG genannt, die Kurzform für Glamouröse Großmutter, die mit Sean für eine Schulparty Törtchen backte. Helen hätte keinesfalls was dagegen gehabt, als glamourös bezeichnet zu werden, aber das Wort Großmutter hasste sie.

»Das sind Augäpfel!«, grinste ein begeisterter Sean in der Schürze, die Giles Amanda beim letzten Weihnachtsfest vor seinem Abzug geschenkt hatte und auf der der wenig schmeichelhafte Satz stand: »Vertraue nie einem dürren Koch.«

Die Küche sah so chaotisch aus wie immer. Egal, wie oft Amanda auch versuchte, die Ansammlung alter Turnschuhe, Schultaschen, Fußballstiefel, Pausenbrotdosen und *Kicker*-Ausgaben wegzuräumen, sie sah nie auch nur im Entferntesten ordentlich aus. Bei ihrem Einzug hatte sie in scherzhafter Anlehnung an Monets Küche Blau und Gelb zum Anstreichen gewählt und sich Familienmahlzeiten ausgemalt, bei denen im Lauf der Jahre alles, vom Impressionismus bis zur Frage, ob es Gott gab, zur Sprache kam. Na ja, falls es Gott geben sollte, hatte er wohl ganz eindeutig seine Meinung zu dem ganzen »Bis dass der Tod uns scheidet«-Quatsch geändert.

Amanda versuchte, ihre Sehnsucht nach schimmernden Oberflächen und glänzenden Arbeitsplatten oder wenigstens Lücken zwischen den diversen Sachen zu unterdrücken. Würde ein Stilmagazin über ihre Küche herfallen, würden sie alles rauswerfen, einen Fetzen roten Samt über einen Stuhl drapieren und ein paar aberwitzig teure Blumen reinstellen und das Ganze dann als »Schmuddelchic« verkaufen. Ohne diese Stilelemente war es nur schmuddelig.

Sean verpasste mit einer Tube Schreibglasur seinen Kuchen die letzten blutigen Adern und garnierte ihn mit glasierten Kirschen. Die Ähnlichkeit mit Augäpfeln war bemerkenswert, es waren rote, übernächtigte, wie Amanda sie immer bekam, wenn sie mit ihrer Lektüregruppe die Liste mit Empfehlungen für den Booker Prize heftig diskutiert hatte.

»Die sehen sehr gut aus, mein Schatz«, beglückwünschte ihn Amanda.

»Nein, tun sie nicht!«, widersprach Sean. »Sie sollten eigentlich verdreht sein. Oma sagt, da wird ihr übel.«

»Denk dran, die Schreibglasur zuzuschrauben, sonst funktioniert sie das nächste Mal nicht mehr.« Amanda hasste Schreibglasur. Es war eines dieser Nepp-Produkte, die nur funktionierten, wenn sie ganz neu waren. Später war die Tube verstopft, egal, wie oft und wie wütend man auch mit einer Stecknadel hineinbohren mochte.

»Nörgle nicht, Amanda«, fiel ihre Mutter ihr ins Wort. »Kein Wunder, dass Giles mit diesem Mädchen abgehauen ist. Ich wette, dass sie ihn nicht ständig nervt, seine Socken wegzuräumen. Wahrscheinlich hat sie ihm gesagt, wie wundervoll er ist.«

Nach Helens Theorie bestand die Aufgabe der Frauen darin, ihren Männern ständig zu versichern, wie wunderbar sie waren, egal, wie groß die Verachtung insgeheim war. Amanda hatte mitbekommen, wie ihre Mutter ihrem Vater sklavisch diente, obwohl sie ihm am liebsten Rattengift verabreicht hätte. Und da hatte Amanda sich geschworen, kein solches Doppelleben führen zu wollen.

Aber wohin war Amanda mit ihrer Aufrichtigkeit gekommen? Giles hatte sich mit Stephanie aus dem Staub gemacht, einer modernen Inkarnation ihrer Mutter, die ihm zweifellos ständig versicherte, dass er der perfekte Ehemann war, von einem Gott im Bett ganz zu schweigen.

Dem immer sehr einfühlsamen Sean fiel ihr Gesichtsausdruck auf. »Hier, Mama, du bekommst das erste Törtchen. Du bist der offizielle Vorkoster.«

Fast hätte Amanda das dick verzuckerte Törtchen abgelehnt. Sie konnte glasierte Kirschen nicht ausstehen, und die Süßigkeit hatte vermutlich mehr Kalorien, als die nymphengleiche Stephanie in einer Woche zu sich nahm. Aber da sie die Ehre dieses Angebots zu schätzen wusste, biss sie hinein und fand unerwarteten Trost in dem Zuckerschock und noch mehr in der Liebe, die ihr aus Seans Augen entgegenstrahlte.

»Fabelhaft! Wenn du Frankenstein ein paar davon gibst, wird selbst er zu einem Kuschelkätzchen!«

»Du warst aber lang am Glascontainer«, bemerkte ihre Mutter, die wie immer Ton in Ton in neutralen Farben gekleidet war, von Karamell bis Cappuccino, was ihr das Aussehen eines sehr teuren Toffees verlieh. Von der Sorte, die zwar hinreißend duftet, aber an den Zähnen kleben bleibt, überlegte Amanda boshaft. »Wie viele Flaschen hast du weggebracht? Eine ganze Spirituosenhandlung?«

»Das war doch nur, weil wir einen Zusammenstoß hatten!«, berichtete Clio schadenfroh. »Oder besser, weil Mama auf dem Parkplatz in diesen Mann reingefahren ist. Du hättest sein Auto sehen sollen, Oma. Ein todschickes Ding. Na ja, bis Mama reinfuhr und seine Stoßstange verbeulte.«

»Um Himmels willen, Amanda! Du warst schon immer hoffnungslos ungeschickt. Und jetzt wird dieser Mann wohl Schadenersatz von dir verlangen. Hast du denn nicht schon genug Probleme, als *allein erziehende Mutter*?« Die letzten drei Wör-ter sprach sie aus, als wären sie in Haftfolie eingewickelt, um Verseuchungen zu vermeiden. »Lepra« oder »gemeingefährlicher Irrer« hätten sich weniger giftig angehört.

»Na ja, tatsächlich ...«, begann Amanda.

»Er sagte, es sei nicht so schlimm«, unterbrach Clio sie, »und er hat sogar angeboten, Mamas Wagen in seiner Werkstatt reparieren zu lassen.«

»Du lieber Himmel.« Helen klang ein wenig enttäuscht. »Warum, zum Teufel, tut er so was?«

Amanda zuckte irritiert zusammen. »Vielleicht hat er mich ja toll gefunden«, schlug sie vor.

Ihre Mutter, Clio und Sean brachen in Gelächter aus.

»Eigentlich lag es an seiner Mutter, die bei ihm war und die gesagt hat, er solle aufhören, Mama zu schikanieren.«

»Ich hoffe, du hast eingewilligt«, sagte Helen. »Wie alt ist er übrigens, dieser Musterknabe, der noch immer tut, was seine Mutter ihm sagt? Einundzwanzig?«

»Unglaublich alt«, sprang Clio hilfsbereit ein. »Aber sehr sexy.«

»Um die vierzig«, ergänzte Amanda korrigierend.

»Und macht immer noch, was seine Mutter sagt. Wie traurig.« Wie Amanda sich im Laufe ihrer Kindheit in regelmäßigen Abständen überzeugen konnte, gab es keine angenehme Helen.

Ihre Mutter wartete einen Herzschlag lang, ehe sie ihr perfektes Platinhaar zurückwarf und hinzufügte: »Ich hoffe nur, du hast seine Telefonnummer. Selbst ein Mann, der noch am Rockzipfel seiner Mutter hängt, ist besser als gar kein Mann.«

Sean entging das Mienenspiel seiner Mutter nicht, das an

einen Vulkan vor dem Ausbruch erinnerte. »Mama braucht keinen Mann. Sie hat mich.« Schützend schlang er seine Arme um sie, der Kopf gerade mal in Brusthöhe. Eine Woge der Zärtlichkeit überrollte Amanda. Er war so tapfer gewesen nach Giles' Weggang und hatte sich aus glühender Loyalität monatelang geweigert, Stephanie zu sehen. Amanda musste zugeben, dass sie darüber wider besseres Wissen hocherfreut gewesen war. »Es gehören immer zwei dazu, wenn eine Ehe in die Brüche geht«, hatte Amanda ihm mit Mordgelüsten im Herzen pflichtschuldig zu bedenken gegeben. »Nein, das stimmt nicht«, hatte Sean erwidert. »Papa war wirklich gemein zu dir.«

Dafür liebte Amanda ihn.

Als Helen dann endlich zu ihrem Kosmetiktermin aufbrach und Clio und Sean verschwanden, um sich mit ihren Freunden zu treffen, entschied Amanda, dass nur noch ein Bad sie zu trösten vermochte. Der Unfall hatte sie doch wesentlich mehr mitgenommen, vor allem wegen ihrer eigenen Dummheit und Achtlosigkeit, als sie hätte zugeben können.

Mitten am Tag ein Bad zu nehmen hatte fast was Verruchtes. Als sie sich auszog, schauderte sie ein wenig in der kalten Luft. Doch aus Kostengründen musste die Zentralheizung tagsüber ausgeschaltet bleiben. Sie stellte sich aufrecht hin und betrachtete sich im Badezimmerspiegel. Sie war größer als die meisten Frauen – Amazone lautete die schmeichelhafte Bezeichnung dafür, aber es gab auch andere.

Grünbraune Augen starrten durch ein Gewirr goldbrauner Haare zurück, die schon seit Wochen einen Friseur brauchen würden. Ihre Nase war lang und gerade, und ihre Wangenknochen waren für eine Gestalt, die ihre Mutter immer als »groß« bezeichnet hatte, überraschend fein modelliert. Noch immer lag ein Hauch Sommerbräune auf ihrer Haut. Die Kälte ließ ihre Brustwarzen Haltung annehmen. Würde sich trotz ihrer einundvierzig Jahre und ihrer aus einem aufsässigen Teenager und einem fußballverrückten Zehnjährigen bestehenden Bürde noch einmal ein Mann für sie interessieren? Wäre einer vielleicht sogar größer als sie?

Sie hatte keinen Schimmer. Nach fast drei Jahren Alleinsein hatte sie eigentlich gehofft, ihr Selbstvertrauen wiedererlangt zu haben. Aber Selbstvertrauen war eine launische Bestie, und ihre war in der Höhle geblieben.

Sie musste ihren Frisör befragen und sich ein völlig neues Aussehen verpassen lassen, selbst wenn das für sie alle eine Woche lang gebackene Bohnen bedeutete. Sean wäre davon ohnehin begeistert. Eine Rundumerneuerung wäre zwar Luxus, aber ihr Selbstwertgefühl hatte Auftrieb bitter nötig. Eigentlich sogar einen Raketenwerfer.

Sie betrachtete sich in dem rasch Dampf ansetzenden Spiegel, zog einen Schmollmund und machte auf Kate Moss, oder besser auf anderthalb Kate Mosses. »Weil ich es mir wert bin«, hauchte sie und zwang sich, auch daran zu glauben.

Als sie in die Wanne stieg, überlegte sie kurz, ob sie sich bei Angus Day hätte bedanken sollen, weil er die Sache mit seinem Auto so locker genommen hatte. Aber wenn sie seine Situation richtig einschätzte, war das Leben mit ihm bisher immer sanft umgegangen. Also würde ihm ein bisschen Aufsässigkeit ihrerseits bestimmt nicht schaden.

2. *Kapitel*

Als sie nach dem Baden wieder nach unten kam, fühlte sie sich gleich besser. Vielleicht war das Leben doch noch nicht vorbei. Aber sie hatte das Durcheinander in der Küche vergessen. Es sah aus wie in einem Kriegsgebiet. Das Tablett mit den Augäpfeln starrte ihr aus einem Schlachtfeld aus Mehl, Eierschalen und Zuckerguss entgegen. Der mit Kuchenmischung überzogene Rührbesen klebte auf der Arbeitsfläche. Kinky, die Katze, die man angeschafft hatte, um das Loch zu füllen, das Giles bei seinem Abgang gerissen hatte, und die sich als ähnlich nützlich erwies wie dieser, leckte seelenruhig die Butter auf.

Amanda gab der Katze einen Klaps und überlegte, ob sie die Butter wegwerfen oder die oberste Schicht abkratzen und das Beste hoffen sollte. Sie entschied sich für Letzteres. Ökonomie stand schließlich auf der Tagesordnung. Ihr Job in einer kleinen Kunstgalerie in der Stadt war zwar vergnüglich, aber nicht besonders gut bezahlt, und Giles schien vergessen zu haben, wie kostspielig es war, Kinder großzuziehen. Außerdem würde sie es genießen, ihrer Mutter diese Butter zu reichen.

Seit Giles weggegangen war, hatte Amanda einen Dienstplan für die häuslichen Aufgaben eingeführt, der aber meist zu mehr Problemen führte, als das Ganze wert war, vor allem, da Clio Schmutz als Stilelement ansah. Doch da Amanda jetzt allein verantwortlich war, musste sie für ein wenig Disziplin sorgen, wenngleich auch sie manchmal schwach wurde und überlegte, sich ein Glas Wein einzuschenken und die Arbeit selbst zu erledigen. Es ginge schneller und wäre dem Seelenfrieden zuträglicher.

Zur schwesterlichen Unterstützung beim Aufräumen legte sie

Clios Shania-Twain-CD auf. Begleitet von der auf volle Lautstärke gedrehten röhrenden Shania, ging der Abwasch wie von selbst von der Hand. Nur Pech für Amanda, dass das erste Lied »You're Still the One« war, eine rührende Beschwörung einer glücklichen Ehe, die trotz allem gehalten hatte.

Sie musste sich eine Träne abwischen. Was war nur in ihrer eigenen Ehe so schief gelaufen, dass Giles sich einfach so aus dem Staub machen konnte und ihr aus heiterem Himmel erklärte, alles sei aus und er ziehe jetzt mit Stephanie zusammen? Diese Frage hatte sie sich in den letzten drei Jahren schon hundert Mal gestellt.

»Es war nicht dein Fehler«, hatte ihre Freundin Simone gemeint, als Amanda der Lektüregruppe von Giles' Weggang erzählte. »Er war ein Scheißkerl, durchschnittlich und gewöhnlich.«

Sie hatten an diesem Abend auf ihre Lektüre verzichtet (Ian McEwan's *Liebeswahn* wäre kaum passend gewesen) und die Männer nach Strich und Faden fertig gemacht, ihre Nutzlosigkeit, ihre Unverantwortlichkeit, ihre Unfähigkeit, eine Toilettenpapierrolle auszuwechseln, ihren geisttötenden Egoismus und ihre traurigen, in Schubladen aufgefächerten Seelen. Janine, ein neues Mitglied, hatte kraftlos eingewendet, dass ihr Mann ziemlich nett sei, und Ruthie, eine der treuesten und äußerst glücklich verheirateten, hatte den Mund gehalten.

»Du solltest ihn dir zurückholen«, hatte Simone geraten. »Schlitz seine Reifen auf.«

»Näh ihr einen Bückling in die Vorhänge«, lautete Dales Vorschlag. Ihr Mann hatte sie vor zwei Jahren verlassen.

»Säe ihr Senf und Kresse in ihren Bettvorleger«, kicherte Janine.

»Schlitz *ihre* Reifen auf«, ergänzte Dale.

»Erzähl seinem Chef, dass er Frauen schlägt«, hatte die sanfte Anne zu ihrer eigenen Überraschung gemeint.

»Hast du jemals versucht, mit ihm darüber zu reden?«, hatte Ruthie nachgehakt.

Aber Giles hatte nicht darüber reden wollen.

»Gott sei Dank war er nicht einer dieser besitzergreifenden Väter«, hatte ihre Mutter mit der ihr eigenen verdrehten Logik erklärt. »Wenn derart präsente Väter weggehen, ist das eine Katastrophe. Bei Giles wirst du das jedenfalls kaum spüren.«

Natürlich hatte sie es gespürt. Man kann sich kaum elender fühlen, als nach einer gescheiterten Ehe. Seitdem hatte sie geheult und alles Mögliche in sich hineingestopft, Giles Vorwürfe gemacht und sich selbst Vorwürfe gemacht. Zugenommen und abgenommen. Einen Kurs zum Abnehmen besucht. War zur »Kalorienzählerin der Woche« ernannt worden und hatte auf dem Heimweg eine ganze Tüte Mini-Marsriegel verdrückt. Und das geschah alles, ehe sie sich fragte, welche Auswirkung es wohl auf die Kinder haben mochte.

Jetzt endlich hatte sich ihr Leben leidlich eingespielt. Keine Diäten mehr. Kein Vollstopfen mehr. Vielleicht noch ein wenig Heulen, aber das konnte man verstehen, schließlich war sie nicht Mutter Teresa. Vielleicht kam sie ja, o Wunder über Wunder, aus dem düsteren Tal der Scheidung, wenn schon nicht auf die sonnigen Höhen des Glücks, so doch wenigstens auf die platte Ebene der Akzeptanz. Sie hatte sich in letzter Zeit sogar bereits ein, zwei Mal gefragt, ob es nicht zum Teil auch ihr Fehler gewesen war.

Mit tadellosem Timing klingelte das Telefon.

Es war Giles, der Scheißkerl.

»Hallo, Amanda, na, wie sieht's aus im schönen Laineton?« Bei Giles' schmeichlerischem Ton sträubte sich alles in ihr. So charmant war Giles nur, wenn er etwas von ihr wollte.

»Komm auf den Punkt, Giles.«

»Ich habe überlegt, ob wir nicht dieses Jahr unsere Vereinbarung für die Weihnachtszeit ändern könnten?« Normalerweise verbrachten Clio und Sean den ersten Weihnachtsfeiertag mit Amanda und den zweiten bei ihrem Vater. »Ich habe nämlich so ein unglaubliches Angebot bekommen, über Weihnachten nach Val d'Isère zu fahren.« Ehe sie protestieren konnte, stürmte er schon weiter. »Es ist geschenkt. Das Eröffnungsangebot von TBL's neuem Katalog.« Giles war Reisebürokaufmann und schien immer zu irgendeinem Auslandsziel unterwegs zu sein. Schon komisch, dass keines der Freiangebote ihn je nach Middlesbrough oder Bognor Regis führte, sondern immer an irgendwelche palmengesäumten Strände oder zu üppigem Après-Ski. »Den Kindern wird's gefallen. Sie haben sich doch immer weiße Weihnachten gewünscht.«

Amanda hatte den Mund schon offen, um zu protestieren, aber wie üblich hatte Giles das letzte Wort. Sean wünsche sich doch nichts sehnlicher als Skifahren. Und Clio wäre auch begeistert. Sie klage doch immer, sie sei von allen ihren Freundinnen die Einzige, die noch nie im Skiurlaub gewesen sei. Sie sei gerade im richtigen Alter, in dem man sich genauso gut in den Skilehrer verlieben als den Leadsänger von Westlife anhimmeln könne.

Amanda wollte gerade brüsk nachhaken, ob Stephanie auch mit von der Partie sein werde, aber Giles nahm auch das vorweg. »Steph kann nicht mitkommen. Sie findet es zu riskant.«

Amanda hatte plötzlich das Gefühl, ihr Herz würde in einen Schraubstock eingespannt. Sie hatte Sean und Clio noch immer nicht erzählt, dass Stephanie schwanger war, geschweige denn, dass sie wahrscheinlich Zwillinge erwartete. »Wenn ich zustimme«, erwiderte sie und versuchte, sich den Schmerz nicht anhören zu lassen, »versprichst du mir dann, dass du mit ihnen wirklich über Steph sprichst?«

»Absolut. Und ich werde mit ihnen wertvolle Zeit verbringen können, um den Schlag zu dämpfen.«

Wenigstens dieses eine Mal zeigte er Einsicht, dass es ein Schlag *war*, wenn ihr Vater Kinder mit einer anderen bekam.

»Na gut.« Das Angebot war zu gut, sie durfte es Sean und Clio zuliebe nicht ausschlagen.

»Urlaub ist großartig, aber die Unterhaltszahlungen rechtzeitig zu bekommen, wäre noch sinnvoller.« Diese Bemerkung konnte Amanda sich nicht verkneifen.

»Okay, okay, ich versprech's.« Und Giles hörte sich dabei an, als würde er es auch ernst meinen. Aber genau dies gehörte auch zu Giles' herausragenden Fähigkeiten.

»Und was ist mit der Skiausrüstung? Ich könnte versuchen, ob wir was leihen können«, schlug Amanda vor und dachte an die ungeheuren Ausgaben.

»Das kriegen wir schon hin. Ich kann da sicherlich verhandeln. Wir schicken genug Leute auf die Piste. Ich werde mal mit meinem Kontaktmann bei The Great Outdoors sprechen.«

Amanda zuckte mit den Schultern. Giles kannte immer eine Kontaktperson. Sie hatten nicht einmal das Ziel ihrer Flitterwochen gekannt, bevor sie zum Flughafen kamen, weil Giles billig drangekommen war.

Als sie den Hörer auflegte, wurde ihr die ganze Tragweite erst richtig bewusst. Dies bedeutete, dass sie über Weihnachten und Neujahr zwei Wochen lang allein war. Eigentlich eine fabelhafte Aussicht. Endlich Freiheit. Also, warum fühlte sie sich dabei so grässlich leer?

Als sie Clio und Sean am nächsten Morgen davon erzählte, waren beide völlig aus dem Häuschen. Sean legte sogar seinen *Kicker* beiseite, um durch die Küche Slalom zu fahren und der Katze einen Schrecken einzujagen. An Hindernissen, die umfahren werden mussten, mangelte es jedenfalls nicht.

Amanda schrie hoch zu Clio, die wie üblich unheimlich spät dran war und sich im Bad noch schminkte, obwohl sie sich längst die Schultasche umschnallen sollte.

»Wenn du nicht in zehn Sekunden unten bist, werfe ich deinen Nagellack weg!«, kreischte Amanda und versuchte, zwei Pausenbrote und einen Diätsalat für die Galerie fertig zu machen. Sie war davon ausgegangen, dass die weiterführende Schule das Ende der Pausenbrote bedeutete, aber ihre beiden Kinder forderten deren Wiedereinführung ein. Clio, weil sie die Schulverpflegung nicht mochte, und Sean, weil er in der Pause immer

Fußball spielte und es so verpasste, sich in die Schlange vor der Essensausgabe zu stellen und seinen Hunger sonst mit einem Marsriegel und Cola Light gestillt hätte.

»Das ist cool, Mama!«, begeisterte sich Sean. »Kann ich auch Ski springen?«

»Ich würde erst mal damit anfangen, aufrecht zu stehen und keine Knochen zu brechen«, schlug Amanda vor.

Clio kam hereingerauscht, die Wangen leuchtend vor Rouge. Eigentlich war auf der Schule kein Make-up erlaubt, aber es schminkten sich ohnehin alle. »Du bist ja schon wieder angemalt, Clio!«, entrüstete sich Amanda.

»Ich versuche nur, meine Wangenknochen zu betonen«, grinste Clio. Sie versuchte immer, erwachsener auszusehen, aber es funktionierte nie. Zu Clios großem Leidwesen sah sie kaum einen Tag älter aus als zwölf, während alle ihre Freundinnen schon für achtzehn durchgingen. Ihre ungelenke Art würde eines Tages sicher sehr reizvoll sein, jetzt wirkte sie nur unbeholfen.

Die Vorstellung, in den Skiurlaub zu fahren, versetzte sie in Ekstase. »Jasmine wird total neidisch sein, wenn ich ihr das erzähle. Wird es auch Après-Ski und Glühwein und Seilbahnen geben?«

»Ich denke schon.« Amandas Erfahrung mit Wintersportorten beschränkte sich auf die Reiseprogramme im Fernsehen. »Ich bin sicher, dass es das alles gibt.«

»Stell dir vor, Mama: weiße Weihnachten!« Clios Stimme überschlug sich vor Aufregung. Dann aber platzte die Seifenblase genauso schnell wieder. »Aber was wirst du denn machen? Du kannst doch nicht ganz allein Weihnachten feiern! Warum kommst du nicht mit?«

Es ärgerte Amanda, dass Giles mühelos ein solches Geschenk präsentieren konnte, während sie gerade mal eine Fahrt an die Anlegestelle oder ins Kino zu bieten vermochte. »Und GG allein lassen? Was würde Oma denn machen, wenn wir abzögen, um über die Pisten zu wedeln?«

»Da hast du Recht. Und wenn ihr beide mitkämt?«, bohrte Clio voller Hoffnung nach.

»Damit Oma dann mit einem Skilehrer durchbrennt oder sich die Hüfte bricht.«

»Auf der Piste?«

»In der Disco, wie ich Oma kenne. Egal, für euch wird es schön werden. So viel Zeit mit Papa.«

»Kommt *sie* mit?«

»Nein. Ihr werdet Papa ganz für euch haben.«

»Klasse. Aber so wie ich Papa kenne, wette ich, dass er krank wird und es schafft, sämtliche Zimmermädchen auf Trab zu halten, damit sie ihm heißen Grog bringen.«

Diese Wahrscheinlichkeit war groß, dachte Amanda, behielt es aber für sich. »Komm schon, Clio, es ist eine wunderbare Chance für dich. Du wolltest doch immer Skifahren gehen.«

»Ich wünschte, du kämst mit.«

Amanda umarmte sie, weil sie spürte, wie weh ihrer Tochter die Scheidung immer noch tat.

»Ich wünschte, wir wären eine richtige Familie wie bei Jasmine. Und würden was zusammen machen.«

»Wetten, dass die nicht Skifahren gehen?« Amanda bemühte sich um einen fröhlichen Ton.

»Nein. Aber wenn wir alle zusammen sein könnten, würde es mir auch nichts ausmachen, keinen Schritt aus dem Haus zu kommen. Und, Mama« – sie fing den Blick ihrer Mutter auf –, »spar mir die Lektion, dass fast die Hälfte der Ehen ohnehin mit Scheidung enden, bitte?«

Amanda versicherte sich mit einem Seitenblick, dass Sean außer Hörweite war. »Du hast Recht. Und in Wahrheit ist das alles einfach nur beschissen, stimmt's?«

Clio lachte und sah glücklich aus wie seit Tagen nicht mehr. »Ja«, grinste sie, »ja, das ist es.«

Die Lektüregruppe trat für wesentlich mehr Aktivitäten ein. »Es wird Zeit, dass du dir einen Mann suchst«, verkündete Ruthie, nachdem sie den letzten Roman von Will Self in gerade mal fünfzehn Minuten besprochen hatten. »Einen, der das genaue Gegenteil von Giles ist. Einen, der wirklich das Zeug zum guten Ehemann hat. Und jetzt hast du fast zwei Wochen freie Zeit, um dich umzusehen. Ausgezeichnet.«

Die Gruppe traf sich in Ruthies Haus, das die Atmosphäre eines Spielzimmers für Erwachsene ausstrahlte, überall helle Farben und große Kissen. Ruthie hatte früher Vorbereitungskurse für natürliche Geburt gegeben und schwor noch immer darauf, sich in Stresszeiten auf den Boden zu legen und tief durchzuatmen.

»Ja«, stimmte Simone zu, die wie in ihren Collegetagen das schwarze lange Haar offen trug und mit ihrer glutvollen Ausstrahlung Männer bevorzugte, die zwanzig Jahre jünger waren als sie. »Da sind wir uns alle einig. Aber was *ist* das, das Zeug zum guten Ehemann?«

»Zumindest in Amandas Fall ist das ganz einfach«, warf Louise ein. Louise war sowohl eine Freundin als auch Amandas Chefin in der Galerie. »Jemand, der sie nicht in der Öffentlichkeit heruntermacht oder jede Frau unter achtzig anbaggert, wie Giles das getan hat.«

»Louise«, fuhr Amanda auf, denn sie wollte die sechzehn Jahre ihrer Ehe nicht so brutal abgetan sehen. »So schlimm war er nun auch wieder nicht.«

»Doch, das war er«, korrigierte sie Louise. »Schlimmer sogar. Obwohl er charmant war. Aber Charme ist normalerweise eine Eigenschaft, die Ehemänner für andere Menschen aufbewahren.«

»Na gut, dann lassen wir Charme also nicht gelten, oder?«, schlug Ruthie vor. »Was *macht* also einen guten Ehemann aus? Wie wär's mit Selbstlosigkeit?«

»Sachte«, schaltete Louise sich ein, »wir wollen doch nicht gleich die ganze männliche Spezies disqualifizieren.«

»Ich halte Freundlichkeit für wichtiger«, warf Janine ein, »und Rücksichtnahme.«

»Rücksichtnahme?« Dale betonte das Wort, als wäre es ihr fremd. »Soll das bedeuten, dass sie dann keinen Sex mit dir machen, wenn du nicht möchtest?«

»Und kommen, wenn du kommst«, fügte Ruthie hinzu.

»Also ich weiß, was ich an einem Mann mag.« Simone schüttelte ihr schwarzes Haar. »Einen, der Lust auf zwei Stunden oralen Sex hat und dann den Müll rausträgt.«

»Besten Dank, Simone«, widersprach ihr Ruthie, »aber wir sprechen hier über Ehe und nicht über die Pornofassung von *Brief Encounter*.«

»Ich weiß, was mir bei einem Ehemann wichtig wäre«, verkündete Anne ernst, die nur selten was sagte und die Bücher jedes Mal in zwei Tagen durchgelesen hatte. »Jemand, der mich zum besseren Menschen macht, bereichert und ermutigt.«

»Wovon redet sie eigentlich?«, wollte Simone wissen.

Nicht gewohnt, im Zentrum der Aufmerksamkeit zu stehen, wurde Anne rot. »Ich meine ja nur, dass es jemand sein sollte, der mir erlaubt, wirklich ich selbst zu sein, und mir Mut macht, etwas anzupacken, anstatt mich immer zu bremsen, wie das die meisten Männer tun.«

»Sehr gut, Anne«, pflichtete Ruthie ihr bei.

»Da bin ich ganz deiner Meinung«, lächelte Amanda und erinnerte sich, wie oft ihre Pläne gescheitert waren, wenn diese sich nicht mit Giles' Bequemlichkeit hatten vereinbaren lassen. »Und danke für die guten Ratschläge an der Ehemannfront, aber ich wäre jetzt eigentlich schon ganz zufrieden mit einem guten F-«

»Wären wir das nicht alle«, gackerte Simone.

»... Freund, wollte ich sagen. Einfach die zwanzig Jahre Rücksichtnahme und Verpflichtung vergessen und für den Anfang jemand, der mit einem ins Kino geht und nicht meine Mutter ist.«

»Und ich kenne genau den richtigen Mann«, grinste Ruthie unheilschwanger und auf lächerliche Weise selbstzufrieden.

»Adrian. Ein Kollege von Mike. Nett. Freundlich. Ziemlich attraktiv.« Sie hielt inne, als käme sie gleich zum Knackpunkt. »Und er ist ganz und gar nicht charmant.«

Dies war, wie Amanda feststellen konnte, als sie sich am folgenden Dienstag auf Drängen Ruthies mit Adrian traf, die Untertreibung des Jahrhunderts. Adrian war nicht nur nicht charmant, er war geistlos. Und dazu auch noch kleinlich. Er nuckelte über eine Stunde an seinem Glas Bier, ohne ihr auch nur anzubieten, ihr Glas Wein nachschenken zu lassen, das Amanda in ihrer Aufregung in wenigen Minuten hinuntergekippt hatte. Schließlich musste sie selbst nachbestellen. Zwei Mal. Und am Ende des endlosen Abends wäre sie durchaus in der Lage gewesen, eine Geschichte des Finanzamtes zu schreiben, in dem Adrian arbeitete, wenn sie dazu Lust gehabt hätte. Und das alles, ohne auch nur das geringste Interesse für Amandas Befinden und Lebensumstände an den Tag zu legen.

»Wie war's?«, erkundigte sich Clio, sobald Amanda ihm entkommen war und sich zurück in ihren chaotischen Haushalt schlich. »Es ist noch nicht einmal zehn Uhr. War er so schlimm?«

Clio hatte sich aufs Sofa geflegelt. Neben ihr lag zusammengerollt Sean im Halbschlaf, in seinem blauen Boxernachthemd, und Kinky saß auf ihm. Das war immer so, wenn Clio auf ihn aufpasste.

»Schlimmer. Ich hätte schon um neun zu Hause sein können, wenn ich weggekommen wäre. Die schwerste Aufgabe wird darin bestehen, Ruthie nicht zu beichten, wie zuwider er mir war. Er ist mit ihnen befreundet.«

»Es ist doch eine allgemein anerkannte Tatsache«, grinste Clio, »dass eine erst vor kurzem von ihrem Mann sitzen gelassene Frau mit jedem ausgehen wird, egal, wie aufgeblasen, geistlos oder widerlich er ist. Sag Ruthie die Wahrheit. Sag ihr, dass er stinklangweilig ist.« Clio sprang vom Sofa. »Ich hab außerdem eine viel bessere Idee.« Sie schwenkte die Lokalzeitung vor ihrer Mutter. »Da drin gibt es eine ganze Anzeigenseite, und alle kommen hier aus Laineton. Frauen, die Männer suchen, Männer, die Frauen suchen und, stell dir vor, Männer, die Männer suchen – obwohl das alles bisexuelle Widerlinge zu sein scheinen, die ihre Frauen betrügen – und Frauen, die Frauen suchen. Und das alles hier in unserem langweiligen Laineton! Wer hätte das gedacht? Es gibt auch Schrumpelköpfe, die andere Schrumpelköpfe für Jux und Tollerei suchen.«

»Erzähl das, um Gottes willen, nicht GG, die ist sonst nicht mehr zu bremsen. Und bei ihrem Glück fände sie bestimmt auf Anhieb einen. Dann lass mal sehen.«

Clio und Amanda zogen sich in die Küche zurück und breiteten die Zeitung neben dem spätabendlichen Imbiss aus, den Clio sich aus gerösteter Erdnussbutter und einem Marmeladensandwich hergerichtet hatte. Die Marmelade war überall durchgesickert und hatte die Zeitung rot und klebrig gemacht.

Es erstaunte Amanda, wie viele Menschen gewillt waren, das Risiko einzugehen und sich mit einem völlig Fremden einzulassen. Die erste Anzeige las sie vor: »›Kleine, sehr weibliche Dame mit einem ungewöhnlichen Hobby.‹ Du liebe Zeit, wetten, dass die jede Menge Anrufe bekommt? Was könnte das wohl sein, was meinst du? Männer am Bett anketten und sie mit dem Staubwedel kitzeln? Sich als Nonne verkleiden und sie ein paar Gegrüßet-seist-du-Maria aufsagen lassen?«

»Wahrscheinlich etwas ganz Doofes, wie Dackel züchten. Schau dir die an. ›Attraktive, gut anzufassende Brünette, sucht großen, echten Biker.‹ Was meinst du, ob die in der Vergangenheit lauter falsche Motorradfahrer gehabt hat?«

Amanda kicherte. »Die gefällt mir. ›Fünfundfünfzigjährige Frau, einsachtzig, sucht einen Mann, der's wirklich bringt.‹ Und ich dachte schon, ich mit meinen vierzig sei jenseits von Gut und Böse.

»Einundvierzig«, berichtigte Clio grausam und richtete ihren Blick auf die »Mann sucht Frau«-Spalte. »›Stolzer vollblütiger Hengst, dreißig, braucht eine feste Hand.‹ Oooh Mama, den solltest du anrufen!«

»Ich glaube nicht, dass meine Hand fest genug wäre. Sieh dir die mal an. ›Haushaltserfahrener Mann, MSFH. Sucht Frau zum GV, LZB möglich.‹ Was, zum Teufel, soll das denn heißen?«

»Das wird hier unten erklärt«, sagte Clio. »MSFH heißt: Mit Sinn für Humor, GV – kannst du dir ja denken, und LZB ist Langzeitbeziehung.«

»Oder vielleicht auch GSB: Ganz schnelles Bumsen, und dann hörst du nie wieder von ihnen«, meinte Amanda.

»Sei doch nicht so zynisch, Mama. Die hier ist scharf. ›Gut eingefahren, Tachostand siebenundvierzig. Schickes Modell. Ausgezeichnete Kondition, sucht weibliches Modell, fünfunddreißig bis siebenundvierzig, biete Parkplatz.‹«

»O mein Gott, ich glaube nicht, dass ich einen Mann ertragen könnte, der sich mit einem Gebrauchtwagen vergleicht. Jetzt sieh dir diese Frechheit an: ›Großer Mann, zweiunddreißig, liebt Pubs und Clubs. Gern auch allein erziehende Mütter.‹« Sie überflog die Anzeigenseite. Über die Hälfte der weiblichen Anzeigen stammte von allein erziehenden Müttern.

»Mein Gott, der Markt ist ja mehr als voll.«

»Komm schon, Mama. Du musst das positiver sehen. Warum entwerfen wir beide nicht gemeinsam eine Anzeige?«

»Schön. Wie wär's mit ›Altes Suppenhuhn, einundvierzig, liebt Flanellnachthemden und zeitiges Zubettgehen mit einem guten Buch, sucht interessanten Mann zum Kakaotrinken und für eine Freundschaft‹.«

»Sehr lustig.«

»Aber es stimmt.«

»Das darfst du eben erst später beichten. Oder du musst ein paar deiner schlechten Angewohnheiten aufgeben. Lass mich sie schreiben, Mama. Schließlich betrifft es mich auch, welchen Mann du findest.«

»Vielleicht sollte ich mir gar keinen Mann suchen.«

»Natürlich solltest du das. Es sind jetzt drei Jahre. Und Papa hat Steph. Du hast jemand Netten verdient. Wie wär's mit: ›Äußerst attraktive geschiedene Frau, einundvierzig, Catherine-Deneuve-Typ, sucht intelligenten, solventen Mann zum gemeinsamen Kaffeetrinken und Plaudern, vielleicht auch mehr.‹«

»Das ist hervorragend. Aber bin ich wirklich der Catherine-Deneuve-Typ?«

»Nein, aber du kannst doch nicht allen Ernstes schreiben ›Geschiedene Frau, einundvierzig, ein bisschen wie die Mutter in *2,4 Children*‹, oder?«

Amanda lehnte sich zurück, sah in den Küchenspiegel und zog einen verführerischen Schmollmund. »Ich würde Catherine Deneuve den Vorzug geben.«

»Catherine Deneuve ist inzwischen vielleicht schon im Pensionsalter. Egal, ich schicke es trotzdem ab!« Clio riss den Coupon ab, klebte eine Marke darauf und stürmte durch die Eingangstür zum Briefkasten an der Straßenecke.

»Aber es ist elf Uhr abends!«, rief Amanda ihr hinterher.

»Ja, schon«, erwiderte Clio, »aber bis morgen früh hast du es dir vielleicht schon anders überlegt!«

Besorgt wartete Amanda auf Clios Rückkehr, verwundert über die Spontaneität der Jugend, aber in Sorge, sie könnte auf dem Rückweg überfallen werden. Fünf Minuten später war Clio wieder zurück. »So, das hätten wir. Märchenprinz, wir kommen.«

Amanda umarmte sie, und Clio ließ es sich diesmal sogar gefallen. »Da wäre ich mir nicht so sicher. Ein Haufen Frösche sind wahrscheinlicher.«

»Es geht doch nichts über gesunden Optimismus«, neckte Clio sie.

Amanda lachte. Sie hatte den Hang, alles schwarz zu sehen. Aber was hatte sie schon zu verlieren?

Am nächsten Morgen hatte sie es sich tatsächlich anders überlegt. »Du hast doch nicht etwa unsere Telefonnummer angegeben? Sag, du hast doch nicht die Telefonnummer reingeschrieben?«

»Natürlich habe ich unsere Telefonnummer nicht angegeben«,

brummelte Clio mit ihrem Toast zwischen den Zähnen und dem Packen der Schultasche beschäftigt. »Meinst du, ich möchte, dass hier haufenweise Trauerklöße anrufen?«

»Aber ich soll dann mit diesen Verzweifelten *ausgehen*?«

»Das ist was anderes. Du bist in Not.«

»Danke bestens.«

»Übrigens müssen wir uns was überlegen, um die echten Spinner rauszufiltern.«

»Was wollt ihr machen?«, wollte Sean wissen, der wie üblich längst vor Amanda oder Clio fertig angezogen war und wartete.

Ungewöhnlich taktvoll entschied Clio, dass das Thema eines potenziellen Freundes für ihre Mutter für einen Zehnjährigen nicht gerade geeignet war. »Ach, nur ein Wettbewerb, den Mama in der Galerie veranstaltet.«

»Ach wie langweilig.« Sean verlor sofort das Interesse und vertiefte sich wieder in den Sportteil der Zeitung. Schon erstaunlich, wunderte sich Amanda, dass Sean, der in der Schule mit dem Lesen zu kämpfen hatte, ohne Probleme jedes Wort, das über die magische Angriffstaktik von David Beckham geschrieben wurde, in sich hineinschlang.

Nachdem Sean und Clio zur Bushaltestelle aufgebrochen waren, machte Amanda sich auf den Weg zur Galerie. Es war nur ein Weg von zehn Minuten durch die Nebenstraßen in Richtung Meer. In ein paar Fenstern hingen noch Kürbislaternen, obwohl schon fast Dezember war. Sie atmete die kalte, klare Luft ein und beschleunigte ihren Schritt. Das war das Wetter, das sie am liebsten mochte. Im Winter haben Städte am Meer eine wunderbare Atmosphäre, was der besonderen Qualität des Lichts zu verdanken ist, dem durchsichtigen Verschmelzen der hellen blauen See mit dem weichen Grau des Winterhimmels.

Amanda hielt einen Moment auf der Promenade inne und beobachtete die kreisenden Möwen. Sie waren ausgemachte Bettler, groß und faul versammelten sie sich um jedes Bushäuschen und warteten darauf, dass alte Damen sie fütterten. Die wegen ihrer ungeheuren Fruchtbarkeit und der rowdyhaften Übergriffe der Möwen auf den womöglich leckeren Inhalt der Mülleimer besorgte Stadtverwaltung hatte Schilder aufgestellt, auf denen die Bevölkerung aufgefordert wurde, sie nicht zu füttern. Welche die alten Damen aber geflissentlich übersahen. Die Anwesenheit der Vögel und das spitze *ki – ah* ihrer Schreie gehörte genauso zum Charme von Laineton wie der Pier an der Promenade.

Laineton war die Stadt, in der Amanda aufgewachsen war. Eine gebürtige Lainetonerin zu sein war schon etwas. Die meisten Leute hier waren zugezogen, angelockt von ihrem schäbigen Charme und ihrer abgenutzten Eleganz. Charakter wurde in Laineton groß geschrieben. Für eine Stadt am Meer ziemlich groß, aber für eine Großstadt nicht groß genug, war sie immer Anziehungspunkt für die unterschiedlichsten, meist extravaganten Menschentypen gewesen, denen es an einem kleineren Ort bald zu eng geworden wäre, die sich aber dem ständigen Kampf und Stress eines Großstadtlebens nicht aussetzen wollten. Das bewahrte den Ort vor der Kleinbürgerlichkeit, wie man sie sonst außerhalb von Großstädten antrifft. Amanda liebte das.

Sie beugte sich über das Geländer, das die Promenade begrenzte. Zwei abgehärtete alte Damen vom Lainetoner Schwimmverein gingen mit großen Schritten über den Kieselstrand aufs eiskalte Meer zu, wie sie dies an jedem Tag im Jahr taten. In ihren glänzenden Badekappen sahen sie aus wie ein paar gekochte Eier.

Sie erkannte Betty, eine der beiden alten Schwestern, die in einem seltsamen Bau weiter unten am Strand wohnten, halb Strandhütte, halb Chalet. Betty fütterte die Möwen, und sie umschwärmten sie. Sie schaute ganz eindeutig keine Hitchcock-Filme an.

Amanda schrie Betty einen Gruß zu und winkte. Hinter ihr erstreckten sich die bonbonfarbenen Häuser den Hügel hoch. Sie zog sich den Mantel fest um den Körper und zitterte schon beim bloßen Gedanken an das eiskalte Wasser. Wie abgehärtet mussten diese alten Schwimmerinnen sein? Sie steuerte die Galerie an.

In den vergangenen Jahren war die einmal harmonische Stadt zweigeteilt worden. Während im Zentrum noch der Wohlstand dominierte, fand man im Ostteil billige Bed-&-Breakfast-Unterkünfte und leere, verrammelte Läden. Es war ein Abstieg in eine Verwahrlosung, die sich auch mit dem Wort »Bohème« nicht mehr rechtfertigen ließ, das man so oft bemüht hatte, um Lainetons besonderes, leicht verwegenes Flair zu beschreiben.

Amanda wollte gerade zur Galerie abbiegen, als sie einem Baulastwagen Platz machen musste. Sie trat zurück auf die Bordsteinkante und schrie dem Fahrzeug ein paar Schimpfwörter nach. Der Fahrer grinste nur und raste den Hang hoch zu den Sozialwohnungen in einer Reihe trister, niedriger Häuserblöcke, die, wie Amanda fand, jeden deprimieren mussten, der darin wohnte. Und das umso mehr, da sie den Blick aufs Meer und den kleinen Hafen hatten, der von Wohlstand nur so strahlte. Lediglich dieser Teil der Stadt war noch immer heruntergekommen und ohne Reiz.

Als sie jetzt genauer hinsah, schien sich an den Häuserblocks einiges zu tun: fünf oder sechs Lastwagen, ein Schaufellader und ein Kran parkten auf dem kleinen Vorplatz, und sie erinnerte sich, dass in der Lokalzeitung Krach geschlagen und gefragt worden war, was irgendein Häusermakler damit wohl vorhatte.

Wenn sie nicht sofort aufhörte, auf die Schwimmer und die Bauleute zu starren, würde sie zu spät aufschließen. Und wie Amanda wusste, war Louise sehr pingelig, was das genaue Einhalten der Öffnungszeiten anging. Nichts vermochte sie mehr zu irritieren als Schilder an Geschäftstüren, die besagten »Bin in fünf Minuten zurück« oder »Bin zur Bank«. »Diese fünf Minuten könnten, wenn man sie zusammenrechnet, darüber entscheiden, ob du dich über Wasser halten kannst oder ob dein Geschäft den Bach runtergeht!«, pflegte sie sich zu ereifern.

Ein wenig außer Atem und wie so viele Male von dem Wunsch beseelt, ihr eigener Chef zu sein, zog Amanda den Rollladen hoch und drehte das GEÖFFNET-Schild um.

Die Wave Gallery befand sich in ausgezeichneter Lage direkt am Ende der Promenade und hatte sich auf Ansichten von Laineton spezialisiert, meist in extrem grellen Farben. Laineton war mit seinen Piers, Theatern und Antiquitätenläden einer der meist gemalten Orte Südenglands. Fast alle Gemälde waren äußerst konventionell gemalt und ziemlich scheußlich. Amanda hätte sich gewünscht, Louise wäre ein wenig wagemutiger in ihrem Geschmack. »Risiko ist gleich Ruin«, lautete eine von Louises Lieblingsdevisen, wenn sie wieder eine der post-impressionistischen Ansichten von Lainetons Strand aufhängte: Kinder mit Strohhüten, die im gesprenkelten Sonnenlicht vor einem so hell leuchtenden Meer Sandburgen bauten, dass es eher an eine griechische Insel als an die Südküste Englands erinnerte. Wenn Amanda allein in der Galerie war, malte sie sich aus, was sie aufhängen würde, wenn sie ihr gehörte.

»Entschuldigen Sie.« Eine ziemlich leger gekleidete junge Frau mit einer großen Tasche kam in die Galerie und drückte sich an einer der knalligsten von Louises Strandansichten vorbei. »Stellen Sie auch Skulpturen aus?«

Amanda wollte gerade erklären, dass ihre Chefin dies für unwirtschaftlich erachtete, aber das Mädchen kniete bereits und öffnete die Tasche. Es musste eine Zaubertasche sein, wie die von Mary Poppins, denn sie hatte bereits zwei große, in Stoff gewickelte Skulpturen herausgeholt, ehe Amanda eingreifen konnte.

»Leider glaube ich, dass wir nicht …«, fing Amanda an.

Das durch frühere Zurückweisungen offenbar sehr hartnäckig gewordene Mädchen ließ sich von Amanda nicht aufhalten und packte weiter aus. Einen Augenblick später standen sich zwei perfekt geschnitzte, weiße Reiher gegenüber, beide mehr als einen halben Meter groß.

»Das ist ihr Paarungsritual«, erklärte die junge Frau. »Sie recken ihre Hälse und strecken ihre Schnäbel in die Luft.«

»Sie sind wunderschön«, erwiderte Amanda und vergaß völlig, dass sie Louise zutiefst missfallen würden. In ihrer vollkommenen Schlichtheit lag ein Zauber, dem Amanda nicht widerstehen konnte.

»Sie beruhen auf Beobachtungen«, redete das Mädchen weiter. »Ich habe an der Universität Naturgeschichte studiert und beobachte noch immer auf der ganzen Welt die Vögel.« Weil sie Amandas Begeisterung spürte, tauchte sie wieder in ihre Mary-Poppins-Tasche ein und zog eine wunderbare Holzschnitzarbeit – einen Seevogel – heraus. »Das sind brütende Möwen.« Die Schnitzerei war von derselben magischen Schlichtheit wie die Reiher, stilisiert, fing sie doch die Wirklichkeit ein und eine Schönheit, der man sich nicht ungerührt entziehen konnte.

»Es sind Möwen aus Laineton«, fügte sie hinzu, da sie offenbar erst jetzt wahrnahm, dass alles im Laden Laineton darzustellen schien. »Sie haben vor meinem Fenster gebrütet.«

Amanda prüfte die Vögel. Ihre weißen Brüste, das Grüngelb ihrer Schnäbel und die hellgrauen Flügel mit ihren dramatischen schwarzweißen Spitzen waren erstaunlich wirklichkeitsgetreu. Das polierte Holz fühlte sich weich an. Amanda hätte sie am liebsten für sich behalten. »Sie sind außergewöhnlich lebendig...«, fing sie an.

»...kommen aber für uns überhaupt nicht in Frage«, fiel ihr Louise brüsk ins Wort. Sie kam gerade durch die Tür und trug in der Hand ein besonders scheußliches Gemälde des Musikpavillons, das aussah, als hätte Oskar Kokoschka es unter Drogen auf die Leinwand geworfen. »Leider zu subtil für unsere Klientel. Sie würde Möwen am liebsten vergiften oder ihnen die Pille verabreichen.« Sie bemerkte Amandas gequälten Gesichtsausdruck und deutete auf die unter ihren Arm geklemmte Leinwand. »Das hier stammt von Mrs. Wilson aus dem Senioren-Malkurs. Es wird sich gut verkaufen. Lokales Sujet. Lokale Künstlerin. Von den Senioren bekomme ich viele Werke. Und sie haben auch einen vernünftigen Preis.« Bohrender als die Möwen, starrte sie die junge Bildhauerin an. »Wie viel wollten Sie dafür haben?«

»Hundertfünfzig Pfund«, sagte das Mädchen stockend. »Aber ich denke, ich könnte noch ein wenig runtergehen.«

Selbst wenn du verhungern müsstest, ging es Amanda durch den Kopf. Sie war wütend auf Louise. Diese beutete die Seniorinnen aus und zahlte ihnen einen Hungerlohn. Aber die lieben Alten waren zu begeistert davon, eine Käuferin gefunden zu haben, und feilschten nicht, wenn Louise ihnen zwanzig Pfund für etwas anbot, wofür sie Monate gebraucht hatten.

»Wirklich. Es tut mir Leid, aber wir können uns diesen Preis nicht leisten.«

»Die Reiher sind billiger«, platzte das Mädchen heraus. »Hundert Pfund das Paar.«

»Es tut mir Leid ...«

»Na komm schon, Louise«, mischte Amanda sich ein, wohl wissend, dass Louise deswegen später mit ihr streiten würde, »überleg doch, es ist bald Weihnachten. Unsere beste Zeit. Außerdem zahlst du den Seniorinnen ohnehin zu wenig. Denk mal an Scrooge. Er wird kommen und dich heimsuchen und dir all die armen Pensionäre zeigen, die in eiskalten Räumen mit Eiszapfen an den Nasen Ölgemälde aus dem Ärmel schütteln. Nimm doch wenigstens eine Skulptur. Um zu sehen, ob sie geht.«

Die fast ebenso farbenprächtig wie ihre Ansichten von Laineton gekleidete Louise verzog missbilligend ihre mit Gold schattierten Lippen und seufzte. »Ich gebe den Reihern drei Wochen. Entweder sie sind verkauft, oder sie gehen zurück. Du kümmerst dich darum, Amanda. Es liegt in deiner Verantwortung. Die werden sich niemals verkaufen, also kannst du genauso gut gleich einen Abholtermin ausmachen, ehe die Künstlerin geht. Ich möchte nicht auf zwei beschissenen Reihern sitzen bleiben.«

Amanda verstand sie absichtlich falsch. »Es sind keine beschissenen Reiher, Louise. Es sind werbende Reiher. Sie haben sich noch nicht zu dem entschieden, was dann oft mit einem beschissenen Gefühl endet. Das ist ein Unterschied.«

»Eigentlich«, mischte sich die junge Frau errötend ein, die

offenbar von der Wendung des Gesprächs erstaunt, aber dennoch um Genauigkeit bemüht war, »haben sie sich in diesem Stadium bereits dazu entschlossen, zu, na ja, Sie wissen schon. Reiher neigen – anders als die Menschen – nicht dazu, es sich fünf vor zwölf noch mal anders zu überlegen.«

»Es ist mir völlig egal, ob sie Kondome nehmen oder nicht«, belferte Louise. »Ich möchte nur, dass sie abgeholt werden, wenn sie nicht binnen drei Wochen verkauft sind, mehr nicht.«

»Dann also in drei Wochen«, lächelte Amanda. »Und ich soll verdammt sein, wenn ich sie nicht verkauft kriege.«

»Wir sind hier nicht in der Cork Street«, zischte Louise, während das Mädchen die brütende Möwe wieder einpackte. »Und übrigens scheinst du vergessen zu haben, die Kaffeemaschine einzuschalten.«

Wäre sie nicht so sehr auf das Geld angewiesen, hätte Amanda mit Freuden die Milde Röstung aus Kenia über Louise gekippt, als sie endlich Zeit zum Kaffeekochen hatte. Wenn sie doch nur für sich allein arbeiten könnte. Aber das setzte Kapital voraus, das sie nicht besaß. Auch Louise war geschieden, aber unter völlig anderen Vorzeichen als Amanda. Nachdem sie fünfzehn Jahre mit einem Mann verheiratet gewesen war, den sie nicht leiden konnte, hatte dieser sie schließlich verlassen, aber aus Dankbarkeit, dass sie offenbar nichts bemerkt hatte, hinterließ er ihr fünfzigtausend Pfund und dazu das eheliche Heim. Mit dem Geld hatte sie die Galerie aufgemacht. Giles hingegen hatte Amanda nichts hinterlassen, versäumte es sogar ziemlich oft, den Unterhalt zu bezahlen, obwohl seine Firma boomte, und frisierte sein Einkommen so, dass er gerade eine Stufe über einem Landstreicher war, sollte sich das Jugendamt jemals dafür interessieren. Eigentlich hatte sie sich noch in der Zeit ihrer Ehe danach gesehnt, eine eigene Galerie zu eröffnen, aber Giles hatte ihr immer eingeredet, sie sei verrückt.

Ihr kam das Gespräch der Lektüregruppe wieder in den Sinn. Wer hatte noch mal gesagt, ein guter Ehemann sei derjenige, der einen ermutigte und einem das Gefühl gab, man könne alles erreichen, wenn man es nur versuchte. Pah!

Amanda machte den Kaffee und wich Louises Blicken aus, dann stellte sie die Reiher anstelle eines hässlichen Gipsmodells eines Pariser Straßencafés ins Schaufenster.

»Doch nicht hier!«, protestierte Louise. »Stell sie irgendwo hinten hin. Die schrecken ja die Kunden ab.« Sie nahm einen Schluck der starken schwarzen Flüssigkeit. Louise hatte eine Asbestkehle und trank ihren Kaffee am liebsten so stark, dass selbst Schneewittchen nicht eingeschlafen wäre. »Du kochst wirklich ausgezeichneten Kaffee, Amanda. Und jetzt geh und verkaufe ein paar Ansichten unseres reizenden Laineton. Außerdem muss das Fenster geputzt werden. Ich habe ganz eindeutig einen Fingerabdruck darauf gesehen.«

»Also den können wir nun wirklich nicht brauchen«, erwiderte Amanda fröhlich und widerstand der Versuchung, Louise mit dem Gipsmodell zu erschlagen. »Was tun übrigens all die Lastwagen oben am Eastcliff Estate?«

»Keine Ahnung. Einreißen, hoffe ich. Der Ort ist eine einzige Beleidigung fürs Auge.«

»Und die Behausung von tausend Leuten.«

»Ja, aber man hätte niemals Sozialwohnungen so nah ans Meer bauen dürfen.«

»Lieber irgendwo in der Stadt verstecken. Am besten wohl gleich neben die Umgehungsstraße?«

»Jetzt kritisier doch nicht immer alles.« Louise zündete sich eine Zigarette an und fuchtelte damit herum. »Bloß weil du angefangen hast, ein wenig zu recyclen, brauchst du dich noch längst nicht aufzuführen, als würdest du für eine grünere Zukunft kandidieren.«

Louises Seitenhieb machte das Bild des Glascontainers und des beschädigten BMWs wieder überaus lebendig. Amanda merkte plötzlich, dass ihr Gesicht feuerrot war. »Du kennst nicht zufällig einen Angus Day?«

»Angus Day«, wiederholte Louise und blies Rauchkringel aus, deren runde Perfektion ihr ein selbstgefälliges Lächeln entlockte. »Jetzt, da du's sagst. Der wäre genau mein Typ. Reich. Gemein. Na ja, jedenfalls ist er Immobilienmakler, und die *müssen* gemein sein. Lebt mit seiner Mutter zusammen, aber keiner ist eben perfekt.« Sie nahm Amanda ins Visier. »War verheiratet. Keine Kinder, vernünftige Leute. Glaube auch nicht, dass Kinder zu diesem Lebensstil gepasst hätten. Warum fragst du?«

»Offen gestanden habe ich ihn gestern auf dem Parkplatz von Tesco's gerammt.« Amanda gab sich Mühe, die ganze Sache als etwas Normales hinzustellen.

Louise lachte wie ein Huhn. »O Amanda, was führst du für ein abenteuerliches Leben. Was machst du an Samstagen, kaufst du die ganze Nacht ein?« Sie verschluckte sich am Rauch ihrer Marlboro. »Aber was hat Angus Day an einem solchen Ort verloren? Vielleicht berät er sie wegen einer Immobilie vor der Stadt.«

»Es sah eher danach aus, als wäre er mit seiner Mutter einkaufen gewesen.«

»Bei Tesco's? Elende Knauser, diese Schotten! Sie könnten doch wenigstens zu Marks and Spencer gehen.«

»Na ja, ich habe jedenfalls seinen BMW gerammt, und seine Mutter hat ihm gesagt, er solle mich nicht so fertig machen, und so hat er sich letztendlich bereit erklärt, für den Schaden an seinem Wagen und auch an meinem aufzukommen, bloß dass daran nicht so viel kaputt ist, wie ich dachte.«

»Du hast hoffentlich so getan, als sei es so.«

»Natürlich nicht. Ich konnte seine Großzügigkeit gar nicht fassen.«

»Der hat vielleicht gedacht, du wendest dich an die Lokalzeitung, wenn er Theater macht. ›Immobilienhai setzt allein erziehende Mutter unter Druck.‹ Das wäre gar nicht gut.«

»Du hast schon eine recht eigene Art, das Leben zu betrachten, Louise.«

»Aber treibst du es bei der Suche nach einem Mann nicht ein wenig zu weit? Seinen BMW rammen? Angus Day ist ganz entschieden nicht der Typ Mann, den du suchst. Du brauchst einen dieser netten ›neuen Männer‹. Ich glaube nicht, dass er überhaupt weiß, wo die Küche ist. Warum sonst sollte jemand seines Alters noch bei seiner Mutter wohnen, wenn nicht, um nach Strich und Faden verwöhnt zu werden?«

Amanda hatte keine Zeit, über Angus Days Beweggründe zu spekulieren. Es klingelte an der Tür, und ein Kunde trat ein und erkundigte sich nach dem Preis des Gipsmodells. Zu Amandas Verwirrung kaufte er es auch noch. Und Louise hätte sich ihren Kommentar »Da siehst du's« zu den künstlerischen Vorlieben der durchschnittlichen Lainetoner Kunden sparen können.

3. Kapitel

Amanda konnte es gar nicht fassen, wie schnell die Weihnachtshektik über sie hereingebrochen war. Seit Anfang Dezember hatte Louise die Öffnungszeiten verlängert, um den saisonalen Erfordernissen gerecht zu werden. Im Ladenteil der Galerie florierte der Verkauf von Wohltätigkeitskarten, musikalischen Weihnachtsmännern und Geschenken, die weniger als einen Fünfer kosteten. Eine Rentnergruppe war hundert Kilometer weit mit dem Bus gefahren, um in Laineton einzukaufen. Ihrem Geräuschpegel nach hatten sie unterwegs bei dem einen oder anderen Pub Halt gemacht und kreischend Beryl-Cook-Reproduktionen von fülligen Damen, die sich ihrer sogar noch fulminanteren Wäsche entledigten, ausgesucht. Einen boshaften Augenblick lang malte Amanda sich aus, sie würden es ihnen gleichtun und die ihre ebenfalls ablegen.

Als am Samstag der Laden schloss, war sie deshalb äußerst dankbar und ausnahmsweise einmal erleichtert, dass sie nicht zu einem unheimlich aufregenden Abendessen musste, sondern gemeinsam mit Sean Pizza essen und sich vor den Fernseher setzen konnte. Das war ihr Samstagabendritual, wenn Clio mit ihren Freunden ausging.

Während dieser hektischen Zeit zahlte sie Clio zusätzliches Taschengeld, damit diese sich um Sean kümmerte, bis sie selbst nach Hause kam. Zwar hatte Clio eine an Wucher grenzende Tariferhöhung bei Amanda herausgeschlagen, kam dieser Aufgabe aber dennoch nur höchst widerwillig nach. Manchmal fragte sich Amanda, warum sie überhaupt arbeiten ging. Das Geld reichte gerade mal, um die zusätzlichen Ausgaben zu decken, die sie Clio und der Kinderfrau zahlen musste, die Sean in den Ferien beaufsichtigte. Aber würde sie – abgesehen vom Geld – nicht arbeiten gehen, würde sie, allein in ihrer Wohnung, bei so viel Zeit, um über das Scheitern ihres Ehelebens nachzudenken, durchdrehen. Außerdem war sie mit einundvierzig entschieden zu jung für ein zurückgezogenes Leben in Armut.

Da sie normalerweise von Clio mit einem: »Ich habe es so satt. Jasmine hat mich zu sich nach Hause eingeladen, aber ich konnte ja nicht, *seinet*wegen!«, und einem Blick auf ihren Bruder begrüßt wurde, als sei dieser eine Ausgeburt des Teufels, obwohl er eigentlich ein sehr netter Zehnjähriger war, der sich in seinen Game Boy vertiefte, staunte Amanda nicht schlecht, als Clio sie mit einer fertigen Tasse Kaffee und einem breiten Grinsen im Gesicht in der Küche erwartete.

»Hallo. Gehst du nicht aus heute Abend?«, erkundigte sich Amanda vorsichtig. Trotz ihrer sechzehn Jahre hatte Clio die Jungs noch nicht für sich entdeckt. Sie hing immer mit einer Mädchenclique herum, um aus sicherer Distanz die Jungs zu beobachten und sich über sie lustig zu machen.

»Du hast Antworten auf deine Anzeige bekommen, Mama!« Aufgeregt wedelte Clio mit drei Briefen.

»Woher weißt du denn, dass die sich auf die Anzeige beziehen?«

»Weil ich auf dem Heimweg am Zeitungsbüro vorbeikam und einfach nachsehen musste. Drei Briefe lagen für dich dort. Komm schon, mach sie auf!«

Amanda stellte ihre Taschen ab und setzte sich an den Küchentisch. Jetzt, da die Briefe eingetroffen waren, empfand sie einen seltsamen Widerwillen. Es war so demütigend. »Ich trinke erst mal den Kaffee hier.«

»Nein! Nein! Ich möchte wissen, wie sie sind. Das ist so toll!«

»Ich bin aber keine Liveversion von *Blind Date*, weißt du, kein Unterhaltungsprogramm!« Als sie die drei Briefe öffnete, kam Amanda sich wie ein dummer Teenager vor. Aus einem Umschlag fiel ein Foto heraus, das Clio sich sofort schnappte.

»Oh, sieh doch! Der sieht wirklich nett aus.«

Es stimmte, das Gesicht auf dem Foto war überraschend attraktiv. Jedenfalls waren es keine zwei Köpfe, auf die Stirn war auch nicht »Versager« gestempelt, und es war keine Ähnlichkeit mit dem Mörder in *Psycho* zu erkennen.

»Ich finde, er ist wirklich süß«, beharrte Clio. »Er erinnert mich an meinen Turnlehrer, Mr. Butler, von dem sind wir alle hin und weg.«

»Zu welchem Brief gehört das Foto?«, wollte Amanda wissen und nahm alle drei hoch.

Clio zog ein Gesicht. »O Mist, ich weiß es nicht. Vielleicht steht sein Name hinten drauf.«

Aber die Rückseite des Fotos war leer.

»Entschuldige, Mama«, meinte Clio geknickt. »Wir müssen das eben anhand der Briefe herausfinden.« Sie las sie durch.

»Die klingen alle gleich. Über fünfunddreißig, humorvoll, eigenes Zuhause, geschieden oder verwitwet. Oh, das hört sich nett an. Hör zu. ›Meine Freunde sind der Ansicht, ich hätte sie lange genug mit dem Scheitern meiner Ehe gequält. Es sei an der Zeit, dieses Kapitel zu beenden und ein neues aufzuschlagen. Ich hoffe aufrichtig, es möge mit Ihnen sein.‹ Ach Mama, der klingt wie du. Den musst du treffen. Ich meine, was kann passieren? Wenn du ihn nicht magst, siehst du ihn eben nie wieder.«

»Da hast du wohl Recht.«

»Na los, Mama, warum haben wir uns so viel Mühe mit der Anzeige gemacht, wenn du dann die Sache nicht weiterverfolgen möchtest?«

»Gute Frage. Aber wer ist denn hier *wir*, Bleichgesicht? Ich bin doch wohl diejenige, die losmuss und sich mit allen trifft.« Im Augenblick konnte sie sich nichts Schlimmeres vorstellen.

Das Telefon klingelte und lenkte Clio von ihrer Mission ab. Sie rannte los, um dranzugehen. »Es ist Papa. Er möchte mit dir über das Drum und Dran des Skiurlaubs sprechen.«

Giles war in Eile. Amanda konnte im Hintergrund Stephanie

hören, die schrie, dass sie zu spät zu einer Party kämen. »Hallo, Amanda. Ich habe die Tickets. Wir treffen uns am Zweiundzwanzigsten um drei Uhr nachmittags am Flughafen. Könntest du dafür sorgen, dass sie alles gepackt haben und die Pässe in der Hand halten? Great Outdoors wird sie mit Skianzügen ausrüsten und schickt mir dann die Rechnung. Die Ausgaben übernehme ich. Wenn du nur Sonnencreme besorgen und darauf achten könntest, dass sie für die Abende was zum Anziehen dabeihaben, das wäre großartig. Ich muss mich beeilen. Tut mir Leid.«

Klammheimliche Befriedigung durchzuckte Amanda, da Stephanie bestimmt sauer wegen des Skiurlaubs war, den Giles mit Sean und Clio verbrachte. Dieses Mal war sie diejenige, die zurückstecken musste. Vielleicht war sie aber auch erleichtert, nicht nett sein zu müssen zu Giles' Kindern. Zwei Wochen ohne Giles' niederwalzende Energie wären womöglich eine angenehme Erholungspause. Davon wusste Amanda ein Lied zu singen.

Amanda legte den Hörer auf. Giles war überraschend großzügig. Aber es wäre ihr dennoch lieber, sich anstatt dieses Luxus auf den regulären Unterhalt verlassen zu können, um das Notwendige zu bezahlen, aber immerhin.

Die beiden Wochen ihrer Abwesenheit lagen wie ein gähnender Abgrund vor ihr. Zwei Wochen, in denen ihre Mutter ihr ständig in den Ohren liegen würde, doch öfter auszugehen und einen Mann kennen zu lernen. Nur die Lektüregruppe würde sie halbwegs bei Verstand halten. Ihr nächster Text war Jilly Coopers *How to survive Christmas*, wovon Ruthie zwei Ausgaben in einem Buchantiquariat entdeckt hatte, die nun wie früher die verbotenen Texte in der Sowjetunion von einer zur anderen weitergereicht wurden.

Amanda kehrte in die Küche zurück und warf einen zweiten Blick auf die Briefe der einsamen Herzen. Jetzt wäre der perfekte Zeitpunkt, darauf zu antworten, doch irgendwie war ihr nicht danach. Clios Stimme hallte ihr in den Ohren, warum sie sich überhaupt die Mühe gemacht hatten, die Anzeige aufzugeben, wenn sie sich dann doch nicht mit den Männern treffen wollte. Dann mischte sich Louise auch noch ein, und ein griechischer Chor erinnerte sie daran, dass die bevorstehenden Tage der Freiheit wie geschaffen dafür waren, um nach einem Mann Ausschau zu halten. Natürlich wäre es für sie einfacher, wenn sie sich frei von der Meinung ihrer Kinder ein Bild von den Absendern machen konnte.

Clio hatte Recht. Jetzt war der richtige Zeitpunkt. Was hatte sie zu verlieren?

Ihre Würde – redete sie sich ein, als sie ans Telefon zurückkehrte und sie zum dritten Mal der Mut verließ. Sie musste schon eine sehr traurige Gestalt sein, wenn sie es nötig hatte, sich selbst anzupreisen, eine soziale Außenseiterin, der nichts anderes übrig blieb, als sich mit fremden Männern unter öffentlichen Uhren zu treffen. Die Leute würden wissend mit Fingern auf sie zeigen.

»Das werden sie natürlich nicht tun«, redete sie sich beharrlich ein. »Die Leute sind viel zu sehr mit ihren eigenen Leben beschäftigt, um sich auch noch um deines zu kümmern. Bist du eine Frau oder ein Mäuschen?«

Die Katze Kinky kam, setzte sich auf Amandas Füße und rieb sich daran. »Wenn ich eine Maus wäre, wärst du nicht so freundlich, nicht wahr? Dann meinst du also auch, dass ich es versuchen sollte?«

Kinky miaute.

»Na gut. Dann los, ehe ich meine Meinung ändere.«

Die erste Frage war, wo sollte sie ihren ersten Kandidaten treffen?

Sie kam schließlich zu dem Entschluss, dass die Weinbar an der Piazza von Lainetons Einkaufszentrum der ideale Ort wäre. Hell erleuchtet, viel Betrieb und mit vielen Ausgängen. Zudem könnte sie, sofern er nicht auftauchte, so tun, als sei sie auf ein Glas Chardonnay eingekehrt, ehe sie die Läden unsicher machte.

Und das Lokal wurde gern von Frauen besucht. Dort würde sie jedenfalls nicht zerstückelt und dann zurück zu ihrer Familie geschickt werden. Das größte Risiko bestand also nicht darin, in Julienne-Streifen zerlegt zu werden, sondern jemandem zu begegnen, den sie kannte. Doch damit musste sie rechnen. Jedenfalls würde sie ihn nicht irgendwo treffen, wo es dunkel, romantisch und gefährlich war.

Die zweite Frage war, was sollte sie anziehen? »Nicht zu schick«, riet Clio, die zu Amandas Verärgerung offenbar zu dem Schluss gekommen war, alles über eine Verabredung per Zeitungsannonce zu wissen. »Männer können Karrierefrauen nicht ausstehen. Wie wär's mit deinem pinkfarbenen Angorakleid?«

»Ich weigere mich, beim ersten Treffen kuschelig auszusehen«, entgegnete Amanda. »Ich bin nicht der Kuscheltyp.«

»Das musst du ihnen aber nicht auf die Nase binden. Männer verehren kuschelige Frauen.«

Am Ende einigten sie sich auf einen meergrünen Chenillepullover, der ihre Augen großartig betonte, und eine weiche, locker sitzende Hose. Clio hätte ihr geraten, ihre hervorragend geformten Beine zu zeigen, aber da hatte Amanda sie schon aus ihrem Schlafzimmer verbannt.

»Wohin gehst du denn so aufgemotzt?«, erkundigte sich Sean argwöhnisch. Er konnte es nicht leiden, wenn sie schick war, denn das bedeutete, dass sie ausging. Doch da er die in der Luft liegende Aufregung spürte, beschloss er, dieses Mal großzügig zu sein. »Du siehst wunderbar aus«, gab er zu.

Als Amanda und Clio im Chor »Aaah« machten, korrigierte er sich ein wenig. »Für eine Mama.«

Amanda war lächerlich nervös.

Gott sei Dank war in der Weinbar einiger Betrieb. Amanda fand einen Ecktisch, der ihr freien Blick auf die Piazza erlaubte, so dass sie sich erst einmal vergewissern konnte, ob Tony, denn so hieß er, auch wirklich akzeptabel aussah, ehe sie zugab, Amanda zu sein. Sie hatten bereits kurz am Telefon miteinander gesprochen. Er hatte einen freundlichen Eindruck gemacht; vielleicht war es ja wirklich der Beginn eines neuen Kapitels, wie er das in seinem Brief so reizend formuliert hatte. Für sie beide. Das Beste an ihm war, dass Tony sich auch nicht im Geringsten so anhörte wie Giles.

Es war zwar kitschig, aber sie hatte doch vorgeschlagen, er möge eine Ausgabe der Lokalzeitung mitbringen, damit sie ihn daran erkannte. Hoffentlich waren nicht allzu viele Männer mit der *Laineton Evening Post* bewaffnet.

Es dauerte eine Ewigkeit, ehe sie die Aufmerksamkeit der Bedienung auf sich lenken konnte. Das Mädchen hatte offenbar einen Fortgeschrittenenkurs »Wie vermeide ich Blickkontakt mit dem Gast« gemacht. Vor allem, wenn dieser allein und weiblich war. Als schließlich keine anderen Gäste mehr zu bedienen waren, ließ sie sich gnädig herab, zu Amanda zu kommen.

»Was kann ich Ihnen bringen? Ein Glas weißen Hauswein?«

Amanda hatte zwar eigentlich genau das bestellen wollen, ärgerte sich aber über diese Bevormundung. »Welche Weißweine bieten Sie denn offen an?«, fragte sie. Sie würde sich nicht einfach in eine Kategorie pressen lassen. »Ist der Chardonnay trocken?«

Das Mädchen zuckte mit den Schultern, wie um zu sagen: »Ich trinke das Zeug nicht, jedenfalls nicht, wenn ich dafür zahlen muss.«

»O hallo«, mischte sich da eine männliche Stimme ein, die Amanda aufschrecken ließ. »Warten Sie auf jemanden, oder darf ich mich einen Moment zu Ihnen setzen?«

Amanda lief feuerrot an. Hier wurde ihr schlimmster Albtraum wahr. Der Mann, der sie begrüßt hatte, war nicht Tony von der Anzeige, sondern Angus Day.

Mit der für einen Immobilienmakler typischen Achtlosigkeit setzte er sich, ohne auch nur ihre Antwort abzuwarten. Amanda hätte zugegebenermaßen auch keine geben können, denn es hatte ihr die Stimme verschlagen. »Da Sie letzte Woche offenbar in so großer Eile waren«, fuhr er fort, »hatte ich leider gar nicht die Möglichkeit, mich anständig bei Ihnen zu entschuldigen.«

»Sehen Sie«, begann Amanda verzweifelt, weil sie ihn loswerden wollte, ehe Tony eintraf, »es war doch gar nicht Ihr Fehler. Ich bin Ihnen reingefahren. Es war äußerst großzügig von Ihnen, keine Schadensersatzansprüche gegen mich zu erheben.«

»Meine Mutter meinte, ich sei grob und anmaßend gewesen.«

Es lag Amanda auf der Zunge, ihn zu fragen, ob er das nicht lieber selbst beurteilen wolle, aber das Zwinkern in Angus Days Augen sagte ihr, dass er den Bemerkungen seiner Mutter ohnehin keine allzu große Aufmerksamkeit schenkte. Aber warum *war* er dann so großzügig gewesen?

Angus hatte nicht nur ein Glas, sondern bereits eine ganze Flasche bestellt. Amanda fiel auf, wie bereitwillig die Bedienung *seine* Bestellung entgegennahm und dazu sogar noch ein Lächeln aufsetzte.

»Na, wie läuft's denn so in Lainetons erster Kunstgalerie?«, fragte er.

Sie hätte Einwände dagegen erheben können, The Wave so zu betiteln, oder sich überhaupt wundern können, woher er wusste, wo sie arbeitete, als ihr fast der Wein im Hals stecken blieb.

Tony von der Anzeige war eingetroffen. Es war das vertraute Gesicht auf dem Foto, bis auf einen Unterschied: Er war winzig. Nicht klein, sondern winzig, gerade mal anderthalb Meter. Amanda war für eine Frau ungewöhnlich groß und mindestens dreißig Zentimeter größer als er.

Verstohlen ging sie hinter Angus in Deckung, doch nur um zu bemerken, dass dieser ihr Gesicht studierte. Er lehnte sich zurück, vergrub seine Hände in den Taschen seiner Kaschmirjacke und setzte sie ungalant Tonys Blicken aus.

Tony seinerseits lief voller Eifer an den Tischen entlang, die Lokalzeitung fest in der Hand.

O Scheiße! Die Zeitung war zur leichteren Identifikation ausgerechnet auf der Seite mit den Kontaktanzeigen gefaltet. Amanda wäre am liebsten gestorben. Machtlos dem verräterischen Erröten ausgeliefert, war sie sich sicher, wie ein gekochter Hummer auszusehen. Ihre Hände waren feucht. Tony blieb einen Augenblick lang neben ihrem Tisch stehen und richtete seinen Blick zielbewusst auf Amanda. Zum Glück war das Foto, das sie geschickt hatte, eine alte Aufnahme. Aber sie hätte es trotzdem nicht schicken sollen. O Gott, sie wollte auf der Stelle tot umfallen.

Tony hatte offensichtlich einen Entschluss gefasst. Er ging mit großen Schritten, sofern dies bei jemandem seiner Größe möglich war, auf sie zu.

Ein Aufblitzen in Angus' Augen verriet Amanda, dass ihm plötzlich klar geworden war, was da ablief. Sie wartete darauf, dass er in Gelächter ausbrach.

Stattdessen drehte Angus sich um und fixierte den Neuankömmling mit einem Lächeln. »Suchen Sie etwas? Können meine Frau oder ich Ihnen helfen?«

»Danke, mir geht es gut.« Tony sah argwöhnisch vom einen zum anderen und schien zu überlegen, ob er Angus herausfordern sollte. Er war sich ganz sicher, dass Amanda die Frau auf dem Foto war. »Aber wenn ich Sie wäre, würde ich ein Auge auf meine bessere Hälfte haben.«

Amanda wäre am liebsten im Erdboden versunken oder hätte sich in Luft aufgelöst, um Angus Day nie mehr wiedersehen zu müssen.

»Ist schon ein Problem, nicht wahr«, sagte er überraschend taktvoll und schenkte ihr dabei Wein nach, »wenn einen plötzlich der Ehemann sitzen lässt.« Keine Spur von höhnischem Lächeln, nur ehrliches Mitgefühl. »Meine Frau ist vor vier Jahren gegangen, durchgebrannt mit meinem Geschäftspartner, so dass ich den auch nicht mehr wiedergesehen habe.«

»Wie schrecklich. Haben Sie Kinder?«

»Dankenswerterweise nicht.« Amanda glaubte, Wehmut aus seiner Stimme herauszuhören.

»Hat sie Ihnen den Grund genannt?«

»Allem Anschein nach war ich mit meiner Arbeit verheiratet. Wie bei Charles und Di seien in unserer Ehe drei Partner im Spiel gewesen, hat Laura mir erklärt. Ich, sie und mein Mobiltelefon.« Er lächelte reumütig, und in seinen Augenwinkeln bildeten sich kleine Lach- oder Trauerfältchen. »Sie hatte tatsächlich Recht, aber damals habe ich das nicht so gesehen. Heute bin ich der einzige Immobilienmakler, den Sie ohne Mobiltelefon antreffen werden. Und zu Hause nehme ich auch keine Gespräche an. Für meine Ehe kommt das unglücklicherweise alles ein wenig zu spät.«

»Es muss ein Schock für Sie gewesen sein.«

»Ja. Und bei Ihnen?«

Amanda war plötzlich sehr verlegen. »Ach, die übliche Geschichte. Mein Mann hat mich wegen einer zehn Jahre Jüngeren verlassen. Eine Kollegin. Sie hält ihn für wunderbar. Im Moment noch. Und das Schlimmste ist« – Amanda wurde in diesem Moment klar, dass sie das noch nicht einmal Ruthie oder Louise erzählt hatte, deren Reaktion darauf sie aber kannte –, »sie bekommt jetzt auch noch ein Baby. Eigentlich sogar Zwillinge.«

»Nicht viel Abwechslung im Spektrum der menschlichen Dramen, oder?«, erwiderte Angus.

»Das ändert aber nichts daran, dass sie trotzdem höllisch wehtun«, antwortete Amanda. »Und für die Beteiligten scheint doch jedes Drama einzigartig zu sein.«

»Entschuldigung. Es lag wirklich nicht in meiner Absicht, Ihre Situation zu trivialisieren.«

Amanda fiel auf, dass er sehr behutsam das Wort »Probleme« vermieden hatte und auch sonst ein sehr einfühlsamer Zuhörer war. Wenn man seinen Ruf als harter Geschäftsmann bedachte, hätte man davon ausgehen können, dass sein Interesse nur ihm selbst galt, aber er schenkte ihr Wein nach, und sie erzählte ihm Dinge, die sie sich kaum selbst eingestanden hatte.

»So.« Er schien zu spüren, dass sie genug gesagt hatte. »Wie arbeitet es sich denn für die Drachendame?«

Amanda musste bei dieser Beschreibung Louises grinsen. »Ach, es geht so. Es deckt die Unkosten – gerade so eben. Das Problem ist nur, dass sie und ich in Geschmacksfragen gänzlich anderer Meinung sind.«

»Nicht gerade einfach, in einer Kunstgalerie. Käme es da nicht sehr darauf an, dass man dasselbe Stilempfinden hat?«

»Bei unseren Positionen nicht. Sie ist die Besitzerin, und ich bin ihre Angestellte. Sie hat sich den Laden mit ihrer Scheidungsabfindung gekauft. Sie wollte sie die Unterhalts-Galerie nennen. Ich glaube allerdings nicht, dass viele unserer Kunden diese Anspielung verstanden hätten.«

»Na, na. Unterschätzen Sie Ihr Publikum nicht.«

»Tue ich doch gar nicht!« Amanda fühlte sich sofort ungerecht behandelt. Was wusste denn jemand, der so reich war wie Angus Day, schon über den gemeinen Mann? »Eigentlich sehe ich es genau andersherum. Ich glaube, dass die Leute einen sehr guten Geschmack haben, nur Louise ist davon überzeugt, dass sich solche Kunst nicht verkaufen würde. Erst letzte Woche kam eine junge Künstlerin vorbei, deren Arbeiten mir sehr gefallen haben, aber Louise hat sich einfach geweigert, sie anzunehmen.«

»Was sind das für Arbeiten?«

Ohne dass es Amanda aufgefallen wäre, hatte Angus eine zweite Flasche Wein kommen lassen. Die Kellnerin schenkte nach und bedachte Angus dabei mit einem aufreizenden Lächeln. Vielleicht war er Stammkunde auf der Suche nach ungebundenen Frauen. Sie errötete wieder, weil sie sich fast sicher war, dass er wusste, warum sie hier war. Traurig, wie Clio sagen würde.

»Eine ganz unglaubliche Arbeit. Es waren holzgeschnitzte Vögel, naturalistisch und abstrakt zugleich, sofern sich das nicht gegenseitig ausschließt. Sie hat eine ganz fantastische, brütende Möwe gemacht, die sie auf ihrem Dach hier in Laineton beobachtet hat. Ich dachte, das allein müsste genügen, damit Louise darauf anspringt, denn sie liebt Lokalkolorit. Aber nein. Und ein wunderbares Paar werbender Reiher. Die haben wir dann tatsächlich genommen – in Kommission für drei Wochen! Die Großzügigkeit in Person.«

»Und wenn es Ihre Galerie wäre, hätten Sie anders gehandelt?«

»Wenn es meine Galerie wäre, würde ich mit dieser jungen Frau eine Ausstellung machen!« Amanda war sich selbst nicht klar gewesen, mit welcher Leidenschaft sie die Arbeit der Künstlerin verteidigte.

»Und warum machen Sie dann keine eigene Galerie auf?«

Amanda lachte gekünstelt. »Unglücklicherweise ist mein Exmann nicht so großzügig wie der von Louise. In meinem Fall müsste sie ›Bitte zahl mir meinen Unterhalt‹-Galerie heißen.«

»Und wie wär's mit einem Kredit?«

»Wer würde *mir* denn Geld leihen?«

»Sie haben die nötige Leidenschaft. Kombinieren Sie das mit einem vernünftigen Wirtschaftsplan. Es gibt genug preiswerte Räumlichkeiten.«

»Aber Kapital werde ich wohl auch benötigen?«

»Ich habe mit fünfhundert Pfund angefangen.«

Amanda warf ihm einen Blick zu. Irgendwie war sie davon ausgegangen, dass der lockere Angus Day, der seine teuren Klamotten so ungezwungen trug, schon reich geboren sein musste. Und jetzt ermutigte er sie, einen eigenen Versuch zu starten. Es war schon komisch, aber keiner, nicht ihre Mutter, Giles schon gar nicht, aber nicht einmal Clio hatte je vorgeschlagen, dass sie es allein in Angriff nehmen und für das, woran sie glaubte, etwas riskieren sollte.

Ihr huschte die Diskussion der Lektüregruppe durch den Kopf, zu der Frage, was einen guten Ehemann ausmachte. Irgendeine, Ruthie vielleicht, oder war es die unscheinbare Anne gewesen, hatte gesagt, ein guter Ehemann sei derjenige, der einen ermutigte, die Flügel auszubreiten und abzuheben.

Da ihr plötzlich bewusst wurde, dass der Mann ihr gegenüber interessant und attraktiv war, wurde sie unsicher. In einer kindlichen Geste hob sie zur Beruhigung ihre Hand zum Nacken und schaffte es dabei, ihr Glas Wein direkt in Angus' Schoß zu kippen.

»O mein Gott, das tut mir wirklich Leid«, platzte sie heraus, Giles' ständige Vorwürfe, wie ungeschickt sie sich anstellte, im Ohr. Sie war so verlegen, dass sie auf ihm mit einem Papiertaschentuch herumtupfte, bis sie merkte, dass der Wein über seinen Schritt verteilt war.

Angus lachte. »Keine Sorge, ich habe Dutzende von diesen Hosen. Ich hasse nämlich Einkaufen und trage deshalb immer dieselbe Kombination. Meine Assistentin meint, ich sollte nach China gehen und dort arbeiten. Offenbar laufe ich so herum, wie dort alle herumlaufen.«

»Ich muss jetzt wirklich gehen.« Amanda sah erst jetzt, wie lange sie schon hier saß. Clio ging inzwischen bestimmt davon aus, dass sie ermordet worden war. Sie sah sich verstohlen um, um sicherzugehen, dass Tony, das Einsame Herz, nicht noch irgendwo herumlungerte.

»Ich denke, er ist gegangen«, sagte Angus mit unbewegter Miene.

Er hatte tatsächlich erraten, dass sie eine traurige, verzweifelte Frau war, die keine andere Wahl hatte, als sich über eine Zeitungsannonce um eine Verabredung zu bemühen. Amanda wünschte sich sonstwohin im Universum. Jetzt würde er bestimmt gleich sagen: Ich kann mir gar nicht vorstellen, warum jemand wie Sie eine Anzeige aufgibt, um einen Mann zu suchen.

Stattdessen grinste er sie an, ohne dem peinlichen feuchten Fleck auf seiner Hose Beachtung zu schenken, und sagte: »Es war jedenfalls sehr angenehm, mit einer so reizenden und intelligenten Frau wie Ihnen ein Glas Wein zu trinken.«

Er hatte schon was. Anstatt sie zu demütigen, hatte er es doch tatsächlich geschafft, dass sie sich geschmeichelt fühlte. In Amanda erglühte ein kleines Freudenfeuer, eine ferne Erinnerung daran, wie es sich anfühlte, in Gesellschaft eines attraktiven Mannes zu sein, der sie ganz offensichtlich auch attraktiv fand.

»Lassen Sie mich wenigstens die letzte Flasche Wein zahlen«, beharrte Amanda und winkte die Kellnerin mit der gezückten Kreditkarte herbei.

»Schön«, lächelte er schulterzuckend, »aber ich glaube nicht, dass sie hier Blockbuster-Videokarten nehmen.«

Amanda wandte ihren Blick ab und kam sich sehr dumm vor. Wie hatte sie nur die Karten verwechseln können?

»Übrigens«, fügte Angus hinzu, »erinnern Sie sich noch an die Reiher? Die würde ich mir gern mal ansehen.«

Amanda biss sich auf die Lippe. Wollte er damit sagen, dass er die Reiher sehen wollte oder sie? »Natürlich, hier ist unsere Karte. Wir haben fast immer bis sechs Uhr abends geöffnet.«

»Danke. Vielleicht könnten Sie mich beraten. Ich brauche ein sehr spezielles Geschenk für einen ganz besonderen Menschen. Und ich könnte mir denken, dass die Reiher ihr wirklich etwas bedeuten könnten.«

Seine Worte waren wie ein boshafter Wind, der das winzige Licht in Amanda ausblies. Wie dumm von ihr zu glauben, jemand wie er wäre ungebunden. Er war reich, selbstbewusst, charmant. Und es gab in seinem Leben einen ganz besonderen Menschen.

»Ich freue mich darauf«, gelang es ihr zu sagen, ehe sie zum Parkplatz eilte.

»Und vergessen Sie nicht Ihren Traum von der Galerie«, rief er ihr nach.

Aber auch dies war, wie der sie verehrende Angus Day, nur eine dumme Idee gewesen.

4. Kapitel

»Mein Gott, Mama, wo bist du nur die ganze Zeit gewesen? Ich meine, du hast dich mit diesem Typen schließlich schon um sechs Uhr verabredet. Jetzt ist es fast elf!«

»Ich bin einundvierzig, weißt du, und kann eigentlich ganz gut auf mich selbst aufpassen.«

»Ja, Amanda.« Die missbilligende Stimme ihrer Mutter schallte aus dem Wohnzimmer. »Ich finde, du hättest uns wirklich wissen lassen können, ob bei dir alles in Ordnung ist!«

»Was macht Oma denn hier?«, artikulierte Amanda lautlos.

»Tut mir Leid«, zischte Clio. »Ich habe sie angerufen, weil ich wirklich ein wenig in Sorge war. Ich habe doch nicht gedacht, dass sie gleich angedüst kommt.«

»GG würde sich nie eine Krise entgehen lassen. Vor allem keine, in der es um mich und meine Ermordung durch einen Mann geht, den ich über eine Annonce kennen gelernt habe. Sie reibt sich bestimmt vor Schadenfreude die Hände.«

»Egal«, flüsterte Clio, »es scheint aber offenbar was an ihm dran zu sein, wenn du so viel Zeit mit ihm verbringst. Ich wusste, dass ich richtig lag, dich zu einer Annonce zu überreden.«

»Offen gestanden, habe ich ihn gar nicht kennen gelernt.« Amanda nahm ihre Tochter liebevoll in den Arm. »Ich habe auf den ersten Blick erkannt, dass er nicht mein Typ ist, und mich gar nicht erst zu erkennen gegeben.«

»Oh.« Clios Enttäuschung war rührend. »Ich hätte mir wirklich gewünscht, dass du einen netten Mann triffst.«

»Habe ich ja, das ist ja das Lustige. Nur scheint er mit einer anderen verbandelt zu sein.«

»Nur verbandelt? Nicht verheiratet?«

»Ich denke nicht.«

»Zeit, dass du ins Bett kommst, junge Dame«, verkündete Helen, die mit einem sehr teuer aussehenden, über den Arm drapierten Mantel aus dem Wohnzimmer kam. Was Kleidung anging, hatte Helen einen unerträglich guten Geschmack.

»Ja«, erwiderte Amanda, ihre Mutter absichtlich missverstehend, »mit einundvierzig brauche ich meinen Schönheitsschlaf.«

»Ich meine doch nicht dich«, schnaubte ihre Mutter. »Ich weiß übrigens gar nicht, was du dir dabei gedacht hast. Triffst dich einfach mit fremden Männern im Weinlokal. Männer verachten verzweifelte Frauen, weißt du. Sie können das riechen. Was aber nicht heißen soll, dass ich diesbezüglich Probleme habe. Ich bräuchte nur mit den Wimpern zu klimpern, und schon gingen sämtliche Türen für mich auf.«

»Das ist ja erstaunlich«, erwiderte Amanda und öffnete schwungvoll die Eingangstür. »Sieh doch, es funktioniert tatsächlich.«

Helen rauschte hoheitsvoll hinaus. »Ich könnte mich mal im Golfclub umhören. Schließlich wäre alles besser als eine Tochter mittleren Alters, die in Weinbars herumhängt. Woher willst du denn wissen, ob das nicht Serienmörder sind, die sich in den Zeitungen ihre Opfer suchen? Einsame, sexhungrige Frauen ohne Familie...«

»Mir passiert schon nichts. Ich werde jedem Serienmörder erzählen, dass ich eine dominante Mutter, einen Sohn mit dem schwarzen Gürtel in Karate und eine Tochter mit Mobiltelefon habe, die in weniger als sechzehn Sekunden eine ganze Gang gefährlicher Sechzehnjähriger zusammenzutrommeln vermag.«

»Ich habe nicht das Gefühl, dass du das sehr ernst nimmst.«

»Das will ich auch nicht. Sieh doch, ich wollte nur in einer sehr gut besuchten, hell erleuchteten Weinbar ein wenig plaudern.«

»O mein Gott, hast du etwa jemanden getroffen, den wir kennen?« Die Schande, eine Tochter zu haben, die so verzweifelt auf der Suche war, ließ Helen erschaudern. »Diese Männer, die in Zeitungen inserieren – wie willst du denn wissen, ob die nicht nur auf Sex aus sind? Wahrscheinlich wissen sie, dass eine Frau deines Alters *alles* tun wird, um einen Mann zu kriegen.«

»Hervorragende Idee, jetzt, da du es sagst. Vielleicht sollte ich meine Anzeige umschreiben. ›Attraktive Einundvierzigjährige sucht Abenteuer und Spaß. Vögeln bei jeder Verabredung inbegriffen.‹«

Sie schloss die Tür, ehe sie den Protest ihrer Mutter hören konnte.

Im gemütlichen Wohnzimmer, wo die letzten Scheite im Kamin verglommen und Kinky sich als Kaminvorleger aufspielte, lag Clio auf dem Sofa und kicherte. »Und wie war es wirklich?«

»Abgesehen von der Tatsache, das ich dreißig Zentimeter größer war als er? Ehrlich gesagt, ich glaube nicht, dass Bekanntschaftsanzeigen was für mich sind. Ich muss jemand ein wenig besser kennen, ehe ich mich für ihn begeistern kann.« Aber das stimmte nicht, wie Amanda sich jetzt eingestehen musste. Sie kannte Angus Day überhaupt nicht gut, und es war ihr doch gelungen, sich für ihn zu erwärmen. »Vielleicht bin ich doch noch nicht Trauerkloß genug.«

»Dann können wir für die Zukunft ja noch hoffen. Wir müssen nur einen Weg finden, wie du Männer kennen lernst. Unser neuer Turnlehrer ist übrigens richtig zum Anbeißen; was meinst du, soll ich ein gutes Wort für dich einlegen? Du könntest ihm was pfeifen.«

»Nun mach schon, Zeit fürs Bett. Morgen ist Schule. War alles in Ordnung mit Sean?«

»Ja. Ich habe dafür gesorgt, dass GG sich vor ihm nicht über sexhungrige Serienmörder auslässt. Er hält die Erwachsenen in puncto Liebe ohnehin für ziemlich verquer.«

»Das überrascht mich nicht.«

Clio warf Amanda einen Blick zu. »Vermisst du Papa?«

»Ich vermisse die frühen Jahre. Wir hatten eine sehr gute Zeit miteinander. Aber nicht die letzte Zeit.« Vielleicht war das jetzt der richtige Zeitpunkt, das Thema anzuschneiden, das sie hinausgezögert hatte, weil sie gehofft hatte, Giles möge es ihr abnehmen. Aber Giles war in diesen Dingen nicht sehr taktvoll. Wenn sie es Clio und Sean nicht bald erzählte, würde er vermutlich irgendwann damit herausplatzen und ihnen den ganzen Urlaub verderben. »Ich wollte dir was sagen, Clio. Papa und Stephanie bekommen ein Baby, Liebes. Vielleicht sogar zwei.«

»Ach wirklich?« Clios Stimme zitterte ein wenig und klang ziemlich bitter. »Dann hat Papa wohl seine Vaterschaft beim ersten Mal so genossen, dass er es kaum erwarten kann, diese Erfahrung zu wiederholen? Wie süß.« Amanda streckte die Hand nach ihr aus.

»Wann?«

»Erst in ein paar Monaten.«

»Ist das der Grund, weshalb sie nicht zum Skifahren mitkommt?«

»Ja.«

»Schade. Sonst hätte ich sie einen Berg hinunterstoßen und die kleinen Bälger umbringen können.«

Clios Boshaftigkeit erschreckte Amanda. Während der Trennungsphase hatte sie versucht, die Kinder von den heftigen Gefühlen fern zu halten und sich so zivilisiert wie möglich zu benehmen. Das war womöglich doch keine allzu kluge Taktik gewesen.

»Na los«, bohrte Clio, »sag, dass du dieses gemeine Biest hasst und ihr ein doppelköpfiges Ungeheuer wünschst.«

Amanda lachte und zog Clio fest und liebevoll an sich. Sie war ein so wunderbares Kind, aber Giles, der sich nie für Kinder interessiert hatte, hatte das nicht sehen wollen. »Ich hasse das gemeine Biest und hoffe, dass sie ein doppelköpfiges Ungeheuer bekommt.«

»He, was ist, wenn es wirklich Zwillinge werden? Dann müssen es zwei doppelköpfige Ungeheuer sein. Das geschähe Papa recht.«

»Ich liebe dich, Clio.«

»Danke, Mama. Das weiß ich.« Sie war schon auf dem Weg nach oben, als sie sich noch einmal umdrehte. »Und Papa? Was denkst du über ihn?«

Das war die Frage, die sie immer gefürchtet hatte. Sie konnte Clio gegenüber nicht zugeben, dass ihr Vater eitel, dumm und schwach war, dass es ihn eifersüchtig anstatt stolz gemacht hatte, seine Kinder groß werden zu sehen, und dass er seine Jugend unbedingt hatte beweisen müssen, und zwar so offenkundig wie nur irgend möglich.

Die Situation erlaubte es zwar, schlecht über die Geliebte zu reden, aber es wäre unfair, über den Vater herzuziehen.

Erstaunlicherweise schien Clio das zu verstehen. »Keine Sorge«, flüsterte sie. »Sein Geheimnis ist bei mir sicher.«

Im Lauf der folgenden Woche trudelten noch weitere Antworten auf Amandas Anzeige ein, aber sie beschloss, sie nicht zu beachten. In der Galerie machte Louise sie wahnsinnig. Ständig unterbrach sie Amanda, wenn diese sich mit einem Kunden über ein Gemälde unterhielt, mischte sich genau dann ein, wenn der Kauf zum Abschluss kam, um sich den Erfolg auf ihre Fahnen zu schreiben. Darüber hinaus hatte sie noch die Unverschämtheit, Amanda zu kritisieren, weil sie nicht genügend Bilder verkaufte. Der Rat von Angus Day, es doch auf eigene Faust zu versuchen, nahm wieder Gestalt an, aber trotz ihres Ärgers wegen Louise war sie sich nicht sicher, ob sie genügend Selbstvertrauen besaß, es allein zu versuchen.

Dann passierte etwas Seltsames. Aus heiterem Himmel und ohne nähere Erläuterung flatterte ein an sie adressiertes Angebot eines Maklers ins Haus. Dies pries ein Bootshaus am Stadtrand an, nahe des kleinen Hafens und der heruntergekommenen Strandhütten. Es war vom vorherigen Mieter, einem Reifenservice, der das Erdgeschoss für den Empfang benutzt und die Reifen alle in dem riesigen Dachraum gelagert hatte, bereits umgebaut worden. Amanda fühlte sich plötzlich schwindelig von all den Möglichkeiten, die sich vor ihr auftaten. Steckte Angus dahinter? Sie las weiter, und ihr schwirrte der Kopf.

Dann fand sie den Haken. Es wurde eine Jahresmiete verlangt. Eine Summe, die sicherlich unbezahlbar war.

Aber trotzdem konnte sie der Versuchung nicht widerstehen, es sich anzusehen, und so ging sie am nächsten Tag in ihrer Mittagspause hinunter zum Strand.

Das Bootshaus lag im ruhigen Stauwasser am Ende des Hafens, unmittelbar unterhalb der Eastcliff-Häuser vom sozialen Wohnungsbau. Ohne die verrammelten Läden und die überquellenden Papierkörbe, die das Bild dieses Stadtteils prägten, wäre es ein malerischer Ort gewesen. Direkt unter dem Bootshaus lagen neben dem Häuschen, das den Miles-Schwestern gehörte, auch die Strandhütten, die früher einmal hell gestrichen und anziehend gewesen, jetzt aber verblasst waren und abblätterten wie bezaubernde alte Damen, die ihr ganzes Geld verloren hatten und vor dem Ruin standen.

Wäre diese Gegend so pittoresk wie der Rest von Laineton, würde das Bootshaus bestimmt den dreifachen Preis kosten, sagte sich Amanda. Auf der Minusseite stand allerdings, dass Neugierige und Touristen, vielleicht sogar die Einheimischen sich womöglich nicht die Mühe machten, den weiten Weg auf sich zu nehmen, und das wäre für das Geschäft eine Katastrophe.

Das Gebäude war zugesperrt und leer, aber ein Blick durchs Fenster versetzte Amanda in helle Begeisterung. Es wirkte zwar düster, und die Wandfarbe blätterte ab, aber das Innere war umwerfend, voller Licht und mit Balken, die ihm fast die Atmosphäre einer Kirche verliehen. Es wären kaum bauliche Maßnahmen vonnöten, um es in einen funktionstüchtigen Raum zu verwandeln. Sie würde nur den hässlichen Empfangsbereich verkleinern, so dass gerade noch Platz für eine Kasse blieb, das ganze Ding strahlend weiß streichen, vielleicht mit Shaker-Blau abgesetzt… Amanda musste sich wieder zurück in die Realität holen. Schließlich hatte sie noch keine Entscheidung getroffen, ob sie allein etwas aufziehen wollte. Wollte sie wirklich das Risiko und die Probleme in Kauf nehmen, obwohl sie ohnehin schon Mühe hatte, all ihre Rechnungen zu bezahlen, ein Auto zu unterhalten und trotz der nur sehr sporadischen Hilfe von Giles die Hypothekenzinsen aufzubringen? Womöglich endete sie dann in einem noch größeren finanziellen Schlamassel. Es war verrückt. Sie sollte die Phantastereien sein lassen.

Ihre Mittagspause war zu Ende, und Louise sah bestimmt gerade auf die Uhr. Amanda sollte deshalb besser zurückkehren. Sie kam am Eastcliff Estate vorbei. Sie wusste, dass schon monatelang daran gebaut wurde, aber heute schien es noch hektischer zuzugehen als sonst. Seltsam. Die Hälfte der Wohnungen schienen leer zu sein, und die Bulldozer standen allem Anschein nach bereit, sie zu verschlingen.

»Hast du etwas rausbekommen, was da oben in den Wohnblocks vor sich geht?«, erkundigte sie sich bei Louise, als sie wieder in die Wave Gallery kam. »In den letzten fünf Minuten habe ich mindestens drei Lastwagen hochfahren sehen.«

Louises Gesichtsausdruck war so selbstgefällig wie der des Gestiefelten Katers. »Wusstest du das nicht? Dein Freund Angus Day steckt dahinter. Er hat irgendwas mit der Stadtverwaltung gekungelt, und die Bewohner sind total empört darüber. Alles lief streng geheim. Er hat ihnen jede Menge Pläne für Verbesserungen gezeigt, aber sie gehen davon aus, dass das alles nur Fassade ist, dass er es nur der Lage wegen in die Finger bekommen möchte. Ich muss schon sagen, dass es ganz schön verrückt war, einen solchen Häuserblock auf eine Klippe mit Blick auf die Küste von Laineton zu bauen.«

»Vielleicht hat man sich gesagt, dass auch Sozialmieter eine hübsche Aussicht verdient haben.«

»Dann haben sie dies aber nicht entsprechend zu würdigen gewusst. Es ist eine einzige Müllhalde. Überall Graffiti. Zerbrochenes Glas an den Bushäuschen, alte Damen haben Angst, nachts auf die Straße zu gehen. Na ja, jedenfalls sind die Mieter davon überzeugt, dass er Luxuswohnungen daraus machen wird und dafür dann Mieten verlangt, die sie sich nicht leisten können. Was meiner Ansicht nach das Beste wäre, aber er ist der große böse schwarze Mann dort oben.«

»Das kann er doch gar nicht machen, wenn alles der Stadt gehört. Wo sind die alten Bewohner hingekommen?«

»Man hat sie untergebracht. Leider nicht in John O'Groats.«

Amanda war entsetzt. Kannte Angus denn überhaupt keine Skrupel, nur wegen seines Profits den Leuten die Wohnungen wegzunehmen? Kein Wunder, dass er sich einen neuen BMW leisten konnte. Jetzt wünschte sie, sie hätte ihn noch mehr beschädigt.

»Also, ich würde ihm ja raten...«, fing Louise an und erhob wie üblich dramatisch die Stimme. Doch sie unterbrach sich, als sie bemerkte, dass das Ziel ihres Rats, Angus Day in Person, eben den Laden betreten hatte.

Amanda sah sich um, weil sie sich wunderte, welche unwiderstehliche Kraft es geschafft hatte, Louise mitten im Satz zu stoppen. »Gütiger Gott«, begrüßte Amanda ihn, als wäre der Leibhaftige selbst einem Wasserspeier entsprungen, um vor ihr Gestalt anzunehmen. »Was machen *Sie* denn hier?«

»Ich bin wegen des Geschenks gekommen, das ich erwähnt hatte.« Dabei wirkte Angus weniger wie ein großer böser Immobilienhai als wie ein kleiner Junge, der von seiner Lehrerin gescholten worden war.

»Phantastisch«, schnurrte Louise und stürzte sich auf ihn wie ein Habicht auf eine Feldmaus. »Und was wollten Sie dafür anlegen? Vierhundert? Fünfhundert? Ach wie dumm von mir, solche Summen jagen Ihnen ja bestimmt keinen Schrecken ein.«

»Nein, sicher nicht.« Er sah Amanda an und zwinkerte. »Was kann man von einem chronischen Ausbeuter der Armen auch anderes erwarten. Aber die Person, für die es gedacht ist, würde es erschrecken. Ich glaube, sie würde etwas Bescheideneres bevorzugen.«

Louises Überschwang ließ sofort ein wenig nach. »Ah. Dann sagt Ihnen dieses fabelhafte Ölgemälde ›Laineton Sands im Sommer‹ also nicht zu?« Sie deutete auf eine abscheuliche, fast anderthalb Meter hohe Kreation in Rosa und Rot. »Ein Schnäppchen zu fünfhundert. Er ist der Matisse von Laineton.«

»Ich habe ein bisschen was von Picasso«, entgegnete Angus.

Wenn Amanda nicht so wütend auf ihn gewesen wäre, hätte sie gekichert. Stattdessen beschäftigte sie sich mit dem Sortieren von Karten. Sie musste an die Sozialmieter denken, an all die Familien und wahrscheinlich auch Alleinerziehenden, wie sie eine war, die man in muffige Bed-&-Breakfast-Pensionen gesteckt hatte, um Platz für Angus' Luxuswohnungen zu machen.

»Wie wär's mit diesem bezaubernden Aquarell?«, schlug Louise vor. »Es heißt ›Dämmerung über der Niederung‹. Liebt die Glückliche denn das Land?«

»Nein«, Angus lächelte süffisant. »Sie hasst das Land. Ohne Stadt kann sie gar nicht leben. Je umtriebiger, umso besser.«

Gegen ihren Willen ertappte Amanda sich dabei, wie sie sich ein Bild von Angus' Freundin zurechtbastelte. Glatt. Raffiniert. Urban. Wahrscheinlich fand sie sogar Laineton, einen Ort, den die meisten Stadtliebhaber mochten, viel zu provinziell.

»Eigentlich«, unterbrach er endlich Louise, die gerade nach einer post-pointillistischen Beschwörung von Lainetons Pier griff, »dachte ich, Sie hätten eine Skulptur von einem Reiherpärchen.«

Louise zog in Amandas Richtung eine Schnute. Sie hatte gehofft, ihm etwas weitaus Teureres andrehen zu können. »Ich glaube, die holst besser du, Amanda.«

Louise hatte die Schnitzerei auf dem höchsten Regal des Ladens versteckt, so dass Amanda auf einen Stuhl steigen musste, um sie herunterzuholen. Als sie das tat, spürte sie seine Blicke über ihre Beine schweifen und fühlte das verrückte und ziemlich unpassende Verlangen, er möge seine Hand ausstrecken und sie berühren.

Stattdessen sagte sie ganz nüchtern, denn schließlich war er ein Tyrann und höchstwahrscheinlich auch nicht weit von der Korruption entfernt: »Meinen Sie diese hier?«

Er nahm das Reiherpaar und betrachtete es eingehend. »Die sind wunderschön«, sagte er. »Absolut perfekt. Sie werden sie an ihr Zuhause erinnern. Ein besseres Geschenk hätte ich nicht finden können. Danke Ihnen.«

Obwohl ihre Wut auf ihn noch nicht verraucht war, reagierte Amanda auf die freudige Erregung in seiner Stimme mit einer rasch aufblitzenden Eifersucht, die sie nicht zu unterdrücken vermochte. Wie wäre es wohl, wenn auch sie jemanden hätte, der sich so viel Mühe für sie machte? Giles' Geschenke, selbst zu ihrem Geburtstag, waren meist rasch an der Tankstelle gekaufte Blumen oder Ferrero-Rocher-Süßigkeiten gewesen. In all ihren Ehejahren hatte er nicht wahrgenommen, dass sie diese nicht ausstehen konnte.

Sie packte die Reiher mit unnötiger Schroffheit in raschelndes weißes Seidenpapier.

»Um Himmels willen, Amanda«, herrschte Louise sie an, und ihre Ohrringe aus gefärbtem Glas zitterten vor Empörung, »frag doch Mr. Day, ob er sie nicht als Geschenk verpackt haben möchte.«

»Möchten Sie?«, fragte Amanda. »Sie sind sehr sperrig.«

»Fast wie Sie«, sagte Angus Day so leise, dass sie sich nicht sicher sein konnte, ihn richtig verstanden zu haben.

Er flirtete mit ihr! Welcher Mann flirtet denn mit einer Frau, während er für eine andere ein ganz besonderes Geschenk kauft? Kein Wunder, dass seine Frau ihn verlassen hatte. Er war genau der Typ, der noch auf dem Weg in die Flitterwochen die Stewardess anmachte.

»Hier ist eine Schachtel«, kam ihr Louise mit Dolchesblicken zu Hilfe, »verpack sie darin.«

Amanda entfernte die ursprüngliche Verpackung, legte ausreichend Seidenpapier zurecht, deckte darauf noch ein Blatt hellblaues Papier und bettete dann die Reiher hinein. Sie schienen es sehr bequem zu haben.

»Übrigens«, sagte Amanda mit leiser Stimme zu Angus, als Louise verschwunden war, um einen anderen Kunden zu bedienen, »haben Sie veranlasst, dass der Immobilienmakler mir die näheren Informationen zum Alten Bootshaus schickt?«

Angus zuckte mit den Schultern. »Sehe ich so aus, als würde ich Sie dazu ermutigen wollen, einen festen, wenn auch schlecht bezahlten Job aufzugeben«, antwortete er leise, »um etwas so Verrücktes und Riskantes zu versuchen?«

»Vermutlich.« Amanda verstaute die Schachtel in einer Tragetasche der Wave Gallery und band eine blaue Schleife an den Kordelgriff. Plötzlich fielen ihr all die vielen Menschen wieder ein, denen er die Wohnung wegnahm, während er seine Zeit damit verplemperte, Geschenke zu kaufen und zu flirten, und sie wurde richtig wütend auf ihn. »Übrigens«, erwiderte sie, »würde ich meinen schlecht bezahlten Job vermutlich ohnehin verlieren, wenn Louise das hier mitbekäme, aber ich sage es trotzdem. Was Sie da mit dem Eastcliff Estate machen, finde ich ganz schrecklich. Es kann sich nicht jeder einen BMW leisten, wissen Sie. Aber eines wollen alle haben, selbst die Ärmsten, nämlich ein anständiges Zuhause!« Ohne es zu merken, hatte Amanda ihre Stimme erhoben. »Und ich kann nur hoffen, dass Sie sich dafür schämen, ihre Wohnungen in Luxusbehausungen zu verwandeln!«

Angus sah sie mit schmalen Augen an, alles Verführerische war verpufft. »Ich glaube nicht, dass Sie mir erklären müssen, was sich Leute von einem Zuhause erwarten«, schnauzte er sie an, seine Stimme so scharf wie Flintstein auf Granit. »Und auf die Gefahr hin, mich wie ein *Monty-Python*-Sketch anzuhören, sollten Sie wissen, dass ich als Kind zehn Jahre lang in einer Mietskaserne gewohnt habe. Mein Bett stand hinter einem Vorhang in der Küche. Bei Leuten wie Ihnen nennt man das vielleicht *en suite*?«

Von der anderen Seite des Ladens näherte sich die wie Boadicea in blauen Samt gekleidete Louise mit großen Schritten. »Gibt es ein Problem?«

»Nein«, erwiderte Angus mit weicher Stimme, »ich habe nur darum gebeten, dass man mich über die Arbeiten dieser Künstlerin auf dem Laufenden hält.«

»Oh.« Louise wirkte fast enttäuscht.

Gemeinsam sahen sie Angus hinterher, als er durch die Ladentür hinausging, die ein Mann mit einem Keil offen hielt, der Material für die Rahmen lieferte. Amanda fiel auf, dass das Dach von Angus' Wagen auch jetzt im Dezember offen stand.

»Wie großkotzig«, verkündete Amanda viel zu laut. »Wahrscheinlich bewundert er sich in den Schaufenstern, wenn er vorbeifährt.«

»Man sagt«, fiel Louise zum Glück in weniger penetrantem Ton ein, »dass nur Männer mit kleinen Schwänzen solche Autos fahren, aber ich kann nicht glauben, dass das auf Angus Day zutrifft.«

»Dazu kann ich nichts sagen«, betonte Amanda, »und ich habe auch keinerlei Verlangen, das herauszufinden.«

»Da bist du aber die einzige Frau in Laineton«, seufzte Louise.

Angus Day fuhr davon und war sich sehr wohl darüber im Klaren, dass die beiden Frauen ihn noch immer beobachteten. Er war wütend auf Amanda. Nichts verabscheute er mehr als Leute, die ohne Kenntnis der Fakten moralische Urteile fällten. Bis zu diesem Augenblick hatte er Gefallen an ihr gefunden, ihr natürliches Verständnis hatte ihn angesprochen, und die Geschichte mit der Kontaktanzeige hatte ihn gerührt und amüsiert. Sie war ganz offenbar eine Novizin. Aber vielleicht hatte er sich doch getäuscht in seiner Einschätzung, dass sie anders war als die anderen Frauen, die ihm begegnet waren. Kleinbürgerliche Mäkelei konnte er überhaupt nicht ausstehen.

Er fuhr zu schnell und wusste das auch, aber er genoss das Gefühl der Geschwindigkeit trotzdem, aus Laineton hinaus und aufs offene Land. Und er fuhr gern mit offenem Verdeck, und das nicht, wie Amanda gemeint hatte, weil er sich gern in den Schaufenstern bewunderte, sondern weil er die Schönheit seines Gefährts mit der Freude eines kleinen Jungen genoss. Nachdem sein Vater Bankrott gegangen war, waren sie plötzlich über Nacht aus einer relativ komfortablen in eine winzige, kleine Wohnung gezogen. Für Extras war kein Geld da gewesen, es reichte nur fürs Überleben, aber er hatte sich so sehr nach einem kobaltblauen ferngesteuerten Sportwagen gesehnt, dass er dieses Gefühl noch heute abrufen konnte. Jetzt hatte er einen echten.

Nach zehn Minuten reinigenden Geschwindigkeitsrausches bog er vor einem hübschen Torhaus neben zwei eindrucksvollen Torpfosten aus Flintstein ab, die beide von einer Steinkugel gekrönt waren und den Beginn einer lang gezogenen, schwungvollen Einfahrt durch einen Park ankündigten, an dessen Ende ein großes, quadratisches Farmhaus im georgianischen Stil stand, das er allein bewohnte. Er hatte das Anwesen gekauft, weil ihm die soliden Proportionen gefielen und seine Mutter in seiner Nähe leben konnte, aber im eigenen Heim.

Isobel Day verteidigte grimmig ihre Unabhängigkeit. Sogar jetzt noch bestand sie darauf, sich selbst um das Kochen und Saubermachen zu kümmern, obwohl ihr Sohn es sich mehr als leisten konnte, dafür Leute einzustellen. Doch so gern er ihr das Leben bequem und angenehm gemacht hätte, kam ein bequemes Leben für Isobel am allerwenigsten in Frage.

Sie hatte ihm erlaubt, ihr Haus schlicht, wenn nicht sogar ein wenig karg einzurichten, seine gedämpften Grün- und Blautöne erinnerten an die Meerlandschaft der Hebriden, wo sie aufgewachsen war. Als Zugeständnis an ihre Vergangenheit hatte sie ihm gestattet, ihren Schaukelstuhl mit einem wahnsinnig teuren, seidenweichen, lavendelfarbenen Tweed zu beziehen, der sich durchaus auch für ein Chanelkostüm geeignet hätte. Und in diesem Stuhl saß Isobel, als Angus eintraf. Selbst jetzt, nachdem man bei ihr Krebs festgestellt hatte, wies Isobel alle an, kein

Theater darum zu machen und so zu tun, als sei alles beim Alten.

Angus sperrte mit seinem Schlüssel auf, denn er wusste, dass sie um diese Zeit am Nachmittag ruhte und von einer Decke eingehüllt, mit einer Tasse Earl Grey und einer Wärmflasche im Rücken, in ihrem Lieblingsstuhl saß und im Fernsehen *Countdown* anschaute. Sie kokettierte damit, Fernsehen nicht ausstehen zu können, freute sich aber ungemein, wenn sie die Antworten eher wusste als die Kandidaten.

»Hallo Maw.« Er hatte eine Schwäche für diese besondere Aussprache, die aus einem Lieblingslied stammte, das sie ihm in seiner Kindheit vorgesungen hatte. Es fing an: There were three craws greeting for their maw … An den Rest konnte er sich nicht mehr erinnern. Er musste sie irgendwann danach fragen. Er küsste sie auf den Scheitel ihres kurz geschorenen grauen Kopfes. »Die hast du jetzt verpasst!« Er deutete auf die Frage auf dem Bildschirm.

Isobel schlug mit ihrer Illustrierten nach ihm. »Du hast mich abgelenkt.«

»Haha«, neckte er sie und packte die Zeitung. »Die Fernsehbeilage des *Daily Telegraph*. Für eine Frau, die nie in die Glotze schaut, sieht die aber ziemlich abgegriffen aus.«

»Ich habe nur ein paar Sendungen für Marjorie aufgenommen.« Marjorie war Isobels Golfpartnerin. »Diese Mitleid erregende Frau beherrscht noch nicht einmal die lebensnotwendige Fähigkeit, ein Videogerät zu bedienen.«

»Ja, natürlich.« Er ließ seinen Blick über das Kaminfeuer, das polierte Holz ihres kleinen Esstischs, den kleinen Fußschemel, den sie lavendelblau bestickt hatte, und die grünblauen Samtvorhänge schweifen. Ohne es zu wollen, drängte sich ihm der Gedanke auf, dass sie von derselben Farbe waren wie Amanda Wells Augen.

Trotzdem bewunderte er die ruhige Effizienz seiner Mutter. Nie würde sie sich von so etwas Trivialem wie einem Videogerät fertig machen lassen. Sie würde das Handbuch studieren. Genauso wie sie sich abgemüht hatte, ihn und seinen Vater mit sauberen Hemden und anständiger Kleidung zu versorgen, und keinerlei Mitleid geduldet hatte, nur weil sie die soziale Stufenleiter nach unten gerutscht waren. Isobel Day glaubte daran, dass man mit stillem Stoizismus zurechtkommen konnte.

Das Problem war nur, dass es Dinge gab, über die selbst Isobels Willenskraft keine Kontrolle hatte. Und er wünschte, sie wäre diesbezüglich etwas weniger stoisch.

»Wie fühlst du dich heute?«

Isobel richtete sich auf.

»Kam die Macmillan-Schwester denn rechtzeitig?«

»Ja.«

»Und was hat sie gesagt?«

»Sie sagte, es gehe mir so gut, wie man das erwarten könne.« Ein kleines ironisches Lächeln huschte über Isobels Lippen. »Von jemandem mit Krebs im Endstadium.«

Angus zuckte zusammen. »Das hat sie nicht gesagt.«

»Nein. Hat sie nicht. Sie meinte, man müsse jeden Tag weitersehen.«

Angus nahm ihre Hand und drückte sie. Das Leben war mit Isobel ungerecht verfahren. »Tu das nicht. Du wirst nie aufgeben. Du wirst neunzig werden.«

»Darauf würde ich mich nicht verlassen. Auch nicht auf meinen nächsten Geburtstag. Glücklicherweise gehörst du nicht zu denen, die schon im Voraus die Geschenke besorgen.«

»Da irrst du dich aber«, grinste Angus und freute sich, dass sie ihn einmal falsch eingeschätzt hatte. »Ich habe dir was gekauft, und es ist nicht einmal zum Geburtstag.« Er holte die Tragetasche, die er im Flur abgestellt hatte.

»Du weißt doch, dass ich keine Geschenke mag.« Isobel schüttelte den Kopf. »Außerdem, wozu soll das gut sein? Ich werde nicht lang genug leben, um es schätzen zu können. Völlige Geldverschwendung.«

»Sieh's dir doch erst mal an.«

Als sie das Geschenk auspackte, fiel Angus auf, wie durchsichtig ihre Haut geworden war, dünner als das Seidenpapier, das sie auswickelte.

Sie entfaltete Papierlage um Papierlage. »Spielen wir hier Päckchen packen oder was?«, fragte sie spitz.

Angus lächelte nur.

Endlich hatte sie sich zu den beiden Schnitzarbeiten vorgearbeitet. »Reiher!« Ihrer Stimme war die freudige Überraschung anzuhören. »Als Mädchen habe ich sie immer beobachtet. Stundenlang standen sie im Fluss auf einem Bein, fingen dann einen Fisch und schwangen sich flügelschlagend in den Himmel.« Die Freude hatte ihre ausgezehrten Züge erwärmt und ihnen mehr Farbe verliehen, als er seit Monaten gesehen hatte. »Die sind aber schön! Sieh nur, wie glatt die Schnitzerei ist.«

»Man stellt sie so auf.« Er platzierte die beiden Skulpturen so, dass sie sich gegenüberstanden. Die Vögel blickten mit gereckten Hälsen nach oben, als würden sie die Sterne betrachten. »Sie werben. Offenbar gehört das zum Ritual.«

»Das habe ich nie gesehen. Das wird vermutlich auf der ganzen Welt dasselbe sein, ob bei Menschen oder Tieren oder Vögeln. Der Fortbestand der Art treibt sie dazu an.«

Angus erkannte, dass das Gespräch eine andere Richtung nahm, und versuchte dagegenzusteuern. »Es gibt aber noch andere Dinge im Leben als die Fortpflanzung, weißt du.«

»Pah!«, meinte seine Mutter. »Erzähl das den Reihern. Oder den großen Haubentauchern, nimm welche Art auch immer. Oder deiner Cousine Flora, zum Beispiel. Sie bekommt bald ihr Sechstes, wusstest du das?« Sie fixierte ihn sehr genau. »Ich wünschte, du würdest jemanden kennen lernen. Seit Laura dich verlassen hat, scheinst du dich nur noch für Verkleidungen und Fertigbeton zu interessieren.«

Angus ließ die Schultern sinken. »Ist vermutlich sicherer. Übrigens habe ich jemanden kennen gelernt, die ich mag.« Er überlegte, ob er erwähnen sollte, dass seine Mutter sie bereits getroffen hatte, entschied sich dann aber dagegen. Er wollte den Dingen lieber Zeit zum Wachsen lassen. »Sie hat mir auch von den Reihern erzählt.«

»Aha.«

»Aber ich glaube nicht, dass sie eine allzu gute Meinung von mir hat. Sie hält mich für eine Geißel der Unterprivilegierten und glaubt, ich ließe das Dach meines Wagens nur offen, damit ich mich in den Schaufenstern bewundern kann.«

Isobel fand das lustig und grinste breit. »Mir gefällt, was sie sagt. Und was ist mit dir?«

»Was meinst du?«

»Nimmst du das Dach ab, damit du dich in den Schaufenstern bewundern kannst?«

Angus sah verletzt aus. »Natürlich nicht.«

»Ich würde es dir nicht vorwerfen«, sagte sie zu seiner Überraschung. »Wir hatten keine Spiegel im Haus. Mein Vater hielt das für gottlos. Also habe ich in den Wasserkessel gestarrt, um mir die Lippen anzumalen.«

Angus brach bei diesem so gar nicht zu seiner Mutter passenden Bild in Gelächter aus.

»Du wärst überrascht, wie viele polierte Oberflächen es gibt, selbst in einem gottesfürchtigen Haus. Teekannen aus Metall. Bilderrahmen mit Glas. Mein Vater ließ einen seine Schuhe so lange auf Hochglanz polieren, bis man sein Gesicht darin spiegeln konnte, also habe ich mir auch das einmal zunutze gemacht.«

»Du hast dir die Lippen angemalt, indem du seine Schuhe als Spiegel benutztest?«

»Das war mir ein besonderes Vergnügen, das sag ich dir.«

»Maw, du bist wunderbar.« Er umarmte den einst kraftvollen Körper. Sie war immer schlank und geschmeidig und stolz auf ihr Aussehen gewesen. »Dieses Bild von Isobel gefällt mir, die eigensinnige Make-up-Abhängige«, sagte Angus.

»Es war doch nur ein wenig Lippenstift. Und wechsle jetzt nur nicht das Thema. Ich würde sie gern kennen lernen, dieses Mädchen.«

Fast hätte Angus verraten, dass dies schon passiert war, aber er zögerte. »Na ja, ein Mädchen ist sie eigentlich nicht mehr. Sie ist über vierzig.«

»Vierzig! Eine alte Jungfer!« Isobel war schockiert. »Die wird in ihren Gewohnheiten festgefahren sein und dich ihrer Lebensweise anpassen wollen.«

»Sie ist keine alte Jungfer. Sie war verheiratet…«

»Eine Geschiedene…!« Isobels Ton hätte nicht ablehnender sein können, wenn er Lucrezia Borgia mit nach Hause gebracht hätte. »Wahrscheinlich eine Goldgräberin, die sich keine Gelegenheit entgehen lässt. Vermutlich hat sie auch noch Kinder von einem anderen Mann am Hals, die sie versorgt wissen möchte!«

»Ich glaube, sie hat einen Sohn und eine Tochter. Aber der eigene Vater unterstützt sie.« Er behielt lieber für sich, dass auf ihren Vater kein großer Verlass war, wenn es um den Unterhalt ging. »Weißt du, Maw, es ist verrückt. Ich kenne sie eigentlich kaum…«

»Vielleicht solltest du es auch besser dabei belassen. Arbeit ist ein großer Tröster, wie ich immer zu sagen pflege.«

Angus tat die Widersprüchlichkeit seiner Mutter mit einem Schulterzucken ab. Einerseits wollte sie, dass er eine Frau fand, war aber zugleich davon überzeugt, dass jede Frau, die er kennen lernte, es auf den hart erworbenen Wohlstand ihres Sohnes abgesehen hatte. »Jetzt musst du aber schlafen. Die Reiher bleiben hier auf diesem Tisch, damit du dich an deine Kindheit erinnerst, wenn du sie ansiehst.« Er deckte sie zu und legte ihr die Fernbedienung zurecht. »Natürlich nicht, weil du etwa fernsehen möchtest.«

»Pscht!«, erwiderte Isobel mit einem matten Lächeln. »Für einen Sohn bist du gar nicht so übel.«

»Warum ziehst du dann nicht bei mir ein, damit ich mich wirklich um dich kümmern kann?«

»Ich möchte in meinen eigenen vier Wänden sterben«, entgegnete Isobel giftig. »Darauf habe ich lang genug gewartet.«

Angus zögerte. »So lass ich dich nicht gern allein.«

»Wenn der Sensenmann zu Besuch kommt, werde ich ihm Earl Grey und ein Shortbread-Keks anbieten, wie findest du das?«

»Mir wäre lieber, du würdest ihm sagen, dass du keine Besucher empfängst. Vor allem keine verdächtig aussehenden Gestalten in langen schwarzen Kleidern und ohne Gesicht.«

»Jetzt hör aber auf. Du hast zu viel Bergman-Filme gesehen. Nur weil du die Universität verlassen musstest, um das Geschäft deines Vaters zu retten, glaubst du, der unwissenden Masse was voraus zu haben.«

»Du bist eine boshafte Frau, Isobel Day.«

»Ein bisschen Freude brauche ich ja auch. Aber jetzt ab mit dir.«

»Übrigens«, sagte Angus unvermittelt auf dem Weg zur Tür, »du bist ihr begegnet, der Frau, von der ich erzählt habe. Sie heißt Amanda. Es ist die Frau, die mir auf dem Parkplatz ins Auto gefahren ist.«

»Solange es nicht ihre Tochter ist. Die ist zu jung für dich.«

»Also wirklich, Mama. Ein wenig Urteilsvermögen kannst du mir schon zutrauen.«

»Da wärst du allerdings eine Ausnahme unter den Männern«, verkündete Isobel und schaltete den Fernseher wieder ein.

Die nächsten beiden Wochen vergingen für Amanda wie im Flug. In der Galerie tummelten sich die Geschenkejäger, und in ihren Pausen musste Amanda für Clio und Sean Weihnachtsgeschenke kaufen und verpacken, damit sie diese mit zum Skifahren nehmen konnten. Außerdem musste sie die Skiklamotten zusammensuchen und für den Urlaub mit ihrem Vater packen.

»Was wünschst du dir denn zu Weihnachten, mein Schatz?«, fragte sie Sean in den fünf Minuten zwischen Aufstehen, Anziehen und Aufbrechen zur Schule.

»Einen David-Beckham-Haarschnitt«, erwiderte Sean, ohne auch nur eine Sekunde nachdenken zu müssen.

Amanda schluckte. Die Vorstellung, ihr heiß geliebter, gelockter Chorknabe würde sich dem scharfen Messer des Topfriseurs anvertrauen und danach wie ein Skinhead aussehen, bereitete ihr Übelkeit.

»Nein, Schatz, im Moment nicht.« Sie suchte verzweifelt nach einer überzeugenden Begründung.

»Alle meine Freunde haben einen. Sie verspotten mich schon als Waschlappen.«

»Beim Skifahren würdest du dich nur erkälten«, gab Amanda halbherzig zu bedenken und überlegte, ob es nicht gemein von ihr war, ihm die Akzeptanz der Gleichaltrigen vorzuenthalten. Als Alleinerziehende musst du entweder auf jegliche Autorität verzichten oder so streng wie zwei Eltern sein. Aber Giles hatte ja immer nachgegeben.

»Nein, Schatz. Du solltest nicht dem Rudel nachjagen.«

Wut im ansonsten gutmütigen Gesicht, knallte Sean seine Müslischale auf den Tisch, so dass der Inhalt herausschwappte. Das gute Aussehen, blond und blauäugig, hatte er von seinem Vater geerbt. »Immer sagst du nein!«, warf er ihr vor. »Keine von den anderen Müttern tut das!«

Amanda schnappte nach Luft. Immer war sie die Böse, da Giles sie mit dem Problem, Kinder großzuziehen, allein ließ.

»Das ist hart. Sprich mit deinem Vater darüber.«

Aber das war ein taktischer Fehler. Giles hörte seinen Kindern nie zu, wenn sie mit ihm redeten. Wahrscheinlich würde er ja sagen, ohne es zu meinen, und dann würde ihr hübscher Junge mit einem kahl geschorenen Schädel nach Hause kommen, vielleicht zur Krönung noch mit einem Swastika-Tattoo.

Sean packte seine Schultasche. Die finstere Miene verschwand wie Sturmwolken vor der Sonne. »Ich hab dich lieb, Mama. Das war doch nur Quatsch, dass alle einen Beckham-Haarschnitt haben. Nur Baz hat einen.« Baz war der Klassencoole.

Seans Ehrlichkeit war so gewinnend, dass sie über seine Ausdrucksweise hinwegsah. Das machte es leicht, ihn zu lieben. Selbst wenn er schrie und vor Wut um sich schlug, was zum Glück nur selten vorkam, war er im nächsten Augenblick wieder der freundliche Junge, den sie kannte.

Sie zog ihn in ihre Arme. Trotz seiner zehn Jahre ließ er das gelegentlich zu, vorausgesetzt, keiner seiner Freunde war in der Nähe. Wenn dies der Fall war, behandelte er sie, als hätte sie die Pest.

Nachdem Sean gegangen war, blätterte sie den Katalog von Manchester United durch. Das Trikot, das Sean sich so sehr wünschte, war haarsträubend teuer. Amanda sagte sich, sie dürfe nicht dem schamlosen Kommerz in die Hände arbeiten, schickte die Bestellung aber dennoch ab. Sie würde in den zwei Wochen, die sie allein war, eben sparen. Zwei Wochen! Was würde sie mit sich anfangen? Ihr Leben drehte sich so ausschließlich um Sean und Clio, dass sie sich manchmal darüber ärgerte, aber die Aussicht, einige Zeit ohne sie zu verbringen, erfüllte sie mit Panik. Sie würde einfach die alte Amanda wieder entdecken müssen. Die mädchenhafte, kokette Person, die sie gewesen war, ehe sie Giles kennen lernte. Schon komisch, dass Giles sich von dem Partygirl angezogen gefühlt hatte, das sie einmal war, dann aber alles drangesetzt hatte, um genau diesen Wesenszug auszumerzen.

Verdammter Giles. Warum nur mussten er und Stephanie auch Zwillinge in die Welt setzen. Nie war Amanda jemandem begegnet, der weniger mütterliche Ausstrahlung hatte als Stephanie, ständig zählte sie Kalorien und ging in Aerobic-Kurse. Unmöglich, sie sich mit Babyschmiere an ihren pastellfarbenen Pullovern vorzustellen. Clio und Sean wären dann sicherlich zweitrangig. Sie musste lachen, als ihr Clios Wunsch nach einem doppelköpfigen Ungeheuer wieder einfiel. Clio ließ ihre Gefühle wenigstens raus. Mit Sean war das weitaus schwieriger.

Vor lauter Wut auf Giles fügte sie ihrer Bestellung noch einen Manchester-United-Rucksack hinzu. Den sollte Giles zahlen.

Aber was sollte sie Clio schenken? Amanda dachte über ihre Tochter nach, während sie am Ende ihres Kugelschreibers kaute. Clio war groß wie ihre Mutter, aber dürr wie ein Besenstiel. Doch trotz ihrer kindlichen Gestalt blitzte bei ihr gelegentlich eine Reife auf, wie man sie nur bei einer Zweiunddreißigjährigen erwartet hätte.

Kleider kamen für Clio überhaupt nicht in Frage. Sie war unglaublich eigen, und Amanda griff immer daneben. Manchmal sehnte sich Amanda nach den Tagen, als sie Clio noch von Kopf bis Fuß ausstaffiert hatte, reizende Rüschenkleider in leuchtenden Farben, und Clio hatte sie gehorsam angezogen und war damit herumgewirbelt, damit alle sie bewundern konnten. Vorbei, vorbei. Außerdem liebte Clio keine Überraschungen. Am liebsten ließ sie sich Geld schenken, damit sie alles selbst kaufen konnte. Es war einfacher, machte Amanda aber nichtsdestotrotz traurig.

Jetzt hatte sie so lange getrödelt und sich den Kopf wegen der Weihnachtsgeschenke zerbrochen, dass sie noch zu spät in die Galerie käme, wenn sie sich nicht beeilte, und Louise würde bestimmt fuchsteufelswild werden. Sie zog ihren warmen Mantel, Handschuhe und Schal an und ging raschen Schritts in Richtung Küste.

Die Luft war klar und kalt – perfektes Winterwetter. Um sie herum kreisten die Möwen und hofften auf Brot. Sie entschied sich für die Abkürzung entlang der unteren Promenade, teils, weil es schneller ging, teils, weil das Meer heute so wunderschön war, blassgrün und klar wie venezianisches Glas.

»Hallo, meine Liebe, so ein schöner Morgen, nicht wahr?« Es war eine der Miles-Schwestern, die von ihrem Holzhäuschen am Strand zu ihr hochrief. Amanda seufzte. Es war Betty, die Redselige. Rose, die andere Schwester, war fast immer still, ergänzte Bettys Reden nur, wenn eine Pause entstand, was allerdings selten der Fall war.

»Ich gehe Schwimmen«, verkündete Betty und schlug ihren

Bademantel zurück, um ein Falten werfendes, ausgeleiertes Badekostüm mit Blumenmuster zu enthüllen, das an mehreren Stellen mit Gummibändern gerafft war und ihr das Aussehen eines Biskuitkuchens gab, den man jahrzehntelang hatte auskühlen lassen.

Amanda schauderte. Es war Mitte Dezember, und so einladend und ruhig die See auch aussah, war sie bestimmt so kalt, dass einem das Blut gefror. »Sieht sie nicht einladend aus?«, trällerte Betty, schob sich die Haare unter die rosa Badekappe und ging in ihren alten Strandschuhen aus Plastik davon.

»Für sie wird es ein wenig zu warm sein«, meldete sich Rose zu Wort, die aus dem Häuschen auftauchte. »Sie bricht gern durchs Eis.«

Amanda winkte ihnen zu und wunderte sich, was aus der berühmten englischen Zähigkeit geworden war, die diese Schwestern auszeichnete. Früher einmal schien England Damen wie diese massenweise hervorgebracht zu haben. Memsahibs, wie man sie in Indien nannte, einsame Forscherinnen, Schmetterlingsjägerinnen, die mit ihren Lastenträgern verkehrten, blaustrümpfige Dozentinnen in Cambridge. Vielleicht hatten Zentralheizung und zu viel Nachmittagsprogramme im Fernsehen den Willen nachfolgender Generationen geschwächt, jedenfalls schien es keine Damen wie diese mehr zu geben.

Nach einem Dauerlauf über die letzten paar Meter traf Amanda um genau 9:27 Uhr in der Galerie ein. Um 9:30 Uhr stand sie hinter der Kasse, die Tür war geöffnet, und die Kaffeemaschine lief. Es waren noch keine Kunden zu sehen.

Bis auf Ruthie, die plötzlich mit einem Bücherstapel im Arm hereingestürmt kam. »Die Büchergruppe trifft sich Anfang Januar. Ich habe für dich eingekauft, weil du hier im Laden feststeckst. Mein kleines Geschenk.« Sie warf eine für den Weihnachtsstrumpf gedachte hellrosa Ausgabe von *Männer sind vom Mars, Frauen von der Venus* auf den Verkaufstisch. »Stoff zum Nachdenken.«

In dem Moment traf Louise ein. »Du kommst doch auch zum nächsten Treffen der Lektüregruppe, Louise, oder?«, bedrängte Ruthie sie. Louise tauchte manchmal mit Amanda auf, aber nur, wenn sie nichts Besseres vorhatte. »Wir unterhalten uns darüber, ob Männer und Frauen von verschiedenen Planeten stammen.«

»Ich habe im Moment keine Zeit zum Lesen«, erwiderte Louise. Ihre zahlreichen Halsketten und Ohrringe klimperten überlegen. »Das ist meine hektischste Zeit. In den nächsten beiden Wochen mache ich ein Drittel meines Gesamtumsatzes.«

»Du solltest vierundzwanzig Stunden offen haben, wie Tesco's«, zog Ruthie sie auf.

»Ermutige sie bloß nicht.« Amanda schüttelte sich.

»Das ist eigentlich gar keine schlechte Idee... nein, ist nur Spaß!«

»Wann fahren Clio und Sean zum Skifahren?«

»Ich bringe sie am Donnerstagnachmittag zum Flughafen.« Amanda machte sich am Kartenständer zu schaffen, um mit der plötzlich aufsteigenden Panik fertig zu werden. Und was ist, wenn ein Unfall passiert oder ein Unglück mit dem Skilift? Sie wäre meilenweit entfernt. Sie versuchte, sich zu beruhigen. Das größte Risiko für die Kinder bestand vermutlich darin, zu viel Zeit an Spielautomaten zu verbringen, während ihr Vater an der Bar trank.

»Wie lange werden sie weg sein?«

»Zwei Wochen.« Eigentlich hatte sie das Gefühl, es seien zwei Jahre.

»Ausgezeichnet. Ich hoffe nur, du machst das Beste daraus.«

»Auf meinem Kaminsims türmen sich schon die Einladungen«, entgegnete Amanda leichthin. Das stimmte, aber es ging dabei immer um Weihnachtskonzerte, Elternabende und noch eine weitere Aufführung von *The Sound of Music* an Clios Schule.

»Dann ist es dir also gar nicht möglich, zu meiner Silvesterparty zu kommen?«, erkundigte sich Louise mit fröhlich geneigtem Kopf. »Das ist aber schade, denn ich habe für dich den perfekten Mann kennen gelernt. Er organisiert das Laineton-Festival. Hat hundert Punkte auf dem Anti-Giles-ometer. Gut aussehend, intelligent, hilft alten Damen über die Straße und kann sich unglaublich gut in Frauen hineinversetzen.«

Amanda hörte argwöhnisch zu. »Der muss schwul sein. Klingt, als wäre er schwul.«

»Nein«, Louise blinzelte lasziv. »Ich habe Referenzen.«

»Was meinst du damit, du hättest Referenzen?« Amanda war gegen ihren Willen neugierig. »Welcher Art sind diese Referenzen denn? ›Ein wirklich fantastischer Orgasmus‹, Mrs. F. Ward, Sunningdale. ›Jetzt kenne ich die Bedeutung von die Erde bewegte sich‹, Susan Brown, Walton Forest.«

»Nicht ganz. Er ging mit einer Freundin von mir. Lass es mich so formulieren: Er ist ganz eindeutig hetero.«

»Und wie heißt dieser Ausbund an moderner Männlichkeit?«, wollte Ruthie wissen.

»Er heißt Luke Knight. Dann kommst du also, Amanda?«

»Vielleicht.«

»Was macht übrigens der große böse Immobilienmakler? Hat er sich wieder bei dir gemeldet?«

»Natürlich nicht«, sagte Amanda ein wenig zu schnell. »Damit rechne ich auch nicht. Er ist außerdem an nichts anderem als am Profit interessiert. Was er mit Eastcliff macht, ist teuflisch.«

»Ach, Amanda, sei doch nicht immer so *erhaben*«, sagte Louise. »Übrigens, so grob, wie du dich ihm gegenüber verhalten hast, war ganz offensichtlich, wie scharf du auf ihn bist.«

»Bin ich nicht.«

»Gut. Denn er würde dir nur wehtun. Er braucht nämlich eine Frau, die keinerlei Skrupel kennt, schlecht mit den Unterprivilegierten umzuspringen, und die ihm dabei hilft, sein schönes Geld auszugeben.«

»Eine wie du, meinst du wohl? Das würde der schottischen Mama aber bestimmt nicht gefallen.«

»Hm. Aber Männer lieben Frauen, die ihre Mamas nicht gut finden.«

»Dann lädst du ihn also auf deine Party ein?«

»Schon möglich. Vorausgesetzt, du hältst dich an den reizenden Luke, denn ansonsten könnte Angus sich entschließen, lieber dich haben zu wollen. Und das möchte ich nicht riskieren. Ich werde insgeheim einen Zauber aussprechen.« Mit ihren dunklen Locken, den roten Lippen und dem klimpernden Geschmeide hatte Louise durchaus was Hexenhaftes. Keine schwarze alte Tante, sondern eine reife, vollblütige Frau in ihren besten Jahren. Als Amanda sich Louise jetzt ansah, drängte sich ihr die Frage auf, ob man die Hexen im Mittelalter vielleicht nicht wegen ihrer Bosheit auf dem Scheiterhaufen verbrannte, sondern weil sie Konkurrentinnen waren.

»Da fällt mir was Lustiges zu deinen zwei Verehrern ein«, grinste Louise.

»Angus Day ist nicht mein Verehrer, und Luke Wie-heißt-er-noch-mal ist mir noch gar nicht begegnet«, fiel Amanda ihr ins Wort.

»Das wird er aber. Knight. Er heißt Knight. Und der andere heißt Day. Knight and Day, kapiert?«

5. Kapitel

»Tschüss, Mama!« Clio drückte Amanda so fest, dass ihr die Luft wegblieb. »Und keine Verabredungen mehr mit fremden Männern in Weinlokalen, während ich weg bin.« Sie standen alle – ein einziges Gefühlswirrwarr – am Flughafen.

»Ich versprech's.« Amanda gab sich alle Mühe, sich nicht anmerken zu lassen, wie niedergeschmettert sie sich angesichts ihrer Abreise fühlte. »Habt eine schöne Zeit und denkt daran, alle Möglichkeiten zu nutzen, die sich euch bieten. Könnte mir vorstellen, dass die Skilehrer um diese Zeit des Jahres besonders hinreißend sind.«

»Tschüss, Mama.« Sean warf sich ihr den Tränen nahe in die Arme. Er sagte nie Mama zu ihr. »Wir rufen dich an, sobald wir dort angekommen sind.«

Giles sah ungeduldig auf die Uhr. »Keine Sorge, meine Liebe, ich passe auf sie auf. Wir sollten lieber einchecken, damit wir noch genügend Zeit haben.«

Amanda wusste, was er damit meinte. Er wollte noch ein paar Whiskys an der Bar trinken, ehe sie abflogen.

Er schenkte ihr sein Speziallächeln. Das Alter hatte seine strahlende Attraktivität noch nicht zu trüben vermocht. Aber vielleicht sorgte ein Baby – oder sogar Zwillinge – für ein paar Falten im Gesicht des Fünfundvierzigjährigen. Er wäre sechzig, wenn sie im schlimmsten Alter waren. Ein sehr befriedigender Gedanke.

Ihr fiel auf, dass Giles eine schmale gebundene Romanausgabe einstecken hatte. Das Ärgerliche daran war, dass es ihm bestimmt gelänge, das Buch auch zu lesen. Vaterschaft hatte Giles' Gewohnheiten nie durcheinander zu bringen vermocht.

Bereits am Check-in-Schalter flirtete Giles mit der Bodenstewardess. Aber das war zum Glück nicht mehr Amandas Problem. Jetzt lag es an Stephanie, sich Sorgen zu machen, ob Giles in Gegenwart von Frauen unter achtzig standhaft blieb. Eine große Erleichterung, wie sie zugeben musste.

»Auf Wiedersehen!« Als Giles das Gepäck auf die Schalterwaage hievte, fiel Amanda auf, dass die Koffer neu und teuer waren, mit Rädern und einem ausziehbaren Griff ausgestattet, der müheloses Hinterherziehen erlaubte, wohingegen Clio Amandas alten Tragekoffer von Delsey und Sean eine ziemlich schäbige Adidas-Sporttasche dabeihatten. Eine Scheidung schärft den Blick auf solche Dinge, wie sie sich widerwillig eingestand. »Ich wünsche euch eine herrliche Zeit. Ich könnte auch Hals- und Beinbruch sagen, aber lieber nicht. Schickt mir eine Postkarte. Und stellt keinen Unsinn an.«

»Ist schon *gut*, Amanda.« Giles klang nun ein wenig gereizt. »Ich bin doch auch dabei, um Himmels willen.«

Es lag ihr auf der Zunge zu sagen: Genau deshalb habe ich ja Angst.

Sean kam zurückgelaufen, um sie ein letztes Mal zu umarmen. »Es wird dir doch gut gehen, Mama, wenn wir weg sind, oder?«

»Mir?«, entgegnete Amanda in gespieltem Erstaunen. »Ohne Zimmer aufräumen und Pausenbrot herrichten? Ich werde den ganzen Tag die Beine hochlegen und von morgens an mit einer großen Schachtel Süßigkeiten fernsehen.«

Sean versuchte zu lächeln. »Du wirst keinen haben, an dem du herumnörgeln kannst.«

»Doch, habe ich. Kinky.«

»Arme alte Kinky.«

Sie winkte ihnen wild fuchtelnd zu und ging dann zurück zum Auto. In vierzig Minuten wäre sie wieder in Laineton. Sie fuhr schneller als gewöhnlich, obwohl keiner auf sie wartete und sie nicht in Eile war.

Unglaublich, wie anders sie sich in einem leeren Haus fühlte.

Plötzlich schien die Unordnung, die sie normalerweise auf die Palme brachte, das Gefühl, ein riesiges Fundsachendepot als Behausung zu haben, gar keine Bedeutung mehr zu haben. Sie hob einen von Seans Gummistiefeln auf und ertappte sich dabei, dass sie ihn sich an die Brust drückte, als wäre er eine kostbare Erinnerung. Gott sei Dank hatte Clio sie dazu überredet, den Christbaum aufzustellen, und diesen dann mit all dem schmuddeligen Schmuck aufgeputzt, der sich über die Jahre angesammelt hatte. Auf der Baumspitze hockte die Fee mit dem eingedellten Gesicht, auf die sich vor Jahren jemand gesetzt hatte. Amanda hatte sie schon längst wegwerfen wollen, aber Clio verbot es ihr. Die Fee gehörte zu Clios Kindheit, zu jenem Teil vor der Trennung ihrer Eltern, und sie war entschlossen, daran festzuhalten.

Amanda hatte eben am Küchentisch Platz genommen und zu überlegen begonnen, was sie im Lauf der nächsten Woche zu tun gedachte, als das Telefon läutete.

»Amanda.« Der Kommandoton ihrer Mutter hatte Telekommunikation kaum nötig. »Ich bin im Golfclub, und es gibt hier einen sehr netten jungen Mann, der dich gerne kennen lernen möchte. Er ist der Neffe von Mr. und Mrs. Worthington und gerade von Fulham heruntergekommen. Er arbeitet in der Stadt. Er würde dich gern zum Essen ausführen.« Fast konnte sie das wissende Lächeln hören, das ihre Mutter mit dem »jungen« Mann tauschte. Bestimmt hatte er Hängebacken, nahm sich ungeheuer wichtig, trug ein rosafarbenes Ralph-Lauren-Polohemd und zu enge Jeans, wahrscheinlich hieß er Gordon.

»Er heißt Gordon«, fügte ihre Mutter hinzu. Amanda verkniff sich ein Kichern.

»Tut mir Leid, Mutter. Ich bin leider ziemlich kaputt. Ich habe mir vorgenommen, heute mal früh zu Bett zu gehen.«

»Du bist wirklich hoffnungslos, Amanda.«

»Warum gehst nicht du stattdessen mit ihm aus?«

Was ihre Mutter womöglich auch tun würde, das war das Problem.

Als Amanda an diesem Abend im Bett lag, konnte sie nicht einschlafen. Ein ganz übler Fall eines Das-Nest-ist-leer-Syndroms, sagte sie sich. So wird es also sein, wenn ihre Kinder auszögen. Bei Clio würde das nicht mehr lang dauern. Sean würde sie noch ein wenig länger brauchen, aber dann wäre auch er weg. Du brauchst etwas, das dich wirklich interessiert, sagte sie sich, mehr als nur Familie und einen Job, hinter dem du nicht stehen kannst.

Beim Einschlafen schwebten ihre Gedanken zu dem leeren Bootshaus, das eine wunderbare Galerie sein könnte, und der Frage, ob Angus Day ihr tatsächlich das Angebot hatte zukommen lassen.

Wenn ja, wäre das sehr aufmerksam von ihm gewesen. Offenbar schien Angus Day der Meinung zu sein, sie solle das Risiko eingehen. Aber er war eben der risikobereite Typ. Schon wollte sie weich werden, aber da fielen ihr die wütenden Mieter des Eastcliff Estate wieder ein, die er aus ihren Wohnungen vertrieben hatte, und auch die Art und Weise, wie die Kellnerin in der Weinbar ihn angelächelt und mit ihm geflirtet hatte. Angus Day war eine Variation von Giles, reizend, aber rücksichtslos und ohne Moral. Und nie, niemals wieder würde sie den Fehler machen, auf jemanden wie Giles hereinzufallen.

Sie schlief schon fast, als ihr einfiel, dass Clio und Sean noch nicht aus Val d'Isère angerufen hatten. Bilder von brennenden Flugzeugen im Kopf, setzte sie sich auf. Die plausiblere Erklärung wäre die, dass Giles es allzu eilig hatte, zur Minibar des Hotels zu kommen, um auf sie zu warten. Sie überlegte, ob sie anrufen sollte, fand das aber doch zu gluckenhaft.

Ein verräterisches Piepen drang aus ihrer Handtasche. Es war ihr Mobiltelefon, das ihr eine Nachricht ankündigte. Sie drückte den Knopf für Text, und er tauchte auf dem winzigen Display auf. MAMA LIEBES. Das war ihre spezielle Begrüßung. SIND GUT ANGEKOMMEN. CLIO.

Nach mühsamem Gefummel an der Tastatur schickte sie die Worte: CLIO LIEBES. BIN GUT ZU BETT GEGANGEN. MAMA.

Es war zwei Tage vor Weihnachten, und die Kassen in der Galerie klingelten das »Halleluja«. Louises Vorrat an Beryl-Cook-Drucken im dunkelblauen, fleckigen Holzrahmen zu £ 9,99 hatte sich als der Renner erwiesen, wie auch die beiden in Gold gerahmten, italienischen Cherubim mit dem Lausbubenblick. Ein paar kleine Skulpturen von sich umarmenden, plumpen nackten Paaren hatten sich unerwarteter Beliebtheit erfreut. Als sie das Letzte davon in Seidenpapier wickelte, fragte sie sich, was die Empfänger wohl damit anfingen. Es wäre zu hoffen, dass sie in dem pummeligen Pärchen eine Verklärung ihrer Liebe sahen, wenn nicht, gäben sie auch einen praktischen Türstopper ab.

Als sie den Laden zugeschlossen hatte, schlug Amanda wie von selbst den Heimweg über das Bootshaus ein und schaute hinein. Über dem Meer ging der Mond auf, und sein glitzernder Pfad schien für Amandas erwartungsvollen Blick direkt zum Bootshaus zu führen.

»Furchtbar kalt hier drin.« Die Stimme schreckte sie auf; es war Betty Miles. »Mein Vater hat mich immer hierher mitgenommen, um Fisch zu kaufen. Die Fischer hatten ihre gesamte Ausbeute auf einem großen Tisch ausliegen. Ich mochte Sprotten am liebsten. Mögen Sie Sprotten?« Betty wartete die Antwort auf eine Frage nie ab. »Man schüttelt sie in einer Papiertüte mit gewürztem Mehl, brät sie dann in siedend heißem Öl und isst sie mit Brot, Butter und Essig. Köstlich! Man sieht heutzutage fast gar keine Sprotten mehr, oder? Stellen Sie sich vor, sie taten mir sogar ein wenig Leid. Wie heißt es noch mal? Nimm eine Sprotte, um eine Makrele zu fangen. Alle essen Sprotten, Menschen *und* Makrelen. Kein glücklicher Umstand für die Sprotten.«

»Betty!«, rief ihre Schwester Rose von der Terrasse vor ihrem Häuschen. »Ich hoffe, du schwatzt Mrs. Wells nicht die Ohren voll. Die möchte bestimmt nach Hause.«

»Wenn du's genau wissen willst«, schniefte Betty, »habe ich sie durchs Fenster ins Bootshaus gucken sehen und wollte sie nur über dessen Geschichte informieren. Ich habe Sie doch nicht gelangweilt, oder, meine Liebe?«

»Absolut nicht.«

»Rose interessiert sich nicht für Menschen, nur für die blöden Kreuzworträtsel«, vertraute Betty ihr an. »Gute Nacht.« Betty trippelte nach Hause, mit ihrer Vorliebe für weibliche Rüschen das genaue Gegenteil zu Roses strengem Kleiderstil und deren einsilbiger Art.

»Hoffentlich hat sie Sie nicht belästigt«, rief Rose herüber, »manchmal ist sie wie eine Schallplatte. Nur, dass man sie nicht abschalten kann.«

Amanda lächelte. Wie diese beiden es geschafft hatten, fünfzig Jahre in dem kleinen Häuschen, kaum größer als eine Strandhütte, miteinander zu verbringen, war für Amanda unvorstellbar.

Am Weihnachtsabend öffnete Louise eine Flasche Champagner, um das gute Geschäft zu begießen. Es hatte sogar jemand das abscheuliche Gemälde von Laineton Sands in den schauderhaften Rosa- und Rottönen gekauft.

»Hoffentlich gefällt es Ihrem Mann«, hatte Amanda beim Einwickeln der einszwanzig auf neunzig großen Leinwand gemurmelt.

»Nein«, hatte die fröhliche Antwort gelautet. »*Mir* gefällt es. Er ist farbenblind.«

Amanda musste sich auf die Zunge beißen, denn sonst wäre ihr ein »Na, Gott sei Dank« herausgerutscht.

»Wo feierst du Weihnachten?«, erkundigte sich Louise und füllte ihre Gläser nach.

»Bei meiner Mutter.«

»Wie schrecklich.«

»Nicht so schrecklich wie ihr Vorschlag, das Weihnachtsabendessen in ihrem Golfklub einzunehmen.«

»Und wo esst ihr? Kochst du? Ohne Clio und Sean ist das doch Zeitvergeudung. Die ganze Arbeit.«

»Deshalb lassen wir uns auch mittags im Grand Hotel richtig verwöhnen.«

»Unter all den Greisen?«

Amanda grinste. »Nur die *besten* Greise. Das gibt meiner Mutter die Gelegenheit, einen Hut zu tragen. Sie liebt es, Hüte zu tragen.«

»Es wird dich freuen zu erfahren, dass ich wegen des guten Weihnachtsgeschäfts den Laden bis Neujahr zumache«, strahlte Louise. »Das gibt dir genügend Zeit, dich zu verschönern und einkaufen zu gehen, ehe du den reizenden Luke triffst.«

»Pass auf, Louise, ich weiß, dass du es gut mit mir meinst, aber langsam kann ich den Namen Luke nicht mehr hören.«

»Nur, weil du ihn noch nicht gesehen hast. Aber er wird bestimmt dein schönstes Weihnachtsgeschenk.«

»Hoffentlich wickelst du ihn mir nicht auch noch ein.«

»Oh, das wäre doch mal was. Splitternackt, bis auf eine rote Schleife um seinen ...«

»*Louise*!«

»Trotzdem ein schönes Fest. Hier ist ein kleines Geschenk. Mach's aber erst morgen auf.« Sie reichte Amanda ein kleines Päckchen. Louise war normalerweise so unsentimental, dass Amanda zu Tränen gerührt war.

»Das ist wirklich sehr nett von dir. Leider habe ich ...« Vor Peinlichkeit brachte sie den Satz nicht zu Ende.

»Mach dir nichts draus, du hast zu viel mit den Kindern zu tun. Fröhliche Weihnachten, und wir sehen uns auf meiner Silvesterparty.«

Besonders seltsam war das Aufwachen ohne Kinder am Weihnachtsmorgen. Ihr wurde klar, wie viele Rituale sie im Lauf der Jahre entwickelt hatten. Alle versammelten sich bei ihr im Bett, um ihre Strümpfe aufzumachen und die Schokomünzen zu verteilen. Sobald es hell wurde, ging man dann nach unten, um den Schinken zum Kochen aufzustellen oder den Truthahn in den

Herd zu schieben, dann kam es zu den üblichen Auseinandersetzungen, ob man zur Kirche ging oder nicht. Sie hatte sich an diese Rituale sogar noch mehr geklammert, seit Giles weggegangen war, und somit versucht, Clio und Sean das Gefühl von Sicherheit und Festigkeit zu geben. Ohne sie kam ihr Weihnachten bedeutungslos vor.

Sie machte sich eine Tasse Tee und nahm diese mit ins Bett, wo sie der Stille im Haus lauschte. Sie schreckte hoch, als das Telefon läutete und die Stille durchschnitt, die fast an Schneefall erinnerte, wenn auch nur in ihrem Kopf. Sie griff lächelnd nach dem Hörer, weil sie sich schon denken konnte, wer dran war.

»We wish you a Merry Christmas!«, trällerten zwei falsche Stimmen. »We wish you a Merry Christmas! We wish you a Merry Christmas and a Happy New Year!«

»Hallo, Mama!«, schrie Sean. »Lass es dir gut gehen!«

»Du bläst doch hoffentlich nicht Trübsal«, fügte Clio mit Beschützerinstinkt hinzu.

»Ich? Trübsal blasen? GG und ich werden im Grand Hotel einen Weihnachtstango aufs Parkett legen.«

»Das würde sie glatt, wenn sie die Chance bekäme«, lachte Clio. »Die gute alte Großmama. Was macht die Männerjagd?«

»Ich glaube, sie hat den Richtigen noch nicht gefunden.«

»Ich meine dich.«

»Das weiß ich. Ich mach eine Pause. Wie könnte ich auch suchen, ohne deinen Rat und deinen Beistand?« Amanda wechselte das Thema. »Schneit es bei euch?«

»Ich ziehe mal eben die Vorhänge zurück. O Mama.« Sie konnte das ehrfürchtige Staunen in Clios Stimme hören. »Ich wünschte, du könntest es sehen. Es ist unglaublich! Nichts als weiße Berge und gefrorene Seen. Und es hat angefangen zu schneien!«

Amanda schloss die Augen. Lägen die Dinge anders, hätte sie auch daran teilhaben können. Für einen kurzen Augenblick gestattete sie sich vorzustellen, wie sie alle Schneebälle warfen und in der weiten, weißen Landschaft fröhlich waren, lachten und sich gern hatten, vielleicht auf einem Schlitten saßen wie in einer glücklichen Familienszene von Norman Rockwell.

Sie holte sich wieder herab auf die Erde. »Was macht Papa?«

Clios Ton wurde schärfer. »Er hat schon am zweiten Tag einen alten Arbeitskollegen getroffen, und so sind wir ziemlich auf uns allein gestellt.«

Das war typisch Giles. Die Wirklichkeit war seltsamerweise beruhigend, so als wäre es doch kein Fehler gewesen, Giles aus ihrer Ehe verschwinden zu lassen, denn wie hatte sie je glauben können, er werde sich ändern. Andererseits hätte es ohne ihn auch keinen Sean und keine Clio gegeben.

»Fröhliche Weihnachten, mein Schatz! Ich vermisse dich.«

»Ich vermisse dich auch.« Clios Stimme schwankte ein wenig. »Ich wünschte…« Dann verstummte sie.

»Ich weiß, mein Schatz, ich auch.« Amanda konnte Clios Gedanken lesen.

Sie wünschte, sie könnten alle zusammen sein, wusste aber, dass dies nie mehr der Fall sein würde.

Sean hingegen schien die Situation sehr viel gelassener hinzunehmen. »Wir werden uns heute Nachmittag den Abfahrtslauf anschauen«, begeisterte er sich, als Clio ihm das Telefon reichte, um sich zu verabschieden, »und dann gibt es einen Glühweinempfang, und der Weihnachtsmann kommt.« Er hielt inne. »Na ja, eigentlich nicht der Weihnachtsmann, einer der Kellner verkleidet sich. Papa kommt auch mit. Wenn wir ihn aus der Bar rausbekommen.«

Mochte Sean auch erst zehn Jahre alt sein, schien er doch schon eine sehr feste Vorstellung von der Wirklichkeit zu haben.

Als sie aufgelegt hatten, zwang Amanda sich, aufzustehen, zu duschen und sich doch ein wenig Mühe zu geben. Schließlich war Weihnachten. Und in ein, zwei Stunden würde sie sich mit ihrer Mutter treffen.

Das Grand Hotel, Lainetons berühmtestes Etablissement, hatte all seinen verblassten Glanz aufgefahren, um seinen Gästen fröhliche Weihnachten zu bescheren. Die riesige Treppe aus Marmor und Schmiedeeisen war mit falschen Tannenzweigen geschmückt, daran hingen vergoldete Kugeln. Im Foyer stand ein riesiger Tannenbaum, überzogen von weißen Lichterketten, darunter türmten sich Geschenkpakete in Stanniolpapier.

»Offenbar versuchen sie, mit ihrem Glanz Harrods in den Schatten zu stellen«, kommentierte Helen spitz.

»Sehen die Geschenke nicht schön aus?« Amanda deutete auf den Berg hübscher Päckchen unter dem Baum.

»Die sind nicht echt, weißt du.« Wie gut, dass man eine Mutter hatte, die einen darauf hinwies. »Nur leere Schachteln.« Amanda merkte, dass die Leute sie beobachteten, und wünschte sich, ihre Mutter hätte nicht einen Hut gewählt, der die Putzmacherin in *My Fair Lady* armselig hätte aussehen lassen.

Da Amanda wusste, dass ihre Mutter das Rampenlicht gern für sich beanspruchte, hatte sie sich für ihren bequemen meergrünen Chenillepullover zu einem kurzen Samtrock entschieden, dazu trug sie die einzige Extravaganz dieses Winters: hochhackige schwarze Stiefel mit Eidechsenprägung, die im Schlussverkauf so reduziert gewesen waren, dass es ein Verbrechen gewesen wäre, sie nicht zu kaufen. Außerdem hatte sie ihr Weihnachtsgeld für eine elegante schwarze Lederhose ausgegeben, ebenfalls reduziert, und dabei nicht auf Clios Stimme gehört, die in ihrem Kopf krittelte: Meine Mutter in schwarzer Lederhose! So was Verrücktes!

Im Erkerfenster, das der Promenade am nächsten gelegen war, spielte ein betagtes Streichquartett den »Winter« aus Vivaldis *Vier Jahreszeiten* so oft hintereinander, dass Amanda schon vermutete, es mussten Roboter mit einem im Rücken eingebauten Tonband sein.

Sie ließ ihrer Mutter den Vortritt, weil sie ihr nicht den Beifall streitig machen wollte. Helen rauschte in den Speisesaal, als wäre sie auf einer Premiere in Covent Garden. Der Kellner führte sie zu einem Tisch am Fenster. »Mit Meerblick!«, schwärmte Helen. »Danke schön!«, als wäre es ein besonderes Geschenk des Kellners unter Berücksichtigung ihrer Schönheit und ihres Standes. Tatsächlich hatte Amanda ihn bestellt.

Der Kellner stürzte sich auf Amandas Serviette, entschlossen, ihr zuvorzukommen, und schüttelte sie mit so viel Schwung aus, dass es sie nicht verwundert hätte, wenn ein Kaninchen oder ein Kunstblumenstrauß herausgefallen wäre. »Möchten Sie Ihr Knallbonbon jetzt oder später auseinander ziehen?« Bei ihm hörte sich das an, als handelte es sich um eine fast verbotene Aktivität.

»Jetzt«, bestimmte Amanda. »Wir wollen der Gefahr ins Auge sehen.«

»Später«, widersprach Helen. »Ich möchte jetzt erst mal einen Drink haben. Bitte einen Pimm's. Du auch, Amanda?«

Obwohl ein Pimm's für die meisten Menschen Partys auf Sommerwiesen heraufbeschwor, war für Amanda der durchdringende, fruchtige Geschmack immer mit Weihnachten verbunden. Als ihr Vater noch lebte, hatte er ihn am Weihnachtsmorgen zubereitet. Jahr für Jahr vergaß er, die Minze und die Früchte zu kaufen, die zur Verzierung gedacht waren, und so plünderte sie jedes Mal wieder das Treibhaus ihres Nachbarn, und sie tranken ihren Pimm's mit einer Hand voll gestohlener Minze gewürzt.

Diese Erinnerung ließ sie wieder an Clio und Sean denken. Wie zauberhaft musste es sein, weiße Weihnachten zu feiern, Weihnachtslieder im Schnee zu hören, heißen Glühwein zu trinken und mit den Füßen zu stampfen, um sich warm zu halten. Die Stimme ihrer Mutter machte dieser Träumerei ein jähes Ende. »Wer, zum Teufel, ist dieser Mann dort drüben? Er starrt dich an.«

Amanda sah sich um.

Drei Tische weiter, in einer Ecke neben dem Streichquartett saß Angus Day mit seiner Mutter. Er hob sein Glas, um ihr frohe Weihnachten zuzuprosten.

»Nur ein Kunde aus der Galerie.« Amanda unterließ es, ihr mitzuteilen, dass er auch der Besitzer des beschädigten BMW war.

»Er macht einen wahnsinnigen, bösen und gefährlichen Eindruck, genau wie ich die Männer mag«, bemerkte Helen. »Wenn du nicht an ihm interessiert bist, könnte ich es ja vielleicht versuchen.«

»Ich fürchte, es gibt bereits jemanden in seinem Leben«, informierte Amanda sie. »Er kam zu uns und kaufte ihr eine wunderbare Skulptur eines Reiherpaares.«

Isobel Day folgte der Blickrichtung ihres Sohnes. »Was für ein Zufall. Es ist deine Goldgräberin, oder hast du dafür gesorgt, dass sie hier ist? Vielleicht schleicht sie dir nach. Vielleicht ist sie dir sogar absichtlich in den Wagen gefahren. Es passieren seltsame Dinge, wenn eine Frau hinter dem Geld eines Mannes her ist. Wie ich mich erinnere, hat sie sich von dir schon bald ihren Schaden bezahlen lassen.«

»Du bist wirklich unverschämt, Maw! Du hast sie fast gezwungen, mich für sie zahlen zu lassen. Und so begehrt, wie du glaubst, bin ich nun auch wieder nicht. Denk dran, Laura meinte, sie wäre ein glückliche Frau, wenn sie mich nie mehr wiedersehen müsse.«

»Laura war schön, aber selbstsüchtig. Und wer, um Himmels willen, ist diese Katastrophe in dem Hut? Für wen hält sie sich? Gertrude Shilling?«

»Ich bin mir nicht ganz sicher«, erwiderte Angus, »aber ich vermute, dass das ihre Mutter ist.«

»Ach du meine Güte!« Isobel verschluckte sich an ihrem Whisky. »Sie sieht nicht viel älter aus als ihre Tochter. Wie würdelos, sich mit aller Macht an die Jugend zu klammern.« Anstarren war unter Isobels Würde. »Wie sehen denn ihre Hände aus! Hände verraten immer das wahre Alter.«

»Maw«, wunderte sich Angus. »Ich wusste gar nicht, dass du so boshaft sein kannst.«

»Das war nicht boshaft«, korrigierte Isobel ihn pikiert, »es sind die nackten Tatsachen.«

Amanda verdrängte Angus' Anwesenheit und war entschlossen, sich zu vergnügen. Das Essen war überraschend gut. Trotz ihrer grazilen Figur, arbeitete Helen sich durch Törtchen mit Räucherlachs, Truthahnfilet mit Preiselbeersauce, Röstkartoffeln und Rosenkohlröschen, denen sie genügend Biss bescheinigte, zwei Austern mit Speck und ein Grillwürstchen, gefolgt von einem riesigen Nachschlag Weihnachtspudding mit Brandybutter *und* Sahne.

»Sind im Nachtisch Sixpencestücke versteckt?«, erkundigte sich Helen bei dem vorbeikommenden Kellner. »Ich möchte nur vermeiden, mir einen Zahn auszubeißen, verstehen Sie?«

Amanda wusste, dass ihre Mutter ein Gebiss hatte, hielt sich aber zurück.

»Nur Glücksbringer, Madam. Ein Junggesellenknopf, ein Gabelbein fürs Glück, eine Hochzeitsglocke oder eine Münze für Reichtum.«

»Danke.« Helen bearbeitete ihren Nachtisch mit der ungestümen Begeisterung eines Goldschürfers. »Verdammt! Ich habe den Junggesellenknopf«, verkündete sie mit dem ganzen Zorn eines kleines Mädchen, das auf seiner eigenen Party keinen Preis gewonnen hatte.

Isobel Day studierte ihren Sohn über das weiße Leinen mit seinen Knallbonbons und der geschmackvollen Tischdekoration hinweg. Sie wurde langsam müde. Dies war ihr letztes Weihnachtsfest, aber Angus würde sich weigern, diese Tatsache anzuerkennen, weshalb er ihr auch dieses unglaublich ausgefallene Geschenk gekauft hatte. Sie, die ihr Leben immer sehr genau kontrolliert hatte, auch ihre Bewegungen, die Wahl ihrer Kleider und ihre Lebensweise, fühlte sich plötzlich leichtsinnig, als dürfe man sich die Chance zum Glücklichsein nicht durch übergroße Vorsicht entgehen lassen, sondern müsse sie sofort beim Schopf packen.

»Angus …«, sagte sie mit plötzlicher Dringlichkeit.

Er blickte hoch, überrascht über den veränderten Ton.

»Du benimmst dich wie ein Geistesgestörter. Du hast sie jetzt fünfzehn Minuten lang angestarrt. Warum gehst du nicht einfach zu ihr und sagst etwas, um uns diese Peinlichkeit zu ersparen. Vielleicht fröhliche Weihnachten? Oder besser noch, darf ich Sie zum Essen ausführen?«

Angus warf seinen Kopf zurück und lachte. »Du bist ein Wunder, Maw.«

»Ich weiß.«

»Ich dachte, du magst sie nicht.«

»Rechthaberei ist eine sehr ärgerliche Angewohnheit.«

Er schob seinen Stuhl zurück.

Amanda wickelte das winzige, von Fettpapier umgebene Päckchen auf, das sie in ihrem Nachtisch gefunden hatte, und stieß auf eine Münze. »Oh, was für ein Pech, Amanda.« Helens Stimme durchdrang mit grauenhafter Klarheit die plötzliche Stille, mit der das Ende von Vivaldi begrüßt wurde. »Du hast keinen Ehering, du hast eine Münze bekommen. Aber vielleicht bedeutet das ja, dass du einen reizenden reichen Mann kennen lernst, der dich außerdem auch noch heiratet!«

Zum zweiten Mal in der Zeit ihrer kurzen Bekanntschaft mit Angus wünschte Amanda sich, der Boden möge sich vor ihr auftun und sie verschlingen. Wie konnte ihre Mutter nur so peinlich und krass sein? Und gerade als Angus sich auf den Weg zu ihrem Tisch machen wollte, packte Amanda, die rot wie eine Ampel geworden war, ihre Handtasche und floh vor ihm.

6. *Kapitel*

Der Silvestertag dämmerte blau und schön, ein perfekter Hintergrund für all die guten Vorsätze, mit deren Umsetzung Amanda morgen beginnen würde. Dieses Jahr würde ganz anders werden, sagte sie sich. Es durfte keinen Blick zurück geben, nur noch nach vorn. Sie konnte Leute nicht ausstehen, die ständig über ihr Leben jammerten, aber nichts zu seiner Veränderung taten. Sie würde mutig sein. Sie würde kühn sein.

Sie wünschte nur, jemanden an ihrer Seite zu haben, mit dem sie gemeinsam mutig und kühn sein konnte, um noch mutiger und kühner zu werden.

Die vergangene Woche war gar nicht so schlimm gewesen, wie sie erwartet hatte. Sie war überraschend schnell vergangen, mit Kinobesuchen, dem Weihnachtsmärchen bei Ruthies ausgelassener Familie, das sie, wie alle anderen auch, dazu angestachelt hatte, »*Er ist hinter dir!*« zu schreien, und einem ruhigen Abend mit Simone, die wieder mal in einen unpassenden und nicht zur Verfügung stehenden Mann verliebt war.

Das Telefon auf dem Nachttisch läutete, und Louises Stimme füllte wie ein Horn die Stille in ihrem Schlafzimmer. »Ich wollte nur noch mal nachfragen. Du kommst doch heute Abend zur Party, oder? Ich habe diese ganze Werbekampagne bei Luke Knight im Vorfeld wohl nicht umsonst gemacht?«

Amanda wurde flau im Magen. Was mochte Louise diesem Mann über sie erzählt haben?

Der Tag verstrich sehr angenehm mit einem flotten Spaziergang am Meer, um einen klaren Kopf zu bekommen. Sie kletterte hinunter zum Ufer und ließ Steine springen. Zu Giles' Verdruss, dessen Kiesel immer wie die Titanic absoffen, war sie in dieser kleinen Kunstform sehr geschickt. Vielleicht lag es an solch winzigen Triumphen, dass ihre Ehe fehlgeschlagen war.

Auf dem Rückweg zum Strand kam sie an Betty Miles vorbei. »Haben Sie denn für heute Abend was Schönes vor, meine Liebe?«, erkundigte sich Betty, die den Sand von ihrer kleinen Terrasse fegte.

»Ich gehe auf eine Party«, lächelte Amanda und fühlte sich ein wenig unsicher.

»Da bin ich aber froh, meine Liebe.« Betty erwiderte ihr Lächeln. »Sie sind noch viel zu jung und hübsch, um an einem Silvesterabend zu Hause zu bleiben. Wie ich das geliebt habe! Den Champagner und das Tanzen und die guten Vorsätze, von denen man bereits wusste, dass man sie nicht umsetzen würde.« Sie senkte den Kopf und vertraute Amanda mit gedämpfter Stimme an: »Rose wurde natürlich nie zu Partys eingeladen. Die Schönheit war ich, wissen Sie. Deshalb hasst sie den Silvesterabend bis heute. Aber heute Abend«, fuhr sie fröhlich fort, als wäre es das gesellschaftliche Ereignis des Jahrzehnts, »gehen wir auf eine Party im Gemeindezentrum. Silvesterabend für die über Sechzigjährigen. Rose meint, es solle über Achtzigjährige heißen, aber so ist Rose eben. Manchmal ist selbst Scrooge im Vergleich zu ihr ein Ausbund an Fröhlichkeit. Aber ich, ich werde die ganze Nacht durchtanzen.«

Amanda konnte nur hoffen, dass die versammelten Beaus der über Sechzigjährigen dieser Herausforderung gewachsen waren. Sie konnte das Klappern der Gehhilfen fast hören.

Ein plötzlicher Knall hinter ihnen ließ sie zusammenzucken. Ein großer Teil der Dachschindeln war von einer der Strandhütten herabgestürzt, die neben dem Häuschen der Miles-Schwestern in Reih und Glied standen. Als Amanda ein Kind war, hatte die ordentliche Reihe der Strandhütten sie an neapolitanische Eiskremsorten erinnert, aber in den letzten Jahren waren sie vernachlässigt worden und ziemlich verfallen.

»Es wird langsam gefährlich hier«, klagte Betty. »Rose ist erst kürzlich von einem Stück Holz getroffen worden. Fast hätte es sie zu Boden geworfen.«

»Wie hübsch ist das einmal gewesen, als ich noch klein war«, meinte Amanda. »Wie gern hätte ich so eine Strandhütte gehabt. Ich weiß noch, dass meine Freundin Elizabeth eine hatte, und deren Mama und Papa von Juni bis Oktober jeden Tag drin saßen und Tee kochten.«

»Die Warteliste für eine Strandhütte war länger als die für einen Schrebergarten. Es war ein hübsches Bild hier unten, aber jetzt wollen die jungen Leute ja alle in die Spielhallen und ins Kino. Keiner möchte mehr eine Strandhütte haben, und das wird dann daraus. Da wir gerade von Tee sprechen, meine Liebe, möchten Sie eine Tasse?«

So gern Amanda Betty hatte, wusste sie doch, dass eine Einwilligung sie für eine weitere Stunde hier festhalten würde.

»Ich muss gehen. Der Frisör wartet.«

»Natürlich.« Betty nahm Amandas Hand in ihre knotige und starrte sie plötzlich aufmerksam an. Wie alt mochte Betty wohl sein?, fragte sich Amanda. Achtzig. Bestimmt über fünfundsiebzig.

»Wissen Sie, meine Liebe, ich glaube, Sie werden heute Abend eine ganz besondere Bekanntschaft machen. Und wenn das passiert, dann enttäuschen Sie ihn nicht. Deshalb habe ich auch immer all die Jungs gekriegt, und Rose ist leer ausgegangen.« Sie zwinkerte ihr zu. »Mal ganz abgesehen davon, dass ich ohnehin die Hübschere war.«

»Na ja, aber jetzt sind wir doch wohl beide allein, nicht wahr?«, meldete sich Roses Stimme aus dem Inneren des Häuschens.

Amanda verkniff sich ein Lächeln. Sie liebte Roses Humor.

Amanda winkte den beiden Schwestern zu. Hinter dem Häuschen war ein Stück vom Bootshaus zu sehen. Es trug auch zu der traurigen Atmosphäre des Verfalls bei, die dieses Gebiet ausstrahlte. Kaum zu glauben, dass gleich um die Ecke die Lichter des Stadtzentrums von Laineton verführerisch blinkten.

Amandas Friseur Sandy war in Laineton völlig fehl am Platz. Er hatte das löwenhafte Aussehen eines jungen Nicky Clarke, konnte zuhören wie Sigmund Freud und hätte in jeder Zeitung des Landes sofort eine Stelle als Briefkastentante bekommen. Außerdem war er ein außergewöhnlich guter Friseur.

»Warum bleiben Sie hier in der Provinz?«, hatte Amanda ihn schon oft gefragt.

»Weil Laineton nicht Provinz ist. Wie mein Freund Billy zu sagen pflegt, ist es Hinterland ohne Nachteile. Nur anderthalb Stunden von London entfernt, aber ohne den ganzen Zirkus. Laineton ist der toleranteste Ort auf Erden.« Er zwinkerte Amanda zu.

Amanda war sich nicht sicher, ob die Bewohner von Laineton diesen Beinamen begrüßen würden, aber es stimmte, Laineton war eine hübsche Stadt. Im Sommer verbreitete sie eine Zuckerwatte-und-Liegestuhl-Atmosphäre, und im Winter reduzierte sie sich auf einen ganz eigenen, dunstig verwaschenen Charme.

»Nun, was wollen wir heute machen?« Sandy grinste sie an. »Der übliche Zentimeter, damit keiner merkt, dass Sie hier gewesen sind?«

Als wäre sie vom Teufel geritten, bestimmte Amanda: »Nein. Ich denke, ich hätte gern was Neues.«

Sandy tat, als würde er vom Stuhl fallen. »Hört mal alle her«, schrie er und brachte Amanda in eine schreckliche Lage, »die reizende Amanda will sich verändern. Eine Runde Applaus für sie, bitte.«

Amanda sank tiefer in ihren Stuhl und versuchte, sich in ihrem schwarzen Überwurf zu verstecken.

»Was würde Ihnen denn gefallen? Jungenhaft und zart? Gestuft?«

»Ich habe mich nie als jungenhaften Typ gesehen«, erwiderte Amanda. »Was meinen Sie?«

Er betrachtete ihr Gesicht einen Moment lang. »Stimmt. Vertrauen Sie mir.«

»Wissen Sie«, lachte Amanda, »dass meine Mutter mir beigebracht hat, nie einem Mann zu glauben, der das sagt?«

»Da hatte Ihre Mutter absolut Recht. Bei jedem anderen Mann auf diesem Planeten. Sie sollten keinem dieser verlogenen Scheißkerle glauben, ich tu's auch nicht, aber in meinem Fall hat sie Unrecht.«

»Dann machen Sie weiter.«

Amanda lehnte sich in den Stuhl zurück und gab sich dem Luxus hin, sich verwöhnen zu lassen. Viel zu lange war sie nicht beim Frisör gewesen. Die vor einer Party verzweifelte Clio hatte Amanda den letzten Termin mit der Begründung abgeluchst, sie habe ihr Leben gelebt, während ihres, Clios, gerade erst anfange.

Noch ein paar Tage, und sie wären wieder zurück. Die Zeit ohne sie war ihr wie eine Ewigkeit vorgekommen, wenn sie auch zugeben musste, dass sie sich daran gewöhnt hatte und es langsam auch genoss, Platz für sich und Ruhe im Haus zu haben – in dem sicheren Gefühl, dass es nur vorübergehend war.

»Wie wär's mit ein paar Strähnchen?«, führte Sandy sie in Versuchung, sein Lächeln verführerischer als das von Miltons Luzifer. »Nur ein paar. Um den Kontrast zu Ihrem natürlichen Goldbraun herauszuarbeiten?«

Amanda wusste, dass sie es nicht tun sollte. Strähnchen würden die Rechnung verdoppeln, aber schließlich hatte sie dank Clio ihren letzten Termin verpasst. Für Clio konnte Giles zahlen. Das bedeutete, dass sie heute doppelt so viel ausgeben konnte.

»Ja gut, machen Sie nur.«

Sandy strahlte selig. Er mochte Amanda und fand sie äußerst attraktiv. Er mochte sogar ihre praktische Art. Er spürte, dass – anders als bei seinen anderen Kundinnen – bei Amanda nicht alles nur Fassade war. Außerdem hatte sie eine schwere Zeit gehabt, seit dieser Mistkerl von Ehemann sie verlassen hatte. Sandy hatte Giles nie leiden können. Einmal war er ohne Voranmeldung in den Salon gekommen und hatte verlangt, dass man ihn einschob, und hatte sich dann lautstark beklagt, dass er nun aussähe wie Rod Stewart. Er sollte sich glücklich schätzen.

Nach Sandys Urteil gehörte Giles zu den Männern, die sich in ihrem guten Aussehen badeten und nicht damit fertig wurden, wenn sie sich veränderten. Und wie Sandy befriedigt hatte feststellen können, waren es meist solche Männer, deren gutes Aussehen am schnellsten verschwand.

Während er mit Amanda plauderte, fügte er ein paar Strähnchen mehr hinzu, als üblicherweise im Preis inbegriffen waren.

»So, Shezre«, sagte er zu seinem Lehrling, als er die Folien alle platziert hatte, »bringen Sie bitte für Amanda einen Cappuccino und eine schöne Illustrierte.«

Er entwand Shezres erstauntem Griff *Ich und meine Familie*, da er dieses Heft für Amanda als ganz und gar unpassend fand, und reichte ihr ein geiles Männermagazin, auf dessen Titelbild eine vollbusige Blondine auf einer Harley Davidson thronte und ausgerechnet einen Palm Organiser in der Hand hielt.

»Den Apparat hält sie nur, damit es respektabler aussieht. Aber Sie sollten es dennoch lesen, wenn Sie die Männerwelt verstehen wollen.«

Amanda tauchte Seite um Seite in Computerhexerei und erotische Erregung ein und hielt inne, als sie auf einen Artikel mit der Überschrift »Zwanzig Wege, damit sie kommt« stieß. Eine Schande, dass Giles das nicht las, aber die Lust der anderen hatte noch nie zu Giles' vorrangigen Zielen gehört.

Amanda warf einen verstohlenen Blick in den Spiegel und wünschte, sie hätte Make-up aufgelegt. Mit den hundert Folienstreifen, die ihr vom Kopf abstanden, sah sie aus wie ein anämischer Dalek. Wieso, um Himmels willen, bildete sie sich eigentlich ein, dieser Luke Knight fände sie eines Blickes wert?

Ehe sie es sich versah, war es Zeit, die Folienstreifen abzunehmen und die Haare zu waschen. Amanda fand das sehr bedauerlich. Sie war mitten in einem zweiseitigen Bericht in *Gala*.

Selbst kaufte sie sich diese Zeitschrift natürlich nicht, stürzte sich aber beim Friseur oder Zahnarzt jedes Mal sofort darauf.

»Kommen Sie bitte hierher, Shezre. Waschen Sie bitte Mrs. Wells die Haare.«

Das Shampoo duftete köstlich. Während das Mädchen ihre Kopfhaut mit geübten Fingern massierte, stieg ihr das fantastische Fruchtaroma in die Nase. Wenn das Leben nur immer so luxuriös wäre.

Das Mädchen war nicht geschwätzig, und Amanda wusste das zu schätzen. Schweigen war sehr viel entspannender als zum hundertsten Mal gefragt zu werden, wo es denn in den Ferien hingehe. Zumal sie darauf keine Antwort wusste. Wahrscheinlich nirgendwohin, sofern ihre Finanzlage sich nicht besserte.

»Möchten Sie eine Haarpackung?« Die Worte des Mädchens erreichten sie in ihrem Tagtraum, auf einer tropischen Insel zu sein, in der Sonne zu liegen, mit einem Kellner an der Seite, der nur darauf wartete, ihre Cocktailbestellung entgegenzunehmen, während direkt neben ihr auf der Sonnenliege... einen Augenblick lang schlich sich Angus Days Gesicht in ihre Gedanken ein. Rasch schob sie es von sich.

»Ja. Eine Haarpackung wäre gut.«

Der Kamm glitt durch ihr Haar, als wäre es Seide. Normalerweise war es starr und wirr und widerspenstig. »Es wird nie das tun, was man will«, hatte Amandas Mutter immer gemeint, wenn sie es wusch, als Amanda noch klein war, »genau wie du.«

»Und jetzt legen wir noch ein wenig Make-up auf, ehe wir föhnen, oder?«, schlug Sandy vor. »Nur damit Sie die Wirkung besser beurteilen können.«

»Ich habe nichts mitgebracht«, entschuldigte sich Amanda. »Ich wollte das später machen.«

»Sandy«, rief die Dame am Empfang, »dein Drei-Uhr-Termin ist hier.«

»Alte Zimtziege«, murmelte Sandy. »Nur ein Wunder könnte bei der noch helfen. Keine Sorge, Shezre hier lernt am College

Visagistin. Na los, Shez, Sie bekommen oft genug frei für diesen so genannten Blockunterricht. Zeigen Sie uns, was Sie draufhaben.«

Shezres ansonsten etwas dröge Art änderte sich schlagartig. »Ich hole meine Sachen.«

Zwanzig Minuten lang war Amandas Transformation der Mittelpunkt der Aufmerksamkeit. Kunden mussten auf das Haarewaschen warten, während Shezre mit mehr Pinseln als Monet hantierte und die andere Nachwuchskraft, Tia, Amandas Nägel in einem satten Pflaumenton lackierte.

»Nicht hinschauen«, befahl Sandy, als sie endlich fertig waren. »Halten Sie ja die Augen geschlossen, bis ich mit Ihren Haaren fertig bin, sonst verwandele ich Sie in Mrs. P hinter Ihnen.«

Sandy nahm noch ein wenig Festigerschaum, auf den Amanda normalerweise verzichtete, und föhnte dann das Haar über eine Rundbürste. »Durch die Bürste steht es besser und bekommt mehr Volumen.«

Endlich trat er zurück, um seine Arbeit zu beurteilen.

Zu Amandas Enttäuschung lobte er sie nicht, sondern fluchte. »Das ist nichts!«, verkündete er und klatschte dann in die Hände wie ein orientalischer Potentat. »Bringt mir die Wärmewickler!«

Amanda hatte keine Wärmewickler mehr benutzt, seit sie sechzehn war. Jetzt stürmten alle Erinnerungen auf sie ein: Diese ausgelassenen Mädchentage, in denen die Vorbereitung auf die Party mit Freunden mindestens genauso wichtig war wie die Party selbst, tatsächlich sogar lustiger.

Sandy ließ die Wickler fünf Minuten im Haar, nahm dann die Nadeln heraus und kämmte es durch. Zum Schluss lockerte er die Haare mit seinen Fingern und trat dann zurück, um sein Werk zu begutachten. »Und jetzt«, forderte er sie schelmisch auf, »dürfen Sie gucken.«

Amanda öffnete die Augen und hielt die Luft an. Sie sah eine völlig andere Person vor sich! Sandy hatte Blond und Goldbraun zusammengemischt, so dass es ganz natürlich aussah, das Haar war zwar weitaus kürzer geschnitten als üblich, aber es hatte so viel Sprungkraft, dass es üppiger wirkte als zuvor.

»Schütteln Sie den Kopf«, befahl Sandy.

Amanda tat es.

»Mann«, entfuhr es Tia, der Nachwuchskraft, »Sie sehen…« Sie zögerte und suchte nach dem richtigen Wort für jemand in Amandas Alter.

»Sexy aus«, sprang Sandy ihr bei. »Sexy ist genau das treffende Wort für Sie. Von modisch mal ganz zu schweigen. Fast wünschte ich, ich wäre Hetero, aber nicht ganz. Hoffentlich weiß man Sie zu schätzen auf dieser Fete heute Abend.«

»Das hoffe ich auch. Aber was soll ich nur anziehen, um da mithalten zu können?«

»Was Neues«, schlug Sandy vor. »Gehen Sie doch mal da rüber und lassen Sie sich für unser Stylingbuch fotografieren, dann brauchen Sie für den Haarschnitt nichts zu bezahlen. Mit dem gesparten Geld gehen Sie dann los und kaufen sich was Hübsches.« Er griff nach seiner Brieftasche, und einen peinlichen Moment lang dachte Amanda, er wurde ihr einen Geldschein überreichen, aber es war eine Visitenkarte. »Versuchen Sie es hier. Er ist ein Schurke, aber er hat einen hervorragenden Geschmack. Berufen Sie sich auf mich, dann strengt er sich mehr an.«

Der Laden, den Sandy vorgeschlagen hatte, hieß Green. Obwohl Amanda mit Begeisterung Müll trennte, hoffte sie, dass dies nicht Kleider aus Müllsäcken und unempfindlichem, erdigem Flachs bedeutete. Doch sie hätte sich nicht mehr täuschen können. Bei Green verkaufte man nur die weichsten, anschmiegsamsten Seidenstoffe. Der Besitzer, der sie sehr ruhig ansah, als sie Sandy erwähnte, hatte eine Technik entwickelt, die sowohl Fortuny als auch Issey Miyake einiges zu verdanken hatte, aber glücklicherweise weitaus preiswerter war als die Mode dieser beiden Designer. Seine Kleidungsstücke waren alle aus ganz eng gefältelter reiner Seide und hingen figurbetonend an den Schaufensterpuppen. Amanda hätte sich fast umgedreht, um wieder zu gehen. Diese Kleider waren viel zu auffällig, ganz abgesehen von den wahrscheinlich horrenden Preisen. Ihrer Einschätzung nach waren diese Kleider für Frauen gemacht, die spindeldürr waren wie Kate Moss, und nicht für echte, lebende, atmende Geschöpfe mit Größe zweiundvierzig wie Amanda. Wenn sie nicht bereits Sandy erwähnt gehabt hätte, wäre sie ganz sicher wieder gegangen. Man musste eben immer einen Preis zahlen, wenn man Empfehlungen ausnutzte.

»Ich bin mir nicht sicher, ob das mein Stil ist«, fing sie an.

»Eine Sekunde«, meinte der Inhaber und verschwand in einem winzigen Büro, das sich an den Laden anschloss. Er kam mit einem Kleid zurück, das noch in Folie verpackt war, und Amanda konnte es nicht richtig erkennen.

»Welche Größe ist das?«, fragte sie und rechnete mit der demütigenden Antwort, dass es Größe 36 war.

»Meine Kleider haben keine Größe«, lautete die nicht erwartete Antwort. »Probieren Sie's doch einfach an.«

Amanda verschwand in der winzigen Umkleidekabine und streifte das Kleid über. Es glitt mit erstaunlicher Leichtigkeit über ihre breiten Schultern und ihren Körper. Beim Blick in den Spiegel biss Amanda sich auf die Lippe. Zum ersten Mal in ihrem Leben fand sie sich schön, trotz aller Selbstkritik. Das Kleid war meergrün, ihre Lieblingsfarbe, durchsetzt mit irisierenden Blauschattierungen, wie ein tropisches Gewässer im Mondlicht.

Der Ladenbesitzer zog den Vorhang zurück. »Um Himmels willen.« Er blinzelte. »Ich glaube nicht, dass ich es jemals an einer Frau gesehen habe, der es so gut stand wie Ihnen. Ganz bestimmt nicht an den magersüchtigen Rennpferden, an die wir sie üblicherweise verkaufen.«

»Wie viel soll es kosten?«, fragte Amand schließlich und hielt die Luft an.

Der Inhaber überlegte, den Kopf auf die Seite gelegt. »Hundert Pfund.« Und dann fügte er unter Andeutung eines Lächelns hinzu: »Aber sagen Sie Sandy, er soll mir nicht noch mehr hübsche Kundinnen schicken. Das könnte ich mir nicht leisten.«

Amanda wusste, dass sie es haben musste. Es war zwar, verdammt noch mal, viel mehr Geld, als sie hatte ausgeben wollen, aber schließlich hatte sie allein Weihnachten feiern müssen, und das war ihre einzige Party.

»Danke, ich hätte es gern.«

»Schön. Es passt zu Ihren Augen.«

Er legte das Kleid in eine Wolke aus blassrosa Seidenpapier und steckte es dann in eine handgemachte Papiertragetasche, auf der echte Blumen ins Papier gearbeitet waren. »Viel Spaß damit.«

Sie war verblüfft, dass es schon fast sechs Uhr war, als sie nach Hause kam. Sorgfältig bedeckte sie ihr Haar mit einer Duschhaube, tupfte ihr frisches Make-up ab und ließ sich ein Bad einlaufen. Dazu leistete sie sich den Luxus eines Glas Weins. Sie legte sich zurück und sah zu, wie der Dampf den Spiegel beschlug, und die ganze Aufregung ihrer Teenagerjahre kehrte zurück. Clio würde sie auslachen. Aber Clio war ja nicht da.

Schaudernd vor Erregung fiel ihr ein, dass das Haus heute Abend ihr gehörte. Solange sie zurückdenken konnte, musste sie zum ersten Mal keine Angst davor haben, gestört zu werden.

Nachdem sie sich lange genug in der Wanne geaalt hatte, rieb sie sich mit Körperlotion ein und malte sich ihre Zehennägel passend zu den Fingernägeln an. Eine Weile blieb sie nackt vor dem dampfenden Badezimmerspiegel stehen. »Na los, Meeresgöttin«, forderte sie ihr Spiegelbild heraus, »zeig, ob dir heute Abend jemand ins Netz geht.«

Da tauchte ein Problem auf. Strümpfe. Sie trug kaum Kleider, vor allem keine meergrünen aus Seide. Ihre Schublade war voller vernünftiger schwarzer blickdichter Strumpfhosen, aber sie konnte nirgendwo etwas Transparentes finden. »Ich hätte schwören können, dass ich welche habe«, murmelte Amanda. »Und ich wette, diese Clio hat sie mir geklaut.«

Sie dachte auch kurz an nackte Beine, aber ihre waren weder frisch enthaart und glatt noch leicht gebräunt. Sie waren winterweiß, und Härchen standen ab. Auf keinen Fall Göttinnenniveau.

In einem seltenen Akt von Rollenumkehrung durchwühlte Amanda Clios Kommode, wo sie eine ganz neue Dreierpackung ihrer schwarzen Lieblingsstrümpfe mit Seidenglanz fand, zwar unpassend für den heutigen Abend, aber dennoch willkommen, dazu mehrere Paar Hosensocken, die sie schon lange vermisste, aber keine einzige farblose Strumpfhose. Sie wollte schon aufgeben, als sie die auf Clios Bett schlafende Kinky entdeckte. Sie schlief auf dem halb fertigen Kissen, das Clio für ihr Haustier gemacht hatte.

»Hallo, du verwöhntes Tier.«

Amanda legte sich neben die Katze aufs Bett, um mit ihr zu schmusen, den Kopf halb auf dem Bett und halb auf dem Kissen. Sie streckte ihre Hand nach hinten, um die merkwürdige Form von Kinkys Kissen zu untersuchen. Kein Wunder, dass es sich so komisch anfühlte: abgesehen von einem einzelnen, streng riechenden Hockeysocken von Clio, war es voll gestopft mit Amandas teuren Strumpfhosen.

Sehr zu Kinkys Verärgerung jagte Amanda sie herunter und verteilte die Strumpfhosen auf Clios Bett. Und da fand sie auch drei der elfenbeinfarbenen, hauchzarten, nach denen sie gesucht hatte.

»Ich bringe das Kind um«, fluchte Amanda wutentbrannt, als sie das zarte, fast durchsichtige Gewebe mit spitzen Fingern anzog, um es ja nicht zu ruinieren.

Die einzigen Schuhe, die zu diesem Kleid passten, waren ihre bronzenen Sommersandalen, aber egal, mit Strümpfen würden ihre Zehen jedenfalls nicht blau werden.

Zuletzt griff sie in die Tragetüte und schüttelte das Kleid aus. Aus dem raschelnden Seidenpapier fiel eine Kette aufs Bett. Wie war die dort hineingeraten?

Sie inspizierte die Tüte und zog die Rechnung heraus. Der Ladenbesitzer hatte eine Nachricht draufgekritzelt:

DAS TÜPFELCHEN AUF DEM I. VIEL SPASS AUF DEM BALL.

Amanda lachte vor Entzücken. Sie kam sich wirklich ein wenig vor wie Aschenputtel. Sie streifte die Kette über. Sie bestand aus winzigen meergrünen Steinen, die auf einen ganz dünnen Silberfaden gezogen waren. Sie passte perfekt. Jetzt konnte sie nur noch hoffen, dass Luke all die Mühe wert war.

Um halb acht spritzte sie sich einen Hauch Dune hinter die Ohren. Erst hatte sie an Opium gedacht, aber Clio sagte immer, es erinnere sie an etwas, das man nach dem Ausbruch einer Seuche versprüht.

Um acht Uhr klingelte es. Trotz des nur zehnminütigen Wegs hatte sie sich ein Taxi bestellt, denn Göttinnen kommen nun mal nicht zu Fuß. Vermutlich trafen sie in geflügelten Kutschen ein, womit der verbeulte Vauxhall Astra, der draußen wartete, wenig Ähnlichkeit hatte, aber wenigstens käme sie unzerzaust an.

Allerdings hatte sie nicht damit gerechnet, auf den einzigen kettenrauchenden Taxifahrer in Westeuropa zu treffen. Der sich dann auch noch auf ihre Bitten, seine Kippe auszumachen, taub stellte. Schließlich musste sie das Fenster ganz herunterkurbeln, um nicht zu ersticken, und wurde nicht weniger vom Wind gepeitscht, als wenn sie gelaufen wäre, nur dass sie um sechs Scheine ärmer war.

Da Louise über weitläufige Räumlichkeiten verfügte, hatte sie keine Veranlassung gesehen, etwa Neues anzumieten. Die Party fand deshalb in der Galerie statt, die man jedoch, da sie nicht wie üblich hell ausgeleuchtet war, kaum wiedererkannte. Wenn Stil gefragt war, verfügte Louise über jede Menge davon, und so hatte sie sämtliche Glasfenster schwarz verdunkelt und die Galerie mit meterweise Stoff ausstaffiert, der in Form dreier unterschiedlich gestalteter Zelte von der Decke hing. Um die Zelte herum hatte sie Sitzgelegenheiten aufgebaut, bedeckt mit weichen exotischen Samtkissen, die sie sich von ihrer Freundin aus deren Einrichtungsgeschäft unten an der Straße geliehen hatte. Sie hatte hoch und heilig schwören müssen, dass keiner a) sich darauf erbrechen würde, b) Asche darauf fallen ließe oder c) sie mit Rotwein taufen würde.

Der Fußboden war mit geliehenen türkischen Teppichen ausgelegt, und Louise hatte dazu spanische Lampen aus Buntglas in der Form von Sternen aufgestellt, die sie vom Flohmarkt hatte, und ein paar Räucherstäbchen entzündet, um Atmosphäre zu schaffen. Über ethnische Authentizität konnte man zwar streiten, wie einer ihrer Gäste bemerkte, aber insgesamt diente alles der Harem-Atmosphäre.

»Louise«, gratulierte ihr Amanda, da sie die Galerie fast nicht wiedererkannte, »das sieht ja fabelhaft aus!«

Louise nahm Amandas Hand und hielt sie auf Armlänge fest. »Mein Gott, Amanda, vergiss die Galerie, was hast du denn mit dir gemacht? Du siehst wirklich umwerfend aus.«

»Ich habe meine Seele dem Teufel verkauft«, erwiderte Amanda und genoss das Theater.

»Dann hast du das aber billig gekriegt. Und du hast nun vor, heute Abend den gefallenen Engel zu spielen, stimmt's? Das wird Luke sicher gefallen. Wo ist der ungezogene Junge überhaupt?«

Es war erst neun Uhr, aber es wurde so schnell voll, dass es in Kürze bestimmt unbequem wurde.

»Nimm dir einen Drink, solange es noch was gibt«, riet ihr Louise und gab ihr ein großes Glas Sea Breeze in die Hand. »Man weiß nie, wie lange der Vorrat reicht.«

Aber ihr Getränk schien nie weniger zu werden. Louise kam in regelmäßigen Abständen vorbei und schenkte nach. Alle waren bester Stimmung. Viele von Louises Freunden waren ebenfalls Ladenbesitzer, Antiquitätenhändler und Galeristen, und sie hatten alle ein tolles Weihnachtsgeschäft gemacht. Ruthie war da und auch Simone von der Lektüregruppe, also hatte Amanda genügend Gesprächspartner. Plötzlich war es elf Uhr, und noch immer kein Zeichen von Luke.

»Ich weiß nicht, was mit ihm passiert ist«, zischte Louise jedes Mal, wenn sie zurückkam. »Er hat versprochen, hier zu sein, und er will dich *wirklich* kennen lernen.«

Ach ja?, ging es Amanda durch den Kopf. So sehr, dass er sich bis jetzt noch nicht mal die Mühe gemacht hat aufzutauchen. All die dummen Vorbereitungen umsonst. Der Frisör, das Kleid, das Make-up. Hatte sie wirklich geglaubt, sie komme heute Abend hierher und finde auf Anhieb Mister Wunderbar II, in Geschenkpapier und zu allem bereit? Wie konnte sie nur so naiv sein?

Sie trank einen großen Schluck Sea Breeze. Eigentlich fühlte sie sich schon ein wenig wackelig, denn normalerweise blieb sie beim Wein. Wodka war nicht ihr Fall, und obwohl Louise ihr versichert hatte, dass in den Cocktails nicht viel davon drin sei, zweifelte Amanda langsam, ob das auch der Wahrheit entsprach. Luke würde jetzt kaum noch kommen. Wahrscheinlich hatte er ein besseres Angebot und war zu einer anderen Party gegangen. Aber war sie nicht inzwischen alt genug, um zu wissen, dass im Leben nicht immer alles so einfach aufging?

Ein paar Minuten darauf kam Louise mit dem nächsten Becher Sea Breeze zu ihr. »Es tut mir so Leid, meine Liebe. Luke kommt nicht. Aber er hat wenigstens angerufen, um sich zu entschuldigen. Er ist auf der Silvesterparty der über Sechzigjährigen aufgehalten worden, die er als Teil des Festivals organisiert hat.«

»Auch du liebe Zeit.« Amanda trank erneut einen großen Schluck. »Hoffentlich hat Betty ihn sich nicht gekrallt.«

»Wenigstens hat er angerufen«, meinte Louise tröstend und wandte sich ab. »Das hätte Giles doch nie getan, oder?«

»Hallo.« Eine Stimme hinter ihr schreckte Amanda auf, und als sie sich umdrehte, starrte sie in ein Paar glitzernde, kajalumrandete Augen. Sie war aufs Höchste erstaunt, Angus Day als Scheich verkleidet vor sich zu sehen. Dann hatte Louise ihn offenbar doch eingeladen.

»Gütiger Gott«, keuchte sie, »ich wusste nicht, dass man verkleidet kommen sollte!«

Angus zuckte mit den Schultern. »Louises kleiner Scherz. Offenbar hat sie gedacht, ich würde so eine flotte Figur machen, aber ich bin davon ausgegangen, dass alle anderen auch verkleidet sind. Doch ich denke, Ihre Freundin hat für diese Art von sexuellem Symbolismus dann doch kein Händchen.«

»Nein«, stimmte Amanda ihm zu und versuchte, nicht zu lachen. »Genauso wenig wie für die Zutaten ihres Cocktails. Aber sie hatte Recht«, sie trank noch einen Schluck, »es steht Ihnen.«

»Vorsichtig«, erwiderte Angus, und seine kajalumrandeten Augen sahen sie halb scherzhaft an, »oder ich lasse Sie in eine Decke gewickelt in mein Zelt bringen und auf dem Teppich zu meinen Füßen vor mir ausrollen.«

Amanda ritt der Teufel. Womöglich lag es an den vielen Sea Breezes oder auch an der Enttäuschung, dass Luke nicht aufgetaucht war, oder daran, dass sie sich zum ersten Mal, seit sie denken konnte, richtig schön fühlte. »Ist das alles?«, forderte sie ihn heraus. »Das ist aber sehr enttäuschend.«

Ohne lang zu fackeln, packte Angus sie am Handgelenk und führte sie lachend durch die sich drängelnden Partygäste hinaus an die Luft.

»Wo ist Ihr Hengst?«, fragte Amanda. Sie hatte gehofft, an der Seeluft nüchtern zu werden, aber wenn überhaupt, bewirkte sie das genaue Gegenteil.

»Er steht hier drüben.« Angus deutete auf seinen kobaltblauen Wagen. »Frisch vom Schmied zurück. Hatte einen kleinen Unfall. Sollen wir in den Sonnenuntergang hineinreiten? Oder möchten Sie lieber bleiben und auf Mitternacht warten?«

Amanda merkte, dass er ihr ritterlich die Chance gab, wieder nüchtern zu werden und es sich anders zu überlegen. Aber Amanda wollte, dass er ihr die Entscheidung abnahm, mochte das politisch auch noch so inkorrekt sein. »Können wir das Dach schließen?«, fragte sie und stieg in den Wagen.

Er drückte auf einen Knopf, und das Dach glitt mühelos nach vorne. Sie fuhren die Hochuferstraße entlang. Ein paar Leute starrten erstaunt auf den Scheich im BMW, aber schließlich war Silvesterabend. Vielleicht war er ja ein richtiger Scheich mit arabischen Öldollars.

Sie kamen am Eastcliff Estate vorbei, das Amanda einen kurzen, vernünftigen Augenblick lang daran erinnerte, dass sie neben dem Mann saß, den sie verachtete, dass er ein gemeiner, Geld scheffelnder Kapitalist war, ohne Mitgefühl für die Menschen, die er aus ihren Wohnungen vertrieben hatte.

Sie parkten oben an den Klippen mit Blick aufs Meer, vor ihnen hing ein grotesker Mond wie ein Babymobile, und sie erzählten einander ihre Geschichten. Amanda war völlig verdutzt, als Angus auf seine Uhr schaute und zu zählen anfing. »Zwölf, elf, zehn«, fing er an.

»Das Neue Jahr!«, unterbrach ihn Amanda und fühlte sich plötzlich unheimlich betrunken. »Danke, dass Sie daran gedacht haben.«

»Ich bin Schotte, wissen Sie, wir haben Silvester erfunden... drei, zwei, eins, null!«

Ohne ihr Zeit zum Protest zu lassen, nahm er ihr Gesicht in beide Hände und küsste sie.

»Frohes neues Jahr!«, sagte er, als er sie endlich losließ.

Amanda rang nach Luft. Ihr Körper stand unter Feuer. Sie konnte sich nicht erinnern, seit ihrer Teenagerzeit, als sie sich frustriert nach einer ersten Probe der körperlichen Genüsse gesehnt hatte, jemals wieder ein derartiges Gefühl gehabt zu haben.

Doch dies war der Augenblick, den sie gefürchtet hatte, der erste Mann, der sie nach neunzehn Jahren Ehe küsste, eine Peinlichkeit, weil sie so unbeholfen und ihr Körper so unzulänglich war. Stattdessen fühlte sie nichts als Verlangen; eine schamlose, allumfassende, rauschhafte Lust.

Sie kannte diesen Mann kaum – ein Mann, den sie verachtete und der zu herzlosem Handeln fähig war. Und doch hätte sie ihm am liebsten die Kleider vom Leib gerissen und ihn ins Bett gezerrt.

Mit einem zarten Lächeln in den Augen, als könne er ihre Gedanken lesen und sie verstehen, weil er ähnlich empfand, beugte er sich wieder über sie.

»Ich habe gerade überlegt«, fing Amanda an, und ihre plötzliche Kühnheit ließ ein wenig nach, »ob Sie vielleicht mit zu mir nach Hause kommen möchten? Es ist keiner da, ich habe alles ganz für mich allein.«

Angus Day fixierte sie mit seinen kajaldunklen Augen, die in diesem Moment sehr viel mehr von einem Scheich als von einem schottischen Kapitalisten hatten. »Ich könnte mir nichts Besseres vorstellen, um das neue Jahr zu beginnen.« Und er hob ihre Hände an seine Lippen und küsste sie.

Die Heimfahrt verbrachten sie in einem Nebel aus Erregung und Musik. Angus wagte nicht zu sprechen, sondern drückte einen weiteren Knopf, und Ella Fitzgerald füllte den Wagen mit »A Foggy Day in London Town«.

Binnen weniger Augenblicke, so schien es, standen sie vor ihrer Eingangstür. Amanda kicherte. »Was die Nachbarn wohl denken werden, wenn ich mit einem Scheich nach Hause komme.«

»Dann wollen wir ihnen doch richtig was zum Tratschen geben.« Angus hatte sie in seine Arme gerissen und trug sie über den Weg, ehe sie protestieren konnte, dass sie zu schwer oder das Ganze würdelos sei. »Beim nächsten Mal werde ich einen Lakai vor dem Zelt warten lasse, aber dieses Mal brauchen wir deinen Schlüssel.«

Amanda kramte in ihrer Abendtasche und reichte ihn ihm.

Sekunden später waren sie in der dunklen Diele, und er küsste sie mit solcher Leidenschaft, dass ihr Blut rauschte.

»Nun, meine zarte englische Rose«, murmelte er halb im Scherz, »sollten wir wohl nach oben in Ihr Boudoir gehen…« Er machte einen Schritt auf die Treppe zu und stolperte aber über einen Haufen, der dort lag.

Noch in seinen Armen liegend, griff die von überwältigendem Verlangen und zu viel Wodka verwirrte Amanda nach dem Lichtschalter.

Am Fuß der Treppe standen in einem kunterbunten Haufen Seans und Clios Skisachen.

Und genau in diesem Moment tauchte Giles auf, ein Glas ihres besten Brandys in der Hand. »Hallo Amanda, ich wollte dir einen Schlummertrunk reichen, aber wie ich sehe, hast du dieses Stadium ausgelassen. Was hältst du davon, mich deinem Scheich vorzustellen?«

7. Kapitel

»Giles! Was, zum Teufel, machst du denn hier?«

Angus ließ sie sanft zu Boden gleiten und vermisste ein Mal in seinem Leben seine übliche Selbstbeherrschung.

»Man hat uns schlechtes Wetter vorhergesagt«, grinste Giles. »Heftigen Schneefall, und sie hätten den Flughafen dichtmachen müssen. Also habe ich ein paar Verbindungen spielen lassen, damit wir rechtzeitig rauskommen.«

»Und dir ist nicht eingefallen, mich davon zu informieren?«

»Du wirst in der Tat einige Nachrichten auf deinem Anrufbeantworter finden«, strahlte Giles, der die Situation offenbar ungeheuer genoss. Amanda konnte das verdammte Ding blinken sehen. »Vielleicht warst du in Gedanken woanders?« Er streckte Angus seine Hand hin. »Schön, Sie kennen zu lernen. Ich bin Giles Well, der Vorgänger.«

Amanda hätte ihm seinen selbstzufriedenen Hals umdrehen können. Wie hatte er es nur geschafft, der ganzen Situation so einen schlüpfrigen Anstrich zu geben? Als hätte er Angus gerade mit heruntergelassener Hose im Besenschrank entdeckt.

»Angus Day. Amanda und ich kommen gerade von einer Silvesterparty.«

»Das sehe ich. Kostümball?«

Angus ließ die Schultern sinken. »Das ist eine lange Geschichte.«

»Macht ja nichts.« Giles sah von einem zum anderen. »Euren Vorsatz fürs neue Jahr kann ich jedoch erraten. Tut mir Leid, dass ich gestört habe. Ihr Boudoir liegt die Treppe hoch, zweite Tür rechts.«

»Eigentlich ist es an der Zeit, mein Kamel zu wässern.« Angus' Lächeln war freundlich und gleichmütig. »Gute Nacht, Amanda. Es war ein bezaubernder Abend. Vielleicht komme ich lieber in einem passenderen Moment wieder vorbei.«

»Sie gehen doch nicht etwa meinetwegen, hoffe ich?«, sagte Giles höflich. »Ich bin gleich weg, und die Kinder werden schlafen und nichts mitbekommen. Obwohl, es kam doch mal vor – erinnerst du dich noch Amanda? Als Sean hereinspaziert kam, als wir gerade ...«

Hätte sie eine Axt zur Hand gehabt, wäre ihr Exmann fällig gewesen. Sie sah, wie sehr er die Situation auskostete. Einem solchen Anschlag war das zarte Flämmchen zwischen ihr und Angus nicht gewachsen.

»Also, du bist mir ja ein stilles Wasser«, bemerkte Giles, sobald Angus gegangen war. »Kaum sind wir fünf Minuten weg, haust du schon mit einem hinterlistigen Araber ab.«

»Eigentlich«, fiel Amanda ihm wütend ins Wort, »stammt er aus dem östlichen Fife.«

»Du weißt genau, was ich meine. Aber wenn ich es mir recht überlege, siehst du wirklich umwerfend aus, so hinreißend wie schon seit Jahren nicht mehr.« Mit einem Glitzern im Blick, das sie aus ihren Ehezeiten kannte und das damals für gewöhnlich eher nicht ihr gegolten hatte, trat er auf sie zu.

»Um Gottes willen, Giles! Reiß dich zusammen. Du wirst bald Vater. Von Zwillingen. Hab doch ein wenig Anstand.«

»Noch immer so bissig wie eh und je«, bemerkte Giles mit gewisser Befriedigung. »Hoffentlich findet dein Scheich das nicht so bald heraus. Kein neuer Haarschnitt und auch kein Kleid, das bestimmt einiges kostet, wiegt ein zänkisches Wesen auf.«

Wäre sie nicht so wütend gewesen, hätte sie gelacht. In ihrer Ehe war sie nun wirklich nicht zänkisch gewesen, sondern hatte viel zu lang alles ausgehalten. Aber Giles' Auftauchen hatte einen positiven Effekt gehabt. Er hatte sie daran erinnert – um eine Minute vor zwölf –, dass sie Gefahr gelaufen wäre, sich mit einem weiteren charmanten, aber treulosen Mann einzulassen. Angus war bereits mit einer anderen liiert, und sie wusste es. Würde sie denn nie dazulernen?

»Lassen wir das.« Amanda schlug brüsk ein anderes Thema an, um von der nächtlichen Begegnung abzulenken. »Wie war der Skiurlaub?«

»Ein großer Erfolg. Sean hat sich als richtig guter Skifahrer entpuppt. Ich habe Simon Langham von Sunblaze Travel getroffen – du erinnerst dich doch noch an Simon?«

Amanda ging im Geiste die Liste von Giles' Freunden aus der Reisebranche durch, eine unüberschaubare Menge, die alle ihren Beruf wohl vor allem deshalb gewählt hatten, weil ihnen bis auf eine angeborene Reiselust nichts Besseres einfiel. Simon Langham war ein kräftiger Haudegen, den Amanda sich nicht auf Skiern vorstellen konnte.

»Na ja, Simon hat jedenfalls das gleiche Verhältnis zum Schnee wie ich. Blödes Zeug. Feucht und kalt. Wer möchte sich da schon hineinbegeben, wenn es eine nette gemütliche Bar mit heißem Glühwein und kaltem Bier gibt?«

»Deine Kinder, vielleicht? Wo waren denn Clio und Sean, während ihr Maßkrüge voller Bier gekippt habt?«

»Sean war glücklich, mit den anderen Kindern der Skischule zusammen zu sein, und Clio…« Giles grinste plötzlich hinterhältig. Amanda fand, dass er seit ihrer Trennung noch anzüglicher geworden war, sofern das überhaupt möglich war. »Clio hatte ein kleines Abenteuer.«

»Was für ein Abenteuer?«

»Es gab da einen sehr gut aussehenden jungen Mann, Franzose, Skilehrer, der ihr besondere Aufmerksamkeit zuteil werden ließ. Er war ganz wild darauf, ihr mehr beizubringen, als Slalom zu fahren, wenn du mich fragst.«

»Aber Clio hat bisher nicht das geringste Interesse an Jungs gehabt.«

»Und diese auch nicht an ihr. Aber sie hat sich außerordentlich verändert. Sie ist vor meinen Augen erwachsen geworden. Du weißt doch, dass sie immer flachbusig wie ein Bügelbrett war. Plötzlich sind ihr Titten gewachsen! Und alle Jungs haben sie angestarrt.«

Oben auf dem Treppenabsatz alarmierte sie ein unvermitteltes Geräusch, dass sie belauscht wurden. Amanda hoffte, dass es Sean war, aber das schwache Schluchzen, das von der Treppe oben herabhallte, bestätigte, dass es Clio war, die ganz offensichtlich die letzten Sätze ihres für sein Taktgefühl so berühmten Vaters mitbekommen hatte.

»Du gehst jetzt lieber, Giles.«

»Hoffentlich bist du jetzt ein wenig freundlicher, nachdem ich meinen Teil dazu beigetragen habe. Wenn du in der Arbeit anrufst, wissen alle, dass es meine Exfrau ist, die anruft, um an mir herumzumäkeln.«

Amanda zuckte zusammen. Nichts war ihr verhasster als die Vorstellung, eine gemeine alte Schachtel zu sein, zumal das ungerecht war. »Ich rufe immer nur wegen des Unterhalts an. Du weißt, dass mein Gehalt die Unkosten nicht deckt.«

»Dann solltest du dir vielleicht was besser Bezahltes suchen.«

Amanda war so wütend, dass sie ihn fast zur Tür hinausgestoßen hätte.

Auf der Schwelle zögerte Giles. Das altvertraute, leicht wölfische Lächeln tauchte wieder auf, und ohne Vorwarnung streichelte er ihr Gesicht. »Du siehst wirklich umwerfend aus heute Abend. Eine ganz andere Amanda. Ich war richtig eifersüchtig auf den Scheich.«

Amanda juckte die Hand, ihm in sein selbstgefälliges Gesicht zu schlagen. Ihr Exmann flirtete mit ihr, das hatte er schon seit Jahren nicht mehr getan. Wütend sah sie sich nach einem passenden Gegenstand um, den sie ihm hätte nachwerfen können, aber sie fand nur eine Schüssel mit duftendem Weihnachtspotpourri, Louises Weihnachtsgeschenk. Sie packte diese und leerte sie über seinem Kopf aus.

Giles' empörter Gesichtsausdruck unter einem Wasserfall aus grünen und roten Trockenblumen – ein hölzerner Baumbehang hing ihm überm Ohr – würde ihr immer lebhaft in Erinnerung bleiben. Weiß Gott, wie er sich verhielt, wenn die schlanke Stephanie hochschwanger war oder mit den Zwillingen alle Hände voll zu tun hatte. Keine Frau in der Grafschaft wäre vor ihm sicher.

Als er endlich weg war, massierte sie sich ihren vor Müdigkeit steifen Nacken und nahm die Ohrringe ab, die sie den ganzen Abend gepiesackt hatten. Dann ging sie nach oben, um nach Clio zu sehen.

Ihre Tochter lag mit dem Gesicht nach unten auf dem Bett und hatte ihren Kopf unter dem Kissen vergraben.

»Ich hasse sie!«, verkündete Clio tragisch, den Kopf noch unter dem Kissen.

Amanda setzte sich aufs Bett und streichelte sie. »Wen hasst du? Papa oder Stephanie?«

»Nein«, lautete die erstickte Antwort.

»Wen dann?«, tastete Amanda sich vor.

»Nicht wen, *was.*« Clio drehte sich um, ihr hübsches Gesicht war rot verquollen. »Die hier!«, spuckte sie aus und sah hinunter auf ihre Brust, wo sich zwei eindeutige Hügel unter ihrem dünnen Snoopy-Schlafshirt abzeichneten.

Amanda musste sich ein Lächeln verkneifen. Weil sie wusste, dass es, vor allem nach Giles' Taktlosigkeit, die denkbar schlechteste Antwort wäre, erinnerte sie Clio nicht an die zahlreichen Gelegenheiten, als sie bitterlich geweint hatte, dass sie das einzige Mädchen, das *einzige Mädchen* in ihrer Klasse sei, das keinen Büstenhalter brauchte.

»Es muss dich erschreckt haben, zu sehen, dass du dich plötzlich entwickelt hast.« Amanda strich ihr übers Haar.

»Ach, Mama, es war so *furchtbar*! Tagsüber, wenn ich meinen Skianzug anhatte, ging's ja noch, aber an den Abenden haben die Jungs mich ständig anzüglich angegrinst.«

»Aber du hast doch jemand Netten kennen gelernt«, erwiderte Amanda, wünschte sich aber sofort, sie hätte nichts gesagt. Schließlich wusste sie es nur von Giles, und der war nicht gerade die zuverlässigste Quelle.

Ein noch herzzerreißenderes Schluchzen brach wie ein Schluckauf aus Clio. »Gilles!«, schluchzte sie. »Der gleiche Name wie Papa, nur französisch; ihm gefiel das.«

»Was ist passiert?« Amanda streichelte weiter sacht ihr Haar.

»Er hat mich fallen lassen, Mama. Am letzten Tag. Und bis dahin zeigte er großes Interesse. Rief mich ständig an, kaufte mir Blumen, obwohl die an einem Ort wie Val d'Isère ein Vermögen kosten. Maiglöckchen. Er sagte, die seien scheu und süß wie ich und kämen den Wildblumen am nächsten, die er im Frühling in seinem Tal finden kann.«

Amanda konnte ihn auf Anhieb nicht ausstehen.

»Warst du denn sehr eng mit ihm?«

Clio vergrub erneut ihren Kopf. »Du meinst, ob ich mit ihm ins Bett gegangen bin?« Sie ließ jedes Wort einzeln herausplatzen und schlug dazu mit dem Kopf aufs Kissen.

Amanda wusste nicht, ob sie das gemeint hatte. Wahrscheinlich aber doch.

»Blöd, nicht wahr? Wirklich unglaublich dumm. Die blöde alte Clio geht und schläft mit dem ersten Mann, der sich an sie ranmacht.«

Amanda drehte sich das Herz um. Clio war ihr immer so unschuldig vorgekommen. Sie hatten die üblichen Mutter-Tochter-Gespräche über Gefühle und die Notwendigkeit, Vorkehrungen zu treffen, geführt, aber bei Clio hatte das immer etwas Theoretisches gehabt. Und jetzt hörte es sich an, als habe sie sich kopflos in ein Sexabenteuer gestürzt. »O mein Schatz. Wie furchtbar für dich.«

»Ja. Und es ist alles okay. Um deine nächste Frage zu beantworten, wir haben Vorkehrungen getroffen. Er war sehr gut vorbereitet. Eigentlich habe ich schon, als wir es machten, plötzlich das Gefühl gehabt, dass er es davor wahrscheinlich schon hundert Mal mit hundert dummen Mädchen gemacht hat, die alle ihre Maiglöckchen aufbewahrt haben, um an ihn erinnert zu werden.«

Neben ihrem Bett stand in einer kleinen Vase ein verwelkender Bund weißer Blumen. Ihr Duft war stark, Übelkeit erregend und ein wenig abgründig, wie ein Blumengesteck im Leichenschauhaus.

»Das weißt du doch gar nicht«, versuchte Amanda sie zu trösten. »Ich bin mir sicher, dass er dich für jemand ganz Besonderen hielt.«

»So besonders, dass er mich am letzten Tag beim Skifahren hat abblitzen lassen.« Der Schmerz verlieh ihrer Stimme Schärfe. »Und den ganzen Tag mit einer Sechzehnjährigen aus Stuttgart verbracht hat. Sie hatte einen reichen Papa, also dürfte auch der Strauß größer ausgefallen sein.«

Amanda hätte Clio am liebsten in die Arme geschlossen und sie vor all dem Leid beschützt, das ihr jemals zustoßen würde. Aber voller Bitterkeit sagte sie sich, dass sie es nicht einmal geschafft hatte, Clio vor dem Schmerz über das Auseinanderbrechen ihrer Ehe zu bewahren.

»Und stell dir vor, was Papa gesagt hat, als ich versucht habe, es ihm zu erzählen?«

Amanda wappnete sich innerlich.

»Er sagte: ›Ein Franzmann wollte werben gehen...‹, lachte über seinen Scherz und ging an die Bar.«

Du bist ein Mistkerl, Giles, fluchte Amanda innerlich. Ein gottverdammter Mistkerl. Wenn Gedanken töten könnten, wäre er schon mausetot.

»Geh jetzt ins Bett, mein Schatz. Möchtest du zu mir ins Bett kommen?« Das war das ultimative Gegenmittel, das nur in Notfällen Anwendung fand, dessen kraftvoller Zauber jedoch üblicherweise Wunder wirkte.

»Nein danke, Mama.« Amanda konnte es kaum fassen. »Ich bin schließlich sechzehn.«

Dies war ein ebenso viel sagender Initiationsritus wie die Episode mit dem Skilehrer.

»In Ordnung, Schatz. Ruf doch morgen früh deine Freundin Jasmine an und sprich dich bei ihr aus, was meinst du?«

Sollte ihr gebrochenes Teenagerherz je heilen, dann wäre ein langes, in alle Einzelheiten gehendes Gespräch mit ihrer besten Freundin für Clio bestimmt eine große Hilfe.

Plötzlich merkte Amanda, wie groß ihre körperliche Erschöpfung war. Die lange Nacht, die Drinks, die unerwartete Begegnung mit Angus Day, die ein so enttäuschendes – doch offenbar auch vernünftiges – Ende fand, hatten sie erschöpft. Sie stand auf und warf einen letzten Blick auf Clio.

In einem Punkt hatte Giles Recht. Clio hatte sich verändert. Ein schlaksiges, leicht errötendes Kind war nach Frankreich gefahren, und ein scheues, hübsches Mädchen war zurückgekehrt.

Sie schlich sich in Seans Zimmer und tröstete sich damit, dass ihr Sohn noch immer derselbe war. Dasselbe weich fallende Haar, das sie so liebte, noch immer in alter Pracht, dieselben großen Augen voller Witz. Sie küsste ihn und schmolz vor Liebe dahin, als er sie anblickte und ihren Kuss erwiderte. Er saß aufrecht im Bett und las ein Buch mit dem Titel *Die maßgebliche Geschichte von Manchester United FC*.

»Hallo, Mama. Es war toll. Und dieses großartige Buch habe ich am Flughafen entdeckt. Da stehen Sachen über Man U drin, die weiß nicht mal ich!«

»Dann muss es ja gut sein.« Typisch Sean, geht Skifahren und freut sich dann am meisten, dass er ein Buch über Fußball entdeckt hat.

Schließlich kehrte sie in ihr eigenes Zimmer zurück. Sie zog das wunderschöne Kleid aus, nahm die Kette ab und legte beides über den Stuhl. Zu müde, um das Make-up zu entfernen, fiel sie aufs Bett.

Ehe sie einschlief, erinnerte sie sich einen kurzen Augenblick lang an den Aufruhr, den Angus' Lippen auf ihren ausgelöst hatten, die Berührung ihrer Brust durch seine Hand und sein gekonntes Öffnen des Reißverschlusses, ehe sie es überhaupt mitbekommen hatte. Jahrelange Praxis, sagte sie sich und ignorierte den Schauder der Erregung, der sie durchzuckte.

Angus war zweifellos ein vollendeter Liebhaber. Wahrscheinlich eher als Gilles, der Skilehrer. Sie redete sich mit Nachdruck ein, welches Glück sie gehabt hatte, so gut weggekommen zu sein, und wünschte, dankbarer sein zu können.

8. Kapitel

»Wie war das noch mal mit den stillen Wassern?«, wollte Louise wissen, kaum hatte Amanda ihren Fuß in die Galerie gesetzt. Ihre Verärgerung war unüberhörbar. »Ich hätte nie vermutet, dass du eine so leichte Beute bist, aber ein Hauch Aftershave von Angus Day, und du wirst zur läufigen Kim Basinger.«

»Vermutlich lag es an den Sea Breezes. Und dem Scheichkostüm. War es so offensichtlich?«

»Du hättest dich vermutlich sogar *während* der Party ausgezogen und auf den Boden gelegt.«

Amanda schloss die Augen, um dieses Bild loszuwerden. Offenbar hatte sie mehr getrunken als gedacht.

»Das Gemeine daran war« – Louise schüttelte bockig ihr Haar –, »dass ich Angus für mich eingeladen hatte. Luke sollte dein Weihnachtsgeschenk sein.«

»Und was war mit ihm los? Meine Weihnachtsgeschenke scheinen immer mies zu sein. Vielleicht, weil ich sie mir selbst kaufen muss. Übrigens hat Angus Day schon jemanden, diejenige, der er die Reiher gekauft hat. Erinnerst du dich?«

»Was macht schon eine Freundin hier oder da. Das ist nicht dasselbe wie eine Ehefrau, oder? Außerdem hat Luke angerufen, um sich zu entschuldigen, du erinnerst dich doch? Nein, natürlich nicht, du warst zu sehr damit beschäftigt, deinen arabischen Scheich zu begutachten. Luke konnte sich vom Silvesterball der über Sechzigjährigen nicht loseisen.«

»Für mich hört sich das nach Ausrede an.«

»Unsinn. Luke ist der durch und durch nette Typ. Er würde nicht im Traum daran denken, alte Damen auf die Straße zu werfen, wie dein gemeiner Immobilienmakler. Aber egal, ob er gekommen ist oder nicht, die Party ist vorbei. Zeit für die Inventur. Fangen wir gleich mit den Weihnachtskarten an. Ich möchte, dass sie abgestaubt und für nächstes Jahr weggepackt werden. Und die Karten mit den künstlerischen Aktaufnahmen müssen wieder an ihren Platz gestellt werden. Vor kurzem hatten wir ein paar dumme Schuljungen hier, die sich darüber halb krank gelacht haben.«

Amanda ging an das L-förmige Ende der Galerie, wo die Karten ihren Platz hatten. Louise hatte Recht. Überall waren Akte verteilt. Sie nahm ein Staubtuch und polierte die Schamteile mit ungewöhnlicher Heftigkeit.

Nach dem Weihnachtsgeschäft wirkte die Galerie jetzt ein wenig kahl und verloren, wie ein Lebensmittelladen zu Zeiten der Rationierung. »Aber du musst zugeben«, trumpfte Amanda auf, »dass die Reiher binnen einer Woche weggingen.«

»Aber nur, weil du Angus Day zu jedem Reiher ein Mal anfassen angeboten hast.«

»Habe ich nicht!«, schnauzte Amanda zurück. »Ich habe sie ihm nur empfohlen, mehr nicht. Ich könnte doch mal nachsehen, ob die Künstlerin noch welche hat?«

Louise schüttelte den Kopf. »Das ist nicht unser Markt, Amanda. Begreif das doch endlich.«

Es gibt doch keine düsterere Zeit als den Januar, grübelte Amanda, als sie am Ende des Tages den Mantel anzog, um nach Hause zu gehen. Der Februar kündigte wenigstens schon den März an und die ersten Osterglocken mit ihrer Botschaft von Frühling und Sonnenschein. Amanda kuschelte sich in ihren warmen Wollmantel und sagte sich, dass Sean und Clio jetzt wieder zu Hause waren und sie nächste Woche Gastgeberin der Lektüregruppe zum Thema *Männer sind vom Mars, Frauen von der Venus* war. Vieles, worauf sie sich freuen konnte.

Unten bei den Strandhütten wehte der Wind besonders scharf. Zu ihrer Überraschung stand Betty Miles, nur mit einer dünnen

Strickjacke bekleidet, auf der Terrasse vor ihrem Häuschen. Sie schaute besorgt aus einem Wald optimistisch zum Trocknen aufgehängter Wäsche.

So ein zäher alter Vogel Betty sonst auch war, heute sah sie blass und zittrig aus.

»Was ist los, Betty? Sie sehen überhaupt nicht gut aus. Wo ist Rose?«

Obwohl Betty den Kontakt zur Außenwelt hielt und die Extrovertierte war, war es nach Amandas Einschätzung Rose, die ihr Leben zusammenhielt. Betty zwitscherte ständig vor sich hin wie ein junges Mädchen auf ihrer ersten Party, während Rose dafür sorgte, dass sie beide es warm und etwas zu essen hatten. An diesem Abend ohne Rose wirkte Betty verfroren und verwirrt.

»Sie hatte letztes Mal den Tanzwettbewerb gewonnen und ist heute weg, um eine Vorführung zu geben.«

»Rose?«, wunderte sich Amanda. Rose war gleichermaßen scheu und ernst, und es fiel schwer, sie sich als Kandidatin für *Komm zum Tanzen* vorzustellen. Es war genauso ein schiefes Bild wie die Vorstellung, Margaret Thatcher würde für die Wahlen zur Miss World kandidieren. Das ließ einen an allen früheren Einschätzungen dieser Person zweifeln.

»Sie ist unten im Pier Pavillon. Ich wäre so froh, wenn sie hier wäre, Amanda. Wenn ich ehrlich zu Ihnen bin, ich kenne mich selbst nicht mehr. Gerade eben hat es mich ganz lustig gedreht.« Betty war berüchtigt für ihre verschiedenen Gebrechen, die sehr oft mit Ereignissen zusammentrafen, die Betty unangenehm waren. Aber dieses Mal wirkte sie tatsächlich angeschlagen.

»Ich wusste gar nicht, dass Rose eine Tänzerin ist.«

»Ich doch auch nicht!« Das klang teils schockiert, teils eifersüchtig. Trotz ihrer achtzig Jahre war Betty es gewöhnt, im Mittelpunkt zu stehen. »Es war der junge Mann, derjenige, der das Festival organisiert. Peter? Paul? Ich weiß, dass es was Biblisches war. Vielleicht John?«

Absurderweise ertappte Amanda sich bei einem Lächeln, als

wäre unerwartet ein Sonnenstrahl über den Boden gehuscht und hätte auf seinem Weg alles erleuchtet. »Meinen Sie vielleicht Luke?«

»Ja, das ist der Junge. Rose hat Tanzstunden genommen, dieses verschlagene alte Huhn, und Luke hat das herausgefunden. Die ganze Zeit erzählt sie mir, sie schaue kurz beim Apotheker vorbei, aber ich fand es immer ziemlich lang. Tanzstunden! Also hat er sie dazu überredet, aufzustehen und es vorzuführen. Ausgerechnet den Tango!« Bettys Empörung legte nahe, es sei im Saal zu einem öffentlichen Ärgernis gekommen. In Bettys Augen war es das wohl auch. Zum ersten Mal in ihren achtzig gemeinsam verbrachten Jahren hatte ihre Schwester sie in den Schatten gestellt.

»Ich weiß, dass es zu viel verlangt ist, meine liebe Amanda, aber wären Sie vielleicht so freundlich, sie für mich abzuholen?«

Amanda sah Betty scharf an. Sollte Betty einfach nur versuchen, ihrer Schwester den Augenblick des Ruhms zu verderben, konnte sie das vergessen. Aber sie sah tatsächlich blass und verwirrt aus.

In Sorge, dass Betty vielleicht wirklich zum Arzt musste, willigte Amanda ein. Sie hoffte auf Clios und Seans Verständnis, wenn sie später nach Hause kam. Der Pier Pavillon lag außerdem nicht weit weg von ihrem Weg.

»Also gut, ich mache mich auf den Weg und erzähle ihr, was passiert ist. Und Sie gehen jetzt rein und halten sich warm.«

Obwohl das Häuschen nicht größer als eine Strandhütte war und nur für zwei Einzelbetten, ein paar Stühle, einen Tisch am Fenster, wo sie ihre Mahlzeiten einnahmen, sowie eine winzige Kochnische und ein Badezimmer Platz hatte, war es recht gemütlich.

Von der Tür aus deutete Betty auf die Elektroheizung, deren drei Spiralen glühten. Sie grinste und sah gleich weniger krank aus, jetzt, da sie wusste, dass ihre Schwester zurückgeholt wurde. »Bei Rose darf immer nur eine Spirale brennen, also nutze ich es aus, während sie weg ist und den leichten Fandango trippelt.«

Amanda zog den Mantel fester um ihren Körper, knöpfte ihn bis obenhin zu, so dass er einen warmen Tunnel für ihren Atem bildete, und beschleunigte dann ihre Schritte. Ihre Füße waren eiskalt. Selbst schuld, dass sie die Schuhe mit den Absätzen gewählt hatte, die ihre Beine schlanker aussehen ließen, anstatt bequeme Stiefel für das lange Stehen.

Abgesehen von den Schuhen, wäre es ein wunderschöner Spaziergang gewesen. Die Sonne war schon vor Stunden untergegangen, aber das Meer spiegelte noch immer einen Schimmer von Licht von der strahlenden Beleuchtung des Piers. Amanda liebte die Piers. Sie waren von einer abenteuerlichen und auch ein wenig verruchten Atmosphäre umgeben, wie eine Kirmes, die das ganze Jahr geöffnet war. Womöglich lag es daran, dass damit Vergnügen und Ferien und Chips und Zuckerwatte verbunden waren.

Der Verkäufer der hausgemachten Donuts arbeitete noch, und plötzlich fiel Amanda ein, dass sie weder zu Mittag noch zu Abend gegessen hatte, die Donuts vom Pier die köstlichste Speise war, die die Menschheit kannte, und sie sterben würde, wenn sie nicht gleich einen bekäme. Zwei sogar, denn einer kostete fünfzig Pence, zwei aber nur achtzig. Unter dem Aspekt war es fast eine Verpflichtung.

Amanda stopfte sie gierig in sich hinein, beobachtet von einer besonders penetranten Möwe, kaum einen Meter von ihr entfernt. »Hau ab«, befahl Amanda ihr gebieterisch. »Du kannst Brot fressen.«

»Ki-ah!«, erwiderte die Möwe und flatterte davon.

Die Vorführung *Tanzen wie in alten Zeiten* fand im Hauptsaal statt. Amanda brauchte nur der Musik zu folgen. Diese hörte sich geisterhaft und klagend an, als käme sie von einem alten Grammofon, und so war Amanda, als sie die Tür öffnete, überrascht, dass die Quelle der Musik ein moderner CD-Spieler war.

Amanda sah sich um. Etwa drei Dutzend Senioren saßen neben der Tanzfläche, einige in Abendkleidern, aber die meisten in ihrer normalen Kleidung, und tranken Tee und Orangensaft. Zwei Paare hatten das Parkett für sich allein, und zu dem einen Paar gehörte eine sehr flotte ältere Dame, die aussah, als hätte sie jede Paillette auf ihrem Kleid mit eigener Hand angenäht, geführt von einem Boleroträger. Zum anderen Paar gehörte Rose.

Amanda traute ihren Augen nicht. Nie hatte sie Rose weich oder feminin erlebt, aber als sie jetzt an einem eiskalten Wintertag auf dem gleichermaßen eisigen Pier den Tango tanzte, blühte sie wie eine Blume im Juni.

Die Musik war zu Ende, und die beiden Paare trennten sich. Jetzt erst erhaschte Amanda einen Blick auf Roses Tanzpartner.

Er war umwerfend – groß, mit hellen Haaren und tiefbraunen Augen, dass es einem ganz warm ums Herz wurde.

»Kennen Sie bereits meinen persönlichen Salonlöwen?«, erkundigte sich Rose und hielt kokett ihren Kopf schief. »Das ist Luke Knight, Amanda.«

»Ein Salonlöwe wohl kaum, Rose«, zog ihr Tanzpartner sie auf und küsste der alten Dame die Hand. »Eher ein staatlich finanzierter Gigolo. Vergessen Sie nicht, dass ich das Festival leite und dies hier Teil des Festivals ist.«

»Keineswegs. Deshalb verbringen Sie heute ja auch zwei Stunden mit einer achtzigjährigen alten Schachtel, obwohl Sie wahrscheinlich tausend andere Dinge zu tun hätten.«

»Aber keines davon wäre so angenehm, wie mit Ihnen Tango zu tanzen, Rose.« Er grinste wieder. Das etwas längere Haar fiel ihm in die dunklen Augen, und er strich es sich aus der Stirn. Er war fast zehn Zentimeter größer als Amanda und schlank, aber durchtrainiert wie ein Tänzer, der in seiner Freizeit Gewichte stemmt. Seine Haut war von einem wunderbar unbritischen Goldton, der in schönem Kontrast zu seinem schwarzen T-Shirt und der Levi's stand.

Amanda überlegte, wie alt er wohl sein mochte. Anfang dreißig, vielleicht? Auf jeden Fall jünger als sie. Aber zu jung auch nicht, ging es ihr durch den Kopf, ehe sie den Gedanken zensierte.

Rose entschuldigte sich damit, dass sie unbedingt eine Tasse Tee trinken müsse.

»Sie tanzen sehr gut Tango«, bemerkte Amanda, die das Gespräch gern weiterführen wollte, sich aber plötzlich unsicher fühlte.

»Ein Teil meiner Familie lebt in Südamerika«, erwiderte Luke.

Das erklärte also den Hauch Exotik, der ihn so anders als die teigigen Briten aussehen ließ. »Und ich habe ein paar Jahre mit dem Freiwilligen Entwicklungshilfedienst in Argentinien verbracht, als ich Student war.«

Mein Gott, er hatte sogar ein Gewissen. Der Freiwillige Entwicklungshilfedienst war nichts für Karrieresüchtige.

»Ich liebe diese Musik«, sagte Amanda. »Ich konnte sie bis hinunter in den Flur hören. Aber eigentlich hatte ich was Leichteres erwartet.«

»Tango ist nicht nur Rosen zwischen den Zähnen.« Luke klang locker und scherzend. »Es geht um Liebe und Verlust und Betrug und das ganze tief schürfende Zeug. Wenn Sie möchten, spiele ich Ihnen wann anders mehr vor. Zu meinem eher nutzlosen Wissensschatz gehört auch eine profunde Kenntnis der Geschichte des Tangos.«

Amanda lachte. Seine Stimme hatte etwas erstaunlich Intimes, fast Liebkosendes, das ihr ein Kribbeln über den Rücken jagte. Es war ein erregendes Gefühl, doch gleich darauf plagte sie das schlechte Gewissen, dass sie erst vor ein paar Nächten beinahe mit Angus Day ins Bett gestiegen wäre. Sie war froh, dass das nicht passiert war, sonst wäre das Zusammentreffen mit Luke womöglich kompliziert geworden.

Sie hatte sich zu Angus hingezogen gefühlt, das stand außer Frage, aber es war die alte Höhlenmensch trifft Höhlenmensch Geschichte gewesen. Luke war anders. Er wirkte aufrichtig und war eine richtige Überraschung. »Sie haben Rose sehr glücklich gemacht. Normalerweise ist das Rampenlicht nicht ihre Welt.«

»Sie ist eine wunderbare Frau. Voll erstaunlicher Geschichten aus der Vergangenheit. Ich hatte eine Großmutter wie sie. Immer hat sie mir Geschichten aus der Zeit der Wirtschaftskrise zu erzählen versucht, aber ich habe ihr nie zugehört. Dann starb sie, und es war zu spät.«

Amanda nickte, das Gleiche empfand sie, wenn sie an ihre Großeltern oder auch an ihren Vater dachte. Ihre Mutter nach der Vergangenheit zu befragen wäre sinnlos. GG tat so, als hätte es diese nie gegeben. Über die Vergangenheit zu reden mache alt.

»Sind Sie die Amanda, die ich auf der Galerieparty hätte kennen lernen sollen?«

Amanda errötete. Sie konnte nur hoffen, dass Louise sie nicht als einen hoffnungslos verzweifelten Fall geschildert hatte, die es nicht einmal schaffte, über die Rubrik Einsame Herzen einen Mann zu finden.

»Sie kennen Louise…« Sie ließ die Schultern sinken.

»Nicht wirklich. Ich kenne eine Freundin von ihr, die darauf bestanden hat, dass ich mit ihr in Kontakt trete, wenn ich hierher komme.«

Natürlich. Die Freundin von Louise. Diejenige, die ihm das Einser-Zeugnis über seine sexuellen Fähigkeiten ausgestellt hatte.

»Louise hat einen Gotteskomplex«, fuhr Amanda fort und bemühte sich, ihre Nervosität zu unterdrücken. »Es gefällt ihr, wenn alle sich ihren Plänen fügen.«

Luke sah sie mit seinen kastanienbraunen Augen an und flirtete ein wenig. »Und was für Pläne wären das? Für Sie und mich, meine ich?«

Amanda sah ihm fest in die Augen. Sie hätte in diesen warmen Bronzeblick eintauchen und niemals wieder hochkommen mögen, um nach Luft zu schnappen. »Vielleicht sollten wir das selbst entscheiden.« Nie war sie so direkt zu einem Mann gewesen, den sie kaum fünf Minuten kannte.

Luke beugte sich nach vorn, so dass seine Lippen sich den ihren näherten, und einen Augenblick lang glaubte sie, ihr würde auf der Stelle das Herz stehen bleiben. Er würde sie doch jetzt nicht küssen, doch nicht vor Rose und den Senioren!

Stattdessen feuchtete er seinen Finger an und tupfte beidseits ihres Mundes auf ihr Gesicht. Dann führte er seinen Finger an seine Lippen.

»Hm .... Zucker.«

Amanda errötete. Die Donuts! Geschah ihr recht, warum war sie auch so gierig gewesen.

Luke lächelte, als fände er das äußerst sinnlich. »Dann stimmt es also, kleine Mädchen sind tatsächlich aus Zucker gemacht.«

Amanda trat wie benommen mit Rose den Heimweg an. Noch nie war ihr ein Mann begegnet, der eine solche Wirkung auf sie hatte.

»Möchten Sie, dass ich noch mit reinkomme?«, fragte sie Rose, als sie das Häuschen erreicht hatten. »Um nachzusehen, ob mit Betty alles in Ordnung ist?«

»Mit Betty ist bestimmt alles in bester Ordnung«, erwiderte Rose spitz. »Sie wird in eine Decke gehüllt vor einer Tasse Lapsang Souchong sitzen, eine Heizspirale eingeschaltet, und die Märtyrerin spielen. Die beiden anderen Spiralen hat sie abgedreht, sobald sie uns hat kommen hören. Aber trotzdem besten Dank, meine Liebe. Und ich bin froh, dass Sie Luke doch noch kennen gelernt haben. Ansonsten hätte ich mir wirklich überlegen müssen, wie, zum Teufel, ich euch beide zusammenbringen kann.«

Amanda konnte über Rose in der sehr unglaubwürdigen Rolle der guten Fee nur lachen.

»Er gefällt Ihnen, meine Liebe. Man findet das nicht oft in einer Packung – sexy *und* nett.«

»Nein«, stimmte Amanda ihr zu. Sie wusste genau, was die alte Dame meinte. »Und es ist eine ganz schön explosive Mischung.«

»Wu-usch!« Rose imitierte einen Feuerwerkskörper.

»Wu-usch!«, stimmte Amanda mit ein und fragte sich, wann sich wohl die Gelegenheit ergab, ihn wiederzusehen. Morgen wäre nicht zu früh. Luke Knight war der aufregendste Mann, der ihr in all den Jahren begegnet war.

9. *Kapitel*

»Wann kommt denn nun der Mörtel, damit wir die Küchenböden in den Wohnungen fertig kriegen?«, schrie Laddie Smithson, Angus' Polier. Sie beschleunigten die Arbeiten am Eastcliff Estate, da schon fast alles fertig war. »Und jetzt sind uns gerade die tuntigen Ziegel ausgegangen, die dir so gut gefallen, die wieder aufbereiteten.«

»Dann bestell doch noch welche. Das erinnert mich übrigens an eine lustige Geschichte, die ich gehört habe, als ich in Oz war.«

»Herrjeh, Angus.« Laddie verdrehte die Augen, weil er schon wusste, was als Nächstes kam. »Haben wir Zeit, uns Geschichten anzuhören?«

»Nur, wenn sie lustig sind.«

Die Bauarbeiter legten begeistert ihr Werkzeug beiseite, um zuzuhören. Sie liebten Angus' Geschichten.

»Angus, Kumpel«, unterbrach Laddie ihn ungehobelt, »wir müssen hier arbeiten.«

Angus reagierte nicht auf ihn. Die Bauarbeiter ebenso wenig. Als er bei der Pointe angelangt war, lachten sich alle schlapp. Selbst Laddie musste grinsen.

»Und jetzt bringst du mich zu dem Maurer, der die Wand kerzengerade hochgezogen hat, obwohl ich ihm gesagt habe, er soll sie krumm und bucklig machen.«

Laddie Smithson führte Angus über das Grundstück zum letzten Häuserblock. Er mochte den Maurer nicht und freute sich, dass er sein Fett abbekam. Und wenn einer etwas erreichen würde, dann Angus. Auf all den Baustellen, auf denen Laddie je gearbeitet hatte, gab es keinen Chef mit so viel Geschick im Umgang mit den Arbeitern wie Angus. Er mochte ein schickes Auto fahren und teure Klamotten tragen, aber er hatte nie seine Herkunft vergessen.

Die Bauarbeiten waren praktisch abgeschlossen. Noch ein paar Wochen, und alles wäre wieder zugänglich. Den ganzen Horrorgeschichten in den Zeitungen zum Trotz hatte Angus die Gebäude nicht in elegante Stadthäuser umgewandelt, um sie zu verkaufen. Er hatte sie in Partnerschaft mit dem Stadtrat für die darin lebenden Bewohner renoviert und dabei wenig bis gar keinen Profit erzielt.

»Du bist bekloppt, weißt du das«, bemerkte Laddie lakonisch. Er hob seinen Arm hoch, um in einer weit ausholenden Geste den ganzen Komplex zu bezeichnen. Vor der Renovierung war es eine Aneinanderreihung trister, wenig einnehmender Wohnungen mit billiger Miete gewesen, deren einziger Vorteil der Blick über den Hafen war.

Angus hatte einen jungen Architekten hinzugezogen, der noch nicht lange mit dem College fertig war, und ihm den Auftrag erteilt, aus dem Gebäudekomplex etwas zu machen, worin er selbst gern wohnen würde. Der Architekt hatte die städtischen Eingangstüren aus weißem Sperrholz mit Giebeldächern und Veranden versehen. Schließlich waren die tristen grauen Außenwände verkleidet und in zartem Blau gestrichen worden. Angus' Idee war es gewesen, die Häuserblöcke in verschiedenen Farben zu streichen, blasses Gelb und Minzgrün. Er hätte auch gern einen Block in Rosa gehabt, aber da hatte Laddie nicht mitgemacht. Zum Schluss hatte er die verwahrlosten Gärten so gestalten lassen, dass die Wohnungen auf große gemeinsame Grünflächen schauten. Angus war begeistert davon.

»Warum bin ich bekloppt?«, fragte er seinen Polier, obwohl er die Antwort zu wissen glaubte.

»Sie werden es nicht zu schätzen wissen.« Laddie schüttelte den Kopf. »Sie werden nicht gerade Kohlen im Badezimmer deponieren, denn die modernen Bewohner von Sozialwohnungen sind selbst zum Schüren eines Kohlefeuers zu faul, aber sie werden ihre Haustiere in die Grünanlagen scheißen lassen und ihre Kinder überallhin, wo es ihnen gefällt. Sie werden sich über die tuntigen Farben beschweren und dir erklären, dass sie es vorher besser fanden, und du wirst dir wünschen, bei dem geblieben zu sein, wovon du was verstehst, nämlich beim Verkauf hübscher Immobilien an Leute, die sie zu schätzen wissen.«

»Einige von ihnen werden sich beschweren, ein paar andere sich Freiheiten herausnehmen, aber den meisten wird es gefallen, mal zur Abwechslung anständig zu wohnen, und sie werden auf alles achten, wart's nur ab, und sie werden keine Angst mehr haben, ihre Kinder nach draußen zu lassen.«

»Aber es sind ihre Kinder, die die Angst verbreiten«, trumpfte Laddie auf.

»Ich finde, wir sollten die Fertigstellung mit einer Party feiern.« Wenn Angus ehrlich war, wollte er damit nicht nur vor den Bewohnern angeben, sondern auch vor jemand anderem. Jemandem mit grünbraunen Augen und Kampfgeist, jemandem, die ihn für einen üblen Kapitalisten hielt. Es war schon fast lächerlich, wie viel ihm ihre Meinung bedeutete.

Wenn er überlegte, wie nah er an jenem Abend seinem Ziel gewesen war, und dann tauchte unerwartet ihr dämlicher Exmann auf. Er kannte diesen Männertyp. Er war sich sicher, einen Funken Befriedigung in Giles' Augen entdeckt zu haben, dass er Amandas Begegnung sabotiert hatte.

In den letzten beiden Tagen hatte er sich mit Überlegungen gequält, welcher Schritt der Nächste wäre. Sollte er sie anrufen? Vielleicht war die ganze Situation zu verwickelt. Sollte er so dumm sein, eine Abfuhr zu riskieren? Als er am vergangenen Abend endlich seinen Mut zusammengenommen und in der Galerie angerufen hatte, sagte ihm Louise, Amanda sei gerade gegangen.

»Warum hast du das gemacht, Angus?«, unterbrach Laddie seine Überlegungen. »Du wirst hier ohne Ende Geld verlieren.«

Angus grinste. »Um mich in den strengen calvinistischen Augen meiner Mutter rein zu waschen.«

»Unsinn«, widersprach Laddie unwirsch. »Deine Mutter ist viel zu sehr sparsame Schottin, um diesen Blödsinn gut finden zu können.«

Angus lachte, und um seine Augen bildeten sich Lachfältchen, weil er durchschaut worden war. »Wahrscheinlich hast du Recht. Dann nenn es halt einen altruistischen Impuls.«

»Ich sag dir eines« – Laddie zog sich gegen die Kälte seine Wollmütze über die Ohren –, »ich kann nur hoffen, dass du diese altruistischen Impulse nicht allzu oft hast, sonst verlieren wir nämlich alle unsere Arbeit.«

»Nein, ich versprech's.«

»Und noch was. Du weißt, was passieren wird?«

Angus wappnete sich gegen Laddies nächsten Anschlag.

»Nachdem du jetzt so freundlich warst, die viele Knete für sie auszugeben, werden die Bewohner ihre Wohnungen bestimmt verkaufen, jetzt, da sie's dürfen, so verrückt das Gesetz auch ist. Und wer macht dann den dicken Profit, he? Du jedenfalls nicht.«

Angus tätschelte ihn und zuckte mit den Schultern. Auf Laddie war immer Verlass, wenn es darum ging, das Schlechteste von den Menschen zu denken. Ärgerlich war nur, dass er womöglich Recht hatte. Einige Mieter verkauften vielleicht wirklich.

Angus lief schnellen Schritts zurück zu seinem Wagen, grüßte dabei diverse Zimmerleute, Maurer und Vorarbeiter, die er beschäftigte, und erkundigte sich nach deren Familien. Laddie war immer wieder erstaunt, dass er sich alle Namen merken konnte. Und in einem Punkt hatte Laddie wirklich Recht. Er musste auch an ihre Lebensbedingungen denken.

»Sir«, schrie eine Frau mit einer seltsam orangefarbenen Frisur, die Angus als eine der Bewohnerinnen wiedererkannte, die sich dem Vorhaben ganz besonders heftig widersetzt hatte. Ihm sank das Herz. Im Moment war ihm nicht nach einem Wettschimpfen. »Sind Sie der Kerl, der hinter dem Ganzen hier steckt?« Sie deutete auf den Gebäudekomplex.

Kläglich erwog Angus, sie an Laddie weiterzureichen, der sich von einer aggressiven Sozialmieterin bestimmt nichts gefallen ließe. Aber er beschloss, in den sauren Apfel zu beißen.

»Ja«, gab er zögernd zu, »das bin ich.«

Sie hielt inne, und ihre kräftig geschminkten Augen nagelten ihn fest. »Ist eigentlich gar nicht so schlecht.«

Fast hätte Angus vor Erleichterung gelacht. »Danke«, antwortete er und ließ sich seine klammheimliche Freude nicht anmerken. »Dann kommen Sie also zur Einweihungsparty?«

Die Frau sah ihn argwöhnisch an. »Wann ist die?«

»Wann immer Sie möchten. Wir sind fast fertig hier. Nur die Gartenarbeiten stehen noch an.«

»Was, Gras und so?«

»Überall hier.« Er zeigte auf das unordentliche Gestrüpp voller Müll und Bauschutt.

»Das wäre wirklich eine Verbesserung«, gab sie zu.

»Ja. Vielleicht hätten Sie ja Lust, die Party zu organisieren. Mit unseren Mitteln natürlich …«

»Was?«

»Die Party. Hier ist meine Telefonnummer. Ich bin Angus Day.«

»Lou Wills. Danke. Hätte schon Lust. Ich werde Sie anrufen.«

Angus ging fröhlich zurück zu seinem Wagen. Es wäre ihm das größtmögliche Vergnügen, Laddie seinen Irrtum zu beweisen.

Als er später am Nachmittag bei seiner Mutter vorbeischaute, sah sie so gut aus wie schon seit Wochen nicht mehr. Isobel saß mit einem Buch auf den Knien in ihrem Lieblingsstuhl und starrte hinaus in den Garten.

»Hallo, Maw. Du siehst gut aus.« Er ging in die Hocke, um sie auf ihre knochige Wange zu küssen.

»Das liegt bestimmt an den Narzissen, die du mir geschenkt hast. Die haben mich aufgemuntert. Riech mal.«

Als er sich hinüberbeugte, um den Duft der blassgelben Blumen einzuatmen, legte sie in einer seltenen Geste körperlicher Zuneigung ihre Hand sanft auf sein dunkles, welliges Haar.

Rasch hob sie den Arm wieder, lächelte aber. »Du musst zum Friseur.«

»Ich weiß«, erwiderte Angus. Er wollte schon erklären, dass ihn Eastcliff Estate zu sehr in Beschlag genommen habe, doch da fielen ihm Laddies Worte wieder ein und wie dieser die Meinung seiner Mutter zu diesem Projekt einschätzte. Vermutlich hatte Laddie Recht. »Ich sollte mir den Nacken und die Seiten kurz schneiden lassen.«

»Nein, mach das nicht. Mir gefällt es so. Du hast so was von einem Freibeuter. Errol Flynn mit einer Spur Mel Gibson.«

»Ich wusste gar nicht, dass du Mel Gibson magst.«

»Alle Frauen mögen Mel Gibson. Aber nur wenige geben es zu. Offen gestanden, habe ich mich in *Braveheart* in seinen Hintern verliebt. Hast du den Film gesehen?«

Angus lachte. »Ich glaub dir aufs Wort.«

Er schüttelte die Kissen in ihrem Rücken auf. »Hast du heute was gegessen?«

»Ich bin satt. Mrs. Northam hat mir eine ihrer berühmten Hühnchenpasteten gebracht.«

»Gut.«

»Und ich habe meine Medizin genommen. Und was ist mit dir? Hast du deine Amanda wiedergesehen?«

Isobel Day kannte ihren Sohn gut genug, um zu erkennen, dass in seinen Augen Enttäuschung aufflackerte. Sie vermutete, dass Angus auf dem besten Weg war, sich in Amanda zu verlieben, aber nicht alles so glatt lief, wie er sich das erhofft hatte.

»Ich habe mir überlegt« – Isobel hielt einen Moment inne, und in ihren Augen blitzte es schelmisch auf – »dass ich doch ganz gern noch eine Skulptur hätte. Von derselben Künstlerin, von der die Reiher sind. Ich zahle sie auch. Aber vielleicht könntet ihr, du und Amanda, sie für mich aussuchen.«

»Isobel Day«, grinste Angus, »du bist eine durchtriebene, berechnende alte Frau.« Er gab ihr einen Kuss, und wieder berührte ihn ihre unglaubliche Zerbrechlichkeit zutiefst.

»Ich weiß«, gab Isobel zu, »und ich genieße das ausgiebig.«

»Na, komm schon, gib's zu«, legte Louise am nächsten Tag gleich los, noch ehe Amanda die Gelegenheit gehabt hatte, sich den Mantel auszuziehen. »Du hast Luke endlich kennen gelernt!«

»Wie kommst du denn darauf?« Amanda verkniff sich ein Grinsen, als sie den Mantel auszog.

Zum ersten Mal hatte Louise selbst Kaffee gekocht und holte gerade die Bilder von den Wänden, um die Ausstellung vorzubereiten, die unter dem Motto »Ein Sommertag im schönen Laineton« stand. Amanda wusste, dass dies die schlechtesten Sonntagsmaler zum Vorschein bringen würde, aber Louise behauptete, dass die Leute genau dies bräuchten, um nach Weihnachten auf bessere Gedanken zu kommen.

»Nenn es weibliche Intuition«, sagte Louise über die Schulter zurück. »Oder erklär es damit, dass du frisch vom Frisör kommst, Make-up und geile Schuhe trägst. Sofern du nicht über Nacht zur Lesbe geworden bist, kann ich es mir nur damit erklären, dass du es Luke zuliebe machst.« Sie schwieg beredt. »Dazu kommt noch, dass ich beim Gemüsehändler Rose getroffen habe und sie mir alles erzählt hat.«

Louise trat einen Schritt zurück, um die leeren Wände zu bewundern. »Rose war noch ganz beeindruckt. In ihren Worten klang es wie eine Szene aus *Romeo und Julia*, nur mit einem hoffentlich glücklicheren Ende.«

»Und unter Vernachlässigung der Tatsache, dass ich alt genug wäre, Julias Mutter zu sein, nein, sogar die Großmutter.«

»Aber darauf kommt es doch nicht an! Wo bist du ihm denn begegnet? Ich habe wochenlang versucht, euch beide zusammenzubringen.«

»Beim *Tanz wie in alten Zeiten*. Er ist ganz erstaunlich. Du weißt doch, wie zugeknöpft Rose ist. Sie spricht kaum ein Wort und verhält sich immer wie die Ablehnung in Person. Luke hat herausgefunden, dass sie Tangostunden genommen hat, und sie dazu gebracht, ihr Können vorzuführen. Sie ist wie ausgewechselt! Und Betty ist furchtbar wütend!«

»Also fühlst du dich zu Luke vor allem aufgrund seines netten Umgangs mit alten Menschen hingezogen?«

Amanda seufzte. »Das ist das eine, aber außerdem ist er auf eine so fabelhafte, umwerfende Art begehrenswert, dass einem die Spucke wegbleibt.«

»Und wie man hört, sofern man meiner Freundin glauben kann, sind die Freuden in der Hosenabteilung auch nicht zu verachten.«

Amanda kicherte schuldbewusst. Sie sah keine Veranlassung, Louise zu erklären, dass es zwischen ihr und Luke auch auf einer tieferen Ebene gefunkt hatte, dass sie sich in dem kurzen Augenblick, den sie ihn gesehen hatte, überaus wohl in seiner Gegenwart gefühlt und eine Komplexität an ihm wahrgenommen hatte, die mindestens genauso faszinierend war wie seine äußerliche Attraktivität. Obwohl sie über diese natürlich nicht unglücklich war. Aber sie konnte Louise wirklich nicht sagen, dass sie sich auch seelisch zu ihm hingezogen fühlte.

»Und dazu kommt noch« – Louise blinzelte ihr zu –, »dass er, so wie ich ihn einschätze, ganz und gar anders ist als Giles.«

»Das muss er wohl.« Amanda konnte die Erregung in ihrer Stimme hören. »Rose behauptet, er sei nett *und* sexy.«

»Na also«, forderte Louise, feinfühlig wie immer, sie mit einer Stimme auf, die man auch am anderen Ende von Laineton noch hätte hören können, »lass uns eine Wette abschließen. Wie lange, glaubst du, wirst du brauchen, um dieses vertrauensvolle Exemplar glorreicher Männlichkeit, diesen dunkeläugigen Lothario mit seinem festen, glutvollen Fleisch in dein Schlafzimmer zu holen?«

Sie waren so gefangen von ihrem Scherz, dass keine von beiden die unerwartete Ankunft Angus Days in der Galerie mitbekam.

»Ich kann nur hoffen, dass Sie damit nicht mich beschreiben, denn sonst müsste ich meinen Anwalt rufen. Die Festigkeit meines Fleisches ist eine Information nur für privilegierte Kreise.«

Amanda wurde rot wie eine überreife Tomate. Selbst ihr Nacken brannte feuerrot.

Angus merkte seinen Irrtum sofort. Wie naiv von ihm, sich einzubilden, er sei aufgrund dessen, was vor ein paar Tagen beinahe passiert wäre, Gesprächsthema.

»Tut mir Leid, Angus«, sagte Louise mit schleppender Stimme. »Sie standen letzte Woche auf dem Speiseplan. Inzwischen sind wir weiter.«

»Ich bin gekommen«, versuchte Angus, sich zu fassen und seine Enttäuschung und die Demütigung nicht zu zeigen, »um mich zu erkundigen, ob Sie noch mehr dieser geschnitzten Vögel haben wie das Reiherpaar, das ich bei Ihnen gekauft habe.«

Amanda wollte gerade mit der Information, dass sie sich sicher sei, die Künstlerin habe noch weitere Stücke, ihre Verlegenheit vertuschen, als Louise ihr zuvorkam. Louise hatte nämlich den wahren Grund für Angus' Besuch durchschaut – ganz offenkundig wollte er Amanda sehen, verdammt noch mal.

Sie warf rasch ein: »Leider zeigen wir keine Arbeiten dieser Künstlerin mehr. Die Reiher waren ein Einzelstück. Aber wenn Sie wirklich interessiert sind, ließe es sich bestimmt einrichten, dass ich Sie zu einem Besuch bei der Künstlerin mitnehme.«

Angus zögerte. Es lag auf der Hand, dass dies ganz und gar nicht dem entsprach, was er vorhatte. »Na ja, vielleicht werde ich –«, fing er an.

»Ganz recht.« Louise nickte. »Außerdem baue ich darauf, dass Sie zu unserer neuen Ausstellung in zwei Wochen kommen?

›Ein Sommertag im schönen Laineton‹.« Einen Moment lang verbanden sich Amandas und Angus' Augen in gemeinsamer Belustigung. »Vielleicht finden Sie dann ja etwas für Ihre besondere Dame.«

Angus wollte schon sagen, dass seine Mutter Sommerszenen aus dem schönen Laineton abscheulich fände, aber er wollte Louise nicht beleidigen. »Ich gehe dann lieber.« Dann ergänzte er fröhlich: »Und Sie beide könnten doch zu unserer Party kommen?«

»O ja?«, meinte Louise vorsichtig. Ihr passte das »uns« überhaupt nicht. Wann ist das?«

»Zur Wiedereröffnung des Eastcliff Estate.«

Louise schauderte sichtbar. »Ich bin mir nicht sicher, ob das mein Fall ist.«

»Louise ist in Sorge, die Bewohner könnten herausfinden, dass sie abtransportiert würden, wenn's nach ihr ginge«, erklärte Amanda.

»Da sind Sie mit meinem Polier einer Meinung. Er behauptet, der einzige Grund, weshalb sie ihre brandneuen Bäder nicht als Kohlenkeller benutzen, sei der, dass sie viel zu faul seien, um Feuer zu machen.«

»Vernünftiger Mann«, betonte Louise.

»Ich werde Ihnen eine Einladung zuschicken«, verkündete Angus und ging Richtung Tür. Durch die Scheibe bemerkte er, dass eine der beiden alten Damen, die in der Strandhütte lebten, draußen stand und in ihrer Tasche wühlte. Er wollte ihr schon die Tür öffnen, als ein großer Mann mit hellen Haaren ihm zuvorkam. Der Neuankömmling riss schwungvoll die Tür auf und machte dabei eine Verbeugung wie ein elisabethanischer Höfling. Was als charmante Geste gedacht war, empfand Angus als herablassend. *Ich meine das nicht so*, lautete die Botschaft, *aber Sie und ich können nicht so tun, als wäre es so.*

Angus wunderte sich, warum er instinktiv so entschieden jemanden ablehnte, den er gar nicht kannte. Er warf einen Blick zurück auf Amanda. Ihr Gesicht war wie eine Blume nach einem plötzlichen Regenschauer zum Leben erwacht.

Ein scharfer Schmerz durchzuckte ihn. Amanda hatte sich also verliebt. Aber nicht in ihn.

10. Kapitel

»Hallo, Rose.« Dankbar machte sich Amanda Roses Anwesenheit in der Galerie zunutze, um über die peinliche Situation des Aufeinandertreffens von Angus und Luke hinwegzukommen. Ein Blick hinaus auf den Gehweg sagte ihr, dass Angus in der Tat noch draußen stand und sie beobachtete. Während Angus Luke zweifellos bemerkt hatte, schien Luke für Angus keinerlei Interesse zu zeigen.

»Wir sehen Sie nicht oft hier bei uns, Rose«, begrüßte Amanda sie. »Was können wir für Sie tun?«

»Ich wollte eigentlich eine Karte für Bettys Geburtstag. Sie werden aber sicherlich keine ›Herzlichen Glückwunsch zu deinem Einundachtzigsten‹- Karten dahaben?«

»Ich glaube, die Kartenhersteller betrachten dies als einen schwindenden Markt«, bemerkte Louise auf die ihr eigene einfühlsame Weise.

»Wir haben ein paar ganz hübsche Blumenkarten.« Amanda führte sie hinüber zu den Kartengestellen. »Oder wie wär's damit?« Amanda suchte ihr eine Karte mit Michelangelos David aus, bei der »Happy Birthday to You« erklang, wenn man das Feigenblatt hochhob.

»Ausgezeichnet«, rief Rose aus.

Amanda wandte sich um zu Luke, der so tat, als bespräche er mit Louise eine Ausstellung, jedoch jede von Amandas Bewegungen mit seinen Blicken verfolgte. Er verführte sie mit seinem strahlenden Lächeln. »Ich habe mir gerade überlegt«, sagte er, »da wir fast Mittagszeit und so fantastisches Wetter haben, ob Sie nicht Lust auf einen Spaziergang hätten? Ich bin mir sicher, dass Ihre freundliche Chefin mir zustimmen wird, dass man an einem Tag wie diesem das Leben mit beiden Händen packen muss.«

»Packen Sie mir bloß nicht Amanda mit beiden Händen«, fuhr Louise ihn an. »Ich möchte sie um zwei Uhr zurückhaben.«

»Pier oder Promenade?«, wollte Luke wissen. Und dann, ohne eine Antwort abzuwarten: »Ich würde den Pier vorziehen. Weniger Leute. Wir haben ihn ganz für uns allein.«

Einen Spaziergang im Januar in der Mittagspause zu machen wäre Amanda normalerweise nicht in den Sinn gekommen. Es war so kalt, dass sie sich leichter zu einem Teller heiße Suppe als zu einem Spaziergang hätte überreden lassen, aber Luke ging an den Cafés des unteren Promenadendecks vorbei und trotzte lachend dem arktischen Wind, der ihm ins Gesicht blies und sein helles Haar aufwirbelte.

»Kommen Sie«, rief er und nahm ihre Hand. »Sie müssen ein wenig warm werden, Ihren Kreislauf in Gang bringen.«

Amandas Kreislauf schrie nach einem Kaminfeuer, aber lieber fröre sie sich zu Tode, als dies zuzugeben.

»Lassen Sie uns hoch zum Hafen laufen.«

»Unter einer Bedingung«, lachte Amanda. Er hatte keinen Versuch unternommen, ihre Hand loszulassen, bemerkte sie mit freudiger Erregung. »Dass Sie mir alles über sich erzählen. Ich weiß kaum was von Ihnen.«

»Also gut. Luke Knight: Das ist dein Leben. Geboren in Shepherd's Bush, Vater Pfarrer ...«

»Oh, das erklärt vermutlich das soziale Gewissen.«

»Kennen Sie den Satz, ärmer als eine Kirchenmaus?«

Amanda nickte.

»Kirchenmäuse waren im Vergleich zu uns Millionäre. Drei ältere Schwestern, die mich abgöttisch liebten.« Er grinste gewinnend. »Dito die Mutter. Zum Glück verfügte ich über zwei Güter, die mich ins Konvikt für Sängerknaben brachten, so dass meine Eltern sich wenigstens um meine Erziehung keine Sorgen zu machen brauchten. Sie wollten mich nicht auf die örtliche Gesamtschule schicken, wussten aber, dass es ihnen als Snobismus ausgelegt würde. Also sagten sie, dort gäbe es kein Latein. Das klang angemessen fromm. Ich sah außerdem süß aus im Chorknabenhemd und habe auch eine ziemlich gute Stimme. Sie sollten mein ›O for the Wings of a Dove‹ hören. Ist natürlich nicht mehr dasselbe, seit meine Eier runtergerutscht sind. Mein Chorleiter hatte Tränen in den Augen. Ganz zu schweigen von seinem Steifen.«

Einen Augenblick lang schwand das Lachen aus Lukes dunklen Augen, aber gleich darauf redete er fröhlich weiter, und Amanda fragte sich, ob sie es sich nur eingebildet hatte. »Und so wurde ich zu einem engelsgleichen Internatsschüler, weinte mir anfangs die Augen aus dem Kopf, weil ich meine Mama so vermisste, lernte dann aber doch genug, Gott allein weiß, wie, um auf die Universität gehen zu können.«

»Was haben Sie studiert?«

»Na gut, bringen wir's hinter uns …« Er grinste breit, und der Schalk blitzte in seinen kastanienbraunen Augen auf. »Göttlichkeit. Mein Vater war bestrebt, nein, besessen, dass ich in seine Fußstapfen treten sollte.«

»Schwer, solchen Fußstapfen zu folgen. Nicht jeder eignet sich zum Pfarrer.«

»Und ich schon gar nicht. Sie wissen doch, was man über Pfarrerskinder sagt … aus ihnen werden entweder Heilige oder Sünder. Ich habe letzteren Weg gewählt, was Sie sicherlich erleichtern wird.«

Inzwischen hatten sie die Reihe der abblätternden Strandhütten erreicht. »Kommen Sie, wir laufen runter zum Strand.« Luke drückte ihre Hand. Es war ein wunderbares Gefühl. Sein Griff war warm und fest, trotz der bitteren Kälte, und verriet unerwartete Kraft. Ihr stieg die Erregung zu Kopf, und peinlicherweise fielen ihr Louises Worte ein: *Du weißt ja, was man über einen festen Händedruck sagt …*

Ein wenig beschämt ob ihrer Gedanken, konzentrierte sie sich darauf, nicht auf den glitschigen Kieseln auszurutschen. Es war Flut und kein Sand zu sehen, nur die blasse See, die an die Kieselsteine schlug.

»Hervorragend«, verkündete Luke, lief hinter die Wellenbrecher und zog sie mit sich. »Sie und ich, das spiegelglatte Meer und... das hier.« Er griff dorthin, wo der Wellenbrecher an die Wasserlinie grenzte, und zog eine Flasche Champagner heraus.

»Wie, zum Teufel...?«, fing Amanda an. »Sie haben sie hier deponiert!«

»Der ewige Optimist. Ich wollte feiern, dass wir uns endlich begegnet sind.« Er begann geschickt, sie zu entkorken. »Verdammt, ich hab die Gläser vergessen.«

»Macht nichts. Ich trink auch gern aus der Flasche«, versicherte Amanda ihm lachend, denn sie genoss das Abenteuer viel zu sehr, um auf solche Belanglosigkeiten zu achten.

»Da seid ihr ja«, sagte eine Stimme hinter ihnen. Sie drehten sich beide um. Rose Miles stand auf den Kieseln und streckte ihnen zwei Gläser entgegen. »Leider nur Wassergläser. Ich habe gesehen, wie Luke die Flasche hier verstaut hat, und mir den Rest zusammengereimt. Einen fröhlichen Dienstag, euch beiden.« Sie ging so schnell, wie sie gekommen war, und lächelte in sich hinein.

»Also Rose haben Sie bezaubert«, sagte Amanda voll Bewunderung. »Sie war so eine sauertöpfische, missgünstige alte Schachtel.«

»Keine voreiligen Schlüsse. Rose ist voller Feuer und Leidenschaft.«

»Und Sie sind ein Experte im Aufspüren?«, hakte Amanda nach.

»Ja, diese Vorstellung gefällt mir.« Das Lächeln wich für kurze Zeit aus seinem Gesicht. »Sie, zum Beispiel, können sehr schamlos sein, aber keiner hat es bisher bemerkt.«

Amanda wusste nicht, was in sie gefahren war. Sie wusste nur, dass ihr Leben so furchtbar eingeengt und voller Verantwortung war und Luke eine verrückte, sorglose Alternative darstellte. »Außer Ihnen.«

Er beugte sich vor und küsste sie hart auf die Lippen, Champagner schäumte aus seinem Mund in ihren. Er küsste sie so lang, dass sie kaum noch Luft bekam, und doch wünschte sie, er würde nicht aufhören. Als er sich zurückzog, konnte sie kaum fassen, dass sie noch immer hier am Strand von Laineton waren, im Januar, am Dienstag in der Mittagspause.

Er berührte ihre Lippen leicht mit seinem Finger. »Da. Ich wusste, dass ich Recht hatte. Ja, ich weiß, dass wir zurückmüssen. Was machst du nach der Arbeit?«

Fast hätte sie gesagt: »Teekochen und Bügeln wie jeden Abend«, aber sie biss sich auf die Lippen. Er sollte nicht erfahren, wie vorhersehbar ihr Leben war. Stattdessen sagte sie: »Wieso, möchtest du was unternehmen?«

»Auf dem Festival läuft ein unglaublicher Film. Ozus *Early Summer*. Japanisch und Schwarzweiß über ein junges Paar, das einen Ausflug macht, um sich die Kirschblüte anzusehen, und sich gegen den Willen der Eltern ineinander verliebt. Es ist eine wunderbare Metapher für alles, was lebendig wird, sowohl außen wie auch innen. Der wird dir bestimmt gefallen.«

Amandas Herz schlug Purzelbäume. Er führte mit ihr einen Gedankenaustausch. Er bemerkte, dass sie auch ein Hirn hatte, und hielt sie sogar zu großer Leidenschaft fähig. Giles hatte sich mit ihr nie darüber unterhalten, was sie dachte. Giles dachte auch an nichts anderes als daran, dass man sich um Giles Wells kümmerte. Selbst mit Angus hatte sie sich nicht wirklich unterhalten. Amanda fühlte sich überaus geschmeichelt.

»Ich komme gern mit. Um welche Zeit?« Sie zog in aller Eile die Möglichkeit in Erwägung, die Mutter von Seans Freund zu bitten, Sean vom Fußballtraining mitzubringen.

»Nicht vor halb neun. Soll ich dich abholen?«

»Nein, danke.« Noch fühlte sie sich der Situation, ihn Clio

und Sean vorzustellen, nicht gewachsen. Sie wollte erst ein wenig vorbereitende Arbeit leisten, damit der Schock nicht zu groß wurde. »Wir treffen uns dort.«

Sie stießen an. »Es ist an der Getreidebörse. Vielleicht können wir danach noch Essen gehen.«

Diese wenigen Worte zeigten, wie verschieden ihre beiden Leben waren. Luke konnte tun, was er wollte, ohne jemanden um Erlaubnis zu bitten. Wie wunderbar. Und in ihrem Fall, wie unmöglich.

»Gerne mal wann anders. Vielleicht am Samstag?«

»O natürlich, du hast ja Kinder. Das hat Louise mir erzählt. Wie alt sind sie denn?«

»Clio ist sechzehn und Sean ist zehn.«

»Kann denn die Sechzehnjährige nicht auf den Zehnjährigen aufpassen?«

»Normalerweise ja, aber am Dienstag ist Clio immer zum Lernen bei ihrer Freundin.«

In seinen leuchtenden dunklen Augen blitzte ein wenig Verärgerung auf. »Kannst du sie nicht *bitten*?«

Ihr wurde sofort klar, dass Luke nicht viel Erfahrung mit Teenagern hatte. Sie verzichtete darauf, ihm zu erklären, dass ihr an einem guten Verhältnis ihrer Kinder zu Luke lag, diese ihn nicht als Feind ansahen und es auf lange Sicht besser wäre, wenn sie diese neue Beziehung taktvoll behandelte. Aber das klang zu anmaßend. Womöglich täuschte sie sich über das Ausmaß seines Interesses an ihr.

Luke schien ihre Unschlüssigkeit zu spüren. »Das ist deine Sache, ich sollte mich da nicht einmischen. Lass uns lieber ein andermal Essen gehen, wenn du es einrichten kannst. Heute Abend gehen wir nur ins Kino. Jetzt musst du aber los. Ich habe auch einen Termin in der Stadt. Ich begleite dich zurück.«

Sie war ziemlich dankbar, dass er sie nicht wieder küsste, vor allem nicht vor Louise. Was nicht heißen sollte, dass sie nicht geküsst werden wollte. Sie wollte es. Wenn möglich, überall, und ganz langsam. Aber Luke war an Kleinstadtgepflogenheiten oder auch die einer mittleren Stadt nicht gewöhnt. Er war Londoner Umgangsformen gewöhnt und die Londoner Anonymität. Sie musste ihn bremsen, ohne dass er es merkte.

Beim Verabschieden erkundigte er sich dann ganz nebenbei: »Wer war übrigens der Mann, der ging, als ich kam, der so wohlhabend aussah? Er schien großes Interesse an dir zu haben, wie ich fand.«

»Oh.« Amanda täuschte Gleichgültigkeit vor. »Das ist Angus Day.«

»Der Immobilienmakler? Der sämtliche Mieter aus den Häusern auf dem Hügel rausgeschmissen hat?«

»Ja, aber...« Aus Gründen, die sie selbst nicht ganz verstand, verspürte Amanda, die noch vor kurzem selbst diese Beschuldigung ausgesprochen hatte, den unverständlichen Drang, für Angus eine Lanze zu brechen, aber Luke ließ ihr keine Zeit dazu.

»Aber, Amanda. Gemeinsame Sache mit Immobilienmaklern? Das überrascht mich aber.«

Amanda konnte sehen, dass Louise sie aus dem Laden heraus beobachtete und verärgert auf ihre Uhr klopfte.

»Tut mir Leid, ich muss mich beeilen. Louise ist wieder in der Stimmung, in der sie die Uhr nicht aus dem Auge lässt. Wir treffen uns um halb neun.«

Luke lächelte sie nachsichtig an und warf ihr einen Kuss zu.

»Nun«, meinte Louise, von der Eifersucht auf die vor frischer Luft und einem frischen Mann glühende Amanda und der Neugier zerrissen, alles zu erfahren, was passiert war, »seid ihr wirklich spazieren gegangen? Bei dieser Kälte friert es doch sogar den Hunden die Eier ab.«

»Wir sind nicht nur spazieren gegangen, sondern er hatte auch noch eine Flasche Champagner unten an den Wellenbrechern versteckt.«

»Was glaubt der eigentlich, was das hier ist? Laineton an einem Dienstag oder eine verdammte Lanson-Werbung?«

»Du bist doch nur neidisch.«

»Stimmt.«

»Warte, es kommt noch besser. Er hat mich für heute Abend eingeladen. Um uns einen japanischen Film anzuschauen!«

»Diesen Erotikfilm? Das japanische Kama Sutra? Wenn mir doch nur der Titel einfiele. Etwas mit einem Korridor.«

»*Ai No Corrida*? Nein, in dem Film geht es um Menschen, die sich gegen den Willen ihrer Eltern verlieben.«

»Er hat wohl deine Mutter kennen gelernt?«

Amanda grinste. Sie hatte keine Ahnung, wie ihre Mutter sich zu Luke stellen würde. Ihn wahrscheinlich ablehnen. Ihn einen intellektuellen Snob nennen. Es sei denn, er entschlösse sich dazu, seinen Charme bei ihr spielen zu lassen.

»Und am Samstag möchte er auch mit mir ausgehen.«

»Verdammt noch mal, Amanda. Warum sparst du dir nicht das ganze Theater und fragst ihn gleich, ob er bei dir einzieht? Sieh dir mal das Paar dort an, die starren schon seit zehn Minuten auf das Gemälde. Verkauf es ihnen, Mädchen.«

»Ach bitte, Clio, nun lass dich doch nicht so hängen! Ich bin mir sicher, dass er dich wirklich gern hatte.« Jasmine, Clios beste Freundin, versuchte, sie zu trösten. Sie waren beide zu Hause bei Jasmine, um für die Vorprüfungen zu lernen, oder besser, nicht zu lernen, sondern zum x-ten Mal die möglichen Beweggründe von Gilles durchzugehen.

Clio saß auf dem hellroten, lippenförmigen Stuhl neben Jasmines Bett. Ein größerer, tarnenderer alter Pulli als der, den sie trug, war kaum vorstellbar. Er hatte einmal ihrem Vater gehört. Sie wollte nicht, dass irgendwer ihr Brüste bemerkte oder Bemerkungen darüber machte. Sie wollte wieder sicher und geschlechtslos sein.

Das Problem war, dass sie Jasmine nicht die ganze Wahrheit erzählt hatte. Auch ihrer Mutter nicht. Eigentlich fühlte Clio sich vor allem schlecht, weil sie sich hatte bedrängen lassen. Am ersten Abend, als sie mit Gilles ausgegangen war und er versucht hatte, sie zu überreden, mit ihm zu schlafen, hatte sie ihn abgewehrt, indem sie ihm sagte, sie sei noch Jungfrau.

»Und da bist du stolz darauf?«, hatte Gilles sie erstaunt gefragt. »Den meisten Mädchen deines Alters wäre das peinlich.« Clio war schamrot geworden. Auf das war sie noch nicht vorbereitet. Es war alles so schnell gegangen, auf einmal interessierten sich die Jungs für sie. Sie hatte keine Verteidigungsstrategien und keine Übung. Noch vor sechs Monaten hatte sie eine Zahnklammer getragen und war dürr wie eine Bohnenstange, ganz zu schweigen davon, dass sie größer war als neunzig Prozent der Jungs, die sie traf. Außerdem war sie durch die Trennung ihrer Eltern noch immer aus dem Gleichgewicht. Eine Katastrophe auf Beinen. Abgesehen von Jasmine hatten sie zum Glück alle in Ruhe gelassen, und sie konnte unglücklich, aber anonym ihrer Wege gehen. Dann waren ihre Brüste aufgetaucht, und plötzlich guckten die Jungs hin, aber innerlich war Clio dieselbe geblieben.

Wäre ihre Mutter mit dabei gewesen, wäre alles gut gewesen. Sie hätte mit ihr darüber reden können. Aber ihr Vater war einfach hoffnungslos. Und doch hatte sie den Urlaub in einer verwirrenden Mischung aus Angst, Aufregung und sexuellem Erwachen durchgestanden. Wenigstens das Skifahren war bei all der individuellen Aufmerksamkeit zum Traum geworden. Am vorletzten Tag vor ihrer Abreise hatte Gilles sie zu einer ganz fantastischen Skiabfahrt mitgenommen, die, wie sie vermutete, ihr Angst machen und sie gleichzeitig in Erregung versetzen sollte.

In dieser Nacht war Gilles zu ihr aufs Zimmer gekommen. Er hatte ihr erklärt, Gudrun, das Mädchen aus Stuttgart, starre ihn offenen Mundes an, doch er habe ihr widerstanden, weil er Clio so gern habe. Und Clio, die Überredungstaktiken immer gehasst hatte und sich in der Schule immer als Erste dagegen zur Wehr gesetzt hatte, gab aus Gründen nach, die ihr selbst nicht einsichtig waren.

Jasmine hatte sie davon nichts erzählt. Auch nicht, dass ihre

Regelblutung nicht gekommen war, obwohl sie Vorkehrungen getroffen hatten. Vielleicht lag es am Fliegen. Sie hatte gehört, dass Fliegen den Zyklus beeinflussen konnte. Trotzdem wollte sie unbedingt mit ihrer Mutter darüber reden. Sie wünschte sich, von Amanda darauf angesprochen zu werden, aber Amanda war im Moment nicht so einfühlsam wie sonst. Ständig schien sie in Gedanken woanders zu sein.

»Ich denke, ich werde jetzt nach Hause gehen«, kündigte Clio an. Es brachte nichts, sie konnte sich einfach nicht konzentrieren.

»Aber wir haben doch noch gar nicht mit der englischen Literatur angefangen.«

Clio war nicht in der Stimmung, heute Abend Jane Austen durchzukauen.

Es war sechs Uhr, bis sie langsam nach Hause gelaufen war, und schon dunkel wie Mitternacht. Der Anblick ihres Hauses, klein, schmal und blassrosa gestrichen, in einer Reihe mit anderen, ebenfalls in Pastellfarben, stimmte sie immer fröhlich. Die ganze Straße erinnerte sie an die italienische Eiskrem, die sie im Eckladen an der Schule verkauften. Es waren freundliche Häuser.

Ungewöhnlich war, dass Licht im Schlafzimmer ihrer Mutter brannte.

Sobald sie den Schlüssel in der Tür umgedreht hatte, kam Amanda, die offensichtlich aufgepasst hatte, in ihrem Morgenmantel die Treppe heruntergesprungen. »Clio! Gott sei Dank. Ich muss dich um einen Gefallen bitten. Ich habe eine Lasagne in den Herd geschoben – keine Sorge, nicht selbst gemachte, eine von Marks and Spencer.« Clio fand gekaufte Lasagne immer viel besser als die ihrer Mutter. »Und dazu gibt es Salat. Könntest du vielleicht dafür sorgen, dass Sean nach dem Fußballtraining seine isst und um neun ins Bett geht?«

»Warum? Wo bist du denn?«, erkundigte Clio sich argwöhnisch.

»Ich gehe ins Kino«, erwiderte Amanda steif. »Mit einem Freund.«

Clio grinste. »Ein Freund mit einem hellblauen BMW?«, fragte sie neckisch.

Da musste auch Amanda lächeln. »Nein, um ehrlich zu sein – ein neuer Freund.« Clio kam es so vor, als würde ihre Mutter von innen heraus leuchten. Ihr Lächeln und ihre Augen strahlten, und sie schäumte geradezu über, wie das Clio noch nie an ihr bemerkt hatte, fast wie ein Kind, das ein Geheimnis bewahrt. Mal ganz abgesehen von ihrer Selbstvergessenheit. Normalerweise hätte Amanda daran gedacht, dass Clio diesen Abend bei Jasmine hatte verbringen wollen, um zu lernen, und sie hätte sich mit sanft besorgter Stimme erkundigt, ob etwas nicht in Ordnung sei, da sie so früh nach Hause komme. Aber Amanda hatte offenbar vergessen, dass sie überhaupt bei Jasmine gewesen war.

Verdammt noch mal, dachte Clio wütend, meine Mutter benimmt sich wie ein Teenager.

So viel also zu einer Aussprache über ihre Sorgen wegen Gilles und ihrer verspäteten Regelblutung. Ihre Mutter war zu beschäftigt, um zuzuhören. Na ja, vielleicht bereute sie das ja mal.

Der Film war bezaubernd. Amandas übliche Filmkost waren Actionabenteuer, die Sean aussuchte, oder die leicht komischen Liebeskomödien, die Clio so gern sah – beides aus dem Videoladen ausgeliehen, da Kinobesuche zu teuer waren. *Early Summer* war sowohl voll schöner Bilder als auch zutiefst anrührend. Amanda fand es erstaunlich, dass ihr dieser Schwarzweißfilm mit den Untertiteln, der vor vierzig Jahren gedreht worden war, weitaus mehr zusagte als die modernen Produktionen aus Hollywood.

»Dann hat er dir also gefallen?«, fragte Luke, als sie zu seinem Auto gingen.

»Ich fand ihn wunderbar, absolut fantastisch.«

»Wie fandest du den Symbolcharakter der Kirschblüten in Hinblick auf ihre Beziehung?«

Er fragte sie tatsächlich nach ihrer Meinung. Amanda machte sich klar, wie lange es her war, dass jemand sie gebeten hatte, über Einkaufslisten und Schultermine hinauszudenken. Giles hätte nicht im Traum daran gedacht, ihre Ansicht zu etwas auch nur im Entferntesten Intellektuellem hören zu wollen. Alles, was auch nur einen künstlerischen Beigeschmack hatte, fand er bedrohlich. Louise holte sich gelegentlich ihre Meinung zu einem Gemälde ein, aber da ihre Ansichten so verschieden waren, ließ sie selbst das meist sein.

Es war berauschend und wunderbar wie das Studentenleben. Amanda, die selbst nie das College besucht hatte, hatte die Vorstellung eines ständigen leidenschaftlichen Austauschs über Philosophie und Kunst und einer Erweiterung des geistigen Horizonts.

»Und du möchtest nicht doch was essen? Wie wär's, wenn wir rasch was trinken gingen?«

Nichts wäre Amanda lieber gewesen, als bei einem Curry über den Film zu reden, aber Clio war ihr vorhin ein wenig seltsam vorgekommen, und sie musste ihren Kinder gegenüber fair sein. Wenn sie Luke öfter sehen würde, durften sie keine Vorbehalte gegen ihn haben. Clio konnte furchtbar destruktiv sein, wenn ihr danach war, und Amanda wünschte keinen Krieg gegen das, was sich zwischen ihr und Luke entspinnen mochte.

»Ich sollte jetzt nach Hause. Tut mir Leid.«

»Ja gut. Ich hätte mich ja auch in die freie und ungebundene Louise verlieben können, aber sie kann dir das Wasser nicht reichen. Und so muss ich mich eben in der Schlange einreihen, vermutlich irgendwo hinter deinen Kindern und der Katze.«

»Vor der Katze«, versicherte Amanda ihm mit einem Lächeln.

Er blieb am Straßenende stehen, weil er wohl spürte, dass sie sich nicht direkt vor ihrem Haus von ihm verabschieden wollte.

»Mrs. Wells«, sagte Luke weich und brachte mit seinen einladenden braunen Augen ihr Inneres zum Schmelzen, »Sie sind die reizendste Überraschung seit langem.« Und er zog sie in seine Arme und küsste sie, bis sie kaum noch Luft bekam.

Als er sie freiließ, schob sie ihn zögernd weg. Alles an ihr verzehrte sich nach ihm. Hätte sie nicht so ein kompliziertes Leben, würde sie ihn einfach ins Bett zerren und nie mehr aufstehen lassen.

»Ich muss gehen«, sagte sie sanft.

»Samstag in einer Woche. Gibt dir das genug Vorwarnzeit?«, fragte Luke sie mit zärtlich neckender Stimme. »Da findet ein Rockkonzert als Teil des Festivals statt. Ein paar große Namen. Als Organisator des Festivals habe ich zufällig ein paar Karten.«

»Das wäre fantastisch.« Fast wäre ihr herausgerutscht, dass Clio bestimmt vor Eifersucht platzen würde, aber das klang nach Heimchen am Herd.

»Großartig.« Er warf ihr einen Kuss zu. Er war wirklich der hinreißendste Mann, der ihr je begegnet war. Sie riss sich los und wünschte, ihr Leben verliefe anders, mehr wie seines, so dass sie sich keine Sorgen um Hausaufgaben und Fußballtraining machen musste oder ob Sean sein Pausenbrot hatte oder Clio genug für ihre Tests übte.

Als Amanda nach Hause kam, war Clio noch auf, saß am Küchentisch, aß Eiskrem und sah fern.

»Ich dachte, du bist schon im Bett.« Amanda küsste Clio aufs Haar.

»Ich muss doch ein Auge auf meine Mutter haben. Mich vergewissern, ob sie auch gut wieder nach Hause kommt«, verkündete Clio, ohne Anzeichen erkennen zu lassen, dass sie ins Bett gehen wollte.

»Möchtest du noch eine Tasse Tee?«, fragte Amanda, der Clios ungewöhnliches Verhalten auffiel. Normalerweise schlief sie um diese Zeit schon oder las einen Schundroman oder schrieb ihrer Freundin Jasmine eine Mitteilung per Mobiltelefon. Die Küche war wie üblich ein einziges Durcheinander, Schulbücher lagen über den Küchentisch verstreut, leere Müslischalen von nächtlichen Hungerattacken verteilten sich über die Arbeitsflächen, und in der Spüle war das schmutzige Geschirr eingeweicht. Sie wollte Clio schon anschreien, aber etwas hielt sie zurück.

»Alles okay?«, fragte Amanda wie beiläufig.

»Es ist alles in Ordnung«, erwiderte Clio in dem leicht empörten Tonfall, den sie für die Neugier ihrer Mutter reserviert hatte. »Abgesehen von den Prüfungen nächste Woche.«

Das war es also. »Die schaffst du bestimmt. Du hast doch hart dafür gearbeitet.«

Nein, werde ich nicht, hätte Clio am liebsten geschrien, nicht, wenn ich mir ständig Gedanken wegen meiner blöden Periode machen muss.

Mit ihrem mütterlichen sechsten Sinn vermutete Amanda, dass noch mehr im Busch war, und wagte den schwierigen, gelegentlich auch nicht zu bewältigenden Balanceakt zwischen Anteilnahme und Zudringlichkeit. »Bist du dir sicher? Du würdest es mir doch erzählen, wenn du ernsthafte Probleme hast?«

Clio zögerte. Es wäre eine ungeheure Erleichterung, ihre Sorge mit ihrer Mutter zu teilen. »Nun, ich…«

Das Telefon klingelte und schnitt Clio das Wort ab.

»Wer, zum Teufel, kann das sein?«, wunderte Amanda sich verärgert. »Für deinen Vater oder GG ist es viel zu spät.«

»Hi.« Seine Stimme war liebkosend wie geschmolzene Schokolade – dunkel, volltönend und ungeheuer sexy. »Ich bin's, Luke. Ich liege im Bett. Ich wollte nur anrufen und dir sagen, was für ein wunderbarer Abend das war und dass ich dich gern hier bei mir hätte.«

Amanda musste gegen ihren Willen lächeln. »Ich auch.«

»Erzähl mir, was du jetzt machst.« Sie fragte sich, ob er wohl einer Mrs.-Robinson-Fantasie nachhing und sich vorstellte, dass sie ihre schwarzen Strümpfe auszog.

»Ich sitze hier mit meiner Tochter in der Küche und unterhalte mich.«

»Oh.« Sein Ton veränderte sich abrupt. »Dann möchte ich nicht länger stören. Bis bald.«

»Wer war das?« Clio saß kerzengerade da, ihr schmaler Körper voller Anspannung.

»Ein Freund.«

»Der Freund, mit dem du im Kino warst?«

»Ja. Er heißt Luke.«

Clio zog die Nase kraus. »Tuntiger Name. Klingt, als wäre er ein Engel oder so.«

Amanda lächelte, ohne es zu merken. »Ist er wohl kaum.«

Diesen Ton kannte Clio von ihrer Mutter nicht, dieses Hinschmelzen, diese Verletzbarkeit, voller Erotik. Sie lehnte es ab.

»Was ist aus dem anderen geworden? Den mochte ich.«

»Er hat schon jemanden. Egal, du hast gerade gesagt…«

Clio zog den Teebeutel heraus, drückte ihn über ihrer Tasse aus und legte ihn dann auf den Tisch.

»Nicht doch, Clio, das gibt Flecken auf dem Holz.« Obwohl diese Angewohnheit von Clio sie zur Verzweiflung brachte, wünschte Amanda, sie hätte es dieses eine Mal unterlassen, Clio zu kritisieren.

»Mach dir keine Sorgen«, erwiderte Clio eingeschnappt. »Ich gehe ins Bett.« Sie stapfte geräuschvoll davon.

Amanda seufzte. Die Freude des Abends verblasste. Hatte Clio ernsthafte Sorgen? Vielleicht war es einfach ein ungünstiger Zeitpunkt. Eigentlich wäre Clio dran, sich über einen Freund Gedanken zu machen, nicht Amanda. Und doch war Clio diejenige gewesen, die Amanda ermuntert hatte, sich einen Mann zu suchen. Vermutlich hatte Clio sich keine Gedanken darüber gemacht, wie es wäre, wenn ihre Mutter tatsächlich einen fand.

Aus dem Augenwinkel bemerkte Amanda, dass die Katze Kinky sich in den Raum schlich. Aus dem plötzlichen Bedürfnis nach Zuneigung stürzte Amanda sich auf sie und hielt sie fest. Aber Kinky hatte nichts für sie übrig. Sie befreite sich aus Amandas Umarmung und fing erbärmlich zu miauen an, schleifte Hinterbeine und Bauch über den gefliesten Boden.

»Was ist denn mit dir los, Kinky?«, fragte Amanda und studierte dieses auffällige Verhalten. Dann war ihr alles klar.

Kinky war rollig.

»Viel Glück, mein Flauschkügelchen.« Sie streichelte Kinkys weiches Bauchfell voller Mitgefühl. »Glaub mir, ich weiß genau, wie dir zumute ist.«

11. Kapitel

»Ma-ma!« Seans Stimme drang in Amandas Traum, gerade als sie und Luke Hand in Hand einen weißen Sandstrand entlang und auf einen einsamen Olivenhain zu gingen. Jeden Augenblick würden sie gemeinsam zu Boden sinken und …

»Ma-ma! Wo ist meine Schwimmbrille? Ich brauche sie, wir haben heute Schwimmen.«

Amanda setzte sich auf. Wie spät war es denn? Sie sprang aus dem Bett, packte die Kleider vom Vortag und lief Richtung Badezimmer, das natürlich von Clio besetzt war, denn Amandas Zeit war vor zwanzig Minuten gewesen.

Unten ging alles drunter und drüber. Schulsachen lagen im Flur verstreut, die Pausenbrote waren nicht hergerichtet, und Kinky saß auf dem Küchentisch und leckte seelenruhig die Milch aus Seans Müslischale.

»Runter!«, schimpfte Amanda und schob die Katze vom Tisch. Kinky warf ihr einen vorwurfsvollen Blick zu, als wollte sie sagen, »wenn ich schon keinen Sex haben darf, dann lass mir wenigstens mein Fressen.«

»Clio!«, rief Amanda und stopfte sich ein Stück Toast in den Mund, während sie gleichzeitig nach den Hausschlüsseln suchte. Sie warf einen Blick auf den Familienkalender an der Wand. O mein Gott, fast hätte sie es vergessen – heute war sie dran, die Lektüregruppe zum Thema *Männer sind vom Mars. Frauen von der Venus* zu bewirten. Da sie die Ansichten der meisten Mitglieder kannte, würde die Sitzung wahrscheinlich mit *Männer sind absolute Scheißkerle, Frauen das weitaus überlegenere Geschlecht* enden. Noch bis vor etwa einer Woche hätte sie dem vielleicht zugestimmt, aber seit sie Luke kennen gelernt hatte, war sie bereit, den Männern noch eine Chance zu geben.

Clio tauchte endlich in einem extrem kurzen Rock und einem Pullover auf, dessen Weite jedwedes Anzeichen der gerade erst gewachsenen Brüste verbarg. Sie hatte, wie Amanda bemerkte, violette Schatten von zu wenig Schlaf unter den Augen.

»Stimmt was nicht? Du siehst aus, als hättest du kein Auge zugetan.«

»Das habe ich auch nicht«, fuhr Clio sie an.

Sean verdrehte die Augen. Seine Schwester hatte mal wieder schlechte Laune. Merkte sie denn nicht, dass die Leute einem keine Beachtung mehr schenkten, wenn Verdrießlichkeit ein Dauerzustand war?

»Vielleicht hat sie ja PMS«, schlug Sean vor.

»PMS?«, schnaubte Clio und wünschte verzweifelt, sie hätte es, denn das bedeutete wenigstens, dass ihre Periode käme. »Was weißt du denn schon über PMS, du Pimpf?«

»Wir hatten gestern eine Stunde über Pubertät. Eine Dame von einer Tamponfirma und ein Mann, der Zeugs gegen Akne vertickt, sind zu uns gekommen, um uns was zu erzählen.«

»Das ist ja wohl das Letzte«, ereiferte sich Amanda und vergaß Clio einen Moment. »Heißt das, in deine Schule kommen Leute von Wirtschaftsunternehmen, um euch was über Pickel und Regelblutungen zu erzählen?«

»Das ist besser, als es von Mr. Henderson zu erfahren. Er hat Pickel *und* Schuppen. Als er uns was über S-E-X erzählte, hat Duffy ihn gefragt, ob er selbst je welchen hatte, und er ist feuerrot geworden und hat geschwitzt, und das heißt, er hatte keinen, meint jedenfalls Duffy. Und er kann uns kein Tütchen mit Anti-Pickel-Zeug geben, wie der Typ es getan hat, das voller Pröbchen war.« Er zog eine Plastiktüte mit Lotionen und Cremes heraus.

»Ist es dafür nicht noch ein wenig früh?«, wollte Amanda wissen. Sie hatte ihre Schlüssel gefunden, Kinky hatte draufgelegen. Jetzt fehlte nur noch der Geldbeutel.

»Die Jugendlichen kommen jetzt immer früher in die Pubertät, behauptet Mr. Henderson.« Sean richtete sich zu seiner vollen Zehnjährigen-Größe auf. »Es gab sogar einen Jungen«, verkündete er großspurig, »der mit zehn Jahren Vater eines Kindes wurde.«

»Um Himmels willen!«, explodierte Clio und schlug mit der Faust auf den Küchentisch, dass Kinky, die wieder hochgeklettert war, in die Luft geworfen wurde. »Du solltest dich wirklich beschweren, Mama. Was soll der ganze Mist in seinem Kopf!«

»Es ist kein Mist!«, beharrte Sean. »Die Tampon-Dame hat uns dieses wirklich coole Experiment vorgeführt.« Er nahm ein Glas Wasser. »Du nimmst dieses Windeldingsda der Mädchen«, fing Sean an, als wollte er einen Fußballtritt demonstrieren, den er gerade gelernt hatte.

»Monatsbinde«, sprang ihm Clio bei.

»Und du gießt die Flüssigkeit drauf, fünfunddreißig Milliliter am Tag, sagt man. Jetzt seht her!« Er schwenkte die Binde mit der Begeisterung eines Staubsaugervertreters. »Das Gel zwischen den einzelnen Lagen verhindert, dass es durchkommt. Fühlt mal.«

»Mein Gott, da wird einem ja übel. Du musst dich beschweren, Mama.« Clio nahm die durchweichte Binde und warf sie auf den Boden.

Amanda hob sie auf und fragte sich, ob Sean wohl Recht hatte mit seiner Vermutung über den Grund von Clios Laune. »Um Himmels willen, Clio. Was ist denn in dich gefahren?«

Clio nahm ihre Schultasche. »Und schau mich nicht so an!«, kreischte sie und stapfte aus dem Raum. »Ich habe kein PMS. Ich wünschte, verdammt noch mal, ich hätte es.«

Amanda fegte durch die Küche, verteilte Busgeld und sammelte die Sachen zusammen, die sie für die Arbeit brauchte. Was hatte Clio damit gemeint?

Auf dem Weg zur Bushaltestelle wurde Clio weich. »Tut mir Leid, Mama. Vielleicht sollten wir mal miteinander reden. Ich weiß was«, strahlte sie. »Frag doch Oma, ob sie sich um Sean kümmern kann, dann gehen wir beide Pizza essen?«

Ein solcher Vorschlag von Clio war die absolute Ausnahme, und es tat Amanda in der Seele weh, ihr sagen zu müssen: »Fabelhaft. Aber nicht heute Abend. Die Lektüregruppe tagt bei uns. Wir wär's mit morgen?«

»Ach, das ist ja großartig!« Clios hübsches Gesicht verdüsterte sich. »Dann wird das Haus voller männerhassender Harpyien sein, oder?«

»Clio«, neckte Amanda sie, »du klingst wie dein Vater.«

»Na gut, kein Wunder, dass er mit Stephanie durchgebrannt ist. Wenigstens mag sie Männer.«

»Bevorzugt zum Frühstück«, murmelte Amanda und versuchte, ihre Verletzung zu verbergen. »Na los, sonst kommst du zu spät zur Schule.«

Einen kurzen Moment lang überlegte Amanda, ob sie die Lektüregruppe absagen sollte. Aber sie waren zu acht, und so kurzfristig würde sie wahrscheinlich nicht alle erreichen können. Louise brächte sie um, wenn sie den Morgen am Telefon verbrachte.

Amanda lächelte in sich hinein. Sollte sie ihnen von Luke erzählen? Nein, lieber nicht. Es war zu früh. Sie behielt ihn lieber als ihr köstliches Geheimnis.

Denn bei aller Anstrengung gelänge es ihr doch niemals, zu vermitteln, wie anziehend er war. Aber es wäre bestimmt lustig, es zu versuchen.

Da über Weihnachten alle so beschäftigt gewesen waren, hatte Ruthie, die inoffizielle Organisatorin der Gruppe, bestimmt, dass sie auch die Taschenbuchausgabe von *Männer sind vom Mars. Frauen von der Venus* lesen konnten.

»Hallo!« Ruthie rauschte latzhosig und selbstbewusst herein. »Wo soll ich den Vino hinstellen?« Es war Brauch, dass jede eine Flasche mitbrachte. Das galt für alle, bis auf die knauserige

Myra, die immer Wasser mitbrachte, das sie, wie ihr unterstellt wurde, aus dem Hahn abfüllte, und die geschmäcklerische Simone, die auf Aqua Libra schwor, sich aber nichtsdestotrotz mehrere Gläser aus den Flaschen der anderen einschenkte. Obwohl die Gruppe sich vorgeblich der literarischen Weiterentwicklung verschrieben hatte, erfüllte sie mindestens noch zwei andere Funktionen: zum einen Beratung in Beziehungsfragen und zum anderen Flucht aus den verdammten vier Wänden.

»Hört mal alle her«, verkündete Simone und warf ihr langes schwarzes Haar zurück, um ihre Ohrpiercings zu enthüllen. »Wir haben den Titel falsch verstanden. In Wirklichkeit heißt es *Frauen sind vom Mars. Männer haben einen Penis.*«

Alle lachten, bis auf Anne, die sehr verwirrt dreinsah. »Aber ich dachte...«, fing sie an.

»Sprich's dir doch mal laut vor«, flüsterte Ruthie ihr zu.

Sie hatten sich alle gerade ein Glas Wein eingeschenkt und sich hingesetzt, als Louise mit klimpernden Armreifen und wehenden Schals eintraf.

»Mein Gott, Louise«, bemerkte Ruthie boshaft, »du erinnerst mich an eine Mischung aus Clint Eastwoods Poncho und der Frühlingsmesse von *Country Living.*«

Louise lächelte verkniffen. Ihr Gesicht, das fröhlich und lebensbejahend aussehen konnte, wenn sie guter Stimmung war, erstarrte bei Verärgerung zum Fels. Sie setzte sich. »Also gut.« Elegant riss sie das Zepter an sich, was wiederum die eigentliche Organisatorin Ruth verärgerte. »Was halten wir von dem Text? Kommen Männer und Frauen wirklich von verschiedenen Planeten?«

»Von verschiedenen Galaxien, wenn du mich fragst«, schlug Janine vor.

»Aber sind das nicht nur eine Menge haarsträubender Verallgemeinerungen, die ohne Berücksichtigung des individuellen Mannes aneinander gereiht wurden?«, hielt Anne dagegen.

»Nein«, entgegnete Ruthie. »Zwanzig recht glückliche Jahre

mit Tom haben mich davon überzeugt, dass er wirklich anders funktioniert. Wie es im Buch steht, brüsten die Männer sich damit, in praktischen Dingen Experten zu sein, und wenn da dann was schief geht… wusch! Er explodiert. Er hat ein gutes Selbstwertgefühl, wenn er seine Leistungen im Leben auf einer Liste abhaken kann. Und es macht ihn wahnsinnig, dass ich das Leben nicht als eine Serie von Zielen ansehe.«

Amanda hörte fasziniert zu. »Und wie siehst du es dann?«

»Für alles offen zu sein. Den Augenblick zu schätzen. Für meine Freunde da zu sein.«

»Und was machst du, wenn dein Ehemann, während du offen und spontan bist, mit einer abhaut, die ganz England vormachen könnte, wie man sich Ziele setzt? Eine, die einen Mann brauchte, weil sie ein Baby haben wollte, dir deinen dafür ausspannt und Zwillinge bekommt?« Amanda spürte, wie wütend sie noch immer auf Stephanie war, die ihr ihren Ehemann weggenommen hatte und daran arbeitete, Clio und Sean in die zweite Reihe abzudrängen.

Alle lachten, bis auf Ruthie. »In deinem Fall würde ich mich fragen, warum du diesen speziellen Mann überhaupt hast haben wollen. Vor allem, da er ein kompletter Scheißkerl ist.«

Amanda war schockiert. Nie hatte Ruthie laut ausgesprochen, dass Giles ein Scheißkerl war.

»Warum siehst du mich so erstaunt an? Du nennst ihn doch Giles, der Mistkerl.«

»Weil er mich verlassen hat.«

»Bis zu dem Moment war er also der perfekte Ehemann, oder?«

»Du weißt genau, dass er das nicht war.«

»Und du auch.« Ruthie ließ nicht locker, und ihr eindringlicher Ton überraschte Amanda. »Warum hast du ihn dir denn dann ausgesucht?«

»Ich weiß es nicht. Ich war jung. Er sah gut aus und war entschlussfreudig.«

»Du meinst, er hat dir alle Entscheidungen abgenommen. Sobald du also den entscheidungsfreudigen, sprich anmaßenden Giles trafst, hast du es aufgegeben, selbst zu denken, und hast einfach alles gemacht, was er dir gesagt hat.«

»Ruthie«, fiel Simone ihr ins Wort. »Warum bist du so gemein zu Amanda? Das hier ist eine Lektüregruppe, keine Gestalttherapie.«

»Ah«, behauptete sich Ruthie, »aber das ist ein Buch, das versucht, unsere Annahmen auf den Prüfstand zu stellen. Ich versuche nur, sie dazu zu bekommen, auch ihren Anteil an der Beziehung zu sehen. Ich meine, sie hat doch, um Gottes willen, Giles geheiratet. Und er kommt nicht nur vom Mars, dieser Mann kommt vom Planet Ego. Aber das sieht Amanda nicht. Wie soll sie denn den nächsten Mann beurteilen können, wenn sie nicht aus ihren Fehlern lernt?«

Louise warf mit der Miene einer Botin, die weiß, dass sie die Wendung im Stück herbeiführen wird, ein: »Sie hat den nächsten Mann tatsächlich schon kennen gelernt.«

Ruthie blieb der Mund offen stehen. »Wann?«

»Vor ein paar Tagen.« Amanda versuchte, ein Grinsen zu unterdrücken, aber es gelang ihr nicht.

»Und wie ist er?«

»Er ist wirklich reizend. Er ist nett und lustig und mag alte Leute – er hat aus der verbitterten alten Rose Miles eine Tangogöttin gemacht. Er ist gut drauf, hat aber auch ein soziales Gewissen. Er denkt an andere Menschen, anders als Giles, der nur immer an sich selbst gedacht hat, und er ist nicht karrierebesessen wie die meisten Männer, jedenfalls nicht so weit, dass alles andere aus dem Leben ausgeschlossen wird.« Zum Schluss ließ Amanda glücklich und überrascht die Schultern sinken. Sie hatte nicht vorgehabt, damit herauszuplatzen. Eigentlich hatte sie Luke vor ihren Freundinnen geheim halten wollen, bis die Beziehung auf festerem Boden stand.

»Wow«, entfuhr es Simone.

»Ja, da kann man nur *wow* sagen«, stimmte Ruthie ihr zu. »Wie heißt denn dieses Paradebeispiel alternativer männlicher Tugend?«

»Mr. Knight«, kreischte Louise, begierig, ihre Rolle als Hauptinformantin weiterzuspielen. »Ist das nicht ein Witz. Nicht Mr. Right. Mr. *Knight.*«

»Oder vielleicht Mr. Nightly?«, meinte zwinkernd Simone.

»Ich habe *Emma* immer geliebt«, pflichtete Anne bei.

»Aber doch nicht Mr. Knightley ... Mr. Nightly ... Ach vergiss es ...«

»Das hast du mir gar nicht erzählt«, beschwerte sich Ruthie ein wenig traurig.

»Nein. Also, Louise hat uns miteinander bekannt gemacht, und ich habe versucht, es noch für mich zu behalten. Wir sind erst ganz am Anfang. Ich wollte ihn erst richtig kennen lernen. Clio und Sean haben ihn auch noch nicht kennen gelernt.«

»Aber er weiß, dass es sie gibt?«

»Natürlich weiß er über sie Bescheid«, erwiderte Amanda ein wenig scharf. »Aber du glaubst doch nicht, ich würde ihn mit einer kompletten Familie konfrontieren, oder? ›Oh, übrigens, was ich noch erwähnen wollte: Ich habe zwei Kinder.‹«

»Genau«, unterbrach Louise herrisch. »Wir sind nämlich hier, um den Text zu besprechen. Vielleicht vertagen wir Amandas Liebesleben auf einen anderen Zeitpunkt. Was haltet ihr von Kapitel zwei?«

Die nächste Stunde erwies sich als eine der lebendigsten Sitzungen, die sie je gehabt hatten. Der Wein floss, und Amanda musste mahnen: »Mädels! Seid leise, sonst weckt ihr Sean auf!« Clio hatte sich vor dem Mänadenhaufen in die Sicherheit ihres Zimmers zurückgezogen.

Als es Zeit zum Aufbruch war, nahm Ruthie Amanda beiseite. »Tut mir Leid. Du sahst so verletzt aus, als ich dich wegen Giles angriff. Wahrscheinlich bin ich zu weit gegangen. Aber nur, weil du ein so fantastischer Mensch bist, Amanda. Du bist großzügig und lustig und tapfer und kompetent und eine hervorragende Mutter. Und doch hast du dich mit der ganzen Scheiße von Giles arrangiert. Ich könnte es einfach nicht ertragen, wenn du den gleichen Fehler noch mal machtest. Du hast jemanden verdient, der dich wirklich zu schätzen weiß.« Sie nahm Amanda mit so viel Zärtlichkeit in den Arm, dass Amanda ihr einfach verzeihen musste.

»Ich weiß auch nicht, warum ich mir das habe gefallen lassen. Ich könnte mir einzureden versuchen, dass ich nicht wusste, was da abging, aber ich wusste es ja. Ich wusste, dass Giles mich aus dem Gleichgewicht gebracht hat und mir das Gefühl gab, alles sei mein Fehler.«

»Manchmal wiegen die kleinen Dinge genauso schwer wie die großen Betrügereien und die Affären.«

Amanda griff nach Ruthies Mantel. Plötzlich fiel ihr ein, dass der Grund, weshalb sie Giles anfangs gewählt hatte, und der Grund, weshalb sie sich alles so lang hatte gefallen lassen, obwohl sie wusste, dass er sie nicht glücklich machte, ihre Angst war, selbst Entscheidungen treffen zu müssen. Aber Menschen, die das Leben im Griff hatten, übten oft die Kontrolle über andere aus. Sie musste auf einmal an Angus Day denken. Er war genauso. Der Typ, der das Ruder übernahm. Gott sei Dank war Luke anders. Ganz und gar nicht so.

»Wie ist denn der Vorname von diesem aufregenden Mr. Knight, den du kennen gelernt hast?«

»Okay. Ich sag's dir, solange du keine Witze reißt von wegen Rittern in glänzenden Rüstungen. Er heißt Luke.«

»Luke«, wiederholte Ruthie. »Luke Knight. Komisch. Ich habe den Namen schon mal gehört.«

»Vermutlich, weil er das Laineton Festival leitet.«

»Wird wohl so sein«, stimmte Ruthie zu und nahm Amanda noch einmal in den Arm. Der Name war ihr auf jeden Fall vertraut. Und aus einem ihr unbegreiflichen Grund schlug in Ruthies Kopf leise die Alarmglocke an.

12. Kapitel

Bis jetzt war der Tag in einer echten »I don't like Mondays«-Stimmung verstrichen. Sean hatte seine Fußballstiefel und seine Dose fürs Pausenbrot verloren, Clio war missmutig gewesen und hatte sich eingeigelt, und das ganze Haus versank im post-wochenendlichen Chaos. Das, und dann war sie auch noch zu spät in die Galerie gekommen. Nur fünf Minuten, aber genug, um sich einen bösen Blick von Louise einzuhandeln. Dann klingelte das Telefon.

»Ist für dich«, schrie Louise. »Mr. Right.«

Amanda warf ihr einen wütenden Blick zu.

»Was hat sie gesagt?«, wollte eine lachende Stimme am anderen Ende der Leitung wissen.

»Mr. Knight«, beharrte Amanda und zog Louise ein Gesicht. »Sie sagte, es sei Mr. Knight.«

»Aber ich habe meinen Namen doch gar nicht genannt.« Luke klang verdutzt.

»Louise weiß alles. Deshalb sehen manche in Laineton sie auch als Hexe an.«

»Ich rufe nur wegen des Konzerts an. Kannst du immer noch mitkommen?«

»Aber sicher.« Sie hatte sogar daran gedacht, ihre Mutter zu verpflichten, sich um Sean zu kümmern. Clio zu bitten, an einem Samstagabend zu Hause zu bleiben, selbst gegen Geld, wäre kaum Erfolg versprechend.

»Was meinst du, ob deine Tochter auch gern Karten haben möchte?«

Amanda hätte ihm am liebsten auf der Stelle eine Liebeserklärung gemacht. Ruthies Misstrauen, ob Luke auch darauf vorbereitet war, ihre Kinder zu akzeptieren, fiel ihr wieder ein. Wie hatte sie sich nur so täuschen können – er verhielt sich ihnen gegenüber sogar höchst aufmerksam.

»Sie wird sich über Karten sicherlich freuen. Solange sie nicht Plätze neben unseren hat. In der Öffentlichkeit möchte sie mit mir nichts zu tun haben.«

»Wie das?«

»Sie glaubt, ich könne sie mit unangemessenem mütterlichem Verhalten in eine peinliche Lage bringen.«

»Was muss ich mir unter diesem unangemessenen mütterlichen Verhalten vorstellen?«

»Hallo zu ihr zu sagen.«

»Meine Güte, ich hätte nie gedacht, dass Teenager so ein Minenfeld darstellen.«

Amanda musste es sich verkneifen zu sagen: »Das lernst du schon noch.«

»Und dein Kleiner? Würde der auch gern mitkommen?«

Amanda hätte ihm um den Hals fallen können. Obwohl sie es Ruthie gegenüber nicht zugegeben hatte, machte ihr Lukes leichte Ungeduld im Umgang mit ihren Familienmitgliedern ein wenig Sorgen und hatte sie schon Parallelen zu Giles ziehen lassen. Aber Giles wäre es in einer Million Jahre nicht eingefallen, sich zu überlegen, was Kindern Freude machen könnte, nicht einmal seinen eigenen.

»Nein danke. Meine Mutter kommt vorbei. Sie haben mehr Vergnügen, sich den Ringkampf anzuschauen. The Rock in Aktion zu sehen, genießen meine Mutter und Sean genauso sehr wie das Beisammensein.«

»Dann ist es ja gut. Ich habe dich vermisst.«

Ihr Herz flog fast durch den Raum. »Ich dich auch.« Eine plötzliche Welle des Verlangens schwappte über sie und das Bedürfnis, die Kennenlernphase abzukürzen und einander gleich die Kleider vom Leib zu reißen. »Es dauert nicht mehr lang.«

»Zu lang für mich.« Die leichte Zweideutigkeit in seiner Stimme löste ein Kribbeln bei ihr aus.

»Nicht doch, nicht doch«, meinte Louise missbilligend, als Amanda ihr das Telefon gab. »Zerschmelze jetzt bloß nicht hier auf dem Galerieboden. Er hat dich also ins Konzert eingeladen. Das soll öfter vorkommen. Kein Grund, aus allen Öffnungen auszulaufen.«

»Ich war einfach nur gerührt, weil er auch Clio ebenfalls eingeladen hat.«

»Hältst du das für eine gute Idee? Clio ist auf einen Schlag zu einer Schönheit geworden.«

»Louise.« Amanda schüttelte den Kopf, als redete sie mit jemandem, der nicht recht bei Verstand war. »Clio ist doch erst sechzehn.«

»Sechzehn und umwerfend«, erinnerte Louise sie.

Amanda tat das mit einem Schulterzucken ab. Manchmal fand sie, dass ihre Freundinnen, obwohl sie es gut meinten, sehr seltsame Ideen hatten.

»Lass uns jetzt mal die Seifenoper der Familie Wells für einen Moment verschieben. Könntest du das hier auf die Bank bringen und für mich einzahlen?« Louise händigte Amanda die Einnahmen der Woche aus. »Und könntest du, wenn du schon in der Stadt bist, kurz bei Safeway reinschauen, wir haben nämlich fast keinen Kaffee mehr. Und mir vielleicht auch noch ein paar Lammkoteletts mitbringen? Ich bin völlig erledigt.«

»Aber du wohnst doch direkt neben einem Lebensmittelhändler«, erinnerte Amanda sie, überzeugt, dass es Sinnvolleres für sie zu tun gäbe. »Wenigstens den Kaffee könntest du doch dort kaufen.«

»Den Kaffee könnte ich wirklich dort kaufen.« Louise bedachte sie mit einem »Ich Boss, du Angestellte, die sich in deinem Alter schwer täte, noch einen anderen Job zu finden«-Lächeln. »Aber nicht die Koteletts.«

»Nun mach schon, Clio, wir kommen sonst zu spät!« Jasmine zog Clio am Ärmel. Sie waren beide in der Mädchentoilette, auf der es zwar stank und ziemlich ekelig war, doch hier hatten sie wenigstens Ruhe vor den Jungs. Jasmine betrachtete ihre Freundin eingehend. Abgesehen von den sackartigen Pullovern, die sie in letzter Zeit ständig trug, sah Clio wirklich unglaublich gut aus, wie eines jener kaum erwachsenen Models mit Schmollmund und riesigen Augen, die einen hinter Stirnfransen aus den Illustrierten anstarrten.

Es war ungerecht, ging es Jasmine gegen ihren Willen durch den Kopf, dass Clio noch vor wenigen Monaten nicht anziehender gewesen war als sie selbst. Aber jetzt wurde sie von allen Jungs, aber auch von einigen Lehrern heimlich angestarrt.

»Warum trägst du immer diesen scheußlichen alten Pullover?«, wollte Jasmine wissen. »Selbst wenn du schwanger wärst, würde man das jetzt doch wohl kaum sehen.« Dass das wenig einfühlsam klang, merkte selbst sie.

»Weil ich es nicht ertrage, dass man mir auf meine Titten glotzt«, erwiderte Clio und verschränkte die Arme vor der Brust, um sie doppelt zu schützen.

»Also nach Pamela Anderson sehen sie nicht aus.«

»Für mich aber schon, weil ich es gewöhnt war, flach wie ein Pfannkuchen zu sein.«

»Findest du es übrigens nicht ein wenig spät, deine Titten zu verbergen?«, platzte es aus Jasmine heraus, und sie hasste sich dafür.

Clio brach in Tränen aus.

»Entschuldige, tut mir Leid, ich bin eine blöde Kuh.« Jasmine tätschelte sie. »Wie viel Tage bist du drüber?«

»Etwa zehn Tage.«

»Da ist noch nicht alles verloren. Hast du schon einen Test gemacht?«

Clio sah ihre Freundin aus riesigen verweinten Augen an. »Nein. Wenn ich keinen Test mache, ist es nicht wahr.«

»Hast du mit deiner Mutter darüber gesprochen? Ihren Rat eingeholt?«

»Die würde wütend werden. Für sie bin ich das vernünftige, gute kleine Mädchen, das in seinen Examensarbeiten nur beste Noten bekommt, aber doch nicht mit einem blöden Skilehrer vögelt!«

Jasmine nahm ein Stück Toilettenpapier und reichte es ihrer Freundin, um die Augen trocken zu tupfen. »Ich weiß nicht. Ich finde sie eigentlich immer richtig nett, deine Mutter. Nicht wie mein Vater – der würde mich umbringen. Und ich wäre schneller in der Abtreibungsklinik, als ich ›ungeschützter Sex‹ sagen könnte. Was ist eigentlich mit deinem Vater? Könntest du mit dem reden?«

»Der würde vermutlich annehmen, ich hätte es getan, um seiner Freundin die Schau zu stehlen. Sie bekommt nämlich Zwillinge.«

»Scheiße, das hatte ich ganz vergessen. Pass auf, was hältst du davon, wenn ich den Test kaufe? Wir könnten ihn zusammen machen. Dann wärst du wenigstens von diesem Elend befreit.«

Clio presste ihre Arme noch fester an den Leib. »Oder es ginge erst richtig los.«

Vor den Toiletten konnten sie die Schreie und das Gekicher ihrer Klassenkameraden hören. Die Mädchen hatten einem Mädchen die Schulmappe geklaut, und jetzt versuchte sie, ihnen diese unter Gelächter wieder abzujagen.

»Du musst was tun.«

»Warum? Ich halte es für gar keine so schlechte Idee, den Kopf in den Sand zu stecken.«

»Nur dass dein Körper, während dein Kopf im Sand steckt, immer dicker und dicker wird.«

»Also gut. Du kaufst das Zeug, und ich komme am Wochenende zu dir, und dann machen wir es.« Clio hob den riesigen Rucksack hoch, den sie mit ihren sämtlichen Schulbüchern darin überallhin mitschleppen musste. Sie kramte darin nach ihrem

Geldbeutel. Dort war hinter dem Foto mit Mama, Papa und Sean, vor ein paar Weihnachten aufgenommen, als die Familie noch zusammen war, ihr Notfall-Zehner versteckt. »Ich habe für einen Push-up-BH gespart. Den brauche ich jetzt nicht mehr. Das Komische dabei ist aber, dass Gilles mich vermutlich gar nicht wahrgenommen hätte, wenn ich nicht plötzlich Brüste bekommen hätte.«

»Er hat es aber, so viel ist sicher.«

»Hast du deine Medizin genommen?« Angus Day drückte seine Mutter sanft nach vorne, während er ihre Kissen zurechtrückte und ihre Decke feststeckte.

»Zu meinem Unglück, ja. Himbeergeschmack. Warum ausgerechnet Himbeeren? Ich hasse diese Dinger.«

»Vielleicht sind es ja schottische Himbeeren.«

Isobel zeigte ein zartes Lächeln. Es erinnerte Angus an einen erschöpften Läufer, der sich um noch eine weitere Biegung kämpfte. »Vielleicht, ja.«

Ihm schien, als habe Isobels Krankheit sich in letzter Zeit beschleunigt. Sie war atemlos und ständig erschöpft. Aber eines hatte sie ihm klar und deutlich wie ein Fluss der Hebriden zu verstehen gegeben: Wenn das Ende nahte, würde sie nicht in einem unfreundlichen Krankenhaus sterben wollen. Sie wollte zu Hause sterben. Er hoffte nur, dieses Versprechen halten zu können, wenn es so weit war.

»Es gäbe etwas, was mich aufmuntern könnte. Diese geschnitzten Vögel, die du mir versprochen hast.«

Angus antwortete darauf mit einem gespielten Salut. So peinlich es für sie beide auch sein mochte, er musste mit Amanda Wells sprechen.

»Bis gleich.« Er gab seiner Mutter einen sanften Kuss. »Und denk an deine Medizin.«

»Keine Sorge. Mrs. Northam wird sie mir schon reinzwingen, wenn ich mich weigere.«

Er hatte gerade noch Zeit, um bei der Wave Gallery reinzuschauen und nach den Holzskulpturen zu fragen, ehe er sich mit den Mietern traf, um die letzten Vereinbarungen für die Wiedereröffnung der Gebäude zu treffen.

Amanda war zu seiner großen Enttäuschung nicht da.

»Sie ist gerade zur Bank gegangen«, erklärte Louise.

»Dann warte ich eben«, erwiderte Angus.

»Und in den Supermarkt.«

»Ah. Na gut, dann komme ich vielleicht später noch mal vorbei.«

»Kann ich Ihnen vielleicht helfen?« Louise gab sich alle Mühe, ihre Stimme rauchig klingen zu lassen. Was dabei herauskam, hörte sich eher nach Bronchitis an.

»Die Sache ist…«

Hinter ihnen ging die Tür auf, und die Glocke kündigte einen Kunden an. »Hallo, Angus.« Es war Amanda mit den Einkäufen. Erfreulicherweise war bei Safeway nicht viel los gewesen, und auch auf der Bank hatte sie nicht warten müssen.

»Ah, das ist ja großartig.« Louise hätte Amanda in den Hintern treten können für ihr Timing und für die Wärme in Angus' Stimme, als er sie erblickte.

»Tut mir Leid, dass ich keine Ruhe gebe, aber ich brauche wirklich noch eine Vogelschnitzerei. Und zwar sofort. Sonst könnte es zu spät sein.«

»Gut.« Sein Ton sagte Amanda, dass es sich hier nicht um einen üblichen Geschenkkauf handelte und sich dahinter auch nicht der exaltierte Wahnsinn eines enttäuschten Sammlers verbarg.

»Dann lass uns gehen, wenn es so wichtig ist.« Auf Louises missbilligenden Blick ging sie nicht ein. »Ich habe ohnehin Mittagspause.«

»Ich wäre dir unendlich dankbar.«

»Ich erwarte dich um zwei Uhr zurück«, verkündete Louise. »Am Nachmittag könnte es einen Ansturm geben.«

Amanda und Angus vermieden es, einander anzuschauen. Die Galerie war absolut leer.

Angus' Wagen parkte direkt vor der Tür. »Ich habe mein Verdeck offen«, grinste er, »damit ich mich in den Schaufenstern bewundern kann.«

Amanda errötete, als sie in den Wagen stieg. Es war ihr entgangen, dass Angus diese Bemerkung mitbekommen hatte.

»Meine Mutter fand es lustig, als ich es ihr erzählte«, zog Angus sie auf. »Sie meinte, du seist ihr ähnlich.«

Amanda war überrascht und seltsam berührt, dass sie Gesprächsthema zwischen ihm und seiner Mutter war. Außerdem hatte sie vergessen, wie klein und intim es in seinem Wagen war, und sie fragte sich, ob er auch an den Silversterabend dachte. Sie hatte sich völlig danebenbenommen.

»Klingt gut, deine Mutter.« Amanda bemühte sich mit aller Gewalt, nicht mehr an jenen Abend zu denken. »Aber das wusste ich schon, als sie dich für den Schaden zahlen ließ, den ich an deinem Auto verursacht hatte.«

»Sie stellt sich immer auf die Seite der Schwächeren. Das kommt unter anderem von dem harten Leben, das sie selbst gehabt hat.« Fast hätte er ihr von Isobels Krebserkrankung erzählt und davon, dass die geschnitzten Vögel das Einzige waren, was ihr etwas bedeutete, aber seine Mutter war stolz und konnte das Mitgefühl anderer Leute nicht ausstehen, und genauso wenig Menschen, die ständig jammerten. Isobel vertrat die Ansicht, sie würde umso leichter sterben, je weniger Menschen darüber Bescheid wussten. Vielleicht lag das an ihrer calvinistischen Herkunft, aber Isobel Day glaubte daran, dass der Tod eine Sache allein zwischen Gott und ihr sei und keinesfalls mit einem Haufen Menschen geteilt werden sollte, die sie kaum kannte und deren Sorge nur ein Ausdruck ihrer Dankbarkeit war, am Leben zu sein.

Sie fuhren bereits aus Laineton heraus, als Amanda merkte, dass sie die Adresse der Bildhauerin gar nicht dabei hatte. Aber sie erinnerte sich, dass Natasha an einer Straße wohnte, die hinter dem Hafen aus der Stadt hinausführte. Und als sie dort ankamen, erkannte sie diese auch sofort wieder. Natashas Wohung lag im Untergeschoss eines Hauses ein paar Straßen vom Meer entfernt. Es war ein roter Ziegelbau mit abblätternder Farbe und sah ganz und gar nicht nach einer Künsterbehausung aus.

»Wir hätten vielleicht vorher anrufen sollen«, meinte Amanda, als sie zum dritten Mal auf den Klingelknopf drückte. Sie wollten schon wieder gehen, als Natasha im blauen Overall mit der sehr unwahrscheinlichen Behauptung »Oberster Chef« darauf die Tür öffnete.

Sie erkannte Amanda sofort. »O hallo. Entschuldigen Sie den Overall. Es gibt keinen, auf denen Bildhauerin steht.« Sie führte sie durch ein schäbiges, aber gemütliches Wohnzimmer zu einem Anbau. »Mein Atelier!« Sie zeigte auf den an eine Veranda erinnernden Raum mit abblätternder Farbe und Kondenswasser an den Fensterscheiben. »Nicht groß«, sagte sie und deutete auf das Wohnzimmer, in dem der Fernseher lief, »aber wenigstens kann ich während der Arbeit *Jerry Springer* gucken.«

»Das ist Angus Day«, stellte sie ihn vor. »Er ist ein echter Fan von Ihnen.«

Angus wollte schon erklären, dass der eigentliche Fan seine Mutter war, aber er wollte Natasha nicht brüskieren. »Ich habe eines Ihrer Reiherpaare gekauft.«

»Die waren schön, nicht wahr?«, strahlte Natasha begeistert.

»Angus hat gemeint, ob Sie vielleicht noch was in der Art haben? Ich habe ihm von den brütenden Möwen erzählt, die Sie geschnitzt haben.«

»Die sind leider weg.«

Amanda reagierte darauf mit heftiger Enttäuschung. Es war ihr gar nicht klar gewesen, wie sehr sie sich die schönen Möwen für Angus gewünscht hätte.

»Ich habe sie verschenkt. Schien mir das Beste zu sein, nachdem ich sie nicht verkaufen konnte. In letzter Zeit habe ich viel gemalt.« Sie deutete auf eine Reihe kleiner, dem Meer abgerungener Treibholzstücke, die alle einen Tropenfisch in leuchtenden Farben rahmten.

»Die sind fabelhaft«, begeisterte sich Amanda. »Findest du nicht auch, dass die ganz einmalig sind, Angus?«

»Ja, aber ich wollte unbedingt eine Schnitzerei.«

»Wie wär's denn damit?« Natasha holte einen halb fertigen Vogel aus Holz, etwa einen Meter hoch, dessen große Schwingen gerade erst aus dem Treibholzblock heraustraten, als würde er direkt vor ihren Augen geboren werden. Seine ungeheure Schlichtheit sagte Angus auf Anhieb zu, denn er würde Isobel bestimmt gefallen.

»Es ist ein Trompeterschwan. Es gibt sie dort drüben in der Marsch am Fluss.«

»Hervorragend.« Angus drehte ihn in seinen Händen und liebkoste das glatte Holz. »Der hat fast was von einer Shaker-Arbeit. Er wird ihr gefallen.« Amanda empfand wieder die schon vertraute, wenn auch völlig irrationale Eifersucht auf die Empfängerin des Schwans.

Natasha erglühte unter seinem Lob. »Ich liebe die Shaker. In all ihrem Tun geht es nur um die reinste, klarste Linie. Alles hat eine Funktion, selbst ihre Kunst.«

»Wie lange werden Sie brauchen, um ihn zu vollenden?«

»Ein paar Tage müssten reichen. Ich könnte ihn vorbeibringen, wenn Sie mir Ihre Adresse geben.«

Angus war richtig aufgeregt. »Das wäre fantastisch. Ich weiß, dass er ihr gefallen wird.«

Amanda beobachtete ihn verstohlen. Wie wunderbar, jemanden zu haben, dem so sehr daran gelegen war, einen glücklich zu machen. Doch wie viel bedeutete es wirklich, wenn er, noch während er dieser besonderen Person ein Geschenk kaufte, gleichzeitig mit Amanda und Natasha flirten konnte? Vielleicht dienten seine Geschenke der Entschuldigung. Wo die meisten Liebhaber auf Abwegen Blumen kauften, wenn sie aus dem Bett einer anderen Frau kamen, kaufte Angus Day eben Schnitzereien in der Tradition der Shaker.

Gott sei Dank war Luke so offen. Bei Luke wusste sie wenigstens, dass sie das, was sie sah, auch bekam. Sie lächelte in sich hinein. Außerdem kam er auf Empfehlung.

»Du machst einen glücklichen Eindruck.« Angus' Worte bohrten sich in ihre Träumerei, als sie auf dem Rückweg in die Stadt waren.

»Ja. Ja, das bin ich auch.«

»Keine Zeitungsannoncen mehr?«

Sie erstarrte, und Angus, der ihre Verlegenheit auf ihrem Gesicht las, hätte sich am liebsten einen Tritt gegeben. »Im Moment nicht, nein«, murmelte sie.

»Du triffst dich wohl mit dem Mann, der kürzlich in die Kunstgalerie gekommen war?« Sein Blick war fast vorwurfsvoll. »Macht einen charmanten Eindruck.«

Amanda erstarrte. Einen charmanten Luke wollte sie nun wirklich nicht haben.

»Nicht charmant. Offen. Aufmerksam. Selbstlos.«

»Scheint ein Muster an Tugendhaftigkeit zu sein.« Aber nicht der Mann, den er vor der Kunstgalerie erblickt hatte, dachte Angus, ohne es laut zu sagen. Er konnte sich nur auf seinen Instinkt verlassen. Und selbst Angus musste zugeben, dass sein Instinkt, der ihn für gewöhnlich nicht im Stich ließ, in diesem Fall mehr als nur ein bisschen vernebelt war.

Natasha übertraf sich selbst. Schon am nächsten Tag stand sie mit dem Schwan in Angus' Büro. »Besten Dank.« Vorsichtig verstaute er die Schnitzerei in seinem Wagen und beschloss, sie auf dem schnellsten Weg zu Isobel zu bringen. »Sie wissen gar nicht, wie viel ihr dies bedeuten wird.«

»Und mir erst. Es ist so ein fantastisches Gefühl, zu wissen, dass man geschätzt wird.«

Er war bereits auf halbem Weg zu seiner Mutter, als ihm einfiel, dass er Laddie versprochen hatte vorbeizukommen. Am Eastcliff Estate war ein Problem aufgetaucht.

Laddie wartete im Vorhof auf der Rückseite des Gebäudekomplexes, seine altgediente Strickmütze mit dem Andreaskreuz vorne drauf hatte er über die Ohren gezogen. Es war so kalt, dass er für das Gespräch in Angus' Wagen stieg.

»Pass bloß auf!« Angus nahm den Schwan gerade noch rechtzeitig beiseite, ehe Laddie sich draufsetzte.

»Kaufst jetzt wohl Schwäne? Aber doch nicht für die verflixten Wohnungen? Flugenten würden besser zu ihnen passen als das hier.«

»Das ist ein Kunstwerk, Laddie.«

»Und wie viel haben sie dir dafür abgenommen? Es sieht nicht mal echt aus. Unten im Alles-für-ein-Pfund-Laden haben sie welche aus Gips mit hübschen gelben Schnäbeln.«

Angus überlegte, ob er Laddie die Prinzipien der Shaker-Schnitzereien erklären sollte, ließ es aber klugerweise sein.

»Sieht wie Kinderspielzeug aus, wenn du mich fragst«, fügte Laddie hinzu.

»Es ist für meine Mutter, wenn du's genau wissen willst.«

»Deine Mutter ist eine vernünftige Schottin. Sie sieht es bestimmt nicht gern, wenn du dein Geld für so was verschwendest.«

»Offen gestanden, hat sie mich darum gebeten.«

»Dann wird sie langsam genauso verrückt, wie du es bist. Noch mehr Geld zum Fenster rausgeworfen. Genauso wie dieses wahnsinnige Projekt hier.« Er deutete auf die renovierten Mietshäuser, die einladend im winterlichen Sonnenschein strahlten.

»Du kannst jederzeit gehen und für einen anderen arbeiten. Bei Bill Neil von Goldhill könntest du gleich morgen anfangen.« Goldhill war ihr einziger ernsthafter Rivale auf dem Immobilienmarkt, und Bill Neil war ein ganz scharfer Hund. Es entsprach der Wahrheit, dass er Laddie auf der Stelle übernehmen würde – Vorarbeiter wie er waren kostbar wie Goldstaub.

»Ach« – Laddie grinste auf einmal –, »ohne mich würdest du den Sozialmietern gleich Wohnungen mit Einbaubädern anbieten und für die Obdachlosen Fünf-Sterne-Studios bauen.«

Angus musste ebenfalls grinsen, weil Laddie ihn so gut kannte. »Da du's gerade ansprichst, in der Stadt gibt es eine Anstalt für den offenen Vollzug, die ich auf Wunsch der Stadtverwaltung aufpolieren soll.«

»Da siehst du, was ich meine!« Laddie blieb fast die Luft weg.

»War nur ein Scherz«, grinste Angus. »Ich sollte mich jetzt doch lieber wieder ein paar Plänen zuwenden, die Profit abwerfen.«

»Danket dem Herrn, er wurde erleuchtet.«

»Für einen Mann aus dem Volk bist du ein verdammt guter Kapitalist.«

»Ich fasse das als Kompliment auf, darf ich? Und jetzt zu diesen Mietern hier, die wieder einziehen. Die Dame in Nummer zwanzig behauptet, du hättest ihr ein rosa Badezimmer versprochen. Mir lag schon auf der Zunge zu sagen: ›Passen Sie auf, gnädige Frau, kein vernünftiger Bauherr lässt zu, dass sich die Mieter die Farbe ihres Badezimmers aussuchen‹, aber dann fiel mir ein, dass wir über dich sprachen…«

Als er das Gespräch mit Laddie beendet hatte, merkte Angus, dass ihm zwischen den Terminen nur noch eine halbe Stunde Zeit blieb, den Schwan zu seiner Mutter zu bringen. Er hoffte nur, sie hielt mehr davon als Laddie.

Und er wurde nicht enttäuscht.

»Er ist wunderschön, Angus!«, rief Isobel aus, sobald Angus ihn ihr zeigte. »Diese Künstlerin hat echtes Verständnis für die Natur. Stell ihn da drüben auf den Kaminsims. Da! Ist das nicht schön! Ich kann hier sitzen und mir vorstellen, wieder auf den Hebriden zu sein.«

»Ich dachte, du seist eine Stadtpflanze und zu viel Ruhe mache dich wahnsinnig?«

Isabel lächelte ihn zärtlich an. »Tut es auch. Aber über kurz oder lang werde ich mehr davon haben, als mir lieb sein wird.« Sie nahm seine Hand. »Wenn ich nicht mehr bin, kannst du dir den Schwan ansehen und an mich denken. Ich hoffe, dass ich mich dann fühle wie er.«

»Um Gottes willen, Maw.« Angus versuchte, seine Gefühle hinter Sachlichkeit zu verbergen. »Sei doch nicht so pessimistisch.«

Isobel lächelte. »Was ist der Unterschied zwischen einem Optimisten, einem Pessimisten und einem Realisten?«

»Weiß ich nicht.«

»Ein Pessimist sagt, das Glas ist halb leer, ein Optimist sagt, es ist halb voll, und ein Realist sagt: Geben Sie mir einen Whisky. Also, warum schenkst du mir nicht ein kleines Glas Macallan ein?«

»Mit Vergnügen.«

»Ist deine Amanda zum Aussuchen mitgekommen?«

Angus zog eine Braue hoch. »Sie ist nicht meine Amanda, aber sie war dabei.«

»Und warum ist sie nicht deine Amanda? Du hast sie doch gern.«

»Ich kam zu spät. Jemand anderer scheint mir zuvorgekommen zu sein.«

»Und mich nennst du eine Defätistin? Was machst du denn, wenn dir bei deinen Aufträgen ein Konkurrent zuvorkommt?«

Angus grinste. »Ich suche nach einem Schleichweg, um doch noch ans Ziel zu kommen.«

Isobel trank ihren Whisky und sah auf einmal erschöpft aus. »Genau das meine ich.«

»Du siehst richtig hübsch aus«, lobte Helen ihre Tochter.

Komplimente von Helen waren so rar, dass Amanda gleich einen prüfenden Blick in den Spiegel werfen musste. Sie sah tatsächlich gut aus. Ihr Haar glänzte (sollte es auch, sie hatte sich anstatt ihrer üblichen Supermarktware ein wenig von Clios australischem Shampoo geliehen), ihre Augen strahlten vor Aufregung, und selbst ihre Beine wirkten schlank, seit sie ihre Füße in schmale hochhackige Schuhe zwängte, die sie sich zusammen mit einem mädchenhaften Rock per Katalog hatte kommen lassen.

»Mensch, Mama«, entfuhr es Sean, als er von seinem FIFA-Fußballspiel hochblickte. »Du siehst gar nicht aus wie eine Mama.« Amanda befand, dass dies ein Kompliment sein müsse. »Kann ich Dragonball gucken, wenn du weg bist, das hab ich aufgenommen?«

Amanda kniete sich neben ihn und flüsterte: »Ich denke, Oma freut sich auf das Wrestling. Sie hat daheim keinen Kabelanschluss. Du musst nur aufpassen, dass sie sich nicht zu sehr aufregt.«

»Okay.« Sean nahm seine Verantwortung ernst. »Und was mache ich, wenn sie sich wirklich zu sehr aufregt?«

»Sag ihr, wenn sie sich nicht ihrem Alter gemäß benimmt, dann musst du leider den Fernseher abschalten.«

»Aber Mama«, wandte Sean sehr vernünftig ein, »sie verhält sich doch nie ihrem Alter gemäß.«

Die Türklingel ließ Amanda aufspringen, doch Clio schaffte es, vor ihr die Treppe hinunter in die Diele zu laufen.

Kurz darauf tauchte sie, errötend wie eine reife Tomate, gefolgt von Luke auf. »Tut mir Leid«, murmelte sie, »ich dachte, es sei meine Freundin Jasmine.«

»Entschuldige, dass ich dich enttäuscht habe.« Lukes Lächeln war herzerweichend. »Ich bin Luke. Und du musst Clio sein.« Er streckte ihr die Hand hin, aber Clio hielt ihre Arme fest vor ihre Brüste gepresst, eine Geste, die sie sich seit dem Auftauchen ihrer Brüste angewöhnt hatte.

»Hi.«

»Hallo, Luke.« Amanda war wieder hin und weg von seiner selbstverständlichen Anmut und seinem natürlichen Lächeln. Kein Wunder, dass Rose Miles nach achtzig Jahren entsagungsvollem Singledasein dem männlichen Geschlecht erlegen war. Luke war unwiderstehlich. »Luke, das ist Helen, meine Mutter.«

Luke ergriff Helens Hand. »Jetzt sehe ich, woher dein gutes Aussehen kommt.«

»Eigentlich«, korrigierte Clio ihn frech, »sagt Mama immer, sie komme nach ihrem Vater.«

Luke zog träge eine Braue hoch. »Dann wird es wohl das Stilbewusstsein sein, das beide verbindet.«

Helen schnurrte wie eine große karamellfarbene Katze.

Amanda sympathisierte mit Clio. Musste Luke denn seinen Charme derart dick auftragen? Sie wollte schon eine boshafte Bemerkung machen, aber Sean kam ihr zuvor.

»Für welchen Verein sind Sie?«, wollte er wissen, als er aus seiner Enzyklopädie der *Weltbesten Fußballteams* auftauchte.

»Ich bin leider kein großer Fußballfan.«

Sean sah ihn voller Verachtung an und beschloss, ihn den karamellfarbenen Krallen seiner Großmutter zu überlassen. Was ihm nur recht geschähe.

»Amanda sagt, Sie seien als Salontänzer ein ziemliches Genie.« Helen klopfte einladend auf den Platz neben ihr auf dem Sofa.

»Nur den Tango. Ich habe eine Weile in Argentinien gelebt. Meinen Polkas fehlt leider der Pfeffer und meiner Samba der Schwung.«

»Das bezweifle ich. Amanda behauptet, Sie hätten Rose Miles' Schritte wieder beflügelt, und das alles dank des Tangos.«

»Der Tango hat eine gewaltige Wirkung. Liebe, Betrug, Verrat, Ehebruch.«

»Hört sich nach *EastEnders* an«, bemerkte Clio.

»Klingt langweilig«, ergänzte Sean.

»Ich denke, wir sollten gehen«, meinte Amanda. »Bleibst du heute Abend hier?«, fragte sie Clio. »Ich dachte, du kannst nicht zum Konzert mitkommen, weil du so viel zu tun hast.«

»Habe ich auch.« Clio errötete, als sie an den Schwangerschaftstest dachte, den sie heute Abend mit Jasmines Hilfe machen wollte. »Ich gehe zu Jasmine. Ihre Mutter wird mich jede Minute abholen.«

»Ja«, erwiderte Amanda mit einem Anflug von Sarkasmus, »das ist natürlich viel interessanter als ein Konzert.«

»Ach, zum Teufel, Mama«, explodierte Clio giftig, »lass es gut sein. Ich muss doch nicht auf so ein blödes Konzert mitkommen, nur weil dein neuer Freund mit seiner Großzügigkeit Eindruck schinden möchte.«

»Die Karten sind kostenlos. Luke leitet das Festival.«

»Dann macht es ja wohl auch nichts aus, wenn wir sie verfallen lassen, oder?«

»Clio«, fing Amanda an, »du brauchst wirklich nicht so verdammt grob zu werden.«

»Ihr beiden geht jetzt.« Helen bemühte sich, die Wogen zu glätten. »Clio beruhigt sich schon wieder.« Helens albernes, Luke umgarnendes Lächeln, war schrecklich anzusehen. »Vielleicht führen Sie mich ja mal zum Tangotanzen aus?«, fragte sie ihn kokett.

»Gut möglich«, versprach Luke und küsste ihr die Hand.

Als sie die Straße hinuntergingen und sich dem Januarwind entgegenstemmten, fiel Amanda etwas ein. Zum ersten Mal seit sie denken konnte, schien ihre Mutter ihren Freund zu billigen.

Da musste irgendwo ein Haken sein.

13. Kapitel

Das Konzert war wunderbar. Amanda hatte fast damit gerechnet, die Einzige über dreißig in einem Meer modischer junger Mädchen zu sein, aber in der Halle waren alle Altersgruppen vertreten. Die berühmte irische Band, Hauptattraktion des Abends, spielte einen Mix ihrer neuesten Hits und schwermütige Traditionals, die zum Teil so bewegend waren, dass Amanda verstohlen in ihr Taschentuch schniefte. Und als die Band dann bei ihrem zweiten Auftreten Bann McGaffrey als ihren Überraschungsgast ankündigte, konnte Amanda ihr Glück kaum fassen.

»Nein, so was!«, begeisterte sie sich, »ich habe jedes seiner Alben, zurück bis zu *Planet Days.*«

»Aha«, zog Luke sie auf, als sie nach der vierten Zugabe des Sängers an der leeren Küste zurückgingen, »ein heimlicher McGaffrey-Fan, ja?«

Amanda musste sich noch immer selbst versichern, dass sie ihren Helden Bann tatsächlich leibhaftig hier in Laineton erlebt hatte.

Luke nahm sie unvermittelt in die Arme und tanzte mit ihr die Promenade entlang, wobei er Bann McGaffreys berühmtesten Hit sang und erstaunlicherweise fast so klang wie dieser.

»Meine Güte«, keuchte Amanda und genoss seine Umarmung, »du kannst ja sogar singen!« Sie war sich der Tatsache bewusst, dass sie von mehreren respektablen Lainetoner Bürgern beobachtet wurden, die mit ihren Hunden unterwegs waren, aber es war ihr vollkommen egal.

»Bis zu einem gewissen Punkt«, wehrte Luke in vorgetäuschter Bescheidenheit ab. »Aber es gibt noch jede Menge, die du nicht von mir weißt.« Er blieb unter dem Lichtkegel einer Laterne stehen. »Und jede Menge, die ich von dir nicht weiß.« Er sah sie eindringlich und plötzlich ernst an, als erschlössen sich ihm die Geheimnisse ihrer Seele durch bloßes Anstarren.

»Waage«, verkündete er.

Amanda lachte erstaunt. Sie war tatsächlich Waage. »Du hast dir meinen Führerschein angeschaut! Du glaubst doch nicht an diesen Unsinn, oder?«

»Okay, ich geb's zu. Doch, das tue ich, ich bin Skorpion… selbstsicher, dominant, sexy… also muss ich es glauben.« Sie liefen weiter, er hatte den Arm um sie geschlungen. Der Mond strahlte vor ihnen einen weißen Pfad der Zuversicht in die dunkle Linie des Horizonts. »Pass auf, wir spielen jetzt den patentierten Kompatibilitätstest von Luke Knight – der zwar überhaupt nichts über uns aussagen wird, aber trotzdem lustig ist. Erste Frage: Lieblingsbuch?«

»*Far From the Madding Crowd* von Thomas Hardy.«

»Hm. Dann identifizierst du dich also mit einer selbstbezogenen Koketten, die mit den Gefühlen eines guten und ehrenhaften Mannes Katz und Maus spielt, während sie sich von einem treulosen, aber sehr anziehenden Mann verführen lässt?«

»So würde ich das nicht sehen«, protestierte Amanda.

»Lieblingsfilm?«

»*Wenn die Gondeln Trauer tragen.*«

»Unheimliche Ereignisse in einem Venedig außerhalb der Saison, mit einer der erotischsten Szenen des Kinos. Langsam fange ich an, mir ein Bild zu machen.«

Amanda lachte und genoss die Anzüglichkeiten dieses Spiels.

»Lieblingssänger? Na ja, einen kennen wir schon. Berühmter irischer Sänger und Trunkenbold. Lieblingsstellung beim Sex?«

Amanda biss sich auf die Lippe.

»Nun, das heben wir uns lieber für später auf. Lieblingsmaler?«

»Alles von Matisse.«

»Aha. Farbenfroh, stilisiert, aber vielleicht auch ein wenig konventionell?«

»Wie kannst du es wagen!«, schalt Amanda ihn, gerade als Luke sie wieder in seine Arme zog und sie fest auf den Mund küsste. Trotz der Kälte der Nacht und wohl wissend, wie unpassend es für eine einundvierzigjährige Mutter von zwei Kindern war, am Strand herumzuknutschen, spürte Amanda, wie ihr Körper auf ihn reagierte.

Als Luke eine Hand unter ihre Jacke schob, vergaß sie alles: Wo sie waren, dass Rose oder Betty oder sonst ein braver Bürger jederzeit vorbeikommen konnte, selbst die Tatsache, dass die Kälte ihr jegliches Gefühl in ihren stilettobeschuhten Füßen abschnürte.

»He«, sagte sie schließlich, solange sie noch einigermaßen vernünftig formulieren konnte. »Du hast mir gar nicht verraten, was du am liebsten magst.«

»Tschechow. *Casablanca*. Jacques Brel. Hockney. Er versuchte wieder, sie zu küssen, aber sie entzog sich ihm lachend. »Wo waren wir stehen geblieben?«

»Danach kann ich nicht beurteilen, wie du wirklich bist.«

»Vielleicht musst du ein wenig tiefer graben.« Er nahm ihre Hand und ließ sie nach unten gleiten.

»Das würde ich gern, aber meine Mutter hat mir beigebracht, es nicht beim ersten Treffen zu tun. Vor allem nicht in aller Öffentlichkeit auf eiskalten Promenaden.«

»Es ist nicht unsere erste Verabredung. Außerdem habe ich das Gefühl, dich schon Wochen, ja, Monate vor unserer ersten Begegnung gekannt zu haben.«

»Eine intergalaktische Brautwerbung? Aber ich friere dennoch ganz entsetzlich.«

Luke lächelte sie diabolisch an. »Dann bringe ich dich wohl lieber nach Hause.«

Sie schritten rasch dahin, zum einen wegen der Kälte, aber auch, weil Amanda Zeit zum Überlegen brauchte. In jenem

Augenblick unter der Laterne war sie so erregt gewesen wie schon seit Jahren nicht mehr. Ganz kurz tauchte ein anderes Gesicht, als Scheich verkleidet und mit kajalumrandeten, stahlgrauen Augen in ihrem Gedächtnis auf. Na gut, auch Angus hatte ihr Blut in Wallung gebracht, aber daraus wäre bestimmt nicht mehr als ein katastrophaler One-Night-Stand geworden. Zum ersten Mal war sie dankbar dafür, dass ihr Exmann sich in ihr Leben eingemischt hatte.

»Möchtest du mit reinkommen?«, fragte sie, am Haus angekommen. »Leider wird meine Mutter da sein, und Clio könnte auch schon zurück sein.«

Luke sah aus, als wollte er dankend ablehnen, aber dann sagte er unvermittelt zu.

»Hallo, Mama«, begrüßte Amanda Helen. »War alles in Ordnung?«

Helen schaute *Sex and the City*. »Diese Sendung ist haarsträubend«, meinte sie genüsslich zur Begrüßung. »Es überrascht mich, dass man sie nicht verbietet. Auf welchem Sender läuft die überhaupt? Ich werde hinschreiben und mich beschweren.«

»Channel Four«, erwiderte Amanda, die ihre Mutter nur allzu gut kannte. »Keine Sorge, du hast ihn ja gefunden.«

Helen warf sich würdevoll in Pose. »Ich werde mich auf jeden Fall dort melden und Beschwerde einlegen. Habt ihr einen schönen Abend gehabt?«

Amanda fiel auf, dass die eine Hälfte des Wohnzimmers ungewöhnlich aufgeräumt war. Helen hatte die Unordnung offenbar nicht ertragen und mit dem Aufräumen begonnen, dann aber plötzlich aufgehört, was wohl mit dem Beginn des Programms zu tun hatte. Vor die Wahl gestellt, hinter dem Sofa nach heruntergefallenen Gegenständen zu suchen oder *Sex and the City* zu gucken, war ihr die Entscheidung offenbar leicht gefallen.

»Hat Sean sich anständig benommen?«

»Ja. Er hat fast den ganzen Abend damit zugebracht, irgendeine komische Fußballtabelle auszuarbeiten.«

Jemand polterte die Treppen herunter, und Sean tauchte in seinem rot-weißen Manchester-United-Morgenmantel auf. »Hallo Mama! Ich habe eine unglaubliche Tabelle aufgestellt, indem ich die Tore, die Barthez geschossen hat, mit denen verglichen habe, die während der ganzen Saison gehalten wurden.«

»Mann. Das klingt ja kompliziert.«

»Ich habe Stunden dafür gebraucht. Willst du sie sehen?«

Amanda wäre beinah schwach geworden. »Nicht jetzt, danke, Schatz. Morgen früh.«

Sean merkte, dass er mit seiner Nummer nicht ankam, startete aber noch einen letzten verzweifelten Versuch. »Bist du sicher, dass du keinen Fußball magst, Luke?«, fragte er hoffnungsvoll.

»Nicht besonders.« Luke grinste jungenhaft. »Ich habe die Abseitsregel nie kapiert.«

»Wenn du möchtest, erklär ich sie dir«, bot Sean freundlich an.

»Ein andermal vielleicht. Musst du nicht ins Bett?«

»Bettgehzeit war schon vor Stunden«, warf Helen boshaft ein. »Wenn Amanda nur ein wenig Disziplin hätte, wäre er auch längst dort, aber sie lässt den Kindern ja alles durchgehen. Sie brauchen einfach die feste Hand eines Vaters...«

Helen hielt inne, als sie mitbekam, dass Amanda wütend den Kopf schüttelte. »Ich denke, ich gehe lieber. Clio ist übrigens noch nicht zurück. Du solltest ein Auge auf das Mädchen haben. Sie verhält sich sehr merkwürdig.«

»Was meinst du damit?« Amanda wollte eigentlich nicht Clios Probleme vor Luke diskutieren, aber da sie sich selbst große Sorgen um ihre Tochter machte, rutschte ihr die Frage heraus.

»Sie läuft mit einer Jammermiene herum wie Ophelia bei Regenwetter. Isst kein Abendbrot. Spricht kaum. Trägt noch immer diesen Pullover, der wie eine riesige Staubsaugertüte aussieht. Wenn du mich fragst, hat sie sich verändert, seit sie aus dem Skiurlaub zurück ist. Na ja, ich muss jetzt aber nach Hause.« Mit einem herausfordernden Funkeln im Blick nahm sie Luke ins Visier. »Darf ich Sie im Auto mitnehmen, Luke?«

»Nein danke«, erwiderte Luke, ohne auch nur eine Sekunde zu zögern. »Ich laufe gern.«

»Willst du mir nicht eine Tasse Kaffee anbieten?«, fragte er, nachdem Helen gegangen war.

Amanda füllte den Kaffee in ihre italienische Kaffeemaschine und schraubte den Deckel zu.

Luke folgte ihr in die Küche und drückte sie gegen die Arbeitsplatte, seine Augen eine impulsive Mischung aus Lachen und Verheißung. Er nahm ihre Hand und küsste die weiche Innenseite ihres Handgelenks.

Ein Schauder ging durch Amanda.

Luke zog sie in seine Arme.

Keiner von beiden bekam mit, dass die Eingangstür ins Schloss fiel und gleichzeitig der Kaffee überkochte.

»Was stinkt denn hier so?«, wollte Clio wissen, als sie auseinander sprangen. Sie streckte ihren Arm durch die Tür und drehte das Gas ab. »Wenn ihr euch das nächste Mal die Zungen in die Kehlen steckt, denkt vorher dran, das Gas abzudrehen. Sonst bringt ihr uns alle um.« Und sie machte kehrt und rannte hoch in ihr Zimmer.

»Tut mir Leid. Meine Mutter hat Recht, sie benimmt sich im Moment sehr merkwürdig.«

»Vielleicht aber auch nicht. Es ist doch bestimmt sehr ärgerlich, wenn du deine Mutter dabei erwischst, wie diese, was hat sie noch mal gesagt, ihre Zunge in die Kehle eines anderen steckt, vor allem als Teenager.« Er machte eine kurze Pause. »Hat sie denn einen Freund?«

»Eigentlich nicht. Sie hat sich nie für Jungs interessiert. Sie war körperlich immer, na ja, du weißt schon, unterentwickelt.« Sie unterbrach sich, weil sie sich unsicher war, ob sie derart Intimes über Clio weitererzählen durfte. Aber sie brauchte jemanden zum Reden. »Und als sie zum Skifahren weg war, entdeckte sie plötzlich Veränderungen an sich und dass Männer und Jungs sie ansahen.«

»Hat sie das genossen?«

»Nein. Ich denke, sie fand es abscheulich.«

»Ach, nicht doch.«

»Doch, wirklich, es war ihr zuwider, auf diese sexuell anzügliche Weise angeschaut zu werden. Bis auf einen Jungen. Ein junger französischer Skilehrer. Sie scheint sich total in ihn verknallt zu haben. Aber ich habe den Eindruck, dass sie einfach nur eine weitere Eroberung für ihn war. Er hat sie für ein deutsches Mädchen mit einem reichen Papa fallen lassen.«

»Es ist immer wieder das Gleiche. Armes Mädchen. Sie ist sehr hübsch.«

»Ja.« Amanda lächelte stolz. »Sie ist wirklich ganz umwerfend, wenn sie es sich nur eingestehen könnte.«

Luke schien sich darüber klar zu werden, dass ihr Gespräch sich schon einige Zeit um Clio drehte. »Da kommt sie nach ihrer Mutter.«

Amanda räkelte sich, plötzlich von Müdigkeit übermannt, und wünschte sich, ihr Leben wäre weniger kompliziert und sie und Luke könnten einfach miteinander ins Bett gehen, wie das auch andere Leute taten. Sie gab Luke einen knappen Kuss auf die Lippen. »Zeit für dich aufzubrechen, denke ich.«

»Na gut. Ich weiß, wann ich unerwünscht bin.«

»Was willst du darauf hören?« Sie schob ihn sanft zur Tür und hielt dann für einen letzten Kuss inne.

Nachdem er gegangen war, drehte sie die Lichter ab und ging nach oben, um nach Clio zu sehen. Sie klopfte leise an ihre Tür. Für gewöhnlich war der Zutritt strengstens verboten, was ein riesiges rot-schwarzes »EINTRITT VERBOTEN«-Schild unterstrich, das sie selbst angefertigt und auf die Tür geklebt hatte. Außerdem hatte sie noch einen auf die Mitte deutenden Pfeil mit den Worten VOR ALLEM FÜR MAMA hinzugefügt.

Clios Zimmer war ein ständiger Zankapfel zwischen beiden. Amanda machte es wahnsinnig, dass Clio ihre Kleider auf dem Boden, unter ihrem Bett, hinter den Vorhängen, überall, nur nicht in den Kommoden oder dem Schrank herumliegen hatte. Ihr Schreibtisch, eigentlich für die Erledigung der Hausarbeiten gedacht – wie auch für die Vorbereitung auf die Vorprüfungen –, war mit Make-up und Jugendzeitschriften, aus den Hüllen genommenen CDs und Schokoladenpapier übersät. Den endgültigen Hinweis auf den Teenager in Residence gab das *eau de dompteur*, das Amanda fast umwarf, sobald die Tür aufging.

»Clio! Clio-Schatz. Darf ich reinkommen?« Eigentlich hätte Amanda wegen der ungezogenen Bemerkung gerade eben wütend sein sollen, aber ihr Instinkt sagte ihr, Clio vorsichtig zu behandeln. Clio war schon im Bett, die Steppdecke hochgezogen, so dass nur noch der Scheitel des Kopfes zu sehen war. Sie drückte eine widerwillige Kinky an sich, die miauend ihren Protest kundtat und keinerlei kätzische Einfühlsamkeit zeigte. Auf dem Kissen neben Clio lag das rosa Kaninchen, ein Relikt aus ihrer Babyzeit, das normalerweise ein nicht beachtetes, ungeliebtes Dasein im Bücherregal fristete.

Amanda setzte sich aufs Bett. »Ist alles in Ordnung, Schatz?«

Die Antwort war ein Schluchzen.

Da Amanda sofort Schuldgefühle bekam, weil sie davon ausging, es könnte mit Lukes Eintritt in ihr Leben zu tun haben, streckte sie die Hand aus und streichelte Clios Kopf. »Was ist denn los, Clio?« Ihre Mutter hatte Recht, Clio war seit dem Skiurlaub völlig verändert. »Hat es denn was mit Gilles zu tun?«

Als sie Gilles erwähnte, setzte Clio sich auf und warf sich mit verheultem Gesicht in Amandas Arme, ohne Rücksicht auf Kinky, die fast zerdrückt wurde. »Ach Mama, ich war so verdammt blöd! Ich wollte eigentlich gar nicht mit ihm ins Bett gehen, aber er war ekelhaft zu mir, nannte mich eine dumme kleine Jungfrau und behauptete, den meisten Mädchen meines Alters wäre es peinlich, auch nur zuzugeben, noch mit keinem Mann geschlafen zu haben.«

Kalte, grimmige Wut auf diesen arroganten Mann kroch in Amanda hoch, zusammen mit der noch viel größeren Wut auf ihren Exehemann, der nicht nur nicht mitbekommen hatte, was da vor seinen Augen ablief, sondern das Ganze sogar noch in einen Scherz verkehrte.

»Das zählt nicht, Liebling. Er war ein Rüpel, mehr nicht. Die wenigsten Jungs sind so wie er. Jetzt ist alles vorbei.« Sie wiegte Clio an ihrer Brust, wie sie das mit ihr als Baby getan hatte.

Clio weinte noch immer. »Tut mir Leid, dass ich so gemein zu dir war, Mama.«

Eine Woge der Liebe zu ihrer übermütigen, schönen Tochter erfasste Amanda. »Das macht doch nichts. Ich hätte auf deine Gefühle auch mehr Rücksicht nehmen sollen. Ich meine, du kennst Luke kaum, und es war für dich bestimmt ein Schock, als du ihn plötzlich deine Mutter hast küssen sehen.«

»Das ist es nicht, Mama.« Sie schluchzte wieder, die Tränen liefen ihr übers Gesicht. »Es ist, weil meine Periode ausgeblieben ist.«

Amandas Herz fuhr Achterbahn. Clio hatte doch gesagt, sie hätten aufgepasst. Was sollten sie tun, wenn Clio tatsächlich schwanger wäre? Clio war immer ein Mensch strenger Prinzipien gewesen, und Amanda ging davon aus, dass sie niemals einem Abbruch zustimmen würde. O Gott, was für ein Schlamassel. Wieder packte sie die Wut, dieses Mal nicht gegen Gilles oder ihren Exmann gerichtet, sondern gegen Clio selbst. Wie hatte sie nur so dumm sein können?

Doch ein Blick in Clios hohle Augen und ihr tränenfleckiges Gesicht erstickte sämtliche Ansätze eines Wutausbruchs. »Mein armes, armes Mädchen.« Sie tätschelte Clios strähniges, ungewaschenes Haar. »Bist du dir sicher? Hast du einen Test gemacht? Man kann den jetzt schon machen, wenn man nur fünf Minuten über der Zeit ist.«

»Ich wollte ihn heute Abend machen, aber Jasmines Schwester hielt die ganze Zeit über das Badezimmer besetzt.«

»Soll ich dir dabei helfen?«

Clio schüttelte den Kopf. »Nein, ich mach das lieber allein. Ich mache es auch bald.«

Fast hätte Amanda darauf mit einem »Warum nicht gleich?« reagiert, aber sie wusste, dass sie sich nicht einmischen durfte.

»Gut. Geht es wieder? Möchtest du bei mir im Bett schlafen?«

»Ist schon gut. Ich sollte mich wohl daran gewöhnen, dass du es für dich haben möchtest. Jetzt, nachdem du den leckeren Luke kennen gelernt hast.«

»Wir würden nicht…« Amanda errötete, denn jetzt wäre der denkbar ungünstigste Zeitpunkt, dies mit Clio zu besprechen. »Ich meine, ich würde nicht im Traum…«

»Mit ihm ins Bett gehen, wenn wir hier sind?«

»Clio…«

»Ist schon gut. Nur weil ich so dumm war, heißt das noch lange nicht, dass du für den Rest deines Lebens dem Sex abschwören musst.« Clio bekam ein herzerweichendes Lächeln zustande. »Selbst die Mutter Oberin in *The Sound of Music* wusste, dass das keine gute Idee ist.«

Clio schlüpfte wieder unter die Steppdecke und griff nach dem Lichtschalter. »Was wurde übrigens aus dem netten Angus?«, fragte sie und hielt in der Bewegung inne. »Der mit dem sozialen Gewissen. Ich dachte, du hättest ihn nett gefunden und er dich auch.«

»Ich denke, du verwechselst da was. Angus Day hat kein soziales Gewissen. Er ist nur daran interessiert, Geld zu machen. Luke ist derjenige, dem an einer Veränderung der Gesellschaft gelegen ist.«

»Ah.« Clio knipste unvermittelt das Licht aus. Wäre Clio nicht so aufgewühlt gewesen, hätte Amanda ihren skeptischen Ton als absichtliche Beleidigung aufgefasst. »Dann habe ich mich wohl geirrt. Ich fand Angus nämlich ziemlich fürsorglich.«

Amanda blieb noch ein paar Minuten auf dem Bett sitzen und lauschte der Stille. Trotz ihrer Sorgen war Clio binnen Sekunden in tiefen Schlaf gesunken. Neben ihr schnurrte Kinky wie ein alter Außenbordmotor. Es war ein Bild kindlicher Unschuld.

Nur dass Clios Dilemma alles andere als kindlich war.

Amanda fragte sich, wie das hatte passieren können. Clio hatte sich gegen ihren Willen zum Sex überreden lassen. All ihre Ruppigkeit und ihre Überzeugungen hatten sie nicht davor bewahrt, einer Mischung aus Charme und Frechheit auf den Leim zu gehen. Vielleicht hatte Amanda sie nicht gut genug auf derartige Situationen vorbereitet?

Da fiel es ihr voller Scham wieder ein. Hatte Giles nicht dieselbe Taktik angewandt, um sie ins Bett zu bekommen? Der einzige Unterschied war, dass Amanda damals fast zweiundzwanzig gewesen war, während Clio mit ihren erst sechzehn Jahren noch eine glänzende Zukunft vor sich hatte. Was bereitete Amanda mehr Probleme, die Möglichkeit einer Schwangerschaft oder die Tatsache, dass Clio Sex gehabt hatte?

Noch immer auf Clios Bett sitzend, erinnerte Amanda sich an Clio als Baby. Sie hatte sich nicht gern ins Bett bringen lassen und schlief nur ein, wenn sie das bewundernde Gesicht ihrer Mutter neben ihrem Bettchen sehen konnte. Also hatte Amanda es sich zur Gewohnheit gemacht abzuwarten, bis Clio eingeschlafen war, um sich dann geräuschlos aus dem Zimmer zu schleichen.

Leise machte sie es an diesem Abend ebenso. Sie hatte gerade die Tür erreicht, als Clios Stimme die Dunkelheit durchschnitt: »Was schleichst du denn da herum, Mama?«

Amanda erschrak. Clio war zweifellos kein Baby mehr.

»Gute Nacht, Schatz«, sagte sie sanft und ging in ihr Zimmer, wo sie sich rasch bettfertig machte und dann stundenlang mit weit geöffneten Augen wach lag und überlegte, was wohl als Nächstes anstünde, wenn Clios Schwangerschaftstest sich als positiv erweisen sollte.

14. Kapitel

Amanda setzte sich im Bett auf und griff nach ihrer Uhr. Mist. Sie hatte verschlafen. Die Sorge um Clio hatte sie die halbe Nacht wach gehalten, und sie hatte sich verzweifelt gewünscht, jemanden zu haben, mit dem sie ihre Probleme teilen könnte. Giles wäre bestimmt keine Hilfe, sondern höchstens wütend, und das würde ihr auch nicht weiterhelfen.

Es war schon fast Zeit für Clio und Sean, zur Schule aufzubrechen. Amanda sprang aus dem Bett und zog die Kleider vom Vortag an, um Zeit zu sparen.

Unten saß der wie immer sehr selbstständige Sean am Tisch und aß in aller Ruhe seine Cheerios. Von Clio war natürlich nichts zu sehen. Amanda überlegte, ob sie Clio den Vorschlag machen sollte, heute zu Hause zu bleiben, aber daheim Trübsal zu blasen wäre wahrscheinlich die schlechteste Lösung für sie.

Sie wollte schon hoch zu ihr ins Zimmer gehen, als Clio selbst nach unten kam. Sie war wie verwandelt. Ihr hübsches Gesicht strahlte, und ihre Augen leuchteten wie die Sonne auf einem glänzenden Meer. Sie kam fast ins Zimmer gehüpft.

»Ist alles okay, Mama«, schwärmte sie und nahm Amanda fest in den Arm. »Ich brauche den Test nicht. Gerade ist meine Periode gekommen.«

»O Clio.« Amanda hatte das Gefühl, als würde alle Last der vergangenen Nacht von ihren Schultern abfallen. »Gott sei Dank. Das ist wirklich absolut wunderbar!«

Sean verfolgte diesen Austausch zwischen seiner Schwester und seiner Mutter mit wachsender Verwunderung. »Wie bitte?«

Er sah von der einen zur anderen. »Bringt ihr hier nicht was durcheinander? Die Dame, die uns den Vortrag gehalten hat, sagte, die Periode sei schmerzhaft, und Ben Summers meint, seine Schwester nenne sie ›der Fluch‹, also warum, zum Teufel, seid ihr so aus dem Häuschen, weil sie ihre gekriegt hat?«

Clio und Amanda klammerten sich aneinander und kicherten vor Erleichterung. »Glaub mir«, klärte Amanda ihn auf, »egal, was Ben Summers Schwester auch sagen mag, es gibt Zeiten, da sollte man sie ›der Segen‹ nennen.«

»Du bist so guter Laune«, bemerkte Louise am späteren Vormittag. Amanda hatte nicht nur Kaffee gekocht, die Vitrine für Schaustücke poliert und sogar den Lagerraum gesäubert, ehe er es nötig hatte, sie summte sogar dabei.

»Ich weiß.« Sie würde doch nicht Louise, der größten Klatschtante von Laineton, auf die Nase binden, dass sie so guter Laune war, weil ihre sechzehnjährige Tochter doch nicht von ihrem Skilehrer schwanger war. »Ich spüre den Frühling in der Luft.«

»Da scheinst du aber die Einzige zu sein. Es ist eiskalt, wenn du mich fragst.«

»Gut, dann wartet der Frühling eben um die Ecke.«

»Ich wünschte, ich hätte deinen Optimismus.«

Fast hätte Amanda gelacht. Gestern Abend noch war sie so deprimiert gewesen, dass im Vergleich zu ihr selbst Eeyore einen fröhlichen Eindruck gemacht hätte.

Der Vormittag verging wie im Flug. Amanda erklärte sich sogar freiwillig bereit, zur Bank zu gehen, für gewöhnlich die Aufgabe, die beiden zuwider war. Das Einzahlen all der Fünfpence-Stücke, die ihnen die Rentner für die Karten hinzählten, brachte ihnen jedes Mal eine Attacke von unwilligem Stöhnen und Seufzen der Kassenkräfte ein. Amanda lag dann jedes Mal auf der Zunge: »Verflixt, eines Tages wirst du auch pleite sein, und dann kann ich dir nur wünschen, dass sich keiner die Mühe macht, dir eine Geburtstagskarte zu schicken.«

Sie hatte gerade eingezahlt und wollte sich wieder auf den Rückweg zur Galerie machen, als sie Luke über den Weg lief, der ein lebhaftes Gespräch am Mobiltelefon führte. Als er sie sah, blieb er abrupt stehen und lächelte. Es war ein unglaubliches Lächeln. Es vermittelte die Freude und Wärme und Erregung, sie zu sehen. Dieses Lächeln konnte einem den ganzen Tag in strahlendes Licht tauchen.

»Hallo, das ist ja eine Überraschung. Werden heute keine Kunstwerke an die undankbaren Massen verscherbelt?«

»Ich zahle eigentlich nur unsere mageren Einkünfte ein.« Sie genoss es, wenn er ihren Arm festhielt, und registrierte mit boshafter Freude die neidischen Blicke der anderen Frauen, als sie Hand in Hand dahinschlenderten.

»Hoffentlich habe ich dich nicht unterbrochen.« Sie deutete auf sein Mobiltelefon. »Es sah nach einem sehr heftigen Gespräch aus.«

»Ach das«, meinte Luke wegwerfend. »Es geht nur um meinen Vertrag. Das Leeds-Festival bittet mich, einen Vertrag für den nächsten Herbst anzunehmen. Die Planung der Festivals findet immer noch früher statt, vor allem, wenn man zugkräftige Namen bekommen will.«

Das Wort »Leeds« drang rüttelnd und schüttelnd in Amandas Gehirn. Leeds war Hunderte von Kilometern entfernt. Selbstsüchtig hatte sie sich nie wirklich Gedanken darüber gemacht, was mit Lukes Job verbunden war. Offenbar bedeutete es, dass er von einer Stadt in die nächste zog, wann immer ein Festival anstand. Amanda fühlte sich plötzlich nicht älter oder reifer als die von ihrem schrecklichen Skilehrer verlassene Clio.

»Schau mich nicht so an.« Luke legte seinen Arm um sie. »Ich habe noch nicht zugesagt. Aber mein Vertrag hier läuft in ein paar Monaten aus. Mal sehen, ob ich sie noch eine Weile hinhalten kann. Die Stadtverwaltung hat mal erwähnt, man brauche auf Dauer einen künstlerischen Leiter. Die Bezahlung ist beschissen, deshalb habe ich es nicht ernsthaft in Erwägung gezogen.« Er hielt inne und sah ihr in die Augen. Er strahlte eine Zärtlichkeit aus, die ihr unendliche Gewissheit gab. »Bis ich dich kennen lernte.«

Jetzt konnte Amanda wieder atmen, wenngleich es nur eine vorübergehende Erleichterung war. In ein paar Monaten wüsste sie dann wenigstens, was sie einander wirklich bedeuteten. Aber das Beste daran war, dass sie ihm wichtig war. Er würde in Laineton bleiben, sofern dies möglich war.

»Das wäre großartig«, sagte sie und meinte eigentlich, es wäre fabelhaft, fantastisch und so hervorragend, dass sie alle Welt küssen könnte. Und dann wagte sie den Sprung: »Ich meine, es wäre fabelhaft, fantastisch und so hervorragend, dass ich alle Welt küssen könnte.«

»Dann ist es ja gut«, lachte Luke. »Und ich werde das am besten so bald wie möglich regeln. Nun, wie geht es der launischen Tochter?« Ihm saß noch der Schalk in den Augen.

Die in einer Wolke aus Erleichterung und Glück schwebende Amanda wollte alles mit ihm teilen. »Sie ist nicht launisch, sie war nur beunruhigt.«

»Sie wirkte aber ziemlich ungezogen gestern Abend.«

Amanda kämpfte mit sich. Würde sie nicht Clios Vertrauen missbrauchen, wenn sie Luke die Wahrheit erzählte? Wenn er jedoch eine ernst zu nehmende Rolle in Amandas Leben spielen sollte, müsste er es andererseits verstehen und auch Clio besser kennen lernen.

»Die Sache ist nämlich die, ihre Periode hatte sich verzögert, und sie fürchtete, schwanger zu sein.«

Lukes Handgriff wurde fester. »Schwanger? Heißt das, sie schläft sich schon durch die Betten?«

»Nicht durch die Betten. Sie hat mit einem Jungen geschlafen. Dem Skilehrer in den Ferien. Es war ein fürchterlicher Fehler, und er hat sie wegen einer anderen sitzen lassen. Soweit ich es einschätzen kann, hat er ihre Unschuld missbraucht und sie überredet.«

»Die arme Clio. Es gibt böse Menschen auf der Welt.« Er sprach mit hasserfüllter Stimme.

»Ja. Nur glaube ich nicht, dass Gilles böse war, nur jung, ein Mann und egoistisch.«

»Gehört das unweigerlich zusammen?«

»He.« Amanda lachte und hoffte, ihm nicht zu viel erzählt zu haben. »Du hörst dich schon an wie die Frauen in meiner Lektüregruppe.«

»Gott bewahre. Ich begleite dich zurück zur Galerie«, bot Luke ihr lachend an. »Mein nächstes Treffen ist erst in zwanzig Minuten.«

Louise wartete auf sie.

»Ich habe mich schon gefragt, wie lang man denn brauchen kann, um die Einnahmen einzuzahlen«, meinte sie spitz. »Jetzt kenne ich die Antwort. Dein Freund Mr. Day ist gerade hier gewesen. Wollte uns an die Party zur Wiedereröffnung des Eastcliff Estate erinnern.« Louise winkte Amanda mit der Einladung und der angehängten Pressemitteilung zu.

»Mein Gott, das hatte ich vollig vergessen. Gehst du hin?«

»Nein, das ist nichts für mich. Ich ertrag die Armen nicht aus der Nähe. Aber du kannst hingehen, wenn du möchtest. Vorausgesetzt, es dauert nicht länger als eine Stunde. Ich denke, wir sollten uns mit Mr. Day gut stellen. Er kauft wenigstens was.«

»Ich hätte nichts dagegen, mir gelebten Kapitalismus anzusehen«, meinte Luke, der die Pressemitteilung las. »Herausfinden, was dieses so genannte ›fantasievolle Joint venture zwischen dem privaten und dem öffentlichen Sektor‹ wirklich bedeutet. Wetten, dass es eigentlich heißen müsste: ›Wie die fetten Typen es schon wieder schaffen, den Stadtrat auszuquetschen‹?«

»Du bist mir ein schöner Zyniker, Luke Knight.« Amanda warf ihm einen Kuss zu. »Und das gefällt mir.«

»Ich habe das bei Förderungen einfach zu oft erlebt. Ein dummer Geschäftsmann, der keinen blassen Schimmer von Kunst oder der Gemeinde hat, schmeißt ein paar hundert Scheine hin und sichert sich damit die ganze Publicity.«

»Ich glaube nicht, dass Angus Day so schlimm ist«, verteidigte Amanda ihn.

»Amanda hat ein Herz für Mr. Day«, vertraute Louise ihm an.

»Dann komme ich auf jeden Fall lieber mit.« Luke legte bedeutungsvoll seinen Arm um Amanda. »Nur, um ein Auge auf sie zu haben.«

Es klang ein wenig besitzergreifend, wie Luke das sagte. In einer Beziehung fand Amanda das erregend, aber es öffnete auch einen Spalt weit die Tür des Zweifels. Giles war durchgedreht, wenn ein anderer Mann auch nur das flüchtigste Interesse an ihr bekundete, und Amanda hatte das gehasst.

»Wann soll die Fete steigen?«, wollte Luke wissen.

»Von halb eins bis eins.«

»Du liebe Güte, gibt es denn Kanapees und Champagner?«

»Wohl eher Hotdogs und eine halbe Bier mit Zitrone, soweit ich den Geschmack der Bewohner kenne«, trällerte Louise.

Amanda lag es auf der Zunge, darauf hinzuweisen, dass Louise sich beim Geschmack der Mieter wahrscheinlich genauso gut auskannte wie mit Wettbüros oder Busfahren.

»Dann hole ich dich um halb eins hier ab, was meinst du?« Luke verabschiedete sich mit einem Winken.

Angus fand, er habe allen Grund, mit sich selbst zufrieden zu sein. Er war mit Laddie zu einer letzten Inspektion vor der offiziellen Eröffnung gekommen, und was er vorfand, sah fantastisch aus. Sämtliche Arbeiten an den Gebäuden waren abgeschlossen, der neue Kies war aufgeschüttet worden, und vor jedem Eingang der sechs Häuserblocks mit den renovierten Wohnungen blühten winterharte Stiefmütterchen und Alpenveilchen.

Gerade eben hatte der junge Architekt, der am Entwurf mitgearbeitet hatte, erklärt, er könne sich vorstellen, selbst in einer solchen Wohnung zu wohnen.

»Pech, mein Junge«, meinte schnippisch Lou Wills, die Mietervertreterin. »Es gibt bereits eine Warteliste. Schon komisch, nicht wahr, dass die Leute tatsächlich hier im Eastcliff Estate wohnen wollen, he?«

»Denk an meine Worte«, brummelte Laddie düster, »sie werden hier alles in kürzester Zeit versaut haben.«

Angus lachte nur. Sein Instinkt sagte ihm, dass Laddie sich täuschte.

»Nun, Lou«, erkundigte sich Angus, »wen haben Sie alles zur Party zusammentrommeln können?«

»Sämtliche Bürohengste aus der Verwaltung werden kommen, und auch die eifrigen Beamten vom Sozialamt.«

Angus überlegte, ob es wohl Menschen gab, die Lou nicht verachtete.

»Fast hätte ich es vergessen«, sagte sie grinsend, »dieser Tunichtgut von der städtischen Wohlfahrt kommt auch. Und natürlich die Mieter. Die riechen es, wenn's Freibier gibt. »He du!«, schrie Lou einem kahl geschorenen Jungen zu, der über den frisch angelegten Rasen lief, beziehungsweise von einer ausgehungert aussehenden Bulldogge mit Stachelhalsband gezogen wurde. Sie reichte ihm eine Plastiktüte. »Wenn der Hund sein Geschäft hier auf dem neuen Gras verrichtet, streiche ich dir seine Kacke persönlich auf die Hose!«

Angus fing Laddies Blick auf. »Was hast du noch mal über die Mieter und ihre Hunde gesagt?«, fragte er seinen Vorarbeiter.

»Das Neue wird binnen fünf Minuten seinen Reiz eingebüßt haben, denk dran«, warnte Laddie klagend und zog sich seine Wollmütze über die Ohren.

»Nicht, wenn ich was zu sagen habe«, grummelte Lou. »Die Frauen werden hier in den Blocks das Heft in die Hand nehmen, und wir werden schärfer sein als sämtliche besoffenen Wachleute, das versichere ich Ihnen.«

»Pass lieber auf, Laddie. Sonst zerren sie dich noch vors Frauentribunal.«

Laddie sah ihn nervös an. »Das können Sie doch nicht machen, oder?«

»Ist nur so eine Idee«, grinste Lou. »Ist es Ihnen recht, Mr. Day, wenn ich die Dixie-Toilette hinter das Zelt stellen lasse? Was die Getränke angeht, habe ich entschieden, dass wir bei Sherry und Bier bleiben, wenn's was Stärkeres gibt, beschuldigt Nummer Sieben nur wieder den Sohn von Nummer Einundzwanzig, ihre Tochter geschwängert zu haben.«

»Das haben Sie ganz fantastisch gemacht, Lou«, bedankte Angus sich bei ihr. »Ich wollte, dass es ein Fest für die Mieter wird. Erstaunlich, dass Sie alle zum Kommen überreden konnten.«

»Wenn's umsonst was zu trinken und zu essen gibt? Schon eher hätte es mich gewundert, wenn sie weggeblieben wären.«

»Dann also bis Mittag.« Angus verabschiedete sich von ihr und Laddie und ging zu seinem Wagen. Als er schon fast dort war, kam Lou ihm hinterhergerannt. Aus ihrem Sweatshirt zog sie das BMW-Emblem hervor und reichte es ihm. »Tut mir Leid. Es war eines der Kinder von dreiundfünfzig. Ich hoffe, Sie können es wieder anständig anbringen.«

Angus sah seinen Wagen prüfend an. Das Emblem fehlte tatsächlich. Wie, zum Teufel, hatte das Kind es geschafft, es abzunehmen? Angus öffnete den Kofferraum, um es dort zu verstauen, bis er Zeit fand, in die Werkstatt zu fahren. Bei seinem Anblick erinnerte er sich an die letzte Beschädigung des Emblems – auf dem Parkplatz von Tesco's durch Amanda Wells.

Ihm wurde klar, wie sehr er auf ihr Kommen hoffte. *Du willst ihr doch nur zeigen, dass du zu den guten Jungs gehörst*, sagte er sich voller Ironie. Aber es war die Wahrheit. Sie sollte sich selbst davon überzeugen, dass auch Immobilienmakler gelegentlich eine gute Tat vollbrachten.

»Na los, Clio, zeig uns deine Titten!« Einer der pickeligsten Jungs ihrer Klasse hatte ihr hinter den Toiletten aufgelauert und jagte ihr einen Schrecken ein.

»Das mache ich, wenn du mir deinen Pimmel zeigst«, erwiderte sie. »Damit ich darüber lachen kann.«

»Vergiss es«, riet der Freund des Jungen. »Sie wird dir nie ihre Titten zeigen, sie ist absolut versnobt. Und das nur, weil ihre Mutter in einer *Kunstgalerie* arbeitet. Ist aber nur ein aufgemotzter Andenkenladen. Ich meine, wer nennt seine Tochter auch Clio? Klingt wie Cleo-blöde-patra.«

Clio ignorierte sie. Sie trieb noch immer auf einer Woge der Erleichterung, dass sie weder eine Abtreibung noch mit ihren sechzehn Jahren eine Schwangerschaft in Erwägung ziehen musste, und die Kommentare dieser Idioten konnten ihr nichts anhaben. Eigentlich hatte sie einen guten Vormittag hinter sich, denn sie hatte ihren Plan für die Prüfungen ausgearbeitet. Von nun an hieß es arbeiten, arbeiten, arbeiten.

Mit ein Grund für ihren Entschluss, hart zu arbeiten, war die Dankbarkeit, die sie für ihre Mutter empfand. Ihr war klar, dass Amanda wegen der drohenden Schwangerschaft auch hätte ausrasten können, außerdem war sie in letzter Zeit zu ihrer Mutter so gemein gewesen, dass sie es wieder gutmachen wollte. Sie hatten heute zeitig Schluss, und sie wollte bei der Galerie vorbeischauen, um Amanda ihren Arbeitsplan zu zeigen und vielleicht auch einen kleinen Blumenstrauß vorbeizubringen.

Clio ging über den Sportplatz und wünschte sich zum hundertsten Mal, auf eine reine Mädchenschule zu gehen. Dann müsste sie sich nicht mit diesen blöden Geschichten wegen ihrer Brüste herumschlagen. Es war nicht ein riesenhafter Busen, der die Leute fast umwarf, wenn sie sich umdrehte. Jasmine meinte, es läge daran, dass die Brüste so rund und perfekt waren und sie vorher flach wie ein Bügelbrett gewesen war. Dieser Unterschied war es, der allen ins Auge sprang.

Mit vor der Brust verschränkten Armen, einer Geste, mit der sie ihre Brüste zu verbergen hoffte, aber eigentlich die Aufmerksamkeit auf sie zog, trippelte sie zur nächsten Unterrichtsstunde. Eine Doppelstunde Biologie.

»Seid ihr alle bereit?«, sagte Mr. Van der Wyck, ihr Biologielehrer, und fügte sich, nachdem er fünfzehn Jahre lang Kinder in der Fortpflanzung unterrichtet hatte, erschöpft ins Unvermeidbare. »Wir beschäftigen uns mit menschlicher Fortpflanzung, ihr erinnert euch?«

Eines der wenigen fleißigen Mädchen in Clios Klasse hob die Hand, um eine Frage zu stellen.

Der pickelige Junge näherte sich Clios Ohr. »Ich stoße dir meine Spermien in deine Urethra, wann immer du willst.«

»Sehr witzig«, bemerkte Jasmine, die neben Clio saß.

»Hey, Jason« – der pickelige Junge stupste seinen Kameraden an und deutete auf Jasmine –, »stachel ihn doch nicht auch noch an.«

»Kommst du noch auf eine Diätcola mit zu mir?«, lud Jasmine Clio ein, als der Unterricht aus war. Sie sollten nach Hause gehen, um zu lernen. »Wir könnten unseren Spaß beim Internet-Chat mit diesem Typen haben, der sich ›The Whopper‹ nennt.«

»Ich hatte mir eigentlich vorgenommen, bei meiner Mutter vorbeizuschauen«, sagte Clio. »Sie ist so nett zu mir gewesen, weißt du.« Dabei zuckte sie verlegen mit den Schultern. Jasmine war fast ebenso erleichtert gewesen wie sie selbst, als sie erfuhr, dass die Angst ein Ende hatte. Schwangerschaft konnte ansteckend sein.

»Mensch, Clio, ist alles in Ordnung mit dir? Deine Mutter fällt womöglich vor Schreck tot um. Außerdem, so dankbar bräuchtest du nun auch wieder nicht zu sein. Wahrscheinlich hat sie es sämtlichen Freundinnen erzählt. Das tun Mütter immer.«

»Meine nicht. Sie würde es keiner Menschenseele erzählen, das schwöre ich dir. Sie weiß, dass ich ihr das nie verzeihen würde.«

»Dann wäre sie die erste Mutter auf diesem Planeten, die ihren Mund halten kann«, meinte Jasmine wegwerfend. »Meine hat meiner Tante sogar erzählt, dass ich meine Periode bekommen habe, wie viel ich wiege und dass ich mir Taschentücher in den Büstenhalter stopfe, um mehr Busen zu haben.«

»Also das ist wirklich allerhand, Jas.«

»Weiß ich. Aber sie macht es trotzdem.«

Ausnahmsweise wartete vor dem Schultor diesmal gleich der Bus, und da Clio eher gegangen war, war er nicht voll kichernder Schulmädchen, Körpergeruch, raufender Jungs und so vieler Rucksäcke, dass man sich in einem Billigflieger nach Thailand glaubte.

Von der Bushaltestelle am Pier waren es nur wenige Minuten bis zur Wave Gallery. Auf dem Weg dorthin kaufte Clio in einem Blumenladen ein Sträußchen Schneeglöckchen. Sie waren von Efeublättern umhüllt, die ihr zartes Weiß betonten. Ihrer Mutter würden sie bestimmt gefallen.

»Hallo«, begrüßte sie Louise, plötzlich ganz schüchtern geworden.

Louise musterte sie. Bis vor kurzem hatte Louise Clio trotz ihres exotischen Namens immer als ziemlich unscheinbar empfunden. Womöglich lag es auch daran, dass neben Louise, die in ihren lebhaften Farben und dem vielen Schmuck wie ein Tropengewächs wirkte, alle andern nur blass aussehen konnten. Aber Clio war jetzt alles andere als unscheinbar. Die Pubertätsfee schien über Nacht gekommen zu sein und ihren Zauberstab gezückt zu haben. Das bisher zurückgebundene Haar des Mädchens hing heute lose herab und schimmerte wie dunkles Gold. Zudem reifte der bohnenstangenartige Körper des Kindes zu runderen Formen heran.

Würde Clio einem Scout auf der Suche nach neuen Models unter die Augen kommen, würde er sie sich auf der Stelle schnappen. Sie hatte genau den Moment der Jugend erreicht, jene Balance zwischen Kind und Frau, den die Modebranche so anziehend fand. Aber Amanda ließe einen solchen Weg bestimmt nicht zu. Kindliche Unschuld bedeutete ihr viel.

»Suchst du Amanda?« Dumme Frage, aber Schönheit bringt selbst vernünftige Erwachsene aus dem Konzept. »Sie ist leider zu einer Party gegangen, die oben am Eastcliff Estate stattfindet.«

Die fröhliche Vorfreude schwand aus Clios Gesicht.

»Ich bin mir sicher, dass du sie dort finden wirst«, meinte Louise in einem seltenen Anflug von Großzügigkeit. Die so eindeutig auf Clios Gesicht gespiegelten Gefühle rührten selbst an Louises zynisches Herz. »Es ist nur eine ganz zwanglose Party, mit der das Ende der Umbauten gefeiert wird. Du brauchst keine Einladung. Es ist nur zehn Minuten die Straße hoch.«

Clio zögerte.

»Ich bin mir ganz sicher, dass deine Mutter es lieber hätte, wenn du ihr die Blumen persönlich überreichst.«

»Also gut«, sagte Clio, »dann gehe ich und suche sie. Danke.«

Meine Güte, das Mädchen wurde ja noch hübscher, wenn es lächelte. Louise fragte sich, ob Amanda die Macht von so viel unschuldiger Schönheit bemerkt hatte. Ihrer Erfahrung nach, die sich auf die Beobachtung ihrer Freunde gründete, waren Kinder der Hauptgrund für Kummer. Obwohl sie noch im gebärfähigen Alter war, hatte Louise sich entschieden, dieses Risiko niemals eingehen zu wollen. Selbst wenn sie so hübsch wären wie Clio. Nein, genau anders herum: vor allem, wenn sie so hübsch wären wie Clio.

Der Spaziergang führte Clio entlang der Promenade und dann einen steilen Hang hoch. Das Nachmittagswetter gestaltete sich zu einem regelrechten Patchworkmuster, mit dunklen Regenwolken, die über einen klaren blauen Himmel jagten, und dazwischen stellenweise strahlender Sonnenschein, der das Meer wie changierende Seide aussehen ließ.

Clio atmete die würzige Luft ein und blieb für einen Moment stehen, um das Glück unendlicher Erleichterung zu genießen. Sie war nicht schwanger. Ihr Leben war nicht vorbei, ehe es begonnen hatte. Sie war sechzehn, sie hatte die Scheidung ihrer Eltern überstanden und – gerade – ihren ersten Liebeskummer erlebt. Jetzt war sie bereit, ihren Weg in die Welt anzutreten, herauszufinden, was sie ihr geben konnte. Es war beinahe aufregend.

Ganz in Gedanken versunken, hatte sie nicht bemerkt, dass sie die Häuserblocks bereits erreicht hatte. Erstaunt ließ sie die Veränderung auf sich wirken. Eastcliff Estate hatte immer zum Erscheinungsbild von Laineton dazugehört. Es war die verwahrloste Kulisse ihrer Kindheit, grau und unansehnlich hockte es auf dem Hügel und wurde von den Eltern als eine seltsame und beunruhigende Drohung missbraucht: Wenn du dich in der Schule nicht anstrengst, nicht auf den Lehrer hörst / deine Hausaufgaben nicht machst, wirst du als völlige Niete im Eastcliff Estate enden.

Clio sah sich um. Die sechs gulagartigen Häuserblöcke, deren Fassaden noch vor kurzem aus grauem Rauputz bestanden hatten, waren nicht wiederzuerkennen. Ebenso erstaunlich war das veränderte Umfeld. Keine überquellenden Mülltonnen und haufenweise schwarze Plastiksäcke mehr, an denen die Hunde herumzerrten und den Inhalt über den Gehweg verstreuten. Clio erinnerte sich an die ausgedünnten Grasflächen, die verlassenen Autoabstellplätze, und den Wagen, der – aufregend und beängstigend – in Brand gesteckt wurde, wie in den Berichten aus Beirut oder Bosnien. Sie erinnerte sich auch an die verwahrlosten Kinder, viel zu jung, um draußen allein herumzulaufen, die in den Bushäuschen herumlungerten oder auf der Straße Skateboard fuhren. Clio war dankbar für ihr hübsches, wenn auch unordentliches Zuhause gewesen, wo sich tatsächlich jemand um sie kümmerte und sorgte, wenn sie zu spät nach Hause kam. Aber jetzt sah alles fantastisch aus.

»Suchst du die Party?«, sprach sie von hinten ein Mann an. Angus hatte Clio nach ihrer ersten Begegnung auf dem Parkplatz von Tesco's sofort wiedererkannt. »Um die Ecke, im Festzelt. Da wollen wir auch gerade hin, nicht wahr, Laddie?«

Clio sah sich um. Hinter ihr standen zwei Männer, einer in Wollmütze und gefütterter Jacke, der andere schick gekleidet. Aufgeschreckt erkannte sie in dem Mann, der gesprochen hatte, Angus Day wieder, den Mann, dessen BMW ihre Mutter gerammt hatte.

»Mir ist eben aufgefallen, wie anders es hier aussieht. Die Architektur hat sich verändert, alles.«

»Eigentlich ist es eher eine Schönheitsoperation. Weniger dramatisch, als es aussieht.«

»Aber die Atmosphäre hat sich völlig verändert. Früher war es richtig beängstigend hier.«

»Danke.« Angus strahlte.

»Dann haben Sie also damit zu tun?«, erkundigte sich Clio.

»Meine Firma hat die Renovierung durchgeführt, ja. Interessierst du dich für Architektur?«

»Ich interessiere mich dafür, wie Menschen leben. Als Architektur hätte ich es nicht bezeichnet.« Clio lachte.

»Auf die sollte man sich aber beschränken«, rutschte es Laddie heraus. »Immobilienmakler sollten bei dem bleiben, wovon sie was verstehen, und sich nicht in Sozialarbeit versuchen.«

Clio zog eine Braue hoch. »Versuchen Sie sich in Sozialarbeit?«, fragte sie. »Meine Mutter meint, Immobilienmakler seien Menschen, die schöne Häuser niederreißen und durch schreckliche ersetzen und dabei das schnelle Geld machen.«

»Dem würde Laddie bestimmt zustimmen. Was sagst du, Laddie?«

Laddie grunzte. »Ich hoffe nur, dass unser nächstes Projekt Profit abwirft. Das wäre mal eine erfreuliche Abwechslung.«

»Sieh mal«, sagte Angus, »da ist deine Mutter.« Amanda war gerade aus der Menge aufgetaucht. Clio winkte und wollte schon rufen, als Luke an Amandas Seite auftauchte. Sie warf einen Seitenblick auf Angus und sah, wie sich sein Gesicht verhärtete.

»Entschuldigt mich.« Angus wandte sich ab. »Bin gleich wieder da. Aber *meine* Mutter wird von jemandem hergebracht, und ich möchte mich vergewissern, dass sie gut angekommen ist. In einer viertel Stunde beginnen die Reden.« Er zwinkerte ihr zu. »Für den Fall, dass du vorher gehen möchtest.«

Ein Kellner kam. »Möchtest du ein Glas Orangensaft?«, fragte

Angus Clio. »Oder wäre dir ein Glas Wein lieber?« Er hielt ihr eines hin.

Clio lachte. »In Schuluniform vielleicht lieber nicht.«

Clio beobachtete, wie ihre Mutter und deren neuer Freund auf sie zukamen. Er sah unglaublich gut aus, das stimmte wirklich, aber die Art und Weise, wie Luke seinen Arm um ihre Mutter gelegt und fest um ihre Taille geschlungen hatte, wirkte im Rahmen einer solchen Versammlung seltsam unangebracht. Als wolle er der Welt sagen: Seht, wir sind ein Liebespaar. Habt ihr ein Problem damit?

»Hallo, Clio«, begrüßte Amanda sie. »Was für eine nette Überraschung.«

»Er hatte es wohl ziemlich eilig wegzukommen«, bemerkte Luke, der Angus nicht aus den Augen ließ, als dieser händeschüttelnd durchs Zelt ging. »War das etwa Wein, den er dir aufdrängen wollte? Was das wohl für ein Spielchen sein soll? Er muss doch wissen, dass du noch minderjährig bist.«

Clio richtete sich auf, bis sie fast so groß war wie Luke. »Ich bin aber schon sechzehn, und meine Mutter erlaubt mir, gelegentlich ein Glas Wein zu trinken.« Sie sah, dass Laddie neben ihnen stand. »Entschuldigt mich, ich muss diesen Mann hier etwas wegen der Renovierung fragen. Ich habe den Entschluss gefasst, dass städtische Erneuerung mein Spezialprojekt in Geografie wird.«

Amanda staunte. »Aber du hast bis jetzt nicht das geringste Interesse an Geografie gezeigt. Immer hast du dich beklagt, wie langweilig es sei, und dass es nichts mit dem wirklichen Leben zu tun habe.«

»Womöglich habe ich gerade entdeckt, dass das ein Irrtum war.«

»Ich frage mich, was mit ihr los ist«, sagte Amanda leise.

»Soweit ich es beurteilen kann, scheint mit ihr immer was los zu sein«, lautete Lukes Kommentar.

Aber Amanda kannte ihre Tochter um einiges besser. Aus

irgendeinem Grund war Clio gegen Luke eingenommen. Vielleicht war es schlicht und einfach Eifersucht. Vielleicht ärgerte sie sich, dass Amanda, seit sie einen gut aussehenden Mann für sich gefunden hatte, sich nicht mehr wie eine Mutter benahm, sondern auch Aufmerksamkeit für sich beanspruchte. Nun, dann musste Clio sich eben daran gewöhnen. Derartige Männer wie Luke bekam man wirklich nur, wenn einem das Glück hold war.

Auf der anderen Seite des Zelts, das direkt an eine der zu den Wohnungen gehörenden Veranden anschloss, hatte man zwischen zwei Lorbeerbäumen ein Band gespannt. Ein Mann, offenbar der Bürgermeister, bat um Ruhe, indem er mit der Gabel an sein Glas schlug.

»Ich möchte allen danken. In erster Linie gilt unser Dank Mr. Day für seine harte Arbeit und Fantasie, dieses Projekt sowohl in der vereinbarten Zeit als auch mit dem vereinbarten Budget umzusetzen – natürlich in Zusammenarbeit mit der Stadtverwaltung. Wäre das Bauteam der Stadt für dieses Vorhaben zuständig gewesen, hätte es schon eines Wunders bedurft, um Ähnliches zu erzielen.«

Jubelrufe und aufgeregtes Gelächter aus dem Publikum. »Ich muss zugeben, dass gewisse Ratsmitglieder die Beteiligung von Mr. Day mit Skepsis verfolgten. Es wurden Vermutungen laut, dass gebrauchte Fünf-Pfund-Scheine in Kuverts den Besitzer gewechselt hatten. Tatsache ist, dass wir tatsächlich Umschläge mit gebrauchten Fünfern aushändigen mussten – aber an das eigene Abwasseramt der Stadt, als die neuen Toiletten ihren Dienst quittieren wollten! Mr. Day hingegen hat weder Provisionen, Schmiergelder oder auch nur, wie Fußballer das so vornehm ausdrücken, Handgeld bekommen. Zudem hat er das Projekt termingerecht zum Abschluss gebracht. Und jetzt glaube ich, dass Mrs. Isobel Day das Band durchschneiden und das renovierte Eastcliff Estate offiziell als eröffnet erklären wird!«

Angus tauchte auf und schob seine Mutter im Rollstuhl.

Obwohl Amanda so weit hinten stand, war sie entsetzt. Isobel war so blass, dass sie fast wie ein Gespenst aussah, was die Farbtupfer auf ihren Wangen noch unterstrichen. Kurz vor dem Band bestand Isobel darauf, dass Angus stehen blieb und sie die letzten Schritte ohne fremde Hilfe ging.

Amanda hielt den Atem an. Würde Isobel das schaffen?

Gänzlich unerwartet nahm Isobel dem Bürgermeister das Mikrofon aus der Hand. »Bitte verzeihen Sie mir, aber wie Sie sehen, bin ich etwas wackelig auf den Beinen. Aber Sie sollen wissen, dass das am Alter liegt und nicht an zu vielen Whiskys. Ich wollte einfach meinem Sohn die Ehre erweisen, wofür er mich zwar hassen wird, aber offen gesagt, Angus, ich bin zu alt, um darauf Rücksicht zu nehmen.«

Das Publikum lachte, während Angus mit den Schultern zuckte.

»Als Angus ein Junge war, brach das Geschäft seines Vaters zusammen, und wir mussten in eine Sozialwohnung in einem großen Mietshaus ziehen. Wir kamen von East Fife hierher, und mein Mann fing von neuem an. Als er krank wurde, bat er Angus, das Geschäft zu übernehmen, und Angus willigte ein – widerwillig, denn er hatte sein Studium erst zur Hälfte hinter sich. Angus hat der Firma zu großem Erfolg verholfen. Sie haben alle seinen Wagen hier draußen gesehen.« Alle brachen in Gelächter aus. »Und das ist auch der Grund, weshalb ihm so viel daran lag, diesen Bau hier zu verschönern. Er hat nie vergessen, wie wichtig es ist, ein anständiges Heim zu haben. Aber das allein reichte Angus nicht. Er wollte, dass den Menschen ihr Zuhause auch etwas *bedeutete*. Um zu fühlen, dass die Heimat dort ist, wo das Herz ist.«

Luke stupste Amanda an und zog zynisch die Augenbraue hoch. Aber Amanda fühlte sich komischerweise sehr berührt. Isabel gehörte ganz und gar nicht zu denen, die auf Rührseligkeit setzten.

»Egal. So viel also von uns. Ich erkläre das Eastcliff Estate offiziell für eröffnet. Und ich hoffe, dass sämtliche Bewohner Freude daran haben werden, hier zu wohnen.«

»Das werden wir«, rief Lou Wills, »und ich verspreche, keine Kohlen im Bad zu lagern. Brauche ich auch nicht. Dank Angus haben wir Fußbodenheizung!«

Die meisten Mieter stimmten in das Lachen ein, als Isobel das Band durchschnitt.

»Ein Blumenstrauß!«, verkündete der Bürgermeister. »Wir brauchen einen Blumenstrauß für die Dame!«

Angus hätte fast laut geflucht. Bei allen Vorbereitungen hatte er ausgerechnet das vergessen.

Plötzlich tauchte aus der Menschenmenge Clio mit ihrem winzigen Schneeglöckchengebinde auf, das sie für ihre Mutter gekauft hatte. Sie wusste, dass Amanda dafür Verständnis haben würde.

Isobel nahm das Sträußchen vorsichtig entgegen. »Schneeglöckchen, die ersten Frühlingsboten.« Einen Moment lang schwankte sie. Nur Angus kannte den Grund. Dies wären die letzten Schneeglöckchen, die sie sehen würde. Der letzte Frühling.

»Danke«, flüsterte Angus Clio zu, als er seiner Mutter zurück in ihren Rollstuhl half. »Ich schulde dir was.«

»Nein, nicht nötig«, wehrte Clio flüsternd ab. »Aber vielleicht könnten Sie mir einen anderen Gefallen tun.«

Amanda und Luke warteten hinter der Menge auf sie.

»So ein sentimentales Gefasel«, ereiferte sich Luke. »Möchte nicht wissen, wie viel Profit er tatsächlich gemacht hat.«

Hinter ihnen schob Laddie sich ins Bild. »Sie meinen wohl, wie viel Verlust. Auf jeden Fall mehr, als Sie in einem oder in zwei Jahren verdienen, mein Lieber!«

»Tut mir Leid!«, entschuldigte Luke sich glatt. »Dann habe ich den Mann offenbar unterschätzt.«

»Das haben Sie«, brummte Laddie. »Und ich hoffe, er zahlt es Ihnen zurück. Wird nicht allzu schwer sein.«

»Zeit, dass wir gehen«, sagte Amanda fröhlich. »Ich muss zurück in die Galerie. Und was machst du, Clio?«

»Oh, ich nehme den Bus nach Hause. Ich werde mir unterwegs meinen Prüfungsstoff ansehen. Und mir Gedanken wegen dieses Geografieprojekts machen.«

»Hast du nicht gesagt, Clio mache nichts für die Schule«, meinte Luke grinsend, als sie zurückgingen.

»Hat sie auch nicht. Aber offenbar hat sich was verändert. Ich frage mich nur, was.«

»Na, wie war denn die fabelhafte Party?«, wollte Louise wissen, sobald Amanda wieder zurück in der Galerie war. »Nichts als schottische Eier und Schmalzgebackenes mit Frühstücksfleisch? Und hat Angus Day endlich seine geheimnisvolle Freundin mitgebracht?«

»Hab nichts dergleichen gesehen. Nur seine Mutter. Sie hat das Band durchtrennt.«

»Wie rührend«, bemerkte Louise sarkastisch. »Ich erkläre diesen subventionierten Scheißhaufen für eröffnet.«

»Ist kein Scheißhaufen mehr. Du solltest es dir ansehen. Sieht hübscher aus als die meisten Hotels am Strand.«

»Ja, aber wie lang? Hast du Clio getroffen? Sie wollte zu dir.«

»Ja, danke. Obwohl es mir fast lieber gewesen wäre, sie wäre nicht gekommen. Sie war unglaublich grob zu Luke.«

Louise konzentrierte sich auf das Wechseln der Kassenrolle, eine von ihr nicht sehr geliebte Tätigkeit. »Vielleicht ist sie eifersüchtig. Luke sieht ja fast wie ein Popstar aus. Vielleicht denkt sie, er solle ihr den Vorzug geben.«

»Mach dich nicht lächerlich, Louise. Ich werde mit ihr darüber reden.« Amanda hatte für Clios Probleme vollstes Verständnis, aber sie musste auch ihr eigenes Leben leben. Luke wurde langsam ein Teil davon, und vermutlich würde sich das noch intensivieren. Er hatte sie gefragt, ob sie am Wochenende mit ihm wegfahren wolle. Amanda konnte sich gut denken, warum.

Eine heißer Schauder durchzuckte sie, und sie musste sich abwenden, damit Louise es nicht merkte. Sie konnte es kaum erwarten, mit Luke Knight ins Bett zu gehen.

Als sie nach Hause kam, saßen Sean und Clio gemeinsam am Küchentisch und lernten.

»Was ist das denn?« Amanda reckte ihren Hals in vorgetäuschter Verwunderung. »Habe ich mich in der Tür geirrt? Bei mir zu Hause gibt es keine Kinder, die am Tisch sitzen und Hausaufgaben machen. Meine Kinder kämpfen miteinander, bringen in der Küche alles durcheinander und spielen dann auf ihren Zimmern Computerspiele.«

Clio lächelte engelsgleich. »Ich habe eine neue Seite aufgeschlagen. Ich werde von jetzt an wie ein ver-... wie ein Trojaner arbeiten, damit du dir wegen meiner Noten keine Sorgen mehr zu machen brauchst. Und für mein Praktikum habe ich eine Woche bei den Day Properties festgemacht.«

»Das ging ja flott.«

»Du musst jetzt aber auch von meinem Unternehmungsgeist und meiner Eigenmotivation beeindruckt sein.«

Amanda wusste, dass es unvernünftig war, aber es schmerzte sie ein wenig, dass Clio lieber bei Angus als bei Luke arbeiten wollte. »Bin ich auch. Aber ist die Arbeit bei einem Immobilienmakler nicht ziemlich langweilig? Wenn du möchtest, könnte ich Luke fragen, ob er nicht am Theater was für dich findet.«

»Ich kann Künstlertypen nicht ausstehen. Ich kann dieses falsche Getue nicht ab, Schäääätzchen.«

»Es ist deine Entscheidung.«

»Ja, das ist es.«

Amanda verjagte Kinky, die wieder an der Butter lecken wollte. »Böse Katze!« Kinky fauchte wütend.

»Vielleicht spricht sie die Menschensprache nicht«, meinte Sean. »Was gibt es übrigens zum Abendessen?«

»Nun...«, erwiderte Amanda in ihrem gekonntesten »Ich weiß, dass wir das nicht tun sollten«-Ton. »Ich dachte an Fish and Chips.«

»Wow. Dann hast du wegen irgendwas Schuldgefühle.«

»Hat sie auch«, sprang Clio ein. »Sie fährt dieses Wochenende mit ihrem Liebesgott weg. Oma kümmert sich um uns. Sie hat gerade angerufen und es mir erzählt.«

Typisch Helen, die ganze Sache platzen zu lassen, ehe Amanda auch nur die Chance hatte, es den Kindern taktvoll beizubringen. Takt war eine Gabe, der nach Meinung ihrer Mutter zu große Bedeutung beigemessen wurde.

»Eigentlich ist es nur der Samstagabend.«

»Warum nicht auch am Freitag?«, schlug Sean großzügig vor.

»Brauchen wir Oma denn wirklich?«, meinte Clio. »Ich kann mich doch um Sean kümmern.«

»Du spekulierst nur auf das Babysittergeld, weil du dein Taschengeld schon wieder ausgegeben hast«, kritisierte Sean.

»Für einen Abend wäre das in Ordnung«, entgegnete Amanda. »Aber nicht für die ganze Nacht. Da müsste ich mir zu viele Sorgen machen.«

»Und das wollen wir ganz und gar nicht. Das könnte der Leidenschaft schaden.«

Amanda spürte, wie sie rot wurde. Was, zum Teufel, war nur los mit Clio?

Die folgenden paar Tage vergingen wie im Flug, und schon war Wochenende. Als Amanda ihre Reisetasche packte, schossen ihr die unangenehmsten Überlegungen durch den Kopf. Sollte Sex nicht eine wilde und elementare Kraft sein, die einen sämtliche Manieren, Konventionen und sogar die Unterhosen in den Wind schlagen ließ? Die Vorstellung, ein Wochenende mit der ausdrücklichen Absicht zu verbringen, miteinander ins Bett zu gehen, schien ihr plötzlich ein ebenso großer Scharfmacher zu sein wie die Aussicht auf eine Nacht mit Cliff Richard.

Aber wenn es eine schreckliche Enttäuschung wurde? Was wäre, wenn er sich ihre Schenkel ansah und sich dabei vorstellte, wie sie in zehn Jahren aussähen? Da sie sich nun anschickten, vom Reich der Fantasie ins Reich der Wirklichkeit zu wechseln, verlor sie die Nerven. Und Amanda wusste auf einmal, dass sie, anstatt sich von einer sehnsuchtsvollen Woge der Leidenschaft hinwegtragen zu lassen, weitaus lieber bei einer Pizza und einem Video zu Hause bei Sean und Clio geblieben wäre.

15. Kapitel

»Hast du deinen Reisepass eingepackt?«, waren Lukes erste Worte, als er sie am Samstag abholte. Es war ein eiskalter Februarmorgen, aber Lukes offenkundige Begeisterung überwältigte sie mehr, als der strahlendste Sonnenschein es vermocht hätte. »Wir fahren über Nacht nach Dieppe. Die Fähre geht um halb zehn.«

»Geh schon, Mama«, grinste Clio und freute sich, dass ihre Mutter auch mal verwöhnt wurde, »hier hast du deinen Mantel. Beeilt euch lieber, sonst verpasst ihr sie noch.«

»Aber Oma ist noch nicht da.«

»Ich kümmere mich schon um Sean. Geh jetzt.«

Natürlich konnte sie ihren Pass nicht finden. Clio eilte ihr wieder zu Hilfe. »Er liegt in der Nachttischschublade – da habe ich ihn gesehen, als ich eine Strumpfhose gesucht habe.«

Unter anderen Umständen hätte Amanda wissen wollen, warum Clio sich wieder ihre Strumpfhosen klaute, obwohl sie ordentliches Taschengeld bekam. Heute war sie einfach dankbar.

Sie hatte sich den Kopf zerbrochen, wie Sean es wohl aufnehmen würde, wenn seine Mutter mit einem Koffer und einem relativ fremden Mann verschwand, aber Sean blickte nicht einmal von seiner Fußballzeitung auf, die als Beilage mit der Samstagsausgabe der Tageszeitung gekommen war.

»Tschüss, Mama. Solltest du irgendwelche Man-United-Sweatshirts sehen, bringst du mir dann eines mit?«

»Ganz bestimmt. Obwohl ich mir nicht vorstellen kann, dass es die in Dieppe geben wird. Tschüss, mein Schatz.«

Zum Fährhafen musste man nur eine halbe Stunde weit fahren. Irgendwie war es genau das Richtige, ein Schiff zu nehmen und nach Frankreich zu fahren. Sofort stellte sich das Gefühl eines Abenteuers ein.

Bis sie zu ihrem Hotel kamen, war es fast ein Uhr. Der Besitzer zeigte ihnen ihr Zimmer. Es war klein, aber hübsch, hatte ein schmales Doppelbett mit einem verblichenen geblümten Bettüberwurf, es gab ein kleines Badezimmer und ein mit Blendläden verschlossenes Fenster, das auf eine ruhige Straße führte.

Die Intimität, die Vorstellung, mit Luke in Hörweite zu duschen und auf die Toilette zu gehen, überwältigte Amanda plötzlich.

»Sex oder Mittagessen?«, wollte Luke wissen.

»Mittagessen. Gar keine Frage.« Amanda lachte, erleichtert, dass er es von der lustigen Seite nahm. »Ich habe gerade gemerkt, dass ich völlig ausgehungert bin.«

»Dann weiß ich genau das Richtige. Dort gibt es die besten *steak-frites* von ganz Dieppe.« Er zögerte und sah sie an. »Es sei denn, du stehst auf Nouvelle Cuisine oder bist eine Grüne?«

Das Restaurant war voller Einkaufsbummler, die sich ein paar Stunden Zeit nahmen, um ein üppiges Mahl einzunehmen. »Du musst mit der Meeresfrüchteplatte anfangen«, beharrte Luke und deutete auf eine dreistöckige Metallplatte voller Muscheln, Austern, Jakobsmuscheln, Krabbenscheren, Langusten und winziger schwarzer Schalentiere.

Es war der beste Fisch, den sie je gegessen hatte. Amanda kostete sogar die Austern, schlürfte sie genauso, wie sie es in der aufreizenden Essszene in dem Film *Tom Jones* gesehen hatte. Luke war ein Weinkenner und bestellte dazu eine Flasche köstlichen *Entre Deux Mers*.

»Gut«, verkündete Luke, als die Platte mit den Meeresfrüchten vertilgt war, »hier kommt das Steak. Vergiss den Eiffelturm oder Rodins *Kuss*. Stell dich ein auf ein echtes französisches Meisterwerk.«

Er hatte Recht. Das Steak war dick und saftig, mit einer scharfen, frisch zubereiteten *Sauce béarnaise*. Die *frites* waren dünn und salzig und zerfielen im Mund.

»Sogar noch besser als bei McDonald's«, seufzte Amanda und trank den Rotwein, der auf den Weißen gefolgt war. »Und das ist wirklich eine Auszeichnung.«

»Du bist aber anspruchsvoll«, neckte Luke sie zärtlich. Während sie aßen, war ein Gitarrenspieler zu ihnen gekommen und trug alte französische Balladen über Ritter und Damen vor. Alles war einfach perfekt.

»Was meinst du, sollen wir das Klischee vervollkommnen und auch noch eine *crème brûlée* nehmen?«

Es war nicht einfach irgendeine crème brûlée. Unter dem kandierten Zucker und der köstlichen Vanillekrem verbarg sich scharfes Passionsfruchtmus.

»Wie passend«, flüsterte Luke. »Was meinst du, sollen wir zu einer Siesta zurück ins Hotel?«

Amandas Nervosität kam zurück. »Und was ist mit all den Besichtigungen, die wir geplant haben? Die Kathedrale? Der berühmte Markt?«

»Ich denke, ich kann auch ohne sie leben.« Sein Lächeln war so einladend, dass sich eine köstliche Anspannung in ihrem Schlüpfer bemerkbar machte, der tatsächlich zu ihrem Büstenhalter passte.

Mit beeindruckender Geschwindigkeit bezahlte Luke die Rechnung und holte die Mäntel. Amanda warf einen Blick auf die Rechnung, die der Kellner auf dem Tisch zurückgelassen hatte. Die Mahlzeit kostete nicht mehr als eine ziemlich durchschnittliche Pizza zu Hause. Und darüber hinaus gab Luke auch noch ein großzügiges Trinkgeld.

Sie liebte ihn dafür, etwas so Gutes und Preiswertes zu kennen. Es hätte sie nicht halb so sehr beeindruckt, wenn sie ein teures Restaurant voll eilfertiger Kellner aufgesucht hätten, in dem alle mit gedämpfter Stimme sprachen und den Altar der Esskultur anbeteten.

Ganz Dieppe schien auf den Beinen zu sein, um sich mit Fisch zu versorgen und die Taschen mit schmutzverkrustetem Porree zu füllen oder zur Ergänzung des abendlichen Essens Baguette zu kaufen.

»Warum verkaufen die hier denn Steine?« Amanda starrte in das Schaufenster einer *confiserie*, in der kleine Päckchen mit grauen Kieselsteinen zum Preis von zwanzig Francs das Stück die Auslage schmückten.

»Es sind Süßigkeiten, Dummerchen. Komm, wir kaufen uns für später was zum Naschen.«

Wie Kinder hüpften sie lachend und Händchen haltend zurück ins Hotel. Sobald sie im Zimmer waren, zog Luke die Vorhänge vor und wandte sich an Amanda.

»Und jetzt, Mrs. Wells, nachdem wir endlich allein sind ...«

Unter normalen Umständen hätte die prickelnde Verheißung in seiner Stimme ihr den Boden unter den Füßen weggezogen, aber plötzlich lag Sex überhaupt nicht mehr in ihrem Interesse.

»Mein Gott, Luke, es tut mir so Leid, aber ich glaube, ich muss mich übergeben ...«

Sie rannte in das winzige Bad und schaffte es gerade noch rechtzeitig zur Toilette, ehe sie die gerade genossene, wunderbare Mahlzeit erbrach.

Gott sei Dank versuchte Luke nicht, ihr zärtlich den Kopf zu halten, sondern ließ sie in Ruhe.

Sie stellte sich vor, wie er auf dem Bett lag und verärgert zuhörte, wie ihr romantisches Wochenende in eine Katastrophe umkippte. Nein, das war Giles, sagte Amanda sich. Luke war anders.

Endlich tauchte sie auf, entkräftet und schrecklich verlegen.

»Komm, leg dich ins Bett«, sagte er ohne erkennbares Zeichen von Verstimmung. »Du hast offenbar eine schlechte Muschel erwischt. Da reagiert man so. Mach ein Schläfchen, und in ein paar Stunden fühlst du dich gleich besser.«

Amanda legte sich im Morgenmantel ins Bett und schlief sofort ein.

Als sie wach wurde, war es dunkel, nur ein Lichtstrahl von der Straße beleuchtete den Raum. Luke lag komplett angezogen im Bett neben ihr. Sie setzte sich vorsichtig auf.

»Hier nimm, danach fühlst du dich bestimmt gleich besser. Französische Schokolade ist bekannt für ihre Zauberkräfte.«

Amanda wollte gerade sagen, sie könne nie wieder etwas essen, doch dann merkte sie, dass der Schmerz in ihrem Magen tatsächlich Hunger war. Sie nahm die Schokolade dankbar an.

Wer auch immer der heilige Patron der Schokolade sein mochte, er machte ganz eindeutig Überstunden, denn sie fühlte sich auf Anhieb besser. Nach ein paar weiteren Riegeln fühlte sie sich so gut, als wäre ihr nie schlecht gewesen.

»Mann!«, gab Amanda zu. »Du hattest Recht von wegen Zauberkräfte.«

»In diesem Fall« – Luke begann den Gürtel seiner Bluejeans zu lösen – »sollten wir vielleicht auf unsere ganz besondere Weise unseren Dank aussprechen.«

Amanda kicherte und hob die Bettdecke hoch, um ihn drunterzulassen.

»Meine Güte, Mama!« Clio knallte ihren Becher Morgenkaffee auf den Tisch. »Hör auf zu summen!«

»Habe ich gesummt?«, fragte Amanda wütend.

»Ja. Und offen gestanden hast du in den letzten beiden Wochen nie eine Pause gemacht. Seit jener Nacht der Leidenschaft in Frankreich.«

»Ah.«

»Vielleicht weißt du gar nicht, was du summst, aber um dich eventuell abzuschrecken, solltest du wissen, dass es Pachelbels *Kanon* ist.«

»So?«

»Ganz allgemein als die Melodie bekannt, zu der Bräute den Gang entlangschreiten.«

»O mein Gott!« Amanda war entsetzt. Das war ihr nicht bewusst gewesen. Hätte Luke es mitbekommen, wäre das recht peinlich gewesen. Sie würde sich bemühen, damit aufzuhören.

Andererseits war dies nur Ausdruck jenes wunderbaren Gefühls, einen Mann zu haben, der sich um einen kümmerte. Nach sechzehn Jahren emotionalem Autismus von Giles war dies so, als würde man einem Menschen, der nie im Leben Alkohol angerührt hatte, den Geschmack eines trockenen Martinis beschreiben: einfach sinnlos.

Wie sollte Clio begreifen, was es für ihre Mutter bedeutete, zwei Mal am Tag angerufen zu werden, auf dem Mobiltelefon witzige Textmeldungen zu finden, Sträuße exotischer Tulpen zu bekommen »weil sie so schön sind wie du«, und anstatt endloser Forderungen zu hören, einen Mann gefunden zu haben, der sich alles Mögliche einfallen ließ, um sie glücklich zu machen.

Als Amanda zur Arbeit ging, kam sie zu dem Schluss, dass auch die Natur es gut mit ihr meinte. Die eisige Kälte und das deprimierende Wintergrau hatten sich von einer unglaublichen Explosion des Frühlings überwältigen lassen. Fast über Nacht (sie verstieg sich zu der Frage, ob es *jene* Nacht gewesen war) waren die Narzissen aufgeblüht, hatten die Waldtauben zu gurren begonnen und die Menschen die Straßencafés bevölkert.

Nach und nach wurde Luke Teil ihres Lebens, kam jeden Mittag zu ihrem Mittagsspaziergang – Amanda wurde richtig fit –, traf sich mit ihr nach der Arbeit, ging mit ihr in Konzerte und fragte sie nach ihrer Meinung zu Filmen und Büchern.

Drei oder vier Mal war er in Anwesenheit von Clio und Sean auch zum Abendessen aufgetaucht, aber sie hatten vereinbart, dass er nicht über Nacht bleiben sollte. Wenn er ging, vermisste sie ihn schrecklich.

Für Amanda war er der fast perfekte Mann.

»Du siehst heute so schick aus«, bemerkte sie am nächsten Morgen am Frühstückstisch zu Clio. »Hast du was Schönes vor?«

Clio hatte eine ausgezeichnete Vorprüfung abgelegt und ging nun so oft wie möglich aus.

»Danke. Aber ich gehe heute zu meinem Vorstellungsgespräch bei Day Properties.«

Wieder musste Amanda gegen ihre leichte Verärgerung ankämpfen, dass Clio Angus vor Luke den Vorzug gegeben hatte. »Ist denn für ein Praktikum ein Vorstellungsgespräch nötig?«

»Aber natürlich. Ich werde dort nicht nur die Post öffnen und Tee kochen, weißt du. Ich möchte etwas über das Maklergeschäft erfahren.«

»Aber ich dachte, du wolltest etwas Nützliches tun. Für eine wohltätige Einrichtung oder was in der Art arbeiten. Immobilienmakler sind nur auf Profit aus.«

»Es ist doch nicht schlimm, Geld zu verdienen, wenn man es gut zu nutzen weiß«, verkündete Clio.

»Da kann ich nicht mitreden. Ich arbeite in einer Kunstgalerie. Für jemand anderen.«

»Das bräuchtest du aber nicht. Du könntest deine eigene Galerie aufmachen.«

»Bitte, nicht auch du noch. Vermutlich werde ich noch mehr davon zu hören bekommen, wenn du für Angus Day arbeitest. Ich bin ganz zufrieden so, wie es ist, danke.«

Das Büro von Day Properties entsprach ganz und gar nicht Clios Erwartungen. Zum einen war das von außen altmodische Gebäude innen überraschend modern. Es war ein Großraumbüro mit einem wirklich riesigen, halbkreisförmigen Schreibtisch, der sich über die ganze Wand erstreckte.

»Ist das Ihrer?«, wollte Clio von Angus wissen.

»Wessen sonst?«, sagte Laddie, als er neben Angus auftauchte.

»So einen Großen habe ich noch nie gesehen«, kicherte Clio.

»Genau, junge Frau, keine sexuellen Anspielungen in diesem Büro«, korrigierte Angus sie streng.

Clio verschlug es die Sprache.

Laddie grinste. »Die heben wir uns alle für die Baustelle auf.«

»Es bereitet uns in der Tat ziemliches Kopfzerbrechen« – Angus setzte sich in seinen Bürostuhl und rollte damit ans andere Ende des Schreibtischs, um eine Akte zu holen –, »dass eine junge Dame wie du mit auf die Baustellen kommt. Die Sprache dort dürfte für dich etwas ungewohnt sein.«

»Mr. Day ...«, fing sie an.

»Angus«, korrigierte er sie.

»Angus. Waren Sie in letzter Zeit mal auf einer höheren Schule? Ich glaube, im Vergleich dazu geht es auf einer Baustelle richtig vornehm zu.«

Laddie schrie vor Lachen. »Da könnte sie Recht haben, Angus.«

»Und erzählen Sie mir bloß nicht, dass unzulängliche sanitäre Anlagen ein Problem seien, denn sonst veranstalte ich mit Ihnen eine Privatführung durch unsere Schulklos. Danach werden Sie nie mehr der sein, der Sie waren. Apropos« – Clio wurde plötzlich verlegen –, »könnte ich Ihres benutzen?«

Sie hatte plötzlich Unterleibskrämpfe wegen ihrer Periode, aber selbst die Peinlichkeit, nach der Toilette fragen zu müssen, konnte der Erleichterung nichts anhaben, dass ihre nächste Monatsblutung termingerecht gekommen war.

»Nettes Mädel, he?«, meinte Laddie wohlwollend, als sie außer Hörweite war. »Ich wünschte, die Jungs, die bei uns ein Praktikum machen, wären nur halb so interessiert, wie sie es ist. Oder so auf Draht.«

Angus nickte. Wenn Clio allerdings ihr Praktikum bei ihnen machen sollte, verbrächte sie wesentlich mehr Zeit in Sitzungen und mit Papierkram als auf den Baustellen. Was auch gut so war. Clio schien sich gar nicht bewusst zu sein, wie attraktiv sie war, was natürlich ihren Reiz noch verstärkte. Sie war wie ein blasser junger Schössling, der sich behutsam durch die Wintererde schob. *Um Himmels willen*, rügte Angus sich, *vergiss die Poesie; es ist doch nur, weil sie dich an ihre Mutter erinnert.*

Laddie schien seine Gedanken zu erraten. »Keine Sorge. Ich

kümmere mich um sie. Außerdem kommt bei den Jungs am Bau der Kellnerinnentyp viel besser an. Schick mir doch einfach mal Pamela Anderson zum Praktikum.«

»Ich denke, die hat all die praktische Erfahrung, die sie braucht.«

Sie lachten beide. Clio, die gerade zurückkam, wurde ein wenig rot.

»Gut, Angus, ich hau dann ab. Ich muss noch ein paar Dachsparren auftreiben.«

»Ich glaube, ich gehe dann lieber. Wenn Sie mir bitte dieses Formular abzeichnen könnten.« Sie reichte es Angus. »Es ist für meine Schule. Damit sie wissen, dass ich nicht einfach blaumache. Passt Ihnen denn der Termin? Eine Woche Anfang April?«

»Schön. Ich werde mal sehen, ob wir für dich nicht ein paar interessante Projekte finden.«

»Das ist wirklich nett von Ihnen«, meinte Clio dankbar. »Meist werden Praktikanten als lästig empfunden oder zum Öffnen der Post missbraucht.«

»Gut, dass du es sagst«, sagte Angus todernst, »wir haben gerade eine freie Stelle für einen unbezahlten Postöffner.«

»Dann gehe ich lieber.«

»Soll ich dich mitnehmen? Ich fahre jetzt zu meiner Mutter. Sie hat am Nachmittag immer einen Tiefpunkt.«

»Ihre Mutter hat mir gefallen«, sagte Clio, als sie in Angus' Wagen stieg. Noch nie war sie in so einem schicken Wagen gefahren, und es überraschte sie, wie tief er lag. Im Vergleich zu dem verbeulten alten Honda fuhr er sich wie ein Rennwagen. »Wie sie dafür gesorgt hat, dass Sie für Mamas Schaden aufkommen.«

»Ich bin schon ein ziemlicher Pantoffelheld.« Angus' Lächeln sprach eher für das Gegenteil.

»Nein, das sind Sie nicht. Sie sind einfach nett.«

»Wie geht's übrigens deiner Mutter?« Angus wechselte rasch das Thema. Clio hatte den Eindruck, dass ihm diese Frage schon die ganze Zeit auf den Nägeln brannte, er sie aber zurückgehalten hatte.

»Gut.« Sie wartete einen Augenblick, unsicher, was sie sagen sollte. Er hatte seine Frage mit solcher Intensität gestellt, dass sie mehr verriet als nur freundliches Interesse. Die Nachricht, dass ihre Mutter sich aufführte wie ein verliebtes Mädchen von achtzehn Jahren, würde ihm, wie sie vermutete, bestimmt nicht gefallen.

»Trifft sie sich immer noch mit Luke Knight?«

Clios Zögern sagte ihm alles.

»Ist es was Ernstes, was meinst du?«

»Schwer zu sagen.« Clio war sich darüber im Klaren, dass sie wie die Schwester Oberin einer Jungenschule klang, die ihnen zu erklären hatte, dass ein Spiel wegen Grippe abgesagt werden musste.

»Richte ihr Grüße von mir aus.« Er grinste reuevoll. »Nein, lass es. Was hält sie eigentlich von deiner Idee, dein Praktikum bei mir zu machen?«

»Sie hat vorgeschlagen, dass ich mich mit Luke auf die Künste stürze.« Sie zog eine Braue hoch, und beide lachten.

»Ich sagte ihr, dass mir schmarotzende Bauleute lieber sind als diese Künstlertypen, die nur von sich selbst eingenommen sind.«

Angus bemühte sich, nicht zu lachen. »Es gibt aber nicht nur Schmarotzer unter den Bauleuten, weißt du.«

»Ja, Mr. Day – Angus. Das weiß ich doch.« Sie zog eine Ausgabe von *Quantity Surveyors Weekly* aus ihrem Rucksack. »Ich habe sogar mit ein wenig Hintergrundrecherche begonnen. Das interessiert mich nämlich ernsthaft, wissen Sie.«

»Du bist wirklich eine erstaunliche Person, Miss Wells.« Er überlegte, wie es wohl wäre, selbst eine solche Tochter zu haben: klug, intelligent, witzig und begierig, die Arbeit ihres Vater zu begreifen. Dann fiel ihm Giles ein, der auf ihn einen ziemlich rüpelhaften, gefühllosen Eindruck gemacht hatte. Amanda hatte gesagt, er werde mit seiner neuen Frau Zwillinge bekommen.

Das musste hart sein für Clio. Das Leben war nicht leicht und freundlich, auch nicht zu Menschen, die es verdient hätten. Dieser Gedanke führte ihn zu seiner Mutter und ihrem Wunsch nach Enkelkindern. Eine Enkelin wie Clio würde ihr gefallen.

»Ich habe gerade überlegt«, sagte er mit einem für ihn recht ungewohnten Zögern, »ob du vielleicht mitkommen und meine Mutter besuchen möchtest. Sie mag junge Leute, bekommt aber kaum noch welche zu Gesicht. Alte Menschen seien langweilig, meint sie – sie würden immer nur jammern.«

Clio war gerührt. Ihre eigene Oma war immer beschäftigt. Und das Lustige war, dass ihre eigene Großmutter keine jungen Leute mochte, sondern selbst gern eine von ihnen wäre. »Aber gern.«

Clio fühlte sich großartig und sehr erwachsen, als sie durch die Stadt fuhren. Es wäre ihr nur recht gewesen, wenn sie an ihrer Schule vorbeigekommen wären, damit eine ihrer Freundinnen sie in diesem schicken Wagen hätte sehen können, aber sie fuhren einen anderen Weg, aus Laineton hinaus und auf die Umgehungsstraße. Hier fuhr Angus ziemlich schnell, und Clio gab sich genussvoll der rasanten Fahrt hin.

»Wäre es vielleicht möglich«, fragte sie scheu, »das Dach aufzuklappen? Ich bin nämlich noch nie in einem Sportwagen gefahren.«

Angus lachte, weil ihm der Silvesterabend wieder einfiel, als Amanda die gleiche Frage gestellt hatte, nur dass es damals eiskalt gewesen war. Und dann erinnerte er sich natürlich an ihre frühere Bemerkung.

»Warum lachen Sie?«

»Weil deine Mutter mir vorgeworfen hat, ich würde aus bloßer Eitelkeit mit offenem Verdeck fahren.«

»Wieso sollte es eitel sein, das Verdeck herunterzuklappen?«, wunderte sich Clio.

»Offenbar, weil ich mich dann besser in den Schaufenstern sehen kann.«

»Eine gute Idee! Nur schade, dass es hier draußen keine Schaufenster gibt, sonst könnte ich das jetzt tun.«

»Ich werde mal sehen, ob wir das an einem anderen Tag nachholen können. Wir werden während deines Praktikums bestimmt mal irgendwohin fahren müssen.«

»Cool. Dann bringe ich aber meine Sonnenbrille mit.«

Inzwischen waren sie draußen auf dem Land und näherten sich einem riesigen Paar eindrucksvoller Torflügel.

»Meine Mutter wohnt im Pförtnerhaus.«

»Mann!« Clio betrachtete das große Haus in der Ferne. »Und welcher fette Fisch wohnt wohl da hinten?«

»Das bin ich. Und du wirst mir bestimmt nicht glauben, dass ich das Haus wegen des Pförtnerhauses gekauft habe. So kann ich in der Nähe meiner Mutter sein, und sie ist dennoch unabhängig.«

»Haben Sie schon mal was von Altenwohnungen gehört?«

»Habe ich«, erwiderte Angus und verkniff sich ein Grinsen, »aber meiner Mutter gefiel diese Vorstellung ganz und gar nicht. Dies hier schien mir ein vernünftiger Kompromiss zu sein.«

»Das ist es sicher. Und Sie wohnen im Herrenhaus.«

»Ich mag es nicht besonders. Zu groß und leer.«

»Ach ja. Könnte schlimmer sein«, grinste Clio. »Sie könnten das große Ding ja auch verkaufen und auf der Straße schlafen.«

Angus lachte. »Das stimmt. Hoffentlich vergess ich es nicht.«

Isobel Day döste in ihrem Stuhl. In der Ecke murmelte leise der Fernseher.

»Hallo, Maw.« Isobel schreckte hoch, als Angus ihr einen Kuss gab. »Ich habe dir Besuch mitgebracht. Es ist Clio Wells. Amandas Tochter.«

Clio ließ die hübschen, friedlichen Räume auf sich wirken, die in blassem Meergrün gestrichenen Wände, eine Farbe, die Amanda liebte, und die in Shakerblau abgesetzten Fußleisten. Die zart gemusterten Vorhänge in der Form von Muscheln rahmten einen wunderbaren Blick ein, hinaus auf den Garten und zu der satten Landschaft dahinter.

»Was für ein wunderbarer Ausblick«, sagte Clio bewundernd, als sie Isobel scheu die Hand gab.

»Ja. Dieses Jahr sind die Narzissen und die Krokusse wunderschön. Früher habe ich die ganze Gartenarbeit selbst gemacht und dann unter diesem Apfelbaum geschlafen.« Sie deutete auf einen verwachsenen alten Baum, an dem schon die ersten zarten Blattknospen sprossen. Sie sah Angus an. »Unter diesem Baum möchte ich auch begraben sein. Kein Kirchengedöns. Davon hatte ich genug, das reicht fürs ganze Leben.«

»Sei doch nicht so makaber«, erwiderte Angus forsch.

»Sieh den Tatsachen ins Auge, Angus.« Isobels Stimme war voll erschöpfter Zärtlichkeit. »Du solltest dich mit dem Gedanken vertraut machen. Wenn ich darauf vorbereitet bin, verstehe ich eigentlich nicht, warum du das nicht sein kannst.«

»Eine Tasse Tee?«, fragte Angus, um das Thema zu wechseln. Er wusste, dass sie Recht hatte, aber er konnte nicht so stoisch sein wie sie. Abgesehen von einigen entfernten Cousins in Neuseeland, war sie alles, was er hatte.

»Den mache ich«, bot Clio an. »Meine Mama sagt, ich koche den besten Tee. Was auch nur gerecht ist, wie sie findet, da ich ja sonst nicht aufräume, überall mein Make-up verstreue und ihr sämtliche Stumpfhosen wegnehme.«

Angus befasste sich mit der Suche nach dem Earl Grey und war überrascht, wie sehr ihn dieser kleine Einblick in den Alltag der Familie Wells schmerzte. Häusliches Chaos hatte er immer beneidet, vielleicht, weil er es nie erlebt hatte. Für Laura reichte schon eine schmutzige Kaffeetasse, um aus ihrem Heim eine Bruchbude zu machen.

»Ist Ihre Mutter sehr krank?«, fragte Clio mit leiser Stimme, als sie ihm in die Küche folgte.

»Leider, ja.«

»Kann man nichts tun?«

»Eine Heilung gibt es nicht. Dazu ist die Krankheit schon zu weit fortgeschritten. Aber es gibt ein Medikament, das die ganze

Sache vielleicht hinauszögern würde. Nur, dass meine Mutter es nicht nehmen möchte.«

»Warum nicht?«

»Weil sie es selbst zahlen müsste, und sie sagt, es sei nicht fair, dass sie ihr Leben auf Kosten jüngerer Menschen verlängere, die es sich nicht leisten können.«

»Mein Gott«, flüsterte Clio, »das ist aber unglaublich prinzipientreu.«

»Und macht mich unglaublich rasend. Da habe ich ein bisschen Geld gemacht, und der einzige Mensch, der davon profitieren könnte, will es nicht nutzen, um länger zu leben.«

»Das tut mir Leid.« Sie fing an zu begreifen, dass die Erwachsenenwelt viel komplizierter war, als sie gedacht hatte. Wäre sie beispielsweise wirklich schwanger geworden, hätte das ihre Familie genauso betroffen wie sie selbst, so wie Isobels Haltung zu einer Behandlung sich auf Angus auswirkte.

»Sie mag diese Shortbreads so gern.« Angus legte einige auf einen Teller.

Clio trug das Tablett. Isobel starrte unentwegt auf die zwei geschnitzten Kraniche auf dem Fensterbrett.

»Die sind aber schön!«, meinte Clio bewundernd. Etwas so Schönes hatte sie noch nicht gesehen.

»Angus hat sie mir gekauft«, erwiderte Isobel voller Stolz. »Und den Schwan auch.« Sie deutete auf die Schnitzerei auf dem Kaminsims. Sie erinnern mich an meine Kindheit auf den Hebriden.«

»Eigentlich habe ich deiner Mutter dafür zu danken«, fügte Angus sanft lächelnd hinzu. »Sie hat mich auf die Künstlerin aufmerksam gemacht.«

»So etwas habe ich in der Galerie noch nie gesehen. Dort gibt es doch nur Kitsch aus dem schönen Laineton.«

»Offenbar geht Louise davon aus, dass sich so etwas nicht verkauft.«

»O Gott, Louise. Mama hat einen so viel besseren Geschmack als sie. Ich weiß nicht, wie Mama es erträgt, für jemanden zu arbeiten, der herumläuft wie diese Althippies, die sich um Glastonbury herumtreiben. Sie sollte ihre eigene Galerie aufmachen.«

»Genau, was ich ihr gesagt habe«, pflichtete Angus ihr bei. »Warum hört sie nicht darauf, was meinst du?«

Clio hielt inne, weil sie daran denken musste, wie kompliziert das Erwachsenenleben war. »Wahrscheinlich unseretwegen. Wir haben wirklich nicht viel Geld. Vermutlich denkt sie, es wäre uns gegenüber nicht fair, dieses Risiko einzugehen.«

Es war ihr zutiefst peinlich, mit jemandem über Geld zu reden, der so viel davon hatte. Und doch konnte ihm all sein Geld nicht helfen, seine Mutter zu retten. Das Leben bevorzugt keinen. Mit Geld konnte man nicht alles kaufen.

Sie setzte sich neben Isobel. »Wie ist es denn auf den Hebriden? Bestimmt sehr kalt.«

»Ja« – Isobel lächelte über Clios Kopf hinweg ihrem Sohn zu –, »es ist wirklich sehr kalt.«

Bei einem Blick auf ihre Uhr stellte Clio erstaunt fest, dass anderthalb Stunden vergangen waren. »Du liebe Güte! Jetzt muss ich aber los. Ich dachte, wir hätten nur fünf Minuten geplaudert.«

»Angus wird dich zurückbringen, nicht wahr, Angus? Es ist jetzt viel zu dunkel, und Busfahren kommt nicht in Frage.«

Clio fiel wieder ein, wie herrisch Isobel über ihn bestimmt hatte, als er den Zusammenstoß mit Amandas Wagen hatte. Aber sie war auf nette Art dominant. Es war kein Kontrolle, sondern nur die äußere Anerkennung ihrer inneren Verbundenheit.

»Natürlich«, lächelte Angus. »Es ist mir ein Vergnügen.«

»Vielleicht könnte ich wieder vorbeikommen, wenn ich mein Praktikum mache?«

»So lange brauchst du nicht zu warten«, erklärte Isobel. »Du kannst jederzeit kommen. Solange ich zwischen meinen Kurzflügen nach Cannes, meinen Einkäufen bei Harrods und meinen Anproben beim Schneider Zeit für dich finde.«

Fünfzehn Minuten später, gerade als Angus vor Clios Haus langsamer wurde, stieg Amanda aus ihrem verbeulten alten Honda. Angus betätigte den elektrischen Fensterheber, um ihr die Verspätung zu erklären, und sah, dass Luke ihr folgte. Er drückte wieder auf den Knopf und beschloss, dass Clio dies selbst erledigen sollte.

»Wo, zum Teufel, bist du die ganze Zeit gewesen?«, erkundigte Amanda sich, hin- und hergerissen zwischen Verärgerung und Besorgnis. »Ich dachte, dein Vorstellungsgespräch sei um elf Uhr gewesen?« Sie sahen beide zu, wie Angus wegfuhr.

»War es auch. Aber Angus hat mich gefragt, ob ich mitkommen möchte, um seine Mutter zu besuchen. Sie ist unglaublich nett. Wusstest du eigentlich, dass sie Krebs hat, aber keine Medikamente nehmen möchte, die ihr helfen könnten, weil sie diese kaufen müsste und sie das den Leuten gegenüber nicht fair fände, die sich das nicht leisten können.«

»Eine Heilige«, spottete Luke.

»Ja, aber das Lustige ist, dass sie sich gar nicht so gibt. Sie ist sehr witzig und umgänglich.«

»Ja«, tönte Luke, »aber ist ihr Sohn nicht ein wenig zu alt für dich?«

Es hätte ein Scherz sein sollen, aber seine Bemerkung hatte einen schrillen Unterton. Amanda blitzte ihn an. Es war nicht das erste Mal in ihrer Beziehung, dass Luke sie verärgerte. »Ich finde das eine sehr seltsame Bemerkung.«

»Wieso? Sie stimmt doch.«

Irgendwo in Amandas Kopf schlug eine Alarmglocke an, schwach und verstörend. Da war doch wohl nichts zwischen Clio und Angus Day?

16. Kapitel

Amanda war über sich selbst entsetzt. Wie konnte sie Clio nur derart misstrauen? Oder in diesem Fall auch Angus. Er hätte ihr Vater sein können. Einen Moment blitzte in ihr der Gedanke auf, dass Clio nach dem Verlust ihres Vaters womöglich anfällig für einen älteren Mann war, vor allem jetzt, da sie befürchten musste, Giles' Zuneigung an die Zwillingsbabys zu verlieren.

Sie verdrängte den Gedanken. Es war eine absurde Vorstellung. Tatsächlich wäre ihr das ohne Lukes Anspielung auch nie in den Sinn gekommen. Sie zwang sich, die Situation so zu sehen, wie sie war – ganz unmissverständlich. »Und wie lief das Vorstellungsgespräch?«

»Gut. Ich arbeite eine Woche, fange im April an.«

»Schön, dass du so viel Initiative zeigst.« Das meinte Amanda ernst. Manchmal kam Clio ihr weitaus erwachsener vor, als sie sich selbst fühlte. Sie erinnerte sich wieder an Lukes frühere Bemerkung, dass er mit ihr heute Abend etwas Wichtiges besprechen müsse. Sie kam fast um vor Neugier, um was es wohl ging.

Sie brauchte nicht lang zu warten. Clio verschwand sofort auf ihr Zimmer, um Jasmine eine SMS zu schicken, und da Sean beim Fußballtraining war, waren sie allein.

Amanda schenkte ihnen beiden ein Glas Wein ein und begann mit der Zubereitung des Abendessens.

Luke legte seine Arme um sie. »Setz dich jetzt hin. Du bist den ganzen Tag in der Galerie gewesen. Ich mache das. Mein Pesto ist auf sechs Kontinenten berühmt.«

Amanda seufzte vor Vergnügen. Das war ein Segen. Ein Mann, der das Kochen übernahm. »Ich dachte, es sind nur fünf.«

»Pedant. Geografie war immer mein schlechtestes Fach.«

»Und was war dein bestes?« Obwohl sie in den letzten paar Wochen beinahe unzertrennlich gewesen waren, er jetzt in ihrer eigenen Küche das Abendessen zubereitete, was ganz wundervoll und nach all den Jahren mit Giles auch höchst verwunderlich war, gab es noch immer vieles, was sie nicht von ihm wusste.

»Theater. Was meine Eltern aber geflissentlich ignorierten.«

Amanda lachte. »Das glaube ich dir gern. Führt schließlich nicht gerade zur Kirche. Du hättest dich in Latein versenken sollen, mit einem Schuss Theologie.«

»Mein Gott, wie ich die Theologie gehasst habe.«

Amanda grinste.

»Warum lachst du?«

»›*Mein Gott*, wie ich die Theologie gehasst habe.‹ Ich habe nur über deine Wortwahl gelacht.«

Er setzte den Maßbecher ab und kam zu ihr. »*Mein Gott*«, er imitierte Amandas Tonfall, »wie ich dich liebe, Amanda Wells.« Er beugte sich über sie und drückte ihr einen kräftigen Kuss auf die Lippen.

»Entschuldigt *mich*«, mischte Clios Stimme sich sarkastisch von hinten ein, »ich gehe hinüber zu Jasmine. Wir machen noch Hausaufgaben.«

»Und was ist mit Abendessen?«

»Ich esse dort. Möchte euch die Party nicht vermiesen.«

Amanda wollte gerade sagen: »Wir haben festgelegt, dass gemeinsam gegessen wird«, doch dann überlegte sie, dass es wohl das Beste wäre, wenn Clio zu Jasmine ging. Dann könnte sie sich mit Luke unterhalten, ohne die schreckliche Spannung zwischen den beiden.

»Ist gut. Um zehn kommst du wieder.«

Amanda wandte sich wieder Luke zu. Sein hübsches Gesicht war hart geworden.

»Du solltest nicht zulassen, dass Clio so mit dir spricht. Sie wird denken, sie kann sich alles erlauben.«

Obwohl er nicht ganz Unrecht hatte, empfand Amanda das dringende Bedürfnis, ihn daran zu erinnern, dass sie für Clio die Verantwortung trug. »Ich weiß. Es ist einfach nicht leicht für sie, dass du und ich zusammenkommen und ihr Vater bald Zwillinge haben wird…«

Aber Luke hörte nicht zu. »Ich meine, willst du wirklich, dass sie sich mit älteren Männern abgibt, vor allem nach der Geschichte mit dem Skilehrer?«

»Lass es gut sein, Luke.« Die Schärfe in ihrer Stimme überraschte sie selbst, aber Clios Verhalten ging ihn nun wirklich nichts an.

Luke schüttelte die Spannung ab, aber Amanda hatte Mühe, ihren Ärger unter Kontrolle zu halten. Sie wollte sich nicht mit Luke streiten. Schließlich versuchte er nur, ihr zu helfen. Und Clios Verhalten war nicht in Ordnung gewesen. »Was ist das also für eine wichtige Sache, über die du mit mir reden wolltest?«

Luke sträubte sich. »Ist egal. Wahrscheinlich kommt es sowieso nicht zustande. Vergessen wir's einfach.«

Es war das erste Mal, dass er sich so verhielt, und sie fühlte sich an ein Partyspiel erinnert, das sie als Kind ganz besonders gehasst hatte. Jemand verband einem die Augen, und dann wartete man ab. Man bekam vielleicht einen Kuss oder wurde mit einer Feder gekitzelt, und es gab einen Klaps. Der Spaß bestand darin, nicht zu wissen, was einen erwartete. Nur, dass Amanda es überhaupt nicht spaßig fand.

»Die Pasta ist fertig«, sagte Luke.

Amanda war auf einmal gar nicht mehr hungrig. Luke unterschied sich von Giles auf fast jede Weise. Weshalb also empfand sie die gleiche Enttäuschung und den gleichen Groll, den Giles immer ausgelöst hatte? Vielleicht lag das Problem wirklich bei ihr, wie Giles immer behauptet hatte. Aber während sie das, ob aus Feigheit oder aus Gewohnheit, bei Giles hatte durchgehen lassen, sollte sie verdammt sein, wenn sie ihren Fehler wiederholte.

»Hör zu, diese Sache, über die du mit mir reden wolltest, liegt dir doch offenbar am Herzen. Es wäre mir wirklich lieber, wir würden jetzt darüber reden.«

»Na gut.« Lukes charmantestes Lächeln war zurückgekehrt, als hätte sie sich die angespannte Atmosphäre von gerade eben nur eingebildet. Sie setzten sich zusammen an den Küchentisch, und er schenkte Wein nach.

»Erinnerst du dich, dass ich dir von dem Job erzählt habe, den sie mir in Leeds angeboten haben?«

Amanda sank das Herz. Natürlich erinnerte sie sich, aber da er nicht mehr darauf zu sprechen gekommen war, war sie davon ausgegangen, es sei erledigt.

»Sie wollen unbedingt meine Zusage. Es ist eine fantastische Gelegenheit, dort ein neues Kunstfestival zu leiten. Alle sagen, Leeds sei im Moment ein ganz toller Ort. Vibrierend. Voller Energie. Die Universität ist die aufregendste im ganzen Land.«

»Leeds«, wiederholte Amanda trübsinnig.

Zwischen Laineton und Leeds lagen mehr als fünfhundert Kilometer. Aber es war nicht nur die Entfernung. Ihre Beziehung war noch neu, musste gehegt und gepflegt werden. Brauchte Nähe und Intimität. Auf jeden Fall vertrug sie nicht Hunderte von Kilometern schlechter Zugverbindungen. »Verstehe. Wann würdest du anfangen, falls du den Job annimmst?« Sie versuchte, seine Begeisterung auszuloten, wollte erfahren, ob es wirklich der Job war, den er unbedingt haben wollte. Aber Luke wartete auf ihre Reaktion.

»Du scheinst dich nicht sehr zu freuen«, sagte er schließlich.

»Nein. Das kannst du wohl auch kaum erwarten, oder? Ich weiß, dass es selbstsüchtig ist, aber ich hoffte, du bliebst hier.«

»Mein Vertrag läuft bald aus.«

»Natürlich.« Mein Gott, sie hatte gewusst, dass eine Aufgabe wie die seine häufigen Ortswechsel mit sich brachte.

Die Unvermeidbarkeit des Ganzen traf sie unvermittelt. Luke würde nach Leeds gehen. Sie würden versuchen, in Kontakt zu bleiben, aber ihr wäre es nicht möglich, da ihr Leben zu kompliziert war. Clio stand vor wichtigen Prüfungen. Sean war erst zehn Jahre alt und brauchte Aufmerksamkeit. Ihre Mutter würde einspringen, aber sie konnte sich nicht die ganze Zeit um die Kinder kümmern.

»Vielleicht kannst du ja mitkommen?« Luke nahm ihre Hand.

Amanda lächelte lahm. Luke hatte keine Ahnung, was ein Umzug für eine Familie bedeutete, die ihre vielschichtigen Wurzeln woanders hatte. Und das vor allem nach dem Durcheinander der Scheidung. Wenn sie und Giles nach der Trennung eines versucht hatten, dann, das Leben von Clio und Sean wenigstens in jeder anderen Hinsicht so zu belassen, wie es war.

Luke hob sein Glas und sah sie über den Rand hinweg an. »Es gibt eine Alternative«, meinte er lächelnd wie ein Zauberer, der genau weiß, dass er das weiße Kaninchen noch immer im Hut hat.

Amanda fühlte sich wie eine Gefangene, der man zum letzten Mal Bewährung einräumte. »Und die wäre?«

»Ich habe doch erwähnt, dass ich eventuell die Aussicht auf einen festen Job hier habe. Natürlich ist das nichts im Vergleich zu dem Angebot aus Leeds, und normalerweise wäre mir das auch keine Überlegung wert gewesen, aber …« Quälend ließ er die Worte unausgesprochen im Raum stehen.

»Aber was?«, bedrängte ihn Amanda.

»Ich habe mich in dich verliebt.«

Jetzt schlug ihr Herz einen Salto. Die Gefangene war auf Bewährung freigesprochen.

»Ich würde den Job in Laineton gern annehmen. Unter einer Bedingung.«

Amanda hielt den Atem an. »Und die wäre?«

»Dass wir einen richtigen Anfang versuchen, du und ich. Dass ich hier bei dir einziehe. Dass wir versuchen, eine richtige Familie zu sein.«

Amanda zögerte nicht. Sie hätte zwar gern erst mit Clio und

Sean darüber gesprochen, aber dies war ein Notfall. Wenn sie jetzt nicht handelte, würde Luke aus ihrem Leben verschwinden. Clio und Sean würden einfach lernen müssen, ihn zu akzeptieren.

»In Ordnung.« Sie hob ihr Glas und stieß mit ihm an. »Versuchen wir's. Auf uns. Auf alles Glück der Welt.«

»Glaubst du, wir brauchen so viel?«

»Mit Sean und Clio schon. Versprich mir eines – lass es mich ihnen schonend beibringen.«

»Das hört sich ja an, als wäre ich mehr eine Bedrohung als ein Liebhaber.«

»Tut mir Leid« – sie berührte sein Gesicht –, »lass es mich anders formulieren. Es ist die wunderbarste, herrlichste Überraschung, und ich weiß, dass wir alle sehr glücklich werden.« Sie lächelte ihn zärtlich an. »Letztendlich.«

Als Angus das nächste Mal bei Isobel vorbeischaute, war sie aus ihrem Stuhl aufgestanden und machte sich gerade ein mageres Abendessen aus einer halben Scheibe Toastbrot und einem pochierten Ei. »Ich würde dich ja zum Abendessen einladen«, sagte sie, »aber wie du siehst, reicht es wirklich nicht – es sei denn, du kannst Wunder vollbringen.«

Angus drückte sie sanft und schob den Gedanken an sein eigenes leeres Haus schnell von sich weg. Er hatte noch nicht einmal überlegt, was er essen könnte.

»Was ich dir übrigens sagen wollte.« Sie setzte sich mit dem Tablett auf den Knien hin und holte tief Luft, um den Schmerz zu bändigen, der sich plötzlich wie ein scharfes Messer in ihren Unterleib bohrte. »Wegen der Party für die Sozialwohnungen.«

»Ich habe mich schon gefragt, wann du endlich damit herausrückst. Es gefällt dir nicht, trotz deiner Rede.«

Angus hatte eine ganze Weile gebraucht, ehe er die sehr komplexe Reaktion seiner Mutter verstand. Sie hatte was gegen die »Kultur des Handaufhaltens«. Da sie ihr eigenes Heim verloren hatte, hatte sie wenig übrig für all diejenigen, denen der Staat die Unterkunft stellte, die aber ihr Glück missbrauchten. »Nein, anfangs hatte ich nichts dagegen. Aber ich sehe einfach nicht ein, warum die Leute immer glauben, alles haben zu können, ohne etwas dafür tun zu müssen.«

»Laddie hat mich auch schon für verrückt erklärt.«

»Ich halte dich aber nicht für verrückt. Ich habe über Wunder gescherzt, aber ich finde, das Eastcliff Estate spricht fast dafür. Du hast dort wirklich Erstaunliches geleistet. Als ich hierher kam, war das ein Stadtviertel, in das man besser keinen Fuß setzte. Du hast den Menschen den Stolz auf ihre Behausung zurückgegeben, und ich glaube nicht, dass sie das für selbstverständlich halten. Das konnte man spüren. Aber jetzt esse ich lieber dieses Ei, ehe es zu Gummi wird.«

Angus musste sich abwenden. Es erstaunte ihn, wie viel die Worte seiner Mutter ihm bedeuteten.

Sie aß ein Stückchen Ei, aber sie wäre nicht Isobel, wenn sie nicht noch etwas hinzuzufügen gehabt hätte. »Du liebst die Mutter dieses Mädchens noch immer, nicht wahr?«

Angus zuckte mit den Schultern.

»Ich kann nicht begreifen, warum du in allen anderen Bereichen deines Lebens die Zügel in die Hand nimmst, nur in diesem nicht.«

»Du bist altmodisch, Maw. Frauen mögen keine Männer mehr, die die Zügel in die Hand nehmen.«

»So ein Quatsch«, bemerkte Isobel in strengem Schottisch.

Angus versuchte, sich nicht anmerken zu lassen, wie schockiert er war. »Willst du mir etwa vorschlagen, dorthin zu gehen, Amanda an den Haaren zu packen und Luke Knight niederzuknüppeln?«

Isobel biss ein kleines Stück Toast ab. »Es wäre jedenfalls besser als deine gegenwärtige Strategie des tatenlosen Zusehens.«

»Pass auf, Maw«, erregte Angus sich, »wenn ich deinen Rat für mein Liebesleben brauche, werde ich dich darum bitten.«

Um sich selbst treu zu bleiben, konnte Isobel es sich nicht verkneifen, das letzte Wort zu haben. »Dann solltest du dich aber beeilen. Dieser junge Mann fackelt nicht lange, und deine Skrupel kennt er nicht. Ich kenne diesen Typus. Halte du dich an die Regeln, wenn dir danach ist, *er* wird es nicht tun.«

Wäre sie nicht dem Tod so nah, überlegte Angus grimmig, hätte er sie am liebsten erwürgt. Außerdem war es von seiner Mutter wirklich nur gut gemeint, ihn daran zu erinnern, dass er sich, was Amanda anging, im Kreis drehte. Aber was er tun *sollte*, war weitaus weniger klar.

Andererseits sollte er vielleicht wirklich etwas unternehmen. Vielleicht sollte er ihr ohne Rücksicht auf Luke Knight einfach seine Gefühle mitteilen, ihr sagen, dass er ständig an sie denken müsse und sich endlosen Fantasien hingebe, was passiert wäre, wenn ihr Ehemann in jener Nacht nicht zurückgekehrt wäre.

Angus war zwar kaum objektiv, aber eines wusste er mit jeder Faser seines Seins. Hätte Giles sie nicht unterbrochen, läge jetzt er und nicht Luke in ihren Armen und ihr am Herzen. Aber wie konnte er sie davon überzeugen?

Egal, wie wahrscheinlich eine Zurückweisung auch sein mochte, er musste es ihr sagen.

Schon morgen.

Zum ersten Mal nach Wochen schlief er in seinem großen, zugigen und schrecklich leeren Haus wieder einmal tief und fest wie ein Baby.

»Sie machen einen sehr fröhlichen Eindruck«, beglückwünschte Rose Miles Luke, als sie ihn nahe ihres Häuschens am Strand entlanggehen sah.

Sie hatte ihn schon ein paar Minuten lang beobachtet, ehe sie ihn ansprach. Er hatte Kieselsteine vom Strand aufgesammelt und vorsichtig in die Kästchen des Himmel-und-Hölle-Spiels geworfen, das Kinder mit Kreide aufgezeichnet hatten, dann war er zur höchsten Zahl hin- und wieder zurückgehüpft. Er verhielt sich gar nicht wie ein Erwachsener, so dass Rose lächeln musste.

»Das bin ich auch. Wie wär's mit einem Tänzchen, Rose?«

Rose strahlte. Vom jahrzehntelangen Sonnenbaden am Strand war ihre Haut so sonnenverbrannt, dass sie an einen glücklichen Alligator erinnerte. Nach einem Blick über die Schulter, ob sie Zuschauer hatten – vielleicht auch in der Hoffnung, es gäbe welche –, tanzten sie und Luke über den Steg, der von der Promenade zu den Strandhütten führte.

Hinter dem Steg erstreckte sich eine Reihe heruntergekommener, verrammelter Läden, eher Buden, die nur im Sommer geöffnet hatten und billigen Strandplunder feilboten. Sie waren noch geschlossen. Zwei Männer beäugten sie nachdenklich, einer von ihnen hielt einen kleinen Handcomputer.

Als sie sich tanzend näherten, sah Luke, dass es Angus Day und sein schottischer Vorarbeiter waren.

Auch Angus hatte Luke entdeckt. Trotz seiner Vorbehalte musste er lächeln, als er die fünfundachtzigjährige Rose Miles wie ein junges Mädchen am leeren Strand herumwirbeln sah.

»Hallo, Rose«, begrüßte Angus sie. Er wusste, dass er auch Luke begrüßen sollte, aber kindischer Trotz hielt ihn zurück. »Sie sehen glücklich aus.«

»Nicht ich bin es, die hier glücklich ist.« Das Paar kam neben ihnen atemlos und lachend zum Stehen. »Luke ist es.«

Angus zog sich in böser Vorahnung sein Magen zusammen. »Und was ist der Grund?«

Luke lächelte träge, und der Triumph blitzte ihm aus den Augen. »Weil die Frau, die ich liebe, mich gerade gebeten hat, bei ihr einzuziehen.«

Rose, die sich in ihrer Unschuld der gefährlichen Strudel nicht bewusst war, durch die sie watete, lächelte Angus an. »Sind das nicht gute Neuigkeiten? Ich habe immer gesagt, dass die Frau, die Luke bekommt, sich glücklich schätzen kann. Kein Mann in ganz Laineton sieht so gut aus wie er.«

»Ah«, erwiderte Angus voller Ironie, »nur, dass meine Mutter immer sagt, gut ist, wer Gutes tut.«

»Danke bestens, Angus.« Luke zog spöttisch seine Braue hoch. »Ich werde mein Bestes tun, um der rührenden Predigt Ihrer Mutter gerecht zu werden.«

»Ja.« Angus' Augen wurden schmal, und seine Stimme schnitt stählern durch den sonnigen Morgen. »Das sollten Sie, verdammt noch mal, tun.«

»Also das war nicht sehr höflich von Mr. Day«, sagte Rose, nachdem sie und Luke sich abrupt abgewandt hatten.

»Nein«, pflichtete Luke ihr bei und musste ein Grinsen unterdrücken, »das war überhaupt nicht höflich. Aber was soll man von ihm auch sonst erwarten. Angus Day ist ein Immobilienhai, der so tut, als habe er ein Gewissen. Aber manchmal zeigt sich doch der wahre Mensch.«

»Das ist wirklich seltsam«, vertraute Rose ihrer Schwester Betty an, als sie nach Hause kam. »Ich war mit dem netten Luke Knight auf der Promenade, und da liefen wir Angus Day in die Hände. Es wäre fast zu einer Prügelei gekommen.«

Betty sah ihre Schwester an, als wäre sie einfältig. »Aber das ist doch klar.« Betty ließ sich nicht abhalten, ihre Nachthemden auf die kleine Wäscheleine vor ihrer Strandhütte zu hängen. Es war ein guter Wind zum Trocknen. März, aber mit dem Versprechen eines warmen Aprils.

»Warum ist das klar?«, erwiderte Rose kratzbürstig. Sie brüstete sich gern damit, die Vernünftigere von beiden zu sein und die Weisheit des Alters erworben zu haben, während Betty durchs Leben ging, indem sie dumme Bemerkungen machte und sich aufführte wie ein junges Mädchen auf seiner ersten Party.

»Das liegt doch wohl auf der Hand, oder nicht? Es gibt nur einen Grund, warum Männer so miteinander umgehen.«

»Und der wäre, wenn ich fragen darf?« Rose schob das geblümte Nachthemd ihrer Schwester zur Seite und wartete.

»Sie sind wohl beide in dieselbe Frau verliebt.«

»Um Himmels willen, Betty, welchen Beweis hast du denn dafür?«

»Nur ein ganzes Leben voller Männer, die sich in mich verliebt haben.« Betty warf ihren Schal über die Schulter wie Isadora Duncan.

»Und wie kommt es dann, dass du als einsame alte Dame in einer besseren Strandhütte in Gesellschaft deiner griesgrämigen alten Schwester lebst?«

»Weil ich Mitleid mit dir hatte und dich nicht allein lassen wollte. Übrigens kam Mr. Day hier vorbei, während du deinen lächerlichen Tanz auf der Promenade aufgeführt hast.« Sie machte eine würdevolle Pause und genoss es, zum zweiten Mal an diesem Vormittag mehr zu wissen als Rose. »Er macht uns einen Vorschlag.«

»Was für einen Vorschlag?«

»Keine Ahnung.« Betty klammerte ihre letzte Pumphose fest. »Aber wenn er uns vorschlägt, uns als achtzigjährige Schöne der Nacht aufzustellen, dann halte ich das für eine hervorragende Idee.«

»Was machst du denn da, um Himmels willen?« Clio beobachtete ihre Mutter dabei, wie diese zum zweiten Mal in dieser Woche das Haus putzte.

Seit Luke vorgeschlagen hatte, bei ihr einzuziehen, sah Amanda das Haus mit anderen Augen. Und plötzlich schienen ihr die Zeitungsstapel, nicht näher zu bestimmenden Plastikgegenstände und Katzenhaare, die sich überall in der Küche fanden, nicht mehr das unvermeidliche Chaos des Familienlebens zu sein, sondern einfach nur deprimierend. Sie wollte das Gefühl von Sauberkeit haben, auch wenn Ordnung ein unmögliches Ziel war.

»Was, zum Teufel, ist nur los mit dir?«, wollte Clio wissen, während sie sich ihre Schulbrote herrichtete. »Bald kannst du

Werbung für Gummihandschuhe machen. Komm, gib's zu. Du hast Haushaltsreiniger getrunken oder Möbelpolitur geschnüffelt? Das ist doch nicht meine Mutter, die da die Küchenspüle schrubbt und Teetassen bleicht.«

»Ich bleiche keine Teetassen. Ich wollte einfach ein wenig Ordnung machen, mehr nicht.« Amanda bemühte sich, keine Verteidigungshaltung einzunehmen. »Man wird es doch langsam leid, in einer Müllkippe zu leben. Das hier nennt man Frühjahrsputz. Den machen alle möglichen Leute.«

»Mag ja sein, dass den alle möglichen Leute machen, nur du hast ihn noch nie gemacht. Ich wette, dass das was mit deinem Ritter in der glänzenden Rüstung zu tun hat, oder nicht?«

Amanda gab keine Antwort. Sie wollte das Gespräch im Griff haben, wenn sie die Neuigkeit über Luke erzählte. Sie hatte sich vorgenommen, mit Sean und Clio am Abend auszugehen und es ihnen bei einer Pizza mitzuteilen.

»Es ist doch so, oder nicht?« Clio ließ nicht locker. »Bist du in Sorge, er könnte sich was Schlimmes einfangen, wenn er die Arbeitsplatte anfasst?«

Amanda ging auf diese Bemerkung nicht ein. »Es gibt da tatsächlich etwas, worüber ich mit dir reden muss.« Sie legte mehr Betonung in ihre Stimme als beabsichtigt, wusste aber nicht, wie sie die Neuigkeit vermitteln sollte.

»Mist.« Clio hielt im Einpacken ihrer Schultasche inne und sah ihre Mutter direkt an. »Es ist was Ernsteres, nicht wahr? Für eine schnelle Nummer würden zehn Minuten reichen, und du hättest alles unters Sofa geschoben. Du hast ihn doch nicht etwa gefragt, ob er hier einziehen möchte?«

Amanda errötete. »Sieh doch, Clio, es ist alles sehr schwierig geworden. Man hat ihm oben im Norden einen wirklich guten Job angeboten, aber er hat meinetwegen abgelehnt. Seine einzige Bitte an mich, wenn er hier in Laineton bleibt, war die, nicht in irgendeiner miesen, leeren Wohnung leben zu müssen. Er möchte mit mir zusammenleben. Mit uns.«

»Er kennt uns doch gar nicht, Mama.« Clios Stimme war rau vor Schmerz. »Er kennt dich. Er ist an dir interessiert. Er hat sich uns nicht ausgesucht und will uns wahrscheinlich auch gar nicht. Wir sind nichts weiter als der Preis dafür, dass er eine Beziehung zu unserer Mutter haben kann. Nun, ich will keine Beziehung zu ihm. Ich mag ihn nicht.«

»Clio«, wandte Amanda ein, »du weißt doch gar nicht, wie es sein wird. Und ich auch nicht. Ich versprech dir, wenn es nicht funktioniert, werde ich ihn bitten, wieder zu gehen. Mir wäre es ehrlich gesagt zu einem späteren Zeitpunkt auch lieber gewesen …«

»Ach wirklich«, fiel ihr Clio bitter ins Wort.

»Ich verliere ihn sonst, Clio.« Amanda fühlte sich hin- und hergerissen. Luke war seit Giles der erste Mann, mit dem sie sich eine richtige Beziehung vorstellen konnte. Angus Day war ein Ausrutscher gewesen, ein weiterer Mann aus demselben Guss wie Giles, aber Luke war anders. Er konnte einen verunsichern, natürlich, aber dennoch war nicht daran zu denken, einen Besseren zu kriegen. »Du weißt, wie einsam ich war. Du hast mir bei diesen Anzeigen geholfen. Luke möchte, dass das Ganze Hand und Fuß hat.«

»Weißt du, was«, schrie Clio, »für mich sieht das ganz nach Erpressung aus. Lernst du denn nie dazu, Mama? Das ist doch genau dasselbe, was Papa auch die ganze Zeit gemacht hat. Und du hast es zugelassen. Du hast auch deinen Teil dazu beigetragen, dass die Ehe schief ging. Du hättest dich zur Wehr setzen müssen. Und Luke wird es auch immer wieder tun. Nur dass ich dieses Mal nicht ruhig zusehen werde.« Sie schob ihre Brote in die Schultasche und eilte türenschlagend aus dem Haus, ehe sie Amanda rufen hörte: »Nein, das siehst du falsch! Luke ist nicht so wie Papa!«

Amanda wandte sich ab und kämpfte gegen die Tränen des Schmerzes und der Verzweiflung an, offenbar alles falsch zu machen. Sean trat neben sie, seine Haare standen in die Höhe wie bei den Punks der siebziger Jahre, sein Blazer war falsch geknöpft.

Sie drückte ihn an sich, in der Hoffnung, dass er ihren Streit mit Clio nicht mitbekommen hatte.

»Zieh mal deinen Blazer aus.« Sie öffnete den obersten Knopf. »Du hast doch noch gar nicht gefrühstückt.«

»Ist schon gut« – Sean riss seine Schulter zurück –, »ich hab keinen Hunger.«

Amanda fühlte sich einer zweiten Konfrontation nicht gewachsen und unterließ es deshalb gegen besseres Wissen, ihn zum Essen zu bewegen. Sie machte ihm rasch sein Lieblingsbrot mit Erdnussbutter und Marmelade und schnitt ihm sogar die Rinde ab, wie er es gern mochte. »Hier. Du kannst es im Bus essen.«

»Nein danke, Mama. Ich werde bis zur Pause warten.« Er nahm sich seinen Schulrucksack, der für seine schmale Gestalt plötzlich viel zu schwer aussah, und ging zur Eingangstür. Kurz bevor er hinausging, drehte er sich um. »Er mag ja nicht mal Fußball, Mama«, sagte Sean leise. »Er kennt nicht mal Barthez.« Und dann mit einem traurigen Kopfschütteln: »Selbst Papa hat schon mal was von Barthez gehört.«

»Du kannst es ihm beibringen«, rief Amanda ihm hinterher, aber es war zu spät, auch Sean hatte das Haus verlassen.

Amanda setzte sich an den Küchentisch und kämpfte gegen ihre Tränen an. Kinder begriffen nicht, wie niederschmetternd einsam man sich fühlte, wenn einen der Ehemann verließ. Alle bauten darauf, dass man es überlebte und die Scherben kittete. Egal, wie verletzt man sich fühlte, man musste alles zusammenhalten. Das erwarteten alle, selbst der Ehemann – sogar dessen neue Geliebte, verflixt noch mal. Gute alte Amanda. Die ist stark genug, die schafft das schon. Nun, dieses Mal nicht. Jemand war in ihr Leben getreten, der sie liebte und den sie liebte, und sie würde ihn nicht wieder loslassen.

Clios wütend vorgetragene Anschuldigung, er sei genauso beherrschend, wie Giles es gewesen war, ging ihr wieder durch den Kopf. Aber Clio täuschte sich. Sie mochte klug und intelligent sein, aber sie wusste nicht alles. Und sie hatte sich nie darum gekümmert, Luke richtig kennen zu lernen.

Wenn sie das täte, würde sie bald merken, dass er keinesfalls mit Giles zu vergleichen war.

Sie musste jetzt nur Mittel und Wege finden, Clio und Sean dabei zu helfen, dies selbst herauszufinden.

Leider hatte sie keinen guten Anfang gemacht.

17. Kapitel

An dem Tag, als Luke mit seinem Krempel einzog, sorgte Clio dafür, dass sie nicht zu Hause war. »Ich bin bei Jasmine, wenn du mich brauchen solltest«, ließ sie ihre Mutter wissen.

Amanda sagte nichts. Sie konnte Clio schließlich nicht zwingen, Luke willkommen zu heißen, und in Anbetracht der Laune ihrer Tochter in letzter Zeit wäre es für alle Beteiligten leichter, wenn sie nicht da war. »Zum Abendessen kommst du aber nach Hause. Es gibt was Besonderes.«

Clio lag offenbar eine Gemeinheit auf der Zunge, aber sie behielt sie dann doch für sich. »Warum gehst du nicht einfach mit Luke aus? Ich würde mich um Sean kümmern.« Sie lächelte. »Ich würde nicht mal was dafür verlangen.«

Amanda streckte die Hand aus, um den Arm ihrer Tochter zu berühren. Vermutlich wollte Clio vermeiden, dass sie alle beisammensaßen. »Es gibt gefülltes Brathähnchen und Röstkartoffeln. Dein Lieblingsessen.«

»Mama« – Clio schüttelte sie wütend ab – »ich weiß, dass du glücklich sein möchtest, dass du ein Recht darauf hast, glücklich zu sein, nach allem, was Papa dir angetan hat. Aber das hier ist auch mein Zuhause, und ich kenne Luke nicht. Ich bin ihm nur ein paar Mal begegnet, und ich finde, das kommt alles sehr plötzlich. Du kennst ihn nämlich auch nicht richtig. Was machst du denn, wenn sich herausstellt, dass er gewalttätig ist oder eine geheime Vergangenheit hat? Ich meine, war er je verheiratet, oder hat er mit jemandem zusammengelebt? Findest du es nicht seltsam, dass er mit Mitte dreißig einfach alles hinschmeißen und wie ein Student bei dir einziehen kann?«

Amanda biss sich auf die Lippe. Es *kam* alles sehr plötzlich, viel schneller, als es ihr lieb war. Aber lag das nicht daran, dass Luke sich so sicher war, obwohl sie gern noch ein wenig Zeit gehabt hätte, sich an diese Vorstellung zu gewöhnen?

»Er liebt mich, Clio, und ich will ihn nicht verlieren.«

»Aber ist es dir denn egal, wenn du mich verlierst und dass ich mich in meinem eigenen Zuhause nicht mehr wohl fühle?«

»Natürlich ist mir das nicht egal. Aber du wirst in knapp zwei Jahren achtzehn. Du wirst aufs College gehen und mich nicht mehr brauchen.«

»Und dann wirst du aus meinem Zimmer zweifelsohne für Luke ein Büro machen.«

»Das ist nicht fair, Clio. Vielleicht wäre es doch besser, wenn du zum Abendessen bei Jasmine bleibst.«

»Keine Sorge. Ich werde die ganze Nacht bei Jasmine bleiben!« Sie verließ unter Türenknallen das Haus, ohne sich noch einmal umzublicken.

Nachdem sie gegangen war, setzte Amanda sich an den Küchentisch und weinte, umgeben von Supermarkttüten. Nach Brathähnchen war ihr nicht mehr zumute. Brathähnchen waren das Symbol einer glücklichen Familie. Es beschwor Bilder von Weihnachten und Ostern und nicht enden wollenden Mahlzeiten herauf, die man gemeinsam am Tisch unter Lachen und Necken einnahm.

»Ist schon gut, Mama.« Die schmale Gestalt Seans tauchte in der Küchentür auf. »Ich liebe Brathähnchen. Vor allem so, wie du sie machst, mit dem vielen Knoblauch.«

Sie lächelte ihn an.

»Mach dir keine Sorgen wegen Clio. Sie ist einfach ein Teenager. Die sind wie Kleinkinder, weißt du. Bekommen ständig Wutanfälle, um auf sich aufmerksam zu machen. Soll ich dir die Kartoffeln schälen?«

Sie zog ihn in ihre Arme. Normalerweise reagierte er voller Abscheu mit einem: »Bäh! Mama!«, wenn sie ihm einen Kuss zu geben versuchte, aber heute schien er zu verstehen, dass mehr Takt angesagt war.

»Was täte ich nur ohne dich?«, fragte sie und liebkoste sein blondes Haar, das er sich am liebsten zur Beckham-Bürste rasieren ließe.

»Wahrscheinlich in Nepal klettern oder auf dem Kamel um die Pyramiden reiten«, erwiderte er weise. »Das hat nämlich Bens Mama vor, sobald er auf die Universität geht, oder sie sagt es jedenfalls immer.«

»Gut« – sie strich seine Stirnfransen zurück und küsste ihn auf die Stirn –, »darauf kann man sich doch schon mal freuen.« Dann holte sie den Bräter heraus und fing an, den Knoblauch zu zerteilen, um ihn mit dem Hähnchen zu braten, weich und süß, genau wie Sean es mochte.

Das Abendessen lief sogar besser als erwartet. Luke traf mit einem kleinen Koffer ein, den er diskret in ihrem Schlafzimmer verstaute, und kam dann herunter an einen gedeckten Tisch mit Kerzen und farbenprächtigen Papierservietten, die Amanda aus einer Schublade gekramt hatte. »Tut mir Leid, dass Happy Birthday draufsteht«, entschuldigte sich Amanda. »Aber es sind leider keine anderen da.«

»Die sind ausgezeichnet.« Er wollte sie gerade küssen, merkte dann aber, dass das für Sean womöglich peinlich wäre, und ließ es sein. »Danke euch beiden, dass ihr euch so viel Mühe macht.« Ihr fiel auf, dass er Clios Abwesenheit diplomatisch überging.

Nach dem Abendessen machten sie gemeinsam den Abwasch, dann fragte Sean: »Möchtest du meine Manchester-United-Mappe sehen?«

Es folgte ein Moment Stille. *Bitte sag ja*, flehte Amanda innerlich.

»Das wäre wunderbar«, erwiderte Luke und berührte im Vorbeigehen leicht ihre Hand.

Sean breitete den Inhalt seines kostbaren Ordners auf dem Küchentisch aus: Programme, Fotos des Teams und ein altes

Saisonticket, das irgendein Großvater der Sammlung vermacht hatte. »Alex Ferguson – er ist der Manager von Manchester United«, erklärte Sean laut und langsam, als wären Lukes Sprachkenntnisse begrenzt, »glaubt an die Vier-vier-zwei-Formation.«

»Von Alex Ferguson habe ich tatsächlich schon gehört«, protestierte der neben Sean sitzende Luke. »Er ist doch Schotte, nicht wahr? Normalerweise bin ich von Schotten nicht sehr angetan.« Er blinzelte Amanda zu, für den Fall, dass sie seine Anspielung auf Angus nicht verstanden hatte.

»Ich kann nicht einsehen, was das damit zu tun haben soll, dass er Fußballmanager ist«, setzte Sean sich zur Wehr, von derart komischem Erwachsenenverhalten völlig aus dem Konzept gebracht. »Einige der größten Fußballmanager sind Schotten.«

»Ist nur ein persönliches Vorurteil.« Sein einladender schokoladebrauner Blick ruhte auf Amanda. »Das braucht dich nicht zu kümmern.«

Amanda beobachtete die beiden. Sie hätte Sean küssen können für sein Bemühen, Luke kennen zu lernen.

»Hast du auf der Schule nicht auch Fußball gespielt?«, fragte Amanda Luke.

»Fußball war was für die Prolos. Wir waren Rugbyspieler. Ich war sogar ziemlich gut.«

Amanda sah ihn abschätzend an. Er war groß und schmal gebaut, nicht stiernackig und breit, wie ihrer Meinung nach ein Rugbyspieler auszusehen hatte. »Als Stürmer kann ich mir dich gar nicht vorstellen.«

»Ich war Flügelmann. Ich wollte meine Ohren behalten. Spieler in der vordersten Linie haben nämlich die schlechte Angewohnheit, ihre zu verlieren. Aber jetzt« – er lächelte ihr liebevoll zu, und ihr Herz zerschmolz – »wieder zurück zu Man United.«

Amanda machte Kaffee. Dass Luke hier wohnte, war für alle seltsam. Sie war sich ganz komisch vorgekommen, als sie in dem

Schrank, den sie sich mit Giles geteilt hatte, Platz für Lukes Kleider machte, dann stellte sich die Frage, auf welcher Seite des Bettes er schlief.

»Lieber rechts oder links?«, fragte sie ihn, als er seine Sachen auspackte. Sie hatte immer rechts geschlafen, der Tür am nächsten, damit sie nachts wegen der Kinder aufstehen konnte. Andererseits, warum musste immer alles gleich bleiben?

Lukes Antwort war absolut entwaffnend. »Ich hoffe, wir werden beide in der Mitte liegen.«

Sie streckte ihm ihre Hände hin. »Ich bin wirklich froh, dass wir das machen.«

»Nein, bist du nicht«, sagte er und zog sie an sich heran. »Es wäre dir viel lieber, wenn es so weiterginge wie bisher – wir uns gelegentlich sehen würden und du einen Elternabend vorschieben könntest, wenn du keine Lust dazu hast –, aber Gewohnheiten sind dazu da, um mit ihnen zu brechen. Ich weiß, dass es für dich merkwürdig ist, aber für mich ist es das auch. Lass es uns einfach ausprobieren, was meinst du?«

Dass Luke die Situation so gut verstand, erfüllte Amanda mit einer warmen Woge der Dankbarkeit und Erleichterung. Er war der tollste, einfühlsamste Mann. Ganz zu schweigen davon, dass es keinen gab, der mehr Sexappeal hatte. Sie ertappte sich dabei, dass ihre Augen zum Bett abschweiften.

»He« – er liebkoste ihr Ohr, so dass sie vor Erregung schauderte –, »wir wollen doch die Kinder nicht erschrecken. Wann gehen sie ins Bett?«

»Clio kommt heute Nacht wahrscheinlich nicht nach Hause. Sean geht gegen neun.«

»Ach wär's doch schon neun Uhr.« Seine Augen funkelten verheißungsvoll.

»Oh, vergiss die Katze nicht. Die könnte dich anspringen. Sie beschützt ihr Frauchen.«

»Aha, Kinky, die Abartige, steht wohl auf einen flotten Dreier!«

Amanda ließ ihren Blick durchs Zimmer schweifen. Lukes Morgenmantel sah gut aus neben ihrem. Pyjamas waren keine zu sehen. »Was trägst du im Bett?«

»Rat mal.«

»Hm«, kicherte Amanda, »trickreiche Frage.«

»Seidene Boxershorts von einer dankbaren Verehrerin.« Er hielt eine mit Dutzenden winziger Boxerhunde geschmückte Unterhose hoch.

»Die sind doch nicht wirklich von…«

»Ich habe sie mir selbst gekauft. Über den Versandhandel. Ist das nicht provinziell?«

Clios Worte, dass sie nichts über ihn wusste, kamen ihr in den Sinn. »Warst du jemals verheiratet?«

»Nein.«

»Hast du mit jemandem zusammengelebt?«

Luke sah aus, als würde er gern das Thema wechseln. »Ein paar Mal.«

»Warum hat es nicht funktioniert?«

»Warum ist das Meer blau? Das ist eine lange Geschichte. Egal, es ist vorbei. Jetzt ist jetzt. Und ich bin wirklich glücklich, hier zu sein, Amanda.«

Amanda wurde von einem Glückgefühl überrollt.

»Und ich bin wirklich froh, dich hier zu haben.«

»Was hast du denn gegen ihn?«, wollte Jasmine von Clio wissen, als sie es sich beide für einen nächtlichen Plausch gemütlich machten, Jasmine in ihrem Einzelbett mit der hübschen, blumenbestickten Steppdecke, und Clio neben ihr auf der Matratze auf dem Fußboden.

»Dass wir ihn kaum kennen. Mama ist gerade mal fünf Minuten mit ihm ausgegangen, und plötzlich lebt er bei uns. Ich finde, da ist was faul. Außerdem bin ich mir sicher, dass Mama gar nicht wirklich wollte, dass er bei uns einzieht. Ich glaube, er hat sie dazu überredet, genauso wie Papa das immer gemacht hat.

Ich könnte mich nie in einen Mann verlieben, der in mir Schuldgefühle hervorruft. Und Mama ist dafür anfällig.«

»Und du bringst sie wohl nie dazu, sich schuldig zu fühlen, wenn du was von ihr willst?«

»Natürlich tue ich das, aber das ist was anderes. Ich bin ihre Tochter, und ich bin ein Teenager. Teenager machen ihren Eltern immer Schuldgefühle, um das zu kriegen, was sie haben wollen. Das Problem mit Mama ist nur, dass sie, wenn Männer im Spiel sind, zu keiner richtigen Entscheidung mehr fähig ist.«

»Und was sagt sie dazu? Sieht sie denn, dass er deinem Vater ähnlich ist?«

»Überhaupt nicht. Sie hält ihn für süß und fürsorglich. Für einen dieser ›Neuen Männer‹. Das genaue Gegenteil von Papa.«

»Und ist er das?«

»Bis jetzt hat er ihr nur ein paar Mal einen Strauß Blumen gekauft. Er *sieht* anders *aus*. Ist richtig gut aussehend, modisch, sympathisch.«

»Klingt für mich schon wie eine Verbesserung im Vergleich zu deinem Vater.«

»Ja, aber wer möchte denn einen Vater, oder auch Stiefvater, der so ist? Mir wäre lieber, er trüge eine Strickjacke und würde sich um sie kümmern.«

Clio kam der tatsächlich Strickjacken tragende Angus Day in den Sinn, die komischerweise an ihm sogar halbwegs anständig aussahen. Warum konnte sich ihre Mutter nicht anstelle von Luke in ihn verlieben?

»Liebt deine Mutter ihn denn, was meinst du?«

Clio dachte nach. »Wahrscheinlich. Bei ihrer Erfahrung.«

»Dann hast du ihn vielleicht am Hals. Es sei denn« – Jasmine strahlte bei der Vorstellung eines potenziellen Dramas –, »du beschließt, ihr das Ganze zu vermasseln?«

»Nein«, seufzte Clio. »Ich liebe Mama. Das wäre nicht fair.«

»Dann solltest du vielleicht doch versuchen, nett zu ihm zu sein.«

Dieser Vorschlag rief bei Clio aus irgendeinem Grund panisches Entsetzen hervor. Sie wollte nicht nett zu ihm sein. Sie wollte ihn nicht haben. Ihr Haus wäre nicht mehr länger ihr Zuhause. Selbst das Benutzen des Badezimmers wurde zu einer peinlichen Situation. Sie musste alle ihre persönlichen Habseligkeiten wegräumen und durfte nie mehr im Handtuch oder Nachthemd herumlaufen.

In Wahrheit nämlich wurde ihr bei dem Gedanken, dass Luke Knight auf Dauer bei ihnen wohnte, richtig schlecht, schlimmer noch, als wenn sie ihre Tage hatte.

Aber ihr war selbst nicht klar, woran das lag.

»Habt ihr gehört?«, wollte Louise vom Rest der Lektüregruppe wissen. »Der Ritter in der glänzenden Rüstung ist bei Amanda eingezogen!«

Ruthie war an der Reihe, die Gruppe zu bewirten, und sie saßen alle in ihrem Wohnzimmer, verteilt auf die leuchtend bunten Bohnensäcke, die sie in ihren Vorbereitungskursen für eine natürliche Geburt benutzt hatte. Anne sagte jedes Mal, sie fühle sich zu Atemübungen angeregt, wenn sie darauf Platz nahm.

»Wie? Der neue Mann?« Anne war schockiert. »Aber sie kennt ihn doch erst ein paar Monate.«

»Dann haben sie die Zeit offenbar gut genutzt«, meinte Simone trocken.

»In unserem Alter geht wohl alles etwas schneller«, gab Anne zu bedenken. »Man ist reifer, zuversichtlicher. Man weiß, was man von einer Beziehung erwartet.«

»Sex«, meinte Simone, und alle mussten kichern.

»Um Himmels willen. Amanda ist doch viel zu vernünftig, um sich nur wegen Sex für jemanden zu begeistern«, erwiderte Anne.

»Scht«, machte Janine, »ich glaube, sie kommt.«

Amanda trat völlig außer Atem ein, weil sie die Straße hinuntergerannt war, um in der Spirituosenhandlung noch eine Flasche moussierenden australischen Wein zu kaufen.

»Wir sollten lieber warten, bis sie es uns erzählt«, zischte Simone.

Amanda ließ sich auf den letzten freien Bohnensack plumpsen, einen weinroten. Fünf forschende Augenpaare waren auf sie gerichtet. »Habt ihr schon angefangen?« Sie wühlte in ihrer großen Schultertasche nach Goldens *Geisha*, dem Buch dieses Monats. »Also, ich fand es ganz hervorragend. Zum ersten Mal hatte ich das Gefühl, das Wesen erotischer Besessenheit zu verstehen.«

Simone entschlüpfte ein kleines Kichern, das sich wie ein Lauffeuer in der Gruppe fortsetzte, bis sie alle in Gelächter ausbrachen, von den Bohnensäcken rollten und beinahe die Weingläser umgeworfen hätten.

»Wie bitte?«, fragte Amanda verdutzt. »Was, zum Teufel, hab ich denn gesagt?«

»Ich denke«, erklärte Simone, warf ihr langes schwarzes Haar nach hinten und wischte sich, erfolglos gegen das Kichern ankämpfend, das rußig schwarze Mascara von den Wangen, »sie sind der Meinung, du sprichst von dir und Luke.«

»Also wirklich«, erwiderte Amanda pikiert, »es gibt im Leben schon noch mehr als Sex, wisst ihr.«

In diesem Moment spuckte die Flasche Seaview Brut neben ihr plötzlich ihren Korken aus, und eine Fontäne aus Schaumwein schoss in den Raum. Auch Amanda fing jetzt zu lachen an. »Aber ich muss zugeben, dass er hilft.«

Nach zwei Gläsern Chardonnay auf nüchternen Magen mutig geworden – obwohl es Louise an Mut nie mangelte –, stupste Louise Amanda in die Rippen. »Dann hat meine Freundin also Recht gehabt? Er ist wirklich ein fabelhafter Liebhaber?«

»Fabelhaft«, bestätigte Amanda. »Verglichen mit Giles, jedenfalls. Aber neben ihm würde wohl jeder besser abschneiden. Giles' Idee vom Vorspiel beschränkte sich darauf, mir seinen Schwanz in die Hüfte zu rammen und zu sagen: ›Lust auf einen kleinen Fick?‹ Fünf Minuten später schlief er schon.«

Alle brachen in brüllendes Gelächter aus.

Bis auf Ruthie. Irgendwo in ihrem Hinterkopf begann der Grund dafür, weshalb sie den Namen Luke Knight schon mal gehört hatte, Gestalt anzunehmen.

Und es war nicht wegen seiner Qualität als fabelhafter Liebhaber.

18. Kapitel

Clio wickelte ihren Snoopy-Morgenmantel fest um ihren Körper. Sie musste ganz dringend auf die Toilette, aber Luke hatte das Badezimmer in Beschlag genommen und saß in der Wanne. Aus vollem Hals hörte sie ihn Opernarien singen, während sie von einem Bein aufs andere hüpfte. Hatte ihre Mutter vergessen, ihm die Regeln zu erläutern? Die ersten fünfzehn Minuten gehörten Amanda, dann war Sean dran, und von 7:45 bis 8:15 Uhr war Clio an der Reihe. Luke mit seinem künstlerischen Wischiwaschi-Job konnte schließlich warten, sein Tag fing erst viel später an.

Sie rannte nach unten, um sich zu beschweren. »Hast du Luke den Zeitplan nicht gesagt, Mama? Er ist jetzt im Bad, und ich komme zu spät!«

Amanda verkniff sich ein Lächeln. Sie hatte Luke in der Tat darauf hingewiesen, wie der morgendliche Ablauf im Bad vonstatten ging, vermutete jedoch, dass ihm das im Familienleben übliche Geben und Nehmen fremd war.

»Luke!« Sie klopfte an die Tür und sah sich plötzlich eher in der Rolle seiner Mutter, denn seiner Geliebten. »Clio ist jetzt an der Reihe, und sie kommt zu spät zu ihrem Praktikum, wenn sie nicht bald ins Bad kann.«

Luke hörte zu trällern auf. »Gut. Ich komme sofort.«

Zwei Minuten später kam er, mit einem Handtuch um die Hüften, heraus und lächelte wie ein selbstgefälliger Puma. »Tut mir Leid, dass ich dir deinen Platz weggenommen habe«, entschuldigte er sich samtig bei Clio. »Aber ich habe dir das Wasser dringelassen.«

Clio stolperte ins Badezimmer, knallte die Tür zu und ließ demonstrativ das Badewasser ab. Dann griff sie nach dem blumigen Desinfektionsmittel, das ihre Mutter für die Reinigung der Toilettenschüssel gekauft hatte, und verteilte es in schmalen violetten Streifen überall im Bad, um jede Spur von Lukes Körper zu tilgen. Trotz der Kälte riss sie das Badezimmerfenster weit auf.

Unten war Sean ganz in seine Welt abgetaucht, saß am Frühstückstisch und las das Quiz auf der Rückseite der Müslipackung. Amanda war mit dem Herrichten der Pausenbrote beschäftigt, und Luke schenkte sich lässig den letzten Rest Milch ein.

»Du hast die Milch leer gemacht!«, beschuldigte ihn Clio, als sie nach unten kam.

»Du isst normalerweise Toast«, gab Luke gelassen zurück.

»Heute Morgen hätte ich gern Müsli gehabt. Und wo, zum Teufel, ist mein Mobiltelefon? Sean, hast du gesehen …«

»Es liegt auf der Anrichte«, erinnerte Amanda sie. »Jasmine hat dich gestern Abend angerufen, erinnerst du dich?«

»Der frühe Vogel kriegt den Wurm …«, meinte Luke in einer Mischung aus Neckerei und Spott.

»Dieser Vogel wäre schon wesentlich früher hier gewesen, wenn das Badezimmer nicht besetzt gewesen wäre«, erwiderte Clio gallig.

»Und du wärst nicht so in Eile, wenn du gestern schon deine Tasche gepackt hättest«, stichelte er.

Diese Litanei kannte Clio von ihrer Mutter zur Genüge, sie von Luke zu hören brachte das Fass zum Überlaufen.

»Ich verzichte auf das Frühstück. Und übrigens werde ich die ganze Woche früh aus dem Haus gehen. Mein Praktikum. Ich muss zeigen, wie groß mein Interesse ist.« Selbst ihr fiel auf, dass ihre Stimme einen unverschämten Unterton hatte.

Luke gab vor, die Anspielung überhört zu haben. »Gut, das heißt dann wohl, dass ich deinen Platz im Badezimmer behalten kann.«

Clio raffte, so rasch es ging, ihre Sachen zusammen und lief zur Tür. »Bis später.«

»Tschüss, viel Glück!«, rief Amanda ihr winkend nach.

Als Amanda ihre Hand sinken ließ, fing Luke sie auf und küsste sie.

Clio wandte sich ab, ihr drehte sich der Magen um. Auslöser war der Gesichtsausdruck ihrer Mutter. Errötet, erregt, mädchenhaft und, was am schlimmsten war, auf abstoßende Weise zufrieden und erfüllt. Offensichtlich war Sex die Ursache der Anziehung bei Luke, aber darüber wollte sie nicht weiter nachdenken. Amanda war schließlich über vierzig! Jetzt wäre wirklich Clio an der Reihe, die Freuden der Sexualität zu erfahren, und nicht ihre Mutter. Aber mehr als eine kurze Nummer in Val d'Isère hatte Clio nicht hinbekommen, ehe man sie fallen und mit der Angst vor einer Schwangerschaft allein gelassen hatte. Es war alles so verdammt ungerecht!

»Meinst du, es ist alles in Ordnung mit ihr?«, wollte Amanda von Luke wissen, nachdem Clio gegangen und Sean oben war, um sich seine Fußballsachen zu holen. »Weißt du, es fällt ihr nicht leicht, damit klarzukommen, dass ein ihr Fremder in ihr Haus einzieht.«

»Du gibst immer wieder nach, Amanda.« Lukes liebevoller Blick löste sich auf, und er sah sie verärgert an. »Sie hat sich nicht gerade darum bemüht, mich kennen zu lernen, oder? Aber ich habe mich bemüht.«

»Das weiß ich«, tröstete Amanda ihn. »Sie ist eben in einem sehr schwierigen Alter, und die Geschichte mit dem Jungen in Frankreich hat es nicht leichter gemacht.«

»Vielleicht hätte sie vorsichtiger sein sollen?«

Amanda wollte gerade widersprechen, dass Clio unschuldig gewesen war, aber da kam Sean zurück, beladen mit Stiefeln, Schonern, Shorts und seinem David-Beckham-Heimtrikot, das er wie seinen Augapfel hütete.

»Bist du heute Barthez?«, erkundigte sich Luke.

»Wohl kaum«, erwiderte Sean leichthin. »Barthez steht im Tor.«

Amanda verabschiedete Sean, ehe er zur Bushaltestelle ging,

und wandte ihre Aufmerksamkeit dann wieder Luke zu. »Hast du viel zu tun?« Seit sie zusammenlebten, kam er nicht mehr so oft, um sie zu Picknicks am Strand zu entführen. Das war Romantik gewesen, und dies war jetzt das wirkliche Leben. Aber sie vermisste es.

Luke schien ihre Gedanken zu lesen. »Wie wär's mit einem kurzen Imbiss zur Mittagszeit? Soll ich dich um ein Uhr abholen?«

»Ausgezeichnet.«

Es war einer dieser strahlenden Aprilmorgen, der schon den Sommer versprach. Auf dem Weg zu ihrer Arbeit fiel Amanda auf, dass die Straßen von zarten Apfelblüten gesäumt waren. Ein paar Blütenblätter schwebten wie Konfetti durch die Luft.

Amanda entschied sich für den Strandweg. Der würde zwar fünf Minuten länger dauern, aber wenn sie schnell ging, holte sie das wieder ein. Außerdem war Louise immer bester Laune, seit Luke bei Amanda eingezogen war. Vielleicht glaubte sie, dass jetzt die Bahn frei war für ihre Jagd auf Angus Day.

Sie überlegte, während sie ihren Schritt beschleunigte, wie Clio wohl mit ihrem Praktikum zurechtkommen mochte und warum sie sich für Angus Days Firma entschieden hatte, obwohl sie aufregende Erfahrungen mit Künstlern und Theaterleuten hätte machen können, wenn sie die Zeit mit Luke verbracht hätte. Als wüsste sie die Antwort nicht: Clio konnte Luke nicht ausstehen. Die Entscheidung für Angus war eine offene Provokation. Amanda seufzte. Es kam ihr so verdammt gemein vor, dass das Leben, nachdem sie endlich einen Mann gefunden hatte, mit dem sie zusammen sein wollte, noch genauso kompliziert und schwierig war wie das Alleinsein davor. Hatte sie nicht etwas Glück verdient, nachdem sie in den vergangenen drei Jahren die Familie zusammengehalten und nie an ihre eigenen Bedürfnisse gedacht hatte?

Clio würde sich letztendlich daran gewöhnen. Amanda konnte nur im Interesse aller hoffen, dass es nicht allzu lange dauerte.

Sie war gerade beim Eastcliff Estate um die Ecke gebogen, um die Abkürzung über Roses und Bettys Zuhause zur Galerie zu nehmen, als ihr auffiel, dass das gemalte »Zu vermieten«-Schild vor dem Bootshaus verschwunden und durch eines ersetzt worden war, auf dem »Vermietet« stand.

Amanda hatte das Gefühl, als hätte sie einen schweren Tritt in die Magengrube bekommen. Jemand hatte das Bootshaus gemietet! Sie lief darauf zu und starrte durchs Fenster. Es wirkte leer und unberührt wie zuvor. Wie hatte das jemand mieten können? Es war ihres! Bis zu diesem Augenblick war ihr gar nicht klar gewesen, wie viel ihr der Traum von einer eigenen Galerie bedeutete. Im Geiste hatte sie bereits ausgeräumt, die Wände weiß und die Fensterrahmen hellblau gestrichen und Vogelskulpturen hineingestellt.

Statt auf direktem Weg zur Galerie zu gehen, rannte sie zum Immobilienmakler. Ein junger Mann in einem Anzug von Next, der wohl für einen Armani durchgehen sollte, schloss gerade das Geschäft auf.

»Ich möchte etwas über das leere Bootshaus unten am Hafen in Erfahrung bringen«, sagte Amanda und hatte Mühe, ruhig zu bleiben. »Ist es denn wirklich vermietet?«

Der junge Mann schaltete seinen Bildschirm an und ließ die Akten durchsausen. »Ja. Da haben wir's. Es liegt uns ein Angebot vor, aber wir prüfen noch die Referenzen der Kunden.«

Amandas Herz machte einen Sprung. Dann war der Handel also noch nicht perfekt. »Könnte es möglicherweise mit den Referenzen ein Problem geben?«, fragte sie und hoffte dabei, ihre Rivalen würden sich als Geldwäscher oder Bankrotteure entpuppen.

»Nein. Es ist nur eine Formalität. Der Vertrag steht kurz vor der Unterzeichnung.« Er warf noch einen Blick auf den Bildschirm. Amanda tat so, als krame sie in ihrer Handtasche, guckte ihm aber verstohlen über die Schulter. Ihr Rivale schien eine Firma namens Computer Central zu sein. »Am Freitag, um genau zu sein«, fügte der junge Mann hinzu.

»Würde sich etwas ändern, wenn jemand ein Gegenangebot einreicht?«

»Hängt von dem Angebot ab.«

»Gut«, sagte sie mit der ganzen Entschlossenheit, die sie aufzubringen vermochte. »Wären Sie bitte so freundlich, aufzunehmen, dass auch ich an der Pacht interessiert bin und ein Konkurrenzangebot einreichen möchte?« Sie hielt gerade noch an sich, ehe sie hinzufügen konnte: »Vorausgesetzt, meine Bank gibt mir das Darlehen.«

»Schön.« Nachdem sie gegangen war, grübelte der junge Mann darüber nach, wie seltsam es doch in seinem Gewerbe zuging. Da stand ein Gebäude zwei Jahre lang leer, und plötzlich entschieden sich in ein und derselben Woche gleich zwei Leute dafür, es haben zu wollen. Seltsam, sofern sie nicht über Informationen verfügten, die ihm fehlten. Auf jeden Fall sollte er am besten herausfinden, ob irgendwas im Gang war, das den Hafen plötzlich so gefragt machte.

Als Amanda endlich in die Galerie kam, war es fast elf Uhr. Louise stand in Walkürenpose in der Tür. Und dem Ausdruck auf ihrem Gesicht nach zu urteilen, hatte sie nicht vor, die Frühlingssonne zu genießen. Sie schien zur doppelten Größe aufgeblasen zu sein. »Was, zum Teufel, geht hier vor, Amanda? Ich habe dir doch gesagt, dass Mr. und Mrs. Williams kommen werden, um sich das große Ölgemälde anzusehen.« Sie deutete auf das nach Bankdirektor mit Gattin aussehende Paar am hinteren Ende der Galerie, die das einzig teure Gemälde im Laden betrachteten. »Sie standen draußen auf dem Bürgersteig, als ich kam, und wollten schon aufgeben. Und du hast nicht einmal so viel Anstand, mich wissen zu lassen, dass du später kommst.«

»Es tut mir wirklich Leid, Louise, ich wusste nicht…«, fing Amanda an. Da fiel ihr gerade noch rechtzeitig ein, dass sie unmöglich vom Bootshaus erzählen konnte. Louise wäre anfangs bestimmt nicht begeistert von der Aussicht, dass Amanda eine

Konkurrenzgalerie um die Ecke aufmachte, selbst wenn sich die beiden Galerien als miteinander vereinbar erweisen sollten.

»Tut mir Leid. Häusliche Probleme.«

»Wohl eher mit deinem Lover zu lang im Bett gelegen«, sagte Louise laut und warf sich ihren Schal um den Hals wie Lady Ottoline Morell. »Freundschaft hin oder her, ich werde dich im Auge behalten.«

Und das tat sie auch. So sehr, dass Amanda Luke heimlich anrufen musste, um ihre Verabredung zum Mittagessen abzusagen. Erst um halb vier Uhr nachmittags zog Louise endlich los, um sich ein Sandwich zu kaufen, so dass Amanda bei ihrer Bank anrufen und wegen des Kredits nachfragen konnte.

Als Clio schick und selbstbewusst in ihren neuen Bürokleidern bei Day Properties auftauchte, war Angus gerade in einer Konferenz mit seiner Assistentin Fay. Das moderne Großraumbüro war, abgesehen von dem nicht gerade modischen, zum Inventar gehörenden Laddie, leer, der sich mit seiner üblichen Wollmütze auf dem Kopf eine Tasse Earl Grey brühte. Er wirkte so fehl am Platz, dass Clio ihr Lächeln nur mit Mühe unterdrücken konnte.

Laddie bekam es dennoch mit. »Du denkst bestimmt, ich sei für dieses Gebräu zu grobschlächtig? Da ist Angus' Mutter dran schuld. Ich habe Teetrinken von Isobel Day gelernt.«

Laddie fischte den Teebeutel mit einem Kugelschreiber aus der Tasse. »Soll ich dir eine kleine Einführung ins Geschäft geben, ehe Angus zu uns kommt?«

»Gern«, antwortete Clio.

»Angus ist der Chef, das ist klar. Fay leitet das Büro. Es gibt auch ein paar Architekten in der Ausbildung, junge Kerle, die Häusermakler werden wollen, und einen Baukostenkalkulator – wir nennen ihn den Ziegelzähler – für die Preisgestaltung. Dann gibt es noch einen Buchhalter, mich und die Jungs, die die schwere Arbeit machen. Wir beschäftigen sie alle mehr oder weniger dauerhaft.«

»Und wie lautet Angus' Firmenphilosophie?«

»Einige Projekte, mit denen sich Geld machen lässt, und einige Projekte wie das Eastcliff Estate, die zwar viel zu viel Zeit in Anspruch nehmen, aber er glaubt daran. Manchmal müssen wir, um das Okay für etwas zu bekommen, ein Projekt für die Stadtverwaltung machen. Angus liebt das.«

»Warum arbeiten nicht alle Häusermakler so? Es scheint doch Sinn zu machen?«

»Ach ja. Aber es springt nicht viel Profit dabei heraus. Und die Leute misstrauen deinen Beweggründen. Im Stadtrat gibt es jede Menge Entscheidungsträger, die ihm einen Misserfolg wünschen.«

»Danke, Laddie«, fiel Angus ihm ins Wort, der hinter ihnen den Raum betreten hatte. »Ich hoffe nur, du malst von mir nicht wieder das Bild des selbstlosen Sozialreformers. Ich bin sehr gut weggekommen bei der Geschichte. Du musst Laddie entschuldigen. Er sieht mich gern als Heiligen – eine Rolle, die ihm eigentlich zutiefst missfällt –, der unbedingt die Menschheit verbessern möchte, obwohl mir eigentlich nur der Mangel an Vorstellungsgabe zuwider ist. Ich finde es ganz schrecklich, wenn der Staat Millionen für Gebäude ausgibt, die wie Colditz aussehen, obwohl er für dasselbe Geld Gebäude hinstellen könnte, in denen die Menschen *wirklich* leben wollen. Ende des Vortrags.« Er unterbrach sich plötzlich und grinste. »Und jetzt wollen wir uns mal überlegen, was wir in der nächsten Woche mit dir anstellen können. Meine Assistentin Fay ist der Ansicht, ein Praktikum sei eine Art der Ausbeutung junger Leute, natürlich ohne Bezahlung, während Laddie hier es als Verschwendung seiner kostbaren Zeit erachtet, sich um die Praktikanten zu kümmern.«

Laddie errötete unter seiner Wollmütze. »Vielleicht belehrt diese junge Dame mich ja eines Besseren.«

»Ich werde mein Bestes tun«, sagte Clio, überrascht von Angus' Offenheit. Doch sie konnte die tiefe Zuneigung und den Respekt zwischen den beiden Männern spüren, und ihr wurde klar, dass sie hier sehr viel mehr lernen konnte als in irgendeinem glamourösen Wirtschaftsbetrieb. Sie würde etwas über die Menschen und das Geschäft erfahren.

»Übrigens«, fragte Angus Fay, »haben Sie Shireton Council wegen der neuen Pläne erreicht?« Zur Erklärung wandte er sich an Clio. »Shireton ist die Ortsverwaltung ein Stückchen weiter die Küste runter. Ihr gehört eine pädagogische Hochschule, die ausgebaut werden soll. Es wäre ein Auftrag in Millionenhöhe. Ich dachte, wir sollten mal ein Angebot machen.«

Laddie seufzte. »Wollten wir diesmal nicht ein Privatobjekt in Angriff nehmen und wirklich Geld verdienen? Die Stadtverwaltung wird dich wieder abspeisen und bei dem ganzen Handel über den Tisch ziehen.«

Fay zuckte entschuldigend, wie zur Bestätigung, mit den Schultern. »Tut mir Leid, aber die für die Planung zuständige Baudezernentin, eine Ms. Melanie Westmacott, hat sich geweigert, überhaupt mit mir zu sprechen. Gemeine Kuh.«

»Diese Leute« – Angus schüttelte den Kopf – »glauben, bloß weil ich Häusermakler bin, komme ich gar nicht erst in Frage. Weißt du was, Clio« – er grinste verschlagen –, »warum machen wir beide uns nicht auf den Weg und locken diese Ms. Westmacott aus der Reserve? Es ist eine schöne Fahrt. Nur zwanzig Kilometer die Küste runter.«

»Die wird Sie gar nicht erst empfangen«, meinte Fay verächtlich. »Für sie ist es vom Häusermakler zu Jack the Ripper wohl nur ein Schritt.«

»Dann werden wir ihr beweisen müssen, wie sehr sie sich da irrt. Hatte sie eine verführerische weiße Kehle?«

»Angus« – Fay schüttelte den Kopf –, »woher soll ich das wissen.«

Ehe sie aufbrachen, nahm Angus ein großes, rot gebundenes Buch zur Hand und schlug etwas nach.

Clio vergaß über der Aussicht auf eine weitere Fahrt in Angus' Sportwagen jegliche Professionalität. »Können wir das Verdeck wieder runterlassen?«, bat sie, sobald sie eingestiegen waren.

»Hast du deine Prüfung schon gemacht? Wenn ja, kannst du fahren, wenn du möchtest.«

Clio schüttelte vehement den Kopf. »Ich bin erst sechzehn. Außerdem glaube ich, dass meine Familie Ihrem Wagen schon genug Schaden zugefügt hat. War die Reparatur sehr teuer?«

»Ungeheuer. Ich hoffe doch, dass deine Mutter dir erklärt hat, dass dein Praktikum für die Bezahlung gedacht ist. Ich darf dich ohne jegliches Honorar ausbeuten, so viel ich will.«

Clio sah ihn schockiert an.

»Nein, im Ernst, es war nicht teuer. Und ich dachte, fünfzig Pfund die Woche wären doch ganz ordentlich?«

Clio war verdutzt. »Ich habe nicht damit gerechnet, dass ich bezahlt werde.«

»Dann musst du mir beweisen, dass du dein Geld wert bist.« Er hielt kurz inne. »Wie geht's übrigens deiner Mutter?«

Mit Blick auf die Bushaltestelle, an der sie vorbeikamen, und insgeheim hoffend, dort jemanden beeindrucken zu können, wäre Clio beinahe herausgerutscht: »Glücklich wie ein Schwein in der Suhle, seit er bei uns eingezogen ist.« Gerade noch rechtzeitig fiel ihr ein, dass Angus womöglich nicht wusste, dass Luke inzwischen bei ihnen wohnte. »Gut, danke.«

Es war ein wunderbarer Morgen, und als sie beide die Küstenstraße entlangrasten, verfielen sie in geselliges Schweigen. Der Wind zerzauste Clios Haar zu Rattenschwänzen. Sie war fast ein wenig traurig, als sie ihr Ziel erreicht hatten.

Die Verwaltung von Shireton war in einem überraschend romantischen neogotischen Gebäude untergebracht, das man über eine lange Einfahrt erreichte. »Es war früher ein Konvent, aber der geistliche Nachwuchs blieb aus«, teilte Angus ihr mit. »Wir parken lieber ein Stück vom Eingang entfernt. Ein Blick auf den BMW würde vermutlich Ms. Melanie Westmacotts schlimmste Befürchtungen bestätigen, dass ich der Krösus bin, der sie nur schröpfen möchte.«

Sie parkten um die Ecke des imposanten Gebäudes und gingen

die letzten paar Meter bis zum Empfang zu Fuß. »Könnten Sie bitte Ms. Melanie Westmacott melden, dass Angus Day von Day Properties hier ist und wenn möglich gern fünf Minuten ihrer kostbaren Zeit in Anspruch nehmen möchte?«

Die Dame am Empfang blickte nicht einmal auf. »Ms. Westmacott empfängt niemanden ohne Anmeldung.«

»Könnten Sie ihr bitte sagen, dass ich der Mr. Day bin, der das Eastcliff Estate in Laineton umgebaut hat?« Er zwinkerte Clio zu, und beide warteten.

Nach zehn Minuten klingelte das Telefon am Empfang. »Es tut mir Leid«, erklärte die Empfangsdame in einem Ton, der ihr Bedauern Lügen strafte, »aber Ms. Westmacott meint, das Eastcliff Estate entspräche nun genau nicht dem, was sie für dieses Bauvorhaben im Sinn habe.«

»Ja, gut.« Angus schien das nicht zu beeindrucken. »Dann werden wir beide eben ein zeitiges Mittagessen in dem Café einnehmen, an dem wir vorbeigekommen sind. Und ich gebe dir einen Crashkurs im Immobiliengewerbe, Clio.«

Sie gingen zurück zu Angus' Wagen. Clio war ein wenig enttäuscht, dass Angus' kühnes Vorpreschen sich nicht ausgezahlt hatte. Sie wollte gerade einsteigen, als Angus plötzlich zischte: »Schnell. Steig hinten ein!«

»Ist das nicht gefährlich?«

»Vielleicht, aber ich werde sehr langsam fahren. Das ist ein Notfall.«

Clio hatte nicht einmal Zeit, nach dem Grund zu fragen, da sah sie schon eine junge Frau auf sie zukommen. In Clios Augen sah sie wirklich Furcht erregend aus. Sie war sehr groß, hatte dunkles Haar und trug eine Brille mit schmalem, dunklem Gestell, die einen eigentlich verschroben aussehen ließ, plötzlich aber der Inbegriff von modisch war. Sie hatte ein streng geschnittenes, schwarzes Kostüm an und in der Hand einen Notebook-Koffer aus Leder. Ihre schwarz glänzenden Strümpfe und haarsträubend hohen Absätze gaben ihr einen unerwartet frivolen Anstrich.

Sie sah nicht aus wie jemand, der die eigene oder sonst jemandes Zeit vergeudete.

»Ms. Westmacott«, begrüßte Angus sie. »Angus Day von Day Properties. Haben Sie schon mal was von paulinischen Bekehrungen gehört?«

Clio konnte kaum hinsehen. Wovon schwafelte Angus da? Die Baudezernentin blieb direkt neben dem Wagen stehen. Eine Sekunde lang huschte der Anflug eines Lächelns über ihre ernsten Züge. »Keine Ahnung. Sind das Atelierwohnungen?«

»Ich bin mir sicher, das eine Frau Ihrer Intelligenz von der Straße nach Damaskus gehört hat.« Er zog sie sanft an den Wagen heran. »Sie sagten, das Eastcliff Estate sei genau das, was Sie nicht anstrebten, aber ich frage mich, ob Sie es aufgrund seines alten Rufs beurteilen? Haben Sie es in neuerer Zeit gesehen? Kommen Sie doch einfach auf eine halbe Stunde mit uns. Ich verspreche Ihnen, Sie werden es nicht bereuen.«

Ms. Westmacott blickte auf das Straßenschild vor ihnen. »Ich dachte immer, dies sei die Straße nach Laineton und nicht nach Damaskus.«

»Eine halbe Stunde«, beharrte Angus. »Mehr verlange ich gar nicht von Ihrem vollen Terminplan.«

Clio konnte verfolgen, dass dieser Herausforderung nur schwer zu widerstehen war. Ms. Westmacott zögerte.

»Dreißig Minuten. Ich verspreche es.«

Ms. Westmacott warf einen Blick zurück, fast als hoffte sie, dass es für ihre Entscheidung keine Zeugen gab.

Sie hat erstaunlich tolle Beine, stellte Clio fest, als sie diese ins Auto schwang. Und ihr offenbar nur für besondere Anlässe reserviertes Lächeln bekam überraschenderweise sogar etwas Strahlendes. »Das werde ich noch bereuen.«

»Darf ich vorstellen, Clio Wells. Sie macht bei uns ein Praktikum.«

»Geht es Ihnen da hinten auch gut?«, erkundigte sie sich bei Clio. »Sieht ein wenig gefährlich aus.«

»Ich tue so, als wäre ich ein Bond-Mädchen.«

»Ah.«

Angus hielt Wort. Obwohl er langsam fuhr, hatten sie in weniger als fünfzehn Minuten Laineton und das Eastcliff Estate erreicht.

Lou Mills führte auf der Grünfläche ihren Hund aus. Sie winkte ihnen zu, als der Hand gerade schamlos sein Geschäft verrichtete. »Kein Gespür für den richtigen Zeitpunkt, das Tier.« Lou zog eine Plastiktüte und eine Toilettenschaufel hervor.

»Wie ist die Wohnung, Lou?«, erkundigte sich Angus.

»Einfach Spitze. Wollen Sie 'ne Tasse mittrinken?«

Angus sah die Baudezernentin an. »Möchten Sie es sich drinnen ansehen? Wenn Sie Lust haben, mache ich eine Führung und zeige Ihnen das Gemeinschaftszentrum.«

Schließlich waren fast anderthalb Stunden verstrichen, ehe sie wieder auf der Straße standen, aber Ms. Westmacott schien die Zeit völlig vergessen zu haben.

Als sie vor den Verwaltungsbüros hielten, um sie aussteigen zu lassen, schüttelte sie Angus die Hand. »Ich hatte keine Ahnung, welche großen Verbesserungen Sie dort bewirkt haben. Es war immer eine der hässlichsten Wohnanlagen im Land gewesen.« Ihr Blick hatte fast etwas Verführerisches. »Sie hatten Recht mit dem heiligen Paulus. Ich bin ganz und gar bekehrt.«

Angus zwinkerte ihr zu. »Dann haben Sie die Anspielung also doch verstanden.«

»Eigentlich habe ich an der Universität Theologie gelehrt.« Jetzt war ihr Lächeln warmherzig. »Aber in der Bauplanung ist das kaum gefragt. Mir hat Ihr Bauprojekt wirklich sehr gefallen. Und wenn Sie nichts dagegen haben, werde ich meine Stadträte mitbringen, damit sie es sich ansehen.«

»Besten Dank, Ms. Westmacott.«

»Nennen Sie mich Melanie. Hier ist meine Karte.«

»Und hier die meine«, erwiderte Angus galant.

Angus sah ihr nach, als sie auf ihren wahnwitzigen Stilettos davonstakste. »Ist gar kein so schlimmer Drache«, bemerkte er.

»Doch nur, weil sie Sie so angehimmelt hat«, sagte Clio.

»Hat sie das? Und ich dachte, sie sei an meiner Arbeit interessiert«, meinte Angus und spielte den Enttäuschten.

»Sie haben das übrigens ganz fantastisch gemacht«, gratulierte Clio ihm. »Wie konnten Sie ahnen, dass sie auf die Geschichte mit den paulinischen Bekehrungen reagiert?«

»Ich habe mich, bevor wir losfuhren, im Handbuch der Stadtverwaltung kundig gemacht. Ehe sie hier mit der Arbeit anfing, hat sie an der Universität Edinburgh Theologie gelehrt.«

»Sie arbeiten wohl mit allen Tricks«, staunte Clio.

»Jetzt stehe ich wie ein Zyniker da«, protestierte Angus, »während ich wirklich glaube, dass ihr das gefallen hat. Im richtigen Leben bin ich außerdem ein alter Softie. Du brauchst nur Laddie zu fragen.«

»Keine Sorge«, grinste Clio, »Laddie hat mir schon alles über Sie erzählt.«

»O Gott. Ich hoffe nur, er hat sich nicht wieder mit unserem Umsatz gebrüstet.«

Clio verneinte kopfschüttelnd. »Den Umsatz hat er nicht erwähnt. Das sollten *Sie* tun. Ich sollte das vielleicht wissen.«

»Na gut. Um die vierzehn.«

»Vierzehntausend Pfund? Das ist kaum …«

Angus lachte und wehrte ab. »Vierzehn *Millionen* Pfund.«

»Mein Gott«, staunte Clio. »Das fließt ja in Strömen.«

»Es ist nur der Umsatz. Erzähl deiner Mutter nichts davon«, meinte Angus spöttisch. »Für die bin ich ohnehin schon ein gemeiner Kapitalist.«

Clio verging das Lächeln. Es war so offenkundig, wie viel Angus an ihrer Mutter lag. Aber Amanda hatte sich stattdessen in Luke Knight verliebt.

Clio biss sich auf die Lippe und überlegte, ob es wohl für sie eine Möglichkeit gab, daran etwas zu ändern.

Als sie nach Hause kam, wartete Amanda schon auf sie, begierig zu erfahren, wie alles gelaufen war. »Wie war denn dein erster Tag in der Arbeitswelt?«

»Fantastisch«, meinte Clio begeistert, »wirklich aufregend. Wir haben eine Baudezernentin gekidnappt und sie bekehrt.«

»Mein Gott, wenn man dich so hört, könnte man glauben, Angus sei der Anführer eines Clans und nicht Häusermakler.«

»Nun«, gab Clio zu und versuchte ihre Mutter ein wenig neugierig zu machen. »Er ist sehr charismatisch. Und die Baudezernentin war hin und weg von ihm.«

Amanda sah Clio scharf an. Es lag so viel Bewunderung in ihrem Ton, dass sie nur hoffen konnte, dass Clio sich nicht in Angus Day verliebte. »Übrigens«, wechselte Amanda abrupt das Thema, »habe ich beschlossen, ein Angebot für das Bootshaus zu machen. Ich muss jetzt ganz schnell einen Finanzierungsplan erstellen und habe mir überlegt, ob du mir nicht am Computer helfen könntest. Ich weiß, wie gut du darin bist.«

»Du solltest Angus bitten, dir zu helfen. In solchen Dingen ist er ganz erstaunlich clever.« Wieder die kaum verhohlene Bewunderung.

»Nein, das geht schon, danke«, sträubte sich Amanda. »Ich brauche einfach nur deine Hilfe am Computer für die Tabelle.«

»Gut. Könnte Luke dir nicht dabei helfen?«, erkundigte Clio sich boshaft. Sie wusste, dass Luke Computer hasste.

»Würde er sicher tun, aber er ist noch nicht zurück.«

»Ich helfe dir auch«, bot Sean an. »Ich habe letzte Woche die ganze erste Liga in eine Tabelle gebracht«, sagte er stolz.

»Danke, mein Schatz.«

Mit Clios und Seans Hilfe lernte Amanda, einen Finanzierungsplan zu erstellen. Dabei kam sie sich wie ein Dinosaurier in der Gesellschaft zweier Gazellen vor, aber sie kamen erstaunlich schnell voran. Als sie Lukes Schlüssel in der Tür hörten, wunderte Amanda sich, wie schnell die Zeit vergangen war. Rasch schaltete sie den Computer aus.

Clio sah sie neugierig an. »Du willst nicht, dass er davon erfährt, nicht wahr?«

Amanda befand sich offensichtlich in einer peinlichen Lage. »Ich möchte es ihm auf die sanfte Tour beibringen. Es ist ein wenig riskant, weißt du.«

»Wenn wir hinter dir stehen, was geht es ihn an?«, meinte Clio mit Nachdruck. »Papa hat dich immer entmutigt, wenn du etwas allein in Angriff nehmen wolltest, und jedes Mal hast du dir geschworen, dich nie wieder im Leben auf so jemanden einzulassen.«

»Nun, ich hätte mich auch nie so unloyal äußern dürfen«, schnauzte Amanda sie an und wünschte, Clio wäre weniger einfühlsam.

»Angus würde nichts dagegen haben. Angus würde hinter dir stehen.«

»Nur, weil Angus Geld hat, das er zum Fenster rauswerfen kann«, erwiderte Amanda bissig. »So, jetzt lass uns zu Abend essen.«

»Diese Baudezernentin hat ihm wirklich große Augen gemacht, weißt du. Ich wäre nicht überrascht, wenn sie ihm den Auftrag erteilt, nur um ihn wiederzusehen.«

»Ganz so simpel wird es wohl nicht sein, Clio.«

»Du warst doch gar nicht dabei. Sie hat beim Anblick von Eastcliff Estate praktisch einen Orgasmus bekommen. Vielleicht aber auch wegen Angus.«

»Ist doch prima für sie.« Amanda fühlte sich zunehmend irritiert, was an Clios Bemerkung zu Lukes möglicher Reaktion auf die Galerie lag. Warum erzählte sie es Luke nicht einfach – es ging ihn schließlich nichts an –, er beteiligte sich nicht einmal am Haushaltsgeld. Aber Amanda wollte ihn natürlich nicht in die Nähe zu Giles gebracht sehen. Darüber hinaus wollte sie schon gar nicht hören, dass Angus Day frustrierten Baudezernentinnen zum Orgasmus verhalf.

»Kommst du zum Abendessen runter?«, fragte sie Clio.

»Ich bleibe lieber hier oben und arbeite noch ein bisschen.«

»Wie du meinst.« Amanda war zu müde für eine Auseinandersetzung. Praktisch gesehen, ging es Luke nichts an, ob sie eine Galerie aufmachte oder nicht, aber sie wünschte sich seine Unterstützung und sein Verständnis. Sie würde ihm die Idee später unterbreiten. Und sie war sich sicher, dass sie auf seinen Rückhalt bauen konnte, wenn ihm erst einmal klar war, wie wichtig ihr das war.

Doch sie sollte keine Gelegenheit finden, ihn zu fragen. Bei seiner Arbeit war ein Problem aufgetaucht, und er verbrachte fast den ganzen Abend am Telefon, sehr zu Clios Verärgerung, denn sie wollte Jasmine anrufen, um ihr zu erzählen, wie großartig ihr erster Tag verlaufen war, und ihre Karte fürs Mobiltelefon war leer. Als das Problem gelöst war, schlief Amanda bereits.

Am nächsten Morgen war Isobels Behandlungstermin im Krankenhaus. Angus brachte sie hin, aber sie hatte es nicht gern, wenn er blieb. »Man sollte für sich allein leiden dürfen«, lautete ihr Motto.

»Weißt du, was«, schlug Isobel ihm vor, »wenn du schon mal in der Stadt bist, kannst du doch auch was Nützliches tun und Clio mit zum Büro nehmen. Damit ersparst du ihr stundenlanges Warten an der Bushaltestelle.«

Angus vermutete, dass Isobels Vorschlag von gewissen Motiven getragen wurde und sie eigentlich damit rechnete, dass er Amanda sah.

Sobald er aufgeregt vor Amandas Haus stand und klingelte, kam er sich dumm vor. Zu seiner großen Enttäuschung reagierte keiner.

Ohne groß nachzudenken, klingelte er noch mal. Keine Antwort. Sie schienen alle schon aus dem Haus zu sein.

Angus machte kehrt. Er war schon auf halbem Weg zu seinem Auto, als die Tür aufging.

Aber weder Clio noch Amanda stand dort. Es war Luke Knight.

Und er trug nichts weiter als ein hellblaues Badehandtuch und zeigte jenes besitzergreifende Lächeln, das Angus am liebsten hätte zuschlagen lassen.

19. Kapitel

Luke lehnte so lässig im Türrahmen wie ein Löwe, der sich auf einem heißen Felsen sonnt. Er strich sein feuchtes helles Haar nach hinten und lächelte unverschämt.

»Sie sind der Grundstücksmakler, nicht wahr?« Die aalglatte Selbstgefälligkeit, mit der Luke das sagte, bestätigte Angus' sämtliche Vorurteile. Er kannte Typen wie Luke von der Universität. Internatserziehung, Selbstvertrauen bis zur Dreistigkeit, gefangen in ihrer eigenen kleinen Welt der Privilegien. Sie fanden, dass Dinge ihnen von Rechts wegen zustanden. Und Luke fand offenbar, dass Amanda eines dieser Dinge war.

Angus zügelte seinen Drang, ins Auto zu steigen und ihn über den Haufen zu fahren. »Und Sie sind der Nassauer«, erwiderte er stattdessen.

Lukes hübsches Gesicht wurde hart. »Bloß keine unüberlegten Bemerkungen über mich, nur weil Sie wütend sind.«

Angus rang seinen Zorn nieder. »Eigentlich bin ich gekommen, um Clio eine Fahrt ins Büro anzubieten.«

»Sie ist aber doch ein bisschen jung für Sie, finden Sie nicht? Oder stehen Sie auf dieses Alter. Leicht zu beeindrucken.«

Dieses Mal ballte Angus' Hand sich zur Faust.

»Natürlich«, spottete Luke, »hätten Sie auch die Mutter gern, oder nicht? Ein bisschen arg gierig, was meinen Sie?«

Angus holte gerade aus, als Luke einen Schritt zurücktrat und die Tür zuschlug. Er bekämpfte seinen Drang, die Tür einzuschlagen, und zügelte sich. Was tat er hier eigentlich? Auf diese Weise könnte er Amanda zeigen, was er empfand, oder nicht? Aber wenn Luke Knight der Schuft war, für den er ihn hielt, würde sich auch ein anderer Weg finden lassen, das ans Licht zu bringen. Was jedoch nicht bedeuten musste, dass Amanda ihm dies dankte.

Er machte kehrt und ging zu seinem Wagen, ohne Luke den Gefallen zu tun, sich noch einmal umzudrehen. Noch etwas hatte ihn gestört. Lukes sexuelle Anspielung. Seine Bemerkung, dass Angus beide, Mutter und Tochter, wollte. Welch wirrer Geist kam denn auf solche Ideen?

Obwohl er eine gefestigte Persönlichkeit war, durchzuckte Angus ein Schauder der Angst. Und wenn Luke nun versuchte, Amanda davon zu überzeugen, dass seine abartige Fantasie der Wahrheit entsprach?

Er fuhr ohne die übliche Freude am lauen Frühlingstag oder dem teuren Schnurren seines BMWs ins Büro.

Clio war bereits da, als er eintraf, und lächelte glücklich. Obwohl sie gleich aufsprang, als er ins Büro marschierte, hätte man ihm deshalb noch lange keine zwielichtigen Absichten vorwerfen können. Sie hatte einfach nur Schuldgefühle, weil sie ein Dokument fotokopierte.

»Tut mir Leid«, entschuldigte sie sich errötend, »es ist was für meine Mutter. Ich sollte das wirklich nicht während der Arbeitszeit machen. Es ist nur, weil sie und ich gestern Abend stundenlang darüber gesessen und ich versprochen habe, es fertig zu machen und es ihr um die Mittagszeit in die Galerie zu bringen.«

»Keine Sorge«, versicherte er ihr und schob den Gedanken an Lukes verquere Unterstellung weit weg. »Du bist eine gute Kraft. Ich werde dir nichts berechnen – diesmal.« Er sah sich in dem sonnigen Büro um. Es war so hell, dass jedes einzelne Staubkorn sich wie ein Diamant mit unzähligen Facetten im Sonnenlicht spiegelte. »Ist Fay in der Nähe?«

»Sie macht was für den Baukostenkalkulator fertig.«

»Schön. Dann stelle ich mal die Kaffeemaschine an. Möchtest du einen?«

Angus setzte sich an den halbrunden Schreibtisch, der, wie ihm sehr wohl bewusst war, wie der Tribut an ein übergroßes Ego wirkte, ihm aber trotzdem gefiel, und fuhr in seinem Bürosessel ans andere Ende.

Fay legte ihm immer alles, was er für den Tag brauchte, im Uhrzeigersinn zurecht. Da fiel ihm auf, dass Clio unsicher neben ihm stand. »Ich weiß nicht, ob ich das erwähnen darf…«

Angus hatte das Gefühl, als würde sein Herz in einen Schraubstock geklemmt. Wollte sie ihm was über Luke und Amanda erzählen?

»Die Sache ist die«, fing sie an, denn es war ihr peinlich, ihn mit ihren persönlichen Anliegen zu behelligen, »jemand anderer versucht, das Bootshaus zu mieten. Dadurch ist meiner Mutter klar geworden, wie viel ihr daran liegt, selbst eine Galerie aufzumachen. Sie hat sich entschieden, ein Angebot einzureichen.«

»Das ist gut. Ich bin mir sicher, dass sie Erfolg damit haben wird.«

»Ganz so einfach ist es nicht. Gut möglich, dass die anderen ihr zuvorkommen. Sie muss morgen der Bank ihren Finanzierungsplan vorlegen. Ich habe mir überlegt – sie würde mich umbringen, wenn sie erführe, dass ich das tue –, ob Sie nicht einen Blick darauf werfen möchten, um ihn auf seine Richtigkeit zu überprüfen. Ich meine, Sie sind so gut im Verhandeln.«

Angus lächelte. »Willst du damit vorschlagen, sie solle sich meine Taktik aneignen? Und den Bankmanager kidnappen?«

»Bei Ihnen hat es funktioniert. Hat Ms. Westmacott sich wieder gemeldet?«

»Das hat sie in der Tat.« Angus versuchte, sich ein Lächeln zu verkneifen. »Sie rief mich gestern Abend an.«

Clio lachte. Sie war zwar ganz anders als ihre Mutter, aber hier blitzte plötzlich eine Vertrautheit auf, die ihn schmerzte. »Na ja, nicht ganz so dramatisch.«

Angus studierte die ordentlich zusammengeheftete Akte. »Wer sind denn die anderen Interessenten?«

Clio sagte es ihm. »Sie nennen sich Computer Central. Mama hat den Namen aus den Unterlagen des Maklers.«

»Und welche Bank ist es?«

»Die South-Eastern.«

»Hm…«, fing er an.

»Hm, wie in: Ja, die werden ihr das Darlehen geben? Oder hm, wie in: Muss wohl ein Scherz sein?«

»Hm, wie in: Sie werden bestimmt nach einer Sicherheit fragen. Besitzt sie irgendwelche Versicherungspolicen, Rentenansprüche oder dergleichen?«

»Das bezweifle ich sehr.«

»Dann werden sie vermutlich euer Haus als Sicherheit nehmen.«

»Ach du liebe Zeit. Das wird Mama nicht gefallen. Außerdem gehört Papa ein Teil davon.«

»Und du glaubst nicht, dass er zustimmen wird?«

»Wie ich Papa kenne, wird er kein Risiko eingehen wollen. Arme Mama.« Clio seufzte. »Seit Jahren träumt sie von so etwas, aber Papa hat immer nur gesagt, es sei ein sicherer Weg, um Geld in den Sand zu setzen. Und er wird seine Meinung wohl kaum ändern. Vor allem jetzt nicht, da er mit seiner zweiten Frau Zwillinge bekommt.«

Angus hörte den Schmerz in ihrer Stimme. »Du Arme.« Er streckte mitfühlend seine Hand aus und berührte ihr Gesicht. Auf einmal wirkte sie wie eine Sechsjährige, die darunter litt, dass ihr Vater den neuen Bruder oder die neue Schwester ihr vorziehen könnte.

»Entschuldigen Sie mich.« Fay tauchte gerade aus dem äußeren Büro auf. »Hier ist Besuch für Sie.«

Angus drehte sich um und sah Amanda neben seiner Sekretärin stehen, die Augen schmal vor Argwohn, wegen dem, was sie eben gesehen hatte.

»Ich bin gerade vom Bankmanager angerufen worden«, sagte sie mit einer Stimme wie Eis. »Er möchte unseren Termin auf heute vorverlegen. Clio hat die Unterlagen, die ich brauche, deshalb habe ich mir gedacht, ich hole sie am besten gleich selbst ab.«

Clio reagierte verwirrt auf die plötzliche Frostigkeit ihrer Mutter. »Hier sind sie. Ich stecke sie dir in einen Umschlag.« Ihr Selbsterhaltungstrieb sagte ihr, besser nicht zu erwähnen, dass sie die Unterlagen Angus gezeigt hatte.

»Hübsches Büro«, bemerkte Amanda, als Angus sie zur Tür begleitete.

»Danke. Du hast eine fantastische Tochter.«

Amanda beobachtete ihn aus Augen wie Laserstrahlen. »Ja, aber sie ist noch sehr jung, findest du nicht?«

»In gewisser Hinsicht finde ich sie unglaublich reif und weise.« Zu spät merkte er, dass man ihm das als Selbstrechtfertigung auslegen konnte.

»Täusch dich nicht. Sie ist immer noch sehr verletzbar.«

Das war für Angus fast zu viel. Verdächtigte sie ihn tatsächlich unangemessenen Verhaltens?

Nachdem Amanda gegangen war, hatte Angus eine solche Wut auf sie, dass er nach draußen musste. Also nahm er Clio und Laddie mit, um sich mit ihnen eines seiner Bauvorhaben unten am Hafen anzuschauen.

Der Plan sah vor, eine Reihe der baufälligen Läden wieder aufzubauen, darüber einen Häuserblock mit Luxuswohnungen zu errichten und eine Cafébar direkt am Strand zu bauen. Die zuständigen Behörden hatten bereits die Genehmigung erteilt, weil zugleich fünf weitere Sozialwohnungen mit eingeplant waren.

Clio studierte die kunstvoll gezeichneten Baupläne. Es war ein wunderbar fantasievolles Erschließungsprojekt. Entlang der Strandseite würden die jetzt baufälligen Strandhütten wieder in hellen Farben erstrahlen und zusammen mit den neuen Läden und Restaurants das Regenbogenspektrum widerspiegeln.

Clio richtete ihren Blick auf die Strandhütten, wie sie jetzt aussahen: verwittert, mit abblätternder Farbe und kurz vor dem Auseinanderfallen, mit ihren bröckelnden Dachstürzen und verrottenden Holzveranden. Sie waren kaum wiederzuerkennen in der flotten, farbenprächtigen Reihe auf der Zeichnung.

»Die haben überhaupt keine Ähnlichkeit mit der Zeichnung«, bemerkte sie.

»Das wird schon, keine Sorge.«

»Wird es keinen Widerstand von Seiten der Besitzer geben? Diese Strandhütten stehen doch schon seit anno dazumal.«

»Sie gehören der Stadt. Und die hat auch das letzte Wort, wenn es um die Farbgebung geht. Bis jetzt waren sie Grau und Weiß. Ich habe die Leute zu leuchtenden Farben überreden können.« Er zwinkerte.

»Nun stell dir vor, in welchen Farben dieser Verrückte sie anstreichen möchte?«, warf Laddie ein. »Nur Jadegrün, Hellrot und himmelblaues Rosa«, erreiferte er sich. »Es wird aussehen wie im blöden Disneyland.«

»Hör einfach nicht auf diesen Unglücksboten«, meinte Angus kopfschüttelnd. »Für Laddie ist Magnolie schon ein kühner Farbton. Wenn das hier einmal fertig ist, wird dieses Areal das aufregendste und farbenprächtigste von Laineton. Du wirst schon sehen. Für diese Läden wird es Wartelisten geben. Und man wird fünf Jahre auf eine Strandhütte warten müssen.«

Von Angus' Optimismus angesteckt, studierte Clio die Pläne noch einmal. Jetzt begriff sie, warum es so aufregend war, mit ihm zu arbeiten. Er hatte eine Vision. Er sah einen Ort nicht so, wie er im Moment war, sondern er sah ihn mit all seinen Möglichkeiten. Dann brachte er andere Menschen dazu, seine Begeisterung zu teilen, und schaffte es sogar, dass sie gegen Regeln verstießen, um sie umsetzen zu können. Clio zweifelte nicht im Geringsten daran, dass er Melanie Westmacott davon würde überzeugen können, ihm den Bauauftrag zu erteilen, und dass dieses Bauvorhaben am Ende das Einzige wäre, worauf sie in ihrer Karriere stolz sein konnte. Planer waren nicht die begeisterungsfähigsten Menschen, aber wenn sie mit Angus in Kontakt kamen, holte er das Beste aus ihnen heraus; ein Gefühl für das, was aufregend und möglich war, wie sie es sonst in ihrer Arbeit nicht kannten.

»Hoppla.« Clio schaute von ihrem Plan hoch auf das, was wirklich vor ihr zu sehen war. »Was ist mit dem Haus von Rose und Betty passiert?«

»Ja, Angus« – Laddie neigte seinen Kopf, und sein wettergegerbtes Gesicht belebte sich mit höhnischer Belustigung –, »wo genau ist das Chalet von Rose und Betty auf diesem Plan?«

Angus hätte ihm am liebsten fröhlich den Mund mit seiner eigenen Wollmütze gestopft. Laddie wusste nur zu gut, dass man Betty und Rose umsonst die Allerbeste der neuen Luxuswohnungen angeboten hatte. Sie bekämen nicht nur heißes Wasser, Zentralheizung und jede ein Schlafzimmer und den besten Meerblick von Laineton, sondern zudem noch eine saftige Abstandszahlung, die Angus dafür herausgeschlagen hatte, dass sie ihr Häuschen aufgaben.

»Es wird den Baggern zum Opfer fallen«, gab Angus zu. »Es hat auch nie eine Baugenehmigung dafür gegeben.« Clio und Laddie tauschten Blicke aus, als Angus zum ersten Mal in seinem Leben ein wenig die Fassung zu verlieren schien. »Ihr müsst auch den Standpunkt der Stadtverwaltung sehen«, mogelte er sich weiter, »es ist wirklich ein Schandfleck. Und Betty und Rose haben die erste Wahl bei den neuen Wohnungen. Die sind ein Vermögen wert.«

Als die Besichtigung am Strand beendet war, ging es bereits auf vier Uhr nachmittags zu. »Ihr könnt nach Hause gehen, wenn ihr wollt«, sagte Angus zu Clio und Laddie. »Ich muss noch ein paar Telefonate im Büro erledigen.«

»Dann bis morgen«, verabschiedete sich Clio winkend und überlegte, ob sie Amanda von Roses und Bettys Häuschen erzählen sollte.

Als Angus das Büro für sich allein hatte, rief er als Erstes den

Bankdirektor der South-Eastern Bank an. Wenn Angus Bankdirektoren einzuschätzen wusste, dann gab es keinen Zweifel daran, dass dieser sicherlich scharf darauf war, mit Day Properties ins Geschäft zu kommen, weshalb er sich seinen Vorschlag bestimmt gern anhörte.

Der nächste Anruf galt Computer Central. Dieses Mal nannte er keinen Namen, sondern sprach nur dem Firmenchef auf Band und fragte ihn, ob er sich über das feuchtigkeitsbedingte Fäulnisproblem im alten Bootshaus im Klaren sei.

Angus wusste natürlich, dass es im Bootshaus ein paar von Fäulnis befallene Stellen gab. Aber das war eine Kleinigkeit und würde sich leicht beheben lassen. Doch das brauchte Computer Central ja nicht zu wissen.

Als Amanda aufgeregt in der South-Eastern Bank eintraf, wurde sie von jemandem empfangen, der auf einer weitaus niedrigeren Rangstufe stand als die illustre Persönlichkeit, an die Angus sich gewandt hatte.

Dieser Vertreter der Bank sah nicht nur aus, als wäre er gerade erst sechzehn geworden, sondern er kompensierte dies mit einem langsamen, gespreizten Sprachduktus, der an einen Siebzigjährigen erinnerte. Als Amanda ihm ihren Finanzierungsplan darlegte und ihm sagte, was sie für sechs Monate Vorauszahlung und bescheidene Renovierungsarbeiten benötigte, brachte seine Reaktion darauf sie völlig aus der Fassung.

Als er die Kosten Zeile für Zeile durchging, hätte Amanda am liebsten gerufen: »Warum sagen Sie nicht gleich nein?«

Sie befanden sich nicht einmal in einem abgetrennten Raum. Der moderne Bankraum war eine einzige Großraumfläche, wo Kunden öffentlich gedemütigt werden konnten, wenn sie ihren Dispokredit um fünf Pfund überzogen hatten, und Amanda konnte zusehen, wie ihre Idee vor einer Schlange Wartender zerpflückt wurde, die sich alle in der hausinternen Fernsehanlage beobachten konnten.

»Tut mir wirklich Leid, Mrs. Wells, aber sofern Ihr Ehemann nicht einwilligt, Ihr gemeinsames Haus als Sicherheit zu garantieren, können wir Ihnen unmöglich eine derartige Summe ohne Garantien gewähren«, teilte der Winzling ihr mit.

Amanda wollte ihm entgegenschleudern, dass Giles ihr Exmann war, die ganze Geschichte nichts mit ihm zu tun habe, er jegliches Recht auf das Haus verwirkt habe, als er das erste Mal seine Hand unter Stephanies Höschen schob, aber sie bezweifelte, dass dieser Jüngling sich von ihren Argumenten beeindrucken ließe.

Sie ließ stattdessen ihre Ringmappe zuschnappen, dankte ihm eisig und ging davon.

Sie fühlte sich hundeelend. Im Geiste hatte sie bereits das ganze Bootshaus neu gestrichen, jede Schnitzerei an ihren Platz gestellt und Louise ihre Kündigung mitgeteilt, die sie vor ihrem geistigen Auge daraufhin geküsst und ihr mit einem riesigen Blumenstrauß Glück gewünscht hatte. Tatsächlich war jedoch die Wahrscheinlichkeit größer, von Louise als undankbares Miststück bezeichnet zu werden und die Blumen, die Louise allwöchentlich für die Galerie kaufte, um die Ohren gehauen zu bekommen.

Auf dem Heimweg war es Amanda unmöglich, am Bootshaus vorbeizugehen. Dann würde eben die blöde Computerfirma den Zuschlag bekommen, und ihre Träume wären dahin.

»Du siehst aus wie drei Tage Regenwetter«, begrüßte Luke sie, als sie nach Hause kam.

»Ja genau, so siehst du aus, Mama«, stimmte Sean ihm zu. Es rührte sie zutiefst, dass er sein FIFA-PlayStation-Spiel stehen ließ, um ihr um den Hals zu fallen. Sie bemühte sich um bessere Laune. Sie konnte sich doch wirklich glücklich schätzen. Mochte Clio sich auch noch hochnäsig von Luke fern halten, hatte Sean ihn doch mehr oder weniger akzeptiert. Und Amanda liebte dieses Familiengefühl, wenn Sean am Küchentisch sein Fußballspiel spielte und Luke den *Guardian* las.

»Wie wär's mit einem Glas Wein?«, bot Luke an. »Ich habe schon mit dem Abendessen angefangen.«

Amanda küsste ihn. Was für ein Segen. Abgesehen vom Grillen im Sommer, hätte Giles nie angeboten zu kochen. Und selbst dann hinterließ er ein einziges Durcheinander, so dass Amanda hinterher stundenlang aufräumen musste.

Zugegeben, Luke hatte nicht angeboten, sich an den Haushaltskosten zu beteiligen, was eine große Hilfe gewesen wäre, aber in den nächsten Tagen wollte Amanda allen Mut zusammennehmen und das Thema anschneiden. Sie war sich sicher, dass es von seiner Seite keine Berechnung war; er war einfach das Alleinleben gewöhnt.

»So.« Er begann, ihren Nacken zu streicheln. Sean blickte hoch, beschäftigte sich aber sofort wieder mit seiner PlayStation. Erwachsene waren schon komisch. »Was hat dich denn so in Rage gebracht?«

Sie trank einen Schluck Wein. »Ich habe dir noch nichts davon gesagt, aber ich habe vor, meine eigene Galerie aufzumachen.«

»Tatsächlich?« Luke riss überrascht die Augen auf. »Nein, das hast du mir noch nicht erzählt. Und seit wann?«

»Gewünscht habe ich es mir schon eine Ewigkeit. Louise und ich haben einen sehr unterschiedlichen Geschmack, aber ich hatte immer Angst vor dem finanziellen Risiko.«

»Und?«, hakte er mit neutraler Stimme nach, »was hat dich deine Meinung ändern lassen?«

»Ich habe schon eine ganze Weile das alte Bootshaus unten am Hafen im Auge, und plötzlich erfahre ich, dass auch noch jemand anderer daran interessiert ist, und da wusste ich, dass ich versuchen muss, es zu bekommen. Ich weiß, dass ich Erfolg damit haben kann.«

»Richtig.« Luke hielt inne und ließ sich die Information durch den Kopf gehen. »Aber du wirst deinen Job bei Louise aufgeben müssen.«

»Ich bin sicher, dass sie jemand anderen findet.«

»Aber wie willst du das bezahlen?«

»Ich werde mir Geld von der Bank leihen.«

»Von der Bank geliehenes Geld muss zurückgezahlt werden. Zuzüglich Zinsen.«

»So ist es.«

Auch ohne offen seine Kritik kundzutun, wusste Amanda aufgrund seines Tons, wie seine Einstellung war: Seiner Meinung nach war sie völlig übergeschnappt. Wo Giles Zeter und Mordio geschrien hätte, zuckte Luke nur mit den Schultern.

Die Wirkung war dieselbe.

Amanda kämpfte gegen ihre Enttäuschung an. Wie sehr hatte sie sich sein Vertrauen und seine Ermutigung gewünscht. »Keine Sorge. Die Sache hat sich ohnehin erledigt. Der Bankdirektor wird mir das Geld niemals leihen.«

Sofort änderte Luke seine Haltung. »Du Arme«, tröstete er sie. »Bei meinem unsicheren Job bin ich mir einfach nicht sicher, wovon wir leben sollen.«

»Wir hätten das schon geschafft. Sag jetzt bitte nicht, es sei am besten so«, drohte Amanda ihm und leerte ihr Glas Wein.

Er schlang seine Arme um sie. »Werde ich nicht. Ich versprech's. Übrigens ist heute Morgen, nachdem du gegangen warst, dieser Angus Day hier vorbeigekommen. Sagte, er sei gekommen, um Clio zur Arbeit abzuholen.«

»Das war nett von ihm. Er scheint es richtig zu genießen, dass sie ihr Praktikum bei ihm macht.«

»Liegt doch gar nicht auf seinem Weg, oder? Hast du nicht gesagt, er wohnt irgendwo außerhalb von Laineton auf dem Land?« Er legte eine beredte Pause ein. »Ich habe mich gefragt, ob er sie in sein Auto kriegen wollte. Älterer Mann, schnelles Auto, du kennst das ja. Sie ist sehr jung und leicht zu beeindrucken. Denk an den Skilehrer.«

»Daran brauchst du mich nicht zu erinnern. Aber das war eine einmalige Geschichte. Clio ist unglaublich vernünftig. Und sie ist keinesfalls in Gefahr, sich Angus Day an den Hals zu werfen.«

»Das glaube ich auch nicht. Ich mache mir eher seinetwegen Sorgen. Woher willst du denn wissen, ob er dir nicht eins auswischen will? Die Mutter weist ihn zurück, also richtet er seine ganze Aufmerksamkeit auf die Tochter. Eine verführerische Vorstellung.«

»Luke, das ist nicht *Die Herzogin von Malfi*, wir sind hier im Laineton der Moderne.«

»Leidenschaften ändern sich nicht. Lust und Rache schon gar nicht.«

Die Erinnerung an Angus, der Clios Gesicht berührte, blitzte in Amandas Kopf auf. Sie sollte lieber ein ernsthaftes Gespräch mit Clio führen und sicherstellen, dass Angus nicht ihre Unschuld ausnutzte.

Nur dass Clio kaum zu Hause war. Und morgen war wieder Lektüregruppe. Amanda küsste ihn. »Vergiss nicht, morgen Abend werde ich bis zehn, elf Uhr weg sein. Es ist mein Lektüreabend, weißt du?«

»Schön. Ich werde Sean zu Bett bringen. Soll ich dir was vom Abendessen aufheben?«

Amanda seufzte dankbar. Mochte er auch skeptisch sein, was die Galerie betraf, hatte er das Leben in anderer Hinsicht doch sehr viel leichter gemacht. Und er bemühte sich wirklich, die Kinder für sich zu gewinnen.

20. Kapitel

Obwohl Ruthie sich freiwillig bereit erklärt hatte, wieder die Gastgeberin für die Lektüregruppe zu spielen, vermochte sie dieses Mal nicht ihren üblichen Enthusiasmus aufzubringen. Der Text, den sie sich vorgenommen hatten, war Donna Tartts *Die geheime Geschichte*, aber das einzige Geheimnis, das sie wirklich beschäftigte, war eines aus dem wirklichen Leben.

Ruthie hatte sich auf einen ihrer leuchtenden Sitzsäcke gekuschelt und fühlte sich wie kurz vor dem Urschrei.

Amanda war so glücklich. Giles war beschissen mit ihr umgesprungen, und darüber war sie noch nicht hinweggekommen. Jeden Moment konnte Giles' neue Frau Stephanie die gefürchteten Zwillinge zur Welt bringen. Aber selbst das hatte Amandas Glück nichts anhaben können. Sie hatte einen gut aussehenden Lover im Haus, wurde offenbar sexuell bestens befriedigt und strahlte wie eine Anzeige für Oil of Olaz. Und jetzt sollte Ruthie das alles kaputtmachen.

Zum soundsovielten Mal überlegte sie, ob die Information, die ihr über Luke zugetragen worden war, gemein oder über alle Maßen aufgebauscht war. Schließlich war ihr die Quelle nicht persönlich bekannt. Es war nur Hörensagen.

Ruthie schälte sich aus dem dunkelroten Sitzsack und kochte sich eine Tasse Kamillentee. Vielleicht sollte sie erst noch mal mit einigen anderen Leuten darüber reden.

Sie drehte den Teebeutel im Glas und biss sich auf die Lippe. Andererseits war Amanda ihre Freundin, und bedeutete Freundschaft nicht, dass man sich auf das eine oder andere Risiko einließ, wenn es nur wichtig genug war?

Plötzlich verdunkelte sich der schöne Aprilmorgen, und sie dachte an ihre Wäsche auf der Leine. Ruthie eilte nach draußen, um sie abzunehmen. Während ihr der frische Duft in die Nase stieg, musste sie an Amandas Bemerkung über den Duft von Lukes Jeanshemden denken: frisch und sauber und doch sehr männlich.

Was, um Himmels willen, sollte sie nur tun?

Als die ersten Regentropfen fielen, rannte sie zurück in die Küche. Ihr Entschluss stand fest. Heute nach der Lektüregruppe würde sie Amanda erzählen, was sie gehört hatte.

Selbst wenn sie damit ihre Freundschaft aufs Spiel setzte.

Aber Amanda kam an diesem Abend nicht zum Treffen der Lektüregruppe. Etwas weitaus Aufregenderes war geschehen.

Wie üblich begann der Tag damit, dass Amanda die Galerie aufschloss, Kaffee kochte, die Post sortierte und die Geschenkkarten nachbestellte, deren Vorrat zusammengeschrumpft war. Louise war in London. Eine ihrer Freundinnen war von dem sinnenfrohen türkischen Ambiente in der Silvesternacht so begeistert gewesen, dass sie Louise dazu einlud, die Innenausstattung ihrer neuen Wohnung zu übernehmen. Louise fühlte sich so geschmeichelt wie Fergie, wenn sie hörte, sie sähe um zehn Pfund leichter aus.

Amanda hatte sich gerade hingesetzt, um den Wohnungsmakler anzurufen, als eine ältere Dame mit einer riesigen Leinwand eintrat, die sie offenbar den ganzen Weg zur Galerie im Bus transportiert hatte.

»Setzen Sie sich doch«, schlug Amanda ihr vor, nahm das Bild und lehnte es vorsichtig an die Kassentheke. »Möchten Sie vielleicht ein Glas Wasser oder eine Tasse Tee?«

»Danke, meine Liebe«, lehnte die Dame kopfschüttelnd ab und griff in ihre Schultertasche aus Stroh, »ich hätte lieber was Stärkeres.« Sie förderte eine Miniflasche mit einer roten Flüssigkeit zutage und leerte sie in einem Zug. »Schlehen-Gin«, sagte sie zwinkernd. »Eigenhändig aufgesetzt. Der baut auf. So.« Sie sah sich hoffnungsvoll in der Galerie um. »Wo ist denn die Dame, die uns im Kunstunterricht besucht hat? Sie hat mir gesagt, ich solle das Gemälde herbringen, wenn es fertig ist, dann würde sie mir dreißig Pfund dafür geben. Ich wollte dann gleich damit losflitzen und meine Stromrechnung bezahlen. Ansonsten sperren sie mir den Strom.«

»Leider ist Louise heute Vormittag unterwegs.«

»Aber wir hatten Mittwoch ausgemacht. Ich habe mit diesem verdammten Ding« – dabei zeigte sie auf die Leinwand – »sieben Kilometer zurückgelegt. Nach Hause trage ich das nicht mehr. Da bekomme ich einen Herzanfall.«

»Dürfte ich vielleicht mal einen Blick darauf werfen?« Dreißig Pfund war so wenig, dass das Bild, selbst wenn es wirklich ganz schrecklich sein sollte, den Kaufpreis wert sein mochte.

»Machen Sie nur. Ich heiße übrigens Sadie. Sadie Johnson. Und vielleicht hätte ich jetzt doch gern etwas Tee.«

Amanda kochte ihr eine Tasse und hoffte, dass sie mit dem Lapsang Souchong zufrieden war.

»Keine Assam-Teebeutel?«, erkundigte sich Sadie. »Ich benutze sie nämlich immer zwei Mal und finde es gut, mal eine anständige Tasse zu bekommen.« Diesen Einblick in das Leben einer älteren Mitbürgerin im aufgeklärten, modernen England gab sie ohne eine Spur von Selbstmitleid zum Besten.

»Tut mir Leid. Louise bevorzugt chinesischen Tee.«

»Das glaube ich sofort. Sie scheinen aber nett zu sein«, meinte Sadie zutraulich. »Wenn ich ehrlich bin, bin ich von dieser Dingsda gar nicht so begeistert.«

»Louise.«

»Die ist so herrisch. Kommt in unseren Kunstunterricht und sagt, ich nehme dies und ich nehme das. In Malaysia gab es auch Frauen wie sie. Es waren immer die Ehefrauen der unteren Ränge. Offiziersfrauen hätten sich nie so verhalten.«

Gerne hätte Amanda noch länger Sadies Bericht über das Klassensystem der Soldaten in Südostasien gelauscht, aber ein neuer Kunde hatte die Galerie betreten.

»Darf ich das Bild jetzt sehen?« Amanda griff sich das scharfe Messer, das sie zum Aufschneiden der Verpackungen benutzten, schnitt den Bindfaden durch, den Sadie mühsam zu einem Dutzend Knoten geknüpft hatte, und nahm das braune Papier ab.

»Nicht zerreißen«, schalt Sadie. »Ich musste zum Postamt, um so ein Papier zu kaufen. Hat fast zwei Pfund gekostet. Die ziehen einem vielleicht das Geld aus der Tasche. Ich brauche es noch für meine nächste Arbeit.«

Amanda entfernte das übrige Papier so vorsichtig wie möglich und faltete es zusammen. Dann stellte sie Sadies Gemälde an die gegenüberliegende Wand und betrachtete es.

Amanda stellten sich vor Aufregung die Nackenhaare auf. Es war ein wunderbares Gemälde.

In der einen Ecke sah man ein sonniges Wohnzimmer mit einer Obstschale vor einem offenen Fenster, von dem aus man unten auf eine Stadt am Meer blickte, vielleicht Laineton. Das mittlere Feld zeigte einen anderen Raum, größer diesmal, mit einer Blumenvase auf einem Tisch und einem Schreibtisch mit einem Stuhl davor, auf dem ein offenes Tagebuch lag. In der rechten Ecke wurde wieder ein anderer Raum dargestellt, ebenfalls mit geöffnetem Fenster, das den Blick auf einen Wald freigab.

»Es heißt ›Erinnerungen‹«, sagte Sadie. »Dies sind die Häuser, in denen ich in den letzten sechzig Jahren gewohnt habe.«

»Kein Wunder, dass es so voller Leben ist«, lächelte Amanda und spürte, wie ihr die Augen feucht wurden. Sadies Gemälde entsprach keiner Mode. Seine an Matisse erinnernden Farben und Formen würden in der versnobten Kunstwelt keinen Beifall finden, ebenso wenig die figürliche Darstellung, aber die darin enthaltene Gefühlstiefe war enorm. Man spürte tatsächlich ein Leben voller wunderbarer Augenblicke.

Amanda gefiel es. »Haben Sie auch noch andere Bilder?«, erkundigte sie sich.

»Aber ja«, meinte Sadie beiläufig. »Jede Menge. Kann ich denn jetzt meine dreißig Pfund bekommen, damit ich meine Stromrechnung bezahlen kann?«

»Ja, gewiss.« Amanda hielt inne, weil ihr in den Sinn kam, dass Louise sie dafür bestimmt umbringen würde. Dann fügte sie hinzu: »Eigentlich sind dreißig Pfund viel zu wenig. Ich werde Ihnen hundert geben. Und selbst das ist vermutlich nicht angemessen. Sie sind ein Naturtalent, Sadie. Ich bin mir sicher, dass Ihre Bilder bei vielen Menschen Anklang finden werden. Ihre Kunst ist genauso wie Sie, voller Leben.«

Sadie lachte nur und steckte das Geld ein. »Sie sind verrückt. Sie hätten es für ein Drittel haben können.«

»Ich würde mich gerne ohne schlechtes Gewissen daran erfreuen. Macht es Ihnen was aus, wenn ich es kaufe, um es zu behalten, und nicht, um es weiterzuverkaufen? Die anderen würde ich mir auch gern ansehen. Und über den Rest Ihrer Bilder werde ich mit Louise sprechen. Das heißt« – sie zögerte und hoffte, sich nicht wie ein skrupelloser Antiquitätenhändler zu benehmen, der es auf Sadies persönlichen Besitz abgesehen hatte –, »wenn Sie ein paar davon verkaufen wollen.«

»Ein *paar*? Ich möchte sie alle loswerden, meine Liebe. Ich male, weil ich mit meinen Gefühlen nicht weiß, wohin. Ansonsten würde ich dran ersticken. Sie wollen einfach raus und auf die Leinwand. Bisher konnte ich mir nur nicht das Material leisten, das ich gern hätte. Wissen Sie eigentlich, wie kriminell teuer Farben sind?«

Amanda zählte ihr das Geld hin. Sie wollte sich eine Leinenhose und ein paar Sandalen für den Sommer kaufen, aber eine innere Stimme sagte ihr, dass Sadie die bessere Investition war.

»Das ist zu viel, meine Liebe.« Sadie schüttelte den Kopf. »Ich lebe sehr bescheiden.«

»Für neues Material. Bei einem solchen Talent, wie Sie es sind, sollten Sie so viel malen, wie Sie können.«

»Wissen Sie, meine Liebe«, sagte Sadie und drückte Amanda

die Hand, »Ihr Gesicht zu sehen, als Sie sich mein Bild ansahen, es wirklich ansahen, hat mir mehr Freude gemacht, als Sie sich vorstellen können. Hier ist meine Karte. Habe ich selbst gemalt. Lassen Sie es mich wissen, ob Sie kommen wollen, um sich den Rest anzuschauen.«

Sadies Karte war an sich schon ein Kunstwerk: ein hellroter Hintergrund und grüne Blätter, die sie in einem komplizierten Muster umrandeten. Was für eine erstaunliche Frau Sadie doch war. Amanda konnte es kaum erwarten, bis Louise zurückkam, damit sie ihr von ihrer aufregenden Entdeckung berichten konnte.

Louise kehrte erst am Nachmittag zurück und wirkte höchst zufrieden mit sich selbst. »Weißt du«, brüstete sie sich und warf ihren Schal kokett nach hinten, »ich glaube, dass ich jetzt, da dieser entsetzliche Minimalismus ein alter Hut ist, eine große Zukunft in der Innendekoration hätte. Meine Freundin hat sogar schon einen Namen für meinen Stil. ›Der Neue Bohèmianismus.‹ Sie meint, das könnte die neue große Richtung nach dem Schmuddelschick werden. Mein Gott« – Sadies Gemälde lehnte hinten an der Kassentheke, da Amanda hoffte, es behalten zu können – »was ist das denn für eine Scheußlichkeit?«

»Ich bin begeistert davon. Eine alte Dame hat es hergebracht. Sie meinte, du hättest ihr dreißig Pfund dafür geboten, als du in ihrem Malunterricht warst.«

»Mein Gott! Ich dachte, es würde eine Ansicht von Laineton werden, ohne diesen ganzen Mist drumherum. Das kann ich doch niemals verkaufen.«

»Hast du aber schon. An mich. Ich habe ihr hundert Pfund dafür gegeben.«

Louise wurde beängstigend still. »Ziehst du etwa mein Urteil in Zweifel, Amanda?«

In Amanda kochte die Wut hoch. Normalerweise hätte sie nein gesagt. Aber heute, nachdem sie erlebt hatte, wie großartig Sadie war und wie herablassend Louise auf das Bild reagierte, konnte sie einfach nicht mehr länger an sich halten. »Ja, ja das tue ich. Und deine Methoden auch. Alte Damen auszubeuten gehört nun nicht gerade zu deinen angenehmsten Eigenschaften.«

»Ach, zum Teufel noch mal! Alle Galerien beuten Unbekannte aus. Die Galerie übernimmt schließlich das Risiko. Das weißt du doch.«

Amanda stand Louise von Angesicht zu Angesicht gegenüber, und da wurde ihr klar, wie sehr sie sich schon seit Monaten über Louises Methoden ärgerte.

»Ich denke, das bedeutet dann wohl, dass unsere Wege sich trennen, oder?«, sagte Louise ruhig.

Amanda holte tief Luft. Nicht nur stand der Traum von der eigenen Galerie unter einem Unstern, sondern sie würde auch noch ohne Arbeit dastehen. »Der Meinung bin ich auch. Möchtest du, dass ich meine Kündigung einreiche?«

»Es wäre mir lieber, du tätest das nicht. Das brächte uns beiden nur Scherereien. Ich werde dir zwei Wochen Lohn aus der Kasse geben.«

Am liebsten hätte Amanda es ihr hingeworfen, aber sie hatte eine Familie zu ernähren und konnte sich Stolz nicht leisten. Sie nahm ihr Gemälde. »Dann also tschüss, Louise.« Kaum zu fassen, dass es nach jahrelanger Freundschaft und gemeinsamem Arbeiten so enden konnte. Das einzig Gute daran war, dass sie jetzt keinerlei Verpflichtung mehr gegenüber Louise hatte. Louise hatte Sadie zwar gebeten, ihr Gemälde mitzubringen, zeigte aber weder Respekt noch Verständnis für ihre Arbeit. Sollte Amanda ihre eigene Galerie bekommen, wäre Sadie die erste Malerin, die sie ausstellte.

Louise hatte sich bereits einem Kunden zugewandt, und so nahm Amanda Sadies Bild und verließ die Galerie ohne ein weiteres Wort.

Mit der Leinwand würde der Weg zu Fuß zu lang werden, und ein Taxi wäre angesichts ihres neuen Status – oder dessen Fehlen – ein zu großer Luxus, also beschloss sie, den Bus zu nehmen.

Es kam kein Bus, und sie musste doch laufen. Aber wenn Sadie in ihrem Alter das Bild tragen konnte, sollte auch Amanda damit zurechtkommen.

Aber sie hatte Glück. Angus Day war nach einer Baustellenbesichtigung auf dem Rückweg ins Büro. Clio hatte er bei Laddie gelassen, damit sie lernte, welche verschiedenen Bauabschnitte es bis zur Fertigstellung eines Gebäudes gab. Amanda konnte wegen des Gemäldes kaum etwas sehen und bemerkte nicht, wie er anhielt. Fast wäre sie über die offene Wagentür gestürzt.

»Das zu transportieren ist bestimmt nicht einfach. Darf ich dich mitnehmen?«

Nach ihrem Gespräch, das sie am Vorabend mit Luke geführt hatte, wusste Amanda nicht, ob Angus gegenüber Misstrauen angebracht war. Doch vielleicht war das eine Gelegenheit, mehr über seine Motive herauszufinden.

Sie mussten schließlich das Dach zurückklappen, damit die Leinwand in den Wagen passte.

Während ihrer fünfminütigen Fahrt plauderte Angus ganz locker, offenbar ohne die Absicht, eine frostige Stimmung aufkommen zu lassen. Er erkundigte sich sogar, ob Clio die Arbeit Spaß machte. »Sie hat ein unglaublich rasches Auffassungsvermögen«, begeisterte er sich, ehe Amanda auch nur Zeit gehabt hatte, seine Frage zu beantworten, »und sie kommt mit den unterschiedlichsten Menschen zurecht, von den Sozialmietern bis zu den ausgefuchsten Beamten. Alle haben sie gern. Ich denke, du kannst wirklich stolz auf sie sein, egal, was sie später einmal machen möchte. Es muss aufregend sein«, fügte er wehmütig hinzu, »zu sehen, wie ein Kind seine eigene Persönlichkeit entwickelt, mit einem eigenen Leben, das man weder vorhersagen noch kontrollieren kann.«

Das entsprach ziemlich genau dem, was Amanda selbst oft gedacht und Giles gegenüber auch angesprochen hatte, und so nickte sie nur. Trotz der gestrigen Szene musste sie zugeben, dass ihr Angus ganz und gar nicht wie der Typ Mann vorkam, der Rache nimmt, indem er ein junges Mädchen ausnutzt, das ihm ganz eindeutig vertraut und ihn mag.

»Ihr Praktikum scheint ihr richtig Spaß zu machen«, stimmte Amanda ihm zu.

»Und was ist mit dir?« Plötzlich richtete er seine stahlgrauen Augen voll auf sie. »Bist du glücklich in deiner neuen Beziehung?«

Amanda merkte, wie sie heftig errötete.

»Ich kam gestern bei euch vorbei, weil ich meine Mutter zur Behandlung gebracht hatte. Ich habe geklingelt, um Clio anzubieten, sie mitzunehmen.« Wenn Angus das erzählte, klang alles völlig harmlos. »Luke machte die Tür auf, ein Handtuch um die Hüften geschlungen. Er wirkte nicht gerade erfreut, mich zu sehen.«

Das Bild von Luke, der so bekleidet ihre Tür aufmachte, ärgerte Amanda ungeheuer. Das hatte so etwas Anmaßendes, Besitzergreifendes. Warum war er nicht angezogen oder trug einen Bademantel? Seit sie aufgebrochen war, musste mindestens eine halbe Stunde verstrichen sein, aber da hatte er schon geduscht gehabt. Was hatte er nur die ganze Zeit gemacht?

»Lagerst du das für Louise?«, fragte er, um das peinliche Schweigen zu überbrücken, das sich zwischen sie gelegt hatte.

Sie warf einen Blick auf das Bild. »Das gehört mir. Offen gestanden bin ich eben gefeuert worden.« Dann unterbrach sie sich. Warum erzählte sie ihm das? Bis jetzt wusste noch nicht einmal ihre Familie davon.

»Gut so. Dann hält dich jetzt auch nichts mehr davon ab, deine eigene Galerie aufzumachen. Du bist weitaus talentierter als Louise, weißt du.«

»Ich bekomme das Bootshaus nicht«, erzählte Amanda. »Jemand anderer möchte es mieten.«

»Ah.« Aus irgendeinem Grund schien er zu lächeln.

»Weißt du«, fing sie an, sich der Nähe zu ihm wohl bewusst. »Damals am Silvesterabend … ich habe mich wirklich danebenbenommen.«

Angus sah ihr in die Augen. »Nein, das hast du nicht. Du warst wunderbar. Nur der Zeitpunkt war denkbar schlecht gewählt.« Er streckte die Hand aus und strich eine vorwitzige Haarsträhne zurück. »Eigentlich so schlecht wie sonst kein Zeitpunkt in meinem Leben.«

Amanda merkte, dass sie vor ihrem Haus angekommen waren. »Komm, ich helfe dir damit.« Er hob die Leinwand für sie heraus.

Sie hoffte, dass Luke nicht zu Hause war und auch sonst keiner, aber die Tür war auf beruhigende Weise doppelt zugesperrt. Sollte sie ihn hineinbitten?

Aus einer momentanen Laune heraus tat sie es. »Möchtest du eine Tasse Tee? Oder vielleicht einen Whisky.«

»Um halb fünf?«, lachte er. »Ist ein bisschen früh für die trinkfreudigen Schotten. Tee wäre gut.« Er hatte eigentlich eine Besprechung, aber wie oft lud Amanda ihn schon ein?

Ihr Anrufbeantworter blinkte gebieterisch und teilte ihr mit, dass sie zwei Nachrichten hatte. »Macht es dir was aus, wenn ich sie abhöre? Für den Fall, dass sie wichtig sind?«

»Mach nur.«

Die Nachrichten dröhnten ihr aus dem alten Apparat entgegen. »Hallo. Hier sprich Stephen Williams von der South-Eastern Bank, um mich dafür zu entschuldigen, dass Sie gestern falsch informiert wurden. Wir freuen uns, Ihnen das Darlehen zu gewähren. Kommen Sie doch so schnell wie möglich bei uns vorbei, um die Verträge zu unterschreiben.« Amanda drückte verdutzt auf den Pause-Knopf. Sie war davon überzeugt gewesen, dass ihre Chance, das Darlehen zu bekommen, nicht besser war als die, ohne Los in der Lotterie zu gewinnen.

Sie hörte die zweite Nachricht an. Es war der Wohnungsmakler, der sie darüber informierte, dass ihr Mitbewerber um das Bootshaus, Computer Central, vom Pachtvertrag Abstand genommen habe. Es sei ihres, wenn sie es haben wolle. Sie könne sich sogar gleich die Schlüssel abholen.

Außer Atem ließ Amanda sich auf ihr betagtes Sofa fallen.

»Vielleicht ist das ein Zeichen«, meinte Angus Day, »dass du und das Bootshaus füreinander bestimmt seid. Soll ich den Tee kochen? Du siehst aus, als hättest du eine ganze Armee Gespenster gesehen. Ich dachte, das Bootshaus sei genau das, was dir vorschwebt?«

»Ist es auch. Mehr als alles. Aber ich habe doch eine Familie zu ernähren.«

»Dein Exmann wird doch sicherlich ...«

»So wenig zahlen wie möglich«, fiel ihm Amanda ins Wort. »Er nimmt sie mit in den Urlaub und vergisst dabei, dass wir was essen und die Zinsen bezahlen müssen. Deshalb bin ich auch so erstaunt, dass er in diesem Fall zugestimmt hat. Die Bank muss ihn doch gefragt haben.«

Aber Amanda hatte keine Gelegenheit mehr, diesen Gedanken weiter zu verfolgen, denn ein Schlüssel drehte sich im Schloss, und Luke trat ein, das hübsche Gesicht blass vor Wut, als er Angus erblickte. »Ich bin gerade in der Galerie gewesen. Louise sagte, du hättest gekündigt.«

Amanda zuckte mit den Schultern. »So kann man es auch darstellen. Louise meinte, es sei an der Zeit, dass wir uns trennen sollten, und da habe ich zugestimmt.«

»Du hättest das wenigstens absprechen können«, warf Luke ihr vor. »Ich habe das Angebot meines Lebens ausgeschlagen, um in Laineton zu bleiben, und du wirfst einfach deinen Job hin, ohne auch nur mit mir darüber zu reden.«

»Dann wirst du meinem Urteil einfach vertrauen müssen« – ihr Kinn hob sich streitlustig –, »was meinst du? Denn ich habe ziemlich gute Neuigkeiten zu berichten.« Aus irgendeinem Grund trieb das Wissen, dass Luke nicht einverstanden wäre, Amanda zu noch größerer Entschlossenheit an. »Ich habe gerade zugesagt, das alte Bootshaus unten am Hafen zu pachten. Ich werde meine eigene Galerie aufmachen, Luke, und ich habe für die erste Ausstellung eine ganz fabelhafte Künstlerin entdeckt!«

21. Kapitel

»Sie scheinen von Amandas neuem Projekt nicht gerade begeistert zu sein«, mischte Angus sich ein.

»Hauen Sie doch endlich ab«, fuhr Luke ihn an. »Und entfernen Sie Ihr kostbares Auto aus unserer Einfahrt.«

»Luke«, versuchte es Amanda nochmal, »du brauchst wirklich nicht…«

»Ich denke schon.« Luke sah immer noch Angus an, und nicht Amanda.

»Sehe ich recht, dass Sie am Wochenende nicht zu uns stoßen werden, um die Renovierung des Bootshauses in Angriff zu nehmen?«, fragte Angus kühl.

Diese Bemerkung war wirklich unverschämt, und Angus rechnete eigentlich damit, dass Amanda ihm widersprechen würde. Aber sie tat es nicht, warum auch immer.

»Dann also Sonntagmorgen, neun Uhr, einverstanden?« Angus beschloss weiterzumachen, solange er Oberwasser hatte. »Laddie wird mitkommen, und ich bin mir sicher, dass Clio begeistert sein wird, eine Renovierung mitzuerleben. Wenn du magst, können meine Jungs sich im Lauf der Woche um die Feuchtigkeitsdämmung kümmern.«

Erst später sollte Amanda sich wundern, warum Angus überhaupt wusste, dass es Feuchtigkeit gab.

Luke folgte Angus zu dessen Wagen. »Ich weiß, worauf Sie hinauswollen, Day. Auch wenn Amanda das nicht weiß«, zischte er. Angus ging nicht darauf ein und fuhr davon.

Amanda beobachtete Luke entsetzt. »Was soll denn so ein Auftritt, um Himmels willen?«, forderte sie ihn heraus.

»Siehst du denn nicht, worauf das alles hinausläuft? Clios Praktikum endet diese Woche. Du bist es nicht, der er einen Gefallen tun möchte. Er möchte dir helfen, damit er Clio weiterhin sehen kann.«

In all ihrer Begeisterung über die Pacht hatte Amanda ganz vergessen, dass an diesem Abend die Lektüregruppe tagte. Mit ihrem Kopf voller Listen und Pläne und Aufgaben hatte sie keine Lust, wegzugehen und über einen Roman zu reden. Sie wusste genau, dass Ruthie ihr so lange zureden würde, bis sie doch käme, deshalb rief sie Simone an und bat diese, sie zu entschuldigen.

So viele Dinge waren zu erledigen. Als Erstes musste sie den Pachtvertrag unterschreiben. Das könnte sie morgen erledigen. Da die Hafengegend recht heruntergekommen war, war auch die Miete erstaunlich vernünftig. Doch trotzdem würden Kosten anfallen. Sie würde bei der Dekoration einsparen müssen, doch das würde Angus ihr bestimmt auszureden versuchen. Eine anständige Kasse würde sie allerdings benötigen, wenn auch für den Anfang nichts allzu Ausgefallenes. Werbung. Buchhaltung. Sollte sie auch Karten und kunstgewerbliche Geschenke verkaufen, wie Louise das tat?

Luke hatte beschlossen, sich ins Unvermeidliche zu fügen und Begeisterung zu zeigen, und so kümmerte er sich am folgenden Abend um Sean, während Clio und Amanda loszogen, um sich alles anzusehen.

Das Bootshaus war genauso spektakulär, wie sie es in Erinnerung hatte, aber es gab ein paar Enttäuschungen. Zuerst der Fußboden. Er war mit schmuddeligem Linoleum aus den fünfziger Jahren ausgelegt.

»Du musst dir überlegen, wie du den Raum nutzen möchtest«, gab Clio voller Eifer zu bedenken. »Wenn du möchtest, zeichne ich dir einen Plan. Angus sagt, ich habe den richtigen Blick für Entwürfe.«

»Also gut.« Amanda dachte nach. »Ich brauche hinten, abgetrennt, Lagerraum und eine Kasseninsel. Eine ganze Theke wird nicht nötig sein – ich möchte, dass alles zwanglos wirkt. Ob ich Karten und Geschenkartikel verkaufen werde, weiß ich nicht.«

»Ich könnte mir vorstellen, dass das Leute in den Laden zieht. Ein paar Regale könntest du doch gut an diesem Ende anbringen.« Clio deutete auf das entfernte Ende des Bootshauses. »Bei diesem fabelhaften Blick aufs Meer könntest du sogar ein Café aufmachen.«

»Immer langsam.« Amanda lachte, erfreut über Clios Begeisterung. Sie schien während ihres Praktikums erwachsen geworden zu sein. Der verdrießliche, verwirrte Teenager war verschwunden. »Eines nach dem anderen. So viel Ehrgeiz kann ich mir gar nicht leisten.«

»Dann eben später, aber du hast jede Menge Möglichkeiten. Angus sagt, man solle den nächsten Schritt immer schon im Auge haben.«

»Sagt er das?« Lächelnd hörte Amanda sich die Zitate von Angus' Witz und Weisheit an. Noch vor einer Woche hätte Clio abgestritten, dass Menschen über zwanzig irgendwas Nützliches oder Wertvolles zu sagen hatten. Amanda deutete auf die leeren Wände. »Hiervon verstehe ich was. Nämlich, wie wir die Bilder hängen werden.«

»Bilder? Ich dachte, du wolltest mit Skulpturen anfangen?«

»Tue ich auch. Aber auch mit Gemälden. Ich habe gerade eine ganz wunderbare Künstlerin entdeckt. Sie wird dir gefallen. Sie ist eine echte Persönlichkeit – siebenundsiebzig Jahre alt. Und sie ist eine Einheimische.«

»Oh-oh. Da wird Louise aber nicht sehr glücklich darüber sein, oder? Hat nicht sie die Einheimischen-Ecke gepachtet?«

Amanda zuckte mit den Schultern. Louise war bestimmt nicht begeistert, dass sie ihre eigene Galerie eröffnete. »Nun, wie wollen wir sie nennen? Eigentlich ergibt sich das doch von selbst, oder? – The Boathouse-Gallery.«

»Hm. Ich weiß nicht. Vielleicht klingt das zu sehr nach The Wave Gallery. Wie wär's mit Marine Arts?«

»Marine Arts… ja, gefällt mir besser. Klingt modern und neu.«

»Wir könnten auch das Dekor darauf abstimmen.« Clio fing Amandas zweifelnden Blick auf. »Aber keine Anker und alten Fischernetze wie in einem italienischen Bumslokal, sondern Meeresfarben und geschmackvolle Artefakte.«

Amanda schmolz vor Stolz dahin. Clio klang so erwachsen und kompetent.

Ruthie war entzückt: Es waren so viele Frauen zum Treffen der Lektüregruppe erschienen, dass ihr die Sitzsäcke ausgegangen waren.

»Mann! Sogar Louise ist da.« Wie üblich war Louises Erscheinung eine Mischung aus panamaischem Papagei und einer der Hexen von Eastwick. »Hallo Louise. Lange Zeit nichts gelesen.«

Ohne einen Anflug von Entschuldigung ließ Louise ihre Ohrringe klimpern. »Hatte leider zu viel zu tun.«

Simone sammelte sämtliche Weinflaschen ein, stellte den Weißen in Ruthies überquellenden Kühlschrank und überlegte, welchen sie zuerst öffnen sollten. Sie waren alle gleichermaßen dubios – einige mit eingerissenen Etiketten, manche staubbedeckt. Auf einer klebte sogar noch eine Losnummer, offensichtlich war es ein alter Tombolagewinn. Aber sie waren ja nicht pingelig. »Was möchtest du? Transsylvanischen Riesling oder ungarisches Stierblut?«, erkundigte sich Simone.

Louise schüttelte sich und hielt ihre eigene Flasche Safeways Muscadet hin. »Ich bleibe hierbei, danke.« Sie sah sich kurz im Zimmer um. »Ist Amanda denn noch nicht da?« Nachdem sie sich gestritten hatten, begann Louise nach und nach Amandas plötzlichen Weggang zu bedauern, vor allem, weil nun all die lästigen Arbeiten an ihr hängen blieben. Außerdem hatte sie vergessen gehabt, mit welcher Sicherheit Amanda Bilder aufzuhängen verstand. Wenn Louise es selbst versuchte, sah es ganz anders aus. Darüber hinaus hatte sie sich ausgerechnet, dass ein ebenso kompetenter Ersatz für Amanda sie weitaus teurer käme. Eigentlich hatte sie gehofft, den Abend zu nutzen, um Brücken zu schlagen. Die Literatur jedenfalls hatte sie nicht hierher getrieben. Und bei dem Weinangebot schon gar nicht.

»Ach, Shit.« Simone schlug sich die Hände auf den Mund. »Was ich ganz vergessen habe, Ruthie. Amanda kommt heute Abend nicht. Die große Neuigkeit ist nämlich, dass sie ihre eigene Galerie aufmachen wird und bis über beide Ohren in den Vorbereitungen steckt.«

»Das ist ja die Höhe!«, brach es aus Louise heraus, und sie war wütend auf sich selbst, auch nur in Erwägung gezogen zu haben, Amanda ihre Arbeit zurückzugeben.

Alle starrten sie an.

»Aber ich dachte, Amanda arbeitet für Louise«, wunderte sich die weltfremde Anne.

»Hat sie auch, bis sie heute Nachmittag hinausmarschiert ist. So was Beschissenes. Vor allem, da ich ihr den Job gegeben habe, ohne dass sie dafür eine Qualifikation gehabt hätte, nur weil ihre Ehe auseinander brach und sie Geld brauchte. Und so dankt sie es mir! So etwas kommt doch nicht aus heiterem Himmel. Sie muss es seit Monaten geplant haben.« Louise sah aus, als würde sie jeden Moment in winzige rote Stücke zerbersten. »So eine hinterhältige Schlange! Wahrscheinlich hat sie sich die Liste meiner sämtlichen Kunden abgeschrieben.«

»Jetzt mach mal einen Punkt, Louise«, mischte Simone sich ein. »Du hast Amanda ausgenutzt und ihr jahrelang einen Hungerlohn gezahlt. Es geschieht dir nur recht, wenn sie in Konkurrenz zu dir tritt. Aber jetzt sollten wir doch lieber über *Die geheime Geschichte* reden, oder?«

Louise hatte das Buch ohnehin nicht gelesen, also klinkte sie sich für den Rest des Abends aus und dachte sich Strategien aus, wie sie es der undankbaren Amanda heimzahlen konnte. Wenn sie sich dann noch überlegte, welche Mühe sie sich gemacht hatte, Amanda mit Luke zu verkuppeln. Jetzt lebten sie glücklich und zufrieden zusammen, und Amanda zeigte ihr einfach die kalte Schulter und dankte es ihr, indem sie um die Ecke eine Konkurrenzgalerie aufmachte.

»Noch ein bisschen Wein, Louise?« Die sanfte Anne versuchte, die Wogen mit Riesling zu glätten.

Louise registrierte griesgrämig, dass ihr guter Muscadet getrunken worden war und man jetzt bei dem grauenhaften Gesöff aus Ungarn angelangt war. »Nein, danke.« Wichtigtuerisch legte sie ihre Hand übers Glas.

Wie ihr auffiel, ignorierten die anderen alle das Etikett und kippten ihn kichernd in sich hinein, da das Gespräch eine anzügliche Note bekommen hatte. Anstatt herumzusitzen und noch länger zuzuhören, sammelte sie die schmutzigen Gläser ein und trug sie in die Küche.

Ruthie tauchte angetrunken neben Louise auf, wirkte dabei aber eher besorgt als locker. Sie wollte sich offenbar was von der Seele reden.

Louise reagierte abweisend. Verdammt sollte sie sein, wenn sie sich noch einmal wegen der armen, ausgebeuteten Amanda Vorwürfe anhörte.

»Versteh doch«, wehrte sie sich, »ich möchte wirklich nicht über Amanda sprechen.«

»Das ist schade.« Der Wein machte Ruthie noch undiplomatischer. »Ich habe nämlich was herausgefunden, was mir wirklich Sorgen bereitet. Es könnte sich dabei einfach nur um unbegründetes Geschwätz handeln, aber ich denke, ich sollte Amanda dennoch darüber informieren.«

Interessiert hörte Louise ihr nun doch zu. Hätte Amanda sie nicht hintergangen, hätte sie darauf bestanden, es Amanda sofort zu erzählen.

»Du hast mich gefragt, was ich davon halte«, sagte Louise, als

Ruthie geendet hatte. »Ich finde, du solltest dich da raushalten. Amanda würde es dir niemals danken, wenn du ihr so etwas erzählst. Wenn du mich fragst, solltest du erst Beweise haben, ehe du etwas sagst. Ich denk mal darüber nach, wie wir das am besten handhaben.«

Ruthie nickte. Louise kannte Amanda länger als alle anderen in der Gruppe.

Sie konnte nur hoffen, dass Louises Rat richtig war. Wenn nicht, stand eine Menge auf dem Spiel.

Am Samstag stellte Amanda sich den Wecker auf sieben Uhr früh, genau wie an den Werktagen, aber Luke rollte sich träge auf sie drauf und wollte mit ihr schlafen. Obwohl sie es kaum erwarten konnte, hinunter zur Galerie zu gehen, wusste sie, dass Luke ihr auf diese Weise eine Entschuldigung anbot. Fast hätte sie ihm *Männer sind vom Mars. Frauen von der Venus* gegeben, um ihm zu erklären, dass Frauen die Entschuldigung hören und *dann* Sex haben wollen und Sex nicht an sich als ein Versöhnungsangebot ansehen, wie das Männer manchmal tun. Aber es war noch zu früh am Morgen, und sie wollte weiter, also ließ sie es rasch über sich ergehen und hoffte, er würde den Unterschied nicht spüren. Danach sprang sie aus dem Bett und in ihre Malerklamotten, eine alte Latzjeans.

»Du hast mir gar nicht gesagt, dass du Latzhosen besitzt. Ich lebe mit einer erklärten, Latzhosen tragenden Feministin zusammen!«, neckte Luke.

Sie schlug liebevoll auf ihn ein.

»Aber sie sieht reizend darin aus!«

Sean saß bereits am Frühstückstisch und durchforstete die neue Müslipackung nach Gratisspielen. Aber von Clio war nichts zu sehen.

»Clio!«, rief sie. Noch immer keine Antwort. Aber als Amanda in ihr Zimmer sah, war dieses genauso unordentlich wie immer, das Bett nicht gemacht und ihre Tochter nirgends zu sehen. Gerade als sich eine besorgte Unruhe einstellen wollte, fiel ihr der Notizzettel auf, auf dem zu lesen war: »Bin zeitig aufgestanden. Bis gleich bei Marine Arts.«

Es war ein strahlender Tag, und Amanda entschied sich dafür, den Mantel zu Hause zu lassen. Der Mai lag schon in der Luft. Sie lief durch die Nebenstraßen zum Hafen, winkte Rose Miles zu, die den warmen Morgen dazu nutzte, ihre Wäsche aufzuhängen. Eine Schande, dass die Gegend so heruntergekommen war, aber sie durfte nicht vergessen, dass sie sich die Miete für das Bootshaus nicht hätte leisten können, wenn dies ein schickes Viertel wäre. Sie würde die Galerie eben so attraktiv gestalten müssen, dass die Leute ihretwegen kamen.

Als sie um die Ecke bog, ließ der sich ihr bietende Anblick Amanda wie festgewurzelt stehen bleiben. Clio dirigierte mit dem Plan, den sie vom Innenraum entworfen hatten, ein Team von acht Leuten, zusammengesetzt aus Gipsern, Malern und Schreinern, während Laddie Smithson lächelnd zuguckte. »Die hat's drauf«, gab er zu. »Noch ein halbes Kind, aber sie fressen ihr aus der Hand. Ich bin der Polier, aber hier komme ich mir vor, als wäre ein Bräutigam zu viel auf der Hochzeit.«

»Hi, Mama«, rief Clio. »Was meinst du? Die Malerarbeiten laufen wie geschmiert. In welcher Farbe möchtest du die Fensterrahmen haben? Ich fand dieses Schieferblau hier sehr hübsch.« Sie schob ihrer Mutter ein Farbmuster zu. »Laddie wird es für uns mit seiner Diskountkarte für Bauunternehmer holen.«

Laddie grinste und sah eher aus wie eine Katze, die gestreichelt wird, als wie ein fünfundfünfzigjähriger Mann, den ein Teenager herumkommandiert.

»Ist sie nicht wunderbar?«

Dass von Angus nichts zu sehen war versetzte Amanda einen kleinen Stich. »Er dachte, er sei im Weg«, erklärte Laddie. Amanda übersetzte sich dies damit, dass er wohl davon ausgegangen war, Luke würde hier sein. Es war dennoch vernünftig von ihm.

»Am Donnerstag haben die Jungs sich um die feuchten Stellen gekümmert, so dass sie am Freitag vergipsen konnten und heute streichen können. Wollen Sie sehen, wie es wird?«

Im Bootshaus waren jegliche Anzeichen auf das ehemalige Reifendepot verschwunden und hatten den schlichten weißen Wänden Platz gemacht, die sie in ihrer Fantasie so oft gesehen hatte. »Clio meinte, Sie fänden es bestimmt besser, wenn die Balken ungestrichen bleiben. So geben sie dem Raum eine besondere Note.«

Amanda nickte. Clio hatte Recht.

»Hier ist die Kasseninsel.« Aufgeregt zeigte Clio sie ihr. »Die Jungs haben Erstaunliches geleistet. Du brauchst dich nur noch für eine Farbe zu entscheiden. Und Laddie hat eine nette Überraschung für dich. Sagen Sie's ihr, Laddie.«

»Ein Kumpel von mir ist Schildermaler. Er hat versprochen, vorbeizukommen und Ihnen ein Schild zu malen, ganz billig. Ich würde Ihnen nur empfehlen, sich jetzt zu überlegen, was Sie haben möchten. Mittags geht er ins Pub, und danach wackeln seine Buchstaben wie ein Geisterzug.«

Amanda dankte ihm lächelnd. Da fiel ihr siedendheiß ein, dass sie nicht wusste, wie sie all diese Arbeiten zahlen sollte.

Laddie schien ihre Gedanken zu erraten. »Das hier ist eine Art Abschiedsgeschenk für Clio. Sie hat den Männern Unterricht darin gegeben, wie sie mit ihren Teenagern besser klarkommen können.«

»Keine Sorge, Mama. Es macht ihnen Spaß. Ist nämlich mal was anderes, als sich von Laddie herumkommandieren zu lassen. Wie wär's, wenn du loszögst, um für alle Fish and Chips zu kaufen, sobald wir uns für das Schild entschieden haben? Die sind wie Kamele. Hören nie zu essen und zu trinken auf. Aber heute sollten wir sie lassen.« Sie klatschte gebieterisch in die Hände. »Los, meine Herren, geben Sie Ihre Bestellungen hier bei Amanda auf. Für mich Cervelat, Chips und Erbsenpüree. Mit ganz viel Essig.«

Während Amanda die Bestellungen aufnahm, legte sich ein

Tränenschleier über ihre Augen, weil sie es nicht fassen konnte, dass dieses engagierte Mädchen noch vor ein paar Wochen ein selbstzerstörerisches, verwirrtes Kind gewesen war.

Zwei Wochen später war alles fertig zur Eröffnung. Clio hatte die großartige Idee gehabt, die Ausstellungsregale in der Mitte der Galerie aufzubauen, um auf diese Weise zwei Räume zu schaffen, einen für Natashas Seevögel, den anderen für Sadies Ölgemälde.

Die Eröffnungsparty sollte an diesem Abend stattfinden, und sie hatten alle möglichen Leute dazu eingeladen. Luke hatte auf der Fähre das Angebot für einen ausgezeichneten »Franzosen für einen Fünfer« entdeckt, also fuhr er hinüber und kaufte drei Kisten des preisreduzierten Schaumweins im Supermarkt. Und jetzt reichten sie Kir Royal wie in einer richtigen Nobelgalerie.

Sadie hatte ihre ganze Kunstklasse mitgebracht, und die Frauen ließen sie fröhlich als ihre größte Erfolgsgeschichte hochleben. Natasha kam mit ihrem invaliden Vater, und Laddie und sein Team hatten ihre besten Anzüge ausgegraben. Alle standen stolz und ein wenig aufgeregt herum und diskutierten Sadies Gemälde.

»Und was soll das darstellen?«, wollte der Schreiner wissen und bewegte seinen Kopf, um das große rosa Objekt auf der Leinwand zu entschlüsseln.

»Das ist mein einziger Versuch, abstrakt zu malen, mein Süßer«, gluckste Sadie. »Das bin ich in meiner ganzen Leibesfülle. Da sind meine Titten, und das ist mein…«

»Schon kapiert«, unterbrach sie der Schreiner und eilte mit düsterer Miene davon, um sich sein Glas nachschenken zu lassen.

Helen prahlte mit ihrer Kenntnis des Impressionismus vor einer zerbrechlich wirkenden Isobel Day, die jedoch ganz offensichtlich entschlossen war, sich zu behaupten, obwohl sie im Rollstuhl saß.

Der Klub der über Sechzigjährigen war zahlenmäßig stark vertreten, auch Lou Wills vom Eastcliff Estate war gekommen. Giles hatte es nicht einrichten können, da bei Stephanie die Fruchtblase geplatzt war, aber er hatte einen großen Strauß Sonnenblumen geschickt.

»Geradezu rührend von Giles«, musste Amanda zugeben. »Hoffentlich denkt er dran, auch Stephanie welche zu schicken. So wie ich ihn kenne, hat er wahrscheinlich einen Preisnachlass ausgehandelt, weil er zwei Sträuße genommen hat.«

Rose und Betty Miles standen in der Menge und waren in ein Gespräch mit Luke vertieft. Betty, in ihrer paillettenbesetzten Stola aus den dreißiger Jahren, kippte den Kir wie Wasser vor einer Saharadurchquerung und flirtete mit Luke. Schon erstaunlich, wunderte sich Amanda, wie die Geschwisterrivalität bis ins Alter von achtzig Jahren lebendig blieb.

Amanda hatte in ihrer Unentschlossenheit, was sie tragen sollte, das meergrüne Kleid vom Silvesterabend angezogen, dazu, in letzter Minute, auch die Perlenkette.

»Ich kann nur hoffen, dass du das nicht absichtlich angezogen hast«, sagte eine leise Stimme hinter ihr, »nur um die alten Erinnerungen zu wecken.«

Sie drehte sich um und sah sich Angus Day gegenüber, der sie, an eine Säule gelehnt, beobachtete.

Amanda spürte, wie ihr Hals heiß und rot wurde. Warum hatte sie auch dieses Kleid angezogen? »Ich wollte mich bei dir für all deine Hilfe bedanken.« Sie zwang sich, ihre Stimme ruhig zu halten.

»Damit habe ich nichts zu tun. Sie haben das alles für deine Tochter getan.«

»Das ist das andere, wofür ich dir danken möchte. Kaum zu fassen, wie sehr ihr Selbstvertrauen gewachsen ist. Sie ist ein anderer Mensch geworden.«

»Das ist Clios Verdienst. Sie ist wirklich ein außergewöhnliches Mädchen.«

Auf der anderen Seite des dicht gedrängten Raums sah sie Lukes Blicke, die sich von Betty abwandten und bemerkten, mit wem sie sich unterhielt.

Sie hatte schon einmal eine besitzergreifende Beziehung erlebt, und sie dachte nicht im Traum daran, sich Gedanken darüber zu machen, mit wem sie sich unterhalten durfte. Wenn Luke nicht genügend Vertrauen in sie hatte, Pech für ihn.

»Ich danke dir trotzdem.« Sie hob ihr Glas. »Du bist viel großzügiger, als du jemals zugibst.«

Hinter ihnen gab es einen plötzlichen Aufruhr, und als sie sich umwandte, stand Luke nur fünf Zentimeter weit weg, eine aufgebrachte Betty an seiner Seite. »Das mit der Großzügigkeit sollte man vielleicht nicht überbewerten«, teilte Luke ihr mit, »bis du gehört hast, was Betty hier zu sagen hat.«

Angus beobachtete ihn ungerührt. »Und was hat Betty zu sagen?«

Luke reckte herausfordernd sein Kinn vor. »Nur, dass Mr. Großherzig hier von ihr verlangt, dass sie aus ihrem Häuschen auszieht, nachdem sie dort fünfzig Jahre lang gewohnt hat, um für ein großes neues Gebäude Platz zu machen. Wie großzügig würdest du das nennen?«

22. Kapitel

Amanda starrte Angus an. »Er würde so etwas doch gewiss nicht tun?«

»Ist gut, Luke.« Rose war inmitten der Menge aufgetaucht. »Ich danke Ihnen, dass Sie für uns auf die Barrikaden gehen, aber Mr. Day zwingt uns nicht dazu, auszuziehen. Es gab keine grässlichen Vorfälle mitten in der Nacht, um uns Angst einzujagen. Keine Ratten im Briefkasten.«

Luke zog skeptisch die Braue hoch. »Nein, Mr. Days Methoden sind sicherlich sehr viel subtiler. Er wird vorgeblich die Interessen der Allgemeinheit vertreten. Behaupten, sein Plan werde dazu beitragen, die Stadt zu beleben und Arbeitsplätze zu schaffen. Ich bin mir sicher, dass seine Argumente überzeugend waren.«

»Ja, gut«, gab Rose zu, »er hat uns die Pläne gezeigt, und der Hafen sah sehr hübsch aus.«

»Die Strandhütten sind ja auch ein so trauriger Anblick, weil sich keiner mehr um sie kümmert«, fügte Betty hinzu. »Nicht wie damals zu unserer Zeit. Außerdem« – sie lächelte und war sich nicht darüber im Klaren, dass so viele Leute zuhörten – »gibt er uns stattdessen eine hübsche neue Wohnung.«

Obwohl Amanda wusste, dass Betty und Rose in einer Wohnung wahrscheinlich besser untergebracht wären, war sie von Angus enttäuscht. Das Häuschen war ihr Leben gewesen, wie auch Teil der Stadtlandschaft. Es lag auf der Hand, dass es ihm nur um den Bauplatz ging und Rose und Betty ihm im Weg waren. Die Tatsache, dass ihr schäbiges Häuschen voller Erinnerungen steckte und ihr Zuhause so sehr ein Bestandteil von Laineton war wie der Pier und die Wellenbrecher, dürften für einen Immobilienmakler wohl kaum von Bedeutung sein. Den profitablen Plänen eines Geschäftsmanns stand es einfach nur im Weg.

Aber irgendwie hätte sie von ihm mehr erwartet als das.

Aller Augen waren plötzlich auf Angus gerichtet. Auch Isobel bekam das in ihrer Ecke am Fenster mit.

Angus würde sich allerdings nicht vor einem Mann verteidigen, den er nicht ausstehen konnte. »Ich denke, es wird Zeit, dass ich meine Mutter nach Hause bringe«, sagte er einfach.

Aber Clio, leidenschaftlich und starrköpfig, wollte es nicht dabei bewenden lassen. »Ihr redet alle kompletten Schwachsinn«, mischte sie sich wütend ein. »Es ist ein ganz wunderbarer Entwurf. Durch dieses Projekt wird wieder Leben in die Hafengegend kommen. Warum sehen Sie sich nicht alle erst mal die Pläne an, ehe Sie Angus verdammen?«

Es war vermutlich das Schlechteste, was sie hatte sagen können.

»Dann ist es also in Ordnung, dass man zwei alte Damen aus ihrem Haus vertreibt, in dem sie den größten Teil ihres Leben verbracht haben, nur um die Hafengegend aufzubessern?«, konterte Luke wütend. »Ich denke, du hast deine Zeit in schlechter Gesellschaft verbracht, Clio. Ein paar Fahrten im schicken Sportwagen, und du siehst die Dinge mit seinen Augen.«

»Um Himmels willen, Luke«, fiel Amanda ihm ins Wort, ehe Clio antworten konnte. Mochte sie von Angus auch enttäuscht sein, das ging jedenfalls entschieden zu weit. »Mach dich nicht lächerlich.«

»Ich finde das ganz und gar nicht lächerlich.« Seine Augen wurden schmal, als er ihrem Blick standhielt. »Ich habe dich für jemanden gehalten, der an die Menschen und die Gemeinschaft glaubt wie ich auch. Aber du fällst genauso leicht wie alle anderen auch auf einen raffinierten Plan herein. Nun, ich tue das nicht.«

Luke wandte sich an die alte Dame und hielt sie an den Schultern fest. »Sie sollten nicht weggehen, Rose. Es ist Ihr Zuhause. Sie sollten sich nicht abschieben lassen, um Platz für eine Weinbar und ein paar billige Geschenkeläden zu machen. Wenn Sie sich weigern, scheitert der ganze Plan. Es werden sich genügend Leute finden, die Sie unterstützen werden.«

Angus konnte sich nicht mehr länger zurückhalten. »Gegen die bösen Mächte des Kapitalismus? Ich würde vorschlagen, Sie sehen sich erst mal die Pläne an, ehe Sie mich beschuldigen. Es sind Wohnungen für acht junge Familien vorgesehen.«

»Aber gleichzeitig nehmen Sie zwei alten Damen ihr Zuhause. Versteht die Stadtverwaltung das jetzt unter ›Wohnungsbeschaffung‹? Hört sich für mich eher an wie Wohnungsverlust.«

Angus bemerkte, dass Isobel ihren Rollstuhl zu bewegen versuchte, um aus der Ecke herauszukommen. Sie sah nicht nur mitgenommen, sondern kreidebleich aus. »Entschuldigen Sie mich« – Angus schob sich an Luke vorbei –, »ich muss zu meiner Mutter.«

»Das kam aber gelegen«, meinte Luke.

»Verschwinde doch endlich!«, fuhr Clio ihn an. »Du bist ein elender Heuchler. Dass du Angus nicht ausstehen kannst, hat nichts damit zu tun, dass er Immobilienmakler ist. Sondern weil er reicher ist als du und Mama verehrt!«

Im Raum wurde es plötzlich totenstill.

»So«, gab Luke wütend zurück. »Das reicht jetzt. Du bekommst Hausarrest.« Er packte sie am Handgelenk und zog sie Richtung Tür.

»Nein, bekommt sie nicht.« Amandas Stimme zitterte vor Wut. »Clio ist meine Tochter, und ich entscheide darüber, ob sie bestraft wird, wenn du nichts dagegen hast.«

»Verzeihung.« Angus schob den Rollstuhl seiner Mutter auf die Eingangstür der Galerie zu. Alle traten zurück, um ihn durchzulassen.

Es gab einen Augenblick, direkt vor dem Eingang, da trafen die beiden Männer aufeinander. Amanda war sich nicht sicher, was passiert wäre, wenn nicht das lächerlich fröhliche Klingeln ihres Mobiltelefons die Anspannung durchbrochen hätte.

Amanda nutzte die Gelegenheit, um nach vorne zu gehen und die Tür zu öffnen. »Ich danke Ihnen beiden für Ihr Kommen. Hoffentlich geht es Ihnen bald besser, Isobel.«

Dann hielt sie sich ein Ohr zu, damit sie über dem anschwellenden Partylärm telefonieren konnte.

Es war Giles, der aus dem Krankenhaus anrief.

Amanda wandte sich an Clio, wobei sie mit gemischten Gefühlen die Hand auf den Hörer legte. »Es ist Papa. Stephanie hat ihre Zwillinge bekommen. Einen Jungen und ein Mädchen.«

»Ein Junge und ein Mädchen«, wiederholte Clio. »Perfekt. Von beiden eines. Genau wie Sean und ich.« Ehe Amanda sie aufhalten konnte, öffnete sie die Tür und rannte aus der Galerie hinaus auf den Strand zu.

»Eine wirklich aufregende Party«, lautete Lukes Kommentar.

Amanda ignorierte ihn und verabschiedete sich von Giles. Als sie schon durch die Tür war, rief sie zurück: »Es gab schlechte Nachrichten für Clio. Ich werde leider nach ihr sehen müssen.«

»Kümmere dich nicht um mich«, rief Luke zurück. »So, Betty, Rose. Jetzt werde ich euch beiden noch ein Glas von dem rosa Schampus holen.«

Eine halbe Stunde später ging die Party dem Ende zu, aber Luke fand noch drei Flaschen Schaumwein, die hinter der Kassentheke versteckt lagen. Als Rose endlich die Mäntel suchte, hatte Betty mit Luke ein Duett aus *A Nightingale Sang in Berkeley Square* angestimmt. Es war nur noch ein Gast übrig, ein Mann, der sich kaum noch aufrecht halten konnte, wie Rose verlegen feststellte.

»Das ist ein tapferer Kerl«, lallte der Mann und leerte dabei die Reste eines Glases in seines und deutete damit auf Luke. Rose überlegte, ob sie ihn darauf aufmerksam machen sollte, dass in dem Wein, den er umschüttete, eine Zigarettenkippe lag, aber sie hatte Männer, die nichts vertrugen, noch nie ausstehen können.

»Sie ist wirklich ganz harmlos«, erwiderte Rose, weil sie davon ausging, er spiele auf Lukes Vertrautheit mit Betty an. »Sie umgibt sich nur lieber mit jungen Männern als mit alten.«

»Dann viel Glück. Ich meinte eigentlich die Art, wie er Mr. Großkopf Day zuvor beschimpft hat.«

»Und wer sind Sie?«

»Gary Hodges. Ich arbeite für den Häusermakler, der das hier verpachtet hat. Wissen Sie, es ist nämlich so, dass Mr. Großkopf Day ...«

»Was ist mit ihm?«

»Mrs. Wells scheint nichts davon zu wissen, aber er ist der Typ, der für das hier die Pachtgarantie übernommen hat. Ich hoffe, er kommt morgen nicht und springt ab.«

Rose beobachtete Luke und Betty, wie sie durch die Galerie wirbelten, Betty in mädchenhafter Begeisterung. Luke war außergewöhnlich gut aussehend und charmant und besaß die Gabe, alte Damen sich jung fühlen zu lassen. Sie war entzückt gewesen, als Amanda und er zusammengefunden hatten, weil sie das Gefühl hatte, es sei an der Zeit, dass Amanda jemanden bekam, der sie zu schätzen wusste.

Aber Luke Knight hatte irgendwas an sich, das ihr diese Gewissheit nahm. Er verlor zu schnell die Kontrolle und legte ein Besitzdenken an den Tag, das ihr anfangs gar nicht aufgefallen war. Und das gefiel ihr nicht. Es erinnerte sie an ihren Vater. Er war ein viktorianischer Vater wie aus dem Bilderbuch und legte Wert darauf, dass seine Töchter ihm aufs Wort gehorchten, weshalb sie auch als verarmte Jungfern alt geworden waren. Und das wünschte sie keinem.

»Ich an Ihrer Stelle«, zischte sie Gary Hodges mit einer Stimme zu, die selbst den Nebel von Kir Royal zu durchdringen vermochte, »ich würde darüber mit keinem reden.« Sie machte eine drohende Pause. »Vor allem nicht mit Mr. Knight dort drüben.« Sie schob ihn rasch zur Tür, ehe er auch nur die Gelegenheit dazu hatte.

»So eine gute Zeit hatte ich schon seit Jahren nicht mehr«, seufzte Betty auf dem Weg zu ihrem Häuschen. »Dieser junge Mann ist ein echter Charmeur.«

»Ja«, erwiderte Rose nachdenklich. Irgendwie hatte Lukes Charme an diesem Abend ein wenig von seinem Glanz verloren.

Aber warum, fragte sie sich, als sie durch die warme Frühlingsnacht zurückliefen, hatte Angus Day die Kaution für die Galerie bezahlt, und dies offenbar, ohne dass Amanda davon wusste? War er großzügig oder auf Profit aus? Das Bootshaus befand sich direkt neben seinem neuen Bauvorhaben, und sollte diese Gegend einen großen Wertzuwachs erfahren, womit bei einer Café-Bar, einer neuen Strandpromenade sowie attraktiven neuen Läden und Strandhütten gerechnet werden konnte, würde jemand hier viel Geld machen können. Als er ihnen anfangs davon erzählt hatte, schien der Plan für die ganze Stadt nur Vorteile zu bringen. Doch wenn Luke Recht hatte, lag der Vorteil eher bei Angus Day. Sollte das jedoch nicht der Fall sein, warum, zum Teufel, leugnete Angus es? Die ganze Angelegenheit war sehr verwirrend.

Gerade als sie ihr Häuschen erreicht hatten, musste sie an den besorgten Gesichtsausdruck von Angus denken, als er seine Mutter bemerkte. Er war voll aufrichtiger Liebe gewesen.

Amanda fand Clio schließlich auf dem Kies unterhalb des Piers sitzend.

Sie hatte sich ein unzugängliches Plätzchen gesucht und lauschte den Wellen. Die schmale, blasse Mondsichel am Himmel warf einen dünnen Lichtstrich auf das Meer. Es dauerte eine Weile, ehe man Clio in der leicht nach Fisch riechenden Finsternis ausmachen konnte.

»Woher wusstest du, dass ich hier bin?«, wollte Clio wissen.

Amanda rang sich ein Lächeln ab. »Du kamst schon als kleines Mädchen immer gern hierher. Vor allem, wenn du sauer auf mich warst. Du wusstest, dass ich dich hier nicht entdecken würde und dass ich mir Sorgen mache.«

»Dann hat sich wohl nicht viel geändert.«

»Geht es dir gut? Ist schon der Hammer, das mit den Zwillingen, nicht wahr?«

Clios Lippen zeigten ein kleines Lächeln. »Keiner sagt ›Hammer‹, Mama. Du sprichst nur so, wenn du versuchst, auf eine Wellenlänge mit mir zu kommen.«

»Na gut, dann spreche ich eben wie meine Generation. Wie kann es dieser Mistkerl nur wagen, aus unserem Leben zu verschwinden und zu glauben, er könne mit diesen verdammten Zwillingen noch mal von vorne anfangen?« Sie warf wütend einen Kieselstein übers Wasser. »Weißt du, was das Deprimierendste daran ist?«

»Was denn?«

»Ich wette, dass er sich ganz auf Neuer Mann einstellt und allen erzählt, er habe gar nicht gewusst, was für ein Vergnügen die Vaterschaft sein könne. Der Teufel soll ihn holen. Väter, die zum zweiten Mal verheiratet sind, sagen das immer. Bei ihren ersten Ehefrauen erweckt das unweigerlich Mordgelüste.« Sie warf noch einen Kieselstein; er hüpfte in zehn perfekten Sprüngen. »Tut mir Leid. Ich sollte das nicht zu dir sagen.«

»Ist schon gut. Es hilft sogar. Aber vor Sean solltest du nicht so reden. Er hegt für Papa immer noch eine leichte Bewunderung.«

»Ich weiß. Und vermutlich ist es auch wichtig, dass er das tut. Er ist ja nicht nur schlecht, weißt du. Giles hat auch ein paar gute Seiten.«

»Und die wären?«

Amanda überlegte. »Er ist sehr gut im Aushandeln billiger Urlaube.«

Sie prusteten beide los vor Lachen und klammerten sich aneinander. In den Tränen, die sie sich dabei aus den Augen wischten, mischten sich Freude und Wut.

Ruckartig machte Clio sich los. »Es tut mir Leid wegen Luke, Mama. Ich habe mich bemüht, ihn zu mögen, aber ich kann es nicht. Ich kann nicht einmal den Grund dafür benennen. Warum magst du ihn denn? Mal abgesehen vom Sex, meine ich?«

Wut und Schuldgefühle überwältigten Amanda. Womöglich war es doch unfair gewesen, dass Luke bei ihnen eingezogen war, ehe sie ihn richtig kannte. Aber hatte sie nicht auch Rechte?

»Ich war einsam. Du weißt das. So einsam, dass ich Zuflucht in einer Anzeige suchte, um mich mit einem Winzling zu treffen! Luke ist unglaublich attraktiv und interessant, nicht der übliche Kleinstadtlangweiler, der nur über Golf und die Bewachung der Nachbarschaft schwafelt. Und offenbar habe ich es ihm angetan.«

Das geht Angus genauso, hätte Clio gern gesagt. »Vielleicht sollte ich mich mehr darum bemühen, mit ihm auszukommen«, seufzte Clio.

»Und er vielleicht auch. Es ist nicht seine Aufgabe, dich zu bestrafen. Du wirst das mit ihm klären, wenn ich nach Hause komme.« Sie legte ihren Arm um Clio, und Clio lehnte ihren Kopf an Amandas Schulter.

»Möchtest du einen Besuch im Krankenhaus machen?«, fragte Amanda, nachdem sie so lange dagesessen hatten, dass sie langsam steif wurde. »Oder möchtest du lieber warten, bis sie wieder zu Hause sind? Du solltest nur das tun, was für dich das Beste ist.«

»Und wenn das Beste für mich wäre, wenn Papa uns nicht verlassen hätte und keine anderen Kinder bräuchte, um uns zu ersetzen? Ich hasse ihn, Mama. Ich kann es nicht ändern, aber es ist so.«

»Ich weiß. Es ist ein schreckliches Gefühl. Wirklich beschissen. Aber du wirst sehr geliebt. Von mir, von Sean und von Oma. Auch von Papa, auf seine Weise. Es fällt ihm einfach schwer, den Schmerz zu sehen, den er womöglich hervorruft.«

»Ich habe darüber nachgedacht, ob ich die Babys besuchen soll, aber ich glaube, ich möchte das lieber nicht. Das soll nicht heißen, dass ich sie hasse. Ich bin mir sogar sicher, dass ich ganz hingerissen sein werde, wenn ich sie erst mal sehe, und sie in den Arm nehmen will. Aber auch dieses Gefühl möchte ich nicht haben. Wahrscheinlich käme es mir vor allem darauf an, dass Papa versteht, wie ich mich wirklich fühle.«

Amanda zog sie fester in ihren Arm und wünschte sich, sie könnte Clios Schmerz lindern. »Ich werde es ihm erklären, keine Sorge.«

»Es wäre mir lieber, du müsstest das nicht tun. Wenn er es doch von sich aus kapieren würde.«

»Vielleicht tut er das ja.«

»Wenn Schweine fliegen könnten. Komm schon, lass uns nach Hause gehen, ehe uns jemand Drogen anzudrehen versucht. Hier treiben sie sich besonders gern herum.«

»Und woher weißt du das so genau?«

»Ich bin sechzehn. Alt genug, um jemandes Halbschwester zu sein.«

»Na, komm schon. Ich mache dir eine Wärmflasche und eine heiße Schoko.«

»Im Mai?«

»Die Jahreszeit ist davon völlig unabhängig.« Heiße Schokolade und kuschelige Wärmflaschen funktionierten immer, egal, zu welcher Jahreszeit.

Luke war noch auf, als sie zurückkamen, ließ seinen Charme spielen und gab sich reuevoll zerknirscht. »Es tut mir wirklich Leid, Clio. Mein Verhalten war wirklich völlig unangemessen. Ich war einfach nur wütend wegen Rose und habe das dann an dir ausgelassen.« Er lächelte gewinnend. »Ich habe Sean ins Bett gebracht und ihm *3089 Fußballgeschichten* vorgelesen. Giles hat wieder angerufen. Er ist ganz wild darauf, dass ihr alle morgen ins Krankenhaus kommt.«

Clio warf ihrer Mutter einen Blick zu und rannte hinauf in ihr Zimmer.

»Habe ich schon wieder was Falsches gesagt?«

Amanda schüttelte den Kopf. Er gab sich wirklich alle Mühe,

mitfühlend zu sein. »Nein. Sie ist nur ziemlich mitgenommen wegen der Zwillinge. Das hat sie härter getroffen als alles andere seit der Scheidung.«

»Ich habe auch in der Galerie aufgeräumt, ehe ich ging. Vermutlich heißt es am Montag wieder business as usual für die umtriebige Galeriebesitzerin.«

Amanda lächelte. Über all dem Aufruhr dieses Abends hatte sie fast die Freude vergessen, endlich ihre eigene Galerie zu haben.

»Na komm, lass uns ins Bett gehen.« Seine Stimme war voller Verheißung. »Ich habe noch nie mit einer Galeriebesitzerin geschlafen.«

»Ich weiß nicht recht…«, fing sie an.

»Du brauchst zärtliche Zuwendung und Entspannung.«

Und trotz ihrer Sorge um Clio und dem Schmerz, den ihr die Geburt der Zwillinge bereitete, brachte sie Lukes Version von Entspannung auf andere Gedanken.

»Glaubst du wirklich, dass ich so ein Mistkerl bin und diese beiden alten Mädchen zum Umziehen überrede?«, wollte Angus von Isobel wissen, als er sie nach Hause fuhr.

»Und bist du's?«

»Die neuen Wohnungen sind ganz fantastisch, und ich habe ihnen die beste davon angeboten. Erster Stock mit Balkon und Blick auf den Hafen, von wo aus man praktisch mit den Vorbeiflanierenden plaudern kann, Fußbodenheizung, für jede ein Schlafzimmer, Lift und ein ständiger Portier am Eingang. Einfach perfekt für jemand ihres Alters, wie ich fand.«

»Die Alten wollen aber oftmals nicht das haben, was andere für sie als perfekt erachten. Was würdest du tun, wenn es um mich ginge?«

Angus überlegte kurz. »Für dich wäre es ungeeignet. Du bist jemand, der seinen Frieden und seine Ruhe braucht. Du legst keinen großen Wert auf deine Mitmenschen. Betty und Rose sind gesellig. Sie haben mehr oder weniger am Strand gelebt.«

»Werden sie auch eine Wäscheleine haben?«

»Eine Wäscheleine?« Angus war wie vor den Kopf geschlagen. »Täte es nicht auch ein schöner neuer Wäschetrockner?«

Isobel schüttelte den Kopf. »Unsere Generation braucht etwas, um Dinge aufzuhängen. Das gibt uns das Gefühl, zu Hause zu sein.«

»Gut. Ich denke, wir können oben am Dach eine anbringen.«

»Sag ihnen das. Glaubst du denn, sie möchten wirklich dorthin?«

»Ich glaube, das wissen sie selbst nicht. Sie sind genauso vorsichtig wie du. Die Vorteile liegen auch für sie auf der Hand. Aber eine Veränderung bringt immer Unruhe mit sich.«

»Und wie steht's mit deinen eigenen Beweggründen? Wenn ihr Häuschen der Verwirklichung deines Plans nicht im Weg stünde, würdest du es dann immer noch für eine gute Lösung für sie halten?«

»Aus Vernunftgründen, immer.« Er sah seine Mutter an und freute sich, dass sie besser aussah. Sie war nicht mehr so kreidebleich wie zuvor. Sie lächelte ihn sogar an. Obwohl er fuhr, nahm er seine beiden Hände vom Steuer, wie um sich zu ergeben. »Gut. Gut. Ich werde mal sehen, ob ich die Stadtverwaltung dazu bringen kann, den Plan so abzuändern, dass ihr Häuschen stehen bleiben kann. Aber sag das um Gottes willen nicht Laddie. Er denkt ohnehin schon, ich sei nicht mehr ganz richtig im Kopf.«

Sie waren an Isobels Haus angelangt, und Angus öffnete die Wagentür und hob sie heraus. Sie war noch leichter als sonst. Plötzlich überkam ihn Panik, das Gefühl eines endgültigen Verlusts. »Bitte, lass mich bei dir bleiben.« Es war ihm, als würde ein Stück aus ihm herausgeschlagen. »Bitte. Ich verspreche dir, dass ich keinen Ärger mache und dir auch nicht auf die Nerven gehe.«

Isobel lächelte wieder. »Ist gut. Aber nur dieses eine Mal.«

Angus trug sie hinein. Es war das erste Mal, dass sie sich mit seinem Bleiben einverstanden erklärte.

Als Amanda wach wurde, fiel Sonnenschein durchs Fenster. Sie setzte sich auf und tastete nach ihrer Uhr. Der Platz neben ihr im Bett war leer, und im Zimmer war es ruhig.

Die Schlafzimmertür ging auf, und Luke trug ein Tablett mit Kaffee und Croissants herein. Er stellte es neben ihr ab. »Madames Frühstück.« Er reichte ihr die Lokalzeitung. »Der Artikel zur Galerieeröffnung steht auf Seite sechs.«

Aufgeregt blätterte Amanda durch die Zeitung, bis sie ihn fand. Es waren nur ein paar Zeilen über die Eröffnungsparty, aber daneben war ein großes Foto von Sadie abgedruckt. Offenbar hatte die Journalistin einen Narren an ihr gefressen. Es folgten ein paar positive Bemerkungen über Sadies Gemälde. Auf der gegenüberliegenden Seite befand sich die von Amanda geschaltete Anzeige, mit der sie die Leute einlud, sich selbst ein Bild von Marine Arts zu machen.

Amanda biss in ihr Croissant. Himmlischer konnte das Leben nicht sein. Luke nahm die Zeitung. »Da steht auch, dass die Galerie einen guten Standort hat, um von dem neuen Bauvorhaben am Hafen zu profitieren, das von der Stadtverwaltung und Day Properties geplant werde, was auch erkläre, dass Mr. Angus Day auf der Party gewesen sei.«

»Wie können sie es wagen?«, ereiferte sich Amanda. »Meine Galerie hat doch gar nichts mit Angus Day zu tun.«

»Dieser Mann mischt überall mit. Vielleicht solltest du hinschreiben und das richtig stellen«, schlug Luke vor, entfernte einen Croissantkrümel aus ihrem Mundwinkel und küsste sie. »Ist wohl keine Zeit mehr für …«

»Ma-ma …«, schrie eine körperlose Stimme von unten hoch. »Wo sind meine Fußballhandschuhe?«

Luke hielt in gespielter Kapitulation die Hände hoch. »Okay, okay.«

Amanda sprang aus dem Bett. Als Galeriebesitzerin durfte sie keinen Schlendrian aufkommen lassen und zu spät aufsperren.

»Zeit aufzustehen.« Sie küsste Luke und fing an sich anzuziehen. »Aber du kannst noch ein bisschen liegen bleiben.«

Amanda zog eine olivgrüne Leinenhose und ein limonengrünes Twinset aus Stretchstoff an. Ihr Haar musste geschnitten werden und brauchte neue Farbe, wie ihr ein Blick in den Spiegel verriet, aber das musste warten. Einen Moment lang wurde ihr voller Panik klar, dass sie über kein Einkommen verfügte, sondern Miete bezahlen und für die Unkosten aufkommen musste. Sie durfte nicht so denken.

Unten schmierte sich Sean seine Pausenbrote, die aus Marmelade, Bananen und Reiscrispies zu bestehen schienen. »Die sind wirklich gut«, behauptete er. »Und unglaublich gesund.«

»Natürlich sind sie das«, stimmte Amanda ihm zu und schrie nach oben, dass es für Clio Zeit zum Aufbruch sei. »Ich möchte mit euch zur Bushaltestelle gehen.«

»Wieso?«, erkundigte Sean sich misstrauisch.

»Darf ich denn nicht einfach eure Gesellschaft genießen?«, fragte Amanda. Sie wollte ihm bei dieser Gelegenheit von den Zwillingen erzählen und herausfinden, ob er mit ihr einen Besuch im Krankenhaus machen wollte. Wenn er sich selbst dafür entschied, wäre das sicherlich besser, als wenn Giles ihn damit konfrontierte.

»Erwachsene haben immer einen Hintergedanken«, bemerkte Sean.

»Jetzt hast du mich ertappt. Ich wollte tatsächlich mit dir über was reden.«

»Was Ernstes? Etwas, das mir nicht gefallen wird?«

Amanda wusste nicht, was sie darauf antworten sollte.

»Wenn es das nämlich wäre, müssten wir am Büdchen vorbeigehen, um mir einen süßen Trostpreis zu kaufen.«

Amanda überlegte, ob sie dieser offensichtlichen Erpressung widerstehen sollte. Was sollten gute Eltern tun? Oder die gute Alleinerziehende? Zum Teufel noch mal, sie musste ihrem Zehnjährigen beibringen, dass sein Vater Zwillinge von einer anderen

Frau bekommen hatte. Da wäre selbst eine Riesen-Toblerone zu verantworten gewesen. Sie einigten sich aber auf ein Kitkat, das Sean glücklich in sich hineinschlang.

»Am Samstagabend ist etwas Aufregendes passiert«, fing sie an und übersah geflissentlich, dass er sich gleich beide Riegel auf einmal in den Mund geschoben hatte und ihn kaum zubrachte. »Papa und Stephanie haben Zwillinge bekommen. Einen Jungen und ein Mädchen.«

»Oh«, tat Sean es ab. »Wusste ich schon. Clio hat mit Jasmine darüber gesprochen. Sie hat sie Ausgeburten der Teufelin genannt und meinte, sie hoffe nur, dass sie an einer verzögerten Entwicklung litten.«

Amanda verkniff sich das Lachen. »Clio ist wirklich ein ungezogenes Mädchen. So etwas sagt man nicht.«

»Ist sie nicht«, widersprach Sean. »Sie ist einfach total sauer auf Papa. Sie hält ihn für einen Kotzbrocken. Ich auch. Schau, mein Bus kommt.«

»Willst du denn mitkommen und sie mit mir im Krankenhaus besuchen? Papa würde sich freuen.«

»Ja, aber würde *dir* das gefallen?«

Amanda war versucht zu erwidern, dass es ihr am liebsten gewesen wäre, man hätte die Zwillinge nach der Geburt gleich ertränkt oder noch besser überhaupt nie empfangen, aber wenn sie Sean das Gefühl geben wollte, dass er noch immer einen Vater hatte und dieser Vater ihn noch immer liebte, durfte sie mit ihren eigenen Vorbehalten nicht für schlechte Stimmung sorgen. »Ich würde mich freuen, wenn du mitkämst.«

»Na gut.«

»Danke, mein Schatz.«

Der Bus war vorgefahren, und Sean erblickte einen seiner Freunde. Er eilte davon, getrieben von der Angst, Amanda könnte etwas so unendlich Peinliches einfallen, wie ihn zu küssen.

Amanda dachte nicht im Traum daran. »Wir sehen uns dann, wenn ich von der Galerie nach Hause komme.«

Sie legte den Kilometer zwischen ihrem Zuhause und dem Hafen fast im Laufschritt zurück. Ihre eigene Galerie! All die Jahre hatte sie tun müssen, was Louise von ihr verlangte, und damit klarkommen müssen, dass Louise sie um ihren Rat bat, diesen aber dann fast fröhlich ignorierte. Jetzt durfte sie ihren eigenen Instinkten folgen! Der Gedanke war wundervoll und erschreckend zugleich.

Luke hatte tatsächlich aufgeräumt. Die Plastikteller und Gläser waren alle im Mülleimer und die leeren Flaschen aufgereiht zum Recyclen. Er hatte sogar den Boden geputzt. Sie lächelte und dachte gern an das Frühstück im Bett und was sie vielleicht noch getan hätten, wenn kein Schultag gewesen wäre. Aber dann fiel ihr die angespannte Situation zwischen Luke und Clio wieder ein. Sie hoffte inbrünstig, sie fänden zueinander.

Clio wartete, bis Luke im Badezimmer war. Sobald sie den Riegel zuschnappen hörte, schlich sie sich aus ihrem Zimmer und auf Zehenspitzen zur Treppe.

Sie hörte nicht einmal die Badezimmertür aufgehen, aber plötzlich stand er vor ihr, mit nichts weiter als einem kleinen Handtuch bekleidet. »Warum schleichst du hier so herum? Ich bin nicht der große böse Wolf, weißt du.«

Clio versuchte zu lächeln, aber es gelang ihr nicht – Luke hatte etwas, bei dem sie eine Gänsehaut bekam. »Ich muss zur Schule.« Etwas Besseres wollte ihr nicht einfallen.

»Das erklärt also die Schuluniform«, erwiderte er lächelnd. »Tragen alle den Rock so kurz wie du?«

»Kürzer.« Clio duckte sich unter seinem Arm hindurch und rannte nach unten. »Tschüss. Bis später.« Sie war schon aus der Tür, ehe Luke auch nur reagieren konnte.

Als Erstes hatten sie eine Doppelstunde Biologie, und es stand eine Klausur über menschliche Fortpflanzung an. Unten im Krankenhaus gab es dafür mehr Beweise, als ihr lieb war. Sie stellte sich ihren Vater vor, wie er nutzlos herumgluckte, während die knochige, herrische Stephanie in ihrem makellosen weißen Nachthemd ihn wissen ließ, dass er sich in erster Linie damit nützlich machen könnte, einen Urlaub in einem Fünf-Sterne-Hotel mit Kinderkrippe zu buchen.

Es war so verdammt ungerecht. Warum konnten Eltern nicht miteinander auskommen und sich an ihre Ehegelübde halten, anstatt Leuten wie Stephanie und Luke zu erlauben, sich einfach dazwischenzudrängen? Weder Stephanie noch Luke empfand sie als Familie. Für sie waren es Hausbesetzer, die eingebrochen waren und in ihrem Schlafzimmer schliefen.

Auf dem Schulweg kaufte Clio ein Paket Schokoladenkekse und eine Packung Saft. Sie würde es ihrer Mutter zwar nie sagen, aber die Arbeit bei Angus Day hatte sie der Schule entfremdet. Die Arbeitswelt machte ihr weitaus mehr Freude als Physik und Biologie. Doch sie wusste genau, wie Angus reagieren würde, wenn sie ihn fragte, ob sie Vollzeit bei ihm einsteigen könne. Seine grauen Augen würden sich süffisant weiten, und er würde ihr erklären, dass er nur Leute mit der nötigen Qualifikation einstellte, sie also, wenn sie einen Job haben wollte, sich diesen woanders suchen solle. Und dazu am besten noch einen Abschluss.

Teenager zu sein war einfach beschissen. Man hatte sein Leben noch immer nicht in der Hand, aber ständig bekam man gesagt, man solle sich wie ein Erwachsener verhalten.

Sie aß ihre Kekse, doch anstatt den Weg zur Schule und der Biologie-Klausur einzuschlagen, lief sie hinunter ans Meer, umging aber den Hafen und Marine Arts. Sie lief eine Weile am Strand entlang. Es war sehr windig, und auf dem Wasser tanzten weiße Wellenkämme. Ein Stück weiter oben auf der Promenade versuchte eine alte Dame, einen Liegestuhl aufzustellen, wurde aber immer wieder zurückgeweht.

Eine Woge der Einsamkeit schwappte über sie. Nirgendwo fühlte sie sich richtig zu Hause. Ehe Luke eingezogen war, hatte sie sich ihrer Mutter anvertrauen können, aber jetzt war sie diejenige, die sich wie ein Gast fühlte. Immer war er da. Sie konnte nie entspannen oder sich ausbreiten, und obwohl er gut aussah, hatte er was Entnervendes.

Ehe sie was dagegen tun konnte, weinte sie wieder – große schmerzhafte Schluchzer, die sich ihrer schmalen Brust entrangen. Plötzlich wünschte sie sich nichts sehnlicher, als von ihrer Mutter getröstet zu werden, der einzigen Person, deren Liebe sie sich völlig sicher war. Sie lief die Promenade entlang, bog in die Market Street ein und wäre fast über Louise gestolpert, die vor der Wave Gallery stand und die Markise einrollte, die im Wind flatterte.

»He«, sprach Louise sie an, »was ist los? Solltest du nicht in der Schule sein?«

»Ich möchte nur zu meiner Mama«, schluchzte Clio und eilte weiter. Zerknittert von Schuldgefühlen starrte Louise ihr nach. Sie hatte Ruthie hoch und heilig versprochen, Amanda zu warnen und ihr von den Gerüchten über Luke zu erzählen. Aber sie hatte es noch nicht getan.

Jetzt sollte sie aber Amanda wirklich gleich anrufen.

Ehe es zu spät war.

23. *Kapitel*

»Bist du es, Amanda?« Louise hatte beschlossen, dass sie den Anruf, wenn überhaupt, jetzt gleich erledigen musste. Der Anblick der verzweifelt wirkenden Clio hatte ihr ziemlich abgestumpftes Gewissen aufgerüttelt.

»Hallo, Louise.« Louise war nun wirklich die Letzte, mit deren Anruf und Glückwünschen sie gerechnet hatte. »Wie bist du denn an meine Nummer gekommen?«

»Du hattest in der Zeitung von heute eine Anzeige. Pass auf, ich rufe eigentlich nicht wegen der Galerie an. Mir ist gerade Clio über den Weg gelaufen.«

»Aber Clio ist in der Schule.«

»Nein, das ist sie nicht. Sie ist unterwegs zu dir, weil sie dich sehen möchte, und sie macht einen ziemlich aufgelösten Eindruck.«

»O Gott, es ist wegen der verdammten Zwillinge. Giles und Stephanie haben Zwillinge bekommen, und das war ein ziemlicher Schlag für Clio.«

Louise zögerte. »Bist du dir sicher, dass es keine anderen Gründe gibt?«

»Absolut. Sie war am Samstag deswegen in Tränen aufgelöst. Ich musste ihr eine heiße Schokolade und eine Wärmflasche machen. Das arme Ding. Sie hat das Gefühl, voll und ganz ersetzt worden zu sein, was Giles sicherlich nicht bemerkt in seinem Stolz auf seine Fruchtbarkeit. Ich mache mit Sean einen Besuch im Krankenhaus, aber Clio wollte nicht mitkommen.«

»Oh. Na gut. Aber weißt du, es gibt da was, wovon Ruthie gehört hat, und ich dachte, das solltest du wissen. Es geht um …«

Genau in diesem Augenblick stürzte Clio zur Tür herein.

»Ich danke dir für den Anruf, Louise, ich weiß deine Besorgnis zu schätzen.« Amanda legte den Hörer auf, ehe Louise noch etwas sagen konnte. Clio fände den Gedanken bestimmt abscheulich, dass sie sich über sie unterhielten. In Clios Alter war die Privatsphäre das Wichtigste.

»Ist alles in Ordnung mit dir?« Sie schloss ihre Tochter fest in die Arme. Clio war bereits größer als sie. »Dumme Frage. Nein, natürlich nicht, sonst wärst du ja nicht hier.«

»O Mama, es tut mir Leid. Ich bin so ein Jammerlappen.«

»Nein, das bist du nicht. Du bist sehr empfindsam und vernünftig. Möchtest du dir den Tag frei nehmen und nach Hause gehen?«

Clio überlegte, ob sie ihrer Mutter sagen sollte, dass dies das Allerletzte wäre, wonach ihr der Sinn stand. Da Amanda überlegte, ob sie ihren Tag umgestalten konnte, um mehr Zeit für Clio zu haben, bemerkte sie das Zögern nicht.

»Du könntest auch hier bleiben, wenn du möchtest. Dann gehst du eben später in die Schule.« Sie strich das Haar aus Clios hübschem Gesicht. »Ich dränge dich nicht, aber wenn du dich elend fühlst, ist es das Schlimmste, nichts zu tun zu haben.«

»Na gut«, gab Clio nach. »Dann gehe ich nach der Pause.« Sie sah sich in der Galerie um. »Sieht gut aus hier drin. Modern und einladend. Ich mag die alte Dame, die diese Bilder malt.«

»Sadie? Sie ist großartig, nicht wahr? Pass auf, halte du mal hier die Stellung. Ich geh los und kauf uns ein süßes Teilchen. Bin gleich wieder da.«

Ein paar Straßen weiter quälte sich Louise in ihrer Galerie mit Grübeleien. Ihrer Vermutung nach war das Gerücht über Luke nur dummes Geschwätz. Aber sie war es Amanda vielleicht doch schuldig, sie das selbst entscheiden zu lassen. Sie versuchte es lieber noch einmal.

Aber nicht Amanda nahm den Hörer ab, sondern Clio.

»Macht nichts«, stotterte Louise. Zu Kindern hatte sie nie

einen Draht gehabt, schon gar nicht zu Teenagern. »Sag ihr einfach, ich hätte angerufen.«

Ein paar Minuten später kam Amanda mit einer Kuchenschachtel zurück. Sie reichte Clio einen glasierten Donut, überzogen mit Liebesperlen. »Wenn es dir gründlich die Suppe versalzen hat, hilft nur was Süßes.«

Clio schüttelte den Kopf. »Mama. Du machst doch sonst nie Witze.«

»Offenbar bin ich glücklich. Es tut mir wirklich Leid wegen Papa und der Zwillinge, und ich wünschte mir, er und ich hätten es um euretwillen geschafft, miteinander zu leben. Aber die Menschen verändern sich, und es ist wirklich besser, dass Papa und ich nicht mehr zusammen sind. Wenn ich ehrlich bin, bin ich glücklicher mit dir und Sean und Luke und jetzt mit der Galerie. Ich habe das Gefühl, dass mein Leben endlich rund wird. Das erklärt wohl die schlechten Witze.«

Clio wandte sich ab. Wie konnte sie ihrer Mutter die Chance auf ihr Glück verderben, indem sie ihr erzählte, was sie tatsächlich von Luke hielt?

»Weißt du was, wir trinken eine heiße Schokolade. Ich habe was von diesem kalorienreduzierten Zeug gekauft. Ich mache uns eine. Vielleicht fallen die Donuts dann nicht so ins Gewicht.« Sie lächelte Clio schuldbewusst an. Sie hätte nicht von ihrem Glück mit Luke reden sollen, wenn Clio sich so elend fühlte. Gott sei Dank, schien sie ein bisschen fröhlicher zu werden.

»Na, sieh einer an.«

Clio stupste sie grinsend an: »Sieh nur, du hast einen Kunden.«

Ein älterer Herr starrte gebannt auf Natashas Meeresvögel. »Welch unglaubliche Detailtreue. Ich beobachte Vögel und habe noch nichts Vergleichbares gesehen.«

»Wunderschön, nicht wahr? Die Modelle hat die Künstlerin alle hier aus der Gegend.«

»Ich denke, den hier kenne ich.« Der alte Mann deutete auf

eine besonders gierige Möwe. »Der hat keine Manieren. Wie viel soll der kleine Kerl denn kosten? Der kleine Wattvogel.«

Amanda nahm den Vogel hoch. Es war eine ihrer Lieblingsskulpturen. »Zweiundvierzig Pfund.« Sie musste sich bremsen, um nicht »leider« hinzuzufügen.

»Zum Glück habe ich gerade meine Pension abgeholt.« Er kramte in seinem mit Lauch und Kohl beladenen Strohkorb.

»Sagen wir vierzig«, kam Amanda ihm entgegen. »Dann können Sie auch noch was essen.«

»Dein erster Verkauf«, zischte Clio, als der Mann den Laden verlassen hatte und glücklich auf den Korb mit dem darin verstauten Vogel klopfte. »Gratuliere.«

»Pass auf, meine Liebe. Ich werde später mit Sean im Krankenhaus vorbeischauen, um mir die Zwillinge anzusehen. Wahrscheinlich hält er sie für stinklangweilig. Wirst du klarkommen zu Hause?«

»Nun«, beeilte Clio sich zu sagen, »ich werde wahrscheinlich zu Jasmine gehen.«

Amanda sah sie eindringlich an. »Du würdest es mir doch sagen, wenn dich etwas anderes bedrückt, oder? Wenn es nicht nur die Geburt der Zwillinge wäre?«

Clio seufzte. Wie sollte sie ihrer Mutter klar machen, dass sie mit ihrem Liebhaber nicht allein sein wollte, vor allem, da diese so unglaublich verliebt in ihn war?

»Natürlich würde ich das. Reichen die teuflischen Halbgeschwister nicht schon?«

Angus Day hatte die Pläne für das Hafenprojekt auf einer in leuchtender Farbe gestrichenen Fischkiste vor sich ausgebreitet.

»Als ich das erste Mal hierher kam«, sagte Laddie, »haben sie ihren Fang auf diesen Dingern ausgebreitet, den ganzen Strand entlang. Jetzt fahren gerade mal ein oder zwei Fischerboote hinaus. Und die dürfen ihren Fang dann nicht verkaufen. Verstößt gegen EU-Richtlinien. Muss jetzt anständig gekühlt werden. Wenn du in Laineton Fisch kaufen möchtest«, scherzte er und rempelte Angus an, »kommt der wahrscheinlich aus Aberdeen! Nun«, forschte Laddie ungeduldig, obwohl er wusste, dass Angus irgendwann mit der Sprache herausrücken würde, warum sie hier waren, »wozu starren wir hier auf die Pläne?«

»Ich habe mir überlegt«, erklärte Angus, »ob dieser Plan auch dann noch umgesetzt werden kann, wenn wir das Häuschen der alten Damen stehen lassen.«

»Die Antwort ist nein«, entgegnete Laddie sofort. »Und das weißt du auch. Das wäre die Faust aufs Auge für diesen schicken Plan. Die Stadtverwaltung überlegt, das Ganze Fisherman's Wharf zu nennen, wie drüben in San Francisco, und haben die vielleicht ein Holzhäuschen mittendrin stehen?«

»Ich könnte mit ihnen darüber reden«, meinte Angus.

»Als ob das was bringen würde.«

»Ich könnte von hier weggehen, Laddie, das weißt du, und ein Stück weiter oben an der Küste hübsche teure Wohnungen oder einen Golfplatz bauen.«

»Nur dass du mit dem Herzen nicht dabei wärst. Du hast dich dem hier verschrieben. Das ist ein gutes Bauvorhaben für die Stadt. Und, vergiss nicht, es geht um zehn Millionen Pfund.«

»Ich werde sie überreden«, sagte Angus voller Zuversicht. »Wenn ich auch im Moment nicht recht weiß, wie.«

»Wenn es so wird, wie auf dem Plan, dann wird das hier ein schöner Fleck«, gab Laddie zu.

Angus sah ihn verdutzt an. »Du hast noch nie ein Bauvorhaben gelobt, an dem wir dran sind.«

»Es erinnert mich an eine Stadt, in die ich früher als Handelsmatrose gekommen bin. Ich denke, es war in Portugal. All die leuchtenden Farben und Fischerboote. Das war mal was anderes als der Granit zu Hause.«

»Dann werde ich alles dransetzen, dass es so wird.«

»Ja. Das solltest du auch. Ich habe mich übrigens selbst für eine Strandhütte vormerken lassen. Verdammt teuer, dank dir.«

Angus wusste mit seiner Rührung gar nicht umzugehen. Es war ihm wichtig, dass seine Gebäude den Leuten etwas bedeuteten, und wenn schon der lakonische Laddie viel Geld dafür zu zahlen bereit war, um auch dazuzugehören, musste es schon ganz was Besonderes sein.

Amanda sah auf ihre Uhr – 17:25. In fünf Minuten würde sie Schluss machen. An ihrem zweiten Tag hatte sie mehrere kleine Arbeiten und ein paar ausgewählte Grußkarten verkauft, aber jede Menge Leute waren in den Laden gekommen, um sich umzusehen. Man rannte ihr nicht gerade die Bude ein, aber sie hegte doch die bescheidene Hoffnung, dass bald mehr Leute kamen, wenn es sich herumsprach.

Das Hauptproblem war ihre ständige Anwesenheit in der Galerie. Bei der Arbeit mit Louise hatten sie einander ablösen können, wenn eine aus irgendeinem Grund wegmusste, aber an eine Hilfskraft war für Amanda im Moment gar nicht zu denken. Wenn es wirklich eng werden würde, könnte sie ihre Mutter bitten. Aber sie sah es schon bildlich vor sich. Helen, die mit den Kunden schwatzte und darüber ganz vergaß, etwas zu verkaufen.

Da sie jetzt mit Luke zusammenlebte, hatte Amanda sich eigentlich vorgestellt, er könnte sich auch um die Kinder kümmern, aber in dieser Hinsicht hatte Luke sie enttäuscht, er war alles andere als eine Hilfe. Er nannte es »eine Sitzung, die ich nicht verschieben kann«. Sie nannte es Festhalten an altmodischen männlichen Wertvorstellungen. Besonders verärgert war sie über ihn seit der Geburt der Zwillinge. Offenbar schien er nicht begreifen zu können, wie schmerzhaft das für Sean und Clio war. Sie fragte sich, ob er es verstünde – oder sich mehr um sie kümmern würde –, wenn es seine eigenen Kinder wären, aber Luke vermittelte ihr in keinster Weise, dass Kinder ihm etwas bedeuteten, trotz seiner gelegentlichen Versuche, nützlich zu sein.

Manchmal erschöpfte das Amanda so sehr, dass sie ihre ganze

Beziehung zu ihm in Frage stellte. Dann redete sie sich wieder ein, dass ein Zusammenleben mit jemandem, der Kinder hatte, für Luke bestimmt sehr schwierig war. Mochte er auch nicht die Ikone der Perfektion sein, in die sie sich verliebt hatte, lohnte es sich aber in diesen Zeiten der Beziehungsabgründe doch, daran festzuhalten.

Sie grübelte noch darüber nach, als ihre Mutter mit Sean eintraf, der sein Lieblingstrikot von Manchester United trug.

»Er hat seinen Tee bekommen«, verkündete Helen. »Außerdem hat er vier Würstchen und eine *ganze* Dose Bohnen verdrückt.«

GG selbst aß wie ein magersüchtiges Vögelchen und hielt jeden für gierig, der mehr als einen Teelöffel voll verspeiste.

»Danke, dass du dich um ihn gekümmert hast. Dann machen wir uns jetzt wohl am besten gleich auf den Weg.«

»Wie geht es den kleinen Bastarden?«

Sean fand das lustig. »Sind Kinder denn nicht nur dann Bastarde, wenn man nicht verheiratet ist? Unser Lehrer sagt, William der Eroberer war ein Bastard.«

»Nun, das musste er ja sein, um den netten King Harold zu erschießen, oder?«, sagte Helen daraufhin. »Aber du hast ganz Recht, mein Schatz, es ist einfach eine abwertende Bezeichnung. In diesem Fall, weil dein Vater sich einfach ein paar neue Kinder anschafft, obwohl er schon zwei ganz tolle und liebe Kinder hat. Dich und Clio.«

Amanda war klar, dass es nichts brachte, ihre Mutter zu taktvollerem Umgang zu bewegen. »Hier«, bat sie Sean, »hilfst du mir bitte, die einzuwickeln?« Sie legte ihm zwei winzige Strickmützen in der Form von Erdbeeren hin.

»Mama«, meinte Sean sehr vernünftig, »darin sehen sie bestimmt recht doof aus.«

»Das ist das Schöne an den Babys«, meinte Helen forsch. »Sie sind zu jung, um zu wissen, dass sie doof aussehen. Ich werde mich dann mal verabschieden.«

»Mama«, sagte Sean weich, als Helen gegangen war und Amanda die Galerie zugeschlossen hatte. »Ich wollte ihnen was von mir schenken, etwas, was ich wirklich sehr mag.« Er machte eine Pause. »Wie meine Action Men. Aber dann habe ich mir überlegt, dass Papa ihnen all diese Sachen bestimmt selbst kaufen wird.«

Schluchzend brach es aus ihm heraus: »Werden sie unsere Stelle einnehmen, Mama? Wird Papa die Babys mehr lieben als uns?«

»Natürlich nicht«, log Amanda und drückte Sean fest an ihr heftig pochendes Herz. »Du wirst für ihn immer genauso wichtig sein, wie sie es sind.«

Auf dem Weg zum Krankenhaus machten sie Halt, damit Sean sich ein Comic-Heft kaufen konnte. Während er im Zeitungsladen war, rief Amanda Giles von ihrem Mobiltelefon aus an. »Mach bitte großes Theater um ihn«, flüsterte sie ihrem Exmann zu. »Er macht sich solche Sorgen, dass du ihn nicht mehr liebst.«

Amanda straffte die Schultern, als könne sie so die Anspannung abschütteln, alle anderen vor Leid bewahren zu wollen. Leider vergaß sie dabei immer, dass es auch ihr wehtat. Schmerz hatte die Angewohnheit, einen anzuspringen, egal, wie sehr man sich auch bemühte, realistisch und ohne Emotionen die Dinge in den Griff zu bekommen. Wie jetzt. Da stand sie und brachte Sean zu Giles' neuen Kindern, obwohl sie, wäre nicht Sean, überall anders lieber gewesen wäre.

Als die Automatiktüren des Krankenhauses sich öffneten, überfielen sie die Erinnerungen. Hier hatte sie Clio und Sean geboren.

Plötzlich schob sich Amanda das Bild, wie sie die in einen weißen Spitzenschal gewickelte Clio hielt, in ihr Bewusstsein. Es war der Morgen nach der Geburt, und schon hatte sie die Schmerzen der Wehen vergessen. Sie empfand nichts als wunderbares Glück, ihr erstgeborenes Baby zu halten.

»Alles in Ordnung mit dir, Mama?«, wollte Sean wissen.

Nein, nichts war in Ordnung. Das Verlustgefühl war überwältigend. Wie hatte nur alles so schief gehen können?

»Mir geht' gut«, log Amanda und zwang sich, stark zu sein. Jetzt konnte sie nur noch Schadensbegrenzung betreiben. Denn wenn diese Situation sie schon derart schmerzte, wie viel schlimmer musste es dann für Sean sein?

Zum Glück mussten sie nicht lange nach den Zwillingen suchen. Zu Amandas großem Erstaunen stand Giles mitten in der Station und hielt beide im Arm, wobei ihn die über beide Schultern geworfenen Baumwollwindeln vor dem Spucken schützten. Er erinnerte Amanda an einen selbstgefälligen TV-Chef, der sich brüstete: »Und hier sind die zwei, die ich zuvor gemacht habe.«

»Hallo, mein Sohn«, begrüßte er Sean mit seltenem Taktgefühl. »Hast du in letzter Zeit Tore für Man U geschossen? Ich hoffe, der kleine Kerl hier wird nur halb so gut im Freistoß, wie du das bist.«

Amanda lächelte ihn dankbar an.

»Wie wird er denn heißen?«, wollte Sean wissen.

»Ich dachte vielleicht an Beckham Giggs Keane Barthez Wells«, schlug Giles vor. »Was hältst du davon?«

»Nein«, riet Sean ihm todernst, »das wäre fürchterlich peinlich für ihn. Bis er erwachsen ist, sind bestimmt ganz andere Spieler am Zug. Hast du das bedacht?«

»Du hast absolut Recht. Wie wär's mit Jack?«

Sean dachte nach. »Ja. Das ist ein wirklich cooler Name. Und was ist mit ihr?« Er machte mit seinem Kopf eine ruckartige Bewegung in Richtung des anderen Zwillings.

»Wir dachten an Jill. Was meinst du?«

»Pa-pa! Da lachen sich doch alle schlapp.«

»Das ist mir gar nicht in den Sinn gekommen. Und Emily?«

»Hm. Ist okay. Für ein Mädchen.«

Eine beunruhigende Welle der Zärtlichkeit für Giles erfasste Amanda. Hätten sie gemeinsam noch weitere Kinder bekommen, wenn sie zusammengeblieben wären? Sean war erst zehn.

Viele Mütter bekamen ihre Nesthäkchen, wenn ihre Jüngsten sogar noch älter waren als Sean.

Amanda zwang sich zurück in die Realität. Hätten sie noch ein Baby bekommen, hätte Giles sie dennoch verlassen, und sie hätte es allein aufziehen müssen.

Stephanie saß im Bett, als würde der Fotograf von *Harpers & Queen*, Ausgabe etwa um 1950, jeden Moment erscheinen. Sie trug mehr Make-up als eine Wetterfee, und ihr Haar sah aus, als hätte eben ein Starfriseur vorbeigeschaut und es frisch geföhnt.

»Wie schlafen die Babys denn?«, erkundigte sich Amanda.

»Oh. Die schlafen beide die Nacht über durch«, verkündete Stephanie gelassen.

Amanda schluckte. Ihre eigenen Babys hatten ihr wochenlang nicht mehr als drei Stunden Schlaf gegönnt. »Mit vier Tagen?«

»Stephanie will damit sagen«, übersetzte Giles, »dass sie sie ins Kinderzimmer bringt und nicht darauf achtet, bis eine Schwester oder eine der anderen Mütter so sauer wird, dass sie ihnen die Flasche geben.«

»Stillst du denn nicht?«, hakte Amanda nach.

»Bei zweien? Du lieber Himmel, nein. Dann habe ich am Ende zwei luftleere Strandbälle auf meiner Brust hängen. Giles ist wirklich eine große Hilfe. Er kann sie sogar beide gleichzeitig füttern. Wird wohl an seinen früheren Erfahrungen liegen.«

Amanda gab sich Mühe, nicht in ihren Plastikbecher Kaffee zu husten. Giles hatte Clio und Sean nicht ein einziges Mal gefüttert, nicht einmal, als Amanda Grippe hatte. Ihre Mutter war ihr eine größere Hilfe gewesen als Giles, und das wollte was heißen, denn Helen verfügte über so viel Mutterinstinkt wie Cruella de Vil.

Die Zärtlichkeit, die sie eben noch empfunden hatte, verwandelte sich in Wut. Es war doch wieder typisch Giles, dass er bei ihren Kindern nicht einen Finger gerührt hatte, es sogar geschafft hatte, Clios Geburt zu verpassen, aber jetzt nach olympischem Gold in Neuer Vaterschaft strebte. »Und die Windeln wechselt er ihnen wohl auch, oder?«, bohrte sie nach.

»Es gibt Grenzen«, räumte Stephanie ein. Sie beugte sich vor und sagte mit leiser Stimme: »Beim Windelwechseln streikt er. Was ihn aber nicht davon abhält, mich zu kritisieren. Offenbar schmiere ich nicht genügend Penatencreme auf ihre Hintern.«

Amanda fragte sich, ob sie richtig gehört hatte. Der alte Giles hätte Penatencreme für ein deutsches Bundesland gehalten.

»O ja«, seufzte Stephanie, »er ist ein ganz wunderbarer Vater.«

Amanda wollte schon sarkastisch einwerfen: »Na ja, es gibt eben für alles ein erstes Mal«, als ihr einfiel, dass Sean neben ihr stand. Sie zwinkerte ihm zu, und er zwinkerte zurück.

»Darf ich sie mal halten?«, bat Sean.

Giles reichte ihm Emily. »Sie ist die Erstgeborene. Sie ist ein bisschen robuster. Aber denk dran, leg eine Hand unter ihren Kopf und halte sie fest an deine Brust gedrückt. Babys haben gern das Gefühl, noch immer sicher im Bauch ihrer Mutter zu sein. Deshalb mögen sie es auch, fest gewickelt zu werden.«

Dieser Anblick war für Amanda fast unerträglich. Lägen die Dinge anders, hielte Sean sein kleines Schwesterlein. »Wir sollten jetzt gehen«, erinnerte sie Sean sanft. »Morgen ist wieder Schule.«

Sean gab Emily zurück, als wäre sie aus edlem Kristall. »Sie ist richtig süß.« Aber wie um seine Männlichkeit wiederherzustellen, fügte er hinzu: »Für ein Baby.«

»Und Clio kommt nicht?«, wollte Giles wissen.

»Sie wollte nicht mitkommen.« Amanda würde den Teufel tun, Giles vor der Wahrheit zu schützen.

»Ich danke dir, dass du Sean hergebracht hast«, sagte Giles leise, als Sean sich Wasser aus dem Wasserkühler holte. »Es ist dir bestimmt schwer gefallen, aber uns bedeutet es viel.«

Amanda nickte, völlig überrumpelt von dieser unerwartet einfühlsamen Bemerkung. Als Ehemann war Giles so einfühlsam gewesen wie ein Versicherungsvertreter bei einem Vertragsabschluss. »Für Sean bedeutet es auch viel. Danke, dass du ihm das Gefühl gegeben hast, etwas Besonderes zu sein.«

»Ich werde Clio anrufen, soll ich? Vielleicht will sie sie besuchen, wenn sie zu Hause sind?«

»Vielleicht. Sie macht zwar auf stark, aber sie ist im Moment sehr verwundbar. Hinter ihrem trotzigen Auftreten verbirgt sie nur ihre Empfindsamkeit.«

»Du bist eine gute Mutter, Amanda.«

Amanda spürte ihre Augen feucht werden bei diesem unerwarteten Kompliment von Giles. Wenn sie nicht aufpasste, heulte sie gleich los.

Doch zu ihrer Rettung tauchte der alte, kontrollierende Giles wieder auf. »Pass auf, Steph«, maßregelte er plötzlich seine neue Frau, die Jack gerade in die transparente Plastikbox am Ende des Bettes legen wollte. »Du hast ihn noch kein Bäuerchen machen lassen. Er wird alles wieder ausspucken.«

Und wie aufs Stichwort ergoss sich aus Jacks Mund ein Schwall gelber Milch.

»Was hab ich dir gesagt?«, trumpfte Giles auf.

Amanda lächelte in sich hinein. Giles, der fürsorgliche neue Vater war der mürrische alte Papa in Verkleidung.

Darüber hinaus war seine neu entdeckte Sachkenntnis auf dem Gebiet der Kinderfürsorge mehr als irritierend.

»Tschüss, Papa«, winkte Sean. »Tschüss, Stephanie. Tschüss, Babys.«

Auf dem Weg nach Hause wurde nicht viel gesprochen, da sie beide ihren Gedanken nachhingen.

»Ein bisschen langweilig sind sie schon, oder?«, tastete Sean sich vor, als sie ihre Straße erreicht hatten.

»Emily und Jack?«, fragte Amanda erleichtert. Wenigstens schien ihm ihre Ankunft nicht allzu wehzutun. »Na ja, Babys sind nun mal ein bisschen langweilig.«

»Ich meine nicht die Babys. Ich meine Papa und Stephanie.«

Als sie nach wenigen Minuten ihr Haus erreicht hatten, trafen sie Clio an, die auf der gegenüberliegenden Straßenseite auf einer Mauer saß.

»Was, um Himmels willen, machst du denn hier?«, fragte Amanda sie. Es wurde schon dunkel, und das Haus leuchtete einladend.

»Hab meine Schlüssel vergessen.«

»Aber Luke muss doch da sein. Hast du's denn versucht?« Sie warf einen raschen Seitenblick auf Clio. »Alles in Ordnung mit dir?«, erkundigte Amanda sich zärtlich. »Wieso klingelst du denn nicht einfach?«

Plötzlich ging die Tür auf, und Luke stand dort, barfuß, in Bluejeans und einem weißen T-Shirt. Selbst nach einem Arbeitstag sah er frisch gewaschen und sexy aus.

»Clio hat ihre Schlüssel vergessen. Sie saß auf der Mauer.«

»Du machst ja komische Sachen, Clio«, sagte er obenhin. »Du musst doch gewusst haben, dass ich da bin. Alle Lichter waren an.«

Aber Clio antwortete nicht. »Wie war Papa?«, wollte sie wissen. »Und die Zwillingsausgeburt der Teufelin?«

Isobel Day wachte auf und wünschte sich, keine Nacht mehr wie diese durchmachen zu müssen. Die Schmerzen waren unerträglich gewesen. So heftig, dass sie Angus erlaubt hatte, noch einmal bei ihr zu bleiben. Sie wusste, dass sie nur den Mund aufzumachen brauchte, und die Morphiumdosis würde verdoppelt werden. Oder verdreifacht. Aber sich den Verlockungen des Morphins hinzugeben hieße auch, in eine Halbwelt einzutauchen, aus der es, wie sie wusste, kein Entkommen gäbe.

Gern hätte Isobel eine religiöse Überzeugung gehabt, aber für sie war Gott etwas für die Schwachen. Eine trostreiche Erfindung, um die Welt von den grausamen und niederschmetternden Schicksalsschlägen abzulenken. Stattdessen hatte sie sich in ihrem recht langen Leben immer daran gehalten, an die Menschen zu glauben. Und sie war nicht immer nur enttäuscht worden.

Auch an der Natur hatte sie große Freude gehabt. Jetzt konnte sie sie hören, draußen vor dem Fenster. Frühlingsklänge. Das Gurren der Waldtauben. Einen Rasenmäher. Sie sah den Garten vor ihrem geistigen Auge. Überall Sternhyazinthen, die ersten früh blühenden Rosen, Blüten an den Bäumen. Vögel, die ihre seltsamen Lieder sangen, entweder um ihre Jungen zu schützen oder um zur Paarung zu locken. Alles drehte sich um die Zukunft. Bienen, die Blumen bestäubten, Sternhyazinthen, die sich selbst aussamten, Eier legende Vögel. Die Aufgabe der Natur bestand in ihrer Fortpflanzung.

Eine traurige Mauer des Schweigens umgab sie. Und das nicht, weil sie den Tod vor Augen hatte. Auch dieser war auf seine Art Teil der Natur. Bald wäre sie Teil dieses Prozesses, und diese Vorstellung sagte ihr sogar zu. Sie würde beerdigt und nicht verbrannt werden, weil sie an der Erneuerung teilhaben wollte.

Den größten Kummer bereitete ihr Angus. In den Augen der Öffentlichkeit verkörperte er den Erfolg. Er hatte Geld gemacht, und er hatte Zeichen gesetzt. Für Isobel zählte beides. Und er hatte Menschen, die für ihn arbeiteten und ihm mit Respekt und Loyalität begegneten.

Aber er hatte keine Frau und keine eigene Familie.

Und, was vielleicht noch wichtiger war, er bekam die Frau nicht, die er liebte.

Sie warf einen Blick auf die balzenden Reiher auf dem Fenstersims, und zum ersten Mal empfand sie diesen Anblick als unsagbar traurig, ihr Werben in verzweifelter Sehnsucht auf ewig zum Stillstand gebracht und erstarrt.

Und die zähe, unsentimentale Isobel, die ihre Krankheit mit Stärke und Würde bekämpfte, merkte, dass das Kissen, auf dem sie lag, nass vor Tränen war.

»Was soll das denn?« Angus' von Liebe und Mitgefühl belegte Stimme drang zu ihrem Bewusstsein vor. »Meine Mutter weint?« Er setzte sich behutsam auf die Bettkante. »Schlimme Nacht gehabt?«

»Nicht gut. Es dauert nicht mehr lang, weißt du.«

Er nahm ihre Hand und streichelte ihre vortretenden blauen Venen. »Weinst du deswegen?«

»Wenn du es schon wissen willst, ich weine vor Enttäuschung.«

»Worüber? Ich bringe dir alles, was du haben möchtest. Möchtest du nach draußen? Im Garten bricht der Frühling aus.«

»Vergiss den verdammten Garten. Du bist es, der mich enttäuscht. Da gibt es jemanden in deinem Leben, den du liebst, und du lässt zu, dass sie sich an ein gut aussehendes Leichtgewicht wegwirft.«

»Was schlägst du also vor?«

»Sag's ihr. Sag ihr, dass du sie liebst. Sag ihr, dass du, sollte sie dich je brauchen, für sie da bist. Dass das Leben keine Probeaufführung ist und du nicht alle Zeit der Welt hast, sie also, verdammt noch mal, aufwachen sollte und begreifen, dass du der beste Mann …«

»Und der Beste trägt den Sieg davon …«

»Keine dummen Scherze. Ich meine es ernst. Ich werde in Frieden sterben, wenn ich weiß, dass du wenigstens aufgehört hast, so zu tun, als seist du zivilisiert. Die Engländer sind zivilisiert, sie sind darauf spezialisiert. Aber du bist Schotte.«

»Du meinst also, ich sollte meinen Arsch mit Färberwaid bestreichen und mich wie Mel Gibson in *Braveheart* in den Kampf stürzen?«

»Ja. Ja, das meine ich wirklich. Wo sind denn meine blöden Pillen? Diese Schmerzen bringen mich um.« Sie griff sich mit der Hand ans Gesicht. »Versprichst du's mir.«

»Was versprechen?«

»Dass du noch heute zu ihr gehst. Wenn nicht heute, dann sobald wie möglich. Sag ihr, was du empfindest.«

»Nicht heute. Ich werde den ganzen Tag mit der Stadtverwaltung verhandeln müssen. Ein Versuch, dass sie das Häuschen doch stehen lassen. Und daran bist du schuld.«

»Schön von dir. Dann also morgen. Versprich es mir. Wiederhol es: Ich werde Amanda Wells sagen, dass ich sie liebe, dass sie mit dem falschen Mann zusammenlebt. Dann werde ich sie küssen.«

»Um Himmels willen, Maw.«

»Wiederhole es.«

Angus gehorchte.

Als er, nachdem die Schwester gekommen war, eine halbe Stunde später zu ihr ins Zimmer schaute, sah er, dass sie schlief. Mit einem Lächeln auf den Lippen.

Dann war er ihr das wohl schuldig.

Aber er kam sich unglaublich blöd dabei vor.

24. Kapitel

Amanda hatte gerade erst die Galerie aufgeschlossen und sich eine große Tasse Kaffee gemacht, als Sadie, eingehüllt in einen hellblauen Kaftan mit dazu passendem Turban im afrikanischen Stil, hereinstürzte und wie eine Verrückte grinste.

»Das werden Sie mir nie glauben«, sprudelte es aus ihr heraus, »aber ich bin zu einer Radiosendung eingeladen. Beim BBC! In London!«

»Das ist ja fantastisch, Sadie! Worüber wollen sie denn mit Ihnen sprechen?«

»Was mich dazu bewogen hat, mit siebenundsiebzig Jahren Künstlerin zu werden. Sie halten mich für die Mary Wesley der visuellen Künste! Es wird morgen Abend um acht Uhr live gesendet. Aber Amanda, ich habe denen gleich gesagt, dass ich es mir nur überlege, wenn Sie auch ins Programm kommen!«

»Ich?« Amanda wurde ganz flau vor Entsetzen, live im Radio zu sein. Aber sie war jetzt eine Geschäftsfrau. Louise hätte diese Chance sofort ergriffen. »Wird man die Galerie erwähnen?«

»Das müssen Sie selbst tun. Und da es live ist, können sie es auch nicht herausschneiden, oder?«

Nachdem Sadie gegangen war, blieb Amanda nicht viel Zeit, über die Radiosendung nachzudenken. Den ganzen Tag über riss der Strom der Besucher und Kartenkäufer nicht ab. Eine Dame stand so lange vor einem Gemälde Sadies, dass Amanda schließlich näher trat. »Sie wird morgen Abend im Radio interviewt. Um zwanzig Uhr. Kanal Vier.«

»Das werde ich mir bestimmt anhören«, antwortete die Kundin. »Und vielleicht komme ich wieder und kaufe das Bild.«

Das ernsthafte Auftreten der Frau überzeugte Amanda davon, dass sie es ernst meinte. Es ging also wirklich los!

»Stell dir vor«, prahlte sie am nächsten Morgen aufgeregt vor Clio, »ich bin heute Abend im Radio zu hören.«

»Wozu denn das?«, wollte Clio wissen und blickte von der Fernsehzeitung auf, die sie sich ansah, anstatt sich für die Schule fertig zu machen. »Es hat doch hoffentlich nichts mit deiner grauenhaften Lektüregruppe zu tun, oder? Wenn doch, dann lass bitte den Namen Wells aus dem Spiel.«

»Es hat mit der Galerie zu tun. Wie es aussieht, habe ich eine wirklich wichtige neue Künstlerin entdeckt.«

»Die Möwenfrau? Ihre Sachen haben mir schon immer gut gefallen.«

»Nein, es ist Sadie, mein siebenundsiebzigjähriges Wunderkind.«

»Wunderkinder müssen jung sein, Mama«, wandte Sean ein.

»Wie Ruth Lawrence, das Mathematikgenie, und all diese entsetzlichen Sechsjährigen, die Kasparow schlagen können?«

»Offen gestanden habe ich an Michael Owen gedacht«, gab Sean zu.

»Das glaub ich dir.« Sie drückte ihn an sich, bis er sich zur Wehr setzte. »Du hast dort, wo dein Gehirn sein sollte, einen Fußball. Das bedeutet jedenfalls, dass ich heute Abend erst spät nach Hause komme. Du wirst bei GG schlafen.«

»Och, Mama«, beschwerte sich Sean. »Ich geh unter der Woche nicht gern zu Oma. Bei ihr muss ich immer um halb acht ins Bett und Erbsenpüree essen.«

»Das tut dir nur gut. Was ist mit dir, Clio? Möchtest du auch zu Oma?«

»Du liebe Güte, nein.« Clio sprang auf und entblößte dabei eine gute Handbreit seidige Taille. Sie wurde jeden Tag umwerfender. Als sie mit Jasmine draußen am Pier war, war sie sogar von einem Mann angesprochen worden, der behauptete, Fotograf zu sein. Ob echt oder nicht, Amanda wusste sehr gut, dass Clio in jenem Kindfrau-Stadium war, das auf manche Männer unglaublich anziehend wirkte. Nicht immer auf die richtigen Männer. Unglücklicherweise schienen die Jungs in Clios Alter alle vom Planet Pickel zu kommen.

»Vielleicht ist Luke ja da. Dann könntest du bei ihm bleiben.«

Clio zögerte. »Dann gehe ich vielleicht doch lieber zu Oma.«

Amanda verlor fast die Geduld. Die Sache mit Luke wurde langsam albern. »Was für ein Problem hast du eigentlich mit Luke, Clio?« Amandas Stimme war ihre Verärgerung anzuhören.

Plötzlich waren all die Anspannung und die Mühe, die Familie zusammenzuhalten, für alle die Starke zu sein, zu viel für Amanda. »Du bist wohl eifersüchtig«, brauste sie auf. »Du kannst es nicht ertragen, dass ich mit Luke zusammen bin, weil du meine ganze Aufmerksamkeit für dich haben möchtest. Es mag dich zwar ärgern und dir nicht in den Kram passen – aber wenigstens habe ich keine Zwillinge bekommen.«

Clio errötete, und Amanda sah die Tränen in ihren Augen aufblitzen. Sofort lenkte sie bekümmert ein. »Tut mir Leid. Das hätte ich nicht sagen dürfen. Es ist manchmal nur verdammt schwer, dafür zu sorgen, dass alle glücklich sind.«

»Mach dir keine Sorgen. Es wird schon klappen mit Luke. Solange er verspricht, keinen dieser Schwarzweißfilme mit Untertiteln anzuschauen.«

Amanda lächelte dankbar. »Das werde ich zur Bedingung machen.« Sie liebte Clio wirklich sehr, aber sie musste auch ihr eigenes Leben leben.

»Dann gehe ich jetzt wohl lieber zur Schule.« Und im Nu hatte Clio ihre Schultasche fertig gepackt.

»Dann bis heute Abend. Ich werde kurz vor Mitternacht zurück sein.«

Nachdem Clio aufgebrochen war, kam Luke in die Küche. Er trug Bluejeans und ein Jeanshemd, das gut nach frischer Wäsche roch. Im Gegensatz zu Giles, bügelte Luke sich alle seine Hemden selbst, was den Duft noch süßer machte.

Er trat hinter Amanda und küsste sie auf den Hals.

Sean konzentrierte sich auf die Lektüre seiner Cornflakes-Packung.

»Du siehst heute umwerfend aus«, murmelte Luke.

»Es ist für das Radiointerview. Und sag jetzt bloß nicht, fürs Radio braucht man sich nicht herzurichten, das hat nämlich Clio bereits getan. Ich muss so gut wie möglich aussehen, sonst bekomme ich meinen Mund überhaupt nicht auf. Irrational, aber wahr.«

»Was war das eben für ein Streit mit Clio? So hast du sie noch nie angeschrien.«

»Sie war ein wenig komisch wegen heute Abend.«

»Komisch, in welcher Hinsicht?« Er legte Brot in den Toaster.

»Ach, du weißt schon, sie wollte nicht mit Sean zu meiner Mutter.«

»Warum kann sie nicht hier bei mir bleiben?«

Amanda rang nach Worten, die ihn nicht beleidigten.

»Sie ist nicht gern hier, wenn du da bist«, verkündete Sean, der noch immer die Müslipackung las. »Sie sagt, du guckst immer nur Schwarzweißfilme mit Untertiteln.«

»Mehr nicht?« Wäre Amanda nicht so sehr von der Sorge um die Kinder und dem Interview in Beschlag genommen gewesen, hätte sie den sonderbaren Unterton in Lukes Stimme bemerkt. »Wenn das so ist, werden wir etwas ganz anderes ansehen. Ich werde was Leckeres zum Essen mitbringen und ein Video, das *sie* sehen will.«

Amanda hörte seine letzten Worte und war gerührt, wie sehr er sich anstrengte, eine Beziehung zu Clio aufzubauen. Aber es dürfte sehr unwahrscheinlich sein, dass Clio diese Mühe zu schätzen wusste. Sie musste sich Clio noch mal vorknöpfen. Aber nicht heute.

Angus Day machte die Erfahrung, dass ein Stadtrat, der sich zum Ankauf eines Grundstücks entschlossen hatte – in diesem Fall Roses und Bettys Häuschen –, sehr hartnäckig an dem einmal gefassten Entschluss festhielt. Rose und Betty würden einen förmlichen Antrag stellen müssen, informierte man ihn, und das ganze Projekt würde sich um Monate, wenn nicht Jahre verzögern. Aber diese Verwicklungen waren nichts im Vergleich zu der anderen Verpflichtung, die er seiner Mutter gegenüber eingegangen war.

Es war eine Sache, einzuwilligen, dass er seiner sterbenden Mutter zuliebe Amanda seine Gefühle für sie mitteilte, aber die Umsetzung davon war nicht ganz so leicht, geschweige denn, sich ihre Reaktion darauf vorzustellen.

»Du siehst aus, als hättest du gerade Tom O'Shanters Geist gesehen«, bemerkte Laddie. »Du sitzt jetzt seit zehn Minuten an deinem Schreibtisch und starrst die Ziegelwand an. Hat sie Antworten für dich?«

»Keine Einzige.« Angus lächelte. Er war sich nicht bewusst gewesen, dass er so versunken gewirkt hatte.

»Wo liegt das Problem, wenn ich fragen darf? Es geht mit uns doch nicht etwa den Bach runter, oder?«

»Nein«, versicherte ihm Angus. »Jedenfalls noch nicht. Aber wenn dieses Hafenprojekt tatsächlich vermasselt wird, weiß man nie. Aber daran denke ich im Moment nicht.«

Laddie kannte Angus nicht umsonst seit fünfundzwanzig Jahren. »Meine Liebe ist wie eine rote, rote Rose«, zitierte er und fiel auf die Knie. »Im Juni erspross sie mir neu.«

Angus lachte. »Und wenn meine Liebe zufällig einem anderen den Vorzug gibt? Ich bin mir nicht sicher, ob Burns auch darauf eine Antwort hätte.«

»Schade, dass Duelle aus der Mode gekommen sind.« Laddie rappelte sich wieder auf. Die jahrelange Arbeit auf kalten Baustellen hatte seine Gelenke steif gemacht. »Das machte Liebesangelegenheiten so viel einfacher.«

»Du meinst also, ich sollte ihn herausfordern?«

»Oder du findest einen Weg, zu beweisen, dass du der bessere Mann bist.«

»Und wie, bitte, soll ich das anstellen?«

»Du bist doch der mit der Ausbildung, Kumpel. Ich bin nur ein einfacher Bauarbeiter. Dieser Kerl, mit dem sie sich eingelassen hat, der ist doch hier aus dem Nichts aufgetaucht und verdammt schnell bei Mrs. Wells eingezogen. Vielleicht solltest du ein bisschen mehr über ihn herauszufinden versuchen.«

»Du bist ein Genie, Laddie. Weißt du, was mein alter Papa immer zu sagen pflegte? ›Trau nie einem Mann, der zu gut aussieht oder zu gut angezogen ist.‹«

»Und Mr. Luke Knight ist nun wirklich ein gut aussehender Mann.«

»Und unverschämt gut angezogen. Wenn man Jeansstoff mag.«

»Euer Ehren«, grinste Laddie, »mein Plädoyer ist beendet.«

Es gab nur ein Problem: Wie, zum Teufel, sollte er mehr über Luke Knight herausfinden? Er überlegte, wie Amanda und er sich kennen gelernt hatten. Luke Knight kam nicht aus der Gegend. Er strahlte die für London typische Hochnäsigkeit aus. Waren sie sich durch eine dieser verrückten Anzeigen begegnet, die sie geschaltet hatte?

Er musste lächeln, als er sich an den kleinen Mann in der Weinbar erinnerte und Amandas offenkundige Panik, als sie merkte, dass er ihre Verabredung war. Hatte Luke Knight auf eine ähnliche Anzeige geantwortet? Er schien aber nicht der Typ dafür zu sein.

Ihm fiel der Fetzen eines Gesprächs mit Clio wieder ein. Dunkel erinnerte er sich, dass Clio ihm erzählt hatte, Louise brüste sich damit, die beiden zueinander gebracht zu haben. Man habe Luke Knight zu der Silvesterparty erwartet, die Angus um ein Haar in Amandas Bett geführt hätte. Ironie des Schicksals.

Angus warf einen Blick auf seine Uhr. Es war schon halb fünf. Ob Louise wohl noch in der Galerie war?

Mitten am Nachmittag bekam Amanda feuchte Hände, fing an, Nägel zu kauen, und wurde ungeheuer aufgeregt. Noch nie hatte sie ein Radiointerview gegeben, geschweige denn eines, das live gesendet wurde, und schon gar nicht bei einem staatlichen Sender, der von fast allen gehört wurde, die sie kannte. Würde sie völlig verstummen? Oder zusammenhangloses Zeug schwafeln? Oder käme sie auf eine ganz neue Idee, sich unmöglich zu machen? Sadie machte es bestimmt gut; sie war völlig ungezwungen und alt genug, um nichts mehr auf die Meinung anderer Leute zu geben.

Amanda überlegte gerade, Zuflucht zu einer diplomatischen Krankheit zu nehmen, was sie aber sofort verwarf, weil Sadie sie dann bestimmt gewaltsam dorthin schleppte, als Luke mit einem Strauß Rosen im Eingang der Galerie auftauchte. Es waren leicht angewelkte Rosen, wie sie neben der Straße verkauft wurden, aber der gute Wille zählte.

»Für dich.« Er lächelte sein wärmstes Komm-in-meine-Arme-Lächeln. »Damit sie dir Glück bringen. Du bist bestimmt großartig.«

Jede Verärgerung, die sie gespürt hatte, war wie weggeblasen. Mochte er auch nicht der geborene Familienmensch sein, er gab sich immerhin Mühe.

»Danke dir.« Sie schloss ihn dankbar in die Arme. »Ich werde sie neben die Kasse stellen. Dort erinnern sie mich dann an die Art von Galerie, die Marine Arts einmal sein wird – voll riesiger Vasen mit frischen Blumen.«

»Und jeder Menge Kunden.« Er sah sich in dem leeren Raum um, aber in seinen Worten schwang kein kritischer Unterton mit.

»Mit dicken Brieftaschen«, fügte Amanda hinzu.

»Und vielen reichen Freunden. Bis später.«

Nach seinem Besuch beruhigte Amanda sich wieder. Damit alles ins rechte Lot kam, gab es nichts Besseres, als sich geliebt zu fühlen.

Sie kämmte ihr Haar, besserte ihr Make-up aus und ging zum

Umziehen auf ihre winzige Toilette zurück. Davor schloss sie die Kasse ab.

Als sie wieder auftauchte und – wie sie hoffte – nach Londoner Schick aussah, traf gerade ihre Mutter mit Sean im Schlepptau ein, um sich um die Galerie zu kümmern. Amanda musste zweimal hingucken. Ihre Mutter kam im Malerkittel.

»Hallo, meine Liebe«, begrüßte Helen sie. »Bist du nicht ein wenig spät dran?«

Amanda überlegte kurz, Helen darauf hinzuweisen, dass schließlich sie für ihre Verspätung verantwortlich war, verwarf das aber wieder. Es war nett von ihrer Mutter, die Galerie kurz zu übernehmen.

Sie packte ihre Tasche und gab Sean einen Kuss. »Danke, dass du dich um ihn kümmerst, Mama. Es könnte heute spät werden.«

Sadie und Amanda mussten wie verrückt rennen, um den frühen Abendzug zu erreichen. Als Amanda im Abteil saß, musste sie an Clio denken. Morgen würde sie mal unter vier Augen mit ihr reden, ob es nicht doch eine Möglichkeit gab, das Klima zu verbessern.

»Sehen Sie«, brach Sadie in ihre Gedanken ein, »da kommt der nette Mann mit dem Getränkewagen. Mir ist es egal, ob erst Teezeit ist. Ich brauche jetzt eine große Bloody Mary. Schließlich wird man nicht jeden Tag mit siebenundsiebzig zum Ruhm katapultiert. Außerdem entspannt es mich.«

Als sie die Victoria Station erreichten, war Sadie so entspannt, dass sie die Damentoilette aufsuchen musste, um das Gesicht zu waschen und die Haare zu kämmen.

»Zwanzig Pence!«, ärgerte sich Sadie lauthals, als sie wieder herauskam. »Die wollten mir zwanzig Pence abnehmen, nur weil ich auf der Damentoilette war! Früher hat man einen Penny gezahlt. Bald werden sie Kreditkarten sehen wollen. Ich werde mich beschweren.« Würdevoll ging Sadie zurück und verlangte Namen und Adresse des Einsatzleiters zu erfahren. Dass ihr Rock in der Unterhose steckte, dämpfte ihren Auftritt ein wenig.

Kurz vor sieben Uhr erreichten sie endlich die Studios. Die Redakteurin war ganz anders als ihre forsche Stimme. Sie trug die Haare blau und einen Nasenring, ganz zu schweigen von den zahlreichen Piercings an anderen Stellen. Sie war äußerst entgegenkommend und offensichtlich von Sadie bezaubert.

»Meine Großmutter ist genauso«, vertraute das blauhaarige Mädchen Amanda an, »absolut hinreißend. Sie sagt immer, die einzigen Menschen, die es wert seien, dass man ihnen zuhörte, seien ihr Pferd und ihr Hund. Ich liebe sie wahnsinnig.«

Zu Amandas Erleichterung und Freude schaffte sie es, als sie an die Reihe kam, recht unterhaltsam zu sein und sogar auf ihre Galerie hinzuweisen.

Sadie war, wie von Amanda nicht anders erwartet, der absolute Star. Ihre Anekdoten aus dem Pensionistinnenleben lösten beim Moderator Lachanfälle aus, und sie erzählte ein paar wunderbar ungehörige Geschichten aus ihrer Zeit als Aktmodell in der Kunstgruppe eines Männergefängnisses.

»Die geben Ihnen noch eine eigene Show«, flüsterte Amanda ihr zu, als die Sendung zu Ende war.

»Das war wirklich ganz fantastisch«, begeisterte sich die blauhaarige Redakteurin. »Ich wollte Ihnen eigentlich einen Kaffee in der Kantine anbieten, aber nach all den Geschichten, wie Sie nur mit Pailletten bekleidet aus einem Kuchen herauskommen, halte ich es für angemessen, dass wir uns was Schickeres suchen.«

Sie begleitete sie über den geschäftigen Portland Place zu einem sehr vornehmen Hotel, wo sie im Palmenhof trockene Martinis tranken, umgeben von ziemlich schockierten Geschäftsleuten.

Die Redakteurin schien sich von den Blicken, die ihr Haar auf sie zog, nicht aus der Ruhe bringen zu lassen. Amanda hoffte, Clio möge eines Tages auch dieses mühelose Selbstvertrauen an den Tag legen wie diese junge Frau.

»Ich hatte auch mal Haare in Ihrer Farbe«, kicherte Sadie und bestellte sich noch einen Martini. »Aber ich habe es aufgegeben. Ist zu konventionell!«

Marianne, die Redakteurin, brüllte vor Lachen.

Sie unterhielten sich so gut, dass es schon nach zehn war, als Amanda auf ihre Uhr sah. Der letzte Zug fuhr in einer halben Stunde. Wenn sie nicht aufpassten, war er weg.

»Dann haben Sie es also endlich doch geschafft, mich anzurufen«, schnurrte Louise. Sie saß mit Angus in der Terrassenbar des Grand Hotels mit dem besten Meerblick der Stadt vor sich. Obwohl die Saison gerade erst begonnen hatte, waren die ersten Sonnenanbeter vom guten Wetter schon hervorgelockt worden und lagen auf ihren bunt leuchtenden Strandlaken, um die letzten Strahlen des frühen Abends einzufangen.

Angus hätte sich einen diskreteren Ort gewünscht, aber Louise bestand darauf, hier zu sitzen, wo ganz Laineton sie sehen konnte, und bestellte dann auch noch ein großes Glas Pimm's.

»Zwischen den Monaten Mai und September trinke ich nie etwas anderes«, verkündete sie großspurig. »Das erinnert mich dann immer an Kricket-Matches und die Henley-Ruderregatta und Picknick beim Derby.«

»Ich habe bei Kricketspielen immer nur Tee bekommen oder äußerst dubioses Bier«, bemerkte Angus. »Bei der Henley-Regatta tummeln sich die Bravorufer und trinken billigen Champagner, und das einzige Mal, als ich das Derby besucht habe, hat mir ein Betrunkener seinen Hintern gezeigt, in dem eine Rose steckte. Ich bleibe lieber beim Malt Whisky.«

»Umso besser für mich. Wie sieht's aus in der Welt der Immobilienmakler? Machen Sie noch immer obszöne Profite, indem Sie alte Damen auf die Straße setzen?«

Angus zuckte zusammen.

»Wie dumm von mir, war nur ein Scherz. Ich hatte ganz vergessen, dass Sie *tatsächlich* alte Damen auf die Straße setzen.«

»Nicht auf die Straße. In eine Zwei-Zimmer-Luxuswohnung mit umlaufendem Balkon und sagenhaftem Blick aufs Meer.«

»Schade. Mir hätte die Vorstellung von einem ruchlosen Kapitalisten besser gefallen, der taub ist für die Schreie derer, die zu schwach sind, ihm zu widerstehen.« Louise klimperte mit ihren dick getuschten Wimpern.

Sie studierte Angus' Gesichtsausdruck. Was verrieten diese grauen Augen? Angus strahlte eine verborgene Stärke aus, die sie von Anfang an angezogen hatte. Er war distanziert und sich seiner selbst sicher. Die Art Mann, die genau weiß, was im Leben zu tun ist. Und im Bett.

»Ich würde Sie niemals als schwach bezeichnen, Louise. Ich denke, Sie sind wahrscheinlich zäher als ich.«

»Das können Sie jederzeit auf die Probe stellen ...«

»Ich werde es im Auge behalten. Wenn Sie dann noch mit mir sprechen.«

»Warum sollte ich nicht?«

»Vielleicht, weil ich Ihnen gestehe, weshalb ich Sie tatsächlich angerufen habe.«

Louises Glas stockte auf dem Weg zu ihren Lippen. Er hatte sie angerufen, weil er eine Nebenabsicht verfolgte. Eine Sekunde lang überlegte sie, ihm den Pimm's überzukippen. Natürlich hatte er sie nicht angerufen, um sie ihretwegen einzuladen. Wie blöd konnte eine Frau denn sein? »Sie möchten mit mir über Amanda reden«, sagte sie kalt.

»Nicht über Amanda. Wenigstens nicht direkt. Ich habe mich gefragt, wie gut Sie Luke Knight kennen.«

Louise zögerte. »Eigentlich nicht sehr gut. Er ist mit jemandem ausgegangen, den ich kenne, und sie hat mir gesagt, er komme nach Laineton. Amanda war einsam. Luke war hinreißend. Was sollte ich tun?«

»Das war sehr selbstlos von Ihnen.« Seine grauen Augen hielten ihre fest. »Waren Sie selbst nicht an ihm interessiert?«

»Luke ist der jungenhafte Typ.« Sie hielt seinem Blick stand. »Ich bevorzuge Männer.«

»Und mehr haben Sie nicht über ihn erfahren? Außer, dass Luke Knight hinreißend ist?«

Louise wandte ihren Blick ab und richtete ihn auf einen einsamen Badenden, der dem Horizont entgegenschritt. Wenn sie den Mund hielt, würde Angus vielleicht über Amanda hinwegkommen.

Amanda war gar nicht so viel attraktiver als sie. Warum sollte sie zwei Männer im Schlepptau haben, wenn Louise Nacht für Nacht allein verbrachte? Plötzlich wurde sie wütend auf Amanda, die nicht nur einen Liebhaber, sondern auch eine Familie hatte, und zudem noch so gedankenlos war, ihre eigene Galerie in nächster Nähe von Louises zu eröffnen und ihr zweifellos die Hälfte ihrer Kunden zu stehlen.

»Ich habe noch was anderes gehört«, fügte sie boshaft hinzu.

»Und das wäre?«

»Dass Luke Knight unglaublich im Bett sei.«

Wenn sie damit gerechnet hatte, Schmerz in Angus' grauen Augen zu sehen, wurde sie enttäuscht. Er stellte einfach sein Glas ab und stand auf. »Sie bleiben und trinken Ihr Glas aus. Ich regele das an der Bar. Danke für Ihre Zeit.«

Louise starrte wieder hinaus auf den Horizont und biss sich auf die Lippe. Sie leerte das Glas in einem Zug.

Am Strand stand ein junges Mädchen auf und schüttelte den Sand aus ihrem Handtuch. Sie mochte etwa sechzehn sein, schlank, im Bauchnabel gepierct. Die jungen Mädchen heutzutage waren zäh und hatten Selbstvertrauen, sie wurden sogar mit schweren Schlägen spielend fertig, redete sie sich ein. Dann fiel ihr Clio ein, wie sie all die Jahre in die Galerie gekommen war und vom Kleinkind zum Mädchen heranwuchs. Manchmal hatte sie sich ausgemalt, dass auch sie eine Tochter wie Clio hätte haben können, wenn die Dinge anders gelaufen wären.

Sie stand auf und eilte hinüber an die Theke.

»Ehe Sie gehen, Angus – es gibt noch etwas, das ich über Luke erfahren habe. Ich habe es nur vom Hörensagen über Ruthie aus der Lektüregruppe. Offenbar hatte Luke vor einer Weile ein Verhältnis mit einer Frau, die Ruthie oberflächlich aus Collegetagen kannte. Ruthies Bekannte und Luke waren sehr glücklich miteinander, aber dann brach die Beziehung auseinander.« Sie hielt inne, weil sie noch immer nicht wusste, ob sie fortfahren sollte.

»Und warum brach sie auseinander, Louise?«

Louise zögerte, für kurze Zeit verlor sie ihre dominante Selbstsicherheit. Plötzlich sah sie aus wie ein gerupfter Papagei, fand Angus.

»Weil Luke versuchte, ihre Tochter, die im Teenageralter war, zu verführen.«

25. Kapitel

»So ein Mist aber auch!« Amanda zerrte Sadie über den Bahnsteig, kein leichtes Unterfangen, denn Sadie hatte mehr getrunken als ein Legionär auf Urlaub und stolperte ständig über ihren Kaftan. »Da fährt unser Zug. Setzten Sie sich hierhin, und ich sehe mal nach, ob wir noch einen kriegen können.«

Amanda rannte den Bahnsteig entlang, so schnell ihre hohen Absätze es erlaubten. In der Bahnhofshalle, in der es normalerweise von Pendlern und Touristen wimmelte, trieben sich in einer Ecke nur ein paar betrunkene Nachteulen herum, in einer anderen schliefen zerknitterte Rucksacktouristen. Ein Reinigungsmann hob träge Verpackungsmüll auf. Der Fahrkartenschalter war geschlossen, und nichts deutete auf einen Bahnbeamten hin. Amanda sah sich den Abfahrtsplan an. Es gab keine direkte Verbindung mehr nach Laineton. Ihr Herz machte einen Sprung, als sie entdeckte, dass es noch einen letzten Zug nach Maynard's Heath gab. Das waren zwei Drittel der Strecke nach Laineton. Von dort aus würde ein Taxi dann wenigstens nicht mehr ganz so teuer sein.

»Kommen Sie, Sadie, wir müssen ganz schnell auf einen anderen Bahnsteig. Der letzte Zug fährt in fünf Minuten«, keuchte sie atemlos, als sie zu ihrer Freundin zurückkehrte. Aber vom Ruhm und den alkoholischen Erfrischungen überwältigt, war Sadie eingeschlafen.

Amanda kämpfte gegen ihre Panik an. Sie war eine erwachsene Frau, sie besaß eine Kreditkarte. Sie irrten schließlich nicht ohne Kompass durch die Sahara.

Sie wollte schon aufgeben und zum Taxistand gehen, als eine Stimme hinter ihr sagte: »Kann ich Ihnen helfen, Madame?«

Sie gehörte einem jungen Äthiopier mit einem breiten, strahlenden Lächeln.

»Sehr freundlich«, sagte Amanda dankbar. »Ich muss sie auf Bahnsteig sechs befördern.«

Gemeinsam schleppten sie Sadie durch die Bahnhofshalle, vorbei am geschlossenen Costa Coffee und einem Zeitschriftenladen, zum Zug, den sie kurz vor der Abfahrt erreichten.

»Das war unglaublich nett von Ihnen«, keuchte Amanda.

»Es war mir eine Freude«, erwiderte der junge Mann in sehr förmlichem Englisch.

Sadie setzte sich plötzlich auf und sah sich um. »Wo sind wir?« Sie sah den lächelnden jungen Mann. »Addis Abeba?«

»Leider nicht.« Er lächelte wieder. »Victoria Station.«

Er winkte, als sie aus dem Bahnhof fuhren, ein erstaunlicher Mensch voll verzweifelter Würde, dessen Augen ein wenig traurig wurden, als der Zug in der Dunkelheit verschwand.

»Gott sei Dank, dass wir das geschafft haben«, keuchte Amanda. »Ich werde rasch zu Hause anrufen und sie wissen lassen, dass wir später kommen werden.«

Sie drückte auf die Knöpfe ihres Mobiltelefons. Sie ließ es acht oder zehn Mal läuten, aber keiner nahm ab, und der Anrufbeantworter war auch nicht eingeschaltet. Amanda bekam es ein wenig mit der Angst zu tun. Es war zwar gut möglich, dass sie schon schliefen und das Telefon nicht gehört hatten, aber Luke ging selten früh zu Bett. Er blieb tatsächlich oft noch unten und schaute sich seine geliebten Schwarweißklassiker an, wie Sean festgestellt hatte, wenn sie schon allein nach oben gegangen war, um im Bett zu lesen.

Verdammt, ihr Akku wurde schwächer. In ihrer Verzweiflung rief sie ihre Mutter an. Helen würde wütend werden, aber dieses Risiko musste sie eingehen.

»Hallo«, meldete sich eine schläfrige Stimme. »Hier ist Helen Mason.«

»Mama«, platzte Amanda los, »tut mir Leid, dass ich dich so

spät anrufe, aber wir haben unseren Zug verpasst und mussten einen nehmen, der nur bis Maynard's Heath fährt. Ich versuche dort ein Taxi zu bekommen. Die Sache ist nur, dass ich versucht habe, das Luke oder Clio mitzuteilen, aber ich erreiche sie nicht. Es nimmt keiner ab, und jetzt gibt der blöde Akku den Geist auf. Könntest du sie für mich anrufen?«

»Wahrscheinlich sind sie ins Bett gegangen, wie jeder andere vernünftige Mensch«, erwiderte Helen gereizt.

»Nein. Luke geht nicht so früh ins Bett. Er muss noch wach sein. Bitte, Mutter.«

»Immer siehst du gleich schwarz, Amanda. Ich werde es noch ein paar Mal versuchen. Danach gehe ich dann schlafen.« Es klickte, als ihre Mutter auflegte. Jetzt war Amandas Akku völlig leer. Sie würde nicht einmal ein Taxi bestellen können. So viel also zur globalen Kommunikation. Doch in Maynard's Heath gab es Münztelefone. Und bald schon läge sie wohlig im Bett und würde einsehen, wie dumm ihre Panik gewesen war.

Sadie neben ihr schnarchte friedlich. Zum Glück war Maynard's Heath Endstation, und sie hatte jede Menge Zeit, Sadie aus dem Zug und auf die Beine zu kriegen.

Angus rannte am Strand zurück zu seinem BMW. Er war entsetzt und angewidert, wie Louise, als Freundin oder auch nur ehemalige Freundin, Amanda die Gerüchte über Luke verheimlichen konnte.

Sie hatte das damit erklärt, sich nicht einmischen zu wollen. Es sei ja nicht so, hatte sie argumentiert, dass Clio die unmündige Beute eines Perversen sei. Sie sei eine starke Persönlichkeit, die nun wirklich in der Lage sei, sich zu behaupten, falls etwas passieren sollte.

Angus klemmte sich hinters Steuer und überlegte seine nächsten Schritte. Ihm kam der Gedanke, dass er womöglich seine eigenen Chancen bei Amanda verbaute, wenn er sich einmischte, und sie vielleicht sogar seine Behauptungen als Eifersucht abtat.

Aber wenn das, was Louise ihm erzählt hatte, stimmte, dann *musste* sie doch einen Verdacht gegen Luke haben.

Angus legte den Gang ein und fuhr durch die Stadt und das Hügelland zu seinem Zuhause. Er sah im Vorbeifahren, dass bei seiner Mutter noch Licht brannte, sie schlief offenbar noch nicht. Im Zimmer der Pflegerin hingegen war es dunkel.

Er parkte vor Isobels Haus und sperrte die Tür auf.

Die Pflegerin harrte im Tiefschlaf vor dem Fernseher aus.

Er ging leise nach oben.

»Hallo?«, meldete sich die Stimme seiner Mutter ein wenig ängstlich.

»Keine Sorge, Maw, ich bin es nur.«

Sie lächelte matt. »Nun, ich wusste, dass es nicht der Gevatter Tod ist, denn der kommt normalerweise nicht mit dem Auto.«

»Wie geht es dir heute Abend?«

»Duselig. Ich habe ein paar zusätzliche Tabletten gegen die Schmerzen genommen, aber ich finde noch immer keinen Schlaf. Jetzt habe ich Schmerzen und kann nicht schlafen. Hattest du einen netten Abend?«

»Nicht wirklich. Ich habe über mein Versprechen nachgedacht, das ich dir gegeben habe.«

»Wegen Amanda?«

»Ja. Und da fiel mir ein, dass ich Luke Knight immer misstraut habe. Papa hat immer gesagt, dass einen das Gefühl, jemandem nicht trauen zu können, selten trügt, also habe ich ein paar Nachforschungen angestellt. Luke Knight ist bei seiner vorigen Freundin rausgeflogen, weil er an die Tochter ranwollte.«

»O Angus, was für eine schreckliche Lage. Und jetzt machst du dir um Clio Sorgen.«

»Sie ist so ein fantastisches Mädchen, Ma. Sie war bei allen beliebt, als sie bei uns gearbeitet hat; selbst der Elektriker hat ihr aus der Hand gefressen, und du weißt, wie schwierig der sein kann. Aber sie ist auch sehr verletzlich. Ich bin mir nicht sicher, ob sie die Scheidung ihrer Eltern schon verarbeitet hat.«

»Und du meinst, du müsstest es Amanda sagen?«

»Natürlich muss ich es ihr sagen.«

»Sie wird es dir vielleicht nicht danken.«

»Nein. Aber wenn ich es ihr nicht sage, wird sie mir das auch nicht danken.«

»Armer Angus. Keine große Wahlmöglichkeit, nicht wahr?«

»Arme Clio. Wenn der Kerl Hand an sie legt …«

»Dann je eher, je besser, finde ich. Bist du dir sicher? Es ist ein ziemlich unerfreulicher Vorwurf.«

»Ich weiß.«

Er sank neben ihr auf die Knie und küsste sie ganz sanft auf die Stirn.

»Du bist ein guter Sohn. Ich wünschte mir nur, dein Leben wäre nicht so kompliziert.«

Angus lächelte. »Vielleicht will ich es ja so. Ich war nie der Pantoffel-und-Pfeife-Typ.«

»Es gibt auch einen Mittelweg.«

Er strich ihr sacht über das kurze graue Haar. »Wenn ich gewollt hätte, hätte ich auch häuslich werden können. Du und Papa, ihr wart so glücklich miteinander, trotz all der Tiefschläge. Ich möchte mich einfach nicht mit weniger begnügen.«

»Das ist die beste Verteidigung für deine Pingeligkeit, die ich je gehört habe.«

Angus lachte. »Da könntest du Recht haben. Ich wecke die Pflegerin, wenn ich aus dem Haus gehe.«

Er rüttelte die Pflegerin wach und deutete ihr seine Verärgerung an, ohne sie gegen sich aufzubringen. »Ich möchte, dass Sie die Dosis heute Abend erhöhen. Gerade so, dass sie schlafen kann.« Seine Mutter hatte zu große Schmerzen, um Ruhe zu finden. Und jetzt hatte er ihr noch mehr zum Nachdenken und Grübeln gegeben.

Als er die Einfahrt hochfuhr, ragte das Haus düster, riesig und leer vor ihm auf. Er sagte seiner Putzfrau immer, sie solle die Lichter anlassen, damit es einladend aussah, wenn er nach Hause kam, aber seine Mutter hatte eine geizige Schottin, wie sie selbst es war, eingestellt, der es jedes Mal Freude machte, auch noch die letzte Lampe auszuschalten.

Angus lief durchs Haus und schaltete alle wieder ein, so dass das Haus erstrahlte wie Versailles in einer Ballnacht. Dann setzte er sich in seine bequeme Küche und schenkte sich noch einen Whisky ein. Und wenn das Gerücht über Luke doch nur erfunden wäre? Üble Nachrede einer verlassenen Geliebten? Sollte er jetzt hinfahren? Er sah sich, wie er alle aus den Betten scheuchte und wie in einem drittklassigen Agatha-Christie-Film Aufstellung nehmen ließ. Aber es konnte nicht schaden, wenn er am Haus vorbeifuhr. Das war doch das Normalste auf der Welt.

Ehe er sich klar machen konnte, dass ein Vorbeifahren am Haus der Geliebten, ohne ersichtlichen Grund, die Tat einer zutiefst gestörten Persönlichkeit war, saß er schon im Wagen und raste zurück nach Laineton.

Als er durch die Stadt fuhr, war es noch nicht mal zehn Uhr, und doch war alles schon wie ausgestorben. Amandas Haus lag in der Mitte der Straße. Es war groß und pastellfarben und hatte ihn immer ein wenig an ein Puppenhaus erinnert. Kein Licht brannte, und es schien keiner da zu sein.

Als er draußen saß, wurde ihm beklommen zumute. War er etwa nicht ganz zurechnungsfähig, dass er wie ein fehlgeleiteter Wachhund hier draußen wartete?

Vertrau deinen Instinkten, hatte sein Vater gesagt.

Und obwohl Angus davon ausging, dass er diesen Schritt für den Rest seines Lebens bereuen würde, stieg er aus dem Wagen und öffnete das Tor.

26. *Kapitel*

Luke wanderte im leeren Wohnzimmer umher und räumte auf. Die Atmosphäre sollte beruhigend sein. Beim Aufschütteln der Kissen kam er sich vor wie eine nervöse Hausfrau. Dann zündete er eine Duftkerze an. Nichts allzu Aufdringliches. Es sollte ein besonderer Abend werden. Nur sie beide.

Er konnte es kaum erwarten.

»Was machst du denn heute Abend?«, wollte Clios Freundin Jasmine wissen. »Schläfst du bei euch zu Hause?«

»Ich würde lieber hier bei euch bleiben. Der Freund meiner Mutter ist so fies, dass ich das kalte Grausen kriege.«

»Was, der Gutaussehende? Was macht er denn? Ist er in dich verliebt?«

»Ich habe ihn ein paar Mal dabei überrascht, dass er mich angesehen hat.«

»Nun, du kannst gern bleiben, wenn du möchtest. Das Problem ist nur, dass meine Mama und mein Papa da sind und wir ruhig sein müssen.«

»Das geht in Ordnung. Besser das als ein glühender Blick von Luke.«

Jasmines Schlafzimmer lag in der Mitte des Flurs, direkt über dem Fernsehzimmer, wo ihre Eltern sich Emergency Room ansahen.

»Wann ist deine Mutter im Radio zu hören?«, erkundigte sich Jasmine.

»Um acht, glaube ich. Aber wir müssen uns das nicht anhören.«

»Du wirst jetzt, da deine Mutter in Radio Four auftritt, wohl richtig vornehm werden«, zog Jasmine sie auf.

»Nein, das werde ich nicht!«

»Wetten, dass doch?«

Clio griff nach einem der Kissen auf Jasmines Girlie-Bett. »Wetten, dass nicht?«

»Hört auf, Mädchen!«, rief Jasmines Mama. »Schluss jetzt, hört ihr? Wir wollen fernsehen!«

»Dumme Kuh.« Jasmine sprang aus dem Bett, nahm sich auch ein Kissen und warf damit auf Clio. »Die haben doch ohnehin schon alle Folgen gesehen. Nur, weil Mama den Ausländer so toll findet.«

Clio warf das Kissen zurück, und beide quiekten vor Lachen.

»Es reicht«, schrie Jasmines Vater von unten, »immer denkt ihr nur an euren Spaß.«

»Tut mir Leid, Papa.« Auf ihn hörte Jasmine, weil er ihr Taschengeld bezahlte.

Die beiden Mädchen saßen auf dem Bett. Jasmine holte sich ihr Schultasche und wühlte darin herum. »Hast du darauf Lust?« Sie zog einen nicht besonders gut gelungenen Joint aus einem der vielen Fächer ihrer Tasche.

Clio warf einen Blick darauf. Ein paar Mal hatte sie nach der Schule einen Zug genommen, aber noch nie einen ganzen Joint geraucht. Dieser hier sah aus, als hätte er schon monatelang in Jasmines Tasche gelegen.

»Das kannst du doch nicht machen!«, zischte Clio entsetzt. »Doch nicht, wenn deine Eltern unten sind. Die riechen das doch bestimmt.«

»Ach, die doofen Alten«, wehrte Jasmine ab. »Außerdem hole ich den Luftverbesserer aus dem Badezimmer. Dann kriegen sie das gar nicht mit.«

Sie kehrte mit einer Büchse und einer Schachtel Streichhölzer zurück. »Wenn jemand einen Stinker ins Klo setzt, zünden wir ein Streichholz an. Meist mein Bruder.«

Von Clio nervös beobachtet, zündete Jasmine den Joint an und begann den süß duftenden Rauch zu inhalieren. Sofort bekam sie einen Hustenanfall und reichte ihn an Clio weiter.

»Was, zum Teufel, macht ihr denn da?«

Keiner von beiden war aufgefallen, dass der Fernseher verstummt war. Jasmines Vater stand so wütend in der Tür, dass man ihn kaum als den freundlichen Mann wiedererkannte, der seine Zeit vorwiegend mit Rasenmähen zu verbringen schien. »Du gehst jetzt wohl besser nach Hause, junge Dame«, wies er Clio zurecht. »Und du, Jasmine, bekommst hiermit für den nächsten Monat Hausarrest. Keine Anrufe. Keine Freunde. Und auch keine SMS-Nachrichten. Du musst lernen, dass Drogenkonsum eine ernste Sache ist, und fängst am besten sofort damit an.«

Widerspruch wäre sinnlos gewesen. Bereitwillig nahm Clio ihre Tasche. »Tut mir Leid, Mr. Mondi. Es war dumm von uns.«

»Das war es allerdings. Jetzt geh nach Hause. Ich werde auch sofort deine Mutter anrufen, damit sie herkommt und dich abholt. Sie wird über euch dumme kleine Mädchen bestimmt genauso wütend sein wie ich.«

»Sie ist heute Abend leider in London. Aber ich schaffe es auch allein nach Hause.«

»Gut. Aber glaub bloß nicht, dass du so leicht davonkommst.«

Clio wagte es nicht einmal mehr, ein Wort an Jasmine zu richten. Sie nahm Mantel und Tasche und ging. Ihr war jämmerlich zumute, und nachdem sie eine Weile an der Promenade entlanggeschlendert war, ging sie hinunter ans Pier. Würde Jasmines Vater sich tatsächlich mit ihrer Mutter in Verbindung setzen? Bei dem Gedanken, wie sehr Amanda sich aufregen würde, schauderte sie. Wie verdammt blöd von ihnen. Was hatten sie sich eigentlich dabei gedacht, schließlich waren Jasmines Eltern unten im Haus. Das konnte nur Ärger geben.

Schließlich setzte sie sich zu einer Gruppe Pensionisten, die Bingo spielen wollten.

»Willst du bei uns mitmachen, meine Liebe«, bot eine alte Dame an. »Das würde das Durchschnittsalter um gute vierzig Jahre senken.«

»Tut mir Leid, aber Bingo ist nicht mein Ding.«

Sie spielte an den Spielautomaten und hätte fast an dem Automaten mit dem sich drehenden Teddy auf dem Minikran gewonnen, wenn ihr nicht das Kleingeld plötzlich ausgegangen wäre.

Sie redete sich gut zu und wanderte langsam zurück nach Hause. Aus einem unerfindlichen Grund zählte sie die Pflastersteine zwischen der Uferpromenade und ihrem Haus. Es waren 3742, und Clio trat nicht ein einziges Mal auf eine Ritze.

Sie drehte ihren Schlüssel im Schloss und stand lauschend in der Diele.

»Ich bin da«, rief Luke. »Ich dachte, wir könnten uns was zum Essen kommen lassen. Dein Leibgericht. Chicken Korma.«

Das hörte sich so langweilig normal an, dass Clio sich entspannte.

Im Wohnzimmer war es ungewöhnlich dunkel, und Luke saß auf dem Sofa.

»Und wie wär's danach mit einem Eis von Häagen Dazs?«

Er hörte sich an wie einer jener Männer, von denen auch nur Süßigkeiten anzunehmen einen die Mutter immer gewarnt hatte.

Clio stellte ihren Rucksack ab und setzte sich so weit weg von Luke wie möglich. »Danke. Das Hühnchen allein wäre schon ganz toll.«

Er bestellte das Essen, kam dann zu ihr und setzte sich neben sie. »Kommt in einer halben Stunde. Und was machen wir in der Zeit?«

»Ich guck mit, was du dir auf Video anschaust.«

Luke beugte sich nach vorne, um auf den Abspielknopf zu drücken, obwohl die Fernbedienung in unmittelbarer Nähe lag. Dabei berührte er ihre Knie mit seinen. Clio holte tief Luft.

»Keine Sorge.« Plötzlich war Luke auf ihr und versuchte, sie zu küssen, während seine Hand an ihren Knöpfen zerrte. »Das wird der beste Augenblick deines Lebens.«

Clio wollte schreien. Es war wie mit Gilles, nur hundert Mal schlimmer, weil dies der Mann war, den ihre Mutter liebte.

Sie wehrte sich und versuchte, ihn wegzustoßen, dabei fielen sie beide zu Boden und rissen alles mit sich, was auf dem Kaffeetisch stand. Clio nahm ihre ganze Kraft zusammen, stieß ihn beiseite und rannte zur Tür.

Aber Luke war vor ihr da.

»So.« Er lümmelte sich in den Rahmen, um ihr den Weg zu versperren, und lächelte sie drohend an. »Wo haben wir denn das ungezogene Mädchen?« Er packte sie an den Schultern und zog sie an sich.

Clio versuchte, sich zu befreien. »Wovon sprichst du überhaupt?«

»Ich hatte gerade den Vater deiner Freundin am Telefon. In deinem Alter Joints rauchen. Tst, tst. Und was machst du sonst noch für verbotene Sachen, Clio?«

Clio bekam panische Angst. Was sollte sie jetzt tun? Sie versuchte, sich zu erinnern, ob ihre Mutter ihr Mobiltelefon mitgenommen hatte. Oder sollte sie ihren Vater anrufen? Nur, dass der vermutlich nur lachen oder ihr vorschlagen würde, zurückzurufen, sobald die Babys Bäuerchen gemacht hatten.

»Wenn du nett zu mir bist« – Luke versuchte erneut, nach ihrer Brust zu grapschen –, »versprech ich dir vielleicht, nichts deiner Mutter zu erzählen. Was willst du für mich tun, Clio, damit dein kleines Geheimnis unter uns bleibt?«

Als Antwort versetzte sie ihm einen festen Schlag mit ihrem Rucksack, den sie hinterm Sofa abgestellt hatte. Er war schwer von den Schulbüchern. Während Luke fluchte und sich die Schulter rieb, machte Clio einen Satz auf die Eingangstür zu.

Zu ihrer Verblüffung stand Angus Day davor.

»Du meine Güte, Clio!« Mit fester Hand packte Angus sie an den Schultern und hielt sie fest. »Was ist denn passiert?«

»Es war Luke …«, fing sie an und schluchzte. War das alles ihr Fehler? Was empfand ihre Mutter wohl dabei? Erst der Joint und dann auch noch das.

Aber Angus wartete weitere Erklärungen erst gar nicht ab. »Hier.« Er reichte ihr die Wagenschlüssel. »Steig in meinen Wagen.«

Er rannte ins Haus. Das Wohnzimmer sah aus, als sei eingebrochen worden, Sofakissen und Zeitschriften lagen über den Fußboden verstreut.

»Was haben Sie mit diesem Mädchen gemacht, Sie Mistkerl?«

Luke zuckte mit den Schultern. »Keine Sorge. Ich habe sie nicht mal angefasst. Sie ist noch frisch für Sie.«

Mit der einen Hand packte Angus Luke am Hemdkragen und verpasste ihm mit der anderen einen Schlag ins Gesicht. Befriedigt sah er Blut aus Lukes Mundwinkel tröpfeln. »Sie sollten lieber gehen, Knight.«

Luke lachte nur. »Ich denke, ich warte auf Amanda.«

»Sagen Sie ihr, dass Clio bei meiner Mutter sein wird. Den Grund wird sie sicherlich von Clio selbst hören wollen.«

Er rannte zurück zu Clio, die bereits wie ein Häufchen Elend in seinem Auto saß. »Wo, um Himmels willen, ist Amanda?«

»In London. Sie gibt dort ein Radiointerview.«

»Hast du die Nummer ihres Mobiltelefons?«

Er wählte die Nummer, die Clio ihm gab. »Da rührt sich nichts. Komm, wir fahren zu meiner Mutter. Geht es denn wieder?« Er sah sie forschend an. »Ist was passiert?«

»Er legte seine Hand auf meine Brust und versuchte, mich zu küssen.«

»Arme Clio. Was für ein Scheißkerl.«

»Arme Mama. Sie glaubt, ihn zu lieben.«

»Danach nicht mehr.«

Sie lächelte matt. »Das ist wohl wahr.«

Luke machte Ordnung und glättete die Kissen, gerade als das Essen gebracht wurde. Wütend stopfte er die Kartons in den Abfalleimer. Bald kam Amanda zurück, und er würde ihr Clios Abwesenheit erklären müssen. So ein dummes kleines Mädchen. Er hatte doch gar nichts Ernsthaftes vorgehabt. Nur ein wenig harmlosen Spaß.

»Wie viel macht das?«, fragte Amanda den Taxifahrer in Sorge wegen seiner Antwort, als er vor ihrem Haus anhielt.

»Zweiunddreißig Pfund, meine Liebe. Mit Zuschlag für nach Mitternacht.«

Amanda zählte ihm das Geld hin. Es war buchstäblich alles, was sie bei sich trug. »Tut mir Leid, aber für Trinkgeld bleibt wohl nichts mehr übrig.«

Mürrisch brauste der Fahrer davon. Die meisten warteten wenigstens, bis man durch die Eingangstür war, nicht aber dieser. So viel also zur Großherzigkeit.

Eigentlich hatte Amanda damit gerechnet, das Haus in völliger Dunkelheit anzutreffen, aber im Wohnzimmer brannte Licht. Offenbar sah Luke sich einen seiner berühmten Schwarzweißfilme an. Sie musste lächeln, als ihr Seans Bemerkung über Lukes Studentengewohnheiten einfiel.

Sie wollte gerade ihre Schlüssel hervorholen, als die Eingangstür aufging. Luke stand vor ihr und lächelte sie mit seinem vertrauten, entwaffnenden Lächeln an, das helle Haar zerzaust. Er erinnerte ein wenig an einen ungezogenen Chorknaben.

»Hi«, begrüßte sie ihn. »Ich habe mich schon gefragt, ob du noch wach bist.«

»Wie ist es gelaufen? Kann ich dir eine Tasse Tee machen?«

»Es lief ganz hervorragend. Sadie war umwerfend. Und ich habe es sogar geschafft, auf die Galerie hinzuweisen. Ja, Tee wäre jetzt gut.«

»Du kommst später als erwartet.«

»Ja«, gab Amanda schuldbewusst zu. »Wir sind mit einer Redakteurin noch was trinken gegangen, und plötzlich war es halb elf. Ich hätte fast einen Herzanfall bekommen.«

Luke schloss sie in seine Arme. »Ist doch nicht schlimm. Du sollst auch dein Vergnügen haben.« Amanda seufzte und fragte sich, warum sie sich je über ihn geärgert hatte. Giles wäre ausgerastet und hätte ihr vorgeworfen, eine verantwortungslose Mutter zu sein.

Amanda schnüffelte, weil sie einen fremden, aber strengen Geruch wahrnahm.

»Wir haben uns was kommen lassen. Chicken Korma.«

»Clios Lieblingsessen. Sehr aufmerksam von dir. Um wie viel Uhr ist sie ins Bett gegangen? Ich hoffe, sie ist nicht pampig gewesen und hat dir weiszumachen versucht, sie sei als Teenager ›zu alt für feste Bettgehzeiten‹.«

»Nein.« Diesmal war es an Luke, eine schuldbewusste Miene zu machen. »Offen gestanden ist sie gar nicht zu Bett gegangen. Sie ist weg.«

»*Weg*? Wo, zum Teufel, ist sie denn um diese Zeit hin? Sie hat doch nicht etwa mit dir gestritten und ist dann abgehauen?«

»Sie ist mit Angus Day weg. In seinem Sportwagen, gegen zehn Uhr.«

»Wieso sollte sie das tun?«

»Liegt das nicht auf der Hand? Das erkläre ich dir doch schon seit Wochen, Amanda. Zwischen den beiden läuft was. Sie ist ziemlich sauer geworden, als ich es ihr vorgehalten habe. Ich habe versucht, ihr klar zu machen, dass er zu alt für sie ist und ihre Unschuld ausnutzt, aber sie sagte daraufhin, wenn ich nicht gleich damit aufhöre, würde sie dir sagen, ich sei derjenige, der es bei ihr versucht habe.«

»Auf eine so boshafte Idee käme Clio nicht.«

»Jetzt aber schon, nachdem sie mit Day zusammen ist. Ältere Männer können sehr verführerisch sein, wenn sie die Mädchen jung genug in die Finger kriegen. Wahrscheinlich hat er schon daran gearbeitet, als sie bei ihm im Büro war.«

Nie war Amanda wütender oder empörter über jemanden gewesen. Angus wusste, wie verwundbar Clio war, dass sie ihren Vater verloren hatte und ein junger Skilehrer sie hatte abblitzen lassen. »Ich fahre zu ihm, und zwar sofort.«

»Amanda…«, wandte Luke sofort ein. »Ich halte das wirklich für keine gute Idee. Vermutlich glaubt sie, ganz unbändig in ihn verliebt zu sein oder so. Sie ist sechzehn. Wenn du ihr zu massiv entgegentrittst, geht der Schuss womöglich nach hinten los. Es könnte dazu führen, dass sie abhaut, um mit ihm zu leben. Es wäre doch bestimmt besser, du wartest, bis sie sich etwas beruhigt hat. Wenn du jetzt hinfährst, wird sie sich vielleicht eine hanebüchene Geschichte aus den Fingern saugen, dass alles mein Fehler gewesen sei – nur um von sich abzulenken.«

Amanda, die in den Tiefen ihrer Tasche nach den Autoschlüsseln kramte, hielt inne. »Warum, zum Teufel, sollte sie so etwas tun?«

»Weil sie mich nicht ausstehen kann. Sie hat mich von dem Moment an abgelehnt, als ich hier einzog. Sie möchte mich loswerden. Sie hätte gern, dass du das Schlimmste von mir denkst, damit du mich wegschickst. Außerdem kommt es ihr als Ablenkungsmanöver von ihrer Beziehung zu Day sehr gelegen.«

»Hör zu, Luke« – Amanda kam sich vor wie in einem kafkaesken Theaterstück –, »was Clio sagt, ist mir eigentlich egal. Ich möchte Angus Day an den Kragen.« Endlich fand sie die Schlüssel und fuchtelte triumphierend damit herum.

»Na gut. Aber rechne nicht damit, dass er es einfach zugibt. Denn nach meinen Informationen ist es nicht das erste Mal.«

»Was willst du damit sagen?«

»Ach, nur so eine Bemerkung von seinem Vorarbeiter. Ich hätte es dir sagen sollen, aber ich wollte dich nicht beunruhigen.«

»Was hat Laddie gesagt?«

»Dass Angus das Praktikum bestimmt gut findet, weil er junge Mädchen sehr schätzt. ›Lass sie die Schuluniform anziehen, wie die der Mädchen von Saint Trinians‹, hat er gesagt, ›dann ist Angus im siebten Himmel.‹«

Amanda wurde übel. Was wäre, wenn Angus nur hinter ihr her gewesen wäre, um an Clio als seinem eigentlichen Ziel zu kommen? Sie hatte von solchen Männer gehört. Doch er hatte einen so großzügigen Eindruck auf sie gemacht, war so freundlich zu seiner Mutter.

»Warum hast du mir davon nichts erzählt?«

»Ich dachte, ich interpretiere vielleicht zu viel hinein, dass es womöglich nur ein Scherz war, aber offenbar ist doch mehr daraus geworden. Pass auf, Amanda, du bist müde. Und du hast getrunken, wie du selbst gesagt hast. Lass es für heute Nacht gut sein. Sie wird zurückkommen.« Er legte ihr seine Hände auf die Schultern und schmachtete sie an wie ein Calvin-Klein-Dressman. »Komm lieber mit ins Bett. Ich werde dich massieren. Das bringt dich auf andere Gedanken.«

»Lass mich in Ruhe, Luke!«, herrschte Amanda ihn an. »Wenn du mich schon nicht davor warnen konntest, dass meine Tochter in Gefahr ist, könntest du wenigstens jetzt ein wenig Fingerspitzengefühl zeigen!«

Sie war bereits ein paar Kilometer weit gefahren, als sie bemerkte, dass die Kontrolllampe für den Benzinstand aufleuchtete. Wie lange war der Tank schon leer? Beim Gedanken, irgendwo da draußen mit dem Wagen liegen zu bleiben, bekam sie Panik. An der Umgehungsstraße hatte eine Tankstelle die ganze Nacht geöffnet, aber die lag genau in der Gegenrichtung. Würde sie es noch bis zu Angus' Haus schaffen, ehe der Wagen stehen blieb?

Sie fluchte über ihre Dummheit, wendete und fuhr Richtung Tankstelle. Es war nicht weiter als sechs Kilometer, und im Tank war mindestens noch Sprit für zwanzig. Das musste doch zu schaffen sein?

Die Stadt war wie ausgestorben. Selbst die Nachtschwärmer schienen in ihren Betten zu liegen oder hatten jemanden gefunden, der ihres mit ihnen teilte. In der Ferne sah sie schon die Leuchtreklame der Shell-Tankstelle und stieß einen tiefen Seufzer der Erleichterung aus, gerade als das Auto zu stottern anfing und seine letzten Tropfen Benzin schluckte.

»Scheiße!«, schrie Amanda. Sie stieg aus und schimpfte auf den Wagen ein: »Scheiße, Scheiße, Scheiße!«

Sie war so sehr damit beschäftigt, dass sie den zivilen Polizeiwagen nicht bemerkte, der leise hinter ihr zum Stehen kam.

»Gibt es ein Problem?«

Amanda drehte sich herum. »Es ist wirklich unglaublich dumm, ich weiß, aber mir ist das Benzin ausgegangen.« Sie vermied es, in Richtung des Polizisten zu atmen. Sie hatte tatsächlich zu viel getrunken und sollte unter keinen Umständen fahren. Normalerweise hätte sie auch nicht im Traum daran gedacht, aber der heutige Abend war alles andere als normal.

»Wir dürfen eigentlich nicht helfen, aber da hier vorne gleich eine Tankstelle ist, hole ich Ihnen ein paar Liter.«

Der Polizist verschwand, und Amanda durchwühlte wie eine Verrückte den Wagen nach einem extrastarken Pfefferminzbonbon. Keines zu finden. Dann hatte Sean wohl das letzte verputzt.

Zehn Minuten später kam der Polizist mit einem grünen Sicherheitsbehälter voller Benzin zurück und kippte es in den Tank.

Amanda stieg wieder in ihren Wagen und dankte ihm mit ihrem verführerischsten Lächeln. »Gute Nacht. Und passen Sie auf.« Gott sei Dank war sie noch einmal davongekommen. Sie schwor sich, nie wieder zu fahren, wenn sie getrunken hatte.

Sie drehte den Zündschlüssel und dankte ihrem Schutzengel.

»Warten Sie«, sagte da der Polizist. »Ihr Gurt hat sich in der Tür verklemmt.« Er öffnete die Tür, löste den Gurt und reichte ihn Amanda. Dabei fing er eine kleine Fahne Palm-Court-Martini ein, und sein Gesicht verwandelte sich so schnell wie die Zaubertafel eines Kindes. »Tut mir Leid, aber ich muss Sie leider bitten auszusteigen.«

27. *Kapitel*

Clio saß ganz still in Angus' Wagen und drückte ihren Schulrucksack an ihre Brust wie ein Flüchtling, der sich an seine letzten Habseligkeiten klammert.

»Soll ich Musik anmachen?«, erkundigte Angus sich einfühlsam. »Aber ich bekomme nur den Stadtsender rein.«

Clio schüttelte den Kopf und starrte reglos aus dem Fenster. »Was soll ich denn Mama erzählen?«

»Du hast nicht viele Möglichkeiten, oder?«

»Aber sie liebt Luke.« Er konnte das Schluchzen hören, das in Clios Stimme mitschwang.

»Aber nicht so sehr, wie sie dich liebt.«

»Und wenn sie mir nicht glaubt?«

»Clio.« Angus' Stimme besaß all die Gewissheit, die sie vermisst hatte, seit ihre Eltern sich getrennt hatten. »Sie wird dir glauben.«

»Aber sie wird verletzt sein.«

Einen Herzschlag lang war Stille, als sie durch die dunklen Umrisse der Vororte rasten. »Ja. Sie wird verletzt sein. Aber das ist nicht dein Fehler. Amanda ist eine erwachsene Frau. Sie wird darüber hinwegkommen. Und in erster Linie wird ihr daran gelegen sein, dass es dir gut geht. Wir sind jetzt gleich am Haus meiner Mutter.«

Clio erkannte das vertraute Torhaus mit der Auffahrt dahinter. Angus machte ihr die Tür auf, und sie folgte ihm auf dem Weg, der zu Isobels Eingangstür führte. Die Nachtschwester öffnete die Tür.

»Wie geht es meiner Mutter?«, fragte Angus und gab Clio ein Zeichen, ihm zu folgen.

»Sie ist schwach, aber sie hat gut geschlafen.«

»Hier oben ist ein Gästezimmer, Clio.« Angus ging nach oben und öffnete eine Tür neben dem Treppenabsatz. »Ich dachte, hier fühlst du dich vielleicht eher zu Hause als drüben in dem großen Bau. Dort kann es nachts ein wenig unheimlich sein. Möchtest du vielleicht was Heißes zu trinken? Milch und Biskuits?«

Dieses Mal machte es Clio nichts aus, wie ein Kind behandelt zu werden. »Das wäre schön.«

»Dann werde ich Mrs. Northam bitten, dir was zu bringen. Sie backt sie selbst, und meine Mutter isst wie ein Spatz. Und wie wär's mit einer Wärmflasche?«

Clio lächelte zaghaft. Langsam wich das schmutzige, beängstigende, verzweifelte Gefühl, das nach Lukes Attacke von ihr Besitz ergriffen hatte. Angus strahlte eine unglaubliche Sicherheit aus. Ihr kam der Begriff »auf jemanden bauen können« in den Sinn. Es schien mehr als Schicksal zu sein, dass er Häuser baute. »Danke.«

»Dann gute Nacht. Sieh zu, dass du schlafen kannst. Ich werde drüben bei mir sein, aber es gibt in allen Zimmern eine Telefonverbindung. Ich werde auch deine Mutter zu erreichen versuchen. Sie wundert sich bestimmt, wo du bist.«

Clio überlegte gerade, was für eine beschissene Geschichte Luke wohl auftischen würde, um ihre Abwesenheit zu erklären, aber da wurden schon Milch und Biskuits und die Wärmflasche gebracht. Binnen fünf Minuten war sie eingeschlafen.

Angus schob seinen Kopf durch die Tür seiner Mutter, um sich zu vergewissern, dass sie es auch bequem hatte. Aus dem Dunkel drang die Stimme seiner Mutter zu ihm: »Hast du mit Amanda gesprochen, so wie ich es dir gesagt habe?«

»Noch nicht, Maw.«

Dabei hatte Angus das schreckliche Gefühl im Bauch, dass sie ihm jetzt, nach allem, was passiert war, wohl nie mehr verzeihen, geschweige denn seine Gefühle erwidern könnte.

28. Kapitel

Amanda konnte nicht fassen, in welchen Albtraum sie da hineingestolpert war. Wenn alles stimmte, was sie gehört hatte, dann hatte ihre Tochter Luke beschuldigt, sich an sie herangemacht zu haben, und war dann mit Angus abgehauen. Gerade eben war Amanda beim Alkohol-Schnelltest durch erhöhte Werte in ihrer Atmenluft aufgefallen und saß jetzt auf der Polizeistation und wartete auf die Auswertung ihrer Urinprobe. Wenn auch diese positiv ausfiel, würde man sie wegen Trunkenheit am Steuer zur Rechenschaft ziehen.

»Mrs. Wells?« Ein Mann mittleren Alters in einer Tweedjacke mit Lederflicken auf den Ellbogen wandte sich an sie. »Ich bin der Polizeiarzt.« Er sah aus wie ein freundlicher Schuldirektor, der gleich irgendwelchen Eltern schreckliche Neuigkeiten erzählen würde.

Amanda hatte Mühe, ihren Gefühlen nicht nachzugeben. Am liebsten wäre sie zu Boden gesunken und hätte geweint. War es eine Entschuldigung, dass sie so etwas noch nie gemacht hatte? Dass ihr Leben, das nach dreijährigem Elend endlich wieder Gestalt anzunehmen schien, plötzlich an allen Ecken und Enden auseinander zu brechen schien?

Der Mann winkte mit einem Stück Papier.

»Sie haben noch einmal Glück gehabt. Ihr Urintest bleibt unter den Grenzwerten. Aber Sie sollten doch darüber nachdenken, was für ein schwer wiegender Verstoß dies ist. Würde Ihnen ein Kind vor das Auto laufen, wären Sie nicht in der Lage, rasch genug zu reagieren. Ich schlage Ihnen vor, eine Tasse Kaffee zu trinken und sich dann zu Hause ins Bett zu legen. Und wenn Sie das nächste Mal ausgehen und was trinken, nehmen Sie lieber ein Taxi. Oder gehen zu Fuß. Das ist auch gut für die Gesundheit.«

Amanda dankte ihm. »Das werde ich. Glauben Sie mir.«

Sie trank den ihr angebotenen Kaffee und ging zu ihrem Wagen. Eine Stimme riet ihr zu tun, was der Arzt gesagt hatte. Doch die Stimme, die sie aufforderte, ihre Tochter zu suchen, war stärker. Im Kampf der Vernunft gegen die mütterliche Angst siegte die mütterliche Angst. Wenn sie bisher schon nicht den Grenzwert überschritten hatte, dann wäre sie jetzt, nach einer Tasse Kaffee, bestimmt nüchtern genug, um in einem Notfall wie diesem fahren zu können. Sie würde vorsichtig und langsam fahren.

Amanda war nie bei Angus gewesen, aber sie hatte eine ungefähre Vorstellung davon, wo sein Haus lag: kurz vor Laineton in einer Gegend, die High Down hieß.

Hier war tiefstes Hinterland mit nur wenigen Behausungen. Keiner würde vermuten, dass die lebendige Küstenstadt Laineton gleich hinter dem Hügel lag.

Sie kam zum Torhaus. Bei ihrer Ankunft blitzte sofort ein Flutlichtscheinwerfer auf, der das Haus im Umkreis von sieben Metern in gleißendes Licht tauchte. Waren denn so viele Watt vonnöten? Aber das Haus lag wirklich sehr einsam, und man konnte schon Angst bekommen.

Amanda klopfte an die Tür und wartete. Die sie umgebende Stille machte sie trotz des grellen Lichts nervös, als sähe sie sich der Öffnung eines Gewehrlaufs gegenüber. Sie klopfte wieder und rechnete schon halb damit, dass Angus im Morgenmantel öffnete, mit einem gefährlichen Lächeln im Gesicht wie Rhett Butler nach einer durchzechten Nacht.

Aber die Person, die schließlich an die Tür kam, war eine verschlafen und ziemlich verwirrt aussehende Frau mittleren Alters.

»Ich suche meine Tochter, Clio. Soweit ich weiß, ist sie hier.«

Die Frau trat einen Schritt zurück, noch immer schläfrig. »Kommen Sie lieber rein. Ich werde Mrs. Day fragen, was zu tun ist.«

Amanda wurde ins Wohnzimmer geführt. Sie versuchte, sich klar zu machen, was eigentlich los war. In Anwesenheit von Isobel wäre unziemliches Verhalten wohl kaum denkbar.

Der Raum, in dem man sie allein gelassen hatte, war grün und friedlich, und es roch zart nach Medikamenten, kaum die Szenerie für eine wilde Verführung oder Sex mit Minderjährigen. Amanda sah sich verdutzt um.

Überrascht blieben ihre Augen an einem Gegenstand auf dem Fensterbrett hängen, der von den immer noch aufgeblendeten Scheinwerfern erhellt war. Die beiden werbenden Reiher. Sie sah sich im Raum um. Auf dem eichenen Kaminsims hatte der Schwan stolz seinen Platz gefunden. Als Amanda die Wahrheit erahnte, zog es ihr den Boden unter den Füßen weg. Diese Schnitzereien waren nicht für Angus' Freundin gedacht gewesen. Seine Mutter war die Empfängerin.

»Ich hoffe, Sie werden mir verzeihen«, sagte eine weiche Stimme hinter ihr, »aber ich denke, wir sollten Clio nicht wecken. Sie hat ein schlimmes Erlebnis hinter sich, und es wäre für sie bestimmt das Beste, so lang wie möglich zu schlafen.«

Amanda wirbelte herum, vor Verwunderung ganz schwindelig. Isobel Day wirkte fast geisterhaft, so blass und durchsichtig war sie in ihrem langen weißen Morgenmantel.

»Welches schreckliche Erlebnis denn?«

»O meine Liebe, wissen Sie das denn nicht?«

»Ob ich was weiß? Luke hat mir nur erzählt, dass sie mit Angus weggefahren ist, und ich bin hierher gekommen, um ihm klar zu machen, dass eine Beziehung zwischen ihm und meiner Tochter keinesfalls in Frage kommt. Sie ist erst sechzehn, und er ist vierzig.«

»Mrs. Wells… Amanda…« Isobel sah sie an, als spräche sie eine fremde Sprache und benötige eine Übersetzung. »Sie werden doch nicht glauben, dass irgendetwas zwischen meinem Sohn und Clio ist. Sie ist ein Baby. Außerdem sind Sie diejenige, die er liebt. Das müssen Sie doch wissen, selbst wenn er nicht den

Mut gefunden hat, es Ihnen direkt zu sagen. Nie im Traum dächte er daran, Hand an Clio zu legen.«

Wie ein Schraubstock drückte die Angst auf Amandas Herz. »Und von welchem schrecklichen Erlebnis sprechen Sie?«

»Liebe Amanda, ich glaube, um das zu klären, sollten Sie lieber mit Angus reden. Er kann Ihnen alle Fragen beantworten. Sie finden ihn im Haus am Ende der Auffahrt.«

»Aber Clio geht es gut?«

»Es geht ihr gut. Sie hat warme Milch und ein paar von Mrs. Northams Biskuits bekommen – ziemlich viele Biskuits, um bei der Wahrheit zu bleiben. Sie können einen Blick bei ihr reinwerfen, wenn Sie möchten.«

Amanda rannte die Treppe hoch und öffnete die Tür des kleinen Gästezimmers. Clio hatte sich zu einer Kugel zusammengerollt, wie sie das im Bett immer tat, und umklammerte eine Wärmflasche mit lila Flauschbezug. Ihr langes Haar breitete sich auf dem Kissen aus, und auf ihrem Gesicht lag die zarte Röte des Schlafs. Ihr Mund stand ein wenig offen und zeigte ihre Schneidezähne. Es war ein so friedliches Bild, dass Amandas rasender Puls ruhiger wurde.

»Danke. Ich gehe jetzt zu Angus.«

Isobel wartete, bis sie hörte, wie der Motor angelassen wurde, dann nahm sie den Hörer in die Hand.

Angus war sofort dran. »Maw. Was ist los? Alles in Ordnung mit dir?«

»Mir geht's gut.« Das entsprach zwar nicht den Tatsachen, denn sie hatte ziemliche Magenschmerzen. »Amanda Wells ist auf dem Weg zu dir, und sie scheint völlig außer sich zu sein. Vielleicht ist das deine Chance.«

»Vielleicht aber auch nicht. Du hattest nie ein Gespür für den richtigen Zeitpunkt.«

»Jedenfalls schiebe ich aus Angst vor Zurückweisung nichts auf die lange Bank.«

»Danke, Maw. Geh jetzt wieder zu Bett.«

Angus hörte bereits Amandas Wagen. Sie blieb kurz stehen, vermutlich, um die riesigen Ausmaße des Hauses auf sich wirken zu lassen und ihre Vorurteile gegen ihn als Baulöwen sich selbst zu bestätigen.

Es klingelte.

Angus schlüpfte hastig in Kordhosen und ein Sweatshirt und öffnete beim dritten Klingeln.

»Du bist ja angezogen«, warf Amanda ihm vor.

»Meine Mutter hat mich angerufen. Sie sagte, du kämst.«

»Ich möchte, verdammt noch mal, wissen, was hier vor sich geht.«

Angus' Gesicht war wie Granit. »Du meinst mit Luke?«

»Nein, nicht Luke. Mit dir und Clio.«

»Zwischen mir und Clio geht überhaupt nichts vor. Sie ist doch noch ein Kind, um Himmels willen!«

»Und warum hast du sie dann, um Himmels willen, um zehn Uhr abends von zu Hause weggebracht?«

Angus' Gesicht war grimmiger, als sie es je erlebt hatte. Er machte ihr fast Angst mit seiner finsteren Ablehnung. »Dann hat Luke Knight dich also nicht darüber informiert, warum Clio weggerannt ist? Und warum mich das nicht überrascht?«

Amanda war so müde, dass sie sich kaum noch auf den Beinen halten konnte. »Er hat mir eine verrückte Geschichte erzählt, dass Clio ihm vorgeworfen habe, er hätte sich an sie rangemacht.«

»Das war keine verrückte Geschichte. Warum glaubst du deiner eigenen Tochter nicht. Luke hat sich an sie rangemacht.«

Amanda war hundeelend zumute. Das konnte einfach nicht wahr sein. »Um Gottes willen, Angus. Luke würde so etwas nie tun.«

»Tut mir Leid, Amanda. Aber es ist nicht das erste Mal.« Angus zögerte. Er verachtete Luke, aber er wusste, wie weh es tun musste, wenn sie die wahre Geschichte erfuhr. »Luke hat das offenbar schon mal gemacht. In einer früheren Beziehung. Die Mutter hat ihn davongejagt.«

»O mein Gott! Woher weißt du das?«

»Louise hat es mir gesagt. Ruthie hat von dem Gerücht gehört, und Louise musste ihr versprechen, dir davon zu erzählen. Louise hat es passenderweise vergessen. Er hatte gerade einen Versuch gemacht, als ich heute Abend bei deinem Haus vorbeikam.«

»Aber warum bist du bei mir vorbeigekommen?«, wunderte sich Amanda. Sie strich sich müde durchs Haar. Ihre Augen waren vor Erschöpfung rot und verquollen.

»Weil ich es meiner Mutter versprochen hatte.«

»Deiner Mutter? Was hat das denn mit Isobel zu tun?«

»Meine Mutter ist sehr krank. Ich musste ihr etwas versprechen. Ich hatte nicht die Gelegenheit, mein Versprechen einzulösen, zu meinem Glück, denn offenbar bist du hierher gekommen, weil du Knight seine Geschichte abgenommen hast, dass ich versucht hätte, deine Tochter zu verführen.«

Einen derartigen Ausdruck hatte sie in seinen Augen noch nie gesehen – eine Mischung aus Wut und Abscheu.

»Luke war derjenige, der den Schritt getan hat. Er hat Clio zu küssen versucht und seine Hand auf ihre Brust gelegt. Es überrascht also nicht, dass Clio völlig zusammengebrochen ist.«

Amanda erstarrte. Etwas an Angus' Behauptung klang glaubwürdig. Clio hatte sich in letzter Zeit sehr merkwürdig verhalten, wenn es um Luke ging. Sie hatte nie mit ihm allein sein wollen, und fast jede Entschuldigung war ihr recht gewesen, nicht da sein zu müssen, wenn er da war. Amanda hatte sich das mit Clios Groll darüber erklärt, dass Luke ihr die Mutter wegnahm. Aber wenn es doch etwas Schlimmeres war?

»Ich fahre jetzt lieber zurück und kläre das mit ihm.«

»Wenn du mir nicht glaubst, dass ich die Wahrheit sage, dann ruf Ruthie an. Sie scheint darüber Bescheid zu wissen.«

»Das werde ich vielleicht auch tun.«

Sie fuhr zurück wie ferngesteuert, geschüttelt von Kälte und Müdigkeit. Aber vor allem brannte in ihr eine mörderische Wut.

29. *Kapitel*

Im Wohnzimmer war es ruhig und dunkel, von Luke war nichts zu sehen. Ihr fiel auf, dass die Kissen falsch platziert waren, und sie bückte sich automatisch, um sie richtig zu verteilen. Etwas steckte unter der Sofalehne. Es war Lukes Brieftasche. Sie öffnete sie und durchsuchte sie. Nur das Übliche – Rezepte, Kreditkarten, die Ecke eines Briefumschlags mit einer darauf gekritzelten Telefonnummer, ein Los. Sie wollte sie schon auf die Anrichte legen, als sie das letzte Fach öffnete. Unter Lukes Führerschein steckte ein Foto von Clio, das er offenbar aus dem Familienalbum gestohlen hatte. Es war ein Bild, das Amanda überhaupt nicht leiden konnte, weil Clio für die Schuldisco aufgetakelt war und darauf provozierend und erfahren und weitaus älter wirkte, als sie war.

Jetzt, da sie die Wahrheit herausgefunden hatte, war alles glasklar. All die Beschuldigungen, dass Clio den Skilehrer provoziert haben musste, und die unverschämten Andeutungen, dass sie Angus Day ermutigte, während die ganze Zeit über Luke von Clio besessen gewesen war.

Sie ließ sich aufs Sofa fallen, holte ihr Adressbuch heraus und suchte fieberhaft nach Ruthies Telefonnummer.

Das Telefon klingelte vielleicht zehn- oder zwölfmal, ehe Ruthie dranging.

»Ja?«, fragte Ruthie mit der ängstlichen Stimme aller Eltern, die mitten in der Nacht einen unerwarteten Anruf erhalten.

»Ich bin es, Amanda. Es tut mir Leid, Ruthie, dass ich so spät noch anrufe, aber stimmt das, dass du jemanden kennst, der mit Luke zu tun hatte? Jemanden mit einer Tochter im Teenageralter?«

»O mein Gott, Amanda.« Die Schärfe in Ruthies Stimme verlieh ihren Worten Wahrhaftigkeit. »Ist Clio was zugestoßen?«

Amanda spürte, wie sie zusammenschrumpfte. Jetzt gab es keinen Zweifel mehr. Es war ihr nicht gelungen, ihre eigene Tochter zu schützen. Sie war sogar diejenige gewesen, die sie der Gefahr ausgesetzt hatte.

»Ja, es stimmt«, sagte Ruthie. »Hat Louise es dir nicht erzählt? Warum, zum Teufel, hab ich dieser Hexe vertraut? Das kam nur daher, weil du zur letzten Lektüregruppe nicht gekommen bist und ich es dir am Telefon nicht sagen wollte. Ich hätte zu dir kommen sollen. Louise meinte, wir sollten uns da raushalten, aber ich wusste, dass das Quatsch war. Es tut mir Leid.«

»Pass auf, Ruthie, noch eine Frage. Diese Freundin von dir« – Amanda wusste, dass diese Frage ihren Stolz traf –, »hat sie das Gefühl gehabt, Luke habe sie absichtlich ausgesucht, wegen ihrer Tochter?«

»Nein«, sagte eine Stimme hinter ihr. Sie drehte sich um. Es war Luke. Er trug noch immer seine Jeans und das Jeanshemd und machte jenen gesunden, frisch gewaschenen Eindruck, der, wie sie jetzt wusste, trügerisch war. Er sollte wie ein schmutziger alter Mann aussehen.

»Ich ruf dich später an, Ruthie. Tschüss.«

»Es war nicht so.« Luke strich sich mit der Hand durch sein helles Haar. »Um Gottes willen, ich habe mich in dich verliebt. Aber Clio war einfach so verdammt hinreißend, und sie wusste es nicht einmal. Ich wollte das nicht. Es kam über mich, ich kann nichts dafür.«

»Und du hast keinen Augenblick daran gedacht, wie verletzlich Clio ist, nachdem sie gerade ihren Vater verloren und dieser auch noch Zwillinge von einer anderen Frau bekommen hat?«

»Vielleicht hätte ich helfen können. Eine Art Ersatzvater sein.«

Amanda stand auf und schlug ihn, so fest sie konnte, so dass ihre Hand einen rotblauen Striemen zurückließ, wo ihr Ring seine Wange erwischt hatte. »Väter versuchen nicht, ihre Töchter zu verführen; jedenfalls nicht anständige Väter. Du hast sie ausgenutzt. Du wusstest, dass sie mir nichts davon erzählen würde, weil sie sich denken konnte, wie gedemütigt und entsetzt ich wäre. Versuch also nicht, so zu tun, als sei es nur ein harmloser kleiner Zwischenfall gewesen. Clio hätte auf ewig Schaden nehmen können. Und jetzt möchte ich, dass du gehst. Und zwar auf der Stelle. Geh einfach.«

»Dann ist das also ein Abschied?« Luke versuchte es mit seinem charmanten Lächeln.

»Nein, Luke, das hier ist ›Verpiss dich und verlass Laineton‹. Das bedeutet, dass ich dich beobachten werde, damit du deine Finger von jungen Mädchen lässt. Das bedeutet, dass ich dich am liebsten umbringen würde für das, was du meiner Tochter angetan hast.«

»Sieh es doch mal so, Amanda«, forderte Luke sie heraus. »Wärst du nicht so verzweifelt gewesen, hättest du mich nicht so schnell bei dir einziehen lassen. Tschüss – ich werde meine Sachen holen, wenn du nicht da bist.«

»Dann mach das lieber bald. Nächste Woche lasse ich die Schlösser austauschen.«

Amanda hörte die Eingangstür ins Schloss fallen. Zitternd und vor Schmerz wie betäubt, lehnte sie sich im Dunkeln zurück und tauchte ein in die Fehler, die sie gemacht hatte. Ihr war die Liebe eines guten und eines wertlosen Mannes angeboten worden, und mit unbeirrbarem Geschick hatte sie den wertlosen gewählt. Das schmerzte, aber genauso schlimm waren ihre Schuldgefühle, dass sie ihre Tochter nicht beschützt hatte. Doch da war auch noch etwas Dunkleres, Beschämenderes. Die massive Zurückweisung, dass ihr Liebhaber ihre Tochter mehr begehrt hatte als Amanda selbst.

Sie starrte vor sich in die Dunkelheit, die bereits von der Dämmerung aufgeweicht wurde. Die Katze sprang aufs Sofa und setzte sich auf ihren Schoß. Aber Amanda merkte es gar nicht. Erschöpft von dieser Achterbahnfahrt der Gefühle schlief sie ein.

Die wie ein Motor schnurrende Katze weckte sie schließlich auf, als es Morgen war. Amanda brauchte einige Zeit, um zu sich zu kommen und sich an all das zu erinnern, was gestern Nacht passiert war. Und als würde ein Vorhang weggezogen, um blendendes, schmerzendes Licht hereinzulassen, erinnerte sie sich an jede demütigende und qualvolle Einzelheit. In der vergangenen Nacht war ihr Leben in die Brüche gegangen. Zum zweiten Mal.

Aber eines war wenigstens klar: Sie musste Clio abholen und nach Hause bringen. Da Luke nun weg war, bestand kein Risiko mehr.

Noch immer hing ein leichter Geruch von Kreuzkümmel und Nelken in der Luft, und Amanda wusste, dass sie nie wieder Curry würde essen können, ohne an die letzte Nacht zu denken. Sie sah auf die Uhr. Es war halb neun. War das zu früh, um bei Isobel zu erscheinen – in Anbetracht ihrer Krankheit? Aber Amanda musste Clio einfach sehen, sie fest an sich drücken und ihr versprechen, dass nie wieder so etwas Schlimmes passieren würde.

Aber konnte eine Mutter das versprechen? Vor allem eine, die bereits einmal versagt hatte, ihr Kind zu beschützen.

Normalerweise hätte ein Morgen wie dieser sie sofort in beste Laune versetzt. Die Sonne wanderte über einen klaren blauen Himmel, als sie über das Hügelland zu Isobels Haus fuhr. Die Bäume trugen noch ihr zartes Frühlingsgrün, und die noch nicht von begeisterten Wanderern zertrampelten Wiesen waren saftig und einladend. Aber Amanda nahm nichts davon wahr. Sie stand noch unter Schock und war vor Entsetzen wie betäubt.

Isobels Pflegerin, Mrs. Northam, öffnete fröhlich und geschäftig in ihrem blauen Nylonoverall die Tür, als wäre dies ein Tag wie jeder andere. »Möchten Sie eine Tasse Kaffee? Mrs. Day schläft noch, und Clio macht einen Spaziergang.«

Ein schmaler Lichtstrahl erhellte Amandas trübe Gedanken. Hätte Clio wirklich Schaden davongetragen, wäre sie doch bestimmt im Bett geblieben und zu deprimiert, um aufzustehen?

Amanda spürte die Müdigkeit in ihren Knochen. »Ein Kaffee wäre sehr freundlich.«

Mrs. Northam kehrte fast umgehend mit frischem Kaffee und einem Tablett ihrer selbst gemachten Biskuits zurück. »Mr. Day wird jeden Moment vorbeikommen, um sich zu vergewissern, dass es seiner Mutter gut geht.«

Beim Gedanken an die bevorstehende Begegnung errötete Amanda. Sie würde sich bei ihm entschuldigen müssen.

Kurz darauf tauchte sein BMW in der Einfahrt auf.

»Hallo Angus«, begrüßte Amanda ihn stockend. »Ich wollte dir sagen, wie ungeheuer Leid es mir tut....«

»... dass du geglaubt hast, ich hätte versucht, deine sechzehnjährige Tochter zu verführen? Jemanden, den ich zufällig sehr mag und bewundere.« Seine Stimme war noch immer kalt und scharf wie ein Meißel auf Stein. »Na ja, Menschenkenntnis scheint nicht gerade deine Stärke zu sein, oder?«

Amanda zuckte zusammen. Natürlich hatte er Recht. In der Beurteilung von Menschen, insbesondere von Liebhabern, war sie wirklich eine Niete. »Luke ist ausgezogen. Er hat versprochen, Laineton zu verlassen.«

»Gut. Wo ist Clio?«

»Ich bin hier.« Clio stand an der Tür zum Wintergarten seitlich des Hauses und zog gerade ein Paar übergroße Gummistiefel aus. Sie sah Angus und ihre Mutter an. »Also mir geht es gut. Ich könnte jetzt zu dem Schluss kommen, dass alle Männer Mistkerle sind, bei Papa angefangen, aber vielleicht war es eine nützliche Lektion.«

Amanda wurde es schwer ums Herz, dass ihre schöne Tochter schon so zynisch reagierte, ehe sie überhaupt Gelegenheit gehabt hatte, erwachsen zu werden und sich zu verlieben.

Amanda fiel auf, dass sie jede Spur von Make-up und Erwachsensein weggewischt hatte. Ein kleines, trauriges Lächeln erhellte Clios hübsche Züge. »Sind alle Männer Mistkerle, Angus?«

Amanda hätte Clio gern in den Arm genommen und ihr gesagt, dass da draußen die Liebe auf sie wartete.

»Nur die, die deine Mutter sich aussucht«, lautete Angus' Antwort. Es hätte ein Scherz sein können, aber Angus' Gesichtsausdruck war wie versteinert.

»Wenn du schon so ein guter Menschenkenner bist, was ist dann in deiner eigenen Ehe schief gelaufen?«, trumpfte Amanda auf und bereute es sofort.

Angus antwortete nicht.

»Wir müssen gehen, Clio«, sagte Amanda, weil sie unbedingt wegwollte, um wieder Normalität in ihrer aller Leben zu bringen.

Clio seufzte. »Es ist so schön hier. Darf ich mich nicht noch von Isobel verabschieden? Nur ich allein?«

Sollte Clio die beiden absichtlich allein gelassen haben, zeigte Angus daran keinerlei Interesse. »Ich werde meinen Wagen wegfahren. Er blockiert die Einfahrt.«

Einen Moment lang hoffte Amanda, er würde mit seinem vertrauten Lächeln hinzufügen: »Und ich möchte nicht, dass er noch einmal angefahren wird.«

Aber er ging einfach aus dem Zimmer.

Clio kam zurück und schritt dabei so zuversichtlich aus, als wäre sie von ihrer Erfahrung völlig unbeschadet geblieben. »Ich mag Isobel wirklich sehr. Sie ist so krank, aber sie beklagt sich nie. Ich habe ihr meine Telefonnummer dagelassen, und sie wird mich wissen lassen, wann ich wiederkommen darf. Ich würde sie gern weiterhin besuchen, wenn das in Ordnung ist.«

»Natürlich.«

Als sie draußen zu ihrem Wagen kamen, war von Angus noch immer nichts zu sehen.

»Ich denke, er geht dir aus dem Weg«, meinte Clio.

»Ja«, bestätigte Amanda, »und das kann man ihm wirklich nicht zum Vorwurf machen, oder?«

»Keine Sorge, Mama. Nachdem du jetzt weißt, was für einen

schlechten Geschmack du in puncto Männer hast, kann es nur noch besser werden.«

Auf dem Heimweg schwieg Clio die meiste Zeit.

»Ist wirklich alles in Ordnung mit dir?« Amanda wusste, was für eine dumme Frage das war. Wahrscheinlich konnte darauf nicht einmal Clio selbst eine Antwort geben.

»Ja. Ich bin nur erleichtert, dass Luke nicht mehr in unserem Haus herumhängt.«

Amanda schloss einen Moment lang die Augen. »Ich hätte sehen sollen, was da lief. Ich hätte die Zeichen erkennen müssen, was er über dich gesagt hat, die Anschuldigungen über Angus.«

»So leicht war das gar nicht. Man würde doch von jemandem, der so charmant ist und so gut aussieht, kein derartiges Verhalten erwarten. Ich glaube auch nicht, dass er pervers ist. Er war einfach gewöhnt, seinen Weg zu gehen. Wenn er etwas haben wollte, konnte er nicht begreifen, warum er es nicht bekommen sollte.«

»Natürlich ist er pervers! Er hat deine Verletzlichkeit ausgenutzt. Ach, Clio, ich wünschte mir, du würdest nicht so abgeklärt damit umgehen. Ich bin diejenige, die es hätte sehen sollen.«

»Er hat es sehr klug zu verbergen gewusst. Selbst Rose ist darauf hereingefallen, und die ist nun wirklich der scharfsinnigste Mensch, den ich kenne.«

»Es tut mir wirklich, wirklich Leid, Clio.«

Clio warf einen Blick auf ihre Mutter. »Vergiss mich. Was ist mit *dir*? In gewisser Weise hat er dir sehr viel mehr wehgetan als mir. Ich habe wenigstens guten Stoff zum Tratschen mit Jasmine.«

Amanda lachte, obwohl ihr nach Weinen zumute war. »Ich denke, ich lass das mit den Männern sein. Ich habe ihn total falsch eingeschätzt. Und die Vorstellung, du könntest ihn zum Maß für dein Männerbild nehmen, ist mir unerträglich.«

»Komisch, du dachtest, er sei so anders als Papa, aber in Wirklichkeit ist er das gar nicht. Sie gehen beide davon aus, dass sie bekommen, was *sie* haben wollen, alle anderen sind ihnen egal.«

Amanda war schockiert. »Dein Papa ist überhaupt nicht wie Luke.«

»Okay, er hat sich nicht an meine Freundinnen rangemacht. Aber als er mit Stephanie abgehauen ist, hat er nur an sich gedacht. Er wollte kein alter Furz mittleren Alters sein, also hat er sich eine neue Frau gesucht, um das zu beweisen. Wir waren ihm doch scheißegal. Nicht gerade die einfühlsamste Tour, oder?«

»Die beherrschen nicht viele Männer.«

»Aber ich kenne einen.«

Amanda spürte, wie sie rot wurde. Sie wollte nicht daran erinnert werden, wie dumm sie gewesen war. »Lass das, Clio. Ich hab genug von Männern. Ich habe dich und Sean, meine Freunde, meine Galerie. Das ist mehr, als andere Menschen haben.«

»Schön. Dann richtest du dich also jetzt auf Ausgehen mit Großmama und ein Abo für *Art and Artists* ein?«

Amanda wäre fast auf den Vordermann draufgefahren. Clio schien sich erstaunlich schnell von ihrem Schock erholt zu haben. Bei Amanda würde es länger dauern.

»Ich liebe dich, Clio.«

»Und ich dich auch. Aber jetzt konzentriere dich, um Gottes willen, auf das Fahren. Wir wissen alle, dass das nicht zu deinen Stärken zählt.«

Ohne Luke schien der Haushalt sich wieder zu beruhigen und zu entspannen. Sean verteilte seine Fußballausrüstung wieder über den ganzen Fußboden, Clio lümmelte wieder ungehemmt im Handtuch auf der Couch herum – selbst Kinky schien lockerer zu sein. Wie schafften es nur andere Frauen, einen Mann in ihren Haushalt zu integrieren, selbst wenn dieser, anders als Luke, nett und normal war, wo sie doch alle ihre festgefahrenen Gewohnheiten und ungeschriebenen kleinen Regeln hatten?

Luke kam am folgenden Montag, als alle außer Haus waren,

um seine Sachen abzuholen. Er tilgte jede Spur von sich, bis auf ein schneeweißes Leinenhemd, das Amanda mit großer Befriedigung in Fetzen riss. Dann wechselte sie die Schlösser aus. Ein symbolischer Akt. Das Ende einer Ära. Je weniger man darüber spricht, umso besser, wie ihre Mutter zu sagen pflegte. Als wäre es so einfach.

Das Schlimmste an der ganzen Geschichte war, wie Amanda fand, dass er ihr jeglichen Glauben an ihre eigene Urteilsfähigkeit geraubt hatte.

30. Kapitel

In Laineton brach der Hochsommer an. Wie jedes Jahr verwandelte es sich für drei Monate in eine Touristenstadt. Plötzlich wimmelte es auf der Promenade vor Menschen, die Zuckerwatte aßen und Cowboyhüte mit der Erklärung ICH LIEBE LAINETON oder T-Shirts mit der Aufschrift ICH BIN JUNGFRAU – NA JA BEINAHE trugen. In der Galerie wurde es von Tag zu Tag voller. Bei Clio und Sean waren mit dem herannahenden Ende des Schuljahrs die Anforderungen gewachsen. Bald ging sogar die Fußballsaison zu Ende. »Ich weiß gar nicht, was Sean dann mit sich anfangen wird«, bemerkte Amanda Ruthie gegenüber, die vorbeigekommen war, um sie zu trösten.

»Keine Sorge, Mama«, hatte Sean ihr strahlend versichert. »Die neue Saison beginnt schon in zwei Wochen.«

Wenigstens konnte Amanda dankbar sein, dass alles rasch wieder zur Normalität zurückgekehrt war. Clio war in Zeitschriften und Fernsehen abgetaucht. Sean stellte immer neue Listen über Man United zusammen, und ihre Mutter lag ihr mit immer neuen Männern in den Ohren, die sie treffen sollte. Amanda hätte es nichts ausgemacht, wenn sie nie wieder in ihrem Leben einem Mann begegnet wäre.

Außer einem vielleicht, aber der hatte ganz offensichtlich nur Verachtung für sie übrig. Außerdem schien er sich in Luft aufgelöst zu haben. Normalerweise sah sie wenigstens irgendwo in der Stadt seinen Wagen protzig in der Sommersonne glänzen, aber in letzter Zeit schien selbst das nicht mehr vorzukommen. Vielleicht machte er einen langen Urlaub. Oder er ging ihr aus dem Weg.

Einige Wochen später lief sie zu Fuß von der Galerie nach Hause, genoss die Sonne auf ihrem Rücken und erlaubte sich eine etwas weniger trübsinnige Stimmung. Da fiel ihr unten am Holzsteg neben Roses und Bettys Häuschen ein Schwarm Arbeiter auf, darunter einer mit einem verräterischen Strickhut. Einen Augenblick lang lief ein erregendes Kribbeln über ihren Körper.

Selbst aus dieser Entfernung konnte sie Bettys mädchenhaft pikierte Stimme hören, die sich klagend an Laddie wandte.

»Sie ist wütend auf Angus Day«, flüsterte Rose Amanda zu, als sie neben ihnen stehen blieb.

»Warum das?«

»Weil er die Stadtverwaltung dazu gebracht hat, dass wir unser Häuschen doch behalten dürfen«, erklärte Rose. »Aber Betty hat nur so getan, als wolle sie hier bleiben. In Wahrheit wäre ihr eine Luxuswohnung mit Fußbodenheizung und umlaufendem Balkon lieber gewesen.«

»O Betty!« Amandas Mitgefühl galt Angus. Er war bestimmt durch die Hölle und wieder zurück gegangen, um ihr Häuschen vor dem Abbruch zu retten.

»Und jetzt kleben wir in diesem winzigen, kalten Ding fest«, maulte Betty.

Amanda verkniff sich ein Lächeln über Bettys Wankelmütigkeit und sah, als sie in die Runde blickte, Laddie Smithson mit einem riesigen Plan kämpfen, der ihm von der lebhaften Meeresbrise beinahe aus der Hand gerissen wurde.

Als Amanda sich ihm näherte, hob er seine Augen zum Himmel. »Hat Angus es wirklich geschafft, ihr Häuschen zu retten?«, fragte sie.

»Er hat Berge versetzt, damit sie bleiben können. Hat sich's mit allen in der Stadtverwaltung verdorben. Man sollte diese Winzfrau mal fragen, ob sie die Geschichte von *Der alten Frau, die in einer Essigflasche lebte* gelesen hat. Denn dort wird sie noch enden, wenn sie nicht endlich aufhört, über ihr verdammtes Häuschen zu jammern.«

»Er hat Ihretwegen viel Ärger auf sich genommen, Betty«, erklärte Amanda ihr streng. »Ich finde, Sie sollten ihm wirklich dankbar sein.«

»Amanda«, warf Betty ein, »glauben Sie nicht, dass es eine Möglichkeit gäbe, wenn wir ihn *sehr* freundlich bitten, dass Mr. Day uns doch noch die Wohnung überlässt?«

»Keine Ahnung«, entgegnete Amanda schroffer als beabsichtigt, »und ich weiß nicht, warum alle zu glauben scheinen, ich hätte einen direkten Draht zu Angus Days Gedanken.«

Amanda verabschiedete sich und eilte davon, um die Galerie aufzuschließen, während Laddie und Rose bedeutungsvolle Blicke tauschten.

»Ich wüsste wirklich gern«, fragte Isobel Day ihren Sohn, als sie in Isobels schattigem Garten saßen, »wie lange du noch in deinem Winkel schmollen willst?«

»Ich schmolle nicht in meinem Winkel. Du erwartest doch nicht allen Ernstes von mir, dass ich Amanda Wells den Hof mache, nachdem sie mir Kindesmissbrauch zugetraut hat?«

»Kindesmissbrauch wohl kaum. Clio ist sechzehn.«

»Na gut, dann eben, dass ich einen verletzbaren Teenager missbraucht habe, den ich zufällig bewundere und respektiere? Ich fühle mich benutzt und missbraucht, und ich habe genug davon.«

»Ach, komm schon, Angus, sei doch nicht so schwülstig. Nur weil sie dir einen mit einem hübschen Gesicht vorgezogen hat. Stell dir doch mal vor, was *sie* empfindet? Sie war dumm und rücksichtslos, und sie weiß es.«

»Tut mir Leid, Maw. Das war's. Mein Mitgefühl ist erschöpft. Ich habe kein Interesse mehr. Aber wenn es dir darum geht, dass ich eine Frau finde, dann kannst du dich freuen. Ich habe für Samstag jemanden eingeladen, mit mir essen zu gehen.«

»Doch nicht etwa diese Schreckschraube aus der Wave Gallery?«

»Louise? Also Geschmack habe ich schon, wie du weißt.« Obwohl sie im Schatten saß, schien Isobel zu leuchten wie eine durchsichtige Statue. »Louise äße mich bei lebendigem Leib auf. Nein, sie heißt Melanie Westmacott. Sie ist die Baudezernentin von Shireton.«

»Tauchst du da deine Feder nicht etwas zu tief in das Tintenfass dieser Gesellschaft, bei deiner Art von Arbeit?«

»Kaum.« Angus war über den derben Ton seiner Mutter überrascht. »Man könnte mir vielleicht vorwerfen, ich becirce die Verwaltung wegen eines Auftrags. Aber Melanie ist eine reizende Frau und an allen meinen Projekten sehr interessiert.«

»Verstehe. Und ihr könnt die Planung natürlich miteinander diskutieren. Das dürfte ein Bonus sein.«

»Hör auf, Maw. Sie verfügt über einen sehr regen Verstand. Sie hat Theologie studiert, und ich empfinde ihre Gesellschaft als sehr beruhigend.«

»*Beruhigend*? Na, das ist aber ein interessantes Adjektiv. Solltest du in diesem frühen Stadium eurer Beziehung nicht ein wenig mehr Leidenschaft empfinden?«

»Und wohin hat die Leidenschaft mich gebracht? Hast du denn deine Medizin genommen?«

Isobel nickte, aber sie hatte sie noch nicht genommen. Wenn sie die Menge Morphin zu sich nahm, die der Arzt empfahl, fühlte sie sich schläfrig, und ihr war übel. »Mag sie denn Reiher, diese Melanie?«

»Reiher? Keine Ahnung. Pass auf, Maw, ich wünschte, du würdest aufhören, dich einzumischen.«

»Einmischen? Ich? Ich hätte nur nie gedacht, dass du gleich aufgibst.«

»Nun, vielleicht kennst du mich doch nicht so gut, wie du glaubst.«

Nachdenklich sah Isobel ihrem Sohn hinterher, als er ging. Er hatte sie der Einmischung bezichtigt. *Tat* sie das? Hatte sie nicht das Recht, sich einzumischen, wenn ihr nur noch ein ganz klein wenig Zeit blieb? Sie dachte an Clio und wie sehr sie dieses Mädchen mochte und was für eine miese Zeit sie auf ihrem kurzen Streifzug in die Erwachsenenwelt bereits durchgemacht hatte. Clio hatte eine anständige Vaterfigur in ihrem Leben verdient.

Ehe sie es sich anders überlegen konnte, wählte Isobel Clios Mobiltelefonnummer. Clio hatte ihr gesagt, sie könne jederzeit anrufen, aber es war zum Verrücktwerden, denn Isobel bekam nur eine Ansage zu hören, mit der Aufforderung, eine Nachricht zu hinterlassen.

Isobel holte tief Luft. »Sag deiner Mutter, dass sie Konkurrenz bekommen hat. Wenn sie auch nur das geringste Interesse an meinem Sohn hat, sollte sie sich schleunigst was einfallen lassen.«

Amanda ließ einen zärtlichen Blick über die ausgestellten Seevögel wandern.

Wie hatte ihr nur entgehen können, dass Angus die Skulpturen für seine Mutter gekauft hatte? Sie hatte so viele falsche Schlüsse gezogen.

Den Bruchteil einer Sekunde schwang sich Hoffnung in ihr auf wie ein Vogel, der in die kalte klare Luft aufsteigt. Seine Mutter *hatte* gesagt, Angus liebe sie, und er selbst hatte zugegeben, zu ihrem Haus gekommen zu sein, um ihr etwas zu sagen. Aber als sie ihn das letzte Mal gesehen hatte, schien er alles andere als Zärtlichkeit für sie zu empfinden. Verachtung wäre eine treffendere Beschreibung.

Wenigstens hatte sie im Laden heute gute Umsätze erzielt. Die Dame, die Sadies Gemälde so sehr bewundert hatte, war wiedergekommen und hatte eines ihrer größten Bilder gekauft. Schon erstaunlich, überlegte Amanda, als sie das Gemälde in Noppenfolie wickelte und hinaus zum Wagen der Kundin trug, dass die Nacht der Radiosendung erst wenige Wochen zurücklag. Und doch hatte sie alles verändert.

Sie legte das Bild in den Kofferraum und klappte ihn zu.

»Wären Sie so freundlich, mich aus der Parklücke zu lotsen?«, bat die Kundin sie aufgeregt. »Es ist nämlich das neue Auto meines Mannes.«

»In diesem Fall wäre ich mir ihrer Referenzen nicht so sicher«, meldete sich eine Stimme hinter ihnen zu Wort.

Amanda fuhr herum, schwindelig vor Erleichterung, dass es Angus war und die Kälte aus seiner Stimme verschwunden zu sein schien.

Dann sah sie den Grund für seinen Sinneswandel. Sie hing ihm am Arm. Eine ziemlich gelehrsam wirkende, junge Frau in anständigem Kostüm und randloser Brille. Amanda fiel sofort ihr schönes, üppiges Haar auf, das sie vermutlich streng nach hinten trug, wenn sie nicht mit Angus zusammen war, und die haarsträubend hohen Absätze. Sie trug jenes bewundernde Lächeln, das normalerweise den Ehefrauen der Premierminister vorbehalten war.

»Tut mir Leid«, entschuldigte sich Angus. »Das ist Melanie Westmacott. Melanie ist die Baudezernentin für die Stadtverwaltung von Shireton.«

Amanda hätte am liebsten schnippisch bemerkt, »wie passend für dich«, aber das wäre würdelos und hörte sich nach Xanthippe an.

Sie richtete sich auf und versuchte, sich an den Rat in einem Zeitschriftenartikel zu erinnern, wonach die richtige Haltung einem innere Ruhe bescherte. »Hallo, Angus. Schön, Sie kennen zu lernen, Melanie.«

Sie winkte die Kundin ohne einen Kratzer im Lack des glänzenden neuen Wagens aus der Lücke.

Hinter ihr konnte sie Melanies Schwindel erregende Absätze über die Straße trippeln hören, und sie ertappte sich bei der inbrünstigen Hoffnung, Shiretons Baudezernentin möge sich der Länge nach auf den Boden legen und Schaden nehmen.

Fast war es schon wieder lustig, redete Amanda sich ein, als sie zurück in die Galerie ging, dass der Anblick von Angus in Gesellschaft einer anderen Frau sie so sehr schmerzte. Was für ein Klischee. Was für ein Timing.

Doch eigentlich war sie erstaunt, wie rasch ihr Leben sich beruhigt hatte, trotz des leichten Schmerzes oder Bedauerns. Ihre Mutter hatte sich nur ein Mal danach erkundigt, was aus Luke geworden war, und als Amanda ihr eine stark bereinigte Version der Wahrheit gegeben hatte, lautete Helens Kommentar: »Ich habe ihm nie über den Weg getraut. Seine Haare waren zu hell für diese Augen. Glaubst du, er hat sie gefärbt?«

Fast – vorausgesetzt, sie hörte auf, nach Angus Days blauem BMW Ausschau zu halten – war alles wieder normal.

Clio drückte die Tasten ihres Mobiltelefons und hörte Isobels Nachricht ab. Sie hatte das Gefühl, dass sie, nachdem sie von Isobel ins Vertrauen gezogen worden war, jetzt die Aufgabe hatte, etwas zu unternehmen, ehe es zu spät war.

Das Problem war nur, was?

Sie bog am Hafen um die Ecke und blieb überrascht stehen, als sie Bettys und Roses Häuschen vor sich sah. Sein verfaulendes Holz war durch brandneue Schindeln ersetzt worden, und das ganze Ding hatte man in augenfälligem Fuchsia gestrichen.

»Wie findest du das?«, fragte Rose und lächelte stolz.

»Ich finde es umwerfend. Ausgefallen, aber umwerfend. Genau wie ihr beiden.«

»Wie geht's deiner Mutter?« Rose hatte Mitleid mit Amanda. Auch sie hatte Luke vertraut.

»Ach, ganz gut. Das Geschäft läuft jedenfalls prima.«

Rose ließ sich das durch den Kopf gehen. »Da wird Angus aber froh sein. Er hat offenbar an das Talent deiner Mutter geglaubt. Deshalb hat er auch für die Pacht gebürgt.«

»Wovon reden Sie, Rose?«, wunderte sich Clio. »Angus hat nicht für Mama gebürgt. Das hat Papa getan. Oder« – Clio hielt inne, ihr schwirrte der Kopf vor möglichen Erklärungen – »jedenfalls geht Mama davon aus.«

Aber je mehr Clio über die Einstellung ihres Vaters zu Geldrisiken nachdachte, umso unwahrscheinlicher erschien es ihr, dass er für die Galerie gebürgt hatte.

»Woher wissen Sie das, Rose?«, wollte Clio wissen.

»Der Makler hat es mir bei der Eröffnungsfeier gesagt.«

»Ich frage mich, warum Angus das getan hat?«

»Das liegt doch wohl auf der Hand, wie ich meine.«

»Ich gehe lieber«, sagte Clio gedankenverloren. Sie hatte eine Idee. Zugegeben, es war eine Idee, die leicht in die Hose gehen konnte. Aber sie musste etwas unternehmen...

»Grüß deine Mutter von mir.«

»Mach ich.«

Es knirschte unter Clios Füßen, als sie über den Kies zum neuen Holzsteg lief.

Ihre Idee weitete sich zum Plan aus. Sie wusste nicht, ob er funktionierte, aber es war einen Versuch wert. Sobald sie nach Hause kam, würde sie ihren Vater anrufen und sich seiner Hilfe vergewissern. Es war an der Zeit, dass er etwas Konstruktives tat.

»Du machst einen sehr selbstzufriedenen Eindruck«, bemerkte Amanda, als Clio die Galerie betrat.

»Tatsächlich? Ich habe mich übrigens gefragt, ob du mal wieder was von Angus Day gehört hast?«

»Angus?« Amanda schaffte es, so zu klingen, als wäre es höchst unwahrscheinlich, wenn nicht gar ziemlich ärgerlich, von jemandem zu hören, der Angus hieß.

»Ja«, bestätigte Clio. »Der Schotte. Reich. Fährt einen Sportwagen mit heruntergelassenem Verdeck, damit er sich in den Schaufensterscheiben bewundern kann.«

»Ah. Dieser Angus. Nein. Der sitzt wahrscheinlich mit seiner neuen Freundin über Bauanträgen.«

»Und was ist das für eine neue Freundin?«, hakte Clio heuchlerisch nach.

»Ich denke, sie heißt Melanie und ist Baudezernentin oder geht einer ähnlich charismatischen Beschäftigung nach.«

»Melanie? Mann, das hört sich ganz nach der Frau an, die wir gekidnappt haben.«

»Offenbar hat es funktioniert. Sie scheint die raue Tour zu mögen. Jetzt scheinen sie ein Herz und eine Seele zu sein.«

»Na ja, offenbar verbarg sich hinter diesen hochhackigen Schuhen doch eine frustrierte *femme fatale*. Tst, tst. Sei nicht eifersüchtig.«

»Eifersüchtig, *ich*?«

»Ja, genau du«, beharrte Clio. »Es war übrigens nicht nur die harte Tour. Er hat sie auch mit theologischen Spitzfindigkeiten eingewickelt.«

»Was für ein vielschichtiger Mann er doch ist.«

»Und das fällt dir jetzt auf. Komm schon, es ist halb sechs. Warum machen wir den Laden nicht dicht? Oma ist bestimmt schon mit Sean zurück. Wir könnten uns doch Pizza bestellen?«

Amanda wollte einwenden, dass eine große und bedeutend billigere Pizza im Gefrierschrank lag, aber sie merkte, dass Clio sie aufzumuntern versuchte.

»Danke. Du bist eine reizende Tochter.«

»Und du eine reizende Mutter.«

»Wer braucht denn Männer? Wir doch nicht!«, trällerte Amanda und versuchte, sich davon zu überzeugen, dass es ihr damit auch ernst war.

Als sie am nächsten Tag einen von Natashas Vögeln zu einem bisher höchsten Preis verkauft hatte, hob ihre Stimmung sich ein wenig. Zudem tauchte am Vormittag Clio völlig unerwartet mit Kaffee und Croissants auf.

»Hat Papa dich übrigens erreicht?«, erkundigte Clio sich beiläufig.

»Giles?«, wiederholte Amanda. Giles' Besuche waren seltener als die des Papstes. »Nein. Hat er gesagt, was er will?«

»Vorbeikommen und dir die Zwillinge zeigen. Offenbar sind es die klügsten, reizendsten und strahlendsten Babys, die er je gefüttert und eingekremt hat.«

»Dann kommen sie offenbar nicht nach ihrem Vater.«

Clio legte ihren Arm um Amanda. »Bin ich froh, dass du wieder bessere Laune hast.«

»He-he«, grinste Amanda, »das Leben ist doch bestens, solange mich Armut, Einsamkeit und Videos mit Sean am Samstagabend glücklich machen.«

»Könnte schlimmer sein. Wenn Oma einzöge.«

»Das würde mich dann wirklich in Angst und Schrecken versetzen.«

»Das nenne ich doch eine nette Familienszene ...« Giles war gekommen, und unter Stöhnen und missbilligendem Schnalzen war es ihm auch gelungen, den Zwillingswagen durch die Tür der Galerie zu schieben. »Also wirklich, Amanda, ein bisschen babyfreundlicher könntest du ja schon sein.«

Sie wollte gerade erwidern, dass sie bei ihrem Budget andere Prioritäten setzen musste, als ihr einfiel, wie großzügig er gewesen war, für ihre Pacht zu bürgen.

»Übrigens, Giles«, fing Amanda an »ich habe mich eigentlich nie wirklich dafür bedankt, dass du für diesen Laden bürgst. Du hättest mir auch ernsthafte Schwierigkeiten machen können, wenn du gewollt hättest.«

Giles verzog amüsiert das Gesicht und bückte sich, um einen winzigen Milchtupfer von Emilys Kinn zu entfernen.

»Wovon redest du überhaupt, Amanda?«, fragte er. »Wer immer für dich gebürgt haben mag, ich habe damit ganz gewiss nichts zu tun.«

Amanda traute ihren Ohren nicht. »Ich dachte, deine zweite Ehe hätte dich sanfter gemacht. Warum, zum Teufel, hat die Bank es sich dann anders überlegt und mir das Geld geliehen? Anfangs hätten sie mir fast ins Gesicht gelacht, dann haben sie es mir aber plötzlich doch bewilligt. Ich bin davon ausgegangen, dass du die Bürgschaft für das Darlehen übernommen hast.«

Giles sah aus wie ein Mann, dem man eine Großzügigkeit unterstellte, von der er gar nichts wusste. »*Ich*? Nicht im Traum hätte ich so einen Blödsinn gemacht und für deine Galerie gebürgt.«

Amanda schüttelte den Kopf. »Das verstehe ich nicht.« Da blieb ihr nur eines übrig. Sie musste den Makler fragen und herausfinden, wer tatsächlich dahinter steckte. »Würdest du mit den Zwillingen hier eine Weile die Stellung halten? Ich muss dringend was herausfinden.«

Als Amanda gegangen war, lachten Clio und Giles los.

»Danke tausend Mal, Papa. Ich kann nur hoffen, dass Rose es richtig verstanden hat und Angus tatsächlich der Bürge ist.«

»Und dass er es als versteckten Annäherungsversuch wertet, wenn sie ihn dafür abkanzelt, dass er es ihr nicht gesagt hat.«

»Oh, er wird schon wissen, was zu tun ist.« Clio grinste verschwörerisch. »Ich kenne ihn nämlich ziemlich gut.«

Der Makler wollte gerade über die Mittagspause zusperren, als Amanda verärgert und außer Atem eintraf. Sie war den Weg von der Galerie hierher gerannt. Zu allem Überdruss war der Mann, der bei der Unterzeichnung des Pachtvertrags dabei gewesen war, im Urlaub.

»Könnte ich bitte rasch einen Blick in Ihre Akten werfen?«, flehte Amanda ihn an. »Es wird nicht lang dauern, ich verspreche es.«

Der sommersprossige Jüngling, der für die Vertretung im Büro zuständig war, beobachtete sie. Sie war ziemlich attraktiv für eine ältere Frau. Er überlegte müßig, wie es wohl wäre, von einer Frau mit derartiger Erfahrung verführt zu werden und von deren sexueller Weisheit zu profitieren. Eine Akte zu öffnen war nicht zu viel verlangt für ein erotisches Erwachen. »Bitte schön.«

Amanda setzte sich an einen Schreibtisch und holte tief Luft. Der Pachtvertrag war zwischen einer Mrs. Granville Bowling, der das Bootshaus als Teil eines ihr hinterlassenen Erbes gehörte, und Mrs. Amanda Wells abgeschlossen worden.

Aber der Bürge war nicht Giles.

Es waren Day Properties, East Street 23, Laineton.

»Ich danke Ihnen«, sagte Amanda kühl.

Der junge Mann baute sich gerade auf, um sie auf ein Bier mit Limo in das Pub auf der anderen Straßenseite einzuladen. Aber Amanda war schon gegangen.

Sie stand vor dem Maklerbüro und rief bei Day Properties an.

Fay sagte ihr, dass Angus nicht da sei. Sie glaube, er sei zum Eastcliff Estate unterwegs, um sich dort mit Mr. Smithson zu einer Baubesprechung zu treffen.

Binnen weniger Minuten marschierte Amanda den Hang hoch zum Eastcliff Estate. Vor ihr verabschiedeten Melanie und Angus sich an der Straßenecke voneinander, dann klapperte Melanie in ihren blöden Schuhen die Straße hinunter. Melanie war erst ein paar Meter weit gelaufen, als sie sich umdrehte und Angus noch einmal zulächelte. Ein rührender Anblick, hätte Amanda nicht entdeckt, dass sie wahnsinnig eifersüchtig wurde.

»Angus!«, rief sie, sobald Melanie nicht mehr zu sehen war, »schenk mir bitte fünf Minuten deiner kostbaren Zeit.«

Angus, der sich eigentlich mit Laddie treffen wollte, um mit ihm das aufregende Problem der Regenrinnen zu besprechen, blieb stehen und wartete.

»Ja? Was kann ich für dich tun?« Seine grauen Augen sahen sie ohne ein Lächeln an, ganz anders als der alte Angus.

»Es ist ganz einfach. Was, zum Teufel, hast du dir dabei gedacht, die Bürgschaft für meine Pacht zu übernehmen, ohne es mir auch nur zu sagen?«

Angus ließ sich zu Amandas Verdruss nicht aus der Ruhe bringen. »Das ist ganz einfach. Ohne meine Bürgschaft hättest du die Pacht nicht bekommen, was sehr schade gewesen wäre, denn ich war mir ziemlich sicher, dass dir der Versuch gelingen wird. Und wie ich höre, ist es ja wohl auch so.« Seine Augen waren schmale Granitschlitze. »Hast du gedacht, ich würde deine wirtschaftliche Unerfahrenheit ausnutzen. Wie ich auch Clios Unschuld ausgenutzt habe?«

Amanda errötete unangenehm.

»Oder hast du vielleicht geglaubt, ich wolle Geld mit dir machen? Werde erwachsen, Amanda, und hör auf, hinter jedem Baum einen Schurken zu sehen. Es gibt so etwas wie den Glauben an jemanden, aus keinem anderen Grund als dem, dass er eine Chance verdient hat. So ist das. Ende der Geschichte. Wenn du mich jetzt bitte entschuldigen würdest, ich habe nämlich nur noch eine halbe Stunde, um mit Laddie zu sprechen, ehe ich Melanie in der Stadt treffe.«

Eine Stimme in Amandas Kopf schrie: jetzt oder nie. Sie merkte, dass es ihre eigene Stimme war oder, besser gesagt, die Stimme des tapferen, dreisten, hemdsärmeligen Teils in ihr. »Das hielte ich für eine verhängnisvolle Fehleinschätzung.«

»Mit Laddie zu reden?«

»Melanie in der Stadt zu treffen.«

»Nun, du scheinst dich in Fehleinschätzungen ja bestens auszukennen.«

»Wie kannst du es wagen, mich zu beleidigen, wenn ich versuche, dir zu sagen … dir zu sagen …«

Die Wahrheit konnte sie ihm wohl kaum sagen – dass sie gerade bemerkt hatte, wie verzweifelt und schamlos sie ihn liebte, und dass ihr Vorhaben, den Rest des Lebens im Zölibat zu verbringen, ganz schön wäre, wenn er nicht ständig in ihrer Erinnerung auftauchte, normalerweise als Scheich gekleidet.

»Was?« Angus tat, als sähe er auf die Uhr. »Was willst du mir sagen?«

Keiner von beiden hatte bemerkt, dass Lou Wills gerade ihr Fenster geöffnet hatte und Laddie Smithson mit seinem Spengler unmerklich näher gerückt war.

»Dass … dass …«, stotterte Amanda.

Laddie, der nur wenige Schritte hinter ihr stand, bündelte seine Kraft, um ihr zu helfen.

»Dass was, Amanda? Dass du den Pachtvertrag kündigst, weil du zu stolz bist, einen Gefallen von mir anzunehmen?«

»Dass ich dir eine Entschuldigung schulde.« Laddie und Lou Wills atmeten erleichtert auf. Endlich. »Ich habe nämlich ein paar ganz dumme Vermutungen über dich angestellt.«

Sie war so sehr damit beschäftigt, dieses Mal die Wahrheit zu sagen, dass sie nicht mitbekam, wie Clio, Giles und die Zwillinge sich dazugesellten.

»Ich dachte« – noch immer war es ihr peinlich, dies zuzugeben –, »du seist wie Giles, mein Exmann. Charmant, aber egoistisch.«

Giles wollte schon in kräftigen Worten Protest einlegen, als Clio ihm einen Finger auf die Lippen legte. »Halt den Mund, Papa. Du bist charmant und egoistisch.«

»Aber eigentlich«, fuhr Amanda fort, ohne ihr Publikum wahrzunehmen, »bist du der am wenigsten egoistische Mensch, der mir je begegnet ist. Ich denke sogar, ich liebe dich.«

Angus hörte auf, so zu tun, als inspiziere er das Kehlblech auf dem Dach über ihrem Kopf, und sah sie an. »Aber bist du dir auch sicher, dass du mich meinst? Erst hältst du mich für einen ausgefuchsten Kapitalisten, dann denkst du, ich sei genauso wie dein selbstsüchtiger Exmann, dann beschuldigst du mich, deine minderjährige Tochter missbraucht zu haben… Was hat dich denn dazu gebracht, mich dieses Mal zu mögen?«

Ihr Publikum wartete mit angehaltenem Atem.

»Dass du freundlich und verschroben bist und versuchst, den Menschen ihre Träume zu verwirklichen. Dass du für den Schaden an anderer Leute Autos zahlst, auch wenn du weißt, dass sie selbst schuld daran sind…«

»Klingt, als wäre ich der reinste Tugendbold.«

»Ich bin noch nicht fertig. Dass du charmant und intelligent und unglaublich sexy bist, wenn du als Araber verkleidet…«

Angus trat einen Schritt näher an sie heran.

»Ich kann aber nicht für den Rest meines Lebens in einer Djellabah herumlaufen, weißt du.« Er stand jetzt direkt vor ihr. »Nicht einmal für dich.«

»Ich bin mir sicher, dass sich ein Kompromiss finden lässt.«

Und dann spürte sie, wie sich Angus' Arme um sie schlossen, und sie tauchte ein in die köstliche Erinnerung jenes Silvesterabends und wie sehr sie ihn begehrt hatte. Ehe Giles sie so ungehobelt unterbrochen hatte.

»Siehst du das?« Schwach hörte sie Giles' Stimme in ihrem Hinterkopf und glaubte zu halluzinieren. »Jetzt bekommt sie ihren Scheich doch noch.«

Als Amanda zum Luftholen auftauchte, sah sie sich umringt von Clio, Lou Wills, Laddie Smithson, dem Spengler und Giles, die sie alle mit einem unverschämt nachsichtigen Lächeln anschauten.

»Verpiss dich, Giles! Dass beim letzten Mal alles schief gegangen ist, war einzig und allein dein Fehler.«

Giles schien verletzt zu sein.

»Mama hat Recht, Papa«, sprang Clio ein. »Mach einmal im Leben, was man dir sagt, und verzieh dich, bitte?«

Eine Stunde später wurde Isobel Day, die wie üblich vor dem Fernseher eingedöst war, vom Geräusch eines Sportwagens aufgeschreckt. Aber Angus kam nicht zu ihr. Das von draußen hereindringende Gelächter zog Isobel auf unsicheren Beinen ans Fenster. Sie war sich sicher, dass die würdige Melanie nicht so lachen konnte.

Angus und Amanda saßen im Wagen, das Dach war heruntergeklappt.

Mit großer Mühe schob Isobel das Fenster auf und beugte sich hinaus. »Hat er sich unterwegs in irgendwelchen Schaufenstern bewundert?«, rief sie Amanda zu.

»Nein«, rief Amanda zurück, »aber ich. Ich wollte uns zusammen sehen.«

»Sag jetzt bloß nicht, ich presche zu schnell vor, Maw. Wenn ich noch länger warte, wird Amanda noch neue Charakterfehler an mir entdecken, die ihr bisher entgangen sind.«

»Zu schnell?«, lautete Isobels verdutztes Echo. »Ich dachte schon, du würdest nie erkennen, was für alle anderen ganz offensichtlich war. Dass ihr nämlich wie füreinander geschaffen seid.«

»Ein paar Dinge muss ich dir aber noch gestehen«, gab Angus Amanda zu bedenken. »Zum Ersten, ich bin ziemlich reich. Wirst du mir das vorhalten?«

»Ich denke, daran kann ich mich gewöhnen.«

»Und ich bin überhaupt kein Grüner.«

»Das bringe ich dir schon bei.«

»Und wenn ich ganz ehrlich sein soll – ich kann Manchester United nicht ausstehen. Ich war immer auf der Seite von Albion.«

»Also das ist tatsächlich schwer wiegend. Aber wärst du bereit, dich bekehren zu lassen?«

»Wie lang wird die Unterweisung denn dauern?«

»Ach, ich denke, ein Nachmittag mit Sean reicht.«

»Du stellst ja harte Forderungen.« Angus zog sie wieder in seine Arme.

Als Isobel das Fenster schloss, um sie in Ruhe zu lassen, fiel ihr Blick auf die zwei werbenden Reiher auf der Fensterbank. Sie wusste nicht, ob ihr Sohn und Amanda einander glücklich machen würden, aber ihr Instinkt sagte ihr, dass die Chancen dazu recht gut waren. Sie hatten lange genug gewartet.

Sie hoffte nur, dass jemand daran gedacht hatte, es Melanie zu sagen.

Danksagung

Viele großzügige Leute haben mir dabei geholfen, mich in der Begriffswelt des Baugewerbes zurechtzufinden. Mein besonderer Dank gilt Jane Atkinson, Philip Fry, Harry Handelsman, Crispin Topping und Roger Zogolovitch dafür, dass sie mir die faszinierende Welt der Architektur und des Bauens erklärt haben. Alle Einblicke gehen auf ihr Konto, alle Ungenauigkeiten auf meines. Meiner Freundin Barbara Cook danke ich für ihre Weisheit und ihren Humor zum Thema Männer.

Danke auch an meine Agentin, Carole Blake, und meine Lektorin, Barbara Boote. Wir hatten immensen Spaß bei der Diskussion, wer das Zeug zum guten Ehemann hat (oder nicht). Persönliche Empfehlungen bitte an die Autorin …

Ein Dankeschön auch an meine Manuskriptbearbeiterin, Joanne Coen, für ihre Gelassenheit und ihr Verständnis, an Tamsin Barrack für die hervorragende Öffentlichkeitsarbeit und an alle von Time Warner Books für ihre unendliche Begeisterung und Fähigkeit, die Bücher zu gestalten, zu verkaufen und zu promoten.

Zuletzt noch an Alex, Georgia, Holly und Jimmy, die mein Leben zu einer glücklichen und chaotischen Erfahrung machen.

Maeve Haran
bei Blanvalet

Der Mann im Heuhaufen

Roman. 384 Seiten

Aller schlechten Dinge sind drei: Zuerst zuviel irischen Whiskey, dann mit dem falschen Mann ins Bett und schließlich auch noch halbnackt auf der Titelseite der Morgenzeitung …
Flora Parkers Leben ist definitiv aus den Fugen. Dagegen hilft nur noch die Flucht aus London, raus aufs Land zur lange verschmähten Verwandtschaft. Doch deren Idyll hat Macken: Die Farm steht kurz vor der Pleite, die Ehe der Tante ist in der Krise, und ihre Töchter sind unglücklich. Flora schmiedet Rettungspläne, insbesondere da ein spleeniger Nachbar eine grandiose Wette verkündet:
Wer von seinen beiden attraktiven Neffen bis Kirchweih unter der Haube ist, erbt Moreton Manor, ein wunderschönes Gut mit allem Drum und Dran …

»Bestsellerautorin Maeve Haran erweist sich immer wieder als Spezialistin für locker-amüsante Geschichten mit Tiefgang.«
Freundin